König, Kinner mit'n Willen kriegt wat vör de Billen

Mein Bruder Carl-Heinz König
(1938 - 1989)

Gesellschafter der Firma C.Wm. König GmbH & Co., hatte für dieses Buch einen Beitrag zugesagt, den er aufgrund einer heimtückischen Krankheit nicht mehr fertigstellen konnte. Ich widme dieses Buch seinen beiden Söhnen Peer und Hajo.

JOHANN-GÜNTHER KÖNIG

Kinner mit'n Willen kriegt wat vör de Billen...

Bremer Kindheiten

CARL SCHÜNEMANN VERLAG BREMEN

Druck und Lithos: Girzig + Gottschalk, Bremen
Bindearbeiten: Bernhard Gehring, Bielefeld
Umschlaggestaltung: effektiv werbung GmbH, Stuhr bei Bremen
Printed in Germany – 1989
ISBN 3-7961-1801-1

Inhalt

Erster Teil (bis 1850)

Zweiter Teil (bis 1900)

Dritter Teil (bis 1960)

Kindheit ist weise nicht aus Wissen
sondern aus dem Instinkt, aus der unbewußten
Notwehr gegen Schmerz und Enttäuschung.

(J. Kastein)

Einführung

Kinner mit'n Willen kriegt wat vör de Billen! hieß es in Bremen zu Zeiten, da von unautoritärer oder gar antiautoritärer Erziehung noch kein Tagenbare etwas gehört hatte. Das Wort Bille war bereits in der Hansezeit gebräuchlich. Es ist der niederdeutsche Ausdruck für die Wange, besonders aber für die Hinterbacke. Wat vör de Billen kriegen bedeutete in der Praxis also nichts anderes als den Hintern versohlt zu bekommen. Im Bremischen Wörterbuch von 1767 findet sich übrigens eine Variante dieses Spruchs: »Kinder van Willen / Sleit man vor de Billen: bey den Kindern muß man den eigenwilligen Kopf beugen«.

Es versteht sich von selbst, daß dieser Spruch noch lange kein »schlagender Beweis« dafür sein kann, daß es den Bremer Kindern und Jugendlichen in der Vergangenheit dauernd an den Kragen ging, daß ihnen wie dem Esel von den »Bremer Stadtmusikanten« immer dann das Fell von den Schlägen ihrer Antreiber – der Eltern, Lehrer und Lehrherren – summte, wenn sie nicht unbedingten Gehorsam geleistet hatten. Wenn wir die Kinder des 18. und 19. Jahrhunderts zu uns »sprechen« lassen, sind nämlich auch solche Wahrheiten wie die des großen Bremer Bürgermeisters Johann Smidt (1773 – 1857) vernehmbar: »Meine Eltern haben mich ganz ordentlich lieb. Ich kann alles von ihnen erlangen, was ich haben will. In Rücksicht bin ich ein freier Mensch, der nie das Joch elterlicher Despotie geschmeckt hat«. Diejenigen, die den vergangenen Zeiten hauptsächlich deshalb nachtrauern, weil in ihnen das Prügeln noch nicht als Kindesmißhandlung gewertet wurde – denn auch das ist eine Wahrheit –, kommen bei der Lektüre dieses Buches aber auch auf ihre Kosten... Sie können z.B. bei dem Bremer Stadtbibliothekar Johann-Georg Kohl nachlesen: »Ich glaube, die Ruthe ist... für Denjenigen, der schöne Menschen bilden will, der beste Meißel«.

Die Kindheit ist eine Zeit, in die sich Erwachsene gerne zurückträumen. Da sie aus der Rückschau sich leicht in ein verlorenes Paradies verwandeln kann, wird sie häufig nostalgisch verklärt oder wehmütig stilisiert. Die Kindheit hat dem Alter das ganze Leben voraus; das Erwachsensein hat die Kindheit – wie auch immer bewältigt – im Nacken und unwiederholbar hinter sich. Wenn Erwachsene nun (zumeist im fortgeschrittenen Alter) ihre Erinnerungen notieren – Kinder verfassen in der Regel ja keine Autobiographien – ist ein gewisses Mißtrauen gegenüber ihrem Erinnerungsvermögen und ihrer unbedingten Ehrlichkeit durchaus angebracht. So wissen wir, daß nicht wenige Selbstzeugnisse auf dem Versuch basieren, dem Erlebten nachträglich einen Sinn zu geben. Dennoch – und das läßt sich aus den folgenden Erinnerungen leicht ablesen – sind sie im Glücksfall viel differenzierter in Berichterstattung, Beschreibung und Analyse als viele in theoretische Gerüste eingezwängte wissenschaftliche Werke zum Thema Kindheit.

Was erwartet nun die Leserin und den Leser dieser Sammlung?

Zum einen Auszüge aus 32 Selbstzeugnissen berühmter, weniger berühmter und gar nicht berühmter Bremerinnen und Bremer, die genau den Zeitraum umspannen, in dem Kindheit als spezifische Lebensphase und als besonderer sozialer Status eingerichtet und ausgestattet wurde.

Zum anderen (zum Teil erstveröffentlichte) Texte, die in chronologischer Anordnung den zwischen dem 18. und 20. Jahrhundert stark gewachsenen Abstand zwischen den Generationen dokumentieren und freilegen, was sich zunehmend zwischen Kinder und Erwachsene schob: ERZIEHUNG. Und sie verdeutlichen, daß die vormoderne Kindheit zwar abhängig war von Härten und Schicksalsschlägen wie Tod, Hunger, Armut an den Dingen, die Kindern heute lieb und teuer sind, und harter Arbeit; sie zeigen aber auch, daß die historische Kindheit reich war an unmittelbaren Erfahrungen und ärmer an Repressionen, als heute verschiedentlich gemutmaßt wird. Wer »aus erster Hand« nachlesen möchte, welche Erfahrungen Bremer Kinder in den vergangenen 250 Jahren in der Familie, im Freundeskreis und in den Erziehungs- und Ausbildungsinstitutionen machten, darf sich auf ein vierhundertseitiges Wechselbad der Gefühle einstellen.

Bei der Auswahl der Texte habe ich mich für eine Mischung entschieden, die alle sozialen Schichten sowie die beiden Geschlechter berücksichtigt. Nicht zu übersehen ist jedoch, daß das weibliche Geschlecht deutlich unterrepräsentiert ist. Zum einen erschienen mir in einigen Fällen die Schilderungen zu »blumig«, zum anderen liegen von Bremerinnen deutlich weniger Autobiographien vor als von Bremern – die lange Zeit (ja, heute noch) als tonangebendes Geschlecht offenbar mehr zum »Festhalten« ihrer Erlebnisse und Taten neig(t)en. (Unter Kindheit summiere ich – etwas weitgefaßt – die Lebenszeit bis zur Beendigung der Schule oder Lehre.)

Der erste Teil (bis 1850) spiegelt die vorindustrielle Zeit. Er beschreibt ein Bremen, in dem ca. 30.000 Menschen leben. Aufgrund der Versandung der Weser kann kein größeres Schiff die Hansestadt erreichen. Zu Beginn des Siebenjährigen Krieges (1757) und zwischen 1810 und 1813 wird Bremen von den Franzosen besetzt. 1830 sind die neuen Hafenanlagen in Bremerhaven fertiggestellt und werden bald darauf zum größten europäischen Umschlagsort für die Auswanderer. In dieser Zeit leidet ein Teil der Bremer Bevölkerung unter großer Wohnungsnot. Für die Kinder der ungebildeten unteren Schichten ist das Leben einem zeitgenössischen Arztbericht zufolge kein Zuckerschlecken: »... mit elendem Cichorienwasser, Schwarzbrot und Kartoffeln aufgefüttert, spärlich bekleidet, ohne die notwendigste Reinlichkeit, ohne gehörige Wärme im Winter, schleppen sie die ersten Jahre ihres Lebens hin, mit Drüsenübeln aller Art kämpfend: kaum fünf bis sechs Jahre alt, werden sie ausgesendet, Schwefelhölzer oder Steinkohlengrus und dergleichen zu verkaufen, oder vielmehr Geld dafür zu erbetteln. Etwas später werden die Knaben in die Tabacks- und Cigarrenfabriken geschickt, um sich ihren Lebensunterhalt schon zu verdienen«. (1841 sind von rund 2000 Arbeitern in der Zigarrenfabrikation über 600 jünger als 15 Jahre.)

Der zweite Teil (bis 1900) umfaßt die Zeitspanne, in der – bedingt durch den sozialen Wandel, der mit der Industrialisierung einsetzte –. Kindheit als »psycho-soziales Moratorium« überhaupt erst möglich wird (1844 war das Gesetz über die Schulpflicht der 6-14jährigen in Kraft getreten und für Kinder unter 10 Jahren die Fabrikarbeit verboten worden). Bremen erlebt in dieser Zeit einen unaufhörlichen wirtschaftlichen Aufschwung. 1878 gibt es in der Stadt 169 Fabriken, von denen 100 mit Dampfkraft arbeiten. 1892 fährt in Bremen die erste (Pferde-)Straßenbahn. Zwischen 1850 und 1900 steigt die Bevölkerungszahl von 54.000 auf 160.823 Einwohner.

Der dritte Teil beinhaltet Texte von Autobiographen, die alle in unserem Jahrhundert geboren wurden. Einem Jahrhundert, das mit viel Tamtam als »Jahrhundert des Kindes« (Ellen Key) eingeleitet wird; einem Jahrhundert, in dem die Deutschen zwei Weltkriege entfesseln; in dem die Bremer eine Revolution (1918/19) erleben und in der Nazizeit mit ansehen müssen, wie von 1942 an ihre Stadt zunehmend Angriffsziel alliierter Bomber wird und in Schutt und Asche versinkt. 1955 – der Wiederaufbau ist im vollen Gange (und die beiden letzten Autobiographen dieser Sammlung sind gerade mitten in ihrer Kindheit) – zählt Bremen 500.000 Einwohner.

Die hier vorgelegte Textauswahl ist Ergebnis meiner subjektiven Auswahlkriterien. Sie ist keinesfalls repräsentativ; vollständig kann sie ohnehin nicht sein. So fehlen z.B. die Erinnerungen des Bremer Schriftstellers Georg Droste (1866 – 1935) – jedoch nicht deren Auftakt...

»Obgleich ich weiß und mein amtlich beglaubigter Geburtsschein bestätigt, daß ich am 13. Dezember 1866 geboren bin, kann ich doch nicht genau sagen, wann ich eigentlich das Licht der Welt erblickt habe, denn in unserer Schlafkammer war es so dunkel, daß meine Großmutter beim Betreten derselben oft zu sagen pflegte: ›Hier mutt man de Katte vor de Knee binnen, wenn man wat sehn will!‹«

Beim Lesen der hier nun folgenden Erinnerungen reicht es aber vollkommen aus, die Katze auf die Knie zu legen – es sei denn, das Licht geht aus.

(Schreibweise und Interpunktion sind in der Regel von der Vorlage übernommen; im Kastein- und Sattler-Text wurden zur besseren Lesbarkeit Umlaute eingesetzt; die im Quidde-Text vorgefundenen lateinischen Zitate wurden ins Deutsche übertragen. Auslassungen habe ich mit drei Punkten in eckiger Klammer kenntlich gemacht. Die Quellenangaben sowie ein kurzer biographischer Abriß schließen jedes Zeugnis ab.)

Literaturhinweise

Philippe Ariés, Geschichte der Kindheit, München/Wien 1975

Lloyd de Mause, Hört ihr die Kinder weinen. Eine psychogenetische Geschichte der Kindheit, Frankfurt/M. 1975

Irene Hardach-Pinke u. Gerd Hardach (Hrsg.), Kinderalltag. Deutsche Kindheiten in Selbstzeugnissen, Reinbek 1981

Katharina Rutschky, Deutsche Kinderchronik, Köln 1983

Ursula Voss (Hrsg.), Kindheiten, München 1982

Heinz Hengst u.a., Kindheit als Fiktion, Frankfurt/M. 1981

Heinz Hengst (Hrsg.), Kindheit in Europa, Frankfurt/M. 1985

Herbert Schwarzwälder, Geschichte der Freien Hansestadt Bremen (4 Bände), Bremen und Hamburg 1975 – 1985

Georg Droste, Achtern Diek. Aus der Jugendzeit eines Bremer Jungen, Bremen 1908

Werner Kloos, Bremer Kinder und ihr Spielzeug, Bremen 1969

Beiträge zur Sozialgeschichte Bremens, Heft 1: Kindheiten / Teil 1: Anstaltserziehung im 19. Jahrhundert; Heft 3: Kindheiten / Teil 2: Schüler, Schule, Kinderarbeit, Bremen o.J.

Alfred Cammann, Kinderwelt in Bremen, in: Kinderkultur, Hefte des Bremer Landesmuseums, Bremen 1987

Hanna Wolff, Mudder, Mudder, de Melk kokt över! Kinderspiele und Geschichten aus der Raabestraße im alten Geestemünde, Bremerhaven 1988

Jörg Henschen u.a., 200 Jahre Kinder- und Jugendlektüre in Bremen. Bibliographie, Geschichte, Dokumentation, Bremen 1985

Die Kleine Weser mit Blick nach Westen. Lithographie von F.W. Kohl, um 1844.

UNBEKANNTE BREMERIN
(* um 1730 Bremen † um 1800 Bremen)

Sei nur ruhig, liebes Kind!

In meinem Geburtsort Bremen, in der Neustadt, wo die fleißigen Bürger in ihren wohlgepflegten Gärten von den Arbeiten und Kontoraufregungen ausruhen, spielte ich als Mädchen von acht Jahren unter dem Bollwerk des hohen Ufers der Weser mit einer Flotte von Nußschalen. Längs des Ufers, hinter hohen Lindenbäumen, standen die Gartenhäuser des reichen Herrn Thorspecken, des Herrn Wichelhausen und meines Onkels. All diese Herren hatten viele Schiffe zur See, und da war denn oft ein Wesen, ein Reichtum, eine Freude, daß die jugendliche Einbildungskraft des Mädchens wohl dadurch gereizt werden konnte, auch einmal eine Flotte mit holländischer Leinewand, mit Brabanter Spitzen und dergleichen zu befrachten. Genug, meine Schiffe stachen in See, das heißt sie schwammen längs eines Floßes Holz in die Weser hinein. Ich befand mich auf dem Floß und begleitete ihren Lauf. Das letzte Schiff war »Cousine Toelen« benannt, nach einer älteren Freundin, welche noch jetzt in ihrem Alter eine Zierde ihres Geschlechts und ein Gegenstand meiner innigen Liebe und Achtung ist.

Gerade dieses liebe Schiff wollte sich zu weit entfernen; ich griff darnach und – stürzte ins Wasser, und das Wasser schlug über mir zusammen. Ich schrie nicht; ich war mir meiner selbst und des Gedankens, daß die Liebe für meine Cousine mich in den Tod gezogen habe, deutlich bewußt. Doch streckte ich eine Hand aus dem Wasser empor, und bei dieser Hand wurde ich ergriffen. Eine schlanke, schöne Jungfrau zog mich aus dem Wasser, das mich nicht sofort hinweg geführt hatte, weil das Floß der Strömung entgegen lag. Keine Rose prangte in dem Haar des Mädchens, kein Geschmeide hing an ihrem Busen; sie war nur ganz schlicht und nett nach Bremer Art gekleidet, aber sie hatte sich, ihres Lebens nicht achtend, von dem hohen Bollwerk hinunter gestürzt, war auf das Floß geflogen und hatte ein Menschenleben gerettet! »Du lütje söte Deern«, sagte sie zu mir, indem sie mich vor Freude weinend betrachtete, »to di het mi de lewe Gott föhrt!« Sie erkundigte sich nach den Meinigen, führte mich in das Haus, schob mich in das Zimmer hinein und verschwand. Während ich meinen Unfall erzählte, eilte die Tante, mich aus den nassen Kleidern ins trockene zu bringen, und als sie damit fertig war, wollte sie zu schmälen beginnen; aber ein »bst!« von meines Onkels Lippen und sein Zeigefinger am Munde drückten ihre aufsteigenden Worte wieder hinunter. »Die wird nicht wieder ins Wasser fallen«, sagte er, »die sehe ich noch künftig die Frau eines großen Kaufmanns werden. Gieb ihr zur Unterstützung ihrer Lebensgeister etwas Wein.« Er nahm mich bei der Hand und sagte: »Du hast dein Schiff, die ›Cousine Toelen‹, verloren. Sei nur ruhig, liebes Kind, mein bestes Schiff soll künftig ›die beiden Cousinen‹ heißen.«

Die schöne Handlung meiner Retterin wurde weder in dem Bremer Wochenblatt, noch in der Hamburger Zeitung angezeigt. Das hielten die guten Leute nicht für nötig, da jeder Einwohner dieser alten, freien Reichsstadt es für seine Schuldigkeit hielt, einem Unglücklichen zur Hülfe zu kommen, und sie glaubten, an anderen Orten sei das ebenso.

Der Handel und Wandel dieser Menschen war, dem großen Wasserrade an der Wasserbrücke gleich, wohlthätig, einfach, wohlberechnet und sehr kraftvoll. Jenes kolossale Rad, ein Meisterstück der Mechanik, schöpfte unten aus dem Flusse und goß oben in der Höhe in einen großen Behälter einen solchen Reichtum von Wasser aus, daß alle Häuser in der großen Stadt hinlänglich damit versorgt wurden. Man bewundert diese Einfachheit und Leichtigkeit, wenn man dabei an die künstlichen Saugdruckwerke mancher Städte, mancher Höfe und mancher Schriftsteller denkt, wo des Pumpens, des Knarrens und des Seufzens kein Ende ist.

Aber Wasser allein thuts freilich nicht; die Bremer haben auch viel Wein dazu, und ihr großer Weinkeller spricht ebensogut den Geist der alten Bremer Zeit aus, als ihre großen Waisenhäuser, ihr großes Wasserwerk und ihr Armen- und Krankenhaus. Bewundernswert ist die Halle des Kellers, welche die Gabe des Bacchus verwahrt. Die Straßen dieses ungeheuren Gewölbes sind angefüllt mit großen Stückfässern voll der edelsten Rheinweine, nach dem Alter geordnet. Hier entdeckt man abermals einen charakteristischen Zug der Alten: von dem Besten einen großen Vorrat zu halten. Ihnen verdanken die jetzigen Zeitgenossen, daß kein edles Jahrgewächs des deutschen Weinstockes ausgehen kann. Sobald ein Faß etwas abnimmt, wird es durch das nächste, ein Jahr jüngere, wieder aufgefüllt, das Alter durch die Jugend unterstützt, und die Jugend durch das Alter veredelt. Ihren klugen Vätern verdanken es die Söhne, daß sie um einen billigen Preis dies herrliche Geschenk der Natur echt und rein genießen können. Dem Willen der Stifter gemäß wird den Kranken in ihrer Schwachheit und den Männern, die am Ruder des Staates sich erschöpft haben, ein Labetrunk aus der hundertjährigen Rose – der Name des Stückfasses – unentgeltlich gereicht, so oft sie dessen bedürfen. Das heißt groß und wahr haushalten! – und so wirtschafteten die Alten. An der Seite wo das Licht in diesen Keller fällt, findet man helle kleine Kabinette, in jedem einen Tisch für einige Leute, an jeder Seite grade einander gegenüber eine Bank.

Das sind kleine Tempel der Vertraulichkeit, wo der Freund dem Freunde gerade ins Angesicht sieht, das Herz immer näher dem Herzen kommt und die Gläser immer heller, reiner klingen. So, meinten die treuherzigen Alten, schmecke der Wein am besten.

Halte man mich deswegen für keine Bacchantin, weil mir der Bremer Weinkeller so gut bekannt ist. Dieser unterirdische Palast mit seinen vertraulichen Priölken und mit seinem geräumigen Saale, in dem ehemals große Familienfeste gefeiert wurden, ist ein vaterstädtisches Heiligtum, das jeder Vater seinen Kindern zeigt. Wie konnte es mir fremd bleiben?

Zur Ausführung solcher Ideen war freilich Reichtum nötig, und zum ehrlich erworbenen Reichtum wird viele Arbeit erfordert. Arbeiten aber konnten auch diese Männer der Vorzeit, denn sie waren gesund, groß und stark, ohne Nervenschwäche und ohne Hypochondrie. Das waren sie bis an das späte Alter. Nicht etwa, weil sie keinen Kaffee tranken, sondern weil sie Maß in allen Dingen hielten, gute Sitten, gute Nahrung und ein gutes Gewissen hatten.

Mein Großvater, der in Arbeit grau und reich geworden war, trank alle Tage, noch im zweiundachtzigsten Jahre seines Lebens, täglich eine Tasse Kaffee, und noch that ihm kein Finger weh. Da ich diesen ehrwürdigen Greis einmal erwähnt habe, so will ich auch vor der Hand bei ihm verweilen und den Geist seines Zeitalters mit Liebe weiter ausmalen.

Ich, als das jüngste von seinen zahlreichen Enkelkindern, mußte ihm in seinem hohen Alter allemal den silbernen Becher reichen, wenn er trank. Da gab er mir denn einmal einen Dukaten.

»Wie gefällt Dir der goldene Pfennig?« fragte er mich. – »Sehr schön«. – »Weil Du den Pfennig lieb zu haben scheinst, will ich Dir doch einen guten Rat dabei geben: Hebe beides sorgfältig miteinander auf. Du, mein Töchterchen, wirst wie ich hoffe, künftig viele solche Pfennige und manchen Bremer Groten bekommen. Gieb kein Stück davon weg, bevor Du es nicht noch einmal angesehen hast; denn Du bekommst den Freund in deinem Leben nicht wieder zu sehen. Wenn Du Dir das bei dem Ansehen recht deutlich denkst, so wirst Du ihn vielleicht manchmal nicht weggeben, sondern wieder in die Tasche stecken und sparen. Weißt Du schon, was Geldsparen heißt? – »Es nicht ausgeben«. – »Nicht so, Geldsparen heißt: es solange zurücklegen, bis man es notwendig braucht oder bis man einem andern Menschen damit helfen kann.« Er setzte mir die Sache noch weiter auseinander und entließ mich. Ich habe ihn nicht wiedergesehen, denn er schlief einige Tage nachher für immer ein. Aber ich weiß noch recht viel von ihm zu erzählen, was ich später von seinem Sohn, meinem Onkel, erfahren habe.

Mein Vater war viel gereist, war ein feiner Mann geworden und hatte nach meines Großvaters Meinung durch das Abschleifen vielleicht an innerem Gehalt verloren. Er suchte ihn deswegen wieder umzuprägen. So oft mein Vater Anstalt machte, etwas mehr Kultur in die Familie zu bringen, hob der alte Mann die linke Hand von der Armlehne seines Stuhles in die Höhe, bewegte sie einigemal hin und her, wandte in dem nämlichen Takt seinen Kopf von einer Seite zur andern und sprach: »Lat et man blieven, dat könnt wi nich bruken«. Bei meiner Taufe wünschte mein Vater, ich möchte Emilie genannt werden. »Nein, mein Sohn«, sagte der Großvater, »was soll das arme Kind sich dabei denken? Rebecka soll sie heißen, wie ihre gute Mutter, meine vortreffliche Schwiegertochter. Auch kann sie da ihren Namen in der Bibel finden, un dat will wat bedüden!«

Mein Vater, der viele volkreiche Städte gesehen hatte, fand die Zahl der Einwohner in Bremen für die Größe der Stadt viel zu klein.

»Sind denn«, sagte mein Großvater, »bei uns die Häuser auf einmal leer geworden?«

»Das nicht, aber es könnten doch viel mehr Familien in einem Hause wohnen.«

Je größer die Zahl der Familien, desto kleiner wird der Raum und desto teurer auch. Wo aber der Raum immer kleiner wird, da werden auch – die Menschen kleiner. Das kannst Du Dir leicht erklären«. – »Ich weiß doch nicht sogleich, wie Sie das meinen.« – »Du wirst schon darauf kommen. Jetzt thu mir doch den Gefallen und sieh oben auf dem zweiten Boden einmal nach, ob das Korn, das ich von Herrn Zuckerbäcker aus Riga bekommen habe, wohl bis künftigen September reicht; ich höre, es ist in diesem Jahre überall eine schlechte Ernte gewesen«.

»Ich habe schon nachgesehen, wir reichen vollkommen aus.«

»Nun dann wird der Kornhändler nicht an uns reich werden. Ein eigenes Haus ist also doch viel Wert. Das kann bei uns in dieser weitläufigen Stadt fast jeder ordentliche Mann um einen billigen Preis bekommen und bei dem guten Verdienste auch das Korn zu seinem

Brode und die Feuerung für den Winter hinlänglich in Vorrat haben. So sind denn unsre, eben nicht übermäßig zahlreichen Einwohner bis dahin gottlob noch gegen Korn-, Holz- und Hauswucher geschützt. Aber die kleinen Städte mit den vielen Einwohnern müssen viele Not haben. Wo viele Not ist, da entstehen eben aus der Not mancherlei Dinge, die wir hier, »up good dütsch« schlecht nennen, ja wohl gar verderbliche Laster. Hast du mich nun verstanden?« [...]

Ich muß den Großvater verlassen, um auf die Lebensweise meines Onkels zu kommen, in dessen Hause ich war, weil mein Vater gleich nach meiner Mutter Tode eine Reise nach Lissabon unternommen hatte und leider dort gestorben war. Sobald der Onkel des Morgens seinen Schlafrock angezogen und eine Tasse Thee getrunken hatte, setzte er sich vor sein Positiv, eine Art Harmonium, und spielte den Choral: »Wach auf mein Herz und singe dem Schöpfer aller Dinge.« – In allen seinen Besitzungen, in der Fabrik auf dem Theerhof, in seinem Garten in der Neustadt, überall stand ein Positiv, denn er liebte sehr die Orgel und sehr den Gesang. Wenn des Morgens der Choral zu Ende war, fehlte kein Handlungsdiener mehr im Kontor; denn mein Onkel erschien alsdann mit seiner majestätischen Gestalt und teilte die Arbeit aus. Er selbst setzte sich auf seinen Drehstuhl, und nun kam den ganzen Vormittag die Feder nicht wieder aus seiner Hand, außer wenn er Geld zählte oder Briefe las. An die Feder war er so gewöhnt, wie der Offizier an seinen Degen; er konnte ohne sie nicht sein. Selbst in der Kirche durfte sie nicht fehlen, denn er schrieb alle Sonntagspredigten des alten Herrn Pastor Vogt von Wort zu Wort nach. Sonderbar war, daß dieser, sonst in allen Dingen das Einfache suchende Mann, bei allem, was sich auf den Gottesdienst bezog, die Pracht liebte. Die Kutsche, in welcher er zur Kirche fuhr, war mit dem köstlichsten blauen Damast ausgeschlagen, die beiden Holsteiner Rosse davor galten als die stolzesten Pferde in der Stadt und hatten das kostbarste Geschirr; seine Bibel, in schwarzen Sammet gebunden, zierten echte goldene Spangen; die Kissen in seinem Kirchenstuhl waren mit dunkelrotem Sammet überzogen. Er selbst, in scharlachenem Mantel und großer, weißer Allongeperücke, saß darauf als ein wirklich stattlicher Mann. Ich erkundigte mich einst bei meiner Tante, warum wohl der Onkel soviel Staat bei dem Kirchengehen mache? »Das kommt daher, mein Kind, weil mein Mann meint, er müsse, wenn er zu dem Hause Gottes gehe, öffentlich zeigen, daß er auf ihn und sein heiliges Wort etwas halte.«

Mit dem Schlage dreiviertel auf 12 Uhr kam mein Onkel langsam und ernst von dem Kontor herunter, setzte sich wieder vor das Positiv und spielte einige Stücke, die nicht nur ein Erheiterungsmittel für den Onkel, sondern auch Generalmarsch war für alle, die essen wollten. Sobald es zwölf geschlagen hatte, standen die Hausgenossen, selbst die Magd aus der Küche, um die Suppe und setzten sich mit dem Onkel, nachdem er ein kurzes Gebet mit großer Andacht gesprochen hatte, an einen und den nämlichen Tisch. Mit dieser Einrichtung war meine Tante nicht ganz zufrieden. Zuerst legte sie es darauf an, die Magd vom gemeinschaftlichen Tische weg und in die Küche zu versetzen.

»Laß sie nur hier,« sagte mein Onkel, »alles was in meinem Hause mit arbeitet, muß auch an meinem Tische mitessen. Wer mit mir das Brot isset, mit mir betet und mit mir aus einem Becher trinkt, der entwendet mir nichts und entehrt sich nicht. Du bist eine kluge, feine Frau und weißt Dich recht gut zu benehmen; wir beide wissen bei Tische über allerlei nützliche Dinge recht viel zu sprechen; Du siehst, daß die Marie dabei recht aufmerksam zuhört; glaubst Du nicht, daß manches davon haften bleibt und Nutzen bringt? Unser Tisch ist manierlich und nett, alles steht darauf in einer gewissen Ordnung, wie es stehen muß. Wir sitzen anständig dabei und keiner sagt ein böses Wort. Sie ist der Ordnung des Anstandes und der Sittsamkeit bei uns gewohnt worden, sie rechnet sich gleichsam mit zu unserer Familie. Nimmermehr wird sie sich mit einem schlechten Menschen einlassen; sie wird einmal einen ordentlichen Mann heiraten und auf ihre Kinder wird sich das Gute fortpflanzen, was sie noch von ihrer Herrschaft angenommen hat.«

Die Tischzeit, 12 Uhr, kam meiner Tante auch manchmal zu früh, und sie wünschte darin eine Änderung; das ging aber wieder nicht. »Was ich einmal lieb gehabt habe, das behalte ich lieb«, sagte der Onkel. Nun bin ich in meiner Jugend beim Glockenschlage zwölf erstaunlich gut geworden, und die Freude, welche ich noch jetzt an ihm habe, macht, daß es mir vorkommt, als habe ich da noch immer einen ganz vortrefflichen Appetit.«

»Nun,« sagte die Tante, »so muß es schon dabei bleiben, um der alten Liebschaft willen.«

»Auch um der Geschäfte willen,« setzte mein Onkel hinzu, »du glaubst nicht, wie flink sich ein Jeder auf dem Kontor dazu hält, um zu dem frühen Eßtermin mit der ihm zugeteilten Arbeit fertig zu werden. Das macht rührige Leute.« [...]

Des Sonnabends Vormittags ging mein Onkel nicht auf das Kontor, sondern setzte sich mit seiner Arbeit in ein kleines Zimmer nahe an der Hausthür, dicht an das Fenster, das mit einem Schieber versehen war. Warum that das mein Onkel? Es kamen einige von ihm auserwählte Leute und sagten: »Guten Morgen, lieber Herr Lamberts!« das Fenster ging auf, eine Gabe hinaus, ein: »Gotteslohn!« hinein, und nach einem: »Ich bedanke mich; Gott erhalte Euch gesund!« aus dem Herzen meines Onkels, that es sich wieder zu. Meine Tante hatte auch dabei eine Verbesserung ausgesonnen. Nach ihrem Vorschlag sollten den Armen ihre Gaben, ohne die geringsten Verkürzungen, allemal am letzten Tage eines jeden Monats gereicht werden. »Nein, mein Kind,« sagte der Onkel, »da käme ich ja in jedem Monat bei jedem dieser Kundleute um drei: ›Gotteslohn!‹ zu kurz. Das macht eine Summe! Auch thut es den Leuten wohl, einem für sein Geld wieder zu geben.« – »Wohl war,« sagte meine Tante und lächelte.

Den Sonnabend Nachmittag gegen 4 Uhr erschien die Magd, um das Kontor zu scheuern, den Kehrbesen und Schrubber in der Hand, mit der Frage: »Is et dem Herrn gelegen?« »Nein, ganz und gar nicht,« pflegte der Herr darauf zu sagen, nahm aber doch Mantel und Hut und ging in den Weinkeller. Der damalige Musje Klein wagte es einmal, in der Meinung, der Onkel werde ihm beistehen, gegen meine Tante mit gehöriger Devotion zu behaupten, alle Sonnabend das ganze Haus scheuern zu lassen, halte er für eine Verschwendung der Zeit. »Ei bewahre!« fiel mein Onkel schnell ein, um den armen Sünder dem Scheuergerichte meiner Tante zu entziehen, »wo denkt Er hin, Musje Klein? Das darf bei Leibe nicht unterbleiben, dabei käme ich zu kurz. Denn sieht Er, komme ich aus dem Weinkeller vergnügt nach Hause und finde alles so blank geputzt und nett gescheuert, sehe ich sogar die Steine vor dem Hause rein gewaschen und mit weißem Sande bestreut, so werde ich von dem gewöhnlichen Leben abgezogen und mein Herz wird in die festliche Stimmung versetzt, die ich mir als Vorbereitung zu dem morgenden heiligen Sonntage immer wünsche und für vieles Geld nicht entbehren möchte!«

Quelle:

August Freudenthal: Bremisches Familienleben im vorigen Jahrhundert. Nach den Aufzeichnungen einer Bremerin; in: August Freudenthal (Hrsg.): Aus Niedersachsen. II. Schilderungen, Erzählungen, Sagen und Dichtungen, Bremen 1895, S. 149 ff.

Die obigen Aufzeichnungen stammen von einer Bremerin, deren Namen uns nicht bekannt ist; auch ist nicht mehr nachprüfbar, inwieweit der Herausgeber ihrer Erinnerungen (August Freudenthal) ihre Identität »getarnt« hat. Angeblich wohnte der Onkel der Autobiographin in der Langenstraße 121 und hieß mit Nachnamen Lamberts. (In der Tat lebte damals eine Kaufmannsfamilie namens Lambertz in der Langenstraße.) Dem Text zufolge hieß der spätere Ehemann der Frau mit Nachnamen Klein – eine Familie Klein ist jedoch in den alten Adreßbüchern nicht verzeichnet. Vielleicht findet ja eine Leserin oder ein Leser heraus, wie die Frau hieß, die offenbar im echt bremischen Bürgertum zuhause war.

Die Langenstraße Postkarte von 1881.

FRANZ JOHANN BÖVING
(* 1773 Bremen † 1849 Bremen)

Ich soll viel wilde Streiche gemacht haben

Zur Zeit, wie ich geboren wurde, war meinen Eltern von sechs Kindern nur noch ein einziges, mein Bruder Johann Peter, damals neun Jahr und vier Monate alt, übriggeblieben. Fünf, wovon das älteste ein Knabe gewesen war, den mein Vater mit seiner ersten Frau, geborener von Kapff, gezeugt hatte, waren durch den Tod dahingerafft. – Noch zwei nach mir geborene, eine Schwester Sara, die ich sehr liebte, und ein Bruder Engelbert, starben ebenfalls jung, etwa in ihrem dritten oder vierten Jahre; ihre Leiber wurden seziert, um hinter die Ursache der vielen Todesfälle zu kommen, weil fast alle dieselben Symptome der Krankheit gehabt hatten. Es fand sich, daß der Mastdarm inwendig voller Drüsen saß. Ungefähr zweieinhalb Jahre nach meiner Geburt brachte meine Mutter wieder einen Knaben, Johann Wilhelm genannt, zur Welt und nach obigen beiden, die nicht am Leben geblieben sind, gebar sie noch zwei Töchter, meine geliebte Schwester Susanna und Gertrude, letztere am 15. Februar 1784, wie mein Vater das Jahr vorher ein Wohnhaus in der Knochenhauerstraße gekauft und bezogen hatte.

Die angenehmsten Tage meiner ersten Kindheit erinnere ich mich, in dem Wohnause auf der Langenstraße verlebt zu haben. Mancher Sonnabendnachmittag und der Sonntag, im Sommer auf der sogenannten Laube hinten nach der Schlachte zugebracht, das Fahren in einem Waschtrog bei hohem Wasser auf der Schlachte, der Aufbewahrungsplatz der Spielsachen unter der Treppe hinter einer auf einem hölzernen Brette gemalten Jungfrau, meines Vaters Reisepferd in dem Stalle unter dem Hause im Keller, das alles liegt mir noch mit so lebhaftem Vergnügen im Gedächtnis, daß ich es wohl der Mühe Wert achte, solches mit aufzuzeichnen.

Ich soll viele wilde Streiche gemacht haben, jedoch ohne bösen Sinn. Meine Mutter erzog mich so sanft und liebreich, daß es mir allemal wehe tat, wenn ich sie böse gemacht hatte; nur höchst selten erinnere ich mich, einen Schlag, und dann auch nur einen sanften, von ihr erhalten zu haben. Mein Vater gab die Lehren zwar mit mehrerem Ernst, doch nahm er auch nur selten zu Schlägen seine Zuflucht. Öfter bestanden die Strafen in Einsperren auf ein einsames Zimmer oder in Zurückverweisung bei Gesellschaften im Hause.

Zur anderen Zeit wurden dann aber die Strafen doch oft durch das Vorwort der Mutter abgekürzt und gemildert. Im ganzen hatte ich mich der Liebe meines Vaters ebensogut zu erfreuen wie der meiner Mutter. Er litt uns Knaben gern um sich, ließ uns manchmal bei seinem Pult auf dem Kontor spielen und nahm uns gern mit auf seinen Spaziergängen. – So wuchsen wir denn durch Beispiel und Lehre unserer Eltern mit einander auf in der Liebe, und dies schöne Band umschlingt uns Gottlob jetzt in späteren Jahren auf das innigste alle. Durch Gottes Segen sind wir eine recht glückliche Familie.

Zum ersten Unterricht im Lesen wurde ich zu einer Jungfer Bouquet in die Schule geschickt. 1789 bis 1785 brachte ich in den beiden untersten Klassen des hiesigen Gymnasio, in Quarta und Tertia zu, wo die Lehrer Heger, Koster, Buch, Guth und Professor Roller mich unterrichteten in deutscher, lateinischer und griechischer

Sprache, in Geographie und Weltgeschichte. Zu gleicher Zeit hatte ich Privatunterricht in Schreiben und Rechnen bei einem Schreibmeister Weßels, etwas Zeichnen lernte ich bei Eberlein, und den 8. Februar 1785 wurde ich zu dem Prediger Dr. Conrad Hinrich Runge zum Religionsunterricht geschickt und von ihm Anno 1789, den 11. März, auf den christlichen Glauben reformierter Konfession konfirmiert.

Im Herbst 1785...fanden meine Eltern es für gut, mich nicht wieder in die Schule aufs Gymnasium zu schicken, die damals schon anfing in Verfall zu geraten. Ich erhielt dagegen Privatunterricht bei Herrn Magister Hünerkoch, wo wir mit etwa zwölf Schülern zusammen waren. Er lehrte Geographie, Welt- und Naturgeschichte, Religion und die lateinische Sprache; den Unterricht in letzterer setzte ich späterhin noch in Privatstunden allein bei ihm fort. Das Griechische, worin ich auf dem Gymnasio nur noch wenig Fortschritte gemacht hatte, wurde ganz beiseitegesetzt. Dagegen erhielt ich einen sehr geschickten Lehrer der französischen Sprache, einen ehemaligen Jesuitermönch aus Frankreich namens Ferry. Sein moralischer Charakter war indes nicht der beste, er protegierte den sehr anstößigen Lebenswandel seiner Töchter und liebte selbst zu sehr den Wein, daher dann meine Eltern mich nicht mehr zu ihm gehen ließen, sondern er mußte mir in deren Hause und in ihrer Gegenwart die Lehrstunden geben. In der deutschen Sprache wurde ich nun viel gründlicher und besser unterrichtet durch den cand. theol. Hünerkoch jr., den Bruder des Magisters, meines anderweitigen Lehrers. Bei diesem Hünerkoch dem Jüngeren erlernte ich auch die Anfangsgründe der englischen Sprache, besonders das Grammatikalische derselben. Da er aber selbst gestand, daß er mich keine ganz richtige Aussprache lehren konnte, so setzte ich den Unterricht fort bei einem Riedel, welcher durch achtjährigen Aufenthalt in England hierin größere Vollkommenheit erlangt hatte. Er war indes ebenso wie mein französischer Sprachlehrer sehr dem Trunk ergeben, und beide fanden schon früh ihr Grab. Es scheint überhaupt mein Schicksal in früheren Jahren gewesen zu sein, daß oft meine Vorgesetzten und andere, mit denen ich Umgang hatte, mir das Beispiel von zu vielem Trinken gaben. Zu fernerer Vervollkommnung in beiden Sprachen – Französisch und

Englisch – ging ich dann noch zu Herrn D[aniel] Braubach, mit dem ich die Henriade [von Voltaire] und Miltons Lost Paradise las, auch besonders noch Aufsätze über merkantilische Gegenstände mit vielen Schiffstermini in beiden Sprachen von ihm korrigieren ließ, weil er als praktischer Nautiker, der auf seinen Seereisen in England und Frankreich gewesen, hierin am besten bewandert war. Für die englische Sprache hatte ich indes immer die größte Vorliebe, daher ich dann späterhin noch Konversations- und Deklamationsübungen bei Herrn George Papendieck beiwohnte, der lange Jahre in London bei Hofe als Unterbibliothekar des Prinzen von Wales gewesen war und sich sehr gut in jener Sprache auszudrücken wußte, viel besser wie Herr Braubach, mit dem ich mich auch nicht viel auf Sprechen einließ, um das hierin von Riedel erlernte nicht zu verlieren. Den Unterricht in Arithmetik und Schönschreiben erhielt ich während dieser Jahre unausgesetzt fort bei Weßels dem Vater und Sohn, der in den letzten Zeiten assistierte und seinen Vater in der Kunst übertraf. Nebenher ging ich zu Herrn Keßel in die Tanzschule, welches mir jedoch wenig Vergnügen machte, ebenso wie der Unterricht im Zeichnen bei Herrn Eberlein, und da ich von musikalischen Instrumenten nur die Flöte zu lernen wählte, welches man mir nicht erlauben wollte, weil man meine Brust nicht stark genug dazu glaubte, so bin ich in all diesen schönen Künsten sehr unerfahren geblieben. Während den ersten Jahren des Unterrichts bei Herrn Magister Hünerkoch fühlte ich starke Neigung, mich dem theologischen Studium zu widmen, was mein Vater auch nicht ungern sah, um mal wieder einen Böving, so wie weiland meinen Großvater, von der Kanzel reden zu hören. Ich selbst habe den aufgegebenen Entschluß in späteren Jahren oft bereut und hätte gern noch wieder umgesattelt, wenn das dazu erforderliche Erlernen mehrerer toter Sprachen mir dann nicht schon zu schwer geworden wäre. Dadurch aber, daß mein Vater mich zu drei Malen in den Jahren 1786, 1787 und 1788 mit nach Braunschweig zur Sommermesse nahm, auch im April 1788 mit nach Zweiburg, sechs Meilen von hier unten an der Weser, zur Musterung eines nach Grönland auf den Walfischfang bestimmten Schiffes, und weil ich in dem letzten Jahre auch schon zuweilen auf meines Vaters Kontor in dessen Handlung zu Geschäften angeführt wurde, erwachte in mir der Handlungsgeist. Besonders aber verlor sich durch das Reisen die Lust zum Studieren und zu dem dabei so notwendigen Stillesitzen; denn Anno 1788, vom 14. Juni bis 15. Juli, machte ich noch eine ganz besonders angenehme Reise mit meinem Vater nach Faaborg auf der dänischen Insel Fünen, wo meines Vaters Bruder Franz Johann Gerhard Böving, dessen Pate ich bin, damals als Apotheker lebte... Die frühe Bekanntschaft mit vielen fremden Menschen und fremden Sitten bewirkte einen vorteilhaften Eindruck auf mich. Es gab den Ideen einen grösseren Schwung und verscheuchte die durch Schulstaub und bei den lieben Oheimen und Tanten zu Haus damals einem gewöhnlich anklebende Steifigkeit und Blödigkeit.

Mein ältester Bruder arbeitete derzeit schon seit mehreren Jahren auf dem Kontor meines Vaters; wie es daher beschlossen war, daß ich mich der Erlernung der Handlung widmen sollte, bemühte sich mein Vater, auf einem anderen hiesigen Handlungskontor eine Stelle als Lehrbursche für mich zu engagieren. Dieses gelang um Ostern 1789 bei Herrn Gottfried Reinhold Treviranus, bei dem ich bis Ostern 1794, also fünf Jahre, als Lehrling zu bleiben versprechen mußte, und mein Vater bezahlte dafür nach Ablauf derselben ein Honorar von 250 Rtlr. an meinen Lehrherrn. Dieser war bei etwas aufbrausender, leicht reizbarer Natur doch ein recht gutmütiger Mann und erlaubte mir, bei allen strengen Befehlen zur Ordnung in den Sitten, doch sehr viele Freiheiten oder vielmehr, er sah durch die Finger. Manchmal gab es denn aber auch heftige und derbe Reprimanden, wenn ich mir der Freiheiten zu viel nahm. Auf seinem Kontor hingegen brauchte er mich nicht zur Ordnung zu vermahnen. An meinen mir obliegenden Geschäften ließ ich es nie ermangeln und nach der auf meines Vaters Kontor gewohnten Ordnung in allen Dingen fand ich sogar Mängel, denen ich aber nur in kleinen Sachen, bei meinem untergeordneten Verhältnisse, abhelfen konnte. Das italienische Buchhalten konnte ich hier nicht praktisch lernen. Ich mußte zu gedruckten Büchern meine Zuflucht nehmen, und weil ich Lust dazu hatte, verschaffte ich mir bald ohne fremde Hilfe die nötige Kenntnis davon. Dagegen hatte ich Gelegenheit, viele Waren kennenzulernen, die Länder, woher sie bezogen werden, und eine Menge Kunden zum Absatz in Oberdeutschland; denn meines Prinzipals Handlung erstreckte sich nicht allein auf alle Spezerei-, Drogerei- und Farbewaren, sondern auch fette Waren und alle übrigen couranten Artikel. Er unterhielt eine lebhafte Korrespondenz und schrieb einen sehr geläufigen Stil, so wie er überhaupt ein Mann von vielem natürlichen Genie war, nur nicht in fremden Sprachen gewandt. Ich habe ihm vieles zu danken und meine Lehre bei ihm gewiß nicht ohne guten Nutzen zugebracht.

Quelle:

Karl H. Schwebel: Aus dem Tagebuch des Bremer Kaufmanns Franz Böving (1773 – 1849); in: Historische Gesellschaft Bremen (Hrsg.), Heft 15, Bremen 1974, S. 19 ff.

Franz Johann Böving wuchs in einem soliden Bremer Handelshaus auf. Die Langenstraße im Herzen des Martiniviertels, in der er seine frühe Kindheit verlebte, war damals die beste Adresse für einen Bremer Kaufmann, und sein Vater Johann Wilhelm Böving gehörte zu den angesehenen Importeuren der damals noch recht provinziellen – und von der Aufklärung kaum berührten – Hansestadt. Franz Johann Böving war in seinem Geschäftsleben nicht entfernt so erfolgreich wie sein Vater: nur mit Müh und Not entging er mit der von ihm geführten Familienfirma dem Konkurs; darüber hinaus mußte er nach der Liquidierung der Firma seine diversen bürgerlichen Ehrenämter niederlegen.

MARTIN HEINRICH WILKENS
(*1782 Bremen † 1869 Bremen)

Was uns eigentlich erzog

Diedrich Wilkens ist der Name meines seligen Vaters. Er wohnte in der Oelmühlenstraße, war Kimkermeister (Tonnenmacher) bis in sein sechzigstes Jahr und dann übernahm er die Stelle als Oekonom auf dem damaligen St. Johannis-Kloster (einer stillen Wohnstätte für alte Leute), welche ihm von den Administratoren angetragen wurde. Diese verwaltete er mit Hülfe meiner Mutter, einer sehr tüchtigen Hausfrau, 12 Jahre. Er hat sich dreimal verheirathet. Die erste Frau gebar ihm mehrere Kinder, wovon bei meiner Geburt noch zwei am Leben waren: ein Sohn Henrichs, und eine Tochter Anna. Am 21. Nov. 1782 wurde ich von der zweiten Frau als Zwilling geboren. Zwei Jahre später bekam ich noch einen Bruder, Namens Diedrich. Dagegen starb mein Zwillingsbruder Albert in seinem dritten Lebensjahre. Die letzte Ehe war kinderlos.

Nach der damaligen Sitte wurden wir Kinder schon sehr früh in die Schule geschickt, um wenigstens für einen Theil des Tages in Sicherheit zu sein. Meine erste Lehrerin war eine ungefähr 75 Jahre alte Frau Hoffmeyer. Ihres Alters wegen stand ihr eine Tochter Namens Wollbrechta, auch schon 50 Jahre alt, zur Seite. Wenn diese letztere nun Morgens in die Schule kam, setzte sie sich bequem auf einen breiten Lehnstuhl nieder, und ließ dann je zwei Kinder vor sich kommen, zeigte ihnen die Buchstaben, nannte sie, und that dabei allerlei Fragen, um zu sehen, ob sie auch verstanden wäre. Hierbei entstand oft ein kleiner Conflict, da Wollbrechta sehr stark schielte, und wir Kinder ein derartiges Verhältnis der Augen nicht kannten, so daß, wenn sie eine Frage an mich richtete, ich glaubte, sie gelte dem neben mir Stehenden: dann gab ich keine Antwort; oder die Frage galt dem anderen und ich war vorlaut. In beiden Fällen gab es derbe Verweise. Für bedeutendere Unarten mußten gewöhnlich unsere Hintertheile büßen, indem sie mit der breiten Hand der Schulleiterin in eine schmerzliche und zugleich hörbare Berührung kamen. Daher der Name »Klippschule«. Diese Strafart war um so bequemer für sie, da wir Knaben damals noch zu jung waren, um Hosen zu tragen. Der alte Ehemann der Frau Hoffmeyer übernahm die Aufsicht über sämtliche Schulkinder mit, und entfernte sich daher selten aus der Stube. Er war seines Handwerks ein Perrückenmacher und trieb diese Beschäftigung in der Schulstube, damit in seiner Gegenwart Alles ordentlich zugehe. Er hatte einen etwa 5 Fuß hohen, runden, hölzernen Stock, auf welchem oben ein zierlich aus Holz geschnittener kahler Menschenkopf angebracht war. Auf diesem befestigte er seine Perücken, um sie zu frisieren, und mit Puder und Pomade wieder gehörig zu versorgen. Wenn wir Kinder uns nun bisweilen vergaßen und recht laut wurden oder gar schrieen, dann hielt er uns diese Carikatur dicht vor die Augen, und siehe! es war Alles mausestill.

Herr Hoffmeyer und Frau, dieses alte Ehepaar, hatte ein sehr würdiges Aussehen. Auch war damals das Perrückenmacheramt sehr geachtet, wahrscheinlich wegen der großen Allongeperrücken, die nicht allein dem hohen Rath, sondern auch der Geistlichkeit die etwa fehlende Weisheit ersetzen mußten. Denn sowohl Senatoren, als auch

Prediger und Diakonen durften damals nicht ohne Allongeperrücken erscheinen.

In dieser Schule brachte ich ein Jahr zu, lernte aber eigentlich nur die Buchstaben kennen. Als ich ihr entwachsen war, kam ich in eine zweite. Mein jetziger Lehrer hieß Herr Steimann und wohnte hinter dem Doventhorswall in der Nähe der Adamspforte. Ein Lehrbursche meines Vaters mußte mich das erste Mal hinbringen, und als dieser die Schulstubenthür öffnete, erschrak ich vor der Gestalt meines Lehrers. Ich schrie laut auf, so daß Frau Steimann herbeikam, mich mit freundlichen Worten zu beruhigen und mir zu sagen, ihr Mann sei nicht so böse, wie er aussehe. Hierauf wurde ich in die Schulstube geschoben, und der Lehrbursch entfernte sich. Herr Steimann wies mir meinen Platz an, und weil ich mich noch immer vor ihm fürchtete, ließ ich ihn nicht aus den Augen. Er war ein sehr alter, langer, hagerer Mann, mit einem recht grämlichen Gesicht. Seine Kopfbedeckung bestand in einer dicken, grauen gewalkten Mütze. Er trug eine kurze dunkle Jacke, und kurze dunkle Hosen, hatte dünne lange Beine, und ziemlich große Füße. Hinter ihm an der Wand hing ein schwarzes Brett, auf dem ein Esel gemalt war. Dieser wurde dem, der ein großes Versehen begangen hatte, angehängt, und der Betreffende mußte dann eine Stunde steif in der Schulstubenecke damit stehen. Von dieser schweren und gar zu empfindlichen Strafe wurde aber nur äußerst selten Gebrauch gemacht. – Der Unterricht bestand in Lesen, Schreiben und etwas Rechnen, von Religionsunterricht bei diesem Lehrer ist mir Nichts bewußt.

Darnach kam ich in die Stephani-Kirchspielschule. Mein dritter Lehrer war Herr Johann Lange, ein großer, starker und schon ziemlich alter Mann. Er litt sehr an Melancholie, die er mit einem übermäßigen Gebrauch von Schnupftabak zu vertreiben suchte. In der Seitentasche seines Schlafrockes trug er beständig einen daumdicken, mit schwarzem Leder überzogenen Tagel, von dem er leider oft Gebrauch machen mußte; jedoch habe ich ihn nie geschmeckt. Herr Lange war ein sehr gelehrter Mann, ein berühmter Rechenmeister und Dichter. Der Unterricht bestand in Schreiben und Rechnen. Dazu mußten wir Stellen aus dem Heidelberger Katechismus und aus dem Gesangbuche auswendig lernen und Choräle singen.

Unter unseren alten Stadtsoldaten befanden sich viele Veteranen, die größtentheils auf Stephani wohnten. Wenn nun ein solcher, oder dessen Frau starb, so wurde die Leiche mit Trauermusik und Gesang zu Grabe geleitet, welches letztere wir Schulknaben verrichten mußten, wofür wir dann zum Geschenk jeder zwei unangeschnittene Federposen erhielten und den folgenden halben Tag spielen durften.

Mit meinem 13ten Jahre, als ich noch die Schule besuchte, bekam ich auch Religionsunterricht: zuerst bei Pastor Tidemann, welcher bald starb, worauf ich denn zu Pastor Iken ging. Auch hier wurde der Unterricht größtentheils aus dem unvermeidlichen Heidelberger Katechismus getrieben, äußerst selten wurde die heilige Schrift selbst angewendet. Diese Stunden waren eigentlich sehr dürftig, weil wir wohl mit dem genannten Buch und dem sogenannten »Gnadenbunde«, ebenfalls einem Lehrbuch für Kinder bekannt wurden, uns aber die Bibel ganz fremd blieb; und als ich mit mehreren anderen Knaben in der Katechesationsstube confirmirt wurde, brauchte ich nur das auswendig gelernte Glaubensbekenntnis herzusagen, und damit waren wir »los« mit ungefähr 16 Jahren: (Für mich fiel dies in die Mitte der Zeit, wo ich bei Ronneberg in die Lehre ging).

Jetzt muß ich auch Etwas von der Art und Weise erzählen, wie wir Kinder von unseren Eltern erzogen wurden. Diese befolgten hierin durchaus keine bestimmte Methode; was uns eigentlich erzog, war die zärtliche Liebe unserer Eltern zu uns Kindern: und selbst als mein Vater sich zum dritten Male verheirathete, und wir also eine Stiefmutter bekamen, wurden wir von ihr mit derselben Liebe erzogen, so daß wir unsere rechte Mutter nie entbehrten.

Wenn mein Vater Feierabend gemacht hatte, kam er zu uns Kindern herauf, setzte sich in seinen Lehnstuhl an den Ofen, nahm meinen Bruder Diedrich und mich auf die Kniee und ließ uns Hop, hop reiten; oder er nahm seine eiserne Maultrommel in den Mund, ging damit im Zimmer auf und ab und machte uns Musik vor. Weil nun uns Kindern niemals ein Spielzeug geschenkt wurde, so verfertigte ich mir meine Spielsachen selbst aus Holz, Thon oder Kreide. Am Meisten beschäftigte ich mich mit Zeichnen und Malen, worin ich nach und nach eine bedeutende Fertigkeit erlangte, und besonders im Portraitmalen, wovon ich noch jetzt Proben aufweisen kann.

So bin ich gekommen bis in das 16te Jahr, wo nun die Frage an mich herantrat: Was willst du werden? Auf dieselbe hatte ich nur eine Antwort: Goldschmied. Mein Vater dagegen wollte aus mir einen Kaufmann machen, weil ich eine gute Hand schrieb. Ich aber bestand auf meinem Vorsatze und kam auch wirklich bei einem alten Goldschmied, Namens Flörken, wohnhaft in der Faulenstraße, in die Lehre, weil aber dieser nur für Bauern arbeitete, und ich immer entweder mit einer sehr groben Feile oder einer spitzen Nagelfeile meine zarten Hände beschädigen mußte, so verging mir wieder die Lust zu dieser Arbeit, da ich sie mir ganz anders vorgestellt hatte. Ich klagte dies meiner Mutter und zeigte ihr meine verwundeten Hände; sie theilte diese Klagen meinem Vater mit, und es wurde beschlossen, mich wieder ins Haus zu nehmen.

Jetzt legte mein alter Vater es aufs Neue darauf an, mich in den Kaufmannsstand zu bringen, und ich mußte dieses Mal seinem Lieblingswunsche nachgeben. Meine Stelle bei einem Kaufmann Rigmondon, wohnhaft am Stavendamm an der Ecke der Holzpforte trat ich schon mit großem Widerwillen an. Meine ganze Arbeit bestand darin, Briefe zu copiren, mitunter mußte ich auch in das Weinlager, um Flaschen und Fässer zu spülen. Alles für mich eine sehr widerliche Arbeit, besonders da ich so den ganzen Tag verbrachte, ohne etwas Sichtbares und Handgreifliches hervorzubringen. In dieser drückenden Lage hielt ich dennoch 8 Monate aus, ohne sie meinem Vater zu klagen. Zum Glück für mich machte Herr Rigmondon dann Bankerott, das Geschäft hörte auf, und ich war wieder frei.

Da ich nun einen großen Kunstsinn in mir hatte und mich so gern mit Künsteleien beschäftigte, setzte ich es aufs Neue durch, Goldschmied zu werden. Ein alter Meister Ronneberg nahm mich in die Lehre. Diesen Mann kannte mein Vater nur, weil er in unserer Nachbarschaft wohnte, und zwar als einen sehr freundlichen Menschen: aber das gerade Gegentheil stellte sich bald heraus. Es war Winter, der Schnee lag hoch auf den Straßen, und dazu thaute es stark, als ich diese Lehrzeit antrat. Auf Polizeibefehl mußten alle Straßen vom Eise befreit werden. Da nun Ronneberg keinen Tagelohn ausgeben wollte, so war dies meine erste Arbeit. Darauf fing ich in der Werkstatt die eigentliche Goldarbeit an. Da aber Ronneberg ein sehr heftiger Mann war, der jeden kleinen Fehler nicht allein mit Scheltworten, sondern auch mit Schlägen bestrafte, so war ich wieder sehr unglücklich, wagte jedoch meinen Eltern Nichts zu sagen. Nie hatte ich von meinem Vater Schläge bekommen, hier aber waren diese unzählig. In diesem traurigen Zustande verlebte ich wieder etwa 8 Monate. Da schickte er mich eines Abends nach dem Wall, um Gras für ein Lamm zu holen, welches er seinem kleinen Sohn geschenkt hatte. Als ich nun durch die Oelmühlenstraße ging, sah mich mein Bruder, und da ich mich ihm mit einem blauen Auge zeigen mußte, fragte er mich, woher ich dieses bekommen habe. Nun klagte ich ihm meine ganze Noth, die ich meinen Eltern verborgen hatte. Er ebenfalls sehr heftiger Natur, verfluchte den alten Tyrannen, ging noch an demselben Abend zu meinen Eltern, und kam am anderen Morgen, mich mit Gewalt wieder aus diesem Haus herauszuholen.

Bald nachher nahm mich der Goldschmied Wöllmann an der Stintbrücke, Ecke der Breedenstraße wohnhaft, in die Lehre, wo ich denn meine 5 Lehrjahre ohne besondere Erlebnisse vollendete.

Quelle:

Martin Heinrich Wilkens: Erinnerungen. Herausgegeben 1982 von M.H. Wilkens & Söhne GmbH, Bremen, S. 5 ff.

Martin Heinrich Wilkens interessierte sich schon in seiner frühen Jugend für das Kunsthandwerk und kam auch – obwohl sein Vater ihn für den Kaufmannsberuf vorgesehen hatte – bei einem Goldschmied in die Lehre. Nach vier Wanderjahren ließ er sich 1810 als Gold- und Silberschmiedemeister in der Balgebrückstraße nieder. Zwischen 1840 und 1859 war Wilkens als Verwalter der Bremischen Münzanstalt bestellt. 1859 gründete er die noch heute in Hemelingen bestehende Silberwaren-Fabrik.

Oktober 1813: Kosaken unter Oberst Tettenborn greifen Bremen an.

ARNOLD DUCKWITZ
(* 1802 Bremen † 1881 Bremen)

Wir wußten uns stets zu beschäftigen

Bei meiner Geburt am 27. Januar 1802 war ich so zart und schwächlich, daß Niemand Hoffnung hatte, daß mein Vater, welcher sich zu jener Zeit auf der Braunschweiger Messe befand, mich lebend sehen würde. Man zeigte ihm einfach die Geburt an. Auf die Kunde der Geburt eines Sohnes, des lang Ersehnten, versammelte mein Vater seine sammtlichen Geschäftsfreunde um sich, gab ihnen eine große Mahlzeit in der Freude seines Herzens, und manches Glas mögen da die durstigen Gerber auf das Wohl des Neugeborenen geleert haben. 1829, also nach 27 Jahren, traf ich noch viele Gerber, die jener Festlichkeit beigewohnt hatten, und mir davon erzählten, welch ein Jubel jener Tag gewesen, weil sie den guten Alten so lieb gehabt hatten. Ich war Ihnen daher sofort ein alter Bekannter und Freund, und die neue Geschäftsverbindung war leicht gemacht.

Aus meiner Kinderzeit weiß ich... nicht gar vieles zu erzählen. Bis zu meinem achten Jahre war ich ein schwächlicher Knabe, ohne jedoch sonderlich an namhaften Kinderkrankheiten gelitten zu haben. Aus dieser Periode weiß ich mir nur wenig zu erinnern. Meine Spielcameraden waren besonders August Miesegaes und Eduard Hagedorn, mit denen ich mancherlei Unheil angerichtet haben mag, denn trotz meiner Schwächlichkeit war ich ein etwas unbändiger Junge. Weil ich nun oftmals fortrannte, ohne mich wieder nach Haus finden zu können, wurde mir ein Spruch beigebracht, den ich hersagen sollte, wenn jemand mich auf entfernten Straßen fragen sollte: »Wo heest du?« Dieser Spruch lautete: »Arnold Duckwitz up den Dieke, dat Eckhuus an der Korten Straaten, mit eenen grooten Boom vor der Deeren.« Damals wurde an Hochdeutschsprechen fast in keiner Bremischen Familie gedacht. Nach solcher Äußerung meinerseits hofften meine Eltern, daß eine christliche Seele mich zu ihnen zurückbringen werde. Da ich der Liebling meines Vaters war, mag mich derselbe wohl etwas verzogen haben, denn obgleich ich erst 5 Jahr alt war (1808), brachte mir derselbe eine Menge herrlichen Spielzeugs von der Braunschweiger Messe mit, worunter auch 6 wirkliche messingene Kanonen, welche ich unter Hülfe eines um ein paar Jahre älteren Freundes, George Gorrisson abzufeuern pflegte. Ein gefährliches Spielzeug für einen Knaben von 5 Jahren. Das aber lag damals im Zeitgeiste. Eines Tages war ich im Hause meines Cameraden Gorrisson ... mit diesem Spielwerke beschäftigt, als ich nach Haus geholt wurde, um zu vernehmen, daß mein lieber Vater (am 10. Septbr. im Alter von 61 Jahren) gestorben war. Ich entsinne mich noch sehr lebhaft, daß ich davon keineswegs ergriffen war, sondern meine Mutter und Geschwister nur mit der Frage quälte, ob Vater in eine schwarze oder in eine weiße Kuhle käme, da man mir oft gesagt hatte, ungehorsame Kinder würden in einer schwarzen Kuhle begraben. Ich folgte der theuren Leiche im Wagen zu ihrer Ruhestätte in Unserer Lieben Frauen Kirche, und erst als ich den geliebten Vater zu Hause nicht mehr fand, und vernahm, daß ich ihn nie wiedersehen würde, flossen meine Kindesthränen.

Der liebe Alte wurde, besonders uns Knaben, zu früh entrissen, da wir nun, der männlichen Überwachung entbehrend, uns an das weibliche Commando wenig kehrten und so ziemlich in den Tag hinein lebten. Meine Mutter, eine Frau voll Liebe und Zärtlichkeit, Tochter von Friedr. Bagelmann (außer dem Osterthore) hatte ihre besondere Neigung uns Knaben zugewendet, und da es damals noch nicht Sitte war, die Liebe in Strenge zu äußern, so wurden wir mit sehr großer Nachsicht behandelt, und fanden bei ihr stets Schutz gegen unsere strengeren älteren Schwestern. Bei aller Ungebundenheit und Ungezogenheit hatten wir, beide Knaben, doch von frühester Kindheit an einen starken Trieb nach Thätigkeit, denn wir wußten uns stets zu beschäftigen, und meine Schwestern haben uns oft nachgesagt, daß trotz unserer Unart und Verzogenheit wir doch stets recht ruhig fortzuspielen gewußt hätten. Meine Mutter war eine fromme Frau, jedoch ohne den Glaubenseifer einer späteren Zeit, und wirkte auf jede Weise darauf hin, uns einen kindlichen religiösen Sinn beizubringen, was ihr auch so ziemlich gelungen ist. Sie hat mir in späteren Jahren oft erzählt, daß, wenn sie nach dem Tode meines Vaters oft gegen mich in ihrer Betrübtheit geäußert habe, sie sei jetzt verlassen und allein, meine Antwort: »Du bist nicht allein, der liebe Gott ist ja bei Dir«, aus dem Munde eines 6jährigen Knaben kommend, ihr immer einen großen Trost und eine wahre Stärkung gewesen sei.

Es kam die Kriegszeit, und französische Truppen besetzten unsere Stadt. Was Wunder, daß eine Wuth zum Soldatenspiel auch in die Kinder fuhr. Ich wurde mit einer Uniform, Helm und Degen angethan, und – als eines Tages der General Carra St. Cyr, umgeben von seinem General-Stabe, mit einem Regimente von Franzosen vor unserem Haus vorbeizog, stand ich vor der Thüre, und salutirte mit meinem Säbel. Der General und sein Stab salutirten wieder unter lautem Gelächter. Die Sache machte mir unendlichen Spaß, und ich habe sie in lebhafter Erinnerung behalten.

Meine unglückliche älteste Schwester Elise, welche schon seit ihrem 8ten Jahr schwerhörig geworden war, verlor im Jahre 1809 ihr Gehör ganz, und die Ärzte empfahlen meiner Mutter, mit ihr eine Reise ins Bad nach Eilsen zu machen. Dieses geschah, und die beiden Knaben wurden zur Gesellschaft meiner Mutter mitgenommen. Die Reise ging vor sich, nach damaliger Sitte in unserem eigenen 4sitzigen Stuhlwagen, und mit unsern Pferden. Aus den Erlebnissen in

Eilsen will ich nur den folgenden Vorfall erzählen. – Neben dem Badeorte ist ein hoher waldiger Berg, der Harrel, auf diesem befindet sich eine Försterwohnung, in welcher, wenigstens damals, Wirthschaft getrieben wurde. Für die Badegäste war dies Försterhaus ein Vergnügungsort, zu dem man Nachmittags fuhr oder ritt. Von dem Försterhause führten mehrere Chausseen nach verschiedenen Richtungen den Berg hinab. Eines schönen Nachmittags waren auch wir nach diesem Hause gefahren, wo sich eine zahlreiche Gesellschaft von Herren und Damen in dem Garten befand. Gegen Abend wurde zur Heimkehr gerüstet, und da zwischen meinem Bruder und mir stets eine Eifersucht bestand darüber, wer den Sitz neben dem Kutscher haben solle, beeilte ich mich, diesen Sitz zuerst einzunehmen, und kletterte auf den bespannten Wagen. Der Kutscher hatte die Pferde einen Augenblick verlassen, um noch einen Schnaps zu trinken, und in diesem Augenblicke bestieg ich den Wagen. Die durch nichts gehaltenen Pferde begannen vorwärts zu gehen und jagten in vollem Galopp an dem Garten vorüber, aus welchem ein entsetzliches Zetergeschrei der Damen und Herren erscholl. Alles sprang auf und rannte über Busch und Block nach dem Wagen, allein die bergabwärts eine neue unfertige Chaussee hinunter galloppirenden Pferde waren nicht einzuholen, und bald hörte ich auch von dem Geschrei nichts mehr. Der Wagen schoß den Berg hinunter, lief streckenweise über die neu angepflanzten schlanken Pappeln, die sich unter dem Wagen beugten, dann auf dem noch mit loosen Steinen beworfenen Fahrweg. Ein Wanderer hielt den Pferden seinen Hut vor und machte das Ding dadurch nur ärger. Anfangs saß ich auf dem vordersten Stuhle, der Schwung des Wagens hatte aber die Stühle übergeworfen, so daß ich bald in die Ecke des hintersten Stuhles, eine Art Halbchaise, gedrückt war. Hier saß ich und gedachte der schrecklichen Schleifung der Consulin Sengstacke, die wenig Tage vorher auf schauderhafte Weise bei einem Ritte zu Oberneuland geschleift worden war, einer Geschichte, die mir meine Mutter erst kurz vorher erzählt hatte. Ich faltete meine Händchen, und rief laut: »lieber Gott, hilf mir!« Da kam ein Stoß. Ich flog aus meiner Halbchaise, und zwar mit dem Munde auf die Lehne des vordersten Stuhles. Das Blut floß mir aus dem Munde, es waren aber nur die Zähne, welche gelitten hatten, denn 2 fielen heraus, die anderen Schneidezähne waren schief geworden, sonst fühlte ich mich unversehrt. Der Schlagbaum der noch nicht fertigen Chaussee war am Fuße des Berges geschlossen. Die Pferde hatten ihn übersprungen, der Wagen war dagegen gestoßen, und dadurch zum Stehen gekommen.

Nachdem ich noch eine Weile im Wagen geblieben war und mich von dem Schreck etwas erholt hatte, erschienen mehrere zu Fuß und zu Pferde nachgeeilte Herren, die sehr erfreut waren zu finden, daß die Sache so gut abgelaufen war. Ein Herr, Herr von Plessen aus Holstein, der mich den Berg hinauf getragen hatte, führte mich an der Hand zu meiner noch halbohnmächtigen Mutter und sagte ihr: »Da haben Sie Ihren Sohn wieder,« und indem er mir die Hand aufs Haupt legte: »Mein Sohn, aus Dir kann noch ein Mal was Großes werden!« –

Wie oft sind mir später diese Worte vorgehalten worden mit dem Beisatze, es würde aus mir ein großer Schlingel werden. Nur meine taube und später ganz erlahmte Schwester Elise sagte von jener Zeit her immer: »Mein Bruder soll ein Rathsherr werden.«

In meinem 8ten Jahre besuchte ich die Lateinische Schule, dann die Privatschule des Herrn Oldenburg, welche, nachdem dieser Pastor in Wildeshausen geworden war, durch Herrn E. Greverus fortgesetzt wurde. Dieser Letztere war ein feuriger Patriot, der später selbst einen Feldzug mitmachte. Mit großer Vorliebe lehrte er uns die Deutsche Geschichte und verweilte lange bei dem Helden Herrmann. Er wußte in uns einen glühenden Franzosenhaß zu wecken, so daß 1813, obgleich die sämmtlichen Schüler Kinder von 11 bis 13 Jahren waren, diese keinen sehnlicheren Wunsch kannten, als 2 Jahre älter zu seyn, um mit ins Feld ziehen zu können. Ich träumte von nichts als Krieg und konnte mir nichts Köstlicheres denken, als auf dem Schlachtfelde durch eine Kugel zu sterben. Im October 1813 wurde die Stadt bombardirt, welches uns Knaben anfangs so viel Vergnügen machte, daß wir uns in Haufen auf der Brücke aufstellten und zusahen, wie die Kosacken durch die Weser schwammen, während die Kugeln über unsere Köpfe wegsauseten. Bald wurden wir jedoch durch die französische Gensdarmerie nach Haus getrieben, und nachdem eine Kanonenkugel in unser Nebenhaus geschlagen hatte, wobei die Demoiselle Savandt verwundet worden war, wir auch häufig dampfende Bomben über die Altstadt fliegen sahen, verkrochen wir uns in den Ecken der hinteren Zimmer des Hauses, und so viel Verwegenheit wir vorher besessen hatten, so wenig hatten wir davon nachher zu zeigen. Am 5. October rückten Preußen und Kosacken in die Stadt. Das war ein großes Fest für uns Knaben. Die bärtigen mit Ungeziefer reichlich versehenen Asiaten wurden von uns auf das zärtlichste umarmt und geküßt, wir schleppten ihnen Äpfel, Branntwein und Bier zu, und sie schenkten uns dafür Patronen, womit wir dann aus unseren Kanonen schossen und allerlei Feuerwerk machten. Am Walle, zwischen dem Schauspielhause und dem Osterthore, hatten die Kosacken unter Zelten ihr Lager errichtet, ein herrlicher Tummelplatz für die Jugend! Überhaupt war jene Zeit für uns Knaben eine köstliche.

Da uns eine große Freiheit gestattet war, so hausirten wir in jenem Alter außer der Schulzeit vorherrschend auf den Straßen herum und machten eben keinen sonderlichen Unterschied in der Wahl unserer Genossen. Wir kamen daher so ziemlich in den Geruch von Straßenjungen, und verdienten solches auch von Rechtswegen, denn wir gingen förmlich darauf aus, auf den Straßen, nah und fern, Unfug zu machen, welches wir Schandahl maken nannten. Bald wurde ein Bindfaden über die Straße gespannt und aus einiger Entfernung zugesehen und sich daran ergötzt, wie die Passanten darüber hinstürzten, bald wurden auf der Wachtstraße alle Hähnchen der Wasserröhren aufgedreht, bald mit Erbsen an erleuchtete Fenster geworfen, und dergleichen Unheil mehr. Bei alledem aber hatten wir Sinn für etwas Besseres. Zu dieser Zeit schloß ich Freundschaft mit Werner Ellerhorst, den ich zuerst dadurch kennen lernte, daß er mir als warnendes Beispiel aufgestellt wurde, nicht mit Pulver zu spielen, da er mit einem Pulverhorne Pulver auf eine brennende Lunte geschüttet hatte, jenes aber zersprungen war, und ihm das Gesicht gefährlich verletzt hatte. Mit ihm und den beiden Miesegaes hatten wir eine Sonntagsgesellschaft errichtet, die nicht mit Spiel begann und endete, sondern sie wurde wie folgt von uns organisirt. Wir wollten darin etwas lernen, und so sollten diejenigen unter uns, die in einigen Dingen mehr wußten als die Anderen, Vorträge halten und Unterricht ertheilen. In solcher Weise gab August Miesegaes Unterricht in der deutschen

Sprache, ich in Geographie und Geschichte, und diese Unterrichtgeberei, die wenigstens nicht schadete, dauerte dann von 3 Uhr Nachmittags bis etwa 6 Uhr, und wurde nur unterbrochen durch eine um 4 1/2 Uhr dargereichte Erfrischung. Um 6 Uhr hieß es dann: Jetzt laßt uns »Schandahl« machen, und dann ging es im Winter fort in entfernte Stadttheile, wo dann Unheil angerichtet wurde, im Sommer aber ging es ins Schilf, zum Fischen oder zum Schwimmen. Es war uns zwar Allen schwer verboten, ans Wasser zu gehen, und um Alles in der Welt uns nicht in der Weser zu baden. Nachdem wir oft eine das Wasser verpönende Predigt von unsern Müttern, denn wir waren Alle vaterlos, empfangen und verschluckt hatten, bestiegen wir einen Kahn hinter Miesegaes Garten, entkleideten uns und sprangen kopfüber in die Weser und kehrten dann als gehorsame Kinder heim zu unserm Abendbrote. Das Schwimmen lernte im 9ten oder 10ten Jahre der Eine von dem Andern. Ein Junge, der ein Paar Ellen weit schwimmen konnte, gab einem Andern, der noch nichts konnte, einen Stoß über tieferes Wasser nach einem nahen Floße oder Schiffe, es hieß »Junge schwimm«, und man half sich unter einander, so daß Alles ganz schön ging und keiner an die Gefahr dabei dachte. Einmal plagte uns auch die Lust ein Gedicht zu machen. Wir saßen Sonntags von 3 bis 6 Uhr und quälten uns entsetzlich ab, es kam aber nichts mehr zu Tage als zwei Zeilen, worauf man es für besser hielt zum Schandahl machen über zu gehen. – Fand ich keine Gelegenheit dummes Zeug zu machen, so beschäftigte ich mich auf andere Weise. Unter andern malte ich sämmtliche Landkarten des Schulatlasses verschiedentlich ab und hatte mir dieselben so fest eingeprägt, daß ich jede Karte aus freier Hand ganz richtig bis auf Kleinigkeiten zeichnen konnte, ohne die Landkarte vor mir zu haben. Ich wettete oft mit meinen Freunden, daß sie auch nicht den kleinsten Namen, der auf einer der Landkarten des Schulatlasses stände, nennen könnten, ohne daß ich nicht sofort die rechte Karte, das rechte Land fände, und ohne zu suchen mit dem Finger ungefähr auf die rechte Stelle träfe und habe keine solche Wette verloren. Der viele Unfug den wir trieben, unser beständiger Verkehr mit Straßenjungen, veranlaßte unsere quasi Vormünder, die Beistände meiner Mutter, die Herren Fischer und H. Plump, so wie auch mehrere Onkel, meine Mutter auf das Ernstlichste anzugehen, die ungerathenen Söhne auf das Land zu einem Pastoren in strenge Pension zu geben, weil es keinem Zweifel ihnen zu unterliegen schien, daß mein Bruder und ich die größten Taugenichtse werden müßten. Allein meine Mutter blieb standhaft dabei, sie wolle ihre Kinder nicht von sich geben, wofür wir ihr sehr dankbar waren. Sie behauptete, die Lehrer wären mit beiden Knaben zufrieden, sie brächten stets die besten Zeugnisse zu Haus, sie wären fleißig, und wenn sie auch etwas wild herumtobten, so müsse man Jungen ausrasen lassen. Auch hierin hatte sie recht, denn hätte man unsere Keckheit und Dreistigkeit gebrochen, wer weiß, ob es nicht auf Kosten unserer Entschlossenheit geschehen wäre. In mir steckte nun einmal ein unbändiger Sinn, das ruhige Leben genügte mir nicht, und daraus entstand von früher Kindheit an, neben manchen unbändigen Streichen, ein Hang zur Träumerei, der auch in der Schule mir oft zum Vorwurf gemacht wurde. Ich liebte das Spiel der Phantasie und konnte mir oft Stundenlang allerlei Geschichten ausdenken, Kriegs- und Heldenthaten, wobei ich dann selbst gewöhnlich eines heroischen Todes verblich. Ein großes Vergnügen machte mir das Spiel mit Bleisoldaten, mit welchen ich Schlachten schlug, Festungen stürmte, die ich von Pappe verfertigte und anmalte, mit Kanonen darunter schoß und dergleichen mehr. Mein treuer Spielgenoß war dabei mein Freund W. Ellerhorst.

Zu jener Zeit, gleich nach dem Kriege, war es auch Gebrauch, daß die Knaben der Neustadt mit denjenigen der Altstadt in Krieg lebten, ebenfalls in der Neustadt selbst, die Knaben vom Bunten Thore (Buntendohrschen) mit denen vom Hohen Thore (Hohendohrschen). Die Brautstraße bildete die Gränze. Die Buben standen zu Hunderten sich gegenüber, und schlugen sich mit großen Stöcken weidlich um die Ohren. Ich gehörte zur Armee der Hohendohrschen, und mein Eifer für dieselbe ging soweit, daß ich eines schönen Tages sämmtliche Blumenstöcke aus unserm Garten holte, und damit meine Cameraden bewaffnete.

Im fünfzehnten Jahre nahmen meine Vergnügungen eine neue Richtung. Es war uns ein hübsches Puppentheater geschenkt, auf dessen Verschönerung durch Anfertigung von Coulissen, Puppen u.s.w. mein Sinnen sich richtete. Mein Freund Werner Ellerhorst hatte gleiche Neigung und so führten wir gemeinschaftlich gedruckte und Phantasiestücke in aller Form auf. Da wir ein liebendes, oder liebelndes Herz hatten, und einige junge Schönen gemeinschaftlich becourten, so war es bald angeordnet, daß diese unsere Zuhörer und Zuschauer wurden, und uns zu Vermehrung unserer Anstrengungen anspornten. Zu dieser Zeit bekamen wir auch Tanzunterricht, wobei es sehr decent herging. Der Tanzlehrer Willbratte hatte ein Local auf der Waage, wo etliche 20 Knaben und ebenso viel junge Mädchen vereinigt wurden. So überaus ordentlich und fein es dabei zuging, so unvermeidlich war das Liebeln. Wie ernsthaft es jedoch mit dem Liebeln gemeint war, mag daraus hervorgehen, daß wenn wir mitunter en cavalier die Damen zu Hause begleiteten, sie auch wohl im Schlitten nach Haus fuhren, uns doch auch mehrfach die Unart plagte, sie mit Schneebällen zu bewerfen, und unter großem Juchhe nach Haus zu jagen.

Im 16ten Jahre führten wir das Liebeln weiter. Statt uns mit einem Puppentheater zu begnügen, wurden wir selbst Schauspieler. Unser Theater war unser geräumiger Vorplatz. Coulissen, Fond, Vorhang verfertigten wir selbst in allerlei Formen. Wald, Garten, Zimmer, Stadt, damit reichten wir bei jedem Stücke, das wir aufführten, aus, die Hauptsache aber waren unsere Zuschauer, welche sämmtlich generis feminini waren, denn männliche Zuschauer wurden nicht geduldet. Es war der ganze Kreis der Schönen, die wir verehrten, denn Keiner von uns war mit einer Einzelnen zufrieden, er mußte wenigstens ein halbes Dutzend anbeten. Diese Anbetung äußerte sich nun in der Aufführung von Schau-, Trauer- und Thränenspielen.

Mit dem Anfange des Jahres 1818 begann mein Confirmations-Unterricht bei dem Herrn Pastor Kottmeier. Nun wurde ich ernster, das Theaterspielen hatte ein Ende, und alle Gedanken erfüllte der Confirmations-Act, auf den ich mich vorbereitete. – Wenn ich mir jene Zeit vergegenwärtige, muß ich sagen, daß ich ein wirklich frommer (das heißt ein Gott ergebener) Knabe war, und mein Ellerhorst war es mit mir. Mit wahrer Begeisterung gingen wir zum Unterricht, und unterhielten uns Abends über das Vernommene. Wir lasen mit einander religiöse Schriften, und in dieser Einheit des Sinnes schlossen wir eine innige Freundschaft. So nahete der Tag der Confirmation, den ich aufs festlichste beging, und dessen Eindruck auf manches Jahr hinaus meiner Lebens- und Denkweise eine ernste Richtung gab.

Quelle:

Arnold Duckwitz: Fragmente aus meinem Leben. Niedergeschrieben für meine Kinder, Bremen 1842, S. 14 ff.

Arnold Duckwitz war ein bedeutender (Bremer) Politiker des 19. Jahrhunderts. Nach längerer Tätigkeit als Kaufmann wurde er in den Senat gewählt und im Revolutionsjahr 1848 gar in die neue Reichsregierung berufen – als Handels- und kurz darauf auch als Marineminister. Im Zuge der Restauration (und des Ausverkaufs der von ihm »beschafften« deutschen Flotte) zog es Anton Duckwitz wieder in den Bremer Senat. 1857 wurde der liberale Politiker zum Nachfolger des verstorbenen Bürgermeisters Johann Smidt bestimmt. 1871 lehnte er aus Altersgründen eine Wiederwahl ab.

JOHANN GEORG KOHL
(* 1808 Bremen † 1878 Bremen)

Ich war eine bloße Erfahrungsnatur

So lange ich denken kann, habe ich einen unwiderstehlichen Hang zur Einsamkeit in mir gespürt, und dieser Hang hat mich in allen Perioden meines Lebens aus den volkreichen Städten, die ich zu Zeiten bewohnen mußte, in die Wildniß hinausgetrieben und hat mich stets von der großen Heerstraße der Welt, die ich zuweilen bewandelte, auf die einsamen Fels- und Fußpfade der versteckten Thäler und der unbewohnten Berge geführt. Ich erinnere mich, wie ich als Knabe entzückt war, als ich vernahm, daß ein berühmter Mann, Namens Zimmermann, ein Buch »über die Einsamkeit« geschrieben habe, und ich ruhte nicht eher, als bis ich mir dieses Buch verschafft und es gelesen hatte. Nichts bedauerte ich mehr, als daß die Evangelisten uns so wenig über den Aufenthalt des Heilandes in der Wüste berichten. Und für Muhammed fing ich an, mich entschieden zu interessiren, als ich hörte, daß auch er einmal die Einsamkeit aufgesucht hatte. Dem Moses folgte ich am liebsten in seinem Aufenthalt in der Wüste, wo er die Schafe weidete, und Numa Pompilius schien mir der beste der römischen Könige wegen seines Verkehrs mit der Egeria in der Felsgrotte. Die Gymnosophisten waren mir das Unvergeßlichste aus Alexander's Geschichte. Die Styliten in der thebaischen Wüste begeisterten mich mehr als alle die prächtigen Pharaonen. Und der Geschichte der Einsiedler der ersten christlichen Zeit forschte ich eifriger nach, als der der Päpste und Kaiser. [...]

Mein Trieb zum Hüttenbauen, der mir so eingeboren war, wie den Vögeln der Trieb zum Nesterbauen, äußerte sich zuerst in meinem achten Jahre, wo ich darauf verfiel, aus Bohnenstangen und alten Brettern eine Art von Verschlag in einem Garten, in welchem wir während des Sommers wohnten, zu Stande zu bringen. Ich brachte darin eine Bank an, und saß oft in der Gesellschaft kleiner Meerschweinchen, die wir damals hatten, darin. Besonders gern verließ ich unser Wohnhaus und setzte mich in diese Hütte, wenn es regnete, um zu erproben, in wie weit mich mein Dach gegen das Himmelswasser zu schützen vermöge. – Ich habe sehr viele andere Dinge, die wir damals vermuthlich trieben, vergessen. Aber diese Bohnenstangenhütte schwebt mir noch heute so deutlich vor, als hätte ich sie erst gestern gebaut. Dieß kommt daher, weil sie eng mit meinem Wesen zusammenhängt, was ich zwar damals noch nicht ahnen konnte.

Eine bessere und länger dauernde Hütte brachte ich einige Jahre später zu Stande, als wir einmal auf dem Lande wohnten. Ich nagelte sie unter einem Birnbaume aus Latten zusammen, die ich untereinander mit einem Geflechte von Weidenruthen verband. Das Ganze bedachte ich mit übereinander genagelten Bogen von dicker Pappe. Um diese Bogen wasserdicht zu machen, hatte ich sie in Oel getränkt, darauf mit einer dicken weißen Oelfarbe übergangen, und nachdem ich sie in diesem Zustande aufgenagelt, setzte ich noch einmal rothe Oelfarbe darauf, um ihnen das Ansehen von Ziegelsteinen zu geben.

Auf diesen Sommer folgte der Winter, und da ich nun einmal entschiedenen Geschmack für das Hüttenbauen gewonnen und mit der Papparbeit durch besonderen Unterricht umzugehen gelernt hatte, so verfertigte ich nun auf meinem Zimmer ein kleine Hütte, die ich zum

Weihnachtsfest verschenkte. Diese Hütte war mit Überwindung von ziemlich vielen Schwierigkeiten ganz vollständig eingerichtet. Die kleine einsiedlerische Puppe, die drin wohnte, entbehrte nichts. Ich hatte Fenster eingesetzt, vor den Fenstern standen Blumentöpfe von lackirter Pappe, Tische, Stühle, Bücherschränke, Betten, Sopha – Alles war da, was zu dem häuslichen Comfort einer Hütte gehörte. Auch hatte ich die Wände mit Tapeten überzogen und den Boden mit einem buntgemalten Teppiche bedeckt. Es kann sein, daß ich in meinem späteren Leben noch Arbeiten von etwas größerer Bedeutung unternahm. Aber keine unternahm ich, die mir mehr Freude und Genuß bei ihrem Entstehen und Fortgange gewährt hätte. Ich vollendete sie im Laufe eines Monats und blickte später noch oft mit innerem Behagen darauf hin.

Wir wohnten des Sommers auf dem Lande, und hier waren die Lauben in den Gärten mir immer die liebste Behausung. Meine Schularbeiten, die wir für die Ferien auszuführen hatten, vollendete ich stets in solchen Lauben, und ich erinnere mich noch jetzt vieler dieser Arbeiten mit dem größten Wohlgefallen, nicht sowohl der Arbeit, als der Laube, der blühenden Bäume und der säuselnden Lüfte wegen, die mich dabei umgaben. [...]

Ich setzte mich mit meinen Büchern, wenn ich es nur unbemerkt konnte, für mein Leben gern in das größte Zimmer unseres Hauses, in welchem sich lange Vorhänge befanden. Hier zog ich dann diese Vorhänge rund um den altmodischen Lehnstuhl, in welchem ich mich niederließ, herum und bildete mir ein, daß ich in einem Zelte säße. Bei allen Reisebeschreibungen, die ich las, studirte ich nichts genauer, als wie die verschiedenen wilden Nationen ihre Zelte und Hütten bauten, wie die Kalmuken, wie die Mongolen, wie die Baschkiren, wie die Indianer und wie die Hottentotten.

Die Wände eben jenes vornehmsten Zimmers in unserem Hause waren mit uralten gemalten Oeltapeten bedeckt. Die Gemälde stellten sehr großartige und sehr fleißig, ob zwar sehr geschmacklos ausgeführte Landschaften dar. Durch die Flur rann ein Bächlein, an dem Bache stand eine einsame Fischerhütte, vor der ein Fischer saß und angelte. Weiterhin war das einsame Haus eines Schäfers und der Schäfer war ausgewandert mit seinen dickwolligen Schafen ins Freie. Obgleich der Schäfer und Fischer Cyclopen waren im Verhältnis zu ihrer Hütte und obwohl die Schafe eher mißgestalteten Wollsäcken als zierlichen Lämmern ähnlich sahen, so waren es für mich doch lauter höchst reizende Geschöpfe und ich habe im täglich wiederholten Anblicke dieser bäuerischen Scenen mehr Genuß gefunden, als später im Anblick der Landschaften der ausgezeichnetsten Künstler. Für meinen Geschmack wäre es freilich besser gewesen, wenn meine Augen sich täglich auf Ruysdals und Hobbemas hätten ergehen können.

Ein Mal bekam ich zu Weihnachten die Nachbildung eines einsam im Walde liegenden Försterhofes geschenkt. Kein Geschenk ist mir unvergeßlicher geworden als dieses. Stundenlang konnte ich mich damit amüsiren, die einzelnen Theile, aus denen diese Jägereinsiedelei bestand, auseinander zu nehmen und auch wieder zusammenzusetzen, das friedliche Häuschen in der Mitte, die Stallung für die Hirsche, daneben die feste Umzäunung und dann den Wald rundherum, der aus ein Paar Dutzend hölzernen Bäumen bestand.

Das Zimmer, welches ich als Knabe bewohnte, lag ziemlich hoch in unserem Hause. Aber noch eine Treppe höher fand ich auf einem der Böden des alten Hauses noch ein Zimmer, das mir besser gefiel. Es war ein aus Brettern, ich weiß nicht zu welchem Zwecke, gemachter enger Verschlag, mit einem kleinen Fenster durch das Dach. In diesem unbequemen Verschlage, in dem ich mich kaum umdrehen konnte, hielt ich mich mit meinen Studien weit lieber auf, als auf meinem eigenen Zimmer, und ich richtete mich darin so ein, daß ich hier auch schreiben konnte. Hier machte ich meine schriftlichen Aufsätze, indem ich durch das Dachfenster manch Mal sehnsüchtig meine Blicke zum Himmel und über die Häusergiebel der Stadt ins Blaue hinaus schweifen ließ. Ich fühlte in diesem Dachstübchen einen eifrigeren Studiergeist, eine höhere Arbeitsseligkeit und einen Anflug der Begeisterung, die mich nachher in der Einsamkeit so oft ergriff. Gern blieb ich zuweilen, wenn es mir nur wegen der Gefahr mit dem Lichte gestattet wurde, auch des Abends da. Es ward mir dann drinnen so heimlich, wenn draußen übers Dach der Wind hin heulte und auf der anderen Seite auf dem Boden die alten Kisten und Kasten und die bestäubten Wein- und Wasserfässer rumpelten und knackten und zwischen ihnen die Mäuse und Katzen Krieg führten.

Die alten Häuser meiner Vaterstadt [Bremen] sind alle sehr hoch und spitz gebaut fast thurmartig, sieben bis acht schmale Etagen übereinander. So war auch das unsrige. In der obersten Spitze des Hauses in der siebenten Etage war der Torfboden. Sehr gern verkroch ich mich hierher, baute mir aus den losen Torfstücken einen Sitz oder eine Einsiedelei zurecht und vertiefte mich hier, wo ich dem Himmel so nahe war, als ich ihm in unserm Hause kommen konnte, dann gern in meine Bücher.

Die beschriebenen himmelhohen Häuser meiner Vaterstadt standen ... alle mit der schmalen Giebelseite nach der Straße und die Dächer der benachbarten Häuser stoßen also ihrer ganzen Länge nach an einander. Da, wo sie zusammenkommen, ist gewöhnlich eine beiden Häusern gemeinschaftliche breite feste Dachrinne aus Stein angebaut. In dieser Rinne kann man zwischen beiden Dächern bequem hin und her laufen. Sie bildet einen sehr gewöhnlichen Schauplatz der Spiele der Knaben, so wie des Nachts die Katzen darin ihren Unfug treiben. Auch diese Dachrinnen waren mir ein sehr angenehmer Platz zum Studiren. Oft brachte ich mir einen Stuhl da hinauf. Oft setzte ich mich hinter das Piedestal des riesenhohen Schornsteins, der wie ein Obelisk aus dem Dache hervorwuchs.

In größerer Gesellschaft war ich von Jugend auf scheu, wild und befangen und es kostete immer viel Mühe, bis man mich in eine hineinbrachte und ich habe wenigstens dreißig Jahre daran gelernt, bis ich allmälig dahin kam, mich in größerer Gesellschaft behaglich zu fühlen, ohne jedoch meinen Trieb zur Einsamkeit dabei einzubüßen. [...]

Nichts rührte mich von Kindesbeinen an mehr, als die Lieder und Gedichte, welche von den »blauen Bergen der Ferne« handelten, deren es in der Literatur unserer wanderlustigen deutschen Nation eine so große Anzahl giebt. »O könnte ich doch den Ausweg finden, aus dieses Thales finstern Gründen«. Dieses Lied unseres Dichters wußte ich schon frühzeitig auswendig; ich sagte es mir wohl hundert Mal vor und habe oft lange darüber gebrütet. Das Lied: »O welche Lust gewährt das Reisen!« hörte ich zum ersten Male in dem kleinen Theater meiner Vaterstadt singen; ich fragte seitdem wohl hundert junge Mädchen meiner Bekanntschaft, ob sie mir dieses Lied wohl noch einmal vorsingen wollten, und hörte mit Entzücken zu, wenn sie es thaten.

In einem Thal bei armen Hirten,
Erschien mit jedem neuen Jahr,
Sobald die ersten Lerchen schwirrten
Ein Mädchen schön und wunderbar;
Sie war nicht in dem Thal geboren,
Man wußte nicht, woher sie kam,
Und bald war ihre Spur verloren,
Sobald das Mädchen Abschied nahm.

Dieser Vers von Schillers schönem Liede blieb mir, der ich sonst Alles vergesse, fest im Kopfe, seitdem ich jenes Gedicht zum erstenmale auswendig lernte; und zwar blos weil darin von einem »Mädchen aus der Ferne«, von dem man »nicht wußte, woher sie kam«, die Rede war. Alle anderen Verse des Liedes, in denen nicht auf eine unbekannte Ferne angespielt wurde, sind mir entfallen. Jenen trug ich fünfundzwanzig Jahr lang mit mir herum. Ich wußte so noch eine ganze unzählige Menge von einzelnen Strophen oder bloßen Phrasen und Worten, welche auf die unbekannten fernen Gegenden Bezug hatten, auswendig: »Dort droben auf jenem Berge etc..«, »Meine Seufzer sende ich in die Ferne, wie gerne, ach wie gerne etc..«, »Schifflein, Schifflein! fahr geschwinde«, »Auf Matrosen! die Anker gelichtet, Segel gespannt und den Compaß gerichtet«, und hundert andere Liederbruchstücke schwirrten mir beständig durch den Kopf und ich deklamierte und sang sie immer, wenn ich allein war, für mich hin.

Ich erinnere mich eines russischen Offiziers, der 1814, als ich fünf Jahre alt war, bei uns im Quartiere lag und der, indem er uns mit Bonbons traktirte, uns russische Lieder vorsang. Ich habe sie alle vergessen, bis auf eins, worin eine russische Troika besungen wurde, in der ein reisender Fuhrmann einsam am Wolga-Strande rasch dahin kutschte. Dieses Lied, von dessen Inhalt ich stets einen dunklen Eindruck bewahrte, fand ich nachher zu meiner Freude in Rußland wieder und hörte es daselbst oft mit Entzücken singen. Ich lernte dort die Anfangsworte: »Wot jädit Troika udalaja« (Sieh! Da fährt eine einsame Troika am Wolga Strande etc..).

Zum ersten Male in meinem Leben glaube ich, spürte ich den Eindruck, den die »blauen Berge« auf unsere Seele üben, den »Zug in die Ferne« in einem kleinen Dorfe, welches unsere Mutter und wir Kinder im Sommer bewohnten und wo unser Vater uns in der Regel am Sonnabend Abend besuchte, um den Sonntag mit uns dort zu feiern und am Montag früh zu seinen Geschäften zur Stadt zurückzukehren. Ich durfte ihn dann jedes Mal durch das Eichengehölz, welches vor unserer ländlichen Wohnung lag, begleiten. Am Ende dieses Hölzchens war der Weg mit einem Schlagbaume verschlossen. Dieß war mein äußerstes Ziel, wo ich wieder zurückkehren mußte. Ich half ihm den Schlag öffnen und hinter seinem Wagen verschließen und stand dann dort so lange ihm nachblickend, bis ich ihn und seinen Wagen ganz aus den Augen verloren hatte. Jenseits des Schlagbaums sah man über ein weites Feld ins Freie und bis zum »dämmerigen« Horizont. Viele Male erinnerte ich mich, hier an den äußersten Grenzen meines Gebiets gestanden und mit Entzücken den dunstigen Horizont betrachtet zu haben, der mir, ich weiß nicht was Alles, sagte.

Das Dorf mochte etwa zwei Stunden von der Stadt entfernt sein und die Fahrten auf diesem zweistündigen Weg und meine Phantasien darüber waren in manchen ersten Lebensjahren meine oft wiederholten Wanderungen. Ich wußte auf dieser Reise jeden Stein, jeden Baum und jedes Haus auswendig.

Nur zuweilen, etwa ein Mal im Jahr, wurde eine größere Fahrt zwei Meilen weit nach einem Dorfe im Königreiche Hannover unternommen, in welchem Verwandte wohnten. Dieß war aber schon eine förmliche Reise, die man acht Tage vorher beschloß und auf die man sich gehörig vorbereitete. Weil damals in diesen Gegenden Chausseen noch unbekannt waren und die ganze Strecke dahin eine öde, mit Haidekraut bedeckte Sandwüste darbot, fuhr man des Morgens bei Zeiten aus, um zum Mittagsmahle anlangen zu können. Der Kutscher hielt auf jener zweimeiligen Strecke zwei Mal an, um die Pferde zu füttern und wir Kinder bewunderten und beschrieen jeden mit Haidekraut bedeckten Sandhügel, den wir unterwegs entdeckten. Da der Wagen in dem fußtiefen Sande oft bis zur Achse einsank und die Pferde Schritt vor Schritt gingen, so wurde uns oft die Erlaubnis ertheilt, auszusteigen, um einen solchen Hügel zu erklimmen, von wo aus sich dann eine Aussicht über eine Menge Haidekraut darbot und wir fanden daran wahrscheinlich eben so viel Ergötzen, wie wir jetzt daran haben würden, wenn man uns die Erlaubnis gäbe, den Montblanc zu besteigen.

Meine erste wirkliche Reise unternahm ich in meinem siebenten Jahre nach Hannover, Nordheim, Göttingen und Cassel. Diese Reise schwebt mir noch jetzt in allen ihren Einzelheiten so deutlich vor Augen, daß ich die genaueste Schilderung davon entwerfen könnte. Ich weiß, wie die gläserne Chaise aussah, in der wir zwischen unseren Kisten und Kasten verpackt saßen. Mich däucht, ich höre noch das sonderbare Gequicke und Geknacke, was das Lederwerk und die Räder des schaukelnden Wagens hervorbrachten. Da wir fast immer im tiefen Sande fuhren, so war dieses Geknarre unsere beständige Reisemusik.

Wir kamen in drei Tagereisen bis Hannover (12 Meilen). Bevor man diese Stadt erreicht, erblickt man zur Rechten in der Entfernung eine kleine Bergreihe liegen, die der »Deister« heißt. Wie unvergeßlich ist mir der Anblick dieses ersten Gebirges geblieben und was empfand ich nicht Alles dabei, als man mir seine 900 Fuß hohen Gipfel zeigte und mir sagte, daß sie mit Gehölz bedeckt seien, daß es darin schöne Thäler gebe und daß der Vicekönig von Hannover oft daselbst wilde Schweine jage. [...]

»Du wirst noch einmal weit reisen«, sagte Jemand zu mir, »denn deine Zähne stehen sehr weit auseinander«. – »Ist denn das wirklich ein Zeichen, daß man weit reisen werde«? – »Ja, das ist so«, hieß es, »es ist allgemein bekannt«. Diese Äußerung blieb mir unvergeßlich und ich baute darauf wie auf Felsen. Ich besah beständig meine Zähne im Spiegel und betrachtete die Zwischenräume zwischen ihnen. Meine Vorderzähne standen wirklich ziemlich weit auseinander; bei meinen Hinterzähnen es zur völligen Gewißheit zu bringen, bestrebte ich mich oft vergeblich. Ich verglich die Zwischenräume der Zähne aller meiner Freunde und Bekannten mit denen der meinigen und fand in der That, daß ich einen Vorzug vor ihnen voraus hatte. Ich hätte gern noch etwas nachgeholfen und die Lücken zwischen meinen Zähnen vergrößert, wenn ich nicht gefürchtet hätte, durch dieses Eingreifen den Zauber am Ende gar zu zerstören. Einmal schlug mich einer meiner Kameraden so heftig auf den Mund, daß mir die Zähne dadurch beschädigt wurden. Ein Zahn wurde mir völlig ausgeschlagen und von dem anderen sprang ein Stück ab, so daß dadurch große Lücken entstanden. »Diese Lücken« dachte ich mir, »können dir nicht zum Nachtheil, sondern eher zum Vortheil sein, da du sie nicht selbst veranlaßt hast«.

Ich hielt, so wenig günstig auch meine Umstände für weite Reisen sich zu gestalten schienen, doch immer an jener Prophezeihung fest. Beständig sagte ich mir zum Troste vor: »Du hast weit auseinanderstehende Zähne und bist dadurch von der Natur zum Reisenden bestimmt und geweiht«. Und selbst bis in mein siebenundzwanzigstes Jahr, wo ich endlich etwas weitere Reisen zu unternehmen begann, baute ich stets im Stillen meine Hoffnung auf meine weiten Zähne. Das Schicksal hat sein Möglichstes gethan, die Sache wahr zu machen. Ich habe wirklich einige Reisen ausgeführt. Und wenn ich noch weitere gemacht habe, so hat die Schuld bloß an mir gelegen. Ich bin Reisender von Profession und die Welt steht mir offen.

Wie in mir dieser ungezügelte Reise- und Wandertrieb, der allen meinen anderen Trieben und Anlagen über den Kopf gewachsen ist, entstanden sein und wie er genährt sein mag, darüber weiß ich selbst mir nur wenig Rechenschaft zu geben. Die Hauptsache muß wohl angeboren sein, denn ein anderer Mench, der mit mir beinahe in gleichem Alter war und mit mir ganz dieselbe Erziehung genoß, hatte nichts von diesem Triebe. Ein Stück davon mag ich meiner Individualität, ein Stück meiner Nationalität, ein Stück meiner Erziehung und meiner ersten Umgebung verdanken.

Von jenem ersten Stück läßt sich weiter gar nichts sagen. Von dem zweiten auch nur dieß, daß wir Deutsche oder Germanen eben allesammt seit der Zeit der Völkerwanderung her, die wir anstifteten, wanderlustiger sind als andere Nationen. Das dritte Stück ist das interessanteste. Meine Vaterstadt ist eine lebhafte See-Handelsstadt und in ihr sind daher alle Augen von dem stillen häuslichem Herde aus beständig nach allen Gegenden der Welt gerichtet und alle Gemüther darauf gespannt, was aus Westen, Osten, Süden und Norden ankommen möchte. Die jungen Leute der Stadt, die Schiffer nicht nur, sondern auch die Kaufmannssöhne, verlassen schon frühzeitig den väterlichen Herd und wandern nach den Vereinigten Staaten von Amerika, nach

Mexiko, nach Westindien, nach Brasilien aus. Sie sind in allen Seehandelsplätzen dieser Länder sehr häufig zu finden und siedeln sich daselbst eine Zeit lang an, bald in dem einen bald in dem andern Orte ihr Glück suchend, bis sie wohlhabend und unabhängig genug geworden sind, um sich in ihre Vaterstadt zurück begeben zu können.

Mit irgend einem solchen weitgereisten Kaufmanne oder mit irgend einem noch weiter gereisten Schiffskapitain ist fast Jeder in meiner Vaterstadt verwandt oder bekannt. Der theure Mann, der uns erzog, war selbst in Nord-Amerika und in Westindien, Domingo und anderen Orten in Handelsgeschäften gewesen, – ein alter Verwandter, der in unserm Hause lebte, in Ostindien, – einige unserer Vettern, die in unserm Hause aus- und eingingen, in verschiedenen anderen Welttheilen. Alles, was sie erzählten, fiel bei mir nicht auf einen steinigten Boden; auch fraßen die Vögel unter dem Himmel nicht dies ausgestreute Gesäme. Ich könnte noch jetzt eine Menge See- und Land-Abenteuer erzählen, die jener alte Verwandte in der Mitte des vorigen Jahrhunderts in Ostindien bei den Antipoden, oder mein Erzieher in Domingo oder am Ohio erlebt hatte.

Meine seefahrenden Vettern waren immer freundlich genug, mir allerlei Natur-Merkwürdigkeiten von ihren Reisen mitzubringen, Thiere in Spiritus, Muscheln, Korallen, Fische und Fischschwänze, Kleidungen der Wilden, Hassagais [Wurfspieße] der Neger in Afrika, Kokusnüsse und andere wunderbare Früchte. Hierdurch sammelte sich bei mir ein kleines Museum an, das am Ende fast mein ganzes Zimmer erfüllte, indem ich meine Verbindungen mit anderen Schiffkapitains noch weiter ausdehnte und nun auch selbst handelte, kaufte und tauschte.

Dieses mein Museum war ein Paradies und ich verbrachte darin viele Tagesstunden, insbesondere aber die Sonntagsmorgen, indem ich meine Raritäten ordnete und putzte, klassifizirte, oder auch bloß betrachtete und bewunderte. Des Sonnabends Nachmittags, wo wir keine Schule hatten, ging ich in die Bibliothek unseres städtischen Museums, die an naturhistorischen Werken reich war und hier suchte ich mit Hilfe des Bibliothekars dieses Museums, der mein Gönner und Freund geworden war, auszumachen, wie die neuen Conchilien und Gegenstände auf Deutsch, Lateinisch oder Französisch hießen, und diese Namen schrieb ich fleißig bei, auch las ich nach, was man von ihrer Naturgeschichte vermeldete.

Zudem erfuhr ich auch noch von den meisten Gegenständen eine besondere Geschichte, die mir der Kapitain oder Steuermann erzählte, dem ich sie verdankte. [...]

Diese Geschichten wiederholte ich mir fast jedesmal, wenn ich vor meine Schränke ging und meine Raritäten die Revue passieren ließ. Da ich nicht bloß Conchilien, Korallen, Schlangen, Seethiere und ausgestopfte Vögel, sondern auch Mineralien – mein seligster und unvergeßlichster Weihnachtsabend war der, an welchem ich eine ganze Mineraliensammlung auf einmal geschenkt bekam – Siegel und Wappen, Vogeleier vom Straußen-Ei bis zum Colibri-Ei sammelte, so gab es natürlich immer genug in meinem Museum zu thun. Bald mußten die Mollusken oder Schlangen mit frischem Spiritus versehen und mit neuen Blasen umbunden, bald mußten dem Wappenbuche wegen einer statt gehabten Vermehrung der Sammlung neue Cartons beigefügt werden. Bald mußten für die Eier Kästchen fabricirt werden, bald fand ich es für nötig, die Conchilien mit Seifenwasser abzuwaschen. Dann schmierte ich sie mit etwas Oel ein, um sie recht blank zu haben. Bald erfand ich ein besseres, entweder ein vernünftigeres oder pittoreskeres System, nach dem ich Alles aufstellte und umordnete. Alle diese Beschäftigungen gewährten mir einen so großen Genuß, daß ich sie viel pünktlicher und gewissenhafter verrichtete als meine übrigen Geschäfte, trotz dem, daß Niemand mich dazu anhielt und dabei beaufsichtigte.

Da ich die großen Gegenstände, z.B. ausgestopfte Vögel, trockne Fische, die Sägen von Haifischen, die Jacken von Wilden, die Korallenbüsche, die Spieße der Neger und Todtenköpfe – ich besaß z.B. einen Todtenkopf, den man kürzlich aus einem alten Kloster ausgegraben hatte, – die ich nicht in die Glasschränke und Schubladen bringen konnte, an die Wände genagelt oder auf kleinen Brettern so wohlgefällig und malerisch als möglich umhergestellt hatte, da auch noch sonst allerlei Flaschen und Dinge darin herumstanden, so sah mein Zimmer fast aus, wie die Wohnung eines gelehrten und naturliebenden Alchymisten. Auch habe ich immer wieder daran zurück denken müssen, wenn ich solche Zimmer auf den Bildern holländischer Maler dargestellt sah. Eben so konnte ich mich immer lebhaft in Dr. Faust's Zimmer hineindenken, wenn ich Goethes Meisterwerk las.

Meine Reiselust und meine für fremde Welttheile und Länder erregte Phantasie fand weiterhin eine große Nahrung in der Lektüre von reisebeschreibenden Büchern, von denen ich mir schon frühzeitig einige zu verschaffen wußte. Mein erstes Buch dieser Art, welches ich las, war ein Reisejournal, das jener alte Verwandete, der in unserem Hause wohnte, im vorigen Jahrhunderte geschrieben hatte, und welches ich in einem versteckten Winkel unseres Hauses entdeckte. Er hatte es auf einer Reise um die Welt aufgesetzt, und obgleich die Umstände, unter denen er schrieb, nicht immer die comfortabelsten waren, so war es doch so ordentlich gehalten, so ohne allen Schmutzfleck und Dintenklecks, die Linien so accurat gezogen, die eine Seite so ganz gleich der andern, die Handschrift immer dieselbe, deutlich nicht nur, sondern auch mit Schnörkeln wohl verzierte Buchstaben zeigend, daß mir dieses Journal stets als ein wahres Symbol und Muster eines unter allen Verhältnissen sich gleichbleibenden Fleißes und Eifers vorgeschwebt hat.

Zwar waren die Bemerkungen darin nur äußerst trocken. Jedes Mal nach einer kurzen Hindeutung auf Gott: »Mit Gottes Hülfe«, »Durch des Himmels Gnade«, »In Gottes Namen« oder dergl., war Wind und Wetter und Zustand der See bemerkt. Angabe der Breite und Länge war nie vergessen, die Schnelligkeit, mit der das Schiff segelte, ebenfalls jedes Mal aufgeführt; dann waren noch einige höchst lakonische Beobachtungen über die Haifische, die man gefangen, über die Orte, bei denen man gelandet, über die Waare, die man ausgepackt oder eingenommen, hinzugefügt. Ich studirte trotz der Einförmigkeit des Berichts doch das ganze Journal mit großem Eifer durch und dachte mir dabei wahrscheinlich noch viel Interessantes, was der alte Großonkel nicht gesagt hatte, hinzu. Am liebsten las ich seine Angaben über die Tage, wo er »stürmisches Wasser« angemerkt hatte, und ich glaube, ich konnte die Lectüre von solchen Tagen nie satt kriegen. [...]

Campe's Bibliothek von Reisebeschreibungen hatten wir glücklicherweise im Hause und ich verspeiste diese ganze Bibliothek mit einem Appetite, der ihres Gegenstandes würdig war. Fast keine Reisebeschreibung konnte so schlecht geschrieben sein, daß sie mir nicht noch erwünschter gewesen wäre, als jeder beste Roman. Ich reiste mit Cook zwei- oder dreimal um die Welt, mit Drake nach Nordamerika, mit Jeannot zu den Hottentoten, mit Columbus theilte ich herzlich und innig, ja mit Thränen, die Freuden seiner Entdeckungen, und mit Vasco de Gama fuhr ich um's Vorgebirge der guten Hoffnung.

Den Robinson Krusoe wußte ich natürlich auswendig, wie alle meine Kameraden, doch habe ich ihn später auch, wie nicht alle, häufig, wenn auch nur in kleinerem Style nachgeahmt und überall in der Welt mir Hütten erbaut und Kartoffeln oder Kastanien an einem Wald-, Berg- oder Steppen-Feuer, wie er, geröstet.

Als ich zur Lectüre der unsterblichen Werke des Homer kam, zog ich entschieden seine Odyssee der Iliade vor, weil diese mit ihren ewigen Zweikämpfen und Volksschlachten sich nur um einen Fleck drehte, während in jener die Scene bald hierin, bald dorthin verlegt wurde, und in ihr ein Geist ächter Reise- und Wanderlust wehte. Die Lustade, das eroberte Jerusalem waren Gedichte, die ich schon frühzeitig kannte und liebte. Von allen meinen Unterrichtsstunden war mir keine lieblicher als die geographische, und bei ihr setzte ich mich immer in die vorderste Reihe, und der alte treffliche Lehrer, der uns die Länderkunde vortrug, ist auch mein Leben lang mein guter und werther Freund geblieben. [...]

Ich war eine bloße Erfahrungsnatur. Eine einzige Erfahrung, die ich machte, ein einziges Factum, dessen ich mich bemächtigte und daß ich dann von allen Seiten betrachtete, lehrte mich mehr als alle abstracten Sätze, die man mir einzuprägen sich bemühte.

Ich kann mir Menschen denken, welche die allgemeinen abstracten Sätze bei sich niederlegen und dann alle Erfahrungen, die sie machen, unter die Capitel dieser allgemeinen Sätze ordnen. Bei mir schlugen bloß die Erfahrungen Wurzeln, grünten in mir fort, combinirten und multiplicirten sich unter einander auf vielfache Weise und ließen endlich die allgemeinen Sätze in mir hervorblühen.

Damit bringe ich es auch zusammen, daß die moralischen Lehren und die guten Grundsätze, welche man mir beizubringen suchte, so wenig bei mir fruchteten, daß aber die speciellen Strafen, welche man für gewisse bestimmte Versehen über mich verhängte, oder die bestimmten fühlbaren und sichtbaren Beispiele, an welche man die Lehre knüpfte, mir für mein ganzes ganzes Leben fruchtbar blieben, und daß sich dann bei mir an diese Strafen oder diese Beispiele auch die Lehren und Prinzipien gewissermaßen wie Schlinggewächse an einen Stecken und Stab festsetzten.

Wie oft hat man mir wohl gepredigt, daß man großmüthig gegen Schwächere und liebevoll und nachsichtig gegen Die sein müßte, die unserer Hülfe bedürften. Ich habe alle diese schönen Lehren wieder vergessen und ich wüßte nicht nachzuweisen, welchen guten Effect sie auf mich gehabt hätten.

Aber eines Tages nahm mich mein Erzieher beim Arm und sagte mir: »Komm einmal vor die Thür und blicke auf der Wiese das Spiel zweier Hunde an. Es ist ein großer und ein kleiner. Sieh, wie schonend der große mit dem kleinen umgeht, und merke dir dabei, wie der Stärkere immer mit dem Schwächeren verfahren sollte«.

Ich fand einen großen starken Doggen, der mit einem kleinen bissigen Schooßhunde beschäftigt war. Der letztere bellte den ersten nicht nur beständig und wüthend an, sondern schnappte auch nach ihm und biß ihn ziemlich rücksichtslos, wenn er nicht bei Zeiten auswich. Der große ließ sich dieß Alles gefallen, und setzte, ohne sich im geringsten zu ereifern, der Wuth des Kleinen den nobelsten Gleichmuth entgegen. Er bellte nicht wieder, sondern knurrte nur zuweilen etwas und öffnete den Mund, berührte auch den Kleinen mit seinen Zähnen, schloß aber das Maul so augenscheinlich vorsichtig, daß es fast rührend war, ihm nachzusehen; schnappte der Schooßhund voll Gift und Galle nach ihm, zog jener sich zurück und lief, graziöse Kreise auf der Wiese beschreibend, davon, indem er den unbeholfenen Kleinen hinter sich herzerrte. Dann drehte er sich um, ließ sich mit den Vorderfüßen und mit dem Kopf in's Gras nieder und erwartete ruhig seinen schwächlichen Gegner, der nicht verfehlte, ihm unbarmherzig die Ohren zu zausen.

Nichts desto weniger nahm der alte Hund keine andere Rache als die, daß er zuweilen das Möpschen mit beiden Tatzen berührte und Kopfüber in's Gras taumeln ließ.

»Merke dir dieß Bild«, sagte mein Erzieher, »und lerne daraus, wie selbst ein Hund schon Großmuth übt, und wie der Mensch also diese

Tugend in noch weit höherem Maße üben sollte«. – Und in der That, ich merkte mir dieß so fest, daß ich es seit jenem Tage, der nun beinahe dreißig Jahre lang entschwunden sein mag, nie wieder vergaß.

Ich glaube fast, daß alle schönen Beispiele großmüthiger Schonung, die ich aus der Geschichte später erfuhr, nicht so sehr dazu wirkten, diese Tugend mir ehrwürdig und meine Brust dafür zugänglich zu machen, als jenes Beispiel, welches ich selber sah und erlebte. Denn noch jetzt fallen mir jedes Mal, wenn es darauf ankommt, einen Schwachen zu schonen, jene beiden Hunde wieder ein, die man mich damals so sehr zur guten Stunde beobachten ließ.

Ich habe zwar wenig Gelegenheit in meinem Leben gehabt, großmüthig und schonsam gegen Andere zu sein, weil ich weder zu einem Königsthrone noch sonst zu hoher Macht gelangt bin. Indeß steht Keiner so niedrig, daß er nicht zu Zeiten noch seine »inferiors« unter sich sähe, und ich muß mir zugestehen, daß ich später stets gegen Alle die, welche in irgend einer Beziehung schwächlich und niedriger waren als ich, eine gewisse Nachgiebigkeit gehabt habe und, wie ich glaube, keiner Art von Härte gegen sie fähig gewesen bin.

Ganz in specie habe ich geradezu eine wahre Schwäche und Vorliebe für alle die Personen, welche zur dienenden Klasse gehören, empfunden und überall, wo ich bekannt gewesen, habe ich mit ihnen, die ich wegen der großen Portion ihrer Freiheit, die sie für ihren Herren aufgeben, so sehr bemitleide, besonders gut gestanden. Ich glaube nicht, daß mir diese Neigung und Vorliebe angeboren ist.

Ich vermuthe vielmehr stark, daß sie ebenfalls durch eine von einer guten Erfahrung begleitete Lehre in mich hinein kam. Ich erinnere mich sehr wohl, daß in der Kindheit meine Gefühle gegen dienstthuende Personen höchst aristokratisch waren, und ich glaube, daß ich diesen Leuten das Leben nicht sehr angenehm machte.

Mein Erzieher war wenig davon erbaut und als ich einmal wiederum eine Dienstmagd nicht nur gescholten, sondern auch noch unartiger behandelt hatte, bemerkte er mir: »Man müsse gegen die Dienstboten, die uns so treue Dienste leisten, ganz besonders höflich und erkenntlich sein. Die Erwachsenen hielten dieß für ihre Pflicht, noch mehr müsse ein Kind sich artig und bescheiden gegen sie benehmen.

Er habe mich schon oft daran erinnert, und damit ich es nun nicht wieder vergesse, sähe er sich wider seine Neigung genöthigt, mich zu züchtigen«. Er ließ mich darauf die Ruthe in einer Weise empfinden, daß ich nicht anders glauben konnte, als daß seit dieser Zeit der aristokratische und rücksichtslose Stolz gegen Dienstboten bei mir mit der Wurzel ausgerottet wurde.

Ich könnte noch einige andere Beispiele aus meinem Leben anführen, wie unter der Arbeit der wohlthätigen Ruthe auch noch andere Fehler und Laster gleichsam wie dicke unnütze Marmorstükke unter der Arbeit des Bildhauermeißels von mir abfielen. Mich däucht, ich könnte es beweisen, daß durch eine einzige tüchtige Strafe meinem Wesen und Charakter eine ganz andere Richtung gegeben wurde. Ich glaube, eine Menge meiner spätern Gedanken und Thaten, Meinungen und Gefühle bis zu einer einzigen Züchtigung als ihrer wahren Quelle hinaufführen zu können.

Ich bin der Ruthe daher sehr gewogen und zürne ihr nur, daß sie mich nicht noch einigemal häufiger getroffen hat. Ich wüßte noch manche verkehrte Seiten an mir nachzuweisen, die mich mein ganzes Leben geplagt haben und die sie vielleicht noch hätte zurecht bringen können.

Ich glaube, die Ruthe ist – es versteht sich von selbst, wenn sie sparsam angewandt wird – für Denjenigen, der schöne Menschen bilden will, der beste Meißel. Ihre Reiser, so dürr und trieblos sie aussehen, schlagen tiefe Wurzeln und treiben herrliche Blüthen und Früchte, wenn sie zur rechten Zeit eingepflanzt werden. [...]

Schon sehr früh in meiner Kindheit war ich ein großer Zerbrecher von allerlei Gegenständen, woran zwar zuweilen auch meine Ungeschicklichkeit, gewiß aber auch meine Zerstörungswut einen großen Antheil hatten.

Es giebt in Deutschland ein Spiel, wobei Töpfe zerschlagen werden, und dieses Spiel liebte ich sehr, bloß wegen der dabei klirrenden Scherben. Ich zerschlug Töpfe sehr gern, wo ich konnte und ich fand einen Genuß darin, die Form auf einmal zerspringen und in hundert Scherben und Staub zerfallen zu sehen, und ich ging bei keinem Scherbenhaufen vorüber, ohne mit meinem Spazierstocke zu probieren, was davon etwa zerbrechlich oder zerstörbar sei.

Überhaupt verrichtete mein Spazierstock täglich eine unzählige Menge Verbrechen dieser Art. Das Heu und Korn sah ich mit einer Art von Lust unter der Sense der Schnitter fallen und ich habe mir schon oft gedacht, ich möchte wohl einmal eine gigantische Riesensense haben, um auf dieselbe Weise mit ihr einen ganzen Wald niedermähen zu können. Große Bäume sehe ich mit einem gemischten Gefühle unter der Axt des Holzhauers zusammensinken. Theils habe ich eine Freude an dem Krachen und Zerschmettern der Zweige und an dem Umstürzen der großen Waldriesen, theils bemitleide ich die armen Dryaden.

Alle Scenen der Zerstörung und des Ruins haben immer einen großen Reiz für mich gehabt. Alte Ruinen betrachtete ich von Jugend auf mit Passion. Vom Brescheschießen der eine Festung belagernden Soldaten und vom Zusammenstürzen der Mauern las ich besonders gern und hätte es noch lieber selbst einmal mit angesehen. Ich weiß nicht, ob mir die Idee des Zusammenstürzens der Mauern von Jericho auf den Schall der Trompete oder die Idee des Aufbauens der Mauern von Theben beim Tone der Flöte mehr Vergnügen gewährt hat.

Schlachtengemälde, auf denen todte Körper, zerschmetterte Pferde, brennende Häuser dargestellt waren, hatte ich besonders gern. Brülow's Gemälde von der Zerstörung Pompeji's war mir ungemein angenehm und Salvator Rosa's wilde Scenen liebte ich mehr als alles Andere. Schiffbrüche, die stürmische See, das Peitschen der Wellen am Strande waren mir lauter ansprechende Ideen und ich sehnte mich darnach einmal ein Schiffs-Wrack zu sehen. Schon das Wort »Wrack« sprach ich gern aus, denn es schien mir darin etwas onomatopoötisch Bezeichnendes zu liegen.

Ich hörte einmal einen Schiffscapitän erzählen, wie eine Kanonenkugel in seinem Beisein in die Cajüte eines Schiffs geschlagen sei. Er entwarf ein lebhaftes Gemälde von dem Bilde der Zerstörung, daß die Cajüte darnach dargeboten habe, von den zerschlagenen Fensterscheiben und Theetöpfen, von den zerbrochenen Tischen und Stühlen, von den zerrissenen Landkarten und Büchern, die alle im furchtbaren Graus durch einander gelegen hätten. Ich habe diese Erzählung nie vergessen. Ich weiß wirklich noch jetzt nicht, was ich mit mehr Freude betrachte, ob den zackigen und vielsplittrigen Bruch eines Stückes Holzes oder seine hübsch gehobelte und glattpolirte Seite.

Sehr gern zerstörte und zerpflückte ich von jeher Blumen. Auch hierbei indeß zeigte sich die Zerstörungslust nicht rein. Es ist auch ein wenig von dem Triebe, das Innere der Blumen kennen zu lernen, dabei.

Und hierbei wird eben klar, daß jener Zerstörungstrieb, der auf den ersten Anblick nur eine Erfindung der Hölle zu sein scheint, uns von der Natur auch nicht umsonst gegeben ist und mit vielen anderen heilsamen Trieben innig zusammen hängt. Alle Menschen mit starkem Zerstörungstriebe sind, glaube ich, wesentlich forschende und kritische Köpfe. Sie wollen sich mit der äußeren Form nicht begnügen, sie wollen die Structur und den inneren Zusammenhang sehen. Sie schaffen und produciren nicht, aber sie analysiren, zerlegen, anatomiren und kritisiren. Daher drängt es sie immer und überall die Form zu zerstören und die Brüche, die Kelche, die Gehirne, die Eingeweide, die inneren Kerne der Dinge zu betrachten.

Nie sollte indeß unser Zerstörungseifer über die Gränze der gefühllosen Dinge hinausgehen und mit grausamer Hand in die Busen der mit Empfindung begabten Wesen greifen. Es hat Menschen gegeben, die an dem Zerstören der lebendigen Form großen Genuß, ja den allergrößten Genuß gefunden haben – Tyrannen, denen Blutvergießen Wollust war, Thier- und Menschenschlächter, denen das Hinmorden ihrer Mitgeschöpfe zur Gewohnheit und zum teuflischen Lieblingsgeschäfte geworden war.

Ich muß sagen, ich habe vor diesen Menschen von Jugend auf eine heilige Scheu gehabt und ich habe von meiner Kindheit auf von ihnen mit innerem Schauder vernommen. Des Herodes, des Sylla, des Nero, des Caligula und anderer Ungethüme Gräuelthaten sind mir wohl hundertmal wie Gespenster durch den Kopf gegangen und haben mich zittern gemacht.

Ich will sagen, warum? Weil ich schon von Jugend auf eine Ahnung davon hatte, weil ich dann später es klar und gewiß zu sehen glaubte, daß meine Natur der Natur dieser Unmenschen nicht so fern stand, als man es von ihr auf den ersten Anblick zu glauben geneigt sein könnte. Ich habe mich in Gedanken selbst oft auf dem Throne eines mächtigen Reichs gesehen und ich habe im Stillen Gott oft gedankt, daß ich in der That nie auf einem solchen Throne gesessen weil ich nie das Gefühl, das bei mir fast bestimmte Überzeugung war, verlor, daß ich ein sehr arger Tyrann hätte werden können.

Zuerst mochte ich wohl auf diese Idee kommen, als ich hörte, daß Iwan der Schreckliche von Rußland und andere Tyrannen in ihrer Jugend auch gern Fliegen und andere kleine Thiere gequält hätten und daß ich bei mir dieselbe Neigung bemerkte. Ich erinnere mich, daß wir Knaben die Mode hatten, immer eine Menge Fliegen einzufangen, ihnen die Köpfe abzuschneiden und dann diese Köpfe in den Falten eines Papiers zu zerdrücken, um die Art und Weise der kleinen Blutfiguren, die daraus auf dem Papiere entstanden, zu beobachten.

Man erschrickt in der That, wenn man an die verschiedenen barbarischen Sitten und Gebräuche denkt, die wir schon als Kinder an uns gehabt haben und wenn man an die Ziele denkt, zu denen solche Wege am Ende hätten führen können. Ich glaube zwar, wir waren bei jener Thierquälerei mehr gedankenlos als grausam. Mit größeren und edleren Thieren habe ich von jeher ein entschiedenes Mitleid empfunden. So z.B. erinnere ich mich, daß ich als sehr kleiner und machtloser Junge eifrig auf einen Kärner schalt, der sein armes Pferd mit dem umgekehrten Peitschenstiele unbarmherzig schlug und es zu übermäßiger Anstrengung antrieb, und ich knirschte dabei vor Erbitterung mit den Zähnen und hätte, wenn ich die Gewalt gehabt, den Kärner noch ärger behandeln mögen, als er sein Pferd behandelte. [...]

Täglich empfinde ich schmerzlich die Unbequemlichkeiten eines schwachen Gedächtnisses und täglich gedenke ich – nicht im guten Sinne – der Lehrer meiner ersten Kindheit, welche die Ruthe bei mir schonten, wenn ich einen Vers schlecht auswendig gelernt hatte. Keine Anlage unseres Geistes muß frühzeitiger cultivirt werden als das Gedächtnis, und bei keiner kann man es so leicht gleich von vornherein versehen. Der Verstand kann Anfangs ungestraft viel eher vernachlässigt werden. Der Geschmack gar ist bei Manchen oft erst sehr spät gekommen.

Meine ersten Lehrer tragen indeß nur ein Drittel der Schuld meiner schlechten Gedächtniskraft, so wie die Natur, welche mich von Haus

aus in dieser Beziehung schlecht versah, das zweite Drittel, und ich selber, der ich aus einer gewissen schlaffen Bequemlichkeit nichts dazu that, den Lehrern und der Natur nachzuhelfen, das dritte Drittel dieser Schuld auf mich nehmen muß.

Ich erinnere mich, daß ich selbst die ersten Verschen und Lieder, die man in den A-B-C-Schulen lernt, nie ganz perfect auswendig wußte. Es fehlte immer etwas daran, und ich habe in meinem ganzen Leben nie ein Gedicht fehlerlos nach der Schnur von Anfang bis zu Ende aufsagen können. Unsere Lehrer könnten viel für uns thun, wenn sie nie zu einem zweiten Memorandum übergingen, bevor wir nicht des ersten ganz vollkommen Meister geworden.

Quelle:
Johann Georg Kohl: Aus meinen Hütten. Oder Geständnisse und Träume eines deutschen Schriftstellers (3 Bde.), Leipzig 1850, 1. Bd. 2. 101 ff; 2. Bd. S. 97 ff.

Johann Georg Kohl wurde als Sohn eines Weinhändlers in der Sögestraße 34 (heute Karstadt) geboren. Er studierte einige Semester Jura und verdingte sich 1830 für sechs Jahre als Hauslehrer in Kurland. Gleichzeitig versuchte er sich an der Schriftstellerei und erzielte zu Beginn der 40er Jahre seine ersten Erfolge mit Reisebeschreibungen. 1835 schiffte sich Kohl nach Amerika ein, wo er fünf Jahre lang studierte, reiste und Bücher schrieb (z.B.: »Reisen im Nordosten der Vereinigten Staaten«). 1858 kehrte der mittlerweile sehr erfolgreiche Schriftsteller nach Bremen zurück und wurde hier 1863 zum Stadtbibliothekar ernannt. Johann Georg Kohl hat ein umfangreiches literarisches Werk hinterlassen – darunter auch viele Arbeiten über die Hansestadt und ihre Umgebung. Eine deutsche und eine amerikanische Universität (Königsberg und Boston) verliehen ihm honoris causa die Doktorwürde.

Die Schlachte — Lithographie von F.W. Kohl, um 1844.

DIETRICH SCHÄFER
(* 1845 Bremen † 1929 Berlin)

Mutter war nur sonntags und nachts zu Hause

Ich bin am 16. Mai 1845 in Bremen geboren. Mein Vater war Johann Dietrich Schäfer, meine Mutter Anna Dorothea Schäfer geb. Wellinghausen. Ich erhielt in der Taufe die Namen Johann Heinrich Dietrich nach dem Vater und den beiden Großvätern. [...]

In Bremen haben Vater und Mutter sich kennen gelernt. Sie sind mehrere Jahre verlobt gewesen. Anfang Oktober 1840 haben sie geheiratet; der Vater war 26 1/2, die Mutter 31 Jahre alt. Die Einrichtung ist aus den Ersparnissen der Mutter beschafft worden. Hausgewebtes Leinen erhielt sie genügend von der Großmutter; daß sie es mit eigener Hand nähte, versteht sich von selbst; Vater und Brüder fertigten ihr einen eichenen Kleiderschrank und einen »Koffer« (Truhe). Nur das Notwendigste hat die Einrichtung umfaßt, aber dürftiger als die der Eltern Schillers, die das Marbacher Schillerhaus bewahrt, war sie nicht.

Der Vater war schon vor der Verheiratung Mascopsträger und Kornstecher geworden. Mascopsträger nannte man damals die zu einer Matscop (Genossenschaft) vereinigten Leute, welche die Waren von den Schiffen auf die Packhäuser und umgekehrt beförderten, Kornstecher diejenigen, welche das Getreide auf den Böden mit großen, flachen Holzschaufeln umstachen, was immer in Zwischenräumen von einigen Monaten geschehen mußte, um es vor dem Verderben zu bewahren. Es war nicht gerade eine sehr schwere, aber des Staubes wegen sehr gesundheitsschädliche Arbeit. [...]

Die Eltern haben zunächst ein Häuschen (in Bremen herrschte ... durchaus das Einzelhaus) im »Sack«, jetzt Schildstraße, bewohnt, einem damals noch ungepflasterten Gäßchen, das vom Ostertorssteinweg abgeht. Zu Anfang der 40er Jahre bestand Bremen noch so gut wie ausschließlich aus Altstadt und Neustadt. Außerhalb der Tore und des Stadtgrabens wohnten nur »Kohlhöker«, die sich mit Gemüsebau beschäftigten, und vereinzelt kleine Leute. Die Torsperre, die erst 1848 fiel, beschränkte ihren unbehinderten Verkehr mit der Stadt auf die Zeit der Tageshelle. Sie waren nur Außenbürger (Butendorsche). Im Herbst 1842 sind die Eltern in die Stadt gezogen. Als Kornstecher war der Vater viel beschäftigt worden von dem Kornhändler Weihausen, der das Haus Schlachte Nr. 29, obere Ecke der Kranpforte, bewohnte. Unter diesem Hause war ein Wohnkeller, der erst im Frühling 1911 in einen Lagerkeller umgewandelt worden ist. Herr Weihausen bewog meinen Vater, diesen Keller von ihm zu mieten.

An der Schlachte befanden sich damals 5 oder 6 Wohnkeller, einer an der anderen Ecke der Kranpforte, die übrigen weiter aufwärts. Sie waren sämtlich Schenkkeller. [...]

Die Schlachte ist heute eine Art Zierstraße, durch starke Ufermauern gegen Überschwemmung völlig geschützt, durch gärtnerische Anlagen verschönert. Nach Schiffen sieht man sich auf ihr vergebens um. Damals diente sie noch durchaus dem Zweck, dem ihre Anlage (mindestens schon im 13. Jahrhundert) sie bestimmt hatte. Sie war Anlegeplatz der Schiffe. Am Wasser entlang waren fünf hölzerne »Wuppen« und, ziemlich genau vor unserer Wohnung, ein eiserner »Kran« errichtet, Schiffe zu ent- oder beladen. Vor ihnen lagen die Fahrzeuge, manchmal fünf oder sechs hintereinander: Weserkähne, segeltüchtige Schiffe für die Fahrt auf der Unterweser (es gab damals noch keine Schleppkähne; sie führte 1853 eine Gesellschaft unter der Leitung H. H. Meiers ein), niederländische und ostfriesische Tjalks und Ruffs, Ewer von der Niederelbe, gelegentlich auch ein Logger, lauter Schiffe für die Fahrt auf den unteren Stromläufen und für die Küstengewässer, selten von mehr als 50 Last (etwa 100 Registertonnen) Tragfähigkeit, mit 2 bis 4 Leuten besetzt. Unterhalb der Bootsfähre, die an der Stelle der heutigen Kaiserbrücke über den Strom führte, war der Anlegeplatz für die Fischer-Slupen, meistens Helgolander, und im Herbst für die Osterstader Bauern, die »Aschwarmer« (von Aschwarden) Weißkohl, sogenannten Kumskohl, brachten. So zeigte die Schlachte ein buntes Verkehrsleben. Die einzelnen Berufszweige, die hier ihrem Erwerb nachgingen, hatten in den Kellern ihre Treffstellen, jeder in seinem, in dem der Eltern die Mascopsträger. In dem an der anderen Ecke der Kranpforte verkehrten die Kahnschiffer. Diese Keller waren gleichsam ihre Börsen.

Der Verkehr in den Schenkkellern war daher keineswegs allein eine Sache der Erholung oder gar des Zwecktrinkens, sondern vor allem eine Geschäftsnotwendigkeit. Die Importfirmen, die Waren aller Art aufzuspeichern oder zu verladen hatten, hielten sich je einen Vorarbeiter, der die nötigen Kräfte herbeischaffte. Es gab keine Firma, die unausgesetzt eine größere Zahl von Mascopsträgern beschäftigt hätte. So genügte es, daß die Vorarbeiter nach Bedarf andere »mitnahmen«. Allabendlich wurden die Arbeiten für den nächsten Tag verteilt. Es war also durchaus notwendig, daß man sich traf. Die Schlachte selbst hatte nicht wenige Packhäuser; aber es waren noch mehr durch die Stadt verteilt. Fast der ganze Teerhof, die Halbinsel zwischen der großen und der kleinen Weser, war ... mit solchen besetzt; andere lagen ... entlang der Weser abwärts bis zur Wichelnburg, dann am Neustadtsdeich und sonst hier und da in Alt- und Neustadt. Jeder mußte wissen, wo am anderen Morgen zu arbeiten war; auch die Lohnverteilung, die in den Händen der Vorarbeiter lag, konnte nur an einem Sammelpunkte geschehen. So war ein solcher notwendig.

Meine Eltern haben 10 1/2 Jahre, bis zur Frühlingsfahrniszeit 1853, den Keller bewohnt. Ich war fast acht Jahre alt, als sie ihn räumten. Ich habe noch heute eine sehr klare Vorstellung von dem Treiben dort. Ich könnte eine ganze Reihe von Namen der Arbeiter aufzählen, die dort verkehrten; im ganzen waren es wohl gegen 30. Sie waren alle vom Lande gebürtig, vereinzelt früher Seefahrer, mehrere im Nebenamt noch Nachtwächter. Sie waren durchweg ehrbare, nüchterne Leute. Geschenkt wurden im Keller Braunbier (kein anderes, wie es denn damals in ganz Bremen von außen eingeführtes Bier überhaupt noch nicht, außer dem Braunbier nur noch ein untergäriges, sogenanntes Lagerbier gab) und Kornbranntwein (Wacholder); gelegentlich wurde ein Curaçao oder auch ein Glas Grog verlangt. Unter all den dort Verkehrenden war nur ein einziger (ich weiß auch seinen Namen noch), der sich von Zeit zu Zeit einmal übernahm. Er pflegte dann schon angetrunken zu kommen, erhielt nichts mehr und wurde von Arbeitsgenossen heimgebracht. Andere Leute als Mascopsträger erschienen sehr selten im Keller. Abends wurde wohl Karten gespielt; eine Stunde oder zwei nach Sonnenuntergang war aber in der Regel alles fort. Ich habe nicht gesehen, daß jemals Streit im Keller gewesen wäre.

Der Vater war hineingezogen des Verdienstes wegen. Seine bisherige Tätigkeit setzte er unvermindert fort; das Geschäft besorgte, wenn er draußen war, die Mutter. Da das Bier nur in Steinkruken verkauft wurde, also abgefüllt und gekorkt werden mußte, gab es Arbeit genug. Dazu wurden Kornsäcke verliehen, die natürlich auch instand gehalten werden mußten. Es wurden zu der Tochter Anna, die den Eltern am 18. Juni 1841 noch im »Sack« geschenkt worden ist, in der Kellerwohnung noch vier Kinder geboren, noch eine Tochter und dann drei Söhne, von denen ich der älteste war. Sie sind außer mir alle früh gestorben. Überanstrengung der Mutter (sie hat natürlich alle ihre Kinder selbst gestillt) und dann auch das Ungesunde der Wohnung sind daran wohl schuld gewesen.

Es erscheint mir heute ein Rätsel, daß ich in dieser Wohnung gesund und fröhlich aufgewachsen bin. Von der abgeschrägten Strassenecke führten vier oder fünf Steinstufen hinab auf einen Absatz, in nach rechts geänderter Richtung dann ein Dutzend Stufen auf einen zweiten Absatz, und weitere drei oder vier Stufen links hinunter auf die Diele. Der jetzt noch bestehende Keller läßt die Form des alten nicht mehr erkennen, da er mit dem Hause selbst umgebaut ist. Auf der Diele stand die »Tenbank«, der Tresen, mit dem für das Schenkgeschäft nötigen Gerät. Neben ihr lag die Wirtsstube. Allein diese beiden Räume waren dem Tageslicht zugänglich, die Diele durch die Tür, die Stube durch eine vor dem Fenster angebrachte Ausschachtung, die nach der Straße hin umgittert war. Zum Fenster mußte man hinaufschauen; von Vorübergehenden konnte man die Beine sehen. Die Mutter hatte immer einige Blumen vor diesem Fenster. Hinter der Diele lagen eine größere und eine kleinere Schlafstube, hinter der Wirtsstube die Küche. Diese drei Räume erhielten ein spärliches Licht durch Fenster, die nach Diele und Wirtsstube führten. Hinter der Küche war noch ein Raum für Torf, dem damals allein üblichen Feuerungsstoff in Bremen. Dort war auch eine Einrichtung, menschlichen Bedürfnissen zu genügen. Es bestand damals und noch viele Jahre später in Bremen das Abfuhrsystem in der Form, daß offene Eimer abends vor die Tür gestellt und ihr Inhalt nachts abgeholt wurde. Die Diele war mit Sandsteinfliesen belegt; alle anderen Räume hatten Holzböden, die zum Teil morsch genug waren.

Das Schlimmste aber war das Wasser. Wenn die Weser am Pegel 12 Fuß zeigte, fing sie an, innerhalb der Stadt ihre Ufer zu übersteigen. Auf die Schlachte kam sie bei 14 Fuß. In die Keller drang aber das Wasser von unten herauf schon eher ein. Auf der Diele befanden sich zwei mit Bohlen verdeckte Wasserlöcher, in denen es sich sammelte. Durch Pumpen mußte es entfernt werden. In den 11 Frühlingen (sie sind die Überschwemmungszeit), welche die Eltern im Keller zugebracht haben, ist die Weser mehrere Male auf mehr als 18 Fuß gestiegen, einmal auf 18 Fuß 7 Zoll. Es waren Vorkehrungen getroffen, daß es nicht unmittelbar von außen in die Wohnungen dringen konnte. In Abständen von ungefähr 3 bis 4 Metern waren auf dem Gangsteig am Rande entlang Öffnungen von ungefähr einem Quadratfuß Weite gelassen, in die Balken von entsprechender Dicke eingeführt werden konnten. An diese wurden auf beiden Seiten starke Eichenbohlen angeschraubt und der Zwischenraum mit Dünger gefüllt; außerdem wurden binnenwärts Sandsäcke vorgelegt. So stand das Wasser oft 3 bis 4 Fuß höher als der Boden, auf dem die Fußgänger hinter diesem improvisierten Deiche sich an den Häusern entlang bewegten. Durchsickerndes Wasser wurde hinausgeschaukelt. Es war natürlich, daß mit steigendem Wasserstand auch das Wasser in den Kellern sich mehrte, so daß unter Umständen die Pumpen kaum noch stillstehen durften. Die meisten Kellerbewohner räumten bei besonders hohem Wasser ihre Keller und ließen sie voll laufen, was dann das Bewohnen für Monate unmöglich machte, da sie schwer wieder trocken wurden. Der Vater war stolz darauf, daß er seinen Keller niemals aufgegeben hatte. Es ist nicht so selten vorgekommen, daß das Wasser, wenn meine Schwester und ich des Morgens erwachten, unter den Betten stand, für uns Kinder ein Spaß, denn da konnten wir unsere Holzschuhe schwimmen lassen. Die große Feuchtigkeit der Wohnung war aber wohl der Hauptgrund, daß meine Schwester bald nach der Übersiedelung dorthin an einem Augenleiden erkrankte, das nie mehr völlig geheilt wurde und sie zeitweise fast mit Erblindung bedrohte. Zu einem Umzug hat sich der Vater aber erst entschlossen, als eigene zunehmende Kränklichkeit dazu nötigte.

Der Vater war außerordentlich muskelstark, aber schwach auf der Lunge, wohl nicht von Jugend auf, aber doch im Mannesalter geworden, wahrscheinlich im Zusammenhang mit der Arbeit des Kornstechens. Sein lebhaftes Temperament machte ihn zu einem sehr flinken und tätigen Arbeiter. An einem Sommertage hat er, von der Arbeit stark erhitzt, den Durst mit einer kleinen Kruke (es gab deren kleine und große im Preise von 1 oder 2 Groten ...) Braunbier gelöscht. Dem kalten Trunk ist es immer zugeschrieben worden, daß er vom Bluthusten befallen wurde, »Blutspeien«. Es wurde zeitweise so schlimm, daß er die Arbeit wochen-, ja monatelang aussetzen, größere Anstrengungen vermeiden mußte. Es war Ende der 40er und Anfang der 50er Jahre. In dieser Zeit bin ich dann beim Spazierengehen sein fast ständiger Begleiter gewesen; die Schwester, nach der Mutter Anna genannt, besuchte schon die Schule. Diese Spaziergänge gehören zu den schönsten Erinnerungen meiner Kinderzeit. Sie führten nach verschiedenen Seiten zur Stadt hinaus, besonders aber durchs Hohe Tor auf der Oldenburger Landstraße bis zum Warturm, der alten Befestigung des Überganges über die Ochtum, und manchmal auch noch ziemlich darüber hinaus. Dort angelte der Vater gern in dem fischreichen Flusse, auf dem auch ein Boot zur Wasserfahrt lockte; beides zog den Knaben natürlich ungeheuer an. Ich habe dort zum ersten und einzigen Male gesehen, wie ein im Wasser stehender Hecht von der Brücke herab durch einen Schuß erlegt wurde. Der Wirt, Voßmeier, war ein freundlicher Mann, dem Vater schon von früher her, von den Fahrten zwischen Delmenhorst und Bremen, gut bekannt. Er ließ mir im Obstgarten alle Freiheit. Der Besitzer des ersten Hauses am Strohmerdeich, Maier ton Strohm, war dem Vater auch gut bekannt; da durften wir Sonntags, wenn die Mutter und die Schwester mit waren, dicke Milch essen.

Im übrigen habe ich meine Tage und, als die Schule begonnen hatte, die schulfreie Zeit auf der Schlachte und den benachbarten Straßen bis hinauf zum Ansgariikirchhof zugebracht. Der Vater nahm mich auch mit zu besonderen Hergängen. Eine meiner frühesten Kindheitserinnerungen ist, daß ich mit Vater, Mutter und Schwester aus einem Fenster der... Thurn und Taxischen Post auf einen langen, langen Zug von Männern in sonntäglichen Kleidern mit Fahnen und Musik herabblickte, der dem Markt zuzog. Es war ein politischer Aufzug des Jahres 1848. Ein überaus populärer Mann war der Pastor Dulon von Liebfrauen, der in einem der damaligen Pastorenhäuser am Domshof wohnte. Er war als Redner einer Volksversammlung 1851 in Eystrup von der hannoverschen Regierung verhaftet worden. Nach seiner Entlassung brachte man ihm einen Fackelzug. Ich stand an der Hand des Vaters auf dem Domshof und sah den Gefeierten im Fenster seines Hauses stehen und zu der Menge reden. Eine andere Erinnerung aus diesen Hergängen ist die, daß beim Leichenbegängnis des ebenfalls überaus beliebten Bürgerschaftsmitgliedes Seemann, der am Martinikirchhof, Ecke der Martini- und Bredenstraße wohnte, das Gefolge bis vor unsere Wohnung und darüber hinaus stand.

Die Tagesereignisse wurden natürlich unter den Leuten, die im Keller verkehrten, lebhaft besprochen. Es gab damals noch nichts von Sozialismus in der Stadt, aber von Demokraten und Aristokraten war viel die Rede. Unter den im Keller sich zusammenfindenden Leuten überwogen natürlich die demokratischen Neigungen. Viel lebhafter wurden aber die militärischen Ereignisse erörtert, insbesondere der Schleswig-Holsteinische Krieg. Abneigung gegen Preußen wurde oft laut, besonders gegen die Militärpflicht, die damals ganz vorübergehend auch in Bremen, das sonst nur gewordene Soldaten, sogenannte Hanseaten, kannte, eingeführt wurde. Bei den Schönschreibübungen später in der Schule war der Satz: »Soldaten im Frieden sind Öfen im Sommer« eine besonders beliebte Vorschrift, mit der man die Seiten füllen mußte.

Die geräumige Schlachte bot dem heranwachsenden Knaben einen ausgezeichneten Spielplatz. Dort lagerte, was aus den Schiffen ausgeladen und nicht gleich auf die Packhäuser oder zur Bahn (ein Schienenstrang hat Bremen zuerst 1847 von Hannover her erreicht) verfahren war, Erzeugnisse, kann man sagen, aus aller Herren Länder: Baumwollballen, Tabaksfässer und -packen, Kisten mit Sandzucker, Reis- und Kaffeesäcke, Wein- und Öl-, Herings- und Tranfässer, Säcke mit Kakaobohnen, Häute und Felle und so viele andere Gegenstände des Handels. Sie lagen frei auf der Schlachte (ein Schuppen ist in der Nähe des eisernen Krans erst in den beginnenden 50er Jahren gebaut worden), soweit Nässe schaden konnte, durch Segeltuch gegen Regen geschützt. Dazwischen standen die Lastwagen, Pferdekrippen und kleinen Heuställe der Fuhrleute. Wenn nicht gerade gearbeitet wurde, konnte man über alles hin und her springen, sich »kriegen«. Man wurde natürlich mit allen Waren, ihrer Verpackungs- und Beförderungsart vertraut. Die Erkundung setzte sich fort in die Packhäuser, zu denen ein Fuhrmann den Jungen mitnahm, und wohin man auch dem Vater das Frühstück oder den Nachmittagskaffee oder auch wohl, wenn er auf dem Teerhof oder am Neustadtsdeich arbeitete, das Mittagessen brachte. Besonders aber zogen die Schiffe an, die vor dem Kran und den »Wuppen« hintereinander lagen. Man lief auf Deck und im Raum umher, wenn einen der Schiffer nicht gerade davonjagte, stieg auch in die Jolle hinab. Auf den Kletterbalken, die an der Strandmauer zu den Schiffen hinabführten, wurde man heimisch. Wenn Waren aus den Schiffen getragen wurden (bei loser Ladung, besonders Getreide, das in Zweischeffelsäcke geschaufelt und so herausbefördert wurde), konnte man auf den vereinzelt angebrachten Treppen, die besonders diesem Zweck dienten, noch bequemer auf die Fahrzeuge gelangen. Zu den Schiffern stand man in besten Beziehungen, auch zu den Holländern, die auf ihren Tjalks und Kuffs Frau und Kind mit sich führten, die Frauen mit den vergoldeten Platten an beiden Schläfen. Die Verschiedenheit der Sprache war kein Hindernis; jeder Plattdeutsche von der Wasserkante versteht den Holländer und dieser ihn. Bei niedrigem Wasserstande wurde am Fuße der Strandmauer Gelände frei, von dem aus sich noch bequemer mit selbstgefertigten Angeln und Angelruten fischen ließ als von oben herab. Ebbe und Flut sind erst nach der Weserkorrektion an der Stadt merkbar geworden. Trat der Fluß aus seinen Ufern und strömte in rascherem Lauf auf der Schlachte selbst entlang, so gab es wieder viel Neues zu sehen. Die Sorgen und Mühen, die sich an solchen Zustand knüpften, fühlte das Kind nicht.

Ostern 1853 sind die Eltern aus dem Keller fortgezogen. Die Gesundheit des Vaters gestattete nicht, ihn länger zu bewohnen. [...]

Eine neue Wohnung fand der Vater im vorletzten Hause der Grossenstraße... gegenüber dem damaligen Armenhause. [...] Sie lag eine Treppe hoch in dem sehr schmalen Hause, in dem unten der Besitzer wohnte; über uns war der Dachstock. Sie bestand aus zwei kleinen Zimmern, von denen eins nach der Straße schaute, und einer kleinen Küche und kostete 32 Taler (zwischen 106 und 107 Mark). Das war ein Drittel der früher gezahlten Miete, aber auch die Einnahmen sanken ungefähr in dem gleichen Verhältnis, ja noch stärker. Die Mutter hatte neben ihrer Hausarbeit die Wirtschaft besorgen können; ihr Verdienst fiel jetzt ganz fort. Seiner Gesundheit wegen wechselte der Vater die Arbeit. Er wurde ein Weinküper im Geschäft von Buxtorf und Wichelhausen; was er dort zu tun hatte, strengte nicht so an. [...] Daß da manchmal eine Woche verstrich, ohne daß die Mutter oder wir Kinder Fleisch zu essen bekamen, versteht sich von selbst. Für den Vater wurde täglich meisten 1/4 Pfund durchwachsener Speck erstanden; an die Stelle der Butter auf dem Brote trat das Schweineschmalz. Es wurde etwas besser, als der Vater die frühere Arbeit wieder aufnahm. Im Winter wurde die aber oft unterbrochen; damals fror die Weser noch fast allwinterlich für kürzere oder längere Zeit zu, was jetzt der eindringenden Flut wegen nicht mehr vorkommt. Dann lag die Packhausarbeit danieder, wenn nicht bei besonders strenger Kälte Frachtwagen die Waren auf der Eisdecke des Flusses herauf brachten, ich habe mehrmals erlebt, daß die Wagen bis Elsfleth, ja bis Brake hinabgefahren sind.

Nach einem Jahre (April-Fahrniszeit 1854) sind wir zum Tore

hinaus in die Stephanisvorstadt gezogen. Seitdem die nächtliche Torsperre 1848 gefallen war, wohnte man häufiger in der Vorstadt. [...]

Wenn der Vater sich entschlossen hatte, in die Vorstadt zu ziehen, so war dafür vor allem der Wunsch maßgebend gewesen, wieder ländliche Beschäftigung zu haben. So mietete er um 2 Taler jährlich von dem »Bauern« Friedrich Bollmann, der an der Ecke der Straße »Auf dem Kamp« und des Stephanitorssteinweg Haus und Hof hatte und wohl der meistbegüterte Grundbesitzer in der Althbremer Feldmark war, einen kleinen Acker draußen, da wo jetzt die Grenzstraße von der Waller Chaussee abgeht. [...]

Es versteht sich von selbst, daß die Kinder bei der Bewirtschaftung der Äcker helfen mußten. Ich habe so eine ganze Reihe landwirtschaftlicher Arbeiten gelernt, gegraben, gehackt, durchgeschaufelt, gepflanzt, gesät, gejätet, geerntet, mit der Karre auch Dünger auf den Acker und Kartoffeln, Steckrüben und ähnliches nach Hause gefahren. Die Zeiten, wann jedes gepflanzt und geerntet werden kann, weiß ich noch heute. Ein Teil des kleinen Hofes war Garten mit einigen Blumen, Stachel- und Johannisbeersträuchern, die mir als kostbares Besitztum galten. Im Haushalte ging es besser zu als auf der Großenstraße; man brauchte sich nicht mehr so in der Nahrung einzuschränken.

Da wurde uns der Vater entrissen.

Am 27. November 1855 ungefähr um 11 Uhr saß ich in meiner Schule auf dem Ansgarii-Kirchhof, als – etwas Ungewöhnliches – an die Klassentür geklopft wurde. Der Lehrer öffnete, und es trat ein Mann in seiner Arbeitskleidung mit dem enganliegenden wollgestrickten Staubkäppchen auf dem Kopfe herein, den ich sofort als einen »Schlachtarbeiter« erkannte. Er frage nach mir, und der Lehrer ließ mich mitgehen, als der Mann sagte, daß mein Vater schwer krank sei. Wir gingen zusammen in die nahe Hundestraße, wo vor einem rechts liegenden Packhause Tabaksfässer von Wagen abgeladen wurden. Diese Fässer ... wiegen bis zu 3000 Pfund. Beim Überkippen vom Wagen auf die Baumleiter drohte eins der Fässer ins Rollen zu kommen. Der Vater stemmte sich dagegen, hemmte das Faß auch mit seiner ungewöhnlichen Kraft, bis andere zusprangen, mußte aber dann ablassen, da ein Blutstrom seinem Munde entquoll. Es war, wie die Mutter oft gesagt hat, das neunte Mal seit dem ersten Anfall, daß sich etwas derartiges ereignete. Diesmal sollte es tödlich werden. Da der Vater den weiten Weg nach Hause nicht gehen konnte, wurde eine Droschke geholt und ich mit ihm hineingesetzt.

Der Vater ist dann vom Krankenlager nicht wieder aufgestanden. Früher war in Erkrankungsfällen immer der Arzt Dr. Christian Smidt gerufen worden, der auf der Langenstraße wohnte und als kundiger und freundlicher Mann in hohem Ansehen stand; jetzt entschloß man sich, da Geld, einen Arzt zu bezahlen, nicht vorhanden war, zum Armenarzt zu gehen. Er ist auch einmal gekommen. Am 6. Dezember abends schickte uns die Mutter, ihn zu bitten, doch noch einmal zu kommen, da es schlimm stehe. Er antwortete: »Ich kann ihm das Leben nicht halten.« In der folgenden Nacht ist der Vater etwas nach 4 Uhr gestorben. Die Mutter, der ihre im Schüsselkorb verheiratete Schwester Lenore in dieser Nacht Hilfe leistete, hat uns 3 Uhr geweckt. Ich habe gesehen, wie der Vater mit dem Tode rang, und habe das nie vergessen. Er hatte so sehr an uns Kindern gehangen und ist uns ein zwar strenger, aber stets liebevoller Vater gewesen, vor allem auch darauf bedacht, daß der Junge etwas Tüchtiges lerne. Wie oft hat die Mutter, als es mir später gut ging, gesagt: »Wenn das doch der Vater erlebt hätte!« Der Mutter war er stets der treueste Lebensgefährte. Ich erinnere nicht, daß Vater und Mutter je miteinander gezankt hätten. Schlechte Gewohnheiten hatte der Vater nicht. Er rauchte nie und trank so gut wie gar nicht. Es ist nie vorgekommen, daß er irgendwie zu viel getrunken hätte, auch in der Zeit nicht, wo dazu Gelegenheit gewesen wäre, als er im Weinlager beschäftigt war. Ich habe den Vater bis auf den heutigen Tag in klarem, deutlichem Gedächtnis und gedenke seiner in Liebe und Dankbarkeit. Ich hätte ihm so gern gegönnt, zu erleben, daß etwas Ordentliches aus seinem Sohn wurde; es war sein sehnlichstes Verlangen.

Mittwoch, den 12. Dezember, Vormittags, ist der Vater beerdigt worden, auf dem Doventorskirchhof nahe dem Eingang gleich links. Dort wurden beerdigt, die nicht im Besitz einer eigenen Grabstätte waren. Ein kleines Gefolge von ungefähr einem Dutzend Männern geleitete die Leiche zu Grabe; ich ging zwischen den beiden ersten, die ich aber nicht mehr erinnere. Die Schwester war nicht mit, da weibliches Gefolge in Bremen schlechterdings nicht üblich war. [...]

Es war ein klarer Wintertag, etwas Schnee gefallen. Die Leiche wurde vom Hause weg bis auf den Kirchhof getragen. Es folgte nach der alten, in den Städten jetzt wohl glücklich ganz überwundenen Sitte ein Leichenschmaus im Hause, der sich nach Lage der Dinge in bescheidenen Grenzen hielt, bei dem aber doch Butterkuchen und Bremer Klaben, belegte Brote, Kaffee, Rot- und Weißwein aufgetischt und Zigarren gereicht wurden. Der Mann der Tante hatte das alles besorgt und die Tante es zugerichtet. Mein Vater war, nach dem Brauch der Arbeiter, in zwei Sterbekassen, der Mascopsträger- und der Nachtwächter-Brüderschafts-Totenlade; er war selbst in deren Verwaltung tätig gewesen, und ich habe von dieser an Sonntagen geübten Tätigkeit eine sehr klare Erinnerung behalten. Die Sterbegelder – zusammen zwischen 60 und 70 Taler – sind durch die Begräbniskosten und das anschließende Essen und Trinken, bei dem die Gäste, wie ich deutlich erinnere, reichlich lebhaft wurden und das kleine Häuschen mit Tabakrauch füllten, fast vollständig draufgegangen. Die Mutter und wir Kinder sahen es mit Widerwillen; aber man konnte nicht gegen den Brauch. Der Herkommenszwang ist in den sogenannten unteren Ständen noch mächtiger als in den oberen.

Es folgten tieftraurige Wochen. Es war eine so glückliche Ehe gewesen, die Kränklichkeit des Vaters das einzig Störende. Nun stand die Mutter vor dem Nichts; sie mußte sehen, wie sie uns durchbrachte. Ich hätte im lutherischen Waisenhause Aufnahme gefunden; sie wollte aber nicht von mir lassen. Die Schwester stand vor der Konfirmation; sie ist am 13. März 1856 im Dom eingesegnet worden. Zur folgenden Fahrniszeit ging sie bei einer Witwe in der Martinistraße, die einen kleinen Laden hielt, in Dienst um 16 Taler Jahreslohn. Die Beschaffung der notwendigen Ausstattung und der Feierkleider zur Konfirmation hat nicht wenig Sorge gemacht. [...]

Ich bin früh zur Arbeit angehalten worden, wollte auch gern mitverdienen, konnte es aber in den ersten Jahren doch nur durch Besorgen des einen Ackers, den wir in Pacht behielten, des frühesten und nächstgelegenen. Da habe ich aber auch mit Ausnahme des Kartoffelpflanzens und -ausnehmens so ziemlich alles allein besorgt; nur

Sonntags konnte auch die Mutter helfen. Ein Verbot des Arbeitens bestand an Sonn- und Feiertagen nur für einige Stunden des Vormittags. Beim Ausnehmen half ein Knecht des benachbarten Kohlhökers Köhler, ein etwa 17jähriger, ordentlicher Bursche, der mich sehr interessierte, denn er war ein »Oberländer«, aus Hollerssen bei Einbeck. Ich hatte bis dahin nur Leute aus der Umgegend kennen gelernt. Die Arbeitsgenossen des Vaters stammten zumeist aus dem Hoyaischen, Verdenschen und Oldenburgischen (selten von Norden her!). Ich fragte ihn nach allen Richtungen aus. In den Jahren 1858 bis 1859 habe ich eine Kleinigkeit verdient, indem ich nachmittags nach der Schule zu der Tante im Schüsselkorb ging und dort Wasser trug und die Straße kehrte und in der Frühe vor der Schule in die Rembertistraße zu Westenfelds, um Kleider zu reinigen und Stiefel zu putzen. Ich erhielt beiderwärts täglich zwei Groten. Doch haben diese Dienstleistungen in beiden Jahren immer nur Monate, im Schüsselkorb sommers, in der Rembertistraße winters gedauert, so daß sie für das Gesamteinkommen nicht schwer ins Gewicht fielen. Ich hätte Zeitungen austragen können; aber das wollte die Mutter nicht. Die Zeitungsjungen standen in keinem guten Ruf. [...]

Ich habe in deutlicher Erinnerung, wie ich in den nächsten sieben Jahren gelebt habe. Die Mutter war nur Sonntags und nachts zu Hause. Ich war von morgens 6 1/2 bis abends 8 1/2 Uhr völlig auf mich allein angewiesen. Mittags war von 12 bis 2 Uhr Schulpause. Da der Schulweg nicht unter 20 Minuten erforderte, blieben mir etwa 1 1/4 Stunden zu Hause. Da mußte ich mir mein Essen selbst machen. Sonntags kochte wohl die Mutter für einige Tage, so daß ich nur aufzuwärmen brauchte. Sonst bestand mein Mittagessen ganz überwiegend aus Kartoffeln, die ich des Morgens in der Frühe oder am Abend vorher schälte. Ich habe sie dann mittags gekocht und etwas ausgebratenen Speck oder zerlassenes Schweineschmalz und eine zerschnittene Zwiebel darauf geschüttet, nie ohne Essig und Wasser dazu zu gießen, um das Gericht weniger trocken zu machen. Manchmal habe ich mir auch gekochte Kartoffeln gebraten. Ich erinnere mich noch, wie mir einmal infolge einer Unvorsichtigkeit alle so hergerichteten Kartoffeln aus der Pfanne in die Asche fielen und ich dann hungrig und frierend – es war im Winter – mit einem Stück Brot wieder in die Schule zog.

Ein Festessen war es, wenn 2 Groten erübrigt werden konnten, beim Fleischer Koch in der Molkenstraße nach der Schule eine Grützwurst zu kaufen; die Fleischersfrau war sehr freundlich und schenkte mir manchmal eine Scheibe Leberwurst, die mir trefflich mundete. Wenn Weizenmehl im Hause war, habe ich mir wohl auch einen Pfannkuchen gemacht, was ich gut fertigbrachte. Auf dem Herde waren zwei Feuerstellen, eine mit einem Rost, die andere ohne. Auf der ersteren wurden die Speisen bereitet; letztere diente besonders dazu, die glühenden Torfkohlen in der Asche brennend zu erhalten; so konnte man jederzeit Feuer machen. Winters war es natürlich sehr kalt im Hause, da der Ofen erst abends stärker geheizt wurde. Morgen- und Abendessen bestanden aus Brot und Kaffee; gelegentlich wurden abends noch einmal Kartoffeln gebraten. In Bremen wurde damals Schwarz- und Weißbrot miteinander gegessen, letzteres in der Form von »Zwiebäcken« und »Losbröden«, die aber bei mir so gut wie vollständig ausschieden, weil sie zu viel kosteten. So bin ich bei Roggenbrot groß geworden. Es wurde in schweren Laiben von 18-20 Pfund gebacken, die der Bäcker aber auf Wunsch in zwei Hälften verkaufte. Es wäre sonst für unseren Bedarf zu trocken geworden. Ich weiß den Preis für ein halbes Brot nicht mehr genau anzugeben; er betrug aber ungefähr einen Tagelohn der Mutter. Es gab auch 6- und 12-Groten-Brote; sie galten aber für weniger gut. Bestreichen konnte ich mein Brot mit Schmalz, sehr selten mit Butter, manchmal auch mit Sirup. Ganz ohne Brot bin ich doch eigentlich nie gewesen. In den beiden ersten Jahren war die Ernährung noch erheblich erleichtert durch das zuletzt gemästete Schwein, das nach des Vaters Ableben kurz vor Weihnachten geschlachtet worden ist. Schinken und Mettwürste sind verkauft worden; das übrige haben wir selber gegessen. Manchmal hat die Mutter auch von dem, was sie auswärts erhielt, ein oder zwei Butterbrote mit nach Hause gebracht, die mir natürlich trefflich schmeckten. Ich brauche nicht zu sagen, daß ich oft große Sehnsucht nach ihr hatte. In der besseren Jahreszeit ging ich ihr abends halbwegs und mehr entgegen und war glücklich, wenn ich an ihrem Arm hing. Sie freute sich über ihren Jungen. Es versteht sich von selbst, daß ich das Haus in Ordnung zu halten hatte; der Mutter blieb dazu keine Zeit. Ich habe das auch immer gern besorgt.

Indem ich das niederschreibe, kommt mir zum Bewußtsein, daß mancher denken wird: »Hat der aber eine harte Jugend gehabt!« Ich habe das nicht empfunden. Ich erinnere nicht, daß ich jemals betrübt gewesen wäre über mein Los. [...]

Diese Gestaltung meiner Jugend hat einen ungeheuren Vorteil für die spätere Lebensführung gehabt, den man kaum überschätzen kann. Sie hat mich bescheiden in Ansprüchen und Bedürfnissen gemacht; ich bin in dieser Beziehung mit leichter Last durchs Leben gegangen. Sie hat mich außerdem früh gelehrt, auf die wirtschaftlichen Grundlagen des Lebens zu achten. Der geringe Verdienst der Mutter ging doch fast ganz durch meine Hand, da ich ihn für die kleinen Tagesbedürfnisse verausgaben mußte, die Mutter schon durch ihre Beschäftigung gehindert war, das Geld selbst seiner Bestimmung zuzuführen. So habe ich früh rechnen und wirtschaften gelernt, peinlich aufachten, daß nichts unnütz ausgegeben wurde. Mein Leben lang ist es mein Grundsatz geblieben, der zunächst durch die Not auferlegt war, nie mehr auszugeben, als eingenommen wurde. Schulden hat die Mutter nie gemacht, auch nie versucht, solche zu machen; sie hätte auch wohl nicht leicht jemand gefunden, der bereit gewesen wäre, zu borgen, höchstens die Herrschaften in der Form eines Lohnvorschusses. Ich kann nicht sagen, ob das nicht das eine oder andere Mal vorgekommen ist. Ungehöriges habe ich nie mit dem anvertrauten Gelde getrieben, vor allem nie irgendwelche Näschereien gekauft; ich erinnere nicht, daß mir jemals in diesen Jahren auch nur ein solcher Gedanke gekommen wäre. Ich hätte ja der Mutter nicht mehr ins Auge sehen können. In einem Punkte habe ich sie hintergangen; ich habe gegen ihren Willen, ja gegen ihr ausdrückliches Verbot, im Freien gebadet, einige Mal an der Schleuse im Neuen Torfkanal, häufiger in der Weser entweder am rechten Ufer an der Stefanikirchen-Weide, wo jetzt die Hafenanlagen sind, oder links eben unterhalb von Teklenborgs Schiffswerft, die dicht unterhalb des Eingangs zum Sicherheitshafen lag. Ich habe auf diese Weise ohne Anleitung schwimmen gelernt, so daß ich es gut konnte, als ich in späteren Jahren eingerichtete Badeanstalten besuchte. Ich habe es der Mutter erst in dieser Zeit gestanden; sie hatte es verboten, weil sie Gefahr befürchtete. [...]

Wer dies liest, wird vielleicht fragen: »Hat denn der Knabe gar keine Jugendlust empfunden, nicht mit Kameraden herumgejagt und gespielt?« Wohl hat er das, und zwar genug, um oft gescholten zu werden und Gewissensbisse zu haben wegen der verbrauchten Schuhe und der zerrissenen Kleider. Vor und nach der Schule und natürlich in der viertelstündigen 10-Uhrpause wurde auf den freien Plätzen des großen Ansgariikirchhofs und um die eingefriedeten Gartenanlagen herum ... gespielt, Jäger und Tier, Räuber und Soldaten, Ball in verschiedener Art. Im Winter fehlte es nicht an Schneeballschlachten, die einen erbitterten Charakter annahmen, wenn man mit den Schülern der benachbarten Privatschulen aus der Ansgariitor- und der Molkenstraße zusammenstieß. In dem vorspringenden Pastorenhause wurden einmal eine ziemliche Anzahl Fensterscheiben eingeworfen. Für die freien und die Sonntagnachmittage wurden manchmal Spiele an anderen Plätzen verabredet. Mit den Knaben der Nachbarschaft habe ich wenig gespielt; sie besuchten zum großen Teil Freischulen, andere die Michaelisschule am Doventorsdeich. Die Schüler der Kirchspielschulen waren durchweg Handwerkersöhne; erst nach Einrichtung der »Bürgerschule« (Realschule) in der Sögestraße haben sich nach und nach die Söhne der bessergestellten Familien dieses Standes von den anderen gesondert. Von den Freischülern fühlte man sich geschieden. Ich kann es auch heute noch nicht als einen Fortschritt ansehen, daß alle Kinder in die gleiche Schule hineingezwungen werden. Man sollte die sich selbst vollziehende, unzerstörbare und sicher nicht nachteilig wirkende Gliederung, die auf der eigenen Haltung und Schätzung beruht, sich auswirken lassen. Was tüchtig ist, drängt von selbst nach oben, und wenn wirklich ein Tüchtiger, der auch auf den Höhen des Lebens gebraucht werden könnte, im sogenannten arbeitenden Stande bleibt, ist das für diesen nur ein Vorteil, ein großer Vorteil. Er braucht auch Tüchtige. Unter den spielenden Altersgenossen ist mir stets eine führende Rolle zugefallen. Ich war flink und behende und hatte vom Vater eine ungewöhnliche Körperkraft geerbt; ich habe keinen gleichaltrigen Knaben getroffen, dem ich nicht durchaus überlegen gewesen wäre. In den mancherlei Reibereien mit den Jungen der Nachbarschaft ist mir das zugute gekommen; sie fürchteten mich, wenn sie nicht in großer Zahl beieinander waren. Da ich zu jedem Knabenspaß aufgelegt war und in allen Schulpflichten Rat und Hilfe leisten konnte, so habe ich gute Klassenfreunde gehabt; mit einigen von ihnen habe ich auch noch nach der Schule durch mehrere Jahre in Verkehr gestanden, bis man auf verschiedenen Lebenswegen auseinanderging. Mein bester Freund, der vier Jahre ältere Heinrich Bartels vom Gröpelinger Deich, ging als Kontorist nach Buenos Aires, als ich die Schule verließ; ich habe ihn nie wieder gesehen. Vereinzelt hatten sie auch Bücher, die mich anzogen; im Hause eines Schülers, der am Punkendeich wohnte, sah ich Cannabichs »Lehrbuch der Geographie«; es hat mich zu häufigen Besuchen in der weitabgelegenen Wohnung veranlaßt. In einem anderen Hause fand ich Bände von Posselts »Europäischen Annalen«; ich habe sie mir einzeln geborgt und allerlei daraus abgeschrieben, was ich heute noch habe.

Größte Sehnsucht hatte ich, zu wandern, allerlei zu sehen und zu erkunden. So habe ich als Schulbube nicht nur alles in Augenschein genommen, was in der Stadt als Sehenswürdigkeit galt, sondern bin auch auf den wunderlichen Gedanken gekommen, alle Straßen und Gänge abzuwandern, und habe das in einer Reihe von Sonntagnachmittagen wirklich getan, sie alle in ein Heftchen niedergeschrieben; es waren rund 500. In den beiden letzten Schuljahren habe ich auch nach und nach alle Ortschaften des Bremer Gebiets besucht; nur nach Vegesack und Bremerhaven, nach Mittelsbüren, Lesumbrook und Hasenbüren bin ich damals nicht gekommen, habe aber über die bremische Grenze hinaus Hemelingen und Lesum erreicht. Die Mutter ließ mich nicht gern ziehen, verbot es aber nicht. Der Lust am Wasser konnte ich durch befreundete Knaben auch nicht so selten in Jollenfahrten frönen; rudern habe ich damals gelernt, bin allerdings an der Wichelnburg als Achtjähriger auch einmal in Lebensgefahr geraten, da ich damals noch nicht schwimmen konnte. Ich trat auf den Rand einer Jolle, ohne zu bedenken, daß sie kippen würde, und fiel ins Wasser; hätte nicht ein älterer (14jähriger) Knabe mich am Kittel ergriffen, so wäre ich ertrunken.

Nach Bremer Brauch besuchte man zwei Jahre den Konfirmandenunterricht, wöchentlich je zwei Stunden. Die Eltern hatten sich stets zur Domgemeinde gehalten, der lutherischen der Stadt, die sonst reformiert war. Ich meldete mich zum Unterricht bei Pastor Petri, der auch die Schwester eingesegnet hatte. Er galt als der Pastor der kleinen Leute, während der neben ihm an der Domsheide wohnende Pastor Merkel mehr von den »Vornehmen« gesucht wurde. Eingesegnet wurden am 29. März 1860 von Pastor Petri 115 Knaben und genau ebenso viele Mädchen. Sie waren getrennt unterwiesen worden; aber die Zahl war doch zu groß, als daß der Unterricht vollen Erfolg hätte haben können. Die aus allen Schulen der Stadt zusammengewürfelten Kinder konnte der Lehrende gar nicht genügend kennen lernen; Ordnung zu halten, war nicht leicht. Trotz gelegentlich schärfsten Strafens lernten doch nur die etwas, die sich selbst anhielten. Bibelkunde brachte ich schon aus der Schule mehr mit, als gelehrt wurde; aber die »Religionslehre« brachte mir fast durchweg ganz Neues. Ich bin in diesen beiden Jahren auch ziemlich oft in die Kirche gegangen, habe im zweiten Jahre auch Predigten nachgeschrieben und dann zu Hause ausgearbeitet. Bei der Einsegnung war es Brauch, daß ein von den Mitschülern Gewählter ein selbst verfaßtes Glaubensbekenntnis vortrug. Die Wahl fiel auf mich; auch die »Vornehmen«, die Schüler der höheren Lehranstalten, die bei allen Pastoren die vorderen Plätze einzunehmen pflegten, wählten mich. Das gewählte Mädchen machte dann seine Sache besser als ich; sie war ganz freimütig, ich ziemlich befangen.

Die Mutter hatte mir erlaubt, nach der Konfirmation die Verwandten in ihrer und des Vaters Heimat zu besuchen. In Wildeshausen waren zwei ihrer Schwestern verheiratet, beide an Schuhmacher des Namens Benecke (Hinrich und Heinrich); in Kolnrade hatte ihr ältester Bruder das elterliche Haus und das Rademachergeschäft inne, in Holzhausen, eine Stunde von Wildeshausen, war der jüngste Bruder Dorfschneider. Die Wildeshauser Schuster kamen Samstags zu Wagen nach Bremen und pflegten Montags 2 Uhr wieder abzufahren. Ich sollte die Reise unter ihrem Schutz machen. Als ich aber zur angegebenen Zeit am Treffpunkt beim Hohentor war, mußte ich zunächst eine Weile warten; dann hieß es, man würde erst abends fahren. So machte ich mich um 3 Uhr allein auf den Weg; über Delmenhorst führte schon damals eine gute Landstraße dahin. Die Entfernung beträgt 36 Kilometer; ich habe sie in 5 1/4 Stunden zurückgelegt, zuletzt in strömendem Regen. Etwa eine Viertelstunde vor dem Städtchen, wo bei der Wassermühle die Straße nach Oldenburg rechts abbiegt, hatte ich noch bange Zweifel über den rechten Weg. Aber ich kam richtig an und wurde von der Tante Regine und all den Ihrigen herzlichst aufgenommen und lebhaft bedauert, weil ganz durchnäßt. Ich verlebte dort die Ostertage. [...] Es war in den Tagen prächtiges Wetter, und die Gegend zeigte sich im ersten Frühlingsgrün. Ich genoß das außerordentlich. Es war der Abschluß meiner Kindheit. Zurückgekehrt wurde ich Zögling des Bremer Lehrerseminars.

Quelle:
Dietrich Schäfer: Mein Leben, Berlin und Leipzig 1926, S. 7 ff.

Der spätere Professor für Geschichte, Dr. Johann Heinrich Dietrich Schäfer, wurde als Sohn eines Hafenarbeiters geboren. Er widmete seine historischen Studien vor allem der hansischen und deutschen Geschichte (z.B. »Die Hanse« und »Deutsche Geschichte«). Dietrich Schäfer unterstützte politische Kräfte, die Deutschland »Weltgeltung« verschaffen wollten, und eignet sich deshalb nicht unbedingt als Vorzeige-Bremer. Immerhin muß man würdigen, daß der Sohn einfacher Eltern es zu einem Gelehrten mit Weltruf brachte (Schäfer war Mitglied von sechs ausländischen Akademien.) und aus seinem Vermögen die H.-H.-Meier-Stiftung zur Unterstützung bremischer Studenten gründete.

Caligula.

Eine Studie über römischen Cäsarenwahnsinn

von

L. Quidde.

Einundzwanzigste Auflage.

LUDWIG QUIDDE
(* 1858 Bremen † 1941 Genf)

Vita, Abituraufsatz und Rückblick

vita

Als ältester Sohn meines Vaters, des Kaufmanns Ludwig August Quidde hieselbst, wurde ich am 23. März 1858 geboren und empfing bei der Taufe den Namen Ludwig.

Schon in meinem 10ten Lebensjahre verlor ich meine Mutter, die schon seit langer Zeit leidend war, durch den Tod. Ihre Stelle im Hauswesen nahm eine Verwandte meines Vaters ein und hat dieselbe auch ausschließlich meine und meiner Geschwister Erziehung geleitet.

Dies Ereignis ist das einzige, das in die Gestaltung meines Lebens bisher tiefer eingegriffen hat. Dasselbe ist übrigens ziemlich ruhig und, von kürzeren Vergnügungsreisen abgesehen, ohne Unterbrechung an meinem Geburtsort Bremen verflossen.

Mit vollendetem 6ten Lebensjahre zu Ostern 1864 wurde ich zur Vorbereitungsschule des Herrn Schoebe geschickt und nach zweijährigem Besuch derselben in die Vorschule aufgenommen, die ich in den vorschriftsmäßigen 3 Jahren absolvierte. Von dort ging ich auf das Gymnasium über, da mein Vater die Gymnasialbildung für überhaupt wünschenswert hielt und zugleich meine Neigung mich auf das Studium hinwies. Seit Ostern 1869 nun habe ich ohne Unterbrechung die verschiedenen Klassen in ordnungsgemäßer Weise durchgemacht, außer der Quinta, damaligen Sexta, aus der ich wegen Mangel an Platz nach einem halben Jahr versetzt wurde, und gehöre seit 2 Jahren (Michaelis 1874) der Prima an. Da nun der Schulunterricht der letzten Jahre, der uns einen Blick eröffnet auf das weite und reiche Gebiet der Wissenschaft, mich nur in meinem Wunsche zu studieren bestärkt hat, bitte ich die hochverehrliche Prüfungskommission um Zulassung zu dem am Freitag beginnenden Abiturientenexamen. Wenn ich dasselbe bestanden, will ich zuerst versuchen, durch eine gründliche Kur ein altes Übel von mir, das Stottern, zu beseitigen, um dann, zunächst auf der Universität Straßburg, Geschichte zu studieren.

Bremen, Sept. 6., 1876 L. Quidde

Abituraufsatz

Heimatsliebe, Vaterlandsliebe, Weltbürgertum
ihre Bedeutung, Berechtigung und gegenseitige Begrenzung in Anlehnung an folgende sich scheinbar widersprechende Stellen des Euripides

»Selig, wer behaglich zu Hause bleibt«

»Argiver oder Thebaner bin ich, denn nicht rühme ich mich nur einer, jede Stadt der Hellenen ist mir Vaterstadt«

»Denn überall ist Vaterland die nährende Erde«

Immer strebe zum Ganzen, und kannst du selber kein Ganzes Werden, als dienendes Glied schließ' an ein Ganzes dich an.«

(Schiller)

Diese Worte ruft der Dichter uns allen zu und weist damit auf die Aufgaben hin, welche einem jeden von uns gestellt sind. Zum Ganzen, das heißt zur Vollkommenheit, sollen wir streben, und in diesem Streben, in der Vervollkommnung, werden wir zugleich höchste Befriedigung, den Lohn des Lebens, finden. Aber eben nur die Vervollkommnung, nicht die Vollkommenheit ist dem Menschen gegeben, sein Erkennen wie sein Empfinden wird stets der Ergänzung bedürfen. Die Kraft des einzelnen kann immer nur einen verschwindenden Teil des großen Gebietes von Wissen und Verstehen beherrschen; um auch nur zum relativ Ganzen zu gelangen, muß der einzelne seine Kraft einer Gesamtheit, der Allgemeinheit, dienstbar machen, sich ihr unterordnen und durch diese Beschränkung seine eigene Kraft wachsen lassen.

Jeder einzelne soll gewiß dahin arbeiten, seinen inneren Menschen zu einem in sich abgeschlossenen Ganzen zu gestalten, aber er wird dies Ziel nie ganz erreichen und kann und soll es nach seiner Anlage auch nicht. Der Mensch ist nicht geschaffen, um in der Vereinsamung sein Glück zu finden. Das Menschenherz bedarf in seinem Denken und Fühlen der Ergänzung, bedarf anderer, in denen es findet, was ihm selbst fehlt. Von diesen fordert der einzelne Verständnis, Teilnahme für seine Interessen und muß diese andererseits auch ihnen schenken, muß ihre Sorgen und Freuden teilen. So entsteht jenes Gefühl, das wir unter dem Namen Liebe zusammenfassen. Dieses Gefühl ist nur dadurch möglich, daß der Mensch unvollkommen ist. Dadurch wird er liebesbedürftig und liebesfähig; und in der Befriedigung dieses Bedürfnisses, in der Ausübung dieser Fähigkeit findet er zugleich Glück und erfüllt eine seiner höchsten Aufgaben, die Bekämpfung der Selbstsucht.

Am unvollkommensten, am meisten der Ergänzung bedürftig ist der Mensch als Kind. Er ist vollständig auf die Liebe und Güte anderer angewiesen, seine Anschauungen, seine Denkweise wird bis zu einem hohen Grade der Ausfluß der Gesinnungen anderer sein. Diese andern sind ihm von der Natur in seinen Eltern gegeben. Unter natürlichen Verhältnissen wird daher die innigste Liebe die Kinder mit den Eltern verbinden. Der Mensch findet in seinem späteren Leben vielleicht niemand wieder, der ihm ein solch volles Verständnis, eine solch aufopfernde Liebe entgegenbringt, und diese ersten Bande, welche die Liebe für ihn knüpfte, werden ihm daher auch noch in der Erinnerung die heiligsten sein.

Es kommt noch hinzu, daß sie als die ersten auch am meisten durch die Erinnerung idealisiert werden. Sie verknüpfen den Menschen nun mächtig mit der Heimat. Wir können es ja immer beobachten, wie leblose Gegenstände, an denen für einen Menschen Erinnerungen an eine glückliche Zeit haften, Anteil erhalten an der Liebe, mit der der Mensch jene Zeit umfaßt. Und es ist dann weiter nicht nur Erinnerung an die elterliche Liebe, es ist die Erinnerung an die Jugend überhaupt, was den Menschen später aus der Ferne zur Heimat hinzieht. Die Jugend ist ja im allgemeinen die glücklichste Zeit, und gar in der Erinnerung erscheint sie als das goldene Zeitalter des Lebens. Die Heimatliebe ist also zunächst die Liebe zum Geburtsort, zu dem Schauplatz des in der Jugend genossenen Glückes und so gewiß berechtigt.

Der Mensch hat dann aber auch noch eine zweite Heimat, die freilich mit der ersten häufiger zusammenfällt; das ist der Ort, an dem er die Blütezeit seines Lebens verbracht, der Schauplatz seiner Tätigkeit.

Mit diesen verbinden ihn sein Interesse, Dankbarkeit, Erinnerungen und Gewohnheit. Es wird nun nötig sein, hier länger auszuführen, wie dauernder Aufenthalt an einem Orte, wie die Arbeit innerhalb einer engeren Gemeinschaft uns diese teuer machen kann und soll. Und diese Liebe kann sich in mannigfachster Weise tätig äußern, in milden Stiftungen zum Nutzen der Vaterstadt, in der Beförderung gerade ihrer besonderen Wohlfahrt, in der allgemeinen Entwicklung des Vaterlandes. Auf dies Verhältnis zwischen Vaterstadt und Vaterland, auf den Partikularismus dem Patriotismus gegenüber werden wir später noch zurückkommen müssen.

Wenn nun jemand die Heimat entbehren muß, jene innige Gemeinschaft, welche die Gewohnheit langer Jahre unter den Menschen begründet, ruhelos umherstreift, ohne am Feuer des heimatlichen Herdes sich zu wärmen oder einsam unter Fremden weilt, die ihn nicht verstehen, so hat er sicher ein gewisses Recht zur Klage:

»Selig, wer behaglich zu Hause bleibt«

oder wie es Goethe Iphigenie sagen läßt:

»Weh dem, der fern von Eltern und Geschwistern
Ein einsam Leben führt, ihm zehrt der Gram
Das nächste Glück vor seinen Lippen weg.
Ihm schwärmen abwärts immer die Gedanken
Zu seines Vaters Hallen, wo die Sonne
Zuerst den Himmel vor ihm auftat, wo
Sich Mitgeborene spielend fest und fester
Mit zarten Banden aneinander knüpften.«

Diese Klage der Iphigenie, sie gilt nicht nur, das ist bedeutungsvoll, der Trennung von der Heimat im engeren Sinne, sondern der Trennung vom Vaterlande. Sie fühlt sich einsam als Griechin unter Barbaren, sie ist dem Boden entrissen, aus dem jeder einzelne seine Lebenskraft ziehen muß.

Wenn der einzelne, wie wir anfangs sagten, sich einem Ganzen unterordnen soll als dienendes Glied, so ist dies Ganze eben Volk und Staat.

Wir wollen zunächst die Frage beantworten, was ist es, was die Menschen, die große Mehrheit wenigstens, an Volk und Staat knüpft, sie dieselben lieben läßt! Die Liebe zum Volk, wird dem einzelnen nicht durch die Pflicht der Dankbarkeit diktiert, er reflektiert nicht, was er seiner Nation schuldig sei, auch nicht, wie sein Wohlergehen abhängig sei von der des ganzen Volkes. Solche Reflexionen, wenn sie überhaupt in der Masse des Volkes aufkommen, sind doch sicher nicht der Ursprung der Vaterlandsliebe, sie vermögen sie nur zu bestärken. Die Vaterlandsliebe ist die Familienliebe im erweiterten Sinn. Beide entstehen – wir haben das vorher vielleicht zu wenig hervorgehoben – aus jenen geheimnisvollen geistigen Beziehungen, welche die gemeinsame Abstammung bedingt. Es ist ein geheimnisvolles Etwas, was den Bruder zum Bruder, das Kind zum Vater, den Menschen zum Volksgenossen und zur Nation zieht. Ein göttlicher Funke, geworfen in des Menschen Brust, ist der Ursprung des Feuers der Vaterlandsliebe. Angefacht und erhalten wird die Flamme durch die innige Gemeinschaft des Lebens, durch die Gemeinsamkeit der Interessen, welche die große Menge aber mehr dunkel empfindet, als daß sie dieselbe sich verstandesmäßig klar machte. – Das äußere Zeichen jener Zusammengehörigkeit ist die Sprache, und sie ist zugleich ein Band, das die Volksgenossen noch fester aneinanderknüpft.

Die Liebe zum Staate entsteht erstens auf dieselbe Weise, da Volk und Staat ja bis zu einem gewissen Grade fast immer zusammenfallen. Es kommt hier dann aber noch in höherem Grade als es bei dem Volke der Fall war, das materielle Interesse des einzelnen hinzu. Ruhe und Ordnung, Sicherheit des persönlichen Eigentums soll der Staat aufrecht erhalten. Wird der Staat erschüttert, so ist Ruhe und Ordnung gefährdet. Der einzelne sucht daher den Staat vor Erschütterungen zu bewahren und seine Einrichtungen zu schützen. Es ist klar, daß so der Bürger anhänglich an den Staat und besonders an die bestehende Staatsform wird. Diese Anhänglichkeit an Staat wie an Staatsform wird noch durch eine Macht verstärkt, die nicht zu unterschätzen ist, durch die Macht der Gewohnheit. Wer ein Staatswesen umstoßen will, der hat vor allem mit diesem Gegner zu kämpfen, »der in der Menschenbrust ihm widersteht, durch feige Furcht allein ihm fürchterlich« (Schiller).

Was ist es aber, das der Vaterlandsliebe ihre volle Berechtigung verleiht, so daß sie von dem Menschen gesondert werden soll? Zu jenen Motiven kommen noch andere hinzu, und zwar die bedeutendsten; denn sie sind unmittelbar aus der Aufgabe des Menschen abgeleitet.

Der Mensch soll nicht nur in sich und an sich arbeiten, sondern auch außer sich, und er soll schaffen nicht nur für die Dauer seines Lebens, sondern in gewissem Sinne für die Ewigkeit. Die Arbeit seines Lebens soll, so verschwindend klein dies auch erscheint im Verhältnis zu der Unendlichkeit der Zeit, doch ihr Teil beitragen zu der allgemeinen Arbeit der Menschheit und zum Fortschritt der Jahrhunderte: Nur in solchem Glauben an die ewige Dauer seiner Lebensarbeit kann diese für den Menschen Wert haben. Nun ist zwar die Arbeit des einzelnen nicht bloß ein unselbständiger Teil der Volksentwicklung, der Geist des einzelnen nicht ein bloßer Ausfluß des Volkscharakters, aber er steht doch in großer Abhängigkeit von demselben. Die Arbeit des einzelnen hat zwar das Gepräge seines individuellen Geistes, aber doch zugleich immer nationalen Charakter. Die Arbeit des einzelnen kann nur so lange dauern, wie die Nation in ihrer Eigentümlichkeit fortbesteht. Geht die Nation zugrunde, verliert sie ihre äußerliche und damit bald auch ihre geistige Selbständigkeit, so wird damit auch das Werk des einzelnen großenteils vernichtet. Der Mensch, der also nicht für kurze Dauer, sondern für die Ewigkeit arbeiten will, der muß mit allen Kräften dafür arbeiten, der Nation ihre Selbständigkeit und ihr eigenes Leben zu sichern. Er wird deshalb auch freudig Gut und Blut für das Vaterland aufopfern, denn teurer als das eigene Leben muß ihm das nationale Leben sein. Dieses wird auch ohne jenes weiter bestehen, kann durch Aufopferung desselben gerettet werden; aber jenem wird mit der Vernichtung dieses der Boden entzogen aus dem es seine Kraft zog, der Saft, der es blühend und fruchtbar machte. Drum ruft der Dichter uns zu:

»Ans Vaterland, ans teure schließ dich an,
Das halte fest mit deinem ganzen Herzen.
Hier sind die starken Wurzeln deiner Kraft.« (Schiller)

Noch eine andere Bedeutung für die Aufgabe des Menschen hat die Liebe zum Vaterlande, hier besonders zum Staate. Der einzelne soll sich hier dem großen Ganzen unterordnen, seine Interessen hinter denen der Allgemeinheit zurücktreten lassen und ganz in dieser aufgehen. Er wird durch diese Aufgabe aus seiner natürlichen Beschränkung emporgehoben, er soll auch die engeren Interessen seiner Vaterstadt nur mit Rücksicht auf das große Ganze verfolgen.

Der Patriotismus wird häufig mit der Liebe zur engeren Heimat in Konflikt geraten, er soll diese in die Schranken zurückweisen, die ihr zukommen. Denn wenn diese den Menschen zu sehr beherrscht, so wird er engherzig, kleinlich und verliert seine Aufgabe, zum Ganzen zu streben, immer mehr aus den Augen.

»Im engen Kreis verengert sich der Sinn,
Es wächst der Mensch mit seinen höhern Zwecken.« (Schiller)

Wenn jemand aber zwar in aufrichtiger Liebe seiner Heimat zugetan ist, doch das Vaterland höher stellt als diese, so kann er mit Wahrheit sagen:

»Argiver oder Thebaner bin ich; denn nicht rühme ich mich nur einer, jede Stadt der Hellenen ist mir Vaterstadt.«

Jener Konflikt zwischen Heimatsliebe und Vaterlandsliebe oder vielmehr hier Liebe zum Volke wird bei weitem schärfer und gefahrvoller, wenn Volk und Staat nicht zusammenfallen. Da entstehen dann jene inneren Kämpfe in einer Nation, welche mehr als alles andere am Lebensmark des Volkes zehren. Während es eine der vorzüglichsten Aufgaben des Staates ist, die nationale Selbständigkeit, äußerlich wie geistig zu beweisen, ruft hier wohl gar der eine Staat gegen den anderen Fremde zur Hilfe herbei. Anstatt den Aufschwung des nationalen Geistes zu fördern und dem einzelnen einen festen Halt zu geben, vernichtet die Kleinstaaterei die Nation, denken wir nur an Griechenland! Auch Deutschland war in Gefahr, einem ähnlichen Schicksal zu verfallen; durch Blut und Eisen ist diese Gefahr abgewendet, daß sie nicht wiederkehrt, daß Deutschland vielmehr immer fester zu einer Einheit zusammenwächst, dafür zu sorgen ist heilige Aufgabe der heranwachsenden und kommenden Generationen. Eines ist es, was man für die Kleinstaaterei anführen könnte, das ist die dadurch beförderte Vielseitigkeit des nationalen Lebens; in Griechenland bestand Sparta neben Athen. Aber kann uns das für jenes vorher besprochene Unheil entschädigen, und ist es denn nötig, daß der Einheitsstaat so streng zentralistisch sei, daß dadurch Vielseitigkeit gehindert werde?

Wenn einerseits der Patriotismus den Partikularismus zu bekämpfen hatte, so bekämpft ihn wieder der Kosmopolitismus. Nicht soll sich die Liebe und Teilnahme des Menschen auf sein einzelnes Volk beschränken, er ist vor allem ein Glied der Menschheit. Ihre gemeinsamen Interessen sollen ihn nicht minder berühren wie die Interessen seiner Nation. Es gibt große Aufgaben, und es sind dies gerade die edelsten, die nicht von einem einzelnen Volke gelöst werden können, sondern nur durch das Zusammenarbeiten aller Völker. Kein Volk soll auch vergessen, daß es nicht allein nach der Vollendung strebt, sondern andere mit ihm; daß es von ihnen lernen kann. Wenn der Kosmopolit so spricht, so ist er vollkommen im Rechte, und so aufgefaßt soll jeder Mensch ein Weltbürger sein, die Menschheit eine große Gemeinde. Der Kosmopolitismus soll den Patriotismus ebenso begrenzen wie dieser den Partikularismus, soll ihn vor Engherzigkeit und Einseitigkeit bewahren. Das Nationalgefühl soll nicht zum Nationalhaß werden; und auch der Nationalstolz ist nur bis zu einem gewissen Grade edel. Jemand kann wohl stolz sein auf seine Nation; wenn er aber andere Nationen deshalb verachtet, die seinige für die allein edle und vortreffliche hält, so beweist er nur seine Beschränktheit. Ganz anders stehen jene Männer da, welche ohne nationale Überhebung, das Wohl der ganzen Menschheit förderten, welche ihr Leben opferten zum Besten fremder unterdrückter Völker, sei es nun, daß sie dieselben von Sklaverei erlösten, sei es, daß sie zu ihnen das Licht der Wahrheit trugen, welche den Zwecken der Wissenschaft dienten, die keine Nationalfeindschaften kennen soll. Noch höher als die Männer, welche einem Volke seine nationale Selbständigkeit retteten, stehen die, welche der Entwicklung der ganzen Menschheit neue Bahnen wiesen, denken wir nur an den Stifter unserer Religion, Jesus Christus.

Aber andererseits soll der Kosmopolitismus auch durch die Vaterlandsliebe beschränkt werden. Wer da sagt:

»denn überall ist Vaterland die nährende Erde« –

und in dem Sinne, daß er ohne Rücksicht auf Nationalität das Land, wo es ihm wohl gehe, als seine Heimat betrachtet, der setzt jene heiligen Pflichten außer Augen, die er, wie wir oben entwickelt haben, seinem Vaterland gegenüber zu erfüllen hat. Jener Vers enthält aber einen edeln und guten Sinn durch eine andere Auffassung. Wer in der Fremde weilt, fern von der Heimat, soll nun nicht in müßiger Sehnsucht dorthin sich das Leben verbittern, sondern fühlen, daß er auch dort unter Menschen ist, die mit ihm auf dasselbe große Ziel hinarbeiten; er soll wirken und streben in seiner neuen Heimat wie in seinem Vaterland.

Und was nun jene Bestrebungen des Kosmopolitismus betrifft, die auf einen allgemeinen Weltfrieden gerichtet sind, so soll jeder Mensch so weit Kosmopolit sein, daß er den Krieg gegen eine fremde Nation so sehr wie möglich zu vermeiden wünscht, daß er nicht auf die Unterwerfung einer anderen Nation ausgeht; wenn aber ein Volk in seiner Selbständigkeit bedroht ist, da tritt der Patriotismus in seine Rechte ein. Die nationalen Schranken fallenzulassen, aus der Welt, zumindest aus Europa einen allgemeinen Völkerbund zu gestalten, das sind, wie wohl nicht erst nachgewiesen zu werden braucht, Träumereien, die für jetzt und auf lange Zeit hinaus keine Aussicht auf Verwirklichung haben; es ist dies zumeist auch kein wirklicher Kosmopolitismus; Victor Hugo preist in schwülstigen Worten den europäischen Völkerbund »mit Paris als Vorort, das heißt mit dem Sitze des Lichtes und der Intelligenz«. Das ist kein wahrer, echter Kosmopolitismus, das ist der Patriotismus von seiner gehässigen Seite, als nationale Überhebung und Anmaßung.

Rückblick

[Ich habe] im Herbst 1876 nach dem Abiturientenexamen, 18 Jahre alt, meine Vaterstadt Bremen verlassen. [...] Ich habe nie aufgehört, mit einem gewissen Stolz mich als geborenen Bremer zu bekennen. Stolz? worauf? Es ist doch eigentlich ganz unsinnig, auf das, was andere, Vorfahren, Landsleute, geleistet haben, stolz zu sein. Aus einer griechischen Anthologie ist mir ein Hexameter in Erinnerung, den ich später vergebens gesucht habe wieder aufzufinden. Er sagte, daß nur ein von allen guten Geistern verlassenes Kind seinen Vater loben werde. Gemeint ist offenbar: Wer selbst etwas taugt, wird nicht mit seinen Vorfahren renommieren. Und doch »wohl dem, der seiner Väter gern gedenkt«. Stolz auf die Familie, die Mitbürger, die Volks- und Stammesgenossen hat Sinn und Berechtigung, wenn man zu dem, was man an ihnen glaubt, rühmen zu dürfen, eine innere Verwandschaft spürt.

Als eine bezeichnende wertvolle Eigenschaft des hansischen Bürgertums habe ich immer empfunden das Vertrauen auf die eigene Kraft, den Verzicht auf obrigkeitliche Begünstigung. Was der deutsche Kaufmann geleistet hat, verdankt er nur sich selbst. Das war so in den alten glorreichen Zeiten der Hanse, da das Bürgertum der norddeutschen Städte ohne jede Hilfe vom Reich ganz auf sich gestellt war. Das war so, als im 19. Jahrhundert die bremischen und hamburgischen Kaufleute in fernen Ländern ihre Niederlassungen gründeten und daheim ihre Dampfergesellschaften schufen. Ich erinnere mich jener Jahre (ich war wohl noch Gymnasiast), als die Kaufmannschaft in Bremen ganz überwiegend die Begünstigung ablehnte, die ihr durch die »surtaxe d'entrept« angeboten wurde. Im Gegensatz zu dem in Obrigkeitsstaaten stark hervortretenden Bestreben, eine gesicherte Lebensstellung, am liebsten als Beamter zu gewinnen, war es der Ehrgeiz des jungen hansischen Kaufmanns, selbst sich seinen Weg zu bahnen. Er ging nach »drüben«, in der Hoffnung, als gemachter Mann zurückkehren zu können.

Ich habe den Eindruck gehabt, daß damals, als ich heranwuchs, jeder bremische Bürger etwas von dem echt demokratischen oder republikanischen Bewußtsein hatte, »der Staat sind wir«. Das Gefühl eines Gegensatzes des Bürgers oder Untertanen zu dem »Racker von Staat« war ihm fremd. Der Leiter der Seefahrtschule, Direktor Breusing, ein Konservativer, sagte einmal in einer Versammlung, er wolle lieber in einer Republik Wasser trinken und Kartoffeln mit Salz essen, als in einer Monarchie Austern essen und Champagner trinken. Diese republikanische Gesinnung forderte allerdings nur freie Selbstverwaltung der engeren Heimat und wurde nicht auf das Reich übertragen. Man war gut kaiserlich in Bremen. Aber dieser republikanische Gemeinsinn gehört doch zu der Mitgift meiner Vaterstadt fürs spätere Leben. [...]

Eine Pflegestätte geistiger Freiheit war nicht zuletzt die Schule, besonders in den obersten Klassen unter Leitung des unvergeßlichen Direktors Wilhelm Hertzberg. Er war nicht geborener Bremer, vielmehr ein Landsmann meines Vaters, aus Halberstadt gebürtig. Aber der Geist, in dem er seine Primaner erzog, war in schönster Übereinstimmung mit dem Geist, der eine »freie Hansestadt« beherrschen muß. Er ließ uns große, in den Augen der meisten Schulmonarchen gewiß unerhörte Freiheit; er durfte das, da seine unbedingte Autorität den Mißbrauch der Freiheit verhinderte. Als wir... das 100jährige Stiftungsfest des Primavereins feierten, waren wir, aus jenen Generationen, die unter Hertzberg ihre Schuljahre abgeschlossen hatten, einig in dem Gedächtnis, daß wir recht im Gegensatz zu so vielen, Alten und Jungen, die Schule geliebt und unseren Direktor verehrt hatten.

Quellen:

Karl Holl: Ludwig Quidde vor hundert Jahren. Vita und Abituraufsatz; in: Brem. Jahrbuch, Bd. 54, 1976, S. 211 ff.
Weser Zeitung, 1.1.1933, W10.

Ludwig Quidde, Sohn einer Bremer Kaufmannsfamilie, erhielt 1927 den Friedens-Nobelpreis und zählt somit zu den »großen Kindern« Bremens. Quidde war eine mutige Persönlichkeit. Er engagierte sich schon in jungen Jahren gegen den Antisemitismus und wurde als Verfasser einer gegen Kaiser Wilhelm II. gerichteten Satire (»Caligula«) zum einen bekannt, und zum anderen um eine vermutlich glänzende universitäre Karriere als Historiker gebracht. Der Schwerpunkt des promovierten Privatgelehrten lag in der Friedensarbeit. Er organisiserte u.a. den Münchener Weltfriedenskongreß, wurde Mitglied des Internationalen Friedensbureaus in Genf und 1914 Vorsitzender der Deutschen Friedensgesellschaft. 1924 inhaftierte man den Wahlmünchener, weil er in einem Artikel die illegalen Rüstungen der Reichswehr angeprangert hatte. Als die Nazis die Macht an sich rissen, befand sich Ludwig Quidde auf einer Auslandsreise. Vorsichtshalber kehrte er nicht mehr in seine Heimat zurück. Er ließ sich in Genf nieder, wo er sich weiterhin in der Friedensarbeit engagierte und schließlich starb.

Der Domshof von Süden um 1860.

GUSTAV PAULI
(* 1866 Bremen † 1938 München)

Der Vater redete wohlgesetzt und ernst

In der guten alten Stadt Bremen bin ich 1866 geboren und in einem jener Häuser, wie sie – je nach Vermögen ihrer Bewohner größer oder kleiner, aber immer in gleicher Grundform – drei Viertel aller bremischen Wohnhäuser ausmachten: drei Fenster breit und zwei oder drei Stockwerke hoch. Unser Haus lag an der Ellhornstraße nahe der Contrescarpe und hatte den Vorzug eines schönen Gartens. Als mein Vater es sieben Jahre später verkaufte, wurde es das Elternhaus meines Freundes, des Dichters Rudolf Alexander Schröder, der in seinen Mauern das Licht der Welt erblickte. An den Garten heften sich nicht wenige meiner frühesten Erinnerungen. Solche Erinnerungen sind Augenblicksbilder, die deutlich und zusammenhangslos in unserm Gedächtnis haften, während alles übrige, was sie einst umgab, längst weggespült ist. So sehe ich mich hinten in unserm

Garten auf einer Planke des angrenzenden Bretterzauns sitzen, mit meiner jüngeren Schwester Lanzen brechend, als welche wir lange Schilfrohre benützten, von denen ein unerschöpflicher Vorrat jenseits der Planke im Nachbarreiche lagerte. Der Garten enthielt allerlei gute Dinge: eine große Laube, von einer Traueresche beschattet, bunte leuchtende Blumen, mit denen wir »Sandtorten« verzierten, die wir aus umgestülpten Blumentöpfen formten, und etliche Birnbäume, unter denen mir die Kalabasbirne (eigentlich war sie wohl eine Französin Namens Calebasse) und die Napoleons-Butterbirne unvergeßlich geblieben sind, von der wir glaubten, daß sie direkt von dem bösen Kaiser Napoleon oder allenfalls von seinem Gärtner abstamme. Diese guten Früchte scheinen seither ausgestorben zu sein. Nach meiner Erinnerung müßte in diesen Garten fortwährend die Sommersonne geschienen haben, dieselbe Sonne, die auch den Spaziergängen leuchtete, zu denen uns das Kinderfräulein oder unsere Mutter in die Wallanlagen mitnahm. Wie leicht wir doch die minder schönen Tages- und Jahreszeiten vergessen! Früh schon meldete sich ein kindischer Forschertrieb. Blumen, Moos und Steinchen wurden gesammelt und neu benannt, da der gute Vater, der Quell aller Weisheit, auf etliche Fragen zu meiner Verwunderung die Antwort schuldig blieb. Zuweilen glückte es mir, der Obhut der Meinigen zu entfliehen, um auf eigene Hand Entdeckungsreisen in die Stadt zu unternehmen, zumal in die engeren Straßen, wo die Kinder vor den Türen spielten, die Häuser enger beisammen standen und keine Gärten hatten. Solche Streifzüge brachten meine Eltern, wie ich zu meinem Bedauern und Erstaunen nachträglich feststellen mußte, zu heller Verzweiflung, Boten wurden ausgeschickt, die Polizei alarmiert. Einmal nahm ich von meinem Vater feierlich Abschied mit einem seiner Spazierstöcke ausgerüstet, der sich in meiner Hand zu einem Alpenstocke verlängerte, um nach »Kapstadt« auszuwandern. Mein Vater, der ein Spiel vermutete, ließ mich ruhig ziehen, bis nach einer halben Stunde mein Verschwinden bemerkt wurde. Erst gegen Abend wurde ich unversehrt und in bester Verfassung von einer Arbeiterfrau der tränenüberströmten Mutter zurückgebracht.

Zu den frühesten Erinnerungen gehören auch einige Augenblicksbilder aus dem deutsch-französischen Krieg, wie unsere Fenster abends mit Kerzen erleuchtet wurden, die in niederen weißen Gipsleuchtern staken, wie Fahnen gehißt wurden, wie ich an der Hand des Vaters Gruppen von Gefangenen in bunten Uniformen und weißen Mänteln begegnete und schließlich wie das bremische Bataillon mit klingendem Spiel einzog und sich zur Parade auf dem Domshof formierte. Von der Parade weiß ich nichts mehr, wohl aber sehe ich genau den Augenblick, als mein Vater, damals ein schlanker und gewandter Mann, an dem sehr belagerten Fenster des Stadthauses, wo wir untergebracht waren, zur Verwunderung der Anwesenden die Flügel aushob.

Ein Halbjahr später gab es bei uns zu Hause ein turbulentes Fest, von dem mehrere Augenblicksaufnahmen in meinem alten Kopf erhalten sind. Am 9. März 1872 – das Datum habe ich nachgeschlagen – wurde mein Vater in den Senat gewählt. Solch eine Senatswahl bewegte die ganze Stadt, am meisten aber die Hausfrauen der in Frage stehenden Kandidaten. Denn am Abend des Wahltages fand bei dem Erwählten ein großer Empfang statt. Das Treppenhaus mußte mit Kränzen und Fahnen dekoriert werden. Unzählige Weinflaschen und allerlei Gesottnes und Gebacknes war für eine unbestimmte Zahl von Gästen zu besorgen, denn man konnte unmöglich voraussehen, wieviele kommen würden – ja, ob überhaupt jemand kommen würde. Denn schließlich konnte ja auch ein Gegenkandidat von der übelberatenen Bürgerschaft gewählt werden. Die Lösung beruhte darauf, daß Garkoch, Bäcker, Weinhändler und Konditor, gestützt auf langjährige Erfahrungen, für jeden Fall gerüstet waren. Die riesenhaften Senatorenkringel, nur an diesen Tagen gebacken, lagen geschichtet. Auch die Schar der Ratsdiener, scharlachrot berockt und weiß behost, stand schlagfertig bereit. Die Frage war nur, auf welches Haus sich die Munitionskolonnen des Festes stürzen würden. Ein Bote des Senats – es gab ja noch kein Telefon – lief auf kürzestem Wege im Tempo des Marathonläufers unmittelbar nach vollzogener Wahl in das Haus des neuen Landesvaters, das sich innerhalb einiger Stunden bis zur Unkenntlichkeit verwandelte. Von den Reden, die da gehalten wurden, verstanden meine Schwester und ich kein Wort, aber wir genossen innig den Anblick des Getümmels, bewunderten die Festgewänder der Damen und knabberten an unseren Kringelstücken.

Am nächsten Tage fand die feierliche Einführung in den Senat statt, wofür die obere Halle des Rathauses hergerichtet war. Der Senat, der damals achtzehn Mitglieder zählte, saß an der Ostseite des weiten Raumes, da wo jetzt das neue Ratsgestühl steht. Ihm gegenüber stand die Bürgerschaft. Meine Mutter schaute mit uns Kindern aus dem Obergeschoß der herrlich geschnitzten Güldenkammer zu. Wieder wurden unverständliche Reden gewechselt, doch sehe ich noch meinen Vater im Frack mit den langen etwas wiegenden Schritten, wie sie ihm eigen waren, von der Bürgerschaft zum Senat hinübergehen.

Unsere Familie zählte damals sechs Köpfe. Mein Vater, der aus Lübeck gebürtig, sich als junger Rechtsanwalt in Bremen niedergelassen und vermählt hatte, war für mich wie für die meisten Kinder der Normaltypus des Vaters. Wenn in Märchen oder Erzählungen vom »Vater« die Rede war, so stellte ich ihn mir ein für allemal schlank vor mit dunklem welligem Haupthaar, mit grauen Augen, braunem Backenbart und scharf geschnittenem Gesicht – einerlei, ob es sich um die Patriarchen des alten Bundes oder um die Familienväter der Landwehr handelte, von denen manchmal die Rede war. Die Väter, die es außerdem noch gab, erschienen mir mit ihren anderen Bärten, Nasen und Augen als mehr oder minder fremdartig, beinahe als abnorm.

Der Vater redete wohlgesetzt und ernst, ging zuweilen mit uns spazieren oder führte an Sonntagnachmittagen auch wohl die ganze Familie aus, in den Bürgerpark oder zum »Kuhhirten« jenseits der Weser – Unternehmungen, die uns Kindern ein mäßiges Vergnügen bereiteten. Er war im allgemeinen ein milder Regent und erglühte nur selten in einem lauten, und wie ich gern glaube, gerechten Zorn. Als junger Bursch hatte er Offizier werden wollen, was ihm indessen als unpassend und unrentabel ausgeredet worden war, doch blieb ihm ein Anflug von militärischer Haltung zeitlebens anhaften. Auch erinnere ich mich wohl, daß er einmal, als er längst Senator geworden war, nachdenklich lächelnd sagte: »Wenn ich Soldat geworden wäre, würde ich nun wohl Oberst sein und reif für den Brigadekommandeur.« Meine liebe Mutter war ein Muster der Bremer Hausfrau von sehr bestimmten Ansichten über alles, was sich geziemt, korpulent mit dunkelblauen Augen in einem regelmäßig geschnittenen Gesicht. Ihre dunklen Haare ergrauten früh und wurden in ihren reifen Jahren von einem kleinen Spitzenhäubchen bedeckt. Es entsprach ihrer Art, daß sie ihre große mütterliche Liebe vielmehr fühlen ließ, als in Zärtlichkeiten ausdrückte. Musikalisch begabt, erfreute sie in jüngeren Jahren sich und die Ihren durch den Gesang ihrer vollklingenden Altstimme, veranstaltete auch mit uns Kindern Hausmusik am Klavier, wobei wir nach Heften sangen, die von Ludwig Richter, Schwind und Pocci mit Holzschnitten geschmückt waren. Diese Holzschnitte machten so tiefen Eindruck, daß ich die alten Lieder später nie wieder hören konnte, ohne der alten Holzschnitte dabei zu gedenken. Später, im letzten Jahrzehnt ihres Lebens, wurde das ursprünglich sehr lebhafte Temperament meiner Mutter überschattet und gedämpft von einem Nervenleiden, dem sie an der Schwelle des Alters erlag.

Wir waren vier Kinder, die sich durch ein Intervall von sechs Jahren in zwei Paare teilten, die älteren Brüder und meine Schwester und mich, von denen jedes Paar für sich zusammen spielte oder sich zankte. Als alte Grauköpfe haben diese vier sich unlängst noch einmal und zum letztenmal in ihrer Vaterstadt zusammengefunden, nachdem das Leben sie längst voneinander getrennt hatte. Im allgemeinen hat sich an ihnen bewahrheitet, was wir oft bemerken, daß das Schicksal dem Menschen eben jenes Wunschbild annähernd verwirklicht, was ihm in verschwommenen Umrissen in der Jugend vorgeschwebt hat, wobei freilich daran zu erinnern wäre, daß die entscheidende Schicksalsmacht in unserem Busen wohnt. Mein ältester Bruder, der daheim blieb, wurde ein wohlhabender Kaufmann, mein zweiter Bruder Diplomat und der Schreiber dieser Zeilen Museumsmann. Keiner von uns hatte etwas anderes gewollt. Die Korrekturen freilich, die zuguterletzt eine höhere Macht an unseren Lebensläufen vornahm, hatten wir nicht erträumt.

Unser häusliches Leben verlief still friedlich, da meine Eltern, abgesehen von einer unvermeidlichen Geselligkeit, nicht häufig ausgingen. In einem größeren Hause an der Kohlhökerstraße, einer damals besonders beliebten freundlichen Vorstadtgegend, konnten wir uns bequem ausbreiten. Mein Vater ist dort bis zu seinem Tode wohnen geblieben. Neben dem musikalischen Talent meiner Mutter trugen die künstlerischen Interessen meines Vaters nicht wenig zu unserer Unterhaltung bei. Mein Vater sorgte zunächst für eine Auswahl guter Bilderbücher. Otto Speckter, Ludwig Richter und Oskar Pletsch waren reichlich vertreten, dagegen fehlte der Struwwelpeter, da mein Vater befürchtete, daß die darin geschilderten Schandtaten uns zur Nachahmung verleiten würden. Er konnte es freilich nicht hindern, daß wir ihn anderswo, und ohne merkbaren Schaden an unserer Seele, besahen. Tiefen Eindruck machte »Het Wettlopen twüschen den Hasen un den Swinegel up de Buxtehuder Heid«, die Geschichte von dem Herrn Hasen, einem dummen Kavalier, der sich in seiner Einfalt von dem ruppigen Stachelschwein zu einem Wettlauf verleiten und schändlich betrügen läßt, so daß er sich geradeswegs zu Tode läuft. Die Geschichte machte mich so traurig, daß ich mit den Hinterbliebenen des Hasen, wie sie auf einem der letzten Bilder an seinem Grabe weinten, Tränen vergoß. Dann kamen die Prachtwerke an die Reihe, die damals beliebt waren, wie Schnorrs Bilderbibel, die Umrißstiche nach Carstens und Kaulbachs Reineke Fuchs, gar schön in rotes Saffianleder gebunden.

An Winterabenden setzten wir uns gern um den Sofatisch im Wohnzimmer, wo der Vater uns Gustav Freytags Ahnen und etliche Romane von Walter Scott vorlas – gewissenhaft von A bis Z, was sich über Jahre hinaus erstreckte. Gelegentlich wurde auch Fritz Reuter vorgenommen. Seine Geschichte vom armen Haunefieken, die ihren Bräutigam 1812 nach Rußland in den Krieg ziehen sah und niemals glauben wollte, daß er gefallen sei, so daß sie bis an ihr seliges Ende alljährlich zur verabredeten Zeit und am verabredeten Platze seiner wartete, versenkte mich für eine Woche in tiefe Schwermut. Alles Menschenschicksal wiederholt sich. Jahrzehnte später erlebte ich es, wie eine Freundin meiner Kinderzeit, einst ein verwöhntes Kind, gealtert und verarmt, tagtäglich am Hamburger Hafen das Schiff erwartete, daß ihr endlich einmal doch das geliebte Wesen, an dem ihr treues Herz hing, zurückbringen müsse.

Unter unsern Kinderspielen freuten wir uns ganz besonders am Verkleiden und allerlei Arten von Komödiespielen. Auch begann ich, nachdem ich schreiben gelernt hatte, Reime zu schmieden und verfaßte ein paar Jahre später sogar ein Trauerspiel, von dem ich nur den Titel »Olga« behalten habe, den ich vermutlich als fremd und besonders wohlklingend gewählt hatte. Wir führten es mit ein paar Schulkameraden vor der versammelten Familie und ein paar Gästen mit stürmischem Erfolg auf, doch entsprach dieser Erfolg einer unbändigen Heiterkeit so wenig meinen Erwartungen, daß ich das Stückeschreiben sofort wieder einstellte.

Bei den Verkleidungen waren Masken verpönt, denn diese flößten mir, sowie jemand sie sich vorband, geradezu Entsetzen ein, da sie, aller Vernunft zuwider, in ihren Fratzen mit der Person des Trägers zusammenwuchsen, um sich in Gespenster zu verwandeln.

Wir Kinder freuten uns das Jahr hindurch immer von einem Fest auf das andere – vermutlich deshalb, weil wir in der Zwischenzeit unter der Obhut der pflichtgestrengen Mutter recht einfach gehalten wurden, viel einfacher als die Vettern und Kusinen in deren reicher begüterten Häusern. Da war der Vetter Wilhelm, mein Altersgenosse, der in einem palastartigen Hause am Osterdeich mehrere Zimmer mit allem erdenklichen Spielzeug zur Verfügung hatte, außerdem noch einen großen, nie fertig eingerichteten Tanzsaal, der für physikalische Experimente benutzt wurde, und obendrein Stall und Heuboden im Nebengebäude am Hinterhof. Im Sommer bewohnte die kleine Familie ein einsam gelegenes Waldgut im Oldenburgischen, wo gejagt werden konnte. Hier winkten somit unerschöpfliche Gelegenheiten zu allen erdenklichen Spielen und Räuberkomödien. Da mein Vetter als einziges Kind so ziemlich alles durchsetzen konnte, was er wollte, da er ferner monatelang mit seiner Mutter die wunderbarsten Reisen in die englischen Seebäder und in die Schweiz unternahm, so hätte er nach meiner Überzeugung seelenfroh und glücklich sein müssen; allein er war es nicht, weil er immer kränkelte. – [...]

Das Oberhaupt der Familie war damals mein Großvater, der Senator Albers. Er war zugleich mit dem Jahrhundert geboren und noch in jener vormärzlichen Zeit, da der Senat sich durch Zuwahl selbst ergänzte, in den kurulischen Sessel gelangt. Als Landherr des linken Weserufers hatte er entgegen den heutigen Kanzleigewohnheiten oft sein Gebiet durchfahren, kannte die Bauernschaft der Dörfer genau und sprach selbstverständlich ein geläufiges Plattdeutsch, wie es überhaupt in manchen ersten Familien der Stadt zu

Anfang der Jahrhundertwende geredet wurde.

Seinen Kindern soll der Großvater ein strenger Erzieher gewesen sein, uns Enkeln zeigte er sich sehr milde, sogar von unbeirrbarer Güte. Er pflegte meinen Eltern, wie sie mir später erzählten, zu sagen: »Eure Kinder zu erziehen, ist eure Sache. Bei mir sollen sie es nur gut haben.« Und wirklich war sein Haus für uns ein kleines Paradies. Wo meine Erinnerungen beginnen, führte er, längst verwitwet, das behagliche Leben eines von den Geschäften entlasteten Privatmanns. Er hielt auf gute Küche und einen gepflegten Garten, in dem vorn eine große, stets mit Leimwasser gefüllte Regentonne stand, die uns Kinder viel mehr beschäftigte als alle Blumen. Hier ging der gute Großvater morgens mit schlürfenden Schritten hin und her. Im übrigen aber saß er mit der Weserzeitung im Lehnstuhl oder an seinem Schreibtisch, ging nie spazieren, liebte es aber sehr, mit seinen Enkeln auszufahren in einem großen Landauer, der irgendwo außerhalb der Stadt Halt machte, wo es unter Bäumen etwas Gutes zu schmausen gab. Auch erzählte er sehr lebendig aus alter Zeit, als wäre er selber dabeigewesen, z.B. wie anno 1813 der französische Oberst und Kommandant von Bremen auf dem Wall am Ostertor von einem Lützowschen Jäger ganz aus der Ferne »paff!« totgeschossen wurde. Dabei machte der gute Großvater ganz zornige Augen, zielte in die Luft und blies die Backen auf, so daß er uns fast erschreckte. Wo der französische Kommandant gestanden hatte, das konnten wir uns wohl ausmalen, aber der Platz des Lützowschen Jägers blieb uns ein Rätsel, da wir den Wall doch nur als eine hübsche Anlage, von Bäumen und Gebüsch umgeben, kannten.

Wie deutlich sehe ich den Großvater Albers vor mir – glattrasiert und wohlbeleibt, mit weißem Stehkragen und schwarzer Atlaskrawatte, eine braune Perücke auf dem Kopfe. Er trug am Zeigefinger der Rechten einen großen Siegelring, rauchte nie, aber schnupfte reichlich aus einer silbernen, innen vergoldeten Dose und bediente sich dabei riesiger rotseidener Taschentücher, mit denen wir uns wie mit spanischen Mänteln drapierten. Seine Schwiegersöhne redete er mit Sie an.

In seinem Schlafzimmer standen auf einem besonderen Tisch vier Perücken, auf hölzerne Ständer geklemmt, und daneben große Gläser mit dem süß duftenden Schnupftabak, von dem wir aber keinen Gebrauch machten. Anscheinend hatte er die Gewohnheit, gewisse Gegenstände des täglichen Gebrauches auf Vorrat anzuschaffen. In einer Ecke seines Schlafzimmers stand eine Batterie von Schaftstiefeln. In einem Kleiderschrank entdeckten wir als schätzenswerte Requisiten unserer Spiele eine rotseidene Schärpe, einen Ebenholzstock mit goldenem Knopf und, in einem Futteral geborgen, einen Dreimaster, Reste feierlicher Tracht aus früheren Würden. Mit der roten Schärpe mußte er als Chef des Löschwesens bei größeren Bränden, von deren Bekämpfung er doch nichts verstand, anwesend sein. Der Federhut stammte wohl aus seiner Frankfurter Zeit, wo er als bremischer Gesandter dem Bundestag angehört hatte.

Ein einziges Mal habe ich den guten Großvater ernstlich böse werden sehen, als wir Kinder, meine Schwester und ich, da wir gerade bei ihm wohnten, ihm eines Morgens, während er noch sanft schlief, mit einem Ruck die Bettdecke herunterrissen um ihn zu wecken. Wir schlichen uns betroffen fort, denn mein Vater, ein Frühaufsteher, hatte gegen solche Späße nie etwas einzuwenden gehabt.

Nur einen großen Kummer bereitete uns der Großvater, den ersten unseres Lebens, indem er ganz plötzlich starb. Man fand ihn eines Morgens tot im Bette. Wir durften ihn noch einmal besuchen. Klopfenden Herzens traten wir herein und sahen ihn, wie man ihn gefunden hatte, die Nachtmütze auf dem Kopf etwas nach der Wand geneigt sehr blaß auf seinen Kissen. Dieser Anblick des ersten Toten, den ich gesehen, blieb unauslöschlich haften und erregte mich so, daß ich Wochen darauf spät abends im Nachthemd zu meinen Eltern gerannt kam, weil mir geträumt hatte, der tote Großvater habe mich noch einmal besucht. Damals war ich zehn Jahre alt. [...]

Für jeden Jungen bedeutet die Schule zwar nicht das Hauptmittel seiner Erziehung, aber immerhin eines der wichtigsten. Damals schon, in den siebziger und achtziger Jahren, führten die Schulmeister gern den Satz: »non scholae sed vitae discimus« im Munde, aber sie handelten nicht danach. Unser Gymnasium war ganz auf das Einsammeln von Wissen eingestellt und vernachlässigte alles, was der Ausbildung des Charakters und des Körpers dienen mochte. Daß beides miteinander zusammenhinge, ja, daß im Spiel auf der Wiese mehr noch als in der Schulstube auf die Gesinnung der Jungen eingewirkt werden könne, davon hatte die damalige Lehrerschaft keine Ahnung. Auch wußte man offenbar nicht, was in dieser Hinsicht schon längst in England geleistet wurde. Ende der siebziger Jahre schilderte ich in einem Schulaufsatz die Regeln des Mitschülern und Lehrern unbekannten Tennisspiels, das ich bei Freunden auf dem Land im Hannöverschen kennengelernt hatte. Bald darauf, etwa 1880 führte ein junger Engländer, der unsere Hauptschule besuchte, das Fußballspiel bei uns ein – ohne daß irgendeiner der Lehrer sich darum bekümmert hätte. Ja, ich erinnere mich, wie in den letzten Schuljahren einer der Ordinarien, dem etwas von unsern sportlichen Übungen zu Ohren gekommen war, ausdrücklich vor derlei kindischem Treiben als einem verdummenden Zeitverlust warnte. Derweil trieb man aber gerade in den Hauptfächern des Gymnasialunterrichts einen Zeitverlust von weit bedenklicherer Art. Durch Auswendiglernen und pedantisches Breittreten sprachlicher und grammatikalischer Regeln wurde uns z.B. Schiller geradezu verleidet und der Zugang zu der Schönheit und Größe antiker Dichtung mindestens erschwert. Am ärgsten trieb es wohl der Doktor L., ein wohlmeindender, unendlich langweiliger Mann, der Schillers Tell mit uns durchnehmen wollte und den größeren Teil eines Semesters auf das Personenverzeichnis verwendete. [...]

Gott sei Dank ließ uns die Schule manche Freiheit! Von der Obersekunda an dauerte der Unterricht täglich fünf Stunden. Die freien Nachmittage wurden von mir für ausgiebige Lektüre benützt, wenn nicht für Rudern, Schwimmen, Reiten und Fußballspiel. Doch spielte der Sport eine viel geringere Rolle als heutzutage. Damals las oder fraß ich alles mögliche in mich hinein! Shakespeare, Goethe, Jean Paul, Dickens, Onkel Toms Hütte, den Don Quijote in einer von Johannot illustrierten Übersetzung, Tiers' Histoire de la Révolution, Mommsen, Ranke und eine Masse Novellen aus einer von Paul Heyse und Hermann Kurz herausgegebenen Sammlung, alles Erreichbare von Turgenjeff und Gogol, aber gar nichts von Dostojewski, der damals in Deutschland anscheinend weniger bekannt war. Einige Bücher sind in meiner Erinnerung verbunden geblieben mit der Umgebung, in der ich sie kennen lernte, so z.B. Wilhelm Meisters Lehrjahre mit den Sommernachmittagen, da ich sie in einer Hängematte verschlang, die ich hinten in unserem Garten aufgespannt hatte. So wie mir später Nietzsches Zarathustra auf dem Moosteppich der Halbinsel Chasté im Silfer See vertraut wurde – zufällig in eben jener Umgebung, in der er zehn Jahre zuvor gedichtet worden war. Meine kindliche Absicht war in jenen Schuljahren, allmählich »die« Hauptwerke der Weltliteratur mir anzueignen. Ich ahnte nicht, daß kein Menschenleben dafür ausreicht.

Quelle:
Gustav Pauli: Erinnerungen aus sieben Jahrzehnten, Tübingen 1936, S. 19 ff.

Gustav Pauli studierte Kunstgeschichte, promovierte, unternahm Studienreisen und leitete als Kunsthistoriker eine Sammlung in Dresden, bevor er 1905 in seiner Geburtsstadt Direktor der Kunsthalle wurde. Der Sohn des Bürgermeisters Dr. Alfred Pauli verschaffte der Bremer Kunsthalle einen hervorragenden Ruf und wurde nicht zuletzt deshalb 1914 zum Leiter der Hamburger Kunsthalle berufen. Er behielt die Leitung bis zu seiner Entlassung durch die Nazis. (Vgl. auch die Erinnerungen von Marga Berck.)

Anzeige aus »Beiblatt der Fliegenden Blätter«, 1897.

META HENRIETTE SATTLER
(* 1867 Bremen † 1958 Bremen)

Unsere Kleidung folgte nicht der üblichen Mode

Als drittes Kind und älteste Tochter W. F. Sattlers und seiner Ehefrau, Sophie M. W. Wilckens, bin ich am 11.3.1867 in Bremen geboren. Meine Eltern wohnten damals zur Miete in dem Hause Bleicherstraße 30 ..., dessen Rückseite unserer Wohnung gegenüberlag. Diese war so geräumig und die wirtschaftlichen Verhältnisse andererseits so bescheiden, daß mein Vater als »Ordentlicher Lehrer an der Hauptschule« in den ersten Jahren Pensionäre ins Haus nahm, meist Söhne von im Ausland lebenden Vätern... Auch an Haus und Garten habe ich nur eine dunkle Erinnerung: der untere Hausflur war mit Schiefersteinen belegt, der Garten brachte u.a. Kaiserpilze hervor, die Luft innen und außen verriet die Nähe der St. Pauli-Brauerei. Die Kinder aus dem Hause, Brand, schätzten wir als Spielgefährten nicht sonderlich. Wir nannten Mile »schmierig«, mußten sie aber im späteren Leben als elegante Frau und Mutter von drei hübschen Töchtern... an der Schwachhauser Chaussee wiedersehen. In der Bleicherstraße war am 23.6.1863 mein Bruder Heinrich, am 14.4.1865 Sigmund und am 2.6.1869 Paul und meine Schwester Charlotte am 4.8.1871 geboren.

Sigmund ist daselbst am 19.8.1867 an einem Herzleiden, Paul am 11.2.1872 an »Kopfkrankheit« verstorben, den ich als besonders kräftig und fröhlich erinnere. Nach dem Tode meines Großvaters, Dr. med. Henrich Wilckens im Jahre 1874, kaufte mein Vater das Haus Mathildenstraße 3 ... Dort wurde am 25.2.1874 meine jüngste Schwester Helene geboren. –

Das Haus hatte je vier geräumige Zimmer im Erdgeschoß und ersten Stockwerk sowie ein großes heizbares und zwei nicht heizbare im zweiten Stock. Im Souterrain außer Küche, Wasch- und Plättstube zwei Speise- und einen großen Feuerungskeller; zudem eine Badestube. Es gehörten dazu ein kleinerer Vor- und ein 30 Meter langer Hintergarten mit Äpfeln, Birnen und sauren Kirschen sowie vielen hochstämmigen Rosen, Erdbeeren und Himbeerbüschen, eine durch Esche und Haselnuß gebildete Laube, zwei größere Rasenplätze mit Blumenbeeten. Er war unser aller Freude und Lieblingsaufenthalt in der guten Jahreszeit. [...]

In unserem Garten war uns Kindern auch eine Ecke eingeräumt, in der Henrich früh einen kleinen Springbrunnen mit Glasröhren eingerichtet hatte, während wir Schwestern uns mehr auf die Zucht von Kresse legten, die wir für 5 – 10 Pfennig unserer Mutter zum Abendbrot verkaufen konnten. Später nahm sich besonders Lottie des Planzens von Sommerblumen an, die meist am Sonnabend vor Pfingsten in Form von Samen und kleinen Pflanzen auf dem Markt eingekauft wurden. Mit dem Erwerb einer Mähmaschine kam eine neue Beschäftigung im Garten auf, die anfangs von unserem Vater, später von uns Töchtern ausgeübt worden ist.

Die Mathildenstraße war bei unserem Einzug noch nicht voll bebaut. Jenseits der Feldstraße befanden sich sogar Jahre lang noch Kornfelder. So hatten Verwandte meiner Mutter denn auch darüber geklagt, daß wir »so weit wegzögen«. Sie war damals und blieb auch immer eine ruhige, vornehme Straße mit Einfamilienhäusern verschiedener

Größe, die auch tatsächlich nur eine Familie beherbergten, was sich, wie ich glaube, erst vom zweiten Weltkrieg an geändert hat. In der ersten Zeit bestand der Wagenverkehr nur aus solchen der Milch-, Gemüse- und Obsthändler, der Schlachter und der Fisch- und Granatfrauen, von deren letztere übrigens in der Mehrzahl zu Fuß gingen, die Körbe am Arm. Um die Mittags- und Besuchszeit durchfuhren Privat-Equipagen sowie ein- und zweispännige Ärztewagen sie, u.a. der von Dr. B. Pauli, der Tag für Tag bei unserem Gegenüber, Dr. Johs. Ulrichs, Halt machte, und von dem erzählt wurde, daß er einen eigenen Windfangöffner besaß und so lange durch das Haus wanderte, bis er eins oder mehrere Kinder gefunden und sich nach Ansehen der herausgestreckten Zunge überzeugt hatte, daß keins krank sei ... In den glücklichen Vorkriegszeiten wurde die frische Vollmilch dreimal am Tage vom städtischen Milchviehhalter den Kunden vors Haus gefahren: um 6 Uhr, um 1 Uhr und gegen Abend, so daß z. B. nach Belieben mittags auch noch »Übermilch« genommen werden konnte. Ebenso hängte die Brotfrau die frischen Zwiebäcke rechtzeitig zum Frühstück an die Souterraintür, ohne daß sie und die dort aufgestellte Milch durch Diebe gefährdet gewesen wären. Allgemein bezahlte man diese und andere Waren, auch den Krämer, wöchentlich oder monatlich, und zwar in meiner Kinderzeit durch eins der »Mädchen« in den Abendstunden, wobei diese, besonders bei größeren sonstigen (Handwerker-) Rechnungen ein Trinkgeld erwarten konnten. Um gerecht zu sein, wurden diese bei meiner Mutter abgegeben, in eine besondere Sparbüchse getan und bei Auszahlung des Lohnes – also damals halbjährlich – gleichmäßig unter die Betreffenden verteilt.

In unserem Haus wurden drei »Mädchen«, wie man zu jener Zeit sagte, beschäftigt: Köchin, »Laufmädchen« und Wärterin (der später eine Kindergärtnerin oder Kinderfräulein und beim Heranwachsen der jüngeren Töchter ein zweites Haus- oder Nähmädchen folgte.

Dieser für heutige Begriffe ganz unglaublich üppige Zustand blieb bis nach meiner Konfirmation. Danach wurde das Nähmädchen abgeschafft, aber alle Wäsche aus dem Haus gegeben, zu Hauer in Gröpelingen. Lange Jahre hatten wir unsere Mädchen aus den Familien Beckmann und Fennekohl aus Aumund, die sich später alle recht gut verheirateten. [...]

Auf dem schönen, sich bis Achterdieck erstreckenden Landgut Fritze habe ich des öfteren als Kind gewohnt und Freundschaft mit dem gleichaltrigen Carl geschlossen. In seiner Gesellschaft habe ich auch den Ausflug durch die lange »Allee« mit dem Rückweg über Sebaldsbrück unternommen, so daß wir zu spät zu Tisch erschienen, was uns eine scharfe Rüge seines gütigen, aber überpünktlichen Vaters eintrug. Im Gegensatz zu meiner impulsiven warmherzigen Mutter hatte »Tante« Willy Fritze ein kühles, gemessenes Wesen, so daß bei ihrem Gutenacht-Kuß mir immer im Vergleich mit zu Hause etwas wehmütig zu Mute wurde. Andererseits verdankte ich Tante Willy als ca. 10jährige das einzige weiße (Wasch-) Kleid mit Stickerei, da ich im übrigen nur bunte Kattunkleider trug, die nach dem gleichen Modell im Hause gearbeitet wurden. Einzelne Ausnahmen waren die von meinen Kusinen, Helene und Henny Pavenstedt, abgesetzten. – Unsere Kleidung folgte, zu meinem damaligen Leidwesen, nicht der üblichen Mode. Wir hatten zu jedem Kleid eine »Tunica«, d.h. einen Schoß mit einem Gürtel, so daß es wie eine verlängerte Taille wirkte und bei der kindlichen Figur viel kleidsamer wirkte als die sackartigen Kleider meiner Schulgefährtinnen und sonstigen Altersgenossinnen. Die Fotos aus jener Zeit haben mich später darüber aufgeklärt – aber in den betreffenden Jahren habe ich es doch einigermaßen beschämend gefunden, daß ich so »besonders« aussah. Ebenso brachte ich den sogenannten Schmutz-Ärmeln, die wir in der Schule tragen mußten, damit wir beim Schreiben unsere Kleider schonten, keine Liebe entgegen. Nur daß wir bei diesem Gebot als Leidensgefährten die Schwestern Sengstack hatten, tröstete mich einigermaßen.

Die Einfachheit meiner Kleidung wie überhaupt unseres Lebens geschah aus Grundsätzen der Sparsamkeit wie auch der Erziehung. Bei meinen jüngeren Schwestern waren sie schon nicht mehr so ausgeprägt. Eins ihrer Merkmale war auch, daß ich bei den sogenannten »Schlußstunden« der Schule, wobei nicht nur die Zeugnisse verteilt, sondern auch Lieder gesungen und Gedichte aufgesagt wurden, nicht wie die andern mein Sonntagskleid anziehen durfte, sondern nur eine reine Schürze vor das tägliche gebunden bekam ... Dies und manche andere ähnliche Äußerungen absichtlich strengerer Erziehung haben mich zwar nicht für mein ganzes Leben verbittert oder unglücklich gemacht, ich sehe aber als eine ihrer Folgen eine gewisse Verselbständigung meines Charakters an, die sich durch die Abwehr von spöttischen oder nur kritischen Bemerkungen nicht bloß meiner Altersgenossinnen herausbildete. Dazu gehörte auch eine gewisse Beschränkung im Besuch von Kindergesellschaften. Ich mußte sie zu einer bestimmten Stunde verlassen, selbst wenn die übrigen noch blieben. So erinnere ich mich einer, die in dem Garten der Familie Beyer an der Munte im Sommer stattfand, wo ich in der Dämmerung allein durch die in damaliger Zeit noch unbebaute Parkallee bis zum sogenannten »Kuhschäfer« gehen mußte. Dort traf ich meinen mir entgegengeschickten Bruder Henrich. Als Kind empfindet man solche Ausnahmebehandlung als recht peinlich. Ebenso war mir unverständlich, warum mir nicht erlaubt wurde, eine geschlossene Gesellschaft, anderwärts »Kränzchen« genannt, mit gleichaltrigen Mädchen zu haben. Von meinen Eltern wurde als Grund darauf hingewiesen, daß ich ja meine beiden Schwestern als Gefährtinnen habe. Dabei war Lottie fast 4 1/2, Helene fast 7 Jahre jünger als ich, ihre Liebhabereien und Interessen im Kindheitsalter entsprechend verschieden von den meinigen. Beiden wurde übrigens später der Beitritt zu einer »Geschlossenen« erlaubt.

Soviel ich erinnere, durfte ich während meiner Schulzeit einmal eine größere Kindergesellschaft geben. Sie fand im »Schweizerhaus« an der Schwachhauser Chaussee (seit 1914: Heerstraße) statt, das in einem Garten mit hohen Bäumen, Schaukeln, Rundlauf etc. lag, da, wo später die Lortzingstraße durchgebrochen, das Haus von Prof. Gross auf der einen und von Konditor Bleeker auf der anderen Seite errichtet worden ist. Als ich 1910 meine erste eigene Wohnung in der Donandtstraße 36 einrichtete, konnte ich noch mit meiner Hilfskraft Hermine Ahrens in der Veranda des »Schweizerhauses« zu Mittag essen. Bei Kindergesellschaften gab es damals in der Regel Schokolade und Butterkuchen; als Abendbrot Rotwein und Wasser (gewärmt) und belegte Butterbrote; am beliebtesten waren harte Eier mit Sardellen und Schweizerkäse. Den überflüssigen Zwischengang von kaltem Pudding mit Fruchtsauce habe ich bei mir nicht mitgemacht.

Im Freien (Kuhhirten u. a.) spielten wir am liebsten: dritten Abschlag; Hal up de Brück, hal up de Brück, den Letzten wült wi fangen, de bliwt'r achter hangen; Sitzenkriegen; Blindekuh; Kämmerchen vermieten und andere. Im Hause: Fischer im Dunkeln; Stiller (oder lauter) Heinrich, Turnen mit Kabumsschießen; Ticken mit Pfeffernüssen, Verkleiden und Aufführen; Konkurrenz-Raten; Schreibspiele: Wie, wo, warum liebst du es; Personenraten u.a. Ausgesprochene Jungens-Belustigungen waren: Kloppball und Drachen steigen lassen, besonders jenseits der Weser, auf dem unbebauten »Werder«, ehe dort die sehr ertragreichen Parzellen angelegt waren. Vielfach lehrten die Väter den sachgemäß den Wind ausnutzenden Sport, und ich ging gern mit, so daß ich wußte, was es heißt: mehr Bott geben, d.h. mehr Bindfaden abwickeln usw.

Wenn ich die Einfachheit unserer Lebensweise erwähnt habe, so wurde doch keineswegs gespart an unserer körperlichen Ertüchtigung u.a. durch Abhärtung und durch Gesundheitspflege. Als Arzttochter beobachtete Mama gewissenhaft unsere Haltung, prüfte immer wieder, ob sich nicht etwa Rückgratverkrümmung anbahnte – so mußte Lottie zeitweise mindestens 1 Stunde täglich auf einer auf dem Fußboden ausgebreiteten Matratze auf dem Rücken liegen etc. Im Einverständnis mit Dr. Louis Stadler, der bei Mama immer nur »unser Doktor« hieß, sich Chirurg nannte, aber eine große allgemeine Praxis betrieb, wurden wir früh an kaltes abendliches »Abpulschen« gewöhnt ... Wir schliefen im ungeheizten Zimmer und ich später stets bei offenem Fenster, so daß Schwamm und Waschwasser manches Mal gefroren waren. – Als sich bei mir in den Entwicklungsjahren kleine (körperliche) Beschwerden einstellten, richtete Mama, nach ärztlicher Verordnung, mit anderen Müttern einen Kursus für Schwimmunterricht in der Weser bei Olmes ein, den Frau Precht erteilte. Diese wurde später Schwimmlehrerin in der neuen Badeanstalt am Breitenweg, deren großes Bassin zu bestimmten Zeiten weibliche Badegäste benutzen durften. Erst als durch einen Bazar die Mittel für ein zweites Bassin aufgebracht waren, konnte man die störenden Beschränkungen für uns Frauen aufheben. [...]

Ein unvorhergesehenes Hindernis verzögerte den Beginn des Unterrichts: die bei von Hütschler & Streckenwald bestellten Badeanzüge waren nicht da. – Alles, einschließlich einiger Mütter, wartete voller Aufregung. Schließlich wandte sich Mama zu mir und meinte, ich solle »vernünftig« sein und nackt, wie ich war, meine Zelle verlassen, um als erste von Frau Precht an die »Angel« genommen zu werden. Das war mir natürlich ein so peinlicher Gedanke – in den 70er Jahren des 19. Jahrhunderts schwärmte man noch nicht für Nacktkultur –, daß ich mich lange sträubte und schließlich nur widerstrebend einwilligte ... da, gerade als ich mich dem Publikum im Evakostüm zeigen wollte, erschienen die ersehnten weißen, mit Blau besetzten Anzüge, und so konnte denn das Schicksal seinen vorgesehenen Lauf nehmen.

Außer der in bescheidenen Grenzen sich haltenden Ausübung dieses Sports nahm ich längere Zeit auch an Turnstunden teil, die nachmittags außerhalb der Schule und der dort gepflegten Gymnastik in der Turnhalle am Häfen gegeben wurden von Herrn Böttcher, und die mir sehr viel Vergnügen am Rundlauf und als eine der Besten beim Hoch- und Weitsprung brachten.

Auch an Tanzstunden durfte ich teilnehmen: erstmalig bei der früheren Ballettmeisterin, Frau Vogel, in ihrer Wohnung a. d. Brake. Sie selbst bezeichnete sie als »Anstands«stunden. Unser Kursus war eingerichtet für drei Töchter von George Lürmann, Rutenstraße, mit je zwei von deren Altersgenossinnen. [...]

Ich war damals ca. 10 – 11 Jahre alt und hatte als 13- oder 14jährige nochmals »Tanzstunde«, und zwar bei August Casorti, einem alten, musikalischen ... Franzosen, der schon die Generation meiner Mutter in derselben edlen Kunst unterrichtet hatte. Die Stunden fanden statt am Altenwall 6, in den schönen Räumen des Knoopschen, später Gildemeisterschen Hauses ... C. war ein Original, Junggeselle, neckte uns gern mit den zu unserer Stunde zugelassenen gleichaltrigen Jungens (von ihm »Maikäfer« genannt). Ich mußte des öfteren wegen meines kurzen Halses von ihm hören: »Mata, Mata, wenn ick ätte dein Als, ick wär lange gegangen in der Wesär!« Wenn ich heute an mein damaliges Tanzkleid denke: dunkelbraun, Wolle mit roten Streifen, garniert mit dickem braunen Plüschkragen und gleichen Manschetten, so überkommt mich lebhafte Sehnsucht nach einem kühlen Weserbad ... Am Ende der Tanzstunden machte ich mit Henrich einen

Abtanz oder Kinderball für »Fidi« und »Ebi« Nebelthau in ihrem elterlichen Hause, Kohlhökerstraße, mit, im weißen Waschkleid mit großer roter Schleife im offenen Haar.

Schon in den Kinderjahren lief ich Schlittschuh, zuerst auf dem Schott- und Ostertors-, später auch auf dem Bischofstorgraben, der als »der feinste« galt. Die Bahn war nicht durch Steine u.a. beschädigt, die Jahr für Jahr von Schulkindern darauf geworfen wurden. Doch es gab häßliche Rillen, die einen leicht zu Fall brachten, ebenso wie die Ketten von wilden »Butjers« auf Schnelläufern nach Schulschluß, der Schrekken aller sittsamen kleinen Mädchen. Ein besonderes Malheur erlebte ich beim Nachhauseweg mit Henny Warneken, als ich plötzlich vor der Treppe am Hohenpfad mit einem Bein in einem durch Wasser überspültes Loch versank und trotz größter Eile zu Hause in steifgefrorener Kleidung anlangte. Die Folge war Erkältung, acht Tage Schulversäumnis und Tadel, weil ich Henny W. – warum eigentlich? – auf die Seele gebunden hatte, nichts von meinem kalten Bad zu sagen. – Besser lief es sich später auf dem Hollersee im Bürgerpark, wo es sogar Abendfeste bei Fackel-Beleuchtung, Musik und heißem Eierbier gab. [...]

Ich bin nie eine besonders gute Läuferin, auch nicht hervorragend sicher gewesen, doch habe ich andererseits Ausdauer gehabt und so meine Gefährten wenigstens nicht gestört. Auch war ich kein Spielverderber, wenn man auf dem Rückweg bei Mutter Murken in Lilienthal oder in Kuhsiel einkehrte, um sich mit einem heißen Trunk für das letzte Stück zu stärken. Damals sah man gelegentlich auf der weiten weißen Fläche die Gebrüder Willy und Henrich Focke mit ihrem Eissegel, von denen Henrich sich später als Flugzeug-Konstrukteur und Erfinder des Hubschraubers einen Namen gemacht hat.

Als neueste »Leibesübung« kam im Frühjahr 1897 das Radfahren hinzu. Nur wenige weibliche Wesen in Bremen hatten sich daran gewagt, darunter Anna Hagens und Tante Aline v. Kapff, die anfangs vor jedem entgegenkommenden Fuhrwerk ihren »Kaisersprung« machte, d.h. vom Sattel nach vorn herunterhüpfte und dann, mit beiden Füßen über dem Rad auf dem Boden stehend, wartete, bis »die Gefahr« vorüber war. Sie machte aber doch trotz ihrer rund 55 Jahre und der erwähnten Unsicherheit Ausflüge mit dem Richter-Ehepaar Funk und Frau Senator Schacht. [...]

1897 kamen nur noch Räder in der jetzt üblichen Form in Frage, aber meinem Wunsch zu radeln, stellten sich Bedenken bei Papa entgegen, wegen zu gewissen Zeiten auftretender Unterleibsschmerzen. Da griff nach ärztlicher Befragung... Mamas mütterliche amerikanische Freundin... wieder mal als gute Fee in mein Leben ein und schenkte mir ein »österreichisches Waffenrad«, sogar mit einem Christie-Sattel, dessen Federn die Stöße beim Fahren mildern sollten. Wer war glücklicher als ich! Ich ertrug es selbst, daß Papa bei unseren ersten Begegnungen mißbilligend zur Seite sah... doch schon nach kurzer Zeit hatte er sich so weit mit dem Radfahren ausgesöhnt, daß er Lottie und Helene je ein deutsches Rad schenkte und uns niemals Schwierigkeiten machte, wenn wir Ausflüge machen wollten, sondern sie sogar gütig erleichterte. [...]

Um als Radler zugelassen zu werden, mußte man 1897 eine Prüfung dergestalt ablegen, daß man vor den Augen eines Sachverständigen auf- und absteigen und als Schlußeffekt um die am Rande des Hollersees stehenden Bäume mittlerer Dicke eine »Acht« fahren mußte. Als mir dies gelungen, auch eine dunkelblaue Stoffhose und ein dito Rock von der Hausschneiderin angefertigt war, reiste ich wohlgemut zum 1. Mai mitsamt dem Rade zu meinem üblichen dreimonatigen italienischen Kursus nach Jena ab. [...]

In dem langen Zeitraum meines Radfahrens war amüsant der Wechsel in der Kleidung: Während anfangs eine Stoffhose und ein besonderer Kleiderrock, weit und mit der Möglichkeit, ihn so zu befestigen, daß er nicht hochfliegen konnte und die Beine sichtbar werden ließ, getragen wurden, wurde bei zunehmender Benutzung auf Berufswegen von einer besonderen Kostümierung abgesehen, und in den knappen Jahren nach dem ersten Weltkrieg und später zeigten sich die Beine der weiblichen Radlerinnen bis zu den Knien, ja über diese hinauf, ganz unbekümmert.

Quelle:

Meta Henriette Sattler: Lebenserinnerungen (MS im Besitz des Bremer Landesmuseums), 1958, S. 1 ff.

Als drittes von sechs Kindern eines Bremer Gymnasiallehrers erfuhr Meta Henriette Sattler eine strenge Erziehung. Ihre Tante Henny Sattler, Mitbegründerin des Frauen-Erwerbs- und Ausbildungsvereins, beeinflußte ihre Berufswahl – Meta wurde zunächst Kindergärtnerin. Nach dem Tode ihrer Mutter mußte sie ihre Ausbildung unterbrechen und den Haushalt ihres Vaters übernehmen. 1897 – nach einer kurzen Berufspraxis als Sprachlehrerin – wurde sie zur Geschäftsführerin der Auskunftsstelle für Wohltätigkeit (seit 1920: Zentrale für private Fürsorge) berufen. 1919-20 gehörte sie zu den ersten Frauen in der Bremischen Nationalversammlung (als Abgeordnete der Deutschen Demokratischen Partei). Meta Henriette Sattler wirkte bis zu ihrem Tode maßgeblich in vielen sozialen Organisationen mit.

Heinrich Vogeler, Die Lerche (Selbstbildnis) 1899.

HEINRICH VOGELER
(* 1872 Bremen † 1942 Kasachstan/ UdSSR)

Weit ins Leben hinein verfolgen mich schreckliche Schulträume

Im grauen Schieferdach unseres Hauses hob sich das Dachfenster. Vaters kräftige Hände, die wie aus Holz geschnitzt waren, hoben die kleineren Brüder Franz und Eduard durch die geöffnete Fensterluke. Dann konnte auch ich mich von der Wäschekiste aus zwischen den beiden Kleinen durchrecken. Der Vater hatte uns auf den Boden gerufen. Wir sollten die große Überschwemmung sehen, die durch den Deichbruch der Wümme angerichtet war. Die Wassermassen waren schon bis an die alte Hansestadt vorgedrungen.

Ein überraschendes Bild lag unter uns. Wo gestern noch Felder und Wiesen und der Bürgerpark waren, stand jetzt das Wasser, eine blanke Fläche bis an den Horizont. Erfüllt von dem großartigen neuen Landschaftsbild rief ich fröhlich aus: »Das Meer ist gekommen!« Die Bäume des Bürgerparks ragten aus dem Wasser und spiegelten sich darin. In das Haus des reichen Bauern Klatte konnte man wohl nun nur noch mit einem Kahn kommen. Protzig lag es in seinem städtischen Äußeren ganz einsam in dem weiten See. In diesem Augenblick brach die Märzsonne durch und vergoldete in weiter Ferne einen schmalen Streifen Land. Der lag da wie ein goldener Fisch auf einer silbern blinkenden Schüssel. Ich kletterte im eisernen Rahmen der Dachluke hoch und zeigte den beiden Kleinen die leuchtende Insel. »Wir müssen ein Schiff bauen mit einem Segel und die Insel entdecken«, rief ich. Das Wasser ging jetzt bis an den Bahndamm, der die Hintergärten der Häuser an der Schleifmühle begrenzte. Die Gärten waren durch schwarzgeteerte Holzplanken voneinander getrennt, die mit grünbestrichenem Lattenwerk benagelt waren, um Spalierobst daran aufzuziehen. »Die Insel, die ihr dort in der Ferne seht, Kinder, das ist der Weyerberg im Teufelsmoor, und der Fluß, der in der Nacht den Deich gebrochen hat, ist die Wümme«, rief uns der Vater zu.

Aus unserem geplanten Schiffsbau wurde nichts, denn die Ereignisse überstürzten sich. Um Mittag desselben Tages, es war ein Sonntag, kamen die Mädchen, Gesine, die Köchin und Anna, das Hausmädchen, aus der Souterrainküche die Treppe heraufgepoltert. Sie trugen die Arme voll Küchensachen und Eßwaren und riefen: »Das Wasser kommt durch den Hintergarten ins Haus!«

Die Häuser an der Schleifmühle hatten ein halb in die Erde versenktes Souterrain ... Wir Kinder liebten den Souterraineingang, da man von hier aus nach der Schule – möglichst unbemerkt – durch das Haus in den Hintergarten kommen konnte. Ich, der längste von den Kindern, konnte auch die Klingel zur Souterraintür festhalten, bevor die Tür so geöffnet war, daß die Glocke zu bellen anfing. Die Haupteingangstür, zu der vom Vorgarten aus eine breite Steintreppe über die weinumrankte Terrasse führte, mieden wir. Diese Tür hatte eine elektrische Klingel, die konnte man nicht beschummeln.

Im Souterrain stieg das Wasser. Ich war die Küchentreppe hinuntergeschlichen. Der große hölzerne Waschtrog löste sich schon vom Steinfußboden der Waschküche und war in Bewegung geraten. Schließlich gelang es mir, den Trog mit einem Besen zu entern. Vorsichtig stieg ich in das schwankende runde Fahrzeug. Es gelang mir, einige Küchensachen zu retten und an Land zu bringen, das heißt, auf die Treppenstufen abzusetzen. Jetzt aber kam auch Hilfe. In mächtigen Wasserstiefeln erschien Krischan Gädje, der Packhausarbeiter, und machte in der Küche radikale Aufräumungsarbeiten. Vater hatte ihn aus seiner Wohnung geholt und um Hilfe gebeten.

Monate waren vergangen. Der Deichbruch wurde ausgebessert, das Wasser lief ab. Im Frühling trocknete alles, und die Spuren der Überschwemmung waren vertilgt. Der Sommer kam, und bald herrschte wieder eine natürliche Ordnung in den Gärten der östlichen Vorstadt. In den Vorgärten begannen die hochstämmigen Rosen zu blühen, die weißgelbe Maréchal-Niel und die rosarote La France, und an der Nachbargrenze die Moosrosen. Die Fahrstraße unter den alten Lindenbäumen war seit einiger Zeit stiller geworden, da man die ewig bimmelnde Pferdebahn in eine Nebenstraße verlegt hatte. Morgens in aller Frühe, wenn ich noch vor der Schule zum Bäcker Fürkölter geschickt wurde, um frische warme Bremer Zwiebäcke zu holen, zogen die Torfwagen der Moorbauern aus den fernen Dörfern vorbei. Sie fuhren meistens gegen Mittag wieder heim. Vormittags rumpelte auch der altmodische Omnibus auf der Straße hinaus aus der Stadt auf die Dörfer mit Bauersfrauen und Handlungsreisenden.

Die Hintergärten an der Schleifmühle zeigten vielfach einen sehr gefälligen Charakter, sauber, so wie die Rosengärten vor den Häusern, Gärten mit großer Blumenpracht und herrlichen Obstbäumen. Die Beete waren mit Buchsbaum eingefaßt, gezirkelte Wege umrahmten maschinengeschorene Rasenplätze, und der scharfe Weserkies knirschte unter den Füßen der Besitzer, die auf diesen Wegen lustwandelten. Aber so gepflegt waren natürlich nur die Gärten alter Ehepaare oder Kinderloser. Waren Kinder da, so hatten die Gärten ganz anderen Charakter. Turngeräte waren eingepflanzt, der Kies knirschte nicht mehr. Die Wege waren festgetreten und führten möglichst weit vom Haus ab in ein Kinderreich, das manchmal recht wüst aussehen konnte.

Im Hintergarten unserer Familie begann dieses Reich mit dem großen pyramidenförmigen alten Birnbaum, dessen untere Zweige in geringer Höhe über dem Rasenplatz begannen. Das Gras war hoch. Ein paar schwarze Flußschildkröten krochen durch das Gewirr der

Halme. Der weitzweigige Baum verdeckte den Einblick in das Kindergebiet, das sich in fortwährender Umgestaltung befand. Jetzt sollte es eine phantastische Tropenlandschaft darstellen mit einem Vulkan. Der Berg hatte hinten eine tiefe Höhlung zum Einlegen von Sprengstoff, denn er sollte richtig als Vulkan funktionieren. In der Nähe des Berges befand sich ein See, dargestellt durch eine eingegrabene Kinderbadewanne. Am Ufer des Sees lag ein erdgrauer Alligator, der faul aus goldgelben Augen blinzelte. Sein Suppenschwanz hing im Wasser der Wanne. Die Ecke des Gartens, wo Bahndamm und Nachbargrundstück aneinanderstießen, hatten wir als Gartenbude ausgebaut. In die Längsseite, mit der Sicht zum Birnbaum, war ein Fenster eingesetzt, und in der Schmalseite, zur Tropenlandschaft hin, befand sich das Türloch. Ein flaches Dach, mit Dachpappe eingedeckt, machte die Bude regensicher. Trat man durch das Türloch, so hatte man einen leichten schwarzen Vorhang zurückzuschlagen, dann war die gegenüberliegende schmale Wand in der Hütte rot und die lange Wand dem Bahndamm zu weiß. Es war Fahnentuch. Wir hatten die Fahne aus der Zeugkiste auf dem Boden genommen. Wir konnten uns nicht entsinnen, daß sie einmal im Gebrauch gewesen wäre. Die weiß-rot gestreifte Hanseatische, die war schon ein paarmal draußen gewesen. Dann hing sie am Sedanfeiertag vorn aus dem Dachfenster der Straße zu hinunter bis in die zweite Etage. Die Weiß-rote wurde also sauber zusammengelegt und wieder in die Tiefe der Kiste versenkt. Die Gartenbude war ganz behaglich. Eine lange Bank lud zum Sitzen ein. Ein Brett unter dem Fenster stellte den Tisch dar. Hier konnte man zur Not Schularbeiten machen. Am Ende des Tischbrettes stand ein kleiner Morseapparat, dessen Zeiger mit Punkten und Strichen ein Telegramm ablesen ließ, das von oben aus dem Wohnhaus aus dem Kinderzimmer kommen konnte. Durch die Bäume des Gartens hingen Drähte, und in der Waschküche hatten wir die Drahtführung an die Klingelleitung anzuschließen. Daß die Klingelleitung häufig nicht funktionierte oder manchmal nur so, daß sie nicht zu beruhigen war, gehörte zu den Schrecknissen unseres Hauses.

Heute war ich ganz aufgeregt aus der Schule gekommen, fast zu spät zum Mittagessen. In der Wallstraße hatten die »Butjer« die Steintreppe besetzt, die nach oben zum Wall führt; und als wir Knirpse aus dem

Gymnasium und aus der Handelsschule kamen, ging die Keilerei los. Nur mit Hilfe von ein paar großen Jungen konnten wir uns schließlich durchschlagen. Eine grimmige Feindschaft bestand zwischen den Butjern und den Swinern. Die Bezeichnung »Butjer« galt den Arbeiterkindern, von denen viele in der engen Wallstraße wohnten, welche um die ganze Altstadt ging. Die Arbeiterkinder nannten die Vornehmen Swiner. Es war üblich, diese Bezeichnungen in den Stadtkämpfen zu gebrauchen, zu Beginn der Rauferei, um sich Mut zu machen. Trafen die Gegner im Bürgerpark zusammen, so waren die Butjer »Krähen-Indianer« und wir, die Vornehmen, die »Sioux«. Nach dem Mittagessen raste ich, den die Sioux den »Roten Falken« nannten, gleich wieder los. Es war Sonnabend Nachmittag, und alle wußten, daß an solchen Tagen die in der Stadt unausgetragenen Kämpfe der Butjer und Swiner nachmittags im Park beendet werden mußten. Unterwegs traf ich die Kameraden nicht mehr, mußte mich also in vollem Kriegsschmuck mit Federn am Kopf und einem richtigen Tomahawk in der Faust, den der Tischler Täubert in der Menkenstraße für Geld und gute Worte angefertigt hatte, zum Sammelpunkt durchschlagen. Am Ende des weiten Parks, im Weidengebüsch, nahe dem Torfkanal, war der Sammelpunkt der Sioux. Man reichte mir, dem Roten Falken, die Friedenspfeife. Ich nahm zwei kräftige Züge. Das Kraut, trockene Buschblätter, räucherte und stank. Der Geschmack war scheußlich. Aber ein Sioux hatte noch andere Dinge zu überwinden. Darin zeigte sich schon die Tapferkeit und die Furchtlosigkeit des Stammes. Vor dem Kriegsgötzen flammte jetzt ein Rauchfeuer auf. Der dicke hockende Mann aus Lehm, den ich fabriziert hatte, glich mehr einem bös gewordenen Buddha als einem phantastischen Indianergott. Plötzlich horchten wir Jungens auf. War das nicht der dreimalige Schrei des Eichelhähers? Und jetzt wieder ein einzelner Vogelruf von der anderen Seite des Lagers. Einer der Sioux trat schnell das Feuer aus. Zu spät. Noch ein dritter Häherschrei, und von allen Seiten wurde das Lager gestürmt. Der falsche Buddha verlor seinen Kopf, er rollte ins Gras. Die Schlacht war in vollem Gange, die Jungens ineinander verknäult. Endlich gelang es einzelnen Sioux, sich aus dem Tumult zu lösen und zu entfliehen. Die Krähen-Indianer behaupteten das Feld, selbst einige Tomahawks blieben in ihren Händen.

Es ging schon auf den Abend, als ich etwas zerzaust und entfedert nach Hause in den Hintergarten kam. Franz und Edu hatten schon lange auf mich gewartet. Es war verabredet, daß heute der Vulkan Feuer speien sollte. Ich hatte Strontium und Schießpulver gegen eine alte Hanseatenmarke eingetauscht, die ich in der Briefkiste auf dem Boden gefunden hatte. Nachdem der Berg gefüllt und die hintere Öffnung mit Lehm verschlossen war, wurden die Chemikalien in Brand gesteckt. Blendend rot stieg aus der Bergspitze eine rauchende Flamme auf, dann ein mächtiges Brausen und Zischen, der Berg barst auseinander und fiel in sich zusammen. Am Abend noch brachten wir alles wieder in Ordnung.

Es wurden sogar die Wege geharkt.

Vater war um diese Zeit in der Liedertafel zum Singen. Am Sonntag morgens früh kam er, wie gewöhnlich ohne Überrock in schneeweissen Hemdsärmeln, in den Hintergarten zum Kontrollieren. Angst hatten wir Kinder vor dem Vater eigentlich nicht, aber Respekt vor der Strenge seines Wortes und seines Blickes. Außerdem wollten wir selber, daß der Sonntag ohne Aufregung war, der Mutter zuliebe, an der wir Kinder mit Liebe und Verehrung hingen. Der Vater hatte eine besondere Art, die Selbstdisziplin bei uns Kindern zu wecken, die nur ein Vater haben kann, der im Spiel der Kinder Kräfte erkennt, die zum Gestalten treiben. Mit mir war es schwer genug, da ich am Tage nicht lernen mochte. Der Tag stellte zu große Anforderungen an mich sowohl im Garten wie auch bei der heimlich betriebenen Zeichnerei. Ich liebte es besonders, das Schulleben und vor allem die Lehrer zu karikieren. Die Schularbeiten machte ich immer erst morgens ganz in der Frühe, wenn das Haus noch schlief.

Der Vater war ein kleiner Mann mit energischen, bestimmten Bewegungen. Er hatte eine tiefe Baritonstimme und begleitete sich am Klavier selbst. Das tat er gewöhnlich an den Sonntagabenden, da er alltags zu spät aus dem Geschäft heimkam. Schön sang er vor allem Schubertlieder. Der Vater hatte ein Geschäft vom Vater geerbt, das sich mit dem Verkauf von Rohren, Bandeisen, Eisenblechen und Trägern befaßte, die die Firma von Werken aus dem Ruhrgebiet bezog. Das Geschäftshaus lag nicht in der Langenstraße, in der die großen vornehmen Bremer Handelshäuser schon seit Jahrhunderten mit ihren verzierten Sandsteingiebeln prunkten; Vaters Geschäft lag in einer

Straße, wo kleinbürgerliche Ladeninhaber wohnten, Schlächter, Bäcker, Sattler, Tabak- und Zigarrenhändler. [...] Die alten Packhäuser hatten alle ihren eigentümlichen Geruch. In der Langenstraße war es besonders der Warengeruch von Südfrüchten, Tee, Kaffee, Tabak. Der erzählte uns Kindern von weiten Reisen über den Ozean, die diese Sachen gemacht haben mußten. Solche Anziehungskraft hatte Vaters Packhaus nicht. In unserem Vorderhaus war es immer langweilig, wenn wir Kinder auf die Mutter warten sollten. Da saß der Vater im Erker, der Straße zu, und schrieb und schrieb. Auf dem hohen Drehbock, der aussah wie ein dreibeiniger brauner Pilz, hockte der Buchhalter Wolters vor seinem Stehpult und schielte giftig an dem Lehrling vorbei auf uns Kinder. Sobald wir konnten, verdrückten wir uns und rannten über den Hof in unser Packhaus. Hier wurde kein Hochdeutsch, sondern Platt gesprochen. Denn hier regierte Krischan Gädje. Er war stark wie ein Riese. Wenn er das Eisen anfaßte und auf die Waage zog, brauchte ihm der alte Wiese kaum zu helfen. Wieses Hauptbeschäftigung war, das Eisen, das die beiden auf den zweirädrigen Handwagen verluden, in die Vorstadt zu fahren. Die Käufer waren meist Schmiede aus den Dörfern; und die Torfbauern, die bei der Kneipe am Heerdentorsteinweg ausspannten, nahmen die Eisenwaren bei der Rückfahrt für den Schmied auf ihren leeren Torfwagen mit ins Dorf. Der alte Wiese hatte einen Sohn, Fidi. Der war Seemann. Er fuhr nach Rangoon, um Reis, und nach Amerika, um Tabak, Baumwolle und Mahagoniholz zu holen. Fidi erschien alle paar Monate mal in der Hansestadt. Für uns war er ein weitgereister Seeheld, der all das, was wir in der Schule mühselig nur auf den bunten Atlaskarten studieren konnten, selber in Wirklichkeit gesehen hatte. Fidi Wiese liebte Anna, unser Hausmädchen. Er hatte deshalb auch zu uns Kindern ein kameradschaftliches Verhältnis, brachte immer etwas von der Seereise mit: Muscheln, getrocknete Seetiere und einmal sogar ein lebendes Krokodil. Als er wieder einmal mit seinen breitbeinigen wiegenden Schritten durch den Garten kam, stürmten wir ihm entgegen und hingen dann an ihm wie Kletten. Wir setzten uns zusammen in die Gartenbude. Fidi Wiese zwischen uns. Er nahm eine kleine Schachtel mit Löchern aus der Bluse, öffnete sie und setzte auf das Tischbrett ein langschwänziges kleines graues Tier, eine Art Eidechse. Das Tier hob sich sogleich auf seine Vorderbeine und tastete nach einem Gegenstand, um ihn mit dem Schwanz zu umringeln. Das Tier hatte große runde Augen, die so grau wie der Körper waren. In der Mitte des Auges war ein kleines bewegliches schwarzes Loch. »Eine Eidechse«, rief Franz. »Ein Drache«, behauptete ich. »Ich habe im Buch ein Bild von ihm gesehen, eine Steinfigur an einer Kirche. Das war ein Ritter, der mit der Lanze dem Drachen ins Maul sticht. Darunter stand: Ritter Georg, der Drachentöter. Seht doch, seht doch« rief ich, »eben war das kleine schwarze Augenloch noch vorn und nun guckt es nach hinten, zu uns.« Fidi Wiese klärte die Sache auf. »Das ist kein Drache, das ist ein Chamäleon. Das Tier kann auch seine Farbe wechseln. Läuft es über Gras, so ist es grün. Läuft es über einen rötlichen Felsen, so bekommt es genau die rötliche Farbe, wie der Stein sie hat. Das Tier soll bei euch bleiben. Aber seid gut zu ihm! Es war auf dem Schiff mit allen befreundet, kletterte auch nicht weit. Nur müßt ihr immer Fliegen und Käfer fangen. Im Winter könnt ihr ihm Mehlwürmer geben. Die frißt es gern. Und keine Angst vor der langen Zunge, die manchmal ganz schnell herausschießt, um eine Fliege zu fangen.«

Die Schule machte mir viel Kummer. Es gab nur wenige Lehrer, die es verstanden, den Unterricht lebendig und interessant zu gestalten. Für Geographie, Naturwissenschaft und Geschichte hatte ich eine besondere Vorliebe. Im Geschichtsunterricht konnte ich historische Situationen mit großer Lebendigkeit wiedergeben. Am schlimmsten war für mich der Zeichenunterricht. Da mußten mit Zirkel und Lineal Muster konstruiert werden. Das hatte ich mir ganz anders gedacht. Gegen verschiedene Lehrer erfüllte mich Verachtung und Haß, vor allem gegen die, die schlugen. Ich hatte von meinen Eltern oft gehört, mit welchen Worten der Verachtung sie von Menschen sprachen, die ihre Kinder prügelten. Zweimal kam es in der Schule aber bei mir selbst zu körperlichen Züchtigungen. Beide Male brachten mich auf so hinterlistige Gedanken, die mich zu Handlungen trieben, über die ich selber erschrak. Das eine Mal steckte ich auf der Schreibtischplatte meines Schulpultes (ich saß auf der untersten Bank) einen Federhalter mit einer spitzen Feder in die Halterinne, so daß der wütende Lehrer sich die Spitze in den Oberschenkel rannte, ehe er zuschlagen konnte. Das andere Mal brachte ich das Tintenfaß so geschickt in der Federhalterrinne an, daß es sich beim ersten Schlag mit dem Stock über die helle Sommerhose des Wüterichs ergoß.

Da ich nun mit meinen Lehrerkarikaturen schon genügend auf dem Kerbholz hatte, mußte ich die Handelsschule verlassen. Ich kam auf eine Realschule. Hier fand ich eine Gesellschaft von Schülern vor, der ich gar keine Sympathie entgegenbringen konnte. Es waren meistens Jungen aus kleinbürgerlichen Familien. Es schien, als ob es ihnen gar nicht darauf ankäme, das Schulziel, die Berechtigung zum Einjährigen-Militärdienst, zu erreichen. Die Zucht in der Schule war sehr streng; geschlagen wurde viel, und die Jungen rächten sich an den Lehrern bandenmäßig. Einmal wurde so einem Erzieher nach der Schule aufgelauert, man schleppte ihn unter eine Pumpe und bestrahlte ihn mit dem kalten Wasser. Daß während des Unterrichts unter dem Schulpult Karten gespielt wurde, und daß man sich eine Schnapsflasche zureichte, gehörte zu den täglichen Ärgernissen. Meine Gegnerschaft gegen diese Art von Schülern brachte mich aber schließlich dazu, das Lernen ernst zu nehmen, um auf keinen Fall länger als die normale Zeit in der Schule sitzen zu müssen. Am Abschluß bestand ich mein Examen und hatte die Schuljahre nun hinter mir. Freiheit! Aber noch weit ins Leben hinein verfolgten mich schreckliche Schulträume. Dann kam es vor, daß ich nachts aus dem Bett sprang und glaubte, meine Schulmappe packen zu müssen. Ein anderer Traum, der immer wieder auftauchte und mich wie ein Alpdruck quälte, war der: Da war eine lange, lange Kegelbahn und eine ganz kleine, rote Kugel, die, immer größer und größer werdend, auf mich zu rollte. Dahinter erhob sich das maskenhaft verzerrte Gesicht eines Arbeiters. Die Kugel mit dem Gesicht kam schnell anwachsend auf mich zu, und das Gesicht des Arbeiters wurde unheimlich lang. Schließlich verwischte sich alles in dem Augenblick, als die riesenhafte Kugel mich erfaßte. Dann erwachte ich. Die Beine und Arme schienen sich von mir loszulösen. Was war das nur? Ich lag im Bett und war außer Atem, als hätte ich einen Wettlauf hinter mir. Um mir diesen Traum zu deuten, suchte ich in meinem Gedächtnis. Er konnte nur auf eine mir unverständliche Bemerkung meines Vaters in einem Gespräch zurückführen, der einmal sagte: »Die Roten machen sich jetzt wieder sehr bemerkbar. Sie wollen gegen die Regierung vorgehen. Sie sind auch gegen uns Kaufleute, gegen die Fabrikbesitzer und gegen die Rittergüter.«

Es trieb mich hinaus in die Natur. Das Bild von der fernen Insel im Meer aus der Überschwemmungszeit war während der Schuljahre verdrängt worden. Nun tauchte es wieder auf, und bald konnte man uns auf der Landstraße nach Weyerberg marschieren sehen, zwei jugendliche Wanderer mit Rucksäcken auf dem Rücken. Die Horner Chaussee mit den üppigen Landhäusern der Bremer Kaufleute hatten wir bald hinter uns. Hinter der häuserarmen, schnurgeraden Eichenallee, die das Marschland durchquerte, kam die neue Flutbrücke der Wümme, und dann ging es durch den Flecken Lilienthal mit Amtsgericht und Gefängnis.

»Was sind eigentlich die Roten, Karl?« fragte ich den älteren Freund Karl Müller.

»Die Roten sind Arbeiter, ganz ungebildete Leute. Die wollen aber in Deutschland regieren und würden alles kaputtmachen.«

»Aber sie bauen doch die Häuser und die Eisenbahnen.«

»Dafür bekommen sie doch bezahlt.«

»Können denn Arbeiterkinder nicht auch so viel lernen, zum Beispiel das Regieren?«

»Was bist du doch für ein Dummkopf, Heinrich! Die gehen doch auf die Freischule.«

»Aber das doch nur, weil die Eltern die höhere Schule nicht bezahlen können.«

»Mensch, frag doch nicht so dumm. Arme und Reiche hat es immer gegeben und wird es immer geben. Die Fleißigen werden reich, und die Faulen bleiben arm.«

Wir Jungen waren nun den Heidehang des Weyerberges hinaufgestiegen und lagerten uns in der Sonne. Unter uns lag das Moor, und wir sahen auf die birkenbestandene Landstraße, die wir gekommen waren. Ich nahm meine Malsachen aus dem Rucksack und malte den Heideweg, der sich über den Berg hinaufschlängelte. Mit Karl Müller lohnte es sich kaum noch zu sprechen. Ich hatte das Gefühl, durch ihn könne ich auch nicht klüger werden. Als ich meine fertige Ölskizze eingepackt hatte und nachdem wir unseren Proviant verzehrt hatten, marschierten wir über den Berg, hinunter in die Wiesenebene dem Hammefluß zu, um bis zur Bahnstation mit einem Torfboot zu fahren. Wir beeilten uns sehr, da ein Gewitter im Anzug war. Und bald, als wir im Boot saßen, prasselte ein scharfer kalter Regen herunter. Wir wurden völlig durchnäßt. Im Eisenbahncoupé fühlte ich mich sehr schlecht. Ich fror. Außerdem war ich traurig, ich konnte mir immer noch kein Bild von meiner Zukunft machen. Der Vater hatte mich bei einem großen Bremer Handelshaus als Lehrling angemeldet, und ich hatte doch vor dem Zahlenaddieren und -subtrahieren ein wirkliches Angstgefühl.

Am anderen Tage konnte ich nicht vom Bett aufstehen, ich hatte hohes Fieber, Lungenentzündung. Meine Mutter saß bei mir und hielt meine heiße Hand. Die Krankheit dauerte lange. Dann fuhren meine Eltern mit mir in den Schwarzwald nach Baden-Baden. Das war für uns drei eine schöne Zeit. Jetzt lernte der Vater seinen Sohn erst richtig kennen, das Verhältnis des Jungen zur Natur und auch den unabweisbaren Drang zu zeichnen und zu malen. Als wir wieder in Bremen waren, willigte der Vater ein, daß ich die Akademie in Düsseldorf bezöge, um die Malerei zu erlernen. Zu Weihnachten schenkte er mir einen Malkasten, hatte auch ein Brett von einer Zuckerkiste zurechtgemacht, und Vater malte mit mir zusammen auf dem Brett eine Schweizer Landschaft mit Ölfarbe. Das geschah während der Weihnachtsfeier beim lichterstrahlenden Tannenbaum und wurde für mich ein unvergeßliches frohes Ereignis.

Quelle:
Heinrich Vogeler: Erinnerungen; herausgegeben von Erich Weinert, Berlin 1952, S. 19 ff. (Zeitgleich mit diesem Buch erscheint die erste authentische Fassung der »Erinnerungen« Heinrich Vogelers unter dem Titel »Werden« im Verlag Atelier im Bauernhaus/Fischerhude.

In der Folgezeit studierte Johannes Heinrich Vogeler an der Düsseldorfer Akademie und machte sich von 1894 an einen Namen als Maler, Graphiker und Kunsthandwerker. 1895 kaufte er den Barkenhoff in Worpswede, der schnell zum bevorzugten Treffpunkt der »alten Worpsweder« und anderer Künstler wurde. Nach dem Ersten Weltkrieg schloß sich Vogeler der Linken an. In den Zwanzigerjahren zog es den Maler immer häufiger in die Sowjetunion, in die er 1931 schließlich übersiedelte. 1941 wurde Vogeler mit zahllosen Deutschen in den Osten zwangsumgesiedelt, wo er auch – vereinsamt – starb.
Heinrich Vogelers umfangreiches Schaffen bezog zunächst starke Impulse aus dem europäischen Jugendstil; später war es vom »sozialen Realismus« geprägt.

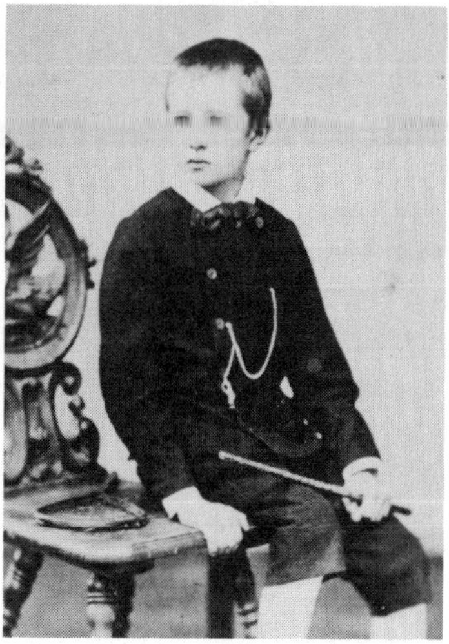

THEODOR SPITTA
(* 1873 Bremen † 1969 Bremen)

Fast täglich lieferten wir uns nach Schulschluß Schlachten

Mein 1825 in Bremen geborener Vater, Wilhelm Spitta, wurde als ältester Sohn eines hanseatischen Großkaufmanns – nach damaliger Ansicht selbstverständlich – auch Kaufmann, obgleich seine tiefe Neigung der Musik und der Geschichte gehörte. [...]

Mein Vater ist schon gestorben, als ich sieben Jahre alt war. [...]

Meine 1837 in Bremen geborene Mutter ist eine Tochter des bremischen Bürgermeisters Dr. Arnold Duckwitz (1802 bis 1881). [...] Die Gestalt meines Großvaters steht mir aus meiner frühen Kindheit, in der wir Kinder unseren Großvater häufiger besuchten, deutlich vor Augen. Er hatte einen mit Affen verzierten Glaskasten, in dem für seine Enkelkinder allerlei Süßigkeiten waren. Am Jahresanfang erhielten wir Enkelkinder regelmäßig einen Taler, manchmal auch einen

1848/49 geprägten Reichstaler mit dem Bilde des Reichsverwesers Erzherzog Johann. Häufig sagte er uns Enkeln einen plattdeutschen Vers, den ich inzwischen auf meine Enkel weitervererbt habe:

»Därens kost'nen Doler,
Jungens kost'nen Dubendreck;
Smiet se mit de Schippen weck.«

Ich hatte allerdings den Verdacht, daß mein Großvater, wenn er Enkelinnen vor sich hatte, das Umgekehrte sagen würde:

»Jungens kost'nen Doler,
Därens kost'nen Dubendreck.«

Daß auch auf die Kinder eines solchen Mannes in solcher Zeit die großen geschichtlichen Ereignisse schon früh einwirkten, liegt auf der Hand. Als elfjähriges Mädchen erlebte meine Mutter 1848/49 in Frankfurt am Main die Stürme der nationalen und demokratischen Revolution; denn die Familie Duckwitz ist 1848 mit allen Kindern von Bremen nach Frankfurt übergesiedelt. Das deutet übrigens darauf hin, daß Arnold Duckwitz 1848 zunächst davon überzeugt war, daß ein einiges, freiheitliches Reich aller Deutschen geschaffen werden und seine Tätigkeit als Reichshandelsminister länger dauern würde. Meine Mutter ist in Frankfurt in die Schule gegangen. Auch später waren die Geschicke Bremens und Deutschlands im Elternhause meiner Mutter selbstverständlich ständiger Gesprächsstoff, und den Freund ihres Vaters, den großen bremischen Bürgermeister Johann Smidt, den Gründer Bremerhavens, hat meine Mutter noch oft bei ihren Eltern erlebt, da Smidt erst starb, als meine Mutter zwanzig Jahre alt war. Das also war die Tradition, in der meine Mutter groß geworden ist.

Das Haus meiner Eltern stand in der Schillerstraße Nr. 5. Ich habe die ersten siebenundzwanzig Jahre meines Lebens darin gewohnt. Das Haus ist ebenso wie das Haus in der Bornstraße, in dem mein Vater vor der Heirat meiner Eltern lebte, im Zweiten Weltkrieg durch Bomben vollständig zerstört worden.

Das äußere Leben in Bremen zur Zeit meiner Eltern, auch noch in meiner Kindheit und Jugend, ist durch eine tiefe Kluft vom heutigen äußeren Dasein in Bremen geschieden. Technik und Maschinenwesen, Dampfkraft und Elektrizität zeigten sich erst in ihren ersten Anfängen und hatten noch keine das ganze Dasein umgestaltende Wirkung, war doch der erste kleine Versuch einer Eisenbahn in Deutschland erst 1835 zwischen Nürnberg und Fürth gemacht worden. Erst im Dezember 1847 wurde die Eisenbahn zwischen Hannover und Bremen eröffnet, und noch bis 1870 gab es zwischen den beiden großen See- und Handelsstädten Hamburg und Bremen keine Eisenbahn, sondern nur Postkutsche und Frachtwagen. Wie manches Mal bin ich als Junge noch mit der Postkutsche gefahren, so von Wunstorf nach Bad Rehburg, oben auf dem Bock neben dem Postillion, der jedes Dorf, durch das wir kamen, mit seinem Horn begrüßte. Nicht anders war es mit der Dampfschiffahrt. 1847 wurde als großes Ereignis gefeiert, daß der amerikanische Raddampfer *Washington* als erstes Schiff einer regelmäßigen Verbindung zwischen Nordamerika und Deutschland in Bremerhaven einlief. 1858 fuhr der erste Dampfer des Norddeutschen Lloyd von Bremen nach Nordamerika. Die Telegraphie begann in Deutschland 1847 – zuerst zwischen Bremen und Bremerhaven. Überseekabel gab es noch nicht. Das Telefon wurde erst 1861 erfunden und gewann in Bremen nur langsam an Boden. In meinem elterlichen Hause hatten wir kein Telefon. Der Phonograph wurde durch Edison 1877 erfunden, bedurfte aber noch erheblicher Verbesserungen, ehe er für das geschäftliche Leben benutzbar wurde. Noch 1899 zeigte mir Edison persönlich auf meiner Amerikareise in seiner Versuchswerkstatt seine Bemühungen um eine weitere Vervollkommnung des Phonographen. Die Bremer Straßenbahn war in meiner Jugend eine Pferdebahn. Sie hatte nur wenige Linien. Die Wagen hielten, wenn jemand auf der Straße durch ein Zeichen zu erkennen gab, daß er mitfahren wollte. Die Straßen waren durch Gaslaternen mäßig beleuchtet. Abends beim Dunkelwerden gingen Arbeiter des Gaswerks von Laterne zu Laterne, um sie anzustecken. In den Häusern war keine Zentralheizung; nur eiserne Öfen – in den besser eingerichteten Zimmern Kachelöfen – sorgten im Winter für Wärme. Geheizt wurde allgemein mit dem heimischen Torf, der zum Größten Teil in Booten auf dem Torfkanal und anderen Wasserzügen in die Stadt gebracht und von dort in großen Torfwagen in die Häuser gefahren wurde. Die Häuser hatten im Kellergeschoß einen großen Torfkeller. Es gab kein elektrisches Licht, sondern neben dem nach und nach aufkommenden Gas Petroleum- und Kerzenbeleuchtung. Bei längerem Aufenthalt in einem Zimmer, besonders in den Wohn- und Eßzimmern, wurden Petroleumlampen benutzt, in den Schlafzimmern Kerzen. Das Reinmachen und Instandhalten der Petroleumlampen war für das Dienstpersonal eine Plage. An häuslichen Hilfskräften (Köchinnen und Dienstmädchen) war damals allerdings kein Mangel, sondern reichliches Angebot. Die Wege außerhalb der Stadt waren, abgesehen von den aus der napoleonischen Zeit stammenden Chausseen (Heerstraßen), nur mäßig imstande. So war z.B. der letzte Teil der Straße nach Jürgensholz in Oberneuland völlig unbefestigt, ein weicher Sandweg, in dem die Pferde an Personen- und Lastwagen schwer zu ziehen hatten.

Der Charakter der Stadt war dadurch bestimmt, daß sie nur Handels-, See- und Handwerkerstadt war und, abgesehen von Bierbrauereien, so gut wie keine Industrie hatte. Die Zigarrenmacher spielten freilich sozial und politisch eine gewisse Rolle und waren Träger und Gegenstand zahlreicher Scherzgeschichten. Eine moderne Großindustrie war aber in Bremen nicht vorhanden. Infolgedessen gab es in dieser Zeit in Bremen auch keine industrielle Arbeiterschaft von Gewicht. Bezeichnend ist, daß im Handwerk erst 1861 das mittelalterliche Zunftwesen aufgehoben wurde und daß es möglich war, mit dem damaligen verwickelten Postwesen (Kaiserliche Post von Thurn und Taxis sowie bremische, preußische und hannoversche Post) zu arbeiten. Überdies hatten das bremische Landgebiet und die Landwirtschaft im Verhältnis zur Stadt und zu den städtischen Erwerbszweigen eine ganz andere Bedeutung als im 20. Jahrhundert. Größere Bewegung und Erregung gab es eigentlich nur auf politischem und kirchlichem Gebiet. Im übrigen war das Leben, vor allem das tägliche geschäftliche und wirtschaftliche Leben der Menschen in Bremen im 19. Jahrhundert äußerlich viel ruhiger als heute. Die Einwohnerzahl stieg langsam an, bis 1900 auf 160 000. Es überwog noch eine gewisse Behaglichkeit; die Menschen hatten mehr Zeit. Die Chefs der großen Firmen und Unternehmen – auch die, die Wagen und

Pferde hatten – legten den Weg von ihrer Wohnung zum Kontor ebenso wie die Angestellten zu Fuß zurück. Alle hatten auch Zeit, zum Mittagessen um zwei Uhr nach Hause zu gehen. Um ein Uhr kamen die Kaufleute in der Börse zusammen, um Geschäfte abzuschließen oder um über die geschäftliche und politische Lage sowie über Stadtneuigkeiten zu sprechen. Wer zu spät kam, mußte eine Strafe von fünfzig Pfennigen bezahlen. Ich habe oft staunend beobachtet, wie wenige Minuten vor ein Uhr große und reiche Kaufleute mit Zylinder und schwarzem Rock über den Markt oder den Domshof liefen, um noch rechtzeitig vor Erhebung des Strafgeldes hineinzukommen, wohl nicht, um die fünfzig Pfennig zu sparen, sondern weil das Ansehen dieser bedeutenden Körperschaft der Kaufmannschaft Pünktlichkeit verlangte. In den maßgebenden Bürgerkreisen war Zeit und Muße, am Nachmittag um fünf Uhr eine Teestunde zu haben, zu der sich Freunde und Verwandte als Besucher einfanden. Von meinen Eltern erinnere ich mich, daß sie und ihre Verwandten und Freunde im Sommer häufig an Wochentagen nachmittags in Jürgensholz in Oberneuland zusammenkamen, die Damen in Landauern hinausfahrend, die Herren daneben reitend.

Ich muß mich auf diese mehr äußeren Andeutungen beschränken. Sie werden aber genügen, um die Umwelt zu vergegenwärtigen, in der meine Eltern und Großeltern lebten, auch ich selbst noch in meiner Kindheit und Jugend. [...]

Es ist begreiflich, ja, geschichtsnotwendig, daß die Deutschen, die wie ich in den Jahren um 1870/71 geboren waren, in einer Atmosphäre aufwuchsen, die von den großen militärischen und politischen Erfolgen der Bismarckschen Reichsgründung bestimmt war. [...]

In vielen Familien waren Verwandte, die den Krieg von 1870/71 mitgemacht hatten, in einigen auch Verwandte, die gefallen waren. Zur Familie Duckwitz gehörte eine Tante, die ihren ersten Mann im Kriege von 1870/71 verloren hatte. Sie wurde von mir deswegen immer mit besonderer Ehrfurcht angesehen.

Besonders nahe stand mir der Bruder meines Vaters, der auch der Hausarzt meiner Eltern war, Dr. Adolf Spitta. Er war 1848 als Student ein leidenschaftlicher Kämpfer für die Einigung aller Deutschen – »so weit die deutsche Zunge klingt«. Daher war er 1848 als Freiwilliger in den Krieg gegen Dänemark zur Befreiung Schleswig-Holsteins gezogen und hatte als junger Mensch aufs schmerzlichste die Enttäuschungen erlebt, die die dänischen Kriege und der Verlauf der Einheitsbewegung 1848/49 dem deutschen Volke gebracht hatten. Ein Sorgenkind für meinen Onkel Adolf Spitta war ich, als ich mit sechs Jahren eine schwere Lungenentzündung bekam und längere Zeit zwischen Leben und Tod schwebte. Schließlich war die Entzündung im Abklingen, aber mein Herz wurde immer schwächer. Die Mittel, die wir in solchen Fällen heute haben, kannte man noch nicht. Mein Onkel sagte meiner Mutter, er könne nur noch raten, dem Kind Sekt zu geben. Vielleicht rege das das versagende Herz an. Meine Mutter folgte dem Rat mit dem Ergebnis, daß das Herz sich belebte und über das 90. Lebensjahr durchgehalten hat.

Die Art, wie damals in Bremen allgemein das ärztliche Honorar bezahlt wurde, verdient übrigens noch Erwähnung. [...] Man zahlte einem Arzt ein bestimmtes Jahreshonorar, einerlei, ob viel oder wenig Krankheiten in der Familie gewesen waren. Der Arzt kam nicht nur, wenn er in einem Krankheitsfalle gerufen wurde, sondern nach seinem Ermessen von Zeit zu Zeit, erkundigte sich nach dem gesundheitlichen Zustand der Familie, ließ sich auch wohl die Kinder vorführen und beriet die Eltern in der Gesundheitspflege, insbesondere in der Ernährung und Behandlung der Kinder (Turnen, Schwimmen usw.). [...]

Im Oktober 1879 kam ich in die Privatschule von Herrn Grobe an der Brake. Sie lag nur wenige Minuten von meiner elterlichen Wohnung in der Schillerstraße entfernt. In der Schillerstraße selbst war noch eine andere Privatschule, die Schule des Herrn Pietsch. Selbstverständlich waren die Schüler beider Schulen in ständiger Fehde miteinander. Fast täglich lieferten sich die »Grober« und die »Pietscher« nach Schulschluß Schlachten. Ein Nachbarssohn, I.G., spielte regelmäßig am Nachmittag mit mir und baute im Garten meiner Eltern mit mir Höhlen und Indianerhütten. Vormittags aber kannten wir uns nicht, sondern kämpften zusammen mit unseren Schulkameraden gegeneinander als Schulgegner, denn er war »Pietscher«, ich »Grober«. [...]

In meiner Kindheit war es zwar nicht wie heute allgemein üblich oder gar selbstverständlich, daß die Familien im Sommer in den Schulferien verreisten. Der Klassenlehrer pflegte, wenn die Schule nach den großen Sommerferien wieder begann, meistens in der Klasse zu fragen, wer von den Schülern verreist sei und wohin. Auch in den höheren Schulen war in der Regel eine Anzahl in der Klasse, die nur Ausflüge in die Umgebung Bremens gemacht hatte. Meine Mutter ist aber mit meiner älteren Schwester und mir regelmäßig verreist. So erlebte ich denn mit reger Anteilnahme jeden Sommer, daß die Uhrzeit von Ort zu Ort verschieden war. Fuhren wir östlich, etwa bis Hamburg, mußten wir die Uhr vorstellen, fuhren wir westlich, etwa an den Rhein, war die Uhr zurückzudrehen. Was wir heute nur erfahren, wenn wir von der mitteleuropäischen Zeitzone in die west- oder osteuropäische Zone reisen, konnten wir damals bei der kleinsten Reise west- oder ostwärts, ja selbst bei einer kleinen Fußwanderung kennenlernen. [...]

Im Jahre 1881, ein Jahr nach dem Tode meines Vaters, machte meine Mutter mit uns Kindern eine größere Reise in die Schweiz an den Thuner See. Auf der Fahrt kamen wir hinter Kassel an Wilhelmshöhe vorbei, und ich erinnere mich deutlich, mit welcher Aufregung ich vom Zuge aus das Schloß und den Herkules zu sehen versuchte, weil dort Kaiser Napoleon nach der Schlacht von Sedan als Gefangener gelebt hatte. Wilhelmshöhe war für mich nicht nur ein Symbol des deutschen Sieges und der Erneuerung des Deutschen Kaiserreiches, sondern auch ein leuchtendes Zeichen der vornehmen Gesinnung und Ritterlichkeit, mit denen der Sieger den besiegten und gefangenen Gegner, den man in Deutschland allgemein als den Urheber des Krieges ansah, behandelte.

Auf derselben Reise sah ich zum ersten Male den Rheinfall bei Schaffhausen. Wir übernachteten dort und fuhren im Boot unterhalb der herabstürzenden Wassermassen, die in allen Farben leuchteten, über den Rhein. Achtzehn Jahre später stand ich in Amerika am Niagarafall und erlebte dies einzigartige Schauspiel der Natur in tiefer Ergriffenheit. Und doch ist mir zweifelhaft, ob nicht jene erste überwältigende Begegnung mit der Allgewalt des Wassers, die durch das Auge im Farbenspiel eine eigenartige Milderung und Unwirklichkeit erhielt, das achtjährige Kind in seinem ganzen Menschsein mehr ergriff und erfüllte als achtzehn Jahre später der Anblick des Niagarafalls den durch Schule, Universität und Leben geschulten und abgehobelten Rechtsanwalt.

Übrigens ist für den damaligen Fernverkehr der Eisenbahn bemerkenswert, daß es noch keine Speisewagen gab. Die Züge, die tags von Norddeutschland nach Bayern, Österreich und der Schweiz fuhren, hatten mittags in Kassel zwanzig Minuten Aufenthalt. Dort wartete auf die Durchreisenden ein fertiges Mittagessen, das in Unruhe und Schnelligkeit eingenommen werden mußte.

Auch auf die Schule wirkte sich begreiflicherweise aus, daß das deutsche Volk erst vor wenigen Jahren seine langersehnte staatliche Einheit errungen hatte. Auf die jährlichen Sedan-Feiern habe ich schon hingewiesen. Bei einer der Schulfeiern des Alten Gymnasiums – es wird etwa 1885 oder 1886 gewesen sein – mußte ich in der Aula das Gedicht *König Wilhelm saß ganz heiter* von Wolrad Kreusler aufsagen. Da es mit Recht jetzt wohl in allen deutschen Schulbüchern getilgt ist, auch in den deutschen Gedichtsammlungen schwerlich noch wiedergegeben wird, führe ich einige Strophen an, weil sie für Geist und Stimmung im damaligen Deutschland bezeichnend sind:

»König Wihelm saß ganz heiter
jüngst zu Ems, dacht' gar nicht weiter
an die Händel dieser Welt.
Friedlich, wie er war gesunnen,
trank er seinen Krähnchenbrunnen
als ein König und ein Held.

Da trat in sein Cabinette
eines Morgens Benedette,
den gesandt Napoleon.
Der fing zornig an zu kollern,
weil ein Prinz von Hohenzollern
sollt' auf Spaniens Königsthron.

Wilhelm sagte: ›Benedettig,
Sie ereifern sich unnöthig,
brauchen Sie man nur Verstand!
Vor mir mögen die Spaniolen
sich nach Lust' nen König holen,
mein'thalb aus dem Pfefferland!‹

Der Gesandte, so beschieden,
war noch lange nicht zufrieden,
weil er's nicht begreifen kann;
und er schwänzelt und er tänzelt
um den König und scharwenzelt,
möcht' es gerne schriftlich ha'n.

Da sieht unser Wilhelm Rexe
sich das klägliche Gewächse
mit den Königsaugen an;
sagte gar nichts weiter, sundern
wandte sich, so daß bewundern
jener seinen Rücken kann.

Als Napoleon das vernommen,
ließ er gleich die ›Stiebeln‹ kommen,
die vordem sein Onkel trug.
Diese zog der Bonaparte
grausam an, und auch der zarte
Lulu nach den seinen frug.

So in grauser Kriegesrüstung
rufen sie in voller Brüstung:
›Auf, Franzosen! Übern Rhein!‹
Und die Kaiserin Eugenie
ist besonders noch diejen'ge,
die ins Feuer bläst hinein...

Wilhelm spricht mit Moltk' und Roone
und spricht dann zu seinem Sohne:
›Fritz, geh' hin und haue ihm!‹
Fritze, ohne lang' zu feiern,
nimmt sich Preußen, Schwaben, Bayern,
geht nach Wörth und – hauet ihm...

Unser Kronprinz, der heißt Fritze,
und der fährt gleich einem Blitze
unter die Franzosenbrut.
Und, ob wir uns gut geschlagen,
Weißenburg und Wörth kann's sagen:
denn wir schrieben dort mit Blut. –

Ein Füsilier von drei-und-achtzig
hat dies neue Lied erdacht sich
nach der alten Melodei.
Drum, ihr frischen, blauen Jungen,

lustig darauf losgesungen!
denn wir waren auch dabei.«

Das Gedicht ist ein echtes Soldatenlied, nach der Schlacht bei Wörth, aber noch vor der Schlacht von Sedan auf dem Vormarsch in Frankreich von einem Soldaten für Soldaten gedichtet und dann im Felde und in der Heimat viel gesungen. Es gibt gesteigert und vergröbert im Soldatentone wieder, was das deutsche Volk bei der Veröffentlichung der Emser Depesche und der folgenden Kriegserklärung Frankreichs empfunden hatte. Insofern gehört das Lied mit in den Bereich der Erörterungen, die in Frankreich und Deutschland über die Emser Depesche geführt sind.

Quelle:
Theodor Spitta: Aus meinem Leben. Bürger und Bürgermeister in Bremen, München 1969, S. 23 ff.

Der Bremer Kaufmannssohn studierte Jura, promovierte und ließ sich in der Hansestadt als Rechtsanwalt nieder. 1905 wurde Theodor Spitta in die Bürgerschaft gewählt, 1911 in den Senat und 1920 zum Bürgermeister – eine Bilderbuchkarriere. Der Verfassungsexperte arbeitete an der Bremer Kirchenverfassung mit und förderte die Bildungs- und Kulturarbeit in Bremen. In der Nazizeit verteidigte Spitta in politischen Prozessen u.a. kommunistische Widerstandskämpfer. 1945 wurde der Bürgermeister a.D. und Mitbegründer der heutigen Bremer FDP zum Senator für Justiz, Verfassung und Kirche berufen. 1956 schied er aus diesem Amt aus.

ANTON KIPPENBERG
(* 1874 Bremen † 1950 Luzern)

Anton wird Buchhändler!

Anton wird Buchhändler‹ – das stand seit etwa seinem vierzehnten Lebensjahr in der Familie fest, und er nahm es als selbstverständlich. Ein anderer Beruf wurde für ihn gar nicht in Betracht gezogen, während die Brüder studierten oder für das Studium bestimmt waren. Er mochte damals Obertertianer oder Untersekundaner des sehr alten Bremer Gymnasiums sein.

Wie kam es zu dieser Wahl, die eigentlich keine war? Eine früh abgebrochene Tradition in der nächsten Familie führte zum Buchhändlerberuf hinüber. [...]

Entscheidend aber war ein anderes. Sein Vater, der Gründer und Leiter großer Schulanstalten, hatte Mitte der achtziger Jahre die Arbeit an seinem ›Lesebuch für höhere Mädchenschulen‹ begonnen, das in einer Reihe von Bänden und mehreren Ausgaben erschien und weiteste Verbreitung fand. Der Verleger Otto Goedel, Besitzer der Firma Norddeutsche Verlagsanstalt in Hannover, verdiente sich mit diesem Werk die Sporen. Es waren verdiente goldene Sporen, denn seiner Tüchtigkeit und Tätigkeit war der Erfolg des Werkes durchaus mit zu verdanken. Goedel kam oft zu Verhandlungen von Hannover herüber, lernte Wesen und Art der Begabung des Knaben kennen, und so mag aus den Besprechungen der beiden Männer der Entschluß erwachsen sein, der seine Zukunft bestimmte. Sein Vater, dessen ›praktischer Idealismus‹ an seinem Sarge gerühmt worden ist, und die gleichgeartete Mutter sahen wohl, daß der Sohn ihnen in dieser Veranlagung ähnlich war. Er las viel durcheinander, begeisterte sich an den Klassikern, schrieb die besten Schulaufsätze der Klasse und war dabei ein aufgeweckter, nach vielen Seiten ausgreifender, ›findiger‹ – wie sein Vater von ihm zu sagen liebte – Junge, freilich auch ein arger Taugenichts, was nicht verschwiegen werden darf. Und der ›praktische Idealismus‹ macht ja eigentlich das Wesen des Buchhändlers, wie er sein sollte, aus, besonders, wenn sich beim Verleger die Anlage zur ›Vielseitigkeit‹, die dem Knaben eigen war, damit verbindet.

Wenn nun der Knabe zum Buchhändler bestimmt war und sich bestimmt fühlte, so wurde dabei zunächst wohl an den Sortimenter gedacht. Was dessen Aufgabe und Möglichkeiten waren, hatte man vor Augen; vom Verlagswesen wußte man nur wenig, es lag in fast mythischer Ferne, und zudem: zum Verlegen brauchte man Kapital, und davon kam in einer Familie mit neun Kindern nicht eben viel auf den Kopf. Verwandte und Freunde des Hauses verstanden die Wahl des für einen Bremer Gymnasiasten ungewöhnlichen Berufes nicht recht, stießen sich auch wohl an dem damit verbundenen Laden – ›Hatschan Laden!‹ sagte man in Bremen ein wenig verächtlich, obgleich so manches große Kaufmannshaus aus einem solchen hervorgegangen war –; der Knabe aber sonnte sich in seinem künftigen aparten Beruf, blickte über den Laden hinweg in unbestimmte Fernen und wollte – sprach es harmlos und unverstanden wohl auch aus – einmal eine Art Brockhaus werden. Das war damals der leuchtendste Verlegername in Deutschland und ist es wohl heute noch. Und dem Manne, der aus dem Knaben erwuchs, sollte der Name Brockhaus vor vielen teuer werden um seiner Träger und Trägerinnen willen. Ob Vater und Mutter im stillen nicht auch an die Möglichkeit eines solchen Aufstieges ihres Sohnes gedacht und sie mit Goedel erwogen haben, wer vermag es zu sagen?

Daß er nach absolvierter Untersekunda das Gymnasium verließ, um seine Lehre anzutreten, verstand sich von selbst. Denn da, nicht nur in Bremen, der Buchhandel vorwiegend als paktisch-geschäftlicher und viel weniger als geistiger Beruf galt, so hielt man es wohl für überflüssig, ja zeitraubend, den Adepten die Jahre bis zum Abiturium noch auf der Schule zu belassen. Das Studium gar war eine große Ausnahme im Buchhandel; nur Söhne bedeutender Verleger, und auch ihrer nur wenige, bezogen damals die Universität. Das Fehlen der entscheidenden drei letzten Gymnasialjahre haben ihm in seinem späteren Leben sehr gefehlt und ihn in seiner Bildung – dies Wort im eigentlichen, goethischen Sinne genommen – gehemmt. Was im Kreise ideal gesinnter Mitstrebender, die in Bremen im Sekunda- und Primaverein zusammengeschlossen waren, und im Unterricht meist vorzüglicher Lehrer gewonnen wurde, mußte er später versuchen, allein sich zu erarbeiten: die Schulung des Denkens vor allem und die tiefere humanistische Bildung. Ganz hat sich ihm diese Lücke nie geschlossen. Aber was man in der Jugend sich wünscht, hat man im Alter die Fülle: bei der Hundertjahrfeier des Prima-Vereins wurde Jahrzehnte später der nun auch Professor gewordene zum Ehrenmitglied ernannt.

Im Sommer 1889 wurde sein Vater seinem großen Wirkungskreise und seinen zur Hälfte noch unerwachsenen Kinder viel zu früh entrissen. Bald darauf wurde von der Mutter ein feierlicher Lehrlingsvertrag mit der Buchhandlung Eduard Hampe geschlossen, den er noch unter seinen Papieren verwahrt. Der Vertrag sah die übliche Lehrzeit von drei Jahren vor. Warum man den jungen Menschen nicht zu G.A. von Halem, der größten und lebendigsten Buchhandlung der Stadt, gab, die längst die früher führende Firma Eduard Hampe weit überflügelt hatte, weiß er nicht zu sagen. Vielleicht war dort keine Lehrlingsstelle mehr frei. Genug, am 1. April 1890, einen Tag nach seiner Konfirmation, trat er, den ›Berechtigungsschein für den einjährig-freiwilligen Dienst‹ in der Tasche, bei Eduard Hampe als Lehrling ein.

Der fast taube ›alte Hampe‹ hatte sich eben vom Geschäft zurückgezogen und es unter den schnurrigsten Bedingungen seinem vierzigjährigen, damals noch unverheirateten Sohn Georg übergeben. Dieser war ein harmloser Lebemann, stand in Freundschaft mit der jeunesse dorée der Stadt und hatte keinerlei geistige Interessen; er nahm seinen Beruf eigentlich nicht recht ernst und betrachtete ihn nur als Gelderwerb. Durch seine Mutter war er mit angesehenen Familien der Stadt verwandt. Da er sich genierte, einen Laden zu führen, war es sein erstes, die noch gebliebene ›gute Kundschaft‹, namentlich seine Verwandten, durch Unfreundlichkeit hinauszubeißen, was ihm auch bald gelang. Seine Kunden waren nun vorwiegend kleine Leute; er verlegte sich vor allem auf den Ramsch, an dem viel Geld verdient wurde. Die Schaufenster zeigten vor allem ›statt‹... ›nur‹-Bücher; die Schilder dafür schrieb der Chef selbst mit seiner sehr schönen Schrift. Aber er hatte Humor, machte sich gern einen Spaß mit naiven Käufern, und im Laden ging es, wenn er nicht gerade schlechter Laune war, sehr lustig zu. Außer dem neuen war zuerst noch ein älterer Lehrling da, der aber bald ausgelernt hatte, und ein bejahrter Gehilfe saß dem Chef gegenüber. An seine Stelle trat bald Johannes Storm, ein Neffe des Dichters, mit dem der viel Jüngere sich innig befreundete. Storm begründete wenige Jahre später die erste moderne Buchhandlung in Bremen. Er ist früh gestorben.

Im ersten Jahr hatte der Lehrling die Zeitschriften für den Lesezirkel zu beschneiden, in braune Umschläge zu heften und diese mit Schildern zu bekleben, hatte Ballen und Pakete aus- und einzupakken und Botendienste zu tun, zu denen besonders das monatliche Einkassieren der Abonnementsbeträge für ›Modenwelt‹ und ›Bazar‹ bei unzähligen Schneiderinnen und Näherinnen, die über die ganze Stadt verstreut wohnten, gehörte.

Im zweiten Jahr hatte er die Leihbibliothek zu bedienen. Die gelben Rückenschilder der Bände mußte er selbst aus einseitig bedrucken Musikalienrundschreiben zurechtschneiden, aufkleben und mit Nummern versehen. Er entsinnt sich noch, daß das meistgelesene Buch damals Paul Lindaus ›Zug nach dem Westen‹, Nr. 15545, war. Als er eines Tages auf der hohen Leiter stehend die ältesten Scharteken in einem Nebenraum durchstöberte, stieß er auf mehrere Bände, die den Titel ›Stifters Studien‹ trugen. Sie waren mit dickem Staub bedeckt, denn seit Urzeiten hatte wohl niemand nach ihnen gefragt. Wegen ihrer schönen Kupfertitel zogen die Bände ihn an. Er ahnte nicht, daß er berufen war, einst dem großen Dichter den Weg zu seiner eigentlichen Wirkung zu bereiten.

Im dritten Jahr endlich führte der Lehrling die Portokasse, machte die Kreuzbänder für die zahlreichen Sendungen für Übersee und durfte mehr als bisher am Verkauf teilnehmen. Das war seine ganze Freude, wie er denn bis heute eine fast zärtliche Liebe für das Sortiment bewahrt hat. Sein Traum war es oft, sich einmal vom Verlag zurückzuziehen und ein Mustersortiment in einer schönen, mittleren deutschen Stadt zu errichten.

Auf seine Lehrzeit blickte er mit einer gewissen Bitterkeit zurück. Von einer eigentlichen Ausbildung in seinem Beruf war nicht die Rede; junge Menschenkraft wurde ausgenutzt. Er lernte zwar den Verkehr mit Leipzig kennen, erfuhr Namen und Art der Verleger, mit Ausnahme der wissenschaftlichen, deren Verlagswerke kaum vertrieben wurden, lernte einen der geschilderten Art des Geschäfts nach bescheidenen Teil des Büchermarktes kennen, aber der Chef war zu oberflächlich, als daß von irgend einer tieferen oder gar geistigen Ausbildung die Rede hätte sein können; die lange Geschäftszeit aber, von acht bis halb neun Uhr abends verhinderte den weiteren näheren Verkehr mit den alten Schulkameraden und den Besuch von Theatern, Konzerten und Vorträgen, zum Lesen war er abends meist zu müde, und auch die Familie forderte ihr Recht. Nur der ›Faust‹ wurde mit mehr oder weniger Verständnis immer wieder gelesen, und auf sonntäglichen Spaziergängen in den Wallanlagen sprachen er und ein Schulfreund, der Lehrling in einer Tabakfirma war, sich begeistert Teile aus dem zweiten Teil vor, von dem sie freilich beide wohl nur wenig verstanden. Daß Tanzstunden, kleine Bälle, erste Liebe und erste Gedichte nicht fehlten; braucht kaum gesagt werden.

Alles in allem: es waren verschwendete, wenn nicht hemmende Jahre. So wenigstens erscheinen sie dem Altgewordenen; ob der Jüngling sie damals ebenso empfand, mag fraglich bleiben. An Frohsinn fehlte es ihm jedenfalls nicht. Und wer will sagen, was ihm in seinen Entwicklungsjahren an mannigfach andrängendem Stoff zugeflogen ist, der, ohne daß er sich dessen bewußt geworden wäre, sein künftiges Leben und geistiges Dasein zu gestalten geholfen hat?

Ob es mit dem Lehrlingswesen damals in den meisten Buchhandlungen anders zuging, ob die Lehrlinge dort mit dem Wesen ihres Berufs, wie wir es heute verstehen, besser vertraut gemacht wurden, gemacht werden konnten? Diese Frage wäre nur zu beantworten, wenn man die Erinnerungen anderer zum Vergleich heranzöge. Und nicht zu vergessen ist, daß in den achtziger und beginnenden neunziger Jahren, der Plüschzeit, wie man sie gerne nennt, die deutsche Kultur auf einen Tiefstand gesunken war, der sich auch im Buchhandel spiegeln mußte.

Die Lehrzeit ging am 1. April 1893 zu Ende. Kurz vorher leistete der noch nicht Neunzehnjährige – als Sohn eines Bremer Bürgers durfte er das schon in so jungen Jahren – im Rathaussaal vor versammeltem Senat feierlich den Bürgereid und gelobte darin, ›der Freien Hansestadt Bremen treu und hold zu sein‹.

Quelle:

Anton Kippenberg: Reden und Schriften, Wiesbaden 1952, S. 7 ff. Weitere Erinnerungen finden sich in: Anton Kippenberg: Geschichten aus einer alten Hansestadt, Bremen 1966.

Nach der Ausbildung zum Buchhändler und dem Studium der Germanistik trat der promovierte Bremer in den Insel-Verlag ein, den er 1906 dann übernahm. Anton Kippenberg förderte besonders die zeitgenössischen Dichter, wie z.B. Rilke, Hofmannsthal und Ricarda Huch. Der Verleger pflegte im Insel-Verlagsprogramm aber auch die Werke der deutschen und europäischen Klassiker. 1914 verlieh ihm der Bremer Senat den Professorentitel und 1949 ernannte er ihn darüber hinaus zum Ehrenbürger der Freien Hansestadt.

Schlittschuhlaufen auf dem Bremer Stadtgraben 1910.

MARGA BERCK
(* 1875 Bremen † 1970 Hamburg)

Keine von uns hatte eine Ahnung vom Kampf um das tägliche Brot

In meiner Kindheit waren die Sommer sehr heiß und die Winter sehr kalt. Um Weihnachten lag hoher Schnee, und in jedem Winter konnten wir Schlittschuh laufen. So ist es in meiner Erinnerung.

Beginnen wir mit dem Schlittschuhlaufen, das doch eine so große Rolle bei uns spielte. Wir lernten es auf dem Herdentor-Stadtgraben vor unseren Häusern – Bertha und ich, hinter kleinen Stuhlschlitten. Meine Großmutter sah aus ihrem Fenster und kontrollierte die Fortschritte. Auf dem Stadtgraben, genau gegenüber von meinem Elternhaus, waren einige Bänke auf dem Eis aufgestellt, auf denen man sich die Schlittschuhe anschnallen konnte. Zwei brave Männer, die wir »Opa« und »Onkel« nannten, schnallten uns Kleinen für zehn Pfennig die Schlittschuhe an, denn wir waren ja erst sechs Jahre alt.

Als wir besser laufen konnten, ging es auch auf die anderen Stadtgräben, besonders zum Bischofstorgraben, den Annchen Kulenkampff mit sieben Geschwistern und anderen Freunden bevölkerte. Sonntags liefen wir auf dem Hollersee oder auf den Wasserzügen im Bürgerpark. Einige Jahre später ging es dann mit Schlittschuhen in das Blockland. Was dies bedeutet, weiß nur der, der selbst diese endlosen, weißen, weiten Eisflächen überflogen hat – an einsamen Bauernhöfen vorbei und kleinen verschneiten Dörfern. Wir kannten die Höfe, wo es den besten Eiergrog gab und die dicksten Schinkenbrote. An manchen Sonntagen fuhren wir mit der Bahn nach Lesum und von da übers Blockland auf Schlittschuhen am geheimnisvollen St. Jürgen vorbei, das damals noch eine Insel war. Aus allen Dorfkirchen läuteten die Glocken. Mittags aßen wir unterwegs in einem Bauernhof, und bei untergehender Sonne kamen wir über die Torfkanäle zurück.

Ja, auch Bertha mußte mit ins Blockland, obwohl sie leicht ermüdete. Bertha – dieser Name, der tausend Erinnerungen in mir auslöst – sie, der gute Engel meiner Kindheit und Mädchenzeit! Sie war mit mir verwandt – unsere Häuser an der Contrescarpe waren nur durch ein Haus getrennt. Unsere Kinderwagen waren nebeneinander auf den Wällen spazieren gefahren, und unseren ersten Schulweg machten wir Hand in Hand. Sie war besser, fleißiger, klüger und so viel sanfter als ich! Obwohl sie gar nicht mit allen meinen Streichen einverstanden war, war sie doch nie ein Spielverderber. Schützend stand sie stets hinter oder vor mir. Wir waren wie Schwestern ohne die Reibungen, die bei Schwestern unvermeidlich sind. Ich lohnte ihr ihre Liebe mit unverbrüchlicher Treue und Gegenliebe. Obwohl ich viele andere Freundinnen neben ihr hatte, wurde die Freundschaft zu ihr dadurch nie berührt oder gestört. Bertha starb sechs Tage vor meiner Hochzeit im Wochenbett. Ich betrauerte sie heiß und leidenschaftlich.

Wir lebten damals in einer Zeit der größten Sorglosigkeit. Es war das Aufblühen der achtziger Jahre. Keine unter uns hatte eine Ahnung von dem Kampf um das tägliche Brot. [...]

Bertha und ich wurden sehr einfach erzogen. Unsere Kleider wurden im Haus genäht, während andere Kinder die entzückendsten

Kleider von Lessmann bekamen. Wir waren aber bis dato so von unserer Armut überzeugt, daß wir uns bescheiden und entsagend in unser Los fanden. In meinem Elternhaus waren zwei Treppen. Eine große, breite, die mit dickem, rotem Läufer belegt war und in das helle, hohe Treppenhaus hinaufführte. Eine zweite, nach hinten zu gelegene, dunkle Treppe, schmal und ohne Läufer, die für uns Kinder und die Hausangestellten bestimmt war, weshalb mein Bruder Gustav sie die »Hundetreppe« getauft hatte. Nie hätte ich mir erlaubt, die Menschentreppe zu gehen, weil ich selbst davon durchdrungen war, daß der Läufer geschont werden müßte. Aber die Hundetreppe schloß viele Freuden in sich. Ich hatte gelernt, sie im Gleitflug herunterzufliegen. Besonders beim letzten Absatz, der etwa zwölf Stufen hatte, lehnte ich mich mit beiden Händen übers Geländer und glitschte herunter. –

Ich mußte stets, auch später nach meinen Schuljahren, um acht Uhr beim Frühstück sein. Darauf hielt mein Vater mit eiserner Strenge. Wenn mein Vater oben die Menschentreppe betrat und ich gleichzeitig die Hundetreppe, so war ich stets eine viertel Minute vor ihm unten und saß scheinbar längst an meinem Platz, wenn er ins Eßzimmer hereinkam.

Die ersten drei Schuljahre gingen wir zu Betty Goosmann in die Brake. Alle Kinder bekamen am ersten Tag schöne Kringel aus einem großen Korb. Unsere Lehrerin hieß Albertine. Sie war eine Nichte von Betty. Man kann sich kein gütigeres, liebevolleres Menschenkind vorstellen, als sie es war. In den ersten Schultagen verließ ich während der Stunde die Klasse, um einen gewissen Ort aufzusuchen. Albertine behielt mich dann nach der Stunde zurück und sagte, ich dürfe aber nicht ohne weiteres die Klasse verlassen. Ich antwortete, meine Mutter hätte mir verboten, »es« anzuhalten, woraufhin Albertine mir riet, in allen Pausen den Ort aufzusuchen. Mit gutem Willen und wachsender Disziplin glückte es mir, ihrem Rat zu folgen.

Bertha und ich wurden immer entweder von unserem Kinderfräulein Clara oder von Berthas Fräulein Charlotte zur Schule hingebracht und abgeholt. Aber eine Influenza-Epidemie hatte beide ans Bett gefesselt, und mit vielen guten Lehren wurden wir nun einige Tage ohne Aufsicht zur Schule geschickt. Dies mag wohl im vierten Schuljahr gewesen sein, denn so sündige Gedanken, wie sie uns jetzt befielen, wären uns als kleineren Kindern wohl nicht in den Kopf gekommen. Wir beschlossen, »Unheil zu stiften«, und fanden, daß wir Dorette Dreieck, Elschens Tante, ärgern und aufregen wollten, die immer sehr häßlich zu Elschen war, aber auch von Bertha und mir als von »dummen Kröten« gesprochen hatte. Sie trug ihren Namen wegen ihrer Figur, die sich absolut als ein Dreieck darstellte. So klingelten wir Sturm an Dorettes Tür an der Birkenstraße. Diese Tür war aber nicht direkt am Haus, sondern an der Birkenstraße, so daß Dorette oder ihr Mädchen durch einen Hof laufen mußten, um die Tür zu öffnen, was bei Regenwetter nicht angenehm war. Nachdem wir dieses Spiel mehrere Tage fortgesetzt hatten, legte Dorette sich auf die Lauer. Sie schoß wie ein Pfeil heraus, als wir klingelten, und es gelang ihr, uns zu erkennen. Sie schrieb meiner Mutter einen furchtbaren Brief, in welchem zu lesen war, daß wir entartete Geschöpfe wären. Ich glaube, meine Mutter fand unsere Sünde nicht so groß, und über den Brief von Dorette hat sie später sehr gelacht.

Nun beschlossen wir, den alten Onkel Zitting zu necken, der in der Bornstraße ein kleines Weißwarengeschäft hatte, und den wir jeden Tag auf dem Schulweg bei seinem Morgenspaziergang trafen. Er wackelte mit dem Kopf und hatte eine rote Nase, an der immer ein Duppel hing, und sprach leise vor sich hin. Wir kauften nun ein billiges Taschentuch, und als wir ihn trafen, reichte Bertha ihm das Taschentuch, und ich sagte: »Onkel Zitting, das ist für den Druppel an Deiner Nase«. Er hat das Tuch nicht genommen und sagte nur: »So'n Quatsch«. Aber der gute Mann hat uns nicht verraten.

Desselben Wegs kam jeden Freitag die Fischfrau. Sie trug die Fische in einem großen Korb auf dem Kopf und schrie mit gellender Stimme: »Frische Butt und Schellfisch« oder »Frische Butt und Stinte«. Die letzte Silbe im höchsten Diskant. Wir schrieen ihr nun diese Sätze nach und bemühten uns, dieselbe Tonart nachzuahmen. Am nächsten Freitag, als sie uns kommen sah und wir schon zur Begrüßung mit den frischen Butten die Stimmen erhoben, setzte sie ihren Korb rasch auf die Erde, nahm einen Fisch heraus und wollte ihn mir an die Backe schlagen. Aber glücklicherweise landete der Fisch nur an meiner Schulter. Wir nahmen wilden Reißaus, wurden aber von den Worten begleitet: »Swiene, Aaßers, Dübels«. Tief erschreckt, vermieden wir es nun, am Freitagmorgen über die Contrescarpe zu gehen.

Von Clara ist noch zu erzählen, daß sie schon bei uns war, als ich geboren wurde. Sie liebte meine Brüder mehr als mich. Obwohl sie nicht unfreundlich zu mir war, so war es doch nicht nett, daß sie mir häufig sagte: »Du bekommst nie einen Mann – Mädchen mit Sommersprossen und mit strähnigen Haaren lieben die Männer nicht«. Daraufhin teilte ich Bertha mit, daß sie bestimmt einen Mann bekäme, da sie lockige Haare hätte und keine Sommersprossen. Da ich jedes Wort glaubte, das Clara sagte, so sah ich mich enttäuscht als alte Jungfer sterben. [...]

Clara ließ sich mit mir photographieren, und zwar auf ihre Kosten und, wie sie sagte, für meine Eltern zu Weihnachten. In der Hauptsache verschenkte sie aber dieses Bild an ihre eigenen Freunde, obwohl ich so häßlich war. Beim Photographieren sagte sie leise zu mir: »Du mußt Deine Augen ganz nach oben richten, damit man unten das Weiße noch sieht, dann merkt man weniger, daß Du so kleine und häßliche Augen hast.« Ich riß die Augen auf und sah zur Decke empor, bis der Photograph Feilner fragte, weshalb ich denn so sonderbar nach oben starrte. Beschämt gestand ich, daß meine Augen dadurch größer werden sollten. Aber er wies mich an, geradeaus zu sehen. Damals bekam man an den Hinterkopf eine auf einem Gestell angebrachte Zange, damit man sich nicht bewegen konnte und genau so unbeweglich verharrte, wie der Photograph es wünschte. Dieses Bild wurde eine Karrikatur. Meine Eltern haben Tränen darüber gelacht. [...]

Clara verließ unser Haus, um in einer anderen Stadt zu heiraten. Sie sagte, es wäre eine gute Partie. Meine Brüder trauerten ihr nach – ich aber keineswegs. Ihre Nachfolgerin war Linsche, die dreißig Jahre bei uns war und die ich bis zu ihrem Ende heiß geliebt habe.

Bertha und ich waren seelisch und geistig so stark verbunden, daß wir nicht nur immer dieselben Bücher lasen, sondern daß wir sie auch stets übereinstimmend kritisierten. So fanden wir z.B. die Bücher von Johanna Spyri »einfach himmlisch« und andere Bücher »kuhdumm«. Heute nehme ich an, daß es ein sehr einseitiges Urteil war. Wir hielten auch streng darauf, daß wir dieselben Dinge und dieselben Tiere besaßen. Jede von uns hatte einen Hund, einen Kanarienvogel und zwei Laubfrösche in einem großen Glas mit einer Leiter drin. Die Vögel sollten sich nun kennen lernen, weshalb Bertha ihren Duli zu mir herüberbrachte und in das Bauer zu meinem Didi setzte. Duli und Didi waren aber durchaus nicht erfreut über ihre Bekanntschaft. Mein Didi stürzte sich nach anfänglichem Erstaunen auf Berthas Duli, und es gelang uns schwer, sie zu trennen. So machten wir unsere Erfahrungen, und es gab viel Stoff zu endlosen Gesprächen.

Was aber nun geschah, war so welterschütternd, daß es alles Erlebte auslöschte. Eines Tages stürzte Bertha zu uns ins Eßzimmer, während wir noch bei Tisch saßen, und sie sagte atemlos: »Ich habe ein Schwesterchen bekommen«. Mir blieb einfach der Bissen im Halse stecken, und ich konnte es gar nicht fassen. Ja, es ging so weit, daß ich herausstieß: »Das ist doch ganz unmöglich«. Bertha sagte: »Es ist *ganz bestimmt* wahr, und morgen sollst Du es selber sehen«. Am folgenden Tage durfte ich mittags nach der Schule das Kindchen sehen, das in einer Wiege neben dem Bett seiner Mutter lag. Nachdem ich das rosige Geschöpf betrachtet hatte und es in den nächsten Tagen sogar einmal mit baden durfte, entstand bei mir der heiße Wunsch, auch so ein Schwesterchen zu besitzen, und nachher ermahnte ich die Eltern sehr eindringlich, mir auch so ein Kind zu beschaffen. Weshalb meine Eltern so sehr über diesen Wunsch gelacht haben, konnte ich nicht begreifen.

Wir waren damals wohl elf Jahre und glaubten schon lange nicht mehr an den Storch, der die Kinder brächte. Bei der Vielseitigkeit unserer Interessen und unserer Ungezogenheiten dachten wir aber bis zur Ankunft dieses Kindes nicht weiter darüber nach, woher die Kinder kämen. Daß Berthas Mutter so furchtbar dick war, war uns wohl aufgefallen, aber meine Großmutter war auch so dick, und in jener Zeit war nicht viel die Rede von dicken oder dünnen Frauen. Man nahm es so hin, wie es kam. Von »schlanker Linie« sprach niemand. Auch wäre uns angesichts von Berthas großen Brüdern nie der Gedanke gekommen, daß da noch ein Baby geboren werden könnte. Nun aber befiel uns doch die Frage, woher denn die Kinder kämen, und ich beschloß, meine Mutter zu fragen. Sie war eine sehr kluge und weltweise Frau, was ihre Antwort beweisen wird. Auf meine Frage, wie denn nun eigentlich Berthas Schwesterchen in Tante Marie hineingekommen wäre, sagte meine Mutter sehr ruhig und einfach und so, als wenn es ganz selbstverständlich wäre: »Wenn man ein Samenkorn in die Erde legt, welche man auch die *Mutter* Erde nennt, so wächst eine Blume oder eine Pflanze daraus, und wenn man ein Samenkorn in eine Frau hineinlegt, so wächst ein Kind in ihr, das sie bei sich trägt bis zur Geburt. Die Blumen und die Kinder wollen alle ans Licht.« Diese Erklärung genügte Bertha und mir vorläufig, aber dann fragten wir später doch unsere Freundin Annchen, wie denn das Samenkorn in die Frau hineinkäme, und Annchen sagte, das schlucke die Frau beim Essen mit herunter, dann wüchse es und davon würde die Frau so dick. Auf unsere weitere Frage, wo denn nachher das Kind herauskäme, sagte sie weise und überheblich: »Das platzt beim Nabel heraus, und das tut natürlich ganz schrecklich weh, deshalb schrie meine Mutter so fürchterlich, als Hans geboren wurde, und nachher sind die Mütter oft lange krank davon, je nachdem wie die Wunde heilt.« Nun schien alles restlos geklärt, und diese Erkenntnis hat uns lange Zeit vor Grübeleien bewahrt.

Aber eines muß ich noch erzählen, was doch mit diesem Glauben zusammenhing. Bertha und ich besprachen diesen Fall nur mit Annchen, und wir befragten sie nach einiger Zeit, von welchem Jahr an denn wohl die Samenkörner in der Frau zum Wachsen kämen und Annchen sagte: »Erst wenn die Frau verheiratet ist.« »Nein«, rief Bertha, »das ist nicht wahr. In Danneborth ist ein siebzehnjähriges Mädchen, die auch schon ein Kind bekommen hat, und ich durfte nachher gar nicht mehr mit ihr zusammensein.« Nun wurde das Problem größer, und Annchen fragte ihre ältere Schwester Lisbeth, was denn der Mann damit zu tun hätte, und Annchen kam mit der Antwort zurück, daß der Mann die Frau auf den Mund küßte, wenn er sie lieb hätte, und dabei spuckte er das Samenkorn in ihren Mund, was sie herunterschlucke. Wiederum glaubten wir dieses nun ganz fest, und deshalb war es so gefährlich, von einem Mann geküßt zu werden. Nachdem Percy mich als siebzehnjähriges Mädchen auf den Mund geküßt hatte, überfiel mich eines Tages eine entsetzliche Angst, weil ich dachte, ich könnte – wie das Mädchen in Danneborth – nun auch ein Kind bekommen. Mit diesem Alpdruck ging ich schließlich zu Linsche, die vor Lachen und Weinen und Rührung in Tränen schwamm und mir die ganze Wahrheit sehr einfach und genau so erklärte, wie es für mich Siebzehnjährige richtig war. Ich möchte wohl wissen, ob es heute von hundert siebzehnjährigen Mädchen noch eine Einzige gibt, die einer solchen Aufklärung bedarf?

Meine Kindheit erscheint mir wie ein langer, schöner Sommertag, und die Sorgen zogen wie Lämmerwölkchen durch den blauen Himmel. Wie rührend erscheinen mir heute diese Sorgen! Ich war bange vor Räubern. Mein Bruder Gustav hatte mir Gruselgeschichten erzählt. Abends, wenn ich im Bette lag, kam meine böse Stunde. Dann brachte Clara das Teebrett mit unserem Abendessen hinunter in die Küche und blieb recht lange fort. Sehr oft schlich dann mein Bruder Gustav heran und klopfte leise an meine Tür. Mein damaliges Schlafzimmer lag an der Hundetreppe und der Türschlüssel war kaputt. Er wurde niemals repariert, weil man das nicht für nötig erachtete. Dieser nicht-schließende Schlüssel spielt heute noch eine große Rolle in meinen Angstträumen. Wenn Clara von unten heraufkam und ich ihr in Todesangst erzählte, es hätte wieder geklopft, wurde sie sehr böse mit mir und sagte, es wäre alles Einbildung. Eines Abends hörte ich wieder Schritte draußen und drückte mich ganz am Fußende unter der Bettdecke zusammen, damit der Räuber denken sollte, es wäre kein Kind im Bett, wenn er mit dem Messer hereinkäme. Dieses Mal hatte Clara auch die Schritte gehört und wußte, daß es mein Bruder war. Sie war sehr böse mit ihm und meldete es meiner Mutter. Ich fand, daß meine Mutter damals meinen Bruder nicht genügend bestrafte. Ich sagte dies meinem Bruder, und er flüsterte mir zu, er wolle mir den Grund hierfür sagen, wenn ich es niemand wiedersagen wollte. Dann erzählte er mir, ich sei nicht das Kind meiner Eltern, er hätte mich in der Gosse an der Bornstraße gefunden und nach Hause gebracht, und seine Eltern hätten mich dann aus Barmherzigkeit behalten. In Wirklichkeit wäre ich das Kind von Frau Windheim, einer Trödlerin. Dieses Märchen habe ich viele Wochen geglaubt, und es hat mein Gemüt umdüstert. Endlich erzählte ich es Clara und diese meldete es meinen Eltern, die mich liebevoll in die Arme schlossen und furchtbar lachten. So zerrann auch dieser böse Traum. Mein Bruder aber schrieb noch später auf seine Briefe an mich: Frau Marga Berck geb. Windheim.

So sehr mein zweiter Bruder mich neckte und ärgerte, so reizend war der älteste zu mir. Ich erinnere nicht, daß er mir etwas wirklich Böses getan hätte. Nur einmal ließ er sich, angeführt von Gustav, hinreißen, mich in schreckliche Aufregung zu versetzen. Ich hatte zu Weihnachten von meinen Eltern eine wunderbare Puppe bekommen, die Adelgunde getauft war. Ihr Gesicht war aus Wachs mit Kulleraugen, und blonde Locken umrahmten das zarte, rosa Gesicht. Ich hütete Adelgunde wie ein rohes Ei. Eines Abends, als Clara das Abendessen herunterbrachte und ich schon halbschlafend im Bett lag, hörte ich nebenan im Spielzimmer ein unterdrücktes Lachen und viele schleifende Schritte. Die Tür war angelehnt. Von Neugier erfüllt, blinzelte ich durch die Spalte und sah, daß meine beiden Brüder mit Adelgunde Française tanzten. Sie riefen »chassez – croisez«, und Adelgunde flog durch die Luft von einem zum anderen. Mir blieb der Atem weg. Als ich Kraft zum Schreien fand, geschah es, daß Adelgunde gerade durch die Luft flog und nicht aufgefangen wurde, sondern mit dem Gesicht und mit großem Krach auf die Erde fiel. Ach, in welchem Zustand sah ich Adelgunde wieder! Das Wachsgesicht zerschrammt, die Nase platt, die Kulleraugen nicht mehr an Ort und Stelle, und die Locken hingen zerzaust um ihren Kopf. Ich bekam einen Wutkoller und schlug auf beide Brüder los, die vor Lachen schrieen. Es war entsetzlich. Meine gute Mutter ließ Adelgunde wieder herrichten, und ich bekam sie in tadellosem Zustand zurück. Aber ich mochte sie nun nicht mehr leiden, es klebte eine böse Erinnerung an ihr. Adelgunde saß von nun an traurig in ihrem Stuhl, und ich habe nie mehr mit ihr gespielt.

Quelle:
Marga Berck: Aus meiner Kinderzeit, Bremen 1979, S. 9 ff.

Marga Berck (d.i. Magda Pauli) verdankt die (nicht nur) bundesdeutsche Fernsehgemeinde den Traum vom »Sommer in Lesmona«. Die unter dem Mädchennamen Melchers in Bremen aufgewachsene Schriftstellerin lieferte mit ihrem Buch »Sommer in Lesmona« nämlich die Vorlage, bzw. den Stoff, aus dem die Träume gemacht werden... 1896 heiratete sie -> Gustav Pauli.

RUDOLF ALEXANDER SCHRÖDER
(* 1878 Bremen † 1962 Bad Wiessee)

Es hieß, ich sei ein ungezogener Bengel

In der Längswand des Wohnzimmers befand sich die große, zweiflüglige Schiebetüre, durch die man in die seitlich belegene Stube meiner Mutter kam. Hier war alles dunkler, traulicher, wärmer als in dem »besten« Zimmer. Vor den beiden Fenstern lag die Veranda, der ich eine der ersten ganz großen Enttäuschungen meines Lebens verdanke. Sie wurde, als ich etwa sechs oder sieben Jahre zählen mochte, in einen »Wintergarten« verwandelt. – Wintergarten! – Vor meiner Phantasie stand, als ich dies Märchenwort vernahm, eine Wunderwelt, die alle Gärten der Armida und des Klingsor hinter sich ließ. – Ein Garten im Winter! Das war doch endlich eine richtige Zauberei! Nie habe ich an die übernatürlichen Kräfte meiner Eltern – in diesem Falle meiner Mutter, die die eigentliche Betreiberin und Veranlasserin dieses Wunders war – so fest geglaubt, als in dem Sommer, in dem, während wir auf dem Lande wohnten, die Vorbereitungen für eine so beispiellose Vergewaltigung der Naturgesetze vor sich gehen sollte.

Zwar erschienen beide Eltern im Besitz magischer Kräfte, vor allem, wenn sie mit unheimlicher Sicherheit meine verborgensten und vielleicht von mir selber schon vergessenen Untaten mir auf den Kopf zusagten. Zum Beispiel, wenn ich sommers »schon wieder in den Himbeeren gewesen« war. – Wie konnte man das einem kleinen Jungen, der den Überschuß seiner verbotenen Genüsse in mindestens zehn Fingerabdrücken auf der Kittelschürze trug, ansehen, sofern man nicht höherer Eingebung teilhaftig war? Oder winters, wenn ich wieder mal den Gashahn aufgedreht hatte, auf dem im Wohnzimmer das Teewasser gekocht wurde. Furchtbare Kräfte des Seherblicks und des Rächerzornes wohnten den Eltern inne, unberechenbare, denen kein Widerstand gewachsen war, denen auch unter Umständen die vorsichtigste Vorsicht nicht auszuweichen vermochte; denn ganz sicher waren wir nie, daß die Behüter unsres Daseins sich nicht von einem Augenblick zum andern in finstre Rachedämonen verwandelten. So erinnere ich mich noch eines wochen-, ja monatelang nicht verwundenen Entsetzens, das mir meine gute Mutter als eine grausame, fast menschenfresserische Unholdin erscheinen ließ, als ich in kindischer Unart mir eine zeitlang angewöhnt hatte, die Zunge ohne Grund zum Halse herauszustrecken, und sie, da freundliche Ermahnungen nichts gefruchtet, mir schließlich drohte, sie werde mir, wenn ich noch einmal dergleichen täte, wie der Schneider im Struwwelpeter die Zunge abschneiden. Wahrscheinlich habe ich auch seitdem jenes prekäre Glied, mit dem der Mensch bekanntlich die meisten und folgenschwersten Sünden begeht, in seinem Gehäuse belassen; aber ich möchte doch den Müttern die dies lesen sollten, von so drastischer Bedrohung ihrer Lieblinge abraten. –

Gefährlicher war freilich der Zorn des Vaters, dem der rasche, energische, immer bis hart an die Grenze seiner Kräfte tätige Mann mitunter bei völlig unvermutetem Anlaß nachgab. Weitgetriebene Strenge gegen sich selbst, Strenge, die ihren eigenen Maßstab gelegentlich auch an andere legte, machte den liebevollen und warmherzigen Mann hie und da auch unter Erwachsenen gefürchtet. Für uns

Kinder jedenfalls war seinem Umgang immer etwas Unheimliches beigemischt; denn mitten in Gespräch und Spiel konnte der Blitz aus heiterm Himmel fallen, den Unschuldigen neben dem Schuldigen treffend. Kinder haben als der schwächere Teil, der sie in allen derartigen Verhältnissen sind, für derlei ein zartes, leicht verwundbares und verstörbares Gefühl; und so haftet bei mir neben den vielen mit Resignation oder Zerknirschung als »gerecht« hingenommenen Bestrafungen besonders fest die eine und die andere, der gegenüber ich mich als Opfer eines ebenso unvermuteten wie ungerechten Grimmes hatte fühlen dürfen, wobei allerdings bei mir weniger Trotz als ratloses Erstaunen über das plötzliche Versagen einer für unfehlbar gehaltenen Leitung die Folge war. Ich glaube sogar, daß ich schon damals – wenigstens instinktiv – Philosophie genug besaß, um derartige Ausnahmen auf das Konto meiner unentdeckt gebliebenen Schandtaten abzuschreiben. [...]

Es gab in meiner Kindheit ein harmloses Gebäck allerkleinsten Formates, bestehend aus einer Art degenerierten Pfefferkuchenteiges, das kleine Hähnchen, Hühnchen, Enten, Hunde usw. plastisch darstellte, die man mittels eines Zapfens in das Loch eines aus dem gleichen Teige bestehenden Ringes oder Sternchen stecken und zu einem kleinen Viehhof aufbauen konnte, den man dann nach und nach verspeiste. Für mich gab es nichts Schöneres; nicht einmal die kleinen Borstenmännchen, die man auf einem Damenbrett tanzen lassen konnte, begeisterten mich gleichermaßen. Sie waren schön, das stand außer Frage, aber sie waren unverspeisbar, das hatte ich ebenfalls festgestellt. Eines Vormittags – ich ging noch nicht zur Schule – hatte ich denn auch mittels allerhand diplomatischer Kniffe meine Mutter soweit mürbe gemacht, daß sie mir erlaubte, bei dem nebenan behausten Krämer mir für einen oder zwei Groschen eine Portion dieses zoologischen Gebäcks zu erstehen. Man hatte mich schon öfters dort etwas holen lassen; aber diesmal hatte man mir doch mehr zugetraut, als ich zu leisten imstande war. Denn als ich vor dem Ladentisch stand, über den ich nur auf den Zehenspitzen stehend hinübersehen konnte, wußte ich weiter nichts zu sagen, als, ich wolle für mein Geld »Hühnerkeks« haben. Auf die erstaunte Frage des anscheinend intuitiv nicht übermäßig begabten Verkäufers konnte ich meinen Wunsch nur dahin näher bestimmen, daß ich »Hühnerkeks mit Sternen« haben wollte, worauf man mir nach einem mit Entrüstung abgewiesenen Versuch, mich mit einer Handvoll der sogenannten »Suppensterne« zufriedenzustellen, einen hübschen und großen Karton in die Hand gab, der auf allen sechs Seiten mit bunten Hühnchen und Hähnchen bedruckt war. Der Karton wäre etwas teurer, sagte der Krämer; aber das schade nichts, es werde schon in Ordnung kommen. Er schob mir mein Geld wieder hin; und ich zog mit meiner Beute ab, nichts anders vermeinend, als daß mein Kuchengeflügel den Inhalt des schönen bunten Kartons bilden werde. Stolz lief ich zu meiner Mutter hinauf, die noch »beim Anziehen« vor ihrem kleinen Spiegeltisch saß. Hatte ich das Gefühl, daß etwas nicht in Ordnung sei? Vielleicht doch; aber der Krämer war ein Erwachsener und zudem mein Freund, mein Gewissen war also strahlend rein, und es blieb höchstens die Frage offen, wieso meine Hühnchen, die sonst mittels einer Blechschaufel ziemlich respektlos in eine blaue oder braune Tüte befördert zu werden pflegten, plötzlich in den schönen Karton hineingekommen seien. Ich sollte aber bald eines Besseren oder vielmehr Schlechteren belehrt werden. Es hieß, ich sei ein ungezogener, ungehorsamer Bengel, dessen Begehrlichkeit und Verschwendungssucht seinen Eltern im Hinblick auf künftige schaudervolle Möglichkeiten schon manchen bittern Kummer gemacht habe; zwei wohlgezielte Ohrfeigen begleiteten diese nicht grade freundliche Schilderung meines Charakters und meines vorauszusehenden Lebenslaufes; und so mußte ich denn mit hochrot geschminkten Wangen und »überschwemmt von Tränen«, wie Vondels Amsterdamsche Hekuba, den zu einem Gefäß des Zornes gewordenen Karton seinem Aushändiger wieder zurückbringen, der über diesen Ausgang unsrer gemeinsamen Unternehmung ebenso betreten war, wie ich selber. Was übrigens jene fatale bunte Hülle in ihrem Innern bewahrte, ist mir bis auf den heutigen Tag verborgen geblieben.

Als eine »moralische Geschichte« betrachtet, würde dies Erlebnis die allerverschiedensten Nutzanwendungen gestatten. Zunächst natürlich die, daß zwischen Lipp' und Kelchesrand die Hand des Geschickes – diesmal die meiner Mutter – schwebe, ferner die, daß man sich durch keine noch so autoritative Ingerenz von Seiten scheinbar erfahrener Freunde vom graden Weg seines Vorhabens abbringen lassen solle – hier hätte das Auge des Erziehers in meinem Fall am ehesten die Wurzeln einer bedenklichen Charakterschwäche zu entdecken gehabt, wenn schon bei diesem Anlaß erzogen werden mußte. Zum dritten hätten wir hier ein »schlagendes« Beispiel dafür, wie gerade die Erfüllung unsrer kühnsten Wünsche bisweilen mit den unliebsamsten Überraschungen gepaart geht. – Das zweite traurige Erlebnis, das ich erzählen will, würde dagegen eher eine Warnung für den Schwachen und Niedrigen enthalten, sich nicht im Verkehr mit Mächtigeren durch scheinbare Vertraulichkeit in den Wahn wiegen zu lassen, er stehe nunmehr mit ihnen auf gleicher Stufe. Er wird solche Vermessenheit gleich mir selber traurig büßen.

Wir hatten... in jenen Jahren einen Kandidaten der Theologie im Hause wohnen, der zwar die genossene Wohltat hernach mit undankbarem Schweigen vergalt, der aber zu jener Zeit, wohl nicht eigentlich als Lehrer, aber doch als Spielkamerad der jüngeren Hausgenossen sich eingermaßen nützlich zu machen suchte. Ich sehe ihn noch am Fenster seines im Dachgeschoß belegenen Zimmers stehen, von wo er Stücke billiger Bruchschokolade herunterzuwerfen pflegte, die wir dann, auf der Terrasse versammelt, wetteifernd auffingen. Ich weiß nicht, wußte er es so einzurichten, daß die Stücke jedesmal in die Nähe meiner Schwester fielen, oder war ich wie in vielem so auch bei diesem Spiel der Ungeschickteste; jedenfalls kam ich trotz reger Beteiligung jedesmal zu kurz, wie denn unser Gast und Mentor auch sonst mich einigermaßen links liegen ließ und sich wesentlich eifriger um meine Schwestern kümmerte, eine Vorliebe, die ich ihm heute keineswegs verüble, die mich aber damals zeitweise tief bekümmerte und mich in dem – übrigens typischen – Kinderwahn bestärkte, ich sei gewiß kein echter Sprosse des Hauses, sondern ein angenommenes oder untergeschobenes Kind. Kinder sind auf diesem Punkt wie Hunde; wer sie vernachlässigt, dem hangen sie an, und so war ich überglücklich, wenn der von mir glühend verehrte, lockenhäuptige Hüne sich doch auch bisweilen mit mir abgab. So hatte er mich denn eines Winternachmittags in der Dämmerstunde aufs Knie genommen, und wir unterhielten uns damit, uns gegenseitig allerhand unwahrscheinliche Benennungen an den Kopf zu werfen. Erst hieß es »du bist ein Esel«, »ein Ochs«, »ein Riese«, »ein Zwerg«, und nachdem diese Skala bis zum Kobold und zur Klapperschlange hinunter erschöpft war, nannte man sich gegenseitig »ein Haus«, »einen Kleiderschrank«, »einen Müllwagen«; jeder suchte den anderen in der Absurdität seines Prädikats zu überbieten, bis ich schließlich voll Begeisterung über meinen unüberbietbaren Fund ausrief: »Du bist Spucke!« – Mag sein, daß das gefährlich lautmalerische Wort unabsichtlich von einem Partikelchen der Materie begleitet war, die es gemeinhin bezeichnet. Mein Gewissen ist in dieser Hinsicht rein wie frisch gefallener Schnee, aber ihm mochte sein wie ihm wolle, ich sah mich plötzlich unsanft zur Erde befördert, und mein Abgott verließ hochrot vor Zorn das Zimmer, nicht ohne mir anzukündigen, er werde meine Unverschämtheit an höherer Stelle melden. Ich war viel zu sehr verblüfft und erschreckt, um zu demonstrieren, und ich hatte nach Kinderart den Vorfall schon vergessen, als der inzwischen heimgekehrte Vater mich in sein Zimmer rief und mich dort, ohne vorheriges Verhör, seinerseits aufs Knie nahm zu einer zwar schallenden, aber wortlosen Auseinandersetzung, die ich in meiner Bestürzung lautlos über mich ergehen ließ, um dann, physisch und seelisch gleichermassen geschädigt, in einer Art Dämmerzustand ins Bett zu wanken.

Ich glaube, meinem Vater tat nachher, wie so oft, die Übereilung leid, denn der Gast, der andern Tages noch immer den Schwergekränkten spielte, wurde einigermaßen angepfiffen, und ich durfte den ganzen Sonntagnachmittag in Vaters Zimmer spielen. – Vaters Zimmer. Das war nun in der Tat, wenn man es nicht als Delinquent in der Erwartung des Strafvollzuges zu betreten hatte, eine Magierhöhle und Wundergrotte ohnegleichen. Schon das eigenartige Aroma, das um die braunen Wände, die schönen geschnitzten Nußholzmöbel, den runden Mitteltisch mit der buntgeränderten braunen Ripsdecke webte, sonderte diesen Raum von allen andern des Hauses. Ein Geruch von kaltem Tabakrauch war es, freilich kein sehr starker; denn auch im Rauchen zeigte sich die spartanische Art des Vaters. Er selbst behauptete zwar, er habe früher zuviel geraucht und kasteie sich jetzt dafür; aber das war sicher nur ein Schritt vom »Wenig« zum »Weniger« gewesen und auch dies Wenigste trug, sofern es noch als Laster anzusprechen war, gewissermaßen seine eigene Strafe in sich selber; denn es konnte in der Tat scheinen, als gehe mein Vater gradezu darauf aus, für sein gutes Geld möglichst fade Rauchware einzukaufen. In diesen dünnen und schalen Tabaksruch aber mengte sich der Geruch von Moschus, Sandelholz und andern scharfen östlichen Würzen; denn meines Vaters Zimmer war zugleich ein Museum, das die Trophäen seiner im Fernen Osten verbrachten Jahre barg.

Vor dem Tisch lag ein riesiges Büffelfell, das bisweilen der Schauplatz eines seltsamen Spieles war. Wir spielten auf ihm »Gulliver«. Zu dem Zweck legte sich mein Vater der Länge nach hin und schloß die Augen. Wir schlichen uns dann als Liliputaner heran und versuchten, ihn auf alle mögliche Weise an das Fell festzustecken oder zu binden, wobei es der Bosheit und Findigkeit meiner Schwestern manchmal gelang, einzelne Strähnen des Lockenkranzes, den er in ziemlicher Fülle um das oben schon frühzeitig kahl gewordene Haupt trug, mit den Haaren des Felles so zu verknüpfen, daß er ohne Hilfeleistung sich nur unter Zurücklassung einiger Haarbüschel hätte erheben können. Nun, das waren seltene Glanzmomente. – Häufiger wurde uns ein anderer Genuß zuteil; wir durften uns hie und da ein großes gläsernes Prisma vom Schreibtisch nehmen und damit durchs Haus gehen. Da war nun die ganze Welt verzaubert; denn nicht nur trug jeder Gegenstand, den wir durch dies Wunderglas erblickten, einen siebenfarbigen Strahlenkranz; auch der Fußboden schien vor unsern Füßen in runder Wölbung zu fliehen. Namentlich, wenn man so bewaffneten Auges die Treppe herunterging, war es, als sinke man in den Abgrund.

Aber die wundersamsten Wunder barg doch der große, vierflüglige Schrank. Unten hatte er Holztüren, hinter denen unter anderem ein schöner großer Brummkreisel verborgen war, den der Vater manchmal Sonntags morgens hervorholte. Er war etwa doppelt so groß wie der oben im Kinderzimmer, dröhnte wie eine Orgel, wenn er lief, und besaß eine kranzartige Vorrichtung, auf die man aufrechtstehende Papierstreifen mit ausgeschnittenen Figuren schieben konnte. Was sie darstellen sollten, war ohne weiteres nicht ersichtlich; aber wenn der Kreisel mit der Spitze auf einen Untersatz gestellt und aufgezogen war, so zeigten sich plötzlich in dem kreisenden Streifen allerhand bewegte Gestalten, ein Jäger, der auf einen Hasen anlegte, Paare, die sich im Tanze drehten, galoppierende Reiter und dergleichen. Noch andre Herrlichkeiten beherbergte dieser untere Schrank ... Ein sehr lustiges Spiel war dabei: blattdünne Miniaturspeere, Fähnlein, Stäbe und dergleichen, an die hundert und mehr. Die warf man alle auf einen Haufen und mußte dann mit einem besonderen Instrument langsam, langsam den einen nach dem andern vom Haufen herunterbefördern, ohne daß sich die übrigen auch nur regten. Das war sehr aufregend; denn es gelang nur nach mehrmaligen, die Runde machenden Versuchen. Glücklich der, der dann mit kühnem Schwung ein solches, mit vielen bösartigen Zacken, Troddeln und Widerhaken versehenes Stäbchen auf seinen eigenen Haufen befördern konnte; denn wer nachher die meisten vor sich liegen hatte, hatte gewonnen. Auch riesige Albums mit Photographien indischer Tempel und Paläste kamen bisweilen aus dem unteren Schrank hervor. Überall war der Vater gewesen, bisweilen auch mit der Mutter zusammen, von allem wußten sie zu erzählen, und darüber hinaus von Besuchen bei indischen Nabobs und Radschas, von langen, stürmischen Seefahrten, von ebenso langen, beschwerlichen Landreisen auf Elefantenrücken, in Tragbahren und Kähnen durch krokodilwimmelnde Flüsse und Dschungeln, in denen man noch nachts zuvor den Tiger hatte rufen hören. – So öffnete sich hier den Kindern eine Welt, auf die der Binnenländer erst später den Blick zu richten pflegt, wir wußten den Vater mit einem großen Teil seines Lebens, seiner Freundschaften und seiner Tätigkeiten in einer fremden Welt beheimatet, unter farbigen Dienern, in einem Klima, gegen dessen erdrückende Hitze unsre schwülsten Sommertage kühlstes Labsal erschienen, gingen doch durch Verwandte, die in der »Firma« tätig waren, durch jüngere und ältere Angestellte, die elegant und ausländisch, aber ein wenig angegriffen von »drüben« auf Urlaub kamen, die Fäden von dieser Welt zu unserer unablässig hin und her.

Ein kleines Kompendium dieser fernen Märchenwelt barg denn auch der obere Schrank hinter seinen Glastüren, deren Schlüssel wohlweislich immer abgezogen waren. Hier standen und lagen die Kästen und Geräte aus Sandelholz und einem andern, hellgelblichen noch schärfer duftenden Holz, die bronzenen und silbernen Ohrgehänge, Armbänder und Ketten, mit denen und den dazugehörigen durchsichtigen und bunten Baumwolltüchern meine Schwestern sich manchmal kostümieren durften, die Gebetmühlen und Gebetshandschuhe aus Tibet, die Opfer- und Räucherschalen mit Farbhölzern zum Auffrischen der auf Stirn und Wange gemalten heiligen Zeichen, schauerliche, vielarmige und vielköpfige Götzen, Elfenbeinfigürchen aller Art, auch das eine und andre aus Ägypten und dem Heiligen Land Mitgebrachte. – Doch das alles war nichts gegen die beiden Mittelfächer; denn in ihnen war eine Reihe von meisterhaft gearbeiteten Tonfigürchen untergebracht, die mit wirklichen Haaren versehen und mit wirklichen, naturgetreuen Gewandungen und Schmuckstücken behängt, alle Stände und Völker des ungeheuren Reiches darstellen, vom Brahmanen und Parsi bis zum Paria herab, Männlein und Weiblein in vornehmer Muße oder bei eifriger Tätigkeit. Gemüsehändler mit ihren Waren, Kaufleute mit ihren Kisten und Kasten, Reiter, Fuhrleute, Wasserträger, Bajaderen, Schlangenbeschwörer mit ihren Kobras, von denen der Vater selbst einmal eine trotz lebensgefährlichen Sträubens in ein Spritglas hineinbefördert hatte, welche Welt, welches unendliche Reich der Träume und der Luftschlösser! –

Mein ältester Bruder war noch in Indien geboren. Es gab Photos, auf denen er, einen sonnenschirmtragenden Diener hinter sich, auf dem Schoße einer braunen Aja zu sehen war; er hatte auch als kleines Kind die große Heimreise auf dem Rücken eines Elefanten mitgemacht. – Beneidenswerter Sterblicher!

Aber auch ich hatte meinen Anteil an dieser transatlantischen Welt. Denn erstens besaß ich als mein Eigentum – oder bildete mir diesen Besitz wenigstens ein – einen reizenden, reichgestickten und befransten seidenen Umhang, ein Kindermäntelchen von dort, das wir gelegentlich als Krönungsmantel gebrauchten, und zweitens lautete der Text des lieblichen hindostanischen Wiegenliedes, mit dem meine Mutter uns alle in Schlaf zu singen pflegte und das mir noch im Gedächtnis haftet, etwa folgendermaßen:

Nini baba, nini,
ruti makum tschini,
nini baba, nini baba,
nini baba, nini

deutsch (nach den Angaben meiner Mutter):

Schlaf, Kindchen, schlaf,
Brot, Butter und Zucker,
Schlaf, Kindchen schlaf, Kindchen,
Schlaf, Kindchen, schlaf.

Das Wort »Ruti« verstand ich begreiflicherweise als: »Rudi« und nahm demnach an, die geheimnisvolle Weise sei ein Kompliment an meine Adresse.

Quelle:
Rudolf Alexander Schröder: Unser altes Haus. Jugenderinnerungen. Bremen 1977, S. 68 ff.

Rudolf Alexander Schröder wuchs mit sieben Geschwistern auf. Er studierte Architektur und war zwischen 1903 und 1931 in Bremen als Innenarchitekt tätig. Gleichzeitig machte er sich einen Namen als Lyriker und Übersetzer der Werke von Homer, Vergil und Horaz, sowie als Herausgeber der Zeitschrift »Die Insel« (zusammen mit A.W. Heymel und J.O. Bierbaum, mit denen er 1902 auch den Insel-Verlag gründete). 1935 übersiedelte R.A. Schröder aus politischen Gründen nach Oberbayern. Nach dem Krieg leitete er fünf Jahre lang die Kunsthalle. 1948 wurde er anläßlich seines 70. Geburtstags zum Ehrenbürger Bremens ernannt. Seit 1953 vergibt die Hansestadt Bremen den Rudolf-Alexander-Preis für Literatur (-> Peter Weiss ist einer der Träger dieser bedeutenden Auszeichnung).

Eduard Wätjens Söhne mit ihrer Stiefmutter Amalie geb Klugkist, (Theo stehend).

J.H. THEODOR WÄTJEN
(* 1879 Bremen † 1952 Bad Segeberg)

Ich sehe noch den Trauerzug sich aus dem Hause langsam entfernen

Am 1. November 1879 erblickte ich als vierter Sohn meiner Eltern das Licht der Welt und erhielt in der Taufe die Namen Johann Hermann Theodor, benannt nach dem Bruder meiner Großmutter Wätjen, geborene Berck. Drei ältere Brüder waren mir schon vorausgegangen: Hermann, Willy und Edu. Ich war also der vierte Junge, dem 1883 noch ein fünfter, Julius, nachfolgte. Mein Vater Eduard Wätjen, der am 27. März 1848 in Bremen geboren war und am 27. Oct. 1928 im Alter von 80 Jahren in Bremen starb, war ein sehr angesehener und wohlhabender Bremer Kaufmann, der das Handelshaus seines Vaters, die Firma Hermann Wätjen, im Comptoirhaus Domshof 10, dem ehemaligen Wohnhaus meiner Großeltern, weiterführte. Mein Vater besaß einen ungemein klaren, scharfen Verstand, gepaart mit großer Energie und Willensstärke, peinlichster Rechtlichkeit, Eigenschaften, die ihm überall das größte Vertrauen und höchste Achtung entgegenbrachten, und die ihn zu einer markanten Persönlichkeit in Bremen stempelten. Zur genauen Minute ging er täglich aufs Comptoir, so daß – wie erzählt wurde – Leute ihre Uhren danach stellten. Ebenso genau und voll letzter Pflichterfüllung wie in seinen geschäftlichen Obliegenheiten war er auch in häuslichen Dingen, wo er auf strengste Ordnung hielt. Wie er mir selbst oft sagte, litte er direkt darunter, daß ihm auch nicht die geringste Unordnung irgend einer Art entginge und er dadurch in seinem Wohlbehagen gestört würde. Dabei war er ein Autokrat reinsten Wassers, der eigentlich nur seinen Willen gelten ließ und der an alle dieselbe peinlichste Erfüllung der Pflichten stellte, wie er sie von sich selbst forderte. [...]

Am 9. März 1875 heiratete mein Vater meine Mutter, Helene Aselmeyer, Tochter des Generalkonsuls und Großkaufmannes Julius Aselmeyer und dessen Frau Emma, geb. Rotermundt. Mein Urgroßvater Aselmeyer war zu Beginn des 19. Jahrhunderts nach Neapel gekommen und hatte sich dort als Kaufmann niedergelassen. Mein Großvater ist in Neapel geboren und ebenso meine Großmutter am 27. Dezember 1855. Meine Großeltern kamen jedes Jahr nach Bremen, lebten auch mal einige Jahre dort, und in der Zeit lernte mein Vater meine Mutter kennen und lieben. Es muß eine außerordentlich glückliche Ehe gewesen sein, und daher um so tragischer und grausamer der Schicksalsschlag, der dieses Glück nach zehnjähriger Ehe zerriß. Nach dem unerforschlichen Ratschluß Gottes ging meine Mutter nach kurzer, schwerer Krankheit in die Ewigkeit, meinen Vater mit fünf kleinen Jungen, die sie ihm geschenkt hatte, zurücklassend. Diesen Schlag, der meinen Vater in der Vollkraft... seines glücklichen Lebens traf, hat er innerlich nie ganz überwinden können, und auch manche späteren Härten in seinem Charakter sind wohl die Folge davon gewesen.

Dieses furchtbare Unglück, das über meinen Vater und uns kleine Kinder hereinbrach, ist wohl die eindrucksvollste und stärkste meiner Erinnerungen an die Kindheit. Ich selbst war eben 6 Jahre alt, als meine Mutter starb, und wenn ich auch in diesem kindlichen Alter die Schwere der Tragik dieses Verlustes in keiner Weise ermessen konnte, so bleiben mir Einzelheiten dieses schmerzlichen Geschehens unvergeßlich. Ich sehe es noch wie heute klar vor mir, wie mein Vater damals ins Kinderzimmer trat, uns Kinder zu sich nahm und uns sagte, daß unsere liebe Mutter, von Engeln geführt, ins himmlische Reich hinübergegangen sei. Ich sehe es noch, wie wir Kinder voll kindlichen Schmerzes mit über das Gesicht gezogenen Schürzen weinend und schluchzend um den Tisch im Kinderzimmer liefen, voll Jammer, und mich selbst, dem Beispiel meiner älteren Brüder folgend, dabei, ohne allerdings zu ermessen, welch schweres Geschick unser Heim getroffen. Deutlich steht es noch vor meinen Augen, wie dann an diesem Trauertage beim Mittagessen, an dem meine Großmutter und andere Verwandte, die, um meinem Vater in seiner Not beizustehen, gekommen waren, teilnahmen, niemand auch nur einen Bissen hinunterbringen konnte; nur ich aß als alleiniger, da es meine Lieblingsspeise, Milchreis, gab. Ich sehe dann noch den Trauerzug sich aus dem Hause langsam entfernen, um die sterbliche Hülle meiner Mutter zum Friedhof zu begleiten, während ich selbst daheim blieb. Ich habe sonst von meiner Mutter nur schwache Erinnerungen, doch es sind mir schemenhafte Bilder ihrer Gegenwart im Gedächtnis geblieben, von ihrem Wirken im alten Haus an der Contrescarpe und in Horn. Neben meinem Vater galt die ganze Liebe meiner Mutter ihren Kindern, und voller Stolz blickte sie auf ihre fünf Jungens. Sie liebte es sehr, uns Kinder in früher Jugend etwas aufführen zu lassen, uns zu kostümieren, besonders, ihrem Geburtsort entsprechend, nach neapolitanischer Art, wobei mein Bruder Edu, der eigentlich die gewünschte Tochter sein sollte, immer als solche ausstaffiert wurde. Unvergeßlich sind mir auch die Weihnachtsfeste meiner Kindheit. Der heilige Abend wurde damals immer bei meiner Großmutter am Domshof gefeiert, die stets so liebevoll zu uns Kindern war und uns sehr verwöhnte.

In das seit dem Tode meiner Mutter verwaiste Haus kam zunächst, um für uns Kinder zu sorgen und den Haushalt zu führen, Tante Emma Wittig, eine Cousine meines Vaters, bis dann mein Vater am 13. Juli 1888 eine zweite Ehe einging und zwar mit einer Freundin meiner Mutter, Amalie Klugkist. Mit ihr lebte er 35 Jahre in einer guten Ehe, in der aber mein Vater völlig dominierte. Meine Stiefmutter, die uns kleinen Kindern herzliche Liebe entgegenbrachte, wird es nicht immer ganz leicht gehabt haben. Es dauerte verständlicherweise eine Zeit, ehe sie die richtige Fühlung mit uns Kindern bekam; aber nach und nach gelang es ihr doch durch die Herzenswärme und Güte, nur konnte sie, wie es wohl naturgegeben ist, die richtige Mutter nie bis ins Letzte ersetzen und dem strengen Vater gegenüber nie so für uns Kinder eintreten, wie es wohl die richtige Mutter getan hätte, oder – wie wir Kinder es uns einbildeten – sie es hätte tun müssen. Wenigstens habe ich ihr innerlich später manches abgebeten, was ich in meiner Jugend an Liebe und Anerkenntnis versäumt habe und habe auch erst später verstehen gelernt, in welch schwieriger Lage sie sich als zweite Frau und Stiefmutter, die 5 Kindern das Gefühl einer Mutter geben sollte, manchmal befand. Rührend war sie in Krankheitsfällen, und niemals werde ich vergessen, wie sie mich mit Liebe und Aufopferung gepflegt hat, als ich in meinem zwanzigsten Lebensjahr mit Typhus, Lungen- und Rippenfellentzündung recht krank im elterlichen Hause lag, und wie sie damals meinem Herzen sehr nahe gekommen war. Ihre reizende Art zeigte sich bei ihr auch später als Großmutter. Sie war die rührendste Großmutter, so wie man sich eine solche als Ideal nur denken kann, voller Liebe und Freude den Enkeln, die im Laufe der Jahre auf 18 angewachsen waren, zugetan. Nie vergaß sie einen Geburtstag und erfreute sie immer mit liebevollst ausgesuchten kleinen Geschenken; sie erwarb sich die Liebe ihrer Enkel, und damit wurde in ihrem Leben vielleicht etwas ausgeglichen, was wir Kinder selbst an ihr versäumt hatten. »Oma Mali«, wie sie von den Enkeln genannt wurde, starb im 70. Lebensjahr im Jahre 1923 und ließ meinen armen Vater zum zweiten Mal allein im Leben. Die alte Tante Emma zog dann zu meinem alten Vater und betreute ihn bis zu seinem Ende.

Durch den sommerlichen Aufenthalt in Horn, durch das Leben in der freien Natur und auch angeregt durch mehrmalige Besuche in jungen Jahren von Harzburg aus auf dem Gute meines Onkels Everhard Vätjen in Halchter, die mir einen sehr großen Eindruck hinterließen, entstand in mir frühzeitig der Wunsch, später mal Landwirt zu werden, und dieser Wunsch und Wille hatte in mir so feste Gestalt gewonnen, daß die Berufswahl, die sonst bei jungen, ins Leben tretenden Menschen so häufig ein Tasten und Problem sind, völlig einwandfrei geklärt war. Diese von innen kommende Liebe zum Lande und zum Ländlichen wird aber wohl hauptsächlich als Erbteil väterlicherseits in mir gewesen sein, denn die Vorfahren meines Vaters stammten aus alt eingesessenem, bäuerlichem Geschlecht von dem alten Bauernhof, dem Hollen. Bezeichnend für die damalige Zeit und deren mehr materielle Anschauungen war, daß mein Vater als in großen und sehr guten Verhältnissen lebender Bremer Großkaufmann nichts von diesen bäuerlichen Ahnen wissen wollte und auch wohl kaum mit uns je darüber sprach. Es galt in den damals reichen und aufstrebenden Zeiten in Bremen als nicht ganz »standesgemäß«, von bäuerlichen Vorfahren abzustammen... Als dann nach beendeter Schulzeit die Berufsfrage an mich herantrat, war mein Vater damit einverstanden, daß ich Landwirt werden wollte, und wenn er auch wohl lieber gesehen hätte, wenn seine Söhne, wie er selber, Kaufmann geworden wären und in Bremen blieben, wie es meist in den kaufmännischen Familien der alten Vaterstadt Bremen gang und gäbe war, so war er doch den beruflichen Wünschen seiner Söhne gegenüber sehr großzügig und ließ ihnen freie Hand. Die Hauptsache für ihn war schließlich, daß wir, welchen Beruf wir auch ergriffen, etwas Tüchtiges leisteten und dem Namen der Familie Ehre machten.

Quelle:

Hans Wätjen: Geschichte der aus Ochtmannien stammenden Familie Wätjen, Bremen 1968, S. 112 ff.

Nach der Schulzeit studierte Theodor Wätjen auf einer landwirtschaftlichen Hochschule in Berlin, ging dann eine Zeitlang nach Argentinien – »es war ja damals in Bremen üblich, daß junge Leute sich mal im Ausland den Wind um die Nase wehen lassen« – und kaufte schließlich mit Unterstützung seines Vaters ein Landgut in Schlesien. Im Frühjahr 1945 floh der Landwirt mit seinem Gutstreck in den Westen.

St. -Petri-Waisenhaus Ecke Domshof/Sandstraße 1883.

WILHELM MASSOLLE
(* 1882 Bremen † 1950 Bremen)

Als die schwere Haustür des Waisenhauses hinter mir zufiel

Es war ein schöner, warmer Sommertag, als meine Mutter mich in meine besten Kleider steckte, mich bei der Hand nahm und mit mir langsam von der Vorstadt, in der wir wohnten, durch die Wallanlagen nach der Altstadt wandelte. Meine Mutter weinte viel unterwegs und verlor wiederholt so sehr die Fassung, daß wir mehrere Male auf den Ruhebänken Platz nehmen mußten, damit meine Mutter sich wieder sammeln konnte. Durch das seltsame Benehmen meiner Mutter beunruhigt, versuchte ich, die Ursache zu erfahren, und meine Mutter erklärte mir dann auch schließlich, daß wir uns trennen müßten, da ich dem Waisenhause zur weiteren Erziehung übergeben werden solle und wir jetzt auf dem Wege zu dieser Anstalt begriffen seien.

Ich erinnere mich noch sehr gut, daß ich diese Eröffnung mit großer Gelassenheit aufnahm, daß sogar bald eine bestimmte Neugierde ob des Neuen, Unbekannten in mir erwachte, die um so rascher in mir Nährboden gewann, als die Eindrücke, die ich in der letzten Zeit im elterlichen Hause erhalten hatte, recht trübe waren und ich sehnsüchtig nach einer Änderung, und zwar nach einer besseren, ausgeschaut hatte. Ich war daher von den Mitteilungen meiner Mutter keineswegs bedrückt und das gab auch meiner Mutter einen Teil der verlorenen Ruhe wieder. Sie fing an, wer weiß mit wie schwerem Herzen, mir das Leben in der Anstalt in möglichst schönen Farben zu schildern, sodaß ich mit erwartungsvollem Herzen schließlich auf dem Domshof angelangte und zuversichtlich mit meiner Mutter auf das Waisenhaus zuschritt. Daß ich, als als ich die breite Treppe, die zum Eingang in die Anstalt führte, emporstieg, mit dem besten Teil meiner Kindheit, wenn nicht sogar mit meiner Kindheit überhaupt abzuschließen im Begriff stand, das konnte ich in diesem Augenblick nicht ermessen. Erst später, wenn ich von ferne andere Kinder glücklich sah, oder wenn ich nach langen Jahren im Kreise der Freunde diese von ihrer Jugendzeit erzählen hörte, kam es mir mit schmerzender Deutlichkeit zu Bewußtsein, wie wenig Jugendglück ich genossen und wie früh mir dieses genommen und vernichtet wurde. – Von der kurzen Schönheit meiner Kinderzeit will ich zunächst erzählen.

Mein Erinnern reicht bis etwa auf mein viertes Lebensjahr zurück. Ich war das zweite Kind meiner Eltern. Diese hatten nach den Erzählungen meiner Mutter viel Ungemach durchmachen müssen, ehe sie sich die gut bürgerlich-behaglichen Verhältnisse schaffen konnten, in denen ich meine ersten Kindheitsjahre verlebte. Mein Vater hatte eine für damalige Verhältnisse gut honorierte Stellung an den Freihafen-Neubauten inne mit der Anwartschaft auf den Posten des Hafen-Inspectors, sobald der Hafen dem Betrieb übergeben werden konnte. Wir wohnten in der Nähe des jetzigen Freihafens. Die Wohnung war gemütlich und nett, was mir später, als wir sie nicht mehr inne hatten, besonders deutlich zur Erkenntnis kam.

Von meinem Vater kann ich wenig berichten. Er trat morgens, wenn ich noch schlief, seinen Dienst schon an, und wenn er Abends spät nach Hause kam, lag ich bereits im Bett. Ich sah ihn also nur in der

Mittagszeit und Sonntags. Da ich zudem noch klein war und mein Vater schon starb, als ich 6 Jahre alt war, so ist es mir nicht vergönnt gewesen, dem Verstorbenen näher zu treten und seinen Charakter einigermaßen kennen zu lernen. [...]

Meine Mutter war das Bild der deutschen Hausfrau im besten Sinne des Wortes. Sie entstammte einer alten bremischen Familie, deren Stammhaus am Stavendamm stand und das sie uns Kindern später, als es uns schlecht ging, mit Tränen in den Augen häufiger zeigte.

Ohne gerade schön zu sein, machte meine Mutter dennoch einen sympathischen Eindruck, was in der Hauptsache auf ihre stets proppere Erscheinung zurückzuführen war. Sie hatte blonde Haare und blaue Augen, und wenn nicht eine ziemlich verunglückte, wenn auch immerhin eigenartige Nase gewesen wäre, so hätte man das Gesicht schön nennen können. Die mütterliche Nase lebt übrigens in meinem Gesicht weiter.

Der Hausstand, der meiner Mutter anvertraut war, wurde von ihr in mustergültiger Weise geführt. Namentlich in der Küche war sie auf der Höhe und ich habe später noch häufig mit Wehmut an die Lekkereien gedacht, die ihre Koch- und Backkunst hervor zu zaubern verstand.

Von meinen Geschwistern kann ich eigentlich nur von meiner Schwester berichten, da zwei jüngere Brüder früh starben. Meine Schwester Therese oder – wie sie sich nannte – Risa war 2 1/2 Jahre älter als ich. Die blonden Haare hatte sie von meiner Mutter, alles Andere von meinem Vater. Sie war schon früh ein schönes Mädchen und da sie auch schon in jungen Jahren ein ungewöhnlich aufgewecktes Wesen verriet, so war sie der ganze Stolz meiner Eltern, namentlich meines Vaters.

Wäre unser Familienglück ein dauerndes gewesen, so daß unsere Eltern unsere weitere Entwicklung hätten leiten können, so bin ich überzeugt, daß meine Schwester bei ihren reichen Talenten eine bemerkenswerte Zukunft gehabt hätte, die der ganzen Anlage ihrer Natur und Geistesgaben entsprochen haben würde. – Im Buche des Schicksals war es anders bestimmt. [...]

Das Verhältnis zwischen mir und meiner Schwester war nie ein besonders gutes. Ihr höheres Alter, die Frühreife ihres Geistes und die ihr von meinem Vater her eigene Gewandtheit der Umgangsformen verschafften ihr mir gegenüber, der ich ein scheuer Knabe war, eine beträchtliche Überlegenheit, die sie so deutlich hervorkehrte, daß in mir gar bald ein instinctiver Widerstand erwachte, der häufig darin seinen deutlichen Ausdruck fand, daß ich mich mit meiner Schwester in den Haaren lag.

Es gab aber auch viele Augenblicke, wo wir uns sehr gut vertrugen, namentlich dann, wenn sie mir ihre neu gewonnenen Schulweisheiten wieder erzählte. [...]

Ich war mittlerweile so alt geworden, daß ich schulpflichtig wurde. Nach dem Plan meiner Eltern sollte ich zunächst 2 Jahre die Volksschule und dann die Realschule besuchen.

Ich fand mich in der Schule zuerst nur schwer zurecht. Das Neue meiner Umgebung verwirrte mich und ich brauchte eine geraume Zeit, um mich an die Schule zu gewöhnen.

Mein erstes Zeugnis fiel ziemlich mäßig aus zum großen Schrekken meiner Mutter, die der noch heute bei Eltern grassierenden Ansicht huldigte, daß ihre Kinder die besten in der Schule sein müßten. [...]

Inzwischen trat in unsere Familie ein Ereignis ein, das alle Zukunftspläne vernichtete und das Glück unserer Familie schnell und für immer zerstörte.

Mein Vater, der schon länger kränkelte, sich aber immer wieder emporraffte, wurde plötzlich von einer heftigen Lungenentzündung befallen. Am dritten Tage der Krankheit trat ein Blutsturz hinzu, an dessen Folgen mein Vater starb.

Ich kann nicht sagen, daß dieses traurige Ereignis mich besonders ergriffen hätte. Seine Tragweite konnte ich ja noch nicht annähernd ermessen und außerdem war ich meinem Vater, wie schon erwähnt, nicht in dem Maße näher getreten, daß sein Tod in meiner Seele bereits einen wirklichen Schmerz hätte hinterlassen können.

Im Hause war ein großes Wehklagen, namentlich meine Mutter war ganz gebrochen, einmal aus Schmerz über den Verlust des Gatten, und dann auch wohl, was mir erst später klar geworden ist, angesichts der ungewissen Zukunft, der sie mit ihren Kindern entgegenging.

Von dem Begräbnis meines Vaters liegt mir nur noch im Gedächtnis, daß im Hause eine große Feier abgehalten wurde, bei der man meine Schwester und mich unvernünftigerweise mit Wein tractierte, sodaß wir ganz krank wurden.

Mein Vater war begraben und meine Mutter stand nun vor der schweren Frage: Was nun? Meine Eltern hatten keine nennenswerten Ersparnisse gemacht, Vermögen war nicht da und meine Mutter hatte somit die schwierige Aufgabe zu lösen, sich und ihre Kinder anständig durch die Welt zu bringen.

Nach Beratungen mit Freunden meines Vaters faßte sie den Entschluß, eine Pension zu eröffnen. Diese Idee war im Grunde nicht schlecht, nur war von den Anregern dieses Gedankens ein wichtiger Umstand außer Acht gelassen worden: daß meine Mutter, so tüchtig sie als Hausfrau in der Familie war, in keiner Weise die practischen Eigenschaften einer Geschäftsfrau besaß. Meine Mutter ging mit Eifer an die Ausführung ihres Vorhabens. Sie mietete ein größeres Haus und verwendete die noch flüssigen Mittel dazu, die vielen Zimmer zu möblieren. [...]

Von vornherein bestanden Schwierigkeiten, zwischen den Einnahmen und Ausgaben die Balance zu halten. An die so notwendigen Rücklagen war überhaupt nicht zu denken. Als meine Mutter sich dann noch in ihrer Gutmütigkeit verleiten ließ, leichtlebigen Mietern die schuldigen Beträge zu stunden, bis diese Herren endlich verschwanden, ohne ihre Schulden beglichen zu haben, da geriet meine Mutter in ihre ersten Schwierigkeiten. [...]

Zwei Jahre hindurch kämpfte meine Mutter gegen das kommende Unheil an, dann brach die Katastrophe herein. Ein Gläubiger packte an und die anderen folgten. Es war ein kurzer Prozeß. Fast unser gesamter Hausrat wurde verkauft und wir mit dem Wenigen, was uns geblieben war, auf die Straße gesetzt. Meine Mutter war nun fertig. Seelisch und körperlich völlig gebrochen, stand sie der Zukunft völlig apathisch gegenüber. Sie mietete in der damals noch nicht stark bebauten westlichen Vorstadt in einer neuen Straße eine ärmliche Wohnung, in die wir mit den uns verbliebenen geringen Habseligkeiten zogen.

Es folgten nun trübselige Tage. Meine Mutter, zu jeder Arbeit unfähig, brütete dumpf vor sich hin. Wir trieben der äußersten Not entgegen. In dieser jammervollen Lage wurde uns von einer Stelle geholfen, an die wir kaum gedacht hatten. Mein Vater hatte Jahre hindurch die Bekanntschaft und das Vertrauen eines Herrn Clausen, des Präsidenten der Bremer Bürgerschaft, genossen. Dieser mußte von dem Unglück meiner Mutter gehört haben. Er ließ meine Mutter zu sich kommen und besprach mit ihr unsere ganze Lage. Sein Rat ging dahin, die Kinder in das Waisenhaus zu geben, wo wir nach seiner Überzeugung eine gute Erziehung und Ausbildung genießen würden. Meiner Mutter sollte dadurch eine große Sorge abgenommen werden und der Lebensunterhalt für sie verbilligt werden. Er verschaffte meiner Mutter eine dauernde Näharbeit am Norddeutschen Lloyd und er hat dann auch wohl die noch vorhandenen Verbindlichkeiten meiner Mutter geregelt.

Nach einigem Schwanken nahm meine Mutter die Ratschläge des Herrn Clausen an und so war der Tag herangekommen, der meine Mutter und mich auf dem Wege zum Waisenhaus sah. Ich war, wie schon im Eingang erwähnt, durchaus nicht betrübt wegen der bevorstehenden Veränderung, denn ich versprach mir von den kommenden Dingen das Beste. Erst als die schwere Haustür des Waisenhauses hinter uns zufiel und wir in dem großen halbkreisförmigen Vorsaal, in dem eine mir ganz ungewohnte kühle Luft wehte, standen, überkam mich plötzlich ein merkwürdig beklemmendes Gefühl, ein ahnungsvolles Vorempfinden von kommendem Leid. Unwillkürlich faßte ich die Hand meiner Mutter fester, als wollte ich sie nicht lassen.

Wir wurden dem Vorsteher der Anstalt, Wegener, gemeldet und es dauerte nicht lange, bis der Genannte erschien. [...]

Als meine Mutter sich von mir verabschiedete, nahm Wegener meine Hand und führte mich durch einen langen Korridor, um mich, wie er sagte, mit Spielkameraden bekannt zu machen. Ein lautes Lärmen, wie es nur von vielen Kindern hervorgebracht werden kann, verriet mir, daß ich mich meinen neuen Spielkameraden näherte. In der Tat öffnete Wegener am Ausgang des Korridores eine Tür, die zu einem Treppenpodest führte. Von hier herab blickten wir auf den Spielhof, wo etwa reichlich 100 Knaben sich herumtollten. Meine Mutter hatte Wegener darauf aufmerksam gemacht, daß aus unserer alten Nachbarschaft 2 Knaben im Waisenhaus seien. [...] Wegener rief diese beiden Knaben, die ich nur flüchtig kannte und befahl ihnen, mit mir zu spielen. Sie mochten hiervon nicht gerade entzückt sein, aber sie nahmen mich gehorsam in ihre Mitte und zogen mit mir ab. Wegener verschwand. Die Langemacks führten mich in den Kreis ihrer Spielkameraden und forderten mich auf mit zu spielen. Ich stand aber stumm dabei und schaute verblüfft und bedrückt dem ganzen Treiben zu. Die ganze Umgebung war mir fremd und neuartig. Die Knaben sprachen alle plattdeutsch. Nicht das Plattdeutsch, wie man es auf dem Lande hört, sondern ein gräßlich ordinäres und rohes Platt, das mich vom ersten Augenblick an abstieß und an das ich mich nie recht habe gewöhnen können. Auch die Ausdrucksweise stieß mich ab. Schimpfworte und rohe Redensarten fielen unausgesetzt, ohne daß die Knaben sich hierbei etwas Besonderes dachten. Auf mich machte das Alles einen geradezu niederschmetternden Eindruck und ganz plötzlich erwachte in mir ein Gefühl großer Verlassenheit.

Das Läuten einer Glocke schreckte mich in meiner traurigen Stimmung auf. Die Langemacks besannen sich meiner wieder. Sie sagten, es sei jetzt Essenszeit und ich möchte mich ihnen anschließen, was ich auch tat. Die Knaben ordneten sich rasch in Gruppen und marschierten in dieser Ordnung zum Speisesaal. Es gab, wie allabendlich, Reis mit einem Stück trockenen Brotes. Ich war von all' den neuen Eindrücken noch so benommen, daß ich mein Essen nicht berührte.

Nach beendeter Mahlzeit ging es wieder zurück auf den Spielhof und in den, den Spielhof auf der linken Seite abgrenzenden Spielsaal, einem großen, düsteren und unfreundlichen Raum. Hier waren die Knaben in der Hauptsache damit beschäftigt, ihre Sachen in Ordnung zu bringen, wie Stiefelputzen, Strümpfe stopfen, und Ähnliches.

Ich schaute dem ganzen Treiben teilnahmslos zu und fühlte mich verlassen und unglücklich. Um 8 Uhr läutete wieder die Glocke, was in diesem Falle Schlafengehen bedeutete. Wiederum ordneten sich die Knaben zu Gruppen und wanderten unter Führung eines Lehrers in die im ersten Stock befindlichen Schlafsäle.

Ich wurde, oben angekommen, von einer großen, korpulenten

Frau empfangen, die mir mein Bett anwies und mir ferner Wäsche, Anzug und Stiefel gab, mit der Weisung, dies Alles morgen früh anzuziehen, dagegen mein bisheriges Zeug abzuliefern.

Das Bett war sauber, wenn auch nicht üppig. In einer Drahtbettstelle lag eine mit einem weißen Laken überzogene Matratze nebst einem Schrägkissen. Zum Zudecken diente eine ebenfalls mit einem Leinenstoff überzogene Wolldecke. Müde von den vielen Erlebnissen des Tages, entkleidete ich mich rasch und schlief bald fest ein. [...]

Die Zöglinge der Anstalt waren nach militärischem Muster in Korporalschaften eingeteilt. Jede Korporalschaft war in der Regel 8 Köpfe stark. Sie wurde geleitet von dem Korporal, der zumeist dem ältesten Jahrgang angehörte. In den Korporalschaften waren immer sämtliche Jahrgänge vertreten. Der Korporal hatte für die ihm unterstellten Knaben zu sorgen. Er mußte sie zu Tische führen, auf ordnungsmässige Verteilung der Speisen achten; für zeitiges Zubettgehen war der Korporal verantwortlich, ebenso dafür, daß die Knaben restlos im Besitze ihrer Sachen waren. Natürlich hatte der Korporal angesichts dieser Pflichten auch seine Rechte. Diese waren ihm zwar nicht offiziell zugestanden, aber im Laufe der Zeit hatte er sie sich angeeignet und immer weiter ausgebaut. [...]

Es gab gute Korporale, aber die meisten waren schlimm, sehr schlimm! Berauscht von dem Gefühl, über die jüngeren Knaben herrschen zu können, nahmen selbst Knaben, die im Grunde vielleicht nicht schlecht waren, gar bald Manieren an, die an Bösartigkeit und Roheit ihresgleichen suchen konnten. Jeder Korporal hielt sich seinen Putzer, der für ihn das Zeug in Ordnung halten mußte, überhaupt sein Diener war. Als Lohn hierfür genoß der Putzer eine bessere Behandlung von Seiten des Korporals. Jeder war bemüht sich mit seinem Korporal gut zu stehen. Kam man Sonntag von zu Hause zurück, so gab man von allen Sachen, die man heimlich mitgeschleppt hatte, dem Korporal reichlich ab, was dieser mit herablassender Miene anzunehmen geruhte. Wenn man dennoch, häufig nur als Ausdruck einer Augenblickslaune eines bösartigen Korporals, mit Ohrfeigen, Püffen und Fußtritten drangsaliert wurde, so nahm man das mit stoischer Ruhe als etwas Unabänderliches hin, wie man es auch stillschweigend und oft nur mit mühsam erzwungener heiterer Miene duldete, daß man als Object zu allerlei mehr oder minder bösartigen Scherzen der Korporale benutzt wurde.

Gegen den Stachel zu löcken, war eine aussichtslose Sache. Wenn einmal ein Knabe sich in seinem gequälten Herzen dazu hinreißen ließ, seinen Angehörigen sein Leid zu klagen und die Mutter dann bei Wegener Beschwerde führte, so log der Korporal alles ab oder er stellte die Sache so dar, daß letzten Endes der Beschwerdeführende als der Schuldige erschien. Denn gegen den Zeugen-Apparat des Korporals konnte man nicht ankommen. Wehe dem Unglücklichen, der auf diese Weise den Zorn des Korporals erregt hatte! Er konnte auf ruhige Stunden nicht mehr rechnen!

Der Tageslauf in der Anstalt war in der Regel folgendermaßen: Morgens um 6 Uhr wurden wir durch ein langes Läuten geweckt. Die meisten Knaben ließen sich hierdurch aber nicht weiter stören. Nur ein Teil der Knaben fuhr in aller Hast in die Kleider und stürzte dann in einem wilden Knäuel und unter fürchterlichem Lärm nach unten. Es waren dies die Knaben, welche morgens die Milch an die Kunden auszutragen hatten. Da jeder bei der Milchausgabe gern zuerst abgefertigt werden wollte, so war man übereingekommen, daß die Abfertigung immer in der Reihe erfolgen sollte, wie man morgens, vom Schlafssal kommend, beim Waschhaus eintraf.

War die wilde Jagd hinaus, so herrschte wieder Ruhe im Saal und kein Mensch dachte an Aufstehen. Bis dann der Hausmeister Brinkmann erschien und, zwischen den Gängen auf und ab wandelnd, die Knaben aus den Betten zu holen suchte. [...]

War man mit dem Ankleiden fertig und hatte man sein Bett gemacht, so ging es hinunter in das Waschhaus. Hier befand sich in der Mitte ein großes quadratisches Basin, in dem in der Winterszeit jeden Sonnabend gebadet wurde. An den Wänden des Waschhauses waren die Waschbecken angebracht, etwa 25 Stück, sodaß sich immer eine große Anzahl von Knaben waschen konnte.

War man mit dem Waschen fertig, so wurde auch schon bald zum Morgenbrot angetreten. Es bestand dieses aus einem Becher Milch und Wasser, im Winter warm, im Sommer kalt, sowie aus einer großen Scheibe Schwarzbrot mit Butter. Damit nicht zu viel Butter verbraucht wurde, mußte diese vorher durch Erwärmung aufgelöst werden;

alsdann wurde sie mit einem Pinsel dünn aufs Brot gestrichen. Man wurde von dieser Mahlzeit satt, aber besonders frugal war sie nicht.

Um 8 Uhr begann die Schule, die mit einer Unterbrechung von 15 Minuten Frühstückspause, in der es wieder ein mit Butter bepinseltes Stück Brot gab, bis 12 Uhr dauerte.

Das Mittagessen wurde in der Regel um 1/2 1 Uhr eingenommen. Das Aufdecken besorgten 2 Knaben. Es war dies ein begehrter Posten, da man dann häufig in der Küche zu tun hatte und – wenn man sich mit der Mamsell gut stand – hin und wieder etwas Besonderes erwischte. Das Essen bestand immer aus einem Gericht: Kartoffeln, Gemüse und Fleisch zusammengekocht. Das letztere war allerdings sehr schwach vertreten. Einige Gerichte wie Reissuppe und Erbsensuppe habe ich immer ganz gern gegessen, aber viele Speisen waren geradezu abscheulich. Der Sauerkohl mit Pflaumen wurde stets sehr wenig gegessen, aber geradezu Entsetzen erweckte stets das Gericht, das man uns immer regelmäßig Montags unter dem Namen Bohnensuppe vorsetzte. Auf welche Weise man diesen schauderhaften Fraß zubereitete, habe ich nie ergründen können, es war, als sei er in der Hölle von des Teufels Großmutter mit aller Boshaftigkeit zubereitet worden. Das Essen mußte den Knaben um so widerwärtiger erscheinen, als sie durch das Sonntagsessen bei der Mutter zu Haus immerhin etwas verwöhnt waren. Meistens kam das Mittagessen am Montag in die Drangtonne.

Nach dem Essen gab es wieder Arbeit: Aufwaschen des Geschirrs, Reinigen des Speisesaales, und Kartoffelschälen.

Die Knaben waren sämtlich für die verschiedenen Arbeiten eingeteilt. Aufdecken und Milchausbringen waren die begehrtesten Posten, Kartoffelschälen der verhaßteste. Diese letztgenannte Arbeit mußte immer in einem dunklen, feuchten Keller vorgenommen werden und dauerte immer kleine zwei Stunden. Auch ich habe 2 Jahre hindurch in dem elenden Kartoffel-Keller stehen müssen.

Von 2-4 Uhr war wiederum Unterricht, und anschließend hieran mußten wir, nachdem wir unsere Vesper-Mahlzeit eingenommen hatten, die übrigens der Morgen-Mahlzeit gleich war, unsere Schularbeiten erledigen. War auch dies geschehen, so hatten wir bis zum Abendbrot Spielzeit. Das Abendbrot bestand, wie ich schon einmal erwähnte, aus Reis und Brot. Hatten wir das Abendbrot hinter uns, so wurden, wie ich ebenfalls bereits anführte, die Sachen instand gesetzt und wieder gespielt, soweit man nicht, wie zum Beispiel durch Austragen der Milch, beschäftigt war. Um 8 Uhr ging es wieder zu Bett.

Beim Morgen-, Mittag- und Abendessen, sowie beim Zubettgehen, wurde gebetet. Es hatten dies wechselnd die vier ersten Korporale zu besorgen, derart, daß jeder eine Woche hindurch Bet-Korporal war. [...]

Bei Beginn der Mahlzeiten war immer eine Aufsichtsperson anwesend und es wurde dann zumeist ordentlich gebetet. In der Regel wurde:

»Herr Jesu Christ sei unser Gast
Und segne, was Du uns bescheret hast«

heruntergeleiert. Wollte der Korporal aber besonders boshaft sein, so fing er an, ein möglichst langes Gebet herzusagen, das dann mit Ingrimm stehend angehört wurde.

Der Beschluß der Mahlzeiten war meist heiterer. Wenn der Bet-Korporal nicht sogleich anfing, so setzte häufig ein anderer für ihn ein. Ergrimmt über den Eingriff in seine Rechte, setzte dann der Bet-Korporal auch noch schnell ein und zwar, um seinen Gegner aus dem Felde zu schlagen, unter Aufbietung von besonderer Lungenkraft. Der andere, hierdurch gereizt, fing nun auch an zu brüllen und da dann die übrigen Knaben zum Überfluß mit ihren Zinntellern die Begleitmusik zu diesem Rede- oder vielmehr Gebet-Duell machten, so war das Ende ein wüster Spektakel. Ich habe mich später an diesen Aufführungen auch häufig beteiligt.

Montags, wenn das Essen gar nicht zu genießen war und alles danach trachtete, die Speise in die Drangtonne zu schütten, wurde häufig gebetet:

»Auch für diese schöne Speise
sei Dir, o Herr nach Christenweise
ein Dank gebracht«,

was dann mit großer Heiterkeit aufgenommen wurde. Waren wir abends zu Bett gegangen, so wurde noch nicht gleich geschlafen. Man trieb allerlei Hallodria oder man erzählte sich etwas. [...]

Am Sonntagmorgen wurde nach dem Morgenbrot angetreten, um

von Wegener die Erlaubnis zum Besuch der Angehörigen entgegenzunehmen. Die Erlaubnis währte bis 8 Uhr abends. Wer sich im Verlauf der Woche etwas hatte zuschulden kommen lassen, wurde meistens mit Arrest bestraft und durfte dann am Sonntag die Anstalt nicht verlassen. Wer keine Angehörigen mehr hatte, konnte ebenfalls zurückbleiben. Des mittags gab es dann eine besser gekochte Reissuppe mit reichlich Fleisch.

Die älteren Jahrgänge hatten außerdem die Domkirche zu besuchen. Die Kirchgänger waren in drei Abteilungen eingeteilt. Die erste mußte um 10 Uhr, die zweite um 12 Uhr zum Kirchgang antreten, während die dritte frei hatte. Dies wechselte immer allsonntäglich ab. [...]

In der Schule fand ich mich schnell zurecht. Ich war, wenn ich mich nicht irre, bald der Primus der Klasse. Der Lehrer, den ich hatte, hieß Nebelsick. Es war ein Mann der dreißiger, Junggeselle, mit einem großen, ziemlich verwilderten Bart. In dem Gesichte frappierte die starke Nase mit den ungewöhnlich großen Löchern. Nebelsick mußte wohl ein Nasenübel haben, denn er fuhrwerkte mit seinen Fingern immer viel in der Nase umher, holte den Dreck heraus, beliebäugelte ihn erst, bevor er ihn schließlich beseitigte. Uns war dies die Quelle eines nie versiegenden Vergnügens.

Der Knabenwitz hatte Nebelsick bald in Neesenkit umgetauft, was plattdeutsch ist und auf hochdeutsch Nasendreck bedeutet. Ich konnte über diesen Lehrer nicht klagen. Er gab mir immer gute Zensuren und ich erinnere mich noch, daß er in meinem Zeugnis hinter alle Fächer immer eine Eins setzte, mit Ausnahme von Singen und Turnen, worin ich ziemlich mäßig war.

Nebelsick war überhaupt ein guter Lehrer, der es verstand, ohne Prügel auszukommen; wenigstens schlug er ganz selten. Leider teilte er mit seinen anderen Kollegen die bedenkliche Schwäche, daß er sich nach beendetem Schuldienst wenig oder gar nicht um die Knaben kümmerte, obwohl dies zu den Pflichten der Anstaltslehrer gehörte. Auch Wegener, der als strenger Mann gefürchtet war, nahm in keiner Weise sein Amt so wahr, wie es gedacht war. Es hätte sonst niemals die Herrschaft der Korporale so einreißen können, wie sie bei meinem Eintritt in die Anstalt bestand.

Als ich mich einigermaßen mit den Verhältnissen der Anstalt vertraut gemacht hatte, als ich namentlich die geheime Herrschaft der Korporale begriffen hatte, war ich ängstlich darauf bedacht, einen Zusammenstoß mit diesen Herren zu vermeiden. Von gelegentlichen kleineren Mißhandlungen abgesehen, gelang mir dies auch ganz gut. [...]

Erst als der Winter nahte, wurde es anders. Gleich vielen anderen Knaben konnte ich das leichte Bett (Matratze und Wolldecke) nicht ertragen und zog mir eine Erkältung des Unterleibs zu. Die Folge hiervon war, daß ich anfing, nachts hin und wieder das Bett zu nässen. Ganz abgesehen davon, daß ich – wie meine Leidensgefährten – im kalten Winter mit der nassen Leibwäsche herumlaufen mußte, bis sie am Körper wieder getrocknet war, mußte ich auch noch den blutigen Hohn der anderen Knaben über mich ergehen lassen. Hier fing auch schon für mich das Martyrium an, aber es war doch nur die Einleitung.

Der Winter 1890/91 war sehr streng, worunter mein Körper bei der unzureichenden Bekleidung stark litt. Namentlich meine Füße waren sehr geplagt und eine Frostbeule reihte sich an die andere. Als sie dann anfingen aufzubrechen, wurde ich in die Krankenstube geschickt, wo ich dann wochenlang gelegen habe.

Hatte ich mittlerweile von den Schattenseiten des Waisenhauses schon einen Vorgeschmack bekommen, so sollte hier auf der Krankenstube das richtige Leiden erst für mich beginnen. – Die Krankenstube wurde geleitet von Frau Junge. Sie hatte auf mich von vornherein keinen guten Eindruck gemacht. Gewiß konnte sie nicht dafür, daß ihr Äußeres wenig anziehend war. Sie war von kleiner, formloser Figur und hatte den watschelnden Gang einer Ente. Eine mächtige, blaue Brille bedeckte die kranken Augen, und auf dem Kopfe prangte eine altmodische große Haube, das Gesicht war faltig und vertrocknet. Wäre die Frau gut gewesen, so würde ich mich an die äußere Erscheinung bald gewöhnt haben.

Ich bemerkte bald, daß die Frau Junge wohl ihre Lieblinge hatte, denen sie ihr Wohlwollen zeigte, daß sie aber im übrigen eine falsche, bösartige Kreatur war.

Ich gehörte nicht zu ihren Lieblingen, das hatte ich bald heraus. Zwar hatte ich dem Weibe nichts getan, aber ihre Abneigung gegen mich war nun einmal da. [...]

Ihr Liebling war ein gewisser Gose. Gleich wie ich diesen Burschen erblickte, empfand ich ein großes Schaudern. Er war groß und plump gebaut und hatte ein ordinäres Schlachtergesicht schlimmster Observanz. Er litt seit langem an einer Kopfkrankheit, die nie besser wurde, da er sich, um länger in der Krankenstube bleiben zu können, die heilenden Wunden immer wieder entzwei kratzte. Er hatte seinen Schädel mit einem Tuch bedeckt, wie es häufig die Fabrikmädchen tragen. Es gab dies seiner Erscheinung noch mehr Abstoßendes.

Gose nahm sich meiner besonders an, namentlich nachdem er wußte, daß Frau Junge mir nicht besonders gewogen war. Vergebens war es, daß ich ihm fast alle Eßsachen gab, die meine Mutter bei ihren Besuchen mir mitbrachte. Ich konnte das Ungeheuer damit wohl für einen Augenblick befriedigen, aber nach einer kurzen Weile fing er wieder an, mich zu quälen. [...]

Morgens, wenn wir uns waschen mußten, war die Frau Junge meistens mit dem Aufräumen ihrer Kammer beschäftigt. Diese Gelegenheit nutzte Gose, uns Jüngere zu quälen. Wir mußten zum Waschen unser Bett im Hemd verlassen. Auf einer Bank standen die Waschbecken. Wenn wir uns nun niederbeugten, um unser Gesicht zu reinigen, so hob er unser Hemd hoch und versetzte unserem entblößtem Körper Stockschläge. Zur Motivierung seines Verhaltens gab Gose dann irgendein angebliches Vergehen an, das wir begangen haben sollten. Wenn wir uns dann unter den Stockschlägen vor Schmerz wanden, so spielte ein satanisches Grinsen in den Zügen Groses.

Noch mehr Vergnügen bereitete es ihm, uns in den ersten Morgenstunden, wenn Frau Junge noch schlief, und der eine oder andere von uns zum Klosett ging, Wasser in das Bett zu gießen. Abgesehen davon, daß wir dann in das nasse und kalte Bett kriechen mußten, standen wir nachher der Frau Junge gegenüber als Bettnässer da. Selbst wenn wir den Mut gehabt hätten, zu beteuern, daß man uns wahrscheinlich Wasser ins Bett geschüttet hätte, so würde dies nur das Hohngelächter der Frau Junge erregt haben und wir wären dann noch als Lügner gebrandmarkt worden. Also schwiegen wir lieber still.

Allgemach bemächtigte sich meiner eine dumpfe Stimmung. Immer das keifende Weib und den entsetzlichen Gose vor mir! Dazu die Strafpredigten Wegeners, dem meine angeblichen Vergehen von der

Frau Junge immer brühwarm übermittelt wurden, und er mir gegenüber schon längst alle Freundlichkeit abgelegt hatte. Ich brütete oft bis in die Nacht vor mir hin, um ein Mittel zu ersinnen, daß diesem jammervollen Zustande ein Ende machen sollte. In meiner Verzweiflung kam ich endlich auf den ebenso verwegenen wie unsinnigen Gedanken, zu fliehen. Einmal auf diesen Plan gekommen, beschloß ich, ihn auch so bald wie möglich auszuführen. Nur beging ich gleich am Anfang den Fehler, einem neben mir liegenden Knaben mein Vorhaben anzudeuten. Dieser erzählte es sofort weiter, sodaß es rasch zu Ohren der Frau Junge gedrungen war. Wenn ich auch in meiner Angst erklärte, ich habe nur einen Scherz machen wollen, so war doch das Mißtrauen des Weibes geweckt, und es wurden vorsichtshalber meine ganzen Kleidungsstücke, die in der Krankenstube hingen, in die Kammer der Frau Junge gebracht.

Ich war nun ganz gebrochen. Gose und Frau Junge wetteiferten jetzt darin, mich noch immer mehr zu quälen, diese durch ihre hohngetränkten Redensarten, jener durch Mißhandlungen. Als dieser Zustand immer schlimmer wurde, beschloß ich in meiner Verzweiflung, die Flucht unter allen Umständen zu wagen. An dem Tage, wo ich diesen Beschluß faßte, stand es auch bei mir fest, daß ich ihn ohne Zögern ausführen wollte.

Ich schlief in der kommenden Nacht so gut wie gar nicht. Von der nahen Domkirche hörte ich die Stundenzahl schlagen, und immer näher rückte der Morgen. Jetzt, wo es galt, mein Vorhaben auszuführen, stockte mein Mut, immer wieder schob ich die Ausführung meines Planes auf. Als es aber schon die fünfte Morgenstunde geschlagen hatte, und die Zeit des Weckens bedrohlich näher rückte, überwand ich alle Bedenken. Ich erhob mich leise, zog meine Strümpfe an und schlich mich aus der Krankenstube, in der die anderen Knaben noch schliefen.

Leise glitt ich die Treppe hinunter, huschte über den Korridor zur Haustür, die aber noch verschlossen war. Hiermit hatte ich gerechnet. Schnell entschlossen lief ich weiter zum Spielplatz. Dieser war nach den angrenzenden Straßen hin durch eine lange, hohe Mauer abgeschlossen. Sie wurde aber durch eine große Holzpforte, die für den Wagenverkehr diente, unterbrochen und diese war, wie ich wußte, nur durch einen Riegel verschlossen. In dem Hofe lag hoher

Schnee, aber ich achtete dessen nicht. Ich empfand, obwohl ich nur ein dünnes Hemd an hatte, nicht einmal die Kälte des Februarmorgens. Mit Mühe gelang es mir, die Pforte zu öffnen, und aufatmend stand ich draußen, in der Freiheit. Ich lief durch einige Straßen, ohne auf einen Menschen zu stoßen. Meine Mutter wohnte damals am Ostertorsteinweg, und ich mußte danach trachten, die Wohnung möglichst unbemerkt zu erreichen. Meine Hoffnung stützte sich darauf, daß an dem frühen Morgen keine oder nur wenige Menschen unterwegs sein würden. Als ich aus der Ostertorstraße kam und die Wallanlagen erreichte, waren schon verschiedene Menschen auf den Beinen. Ich beschleunigte daher mein Tempo, in der Angst, möglicherweise noch angehalten zu werden. Meine Erscheinung war aber zu auffällig, und es währte nicht lange, so wurde ich angerufen. Ich blieb aber nicht stehen, sondern sauste, so schnell ich konnte, der Wohnung meiner Mutter zu. Ich verlor dabei aber einen Strumpf, stolperte und stürzte hin. Bevor ich mich erheben und meine Flucht weiter fortsetzen konnte, fühlte ich mich schon gefaßt, als ich um mich blickte, sah ich mich in den Armen eines gutmütig ausschauenden Mannes, der beruhigend auf mich einredete. Er versuchte natürlich in erster Linie aus mir herauszubekommen, wie mein seltsamer Aufzug zu erklären sei. Ich war aber ganz verwirrt, und außerdem sagte mir mein Instinkt, daß es besser sei, vom Waisenhaus nichts zu erwähnen. Ich wiederholte daher nur immer wieder, ich wolle zu meiner Mutter und nannte deren Wohnung.

Der Mann, der mich auf seinen Armen hielt, hüllte mich schließlich in seinen Mantel und brachte mich zu meiner Mutter. Diese schlief noch. Als sie mich aber draußen weinen und dazu die fremde Männerstimme hörte, warf sie sich rasch in ihre Kleider und öffnete ganz entsetzt die Tür. Mein Begleiter erklärte meiner Mutter, wie er mich gefunden. Auf das weitere weiß ich mich nicht mehr zu besinnen, denn ich wurde nun, im sicheren Hafen, ohnmächtig. Als ich wieder zu mir kam, lag ich im weichen, warmen Bett und meine Mutter saß bei mir. Sie bat mich, ihr die Ursache meiner abenteuerlichen Flucht zu erklären, was ich dann auch tat. Meine ohnehin leicht erregbare Mutter geriet durch meinen Bericht in einen Zustand furchtbarer Entrüstung, erging sich in wilde Anklagen gegen Wegener und machte auch sich immer wieder Vorwürfe, daß sie ihre Kinder von sich gegeben habe. Sie war noch beim Lamentieren, als schon der erste Bote Wegeners kam. Es war, wie vorauszusehen, meine Flucht bald bemerkt worden, und Wegener sandte schleunigst zu meiner Mutter, bei der er mich vermutete, um mich zurückzuholen.

Es war mein Korporal, der zu uns kam, ein ruhiger verständiger Junge, der gleich mein Zeug mitbrachte. Er mußte aber unverrichteter Dinge wieder abziehen, da meine Mutter meine Herausgabe kategorisch ablehnte.

Ich schlief bald fest ein und hörte nur noch, wie meine Mutter fortging und die Wohnung hinter sich abschloß. Welche Wege sie an diesem Tage unternommen hat, habe ich nie genau erfahren. Wahrscheinlich ist sie zu den beiden Verwaltern der Anstalt gewesen, um diesen meine Angelegenheit vorzutragen. Diese Verwalterposten waren ehrenamtlich und wurden immer von zwei Domherren der Domkirche wahrgenommen. Die Verwalter hatten die Oberaufsicht über die Anstalt und waren in allen Angelegenheiten der Anstalt höchste Instanz. Daß die Kontrolle der Verwalter sich auf gelegentliche Besuche beschränkte, sei nebenbei erwähnt.

Die beiden Verwalter sind jedenfalls bemüht gewesen, meine Mutter zu bestimmen, mich wieder in die Anstalt zurückzubringen, indem sie wohl eine strenge Untersuchung des Vorfalles und eine völlige Remedur der in der Anstalt herrschenden Verhältnisse zugesichert haben. Jedenfalls war meine Mutter, als sie mittags zurückkam, bemüht, mich mit dem Gedanken der Rückkehr in das Waisenhaus vertraut zu machen.

Ich nahm die Eröffnungen meiner Mutter mit offenkundigem Entsetzen auf, und ich weigerte mich hartnäckig, auf ihre Bitten einzugehen. Ich konnte ja nicht ermessen, daß nur die bittere Not es war, die meine Mutter bestimmte, mich wieder in die Anstalt zu geben.

Es war so allmählich Abend geworden, als die Tür aufging und Wegener hineinkam. Ich wußte nun, daß mein Schicksal besiegelt war und eine dumpfe Resignation zog in mein Herz.

Wegener, dem der Weg gewiß sehr sauer geworden war und der ihn – was ich später erkannt habe, als eine große Demütigung empfunden hat, war von großer Liebenswürdigkeit. Er brachte mir Kuchen mit und redete so freundlich auf mich ein, daß ich mich schließlich entschloß, mit Wegner den Weg zur Anstalt anzutreten. Wegener faßte meine Hand und war unterwegs wie ein Vater zu mir.

Daß dies ganze Verhalten nur eine Folge der von den Verwaltern eingeleiteten Untersuchung war, und daß in Wegener schon der Haß gegen meine Mutter und mich wucherte, konnte ich noch nicht erkennen.

Auch die Frau Junge, der ich wieder zugeführt wurde, war süß wie Honig. So schien meine Flucht, wenn sie auch nicht das von mir gewünschte Ziel erreicht hatte, doch gute Früchte gebracht zu haben.

Es kam aber bald anders. Meine Flucht an dem Wintermorgen war doch zu auffällig gewesen und in das große Publikum durchgesikkert. Wie es kam, weiß ich nicht, aber es waren kaum einige Tage nach meiner Flucht vergangen, als sich die Presse des Vorfalls bemächtigte und – wie das häufig so geht – Dichtung und Wahrheit miteinander vermischend, die Angelegenheit kraß und breit schilderte. Namentlich wurde die Person Wegeners, der für die ganzen Zustände in der Anstalt verantwortlich gemacht wurde, wenig geschont. Das schlug dem Faß den Boden aus. Wegener, der froh gewesen sein mochte, mit einem heimlichen Verweis seitens der Verwaltung davongekommen zu sein, war nun in der breiten Öffentlichkeit kompromittiert, wie auch die Anstalt mit ihrem ganzen Apparat in der Öffentlichkeit schwer bloßgestellt wurde. Das ganze Waisenhaus war in Aufregung, und ich glaube, daß die Stellung Wegeners und die der Frau Junge schwer erschüttert waren.

Wegener hat es aber verstanden, sich im Sattel zu halten, aber sein Haß, den er bisher heimlich genährt, trat jetzt offenkundig hervor. [...]

Ich wurde bei der nächsten Einteilung der Arbeitsgruppen zum Aschenbrödel gemacht. Alle schmutzigen Arbeiten, die sonst nur störrischen oder schlechten Knaben übertragen wurden, mußte ich erledigen. Ich wurde, was immer als entehrend angesehen wurde, in die letzte Korporalschaft gesteckt. Für seinen Haß machte Wegener auch bei den übrigen Anstaltsbeamten dauernd Propaganda, und wenn auch nicht von allen eine offenkundige Abneigung gezeigt wurde, so habe ich doch kaum je ein freundliches Wort zu hören bekommen. Ich war verfemt und bin es die ganzen Jahre hindurch geblieben. Ich habe mich hiermit abgefunden, aber wenn ich zuerst unter diesen Verhältnissen schwer gelitten habe, so erwachte, je älter und reifer ich wurde, in mir ein gewisser mit Trotz gepaarter Stolz, aus dem sich schließlich eine Menschenverachtung entwickelte. Ich habe mich hiervon in meinem späteren Leben nie freimachen können, ich bin sogar immer glücklich gewesen, wenn mir das Leben in meiner Abneigung gegen Menschen recht geben mußte. Das Dichterwort: »Glückselig, wer vor der Welt sich ohne Haß verschließt« ist mir immer eine der schönsten Offenbarungen gewesen.

Gegen meine Mutter hat sich die Heimtücke Wegeners auch dauernd gerichtet. Sein Trachten, meine Mutter empfindsam zu treffen, sollte übrigens bald Erfolg haben.

Meine Mutter hatte, in der Hoffnung, mehr verdienen zu können, als Kochfrau ihr Heil versucht. So war sie einmal bei einer reichen Bremer Familie als Aushilfe tätig, wo ich sie eines Sonntags besuchte. Beim Abschied am Abend steckte mir meine Mutter ein Stück vom Mittagessen übriggebliebenen Puterbraten zu. Als ich am Montag diese Reste verzehrte, wurde ich hierbei beobachtet. Auf Befragen gab ich in meiner Harmlosigkeit ganz offen Auskunft. Der Frager – ich weiß nicht mehr, wer es war – hatte nichts Eiligeres zu tun, als das Gehörte nach oben hin weiter zu erzählen. Als Wegener endlich davon hörte, war aus dem elenden Stück Braten ein ganzer Puterbraten geworden, den meine Mutter sich widerrechtlich angeeignet hatte. Wegener triumphierte, er konnte seine Rache ausführen. Er ging zu dem betreffenden Herrn, in dessen Hause meine Mutter tätig war, und er wird hier gründliche Arbeit zum Schaden meiner Mutter verrichtet haben. Er hatte auch den Erfolg, daß meine Mutter sofort entlassen wurde.

Hierdurch angespornt, stattete er dem bereits mehrfach erwähnten Herrn Clausen, der noch die letzte Stütze meiner Mutter war, einen Besuch ab, schilderte ihm eingehend die unglückliche Putergeschichte, natürlich wieder in der gehörigen Übertreibung, und wußte alles so darzustellen, daß Clausen den Eindruck gewinnen mußte, er habe einem Unwürdigen sein Wohlwollen geschenkt. Er zog sich von uns zurück und ließ später meine Mutter, die sich rechtfertigen wollte, überhaupt nicht vor. Wegeners Triumph war ein vollkommener, meine Mutter war für ihr wichtige Personen moralisch erledigt.

Ich war damals neun bis zehn Jahre alt und konnte die Situation schon einigermaßen erfassen. Kamen meine Schwester und ich Sonntags nach Hause, so gab es keinen frohen Tag. Die Verdienstmöglichkeiten meiner Mutter waren sehr beschnitten, und sie hatte oft Mühe, soviel Geld zu erübrigen, um sich und den Kindern eine Sonntagsmahlzeit zu bereiten. Die unglückliche Frau erging sich dann in Anklagen gegen die ganze Welt, in der sie trotz allen ehrlichen Willens nicht vorwärts kommen konnte. Wir Kinder hörten dann meist bedrückt zu, namentlich ich, während meine ältere resolute Schwester wenigstens den Versuch machte, meine Mutter zu trösten. Aber diese war gebrochen. [...]

Als ihre Lage immer schlimmer wurde, und sie zuletzt im wahren Sinne des Wortes das tägliche Brot für sich nicht mehr hatte, ließ sie ihre wenigen Habseligkeiten zu einer Bekannten schaffen und nahm auf ein Zeitungsinserat hin die Stellung einer Köchin in einem stark besuchten, aber etwas fragwürdigen Speiserestaurant an. Wegener, der dies durch Ausfragen von mir erfuhr, muß ob dieser traurigen Wandlung im stillen seine Hände vor Wonne gerieben haben.

Wir Kinder hatten nun gar kein Heim mehr, wo wir an den Sonntagen wenigstens einige Stunden hätten glücklich sein können. Zwar durften wir unsere Mutter Sonntagsnachmittags besuchen, aber meine Schwester, die alles sehr deutlich sah, und die die ganze ordinäre Aufmachung abstieß, erschien kaum. Ich dagegen, der ich nicht so selbständig war, hatte immer das Bedürfnis, meine Mutter, die doch schließlich mein einziger Halt in meiner elenden Jugend war, wenigstens hin und wieder zu sehen. Ich blieb Sonntags bis nach dem Mittagessen im Waisenhaus und trottete dann zu meiner Mutter. Diese aber hatte gar keine Zeit, sich mit mir zu beschäftigen. Gerade Sonntags war in der Wirtschaft ein starker Verkehr, und meine Mutter mußte infolgedessen ununterbrochen am Herd stehen und Speisen bereiten. Ich saß in der schmierigen, von einer schlechten Atmosphäre angefüllten Küche irgendwo in einer Ecke, wo ich niemand störte und schaute dem Treiben zu. Es war erbärmlich, dieser Zustand, und es bereitet mir jetzt noch einen physischen Schmerz, indem ich diese trostlose Episode der Vergangenheit niederschreibe.

Über ein Jahr lang hat meine Muter in dieser scheußlichen Position ausgehalten. Dann stellte sich ihr Brustleiden ein, und es begann damit ein neuer Abschnitt in ihrer dornenreichen Lebensbahn. [...]

In der Anstalt waren mittlerweile neue Lehrer aufgetaucht. Zunächst zwei, frisch vom Seminar importiert, Fricke und Brackenhoff. Der erstere war mir im allgemeinen sympathisch, vielleicht schon deswegen, weil er Wegener zum Trotz mich ziemlich anständig behandelte. Es mochte dies daher rühren, daß ich in seinen Lieblingsfächern, Geschichte und Deutsch, weitaus der beste Schüler war. Um bei der Wahrheit zu bleiben, muß ich bemerken, daß Fricke sich allmählich zu einem starken Prügelpädagogen ausbildete. Namentlich im Geschichtsunterricht brauchte er oft die halbe Stunde dazu, um den Knaben die Geschichtsdaten einzubleuen. Die Knaben wußten sich aber gegen Executionen unempfindlich zu machen, indem sie vor Beginn des Unterrichts ihren Hintern durch dicke Handtücher gewissermaßen bombensicher machten. Es war dann immer ergötzlich anzusehen, wie Fricke nach Abschluß eines Extemporales oft fast die ganze Klasse aus den Bänken herausholte und dann zu prügeln anfing. Die Bengels stellten sich willig in Bereitschaft und bemühten sich, echt schmerzliche Grimassen zu ziehen, wenn die Schläge auf die bestens präparierten Hintern herabhagelten. Fricke geriet bei diesem Strafgericht immer gar bald in Schweiß und konnte es häufig wegen völliger Erschöpfung nicht beenden. Wenn er sich dann ermattet in seinen Stuhl warf und mit theatralischer Gebärde nach Wasser verlangte, so ging immer ein stilles Grinsen durch die Klasse. [...]

Sein Kollege Brackenhoff war das krasseste Gegenstück zu ihm. Mürrisch, verschlossen und jeder humoristischen Ader bar. Wenn er einmal, was ganz selten passierte, den Anlauf zu einer scherzhaften Redewendung machte, so wurde er vor Verlegenheit rot. Sein Körper ruhte auf ziemlich krummen Beinen und sein häßliches, aber kluges Gesicht war von Wimmerrollen übersäht. Er trug daher den Namen Stippenadjudant. Er war gefürchtet, weil er es mit dem Unterricht sehr genau nahm und jeden hart strafte, der nicht aufmerksam war. Zudem war er jähzornig und konnte sich in solchen Stimmungen oft bedenklich hinreißen lassen. Seine Vortragsweise war sehr trocken, aber instruktiv, und ich habe bei ihm viel gelernt. Er war mir nicht sehr gewogen und ich habe das mehr wie einmal deutlich empfinden müssen, aber ehrlicherweise muß ich ihm zugestehen, daß er besondere Schikane mir gegenüber nicht angewendet hat. [...]

Von meinen Schulkameraden der damaligen Zeit (es war mein fünftes und sechstes Schuljahr) habe ich keinen gehabt, der mir näher gestanden hätte. War die Schule aus, und ich hatte die mir obliegenden Arbeiten verrichtet, so saß ich gewöhnlich in einem Winkel und las Bücher. Auf meine Bitten hin hatte meine Mutter mir in der damaligen Zentralbibliothek ein Abonnement eröffnet. Jeden Sonntag zog ich dort hin und tauschte mir neue Bücher, die mir dann für die kommende Woche Lesestoff boten. Ohne Anleitung und Belehrung las ich alles wüst durcheinander, und erst später, als ich älter wurde, fing ich an, auch im Lesen systematisch zu sein. Es ist wohl unnötig, zu bemerken, daß der unglückselige Karl May auch mein Lieblingsschriftsteller wurde, doch ich kann auch versichern, daß ich ihn ziemlich früh, schon als Schulknabe, überwunden habe.

In meinen letzten Schuljahren fing ich schon an, mich mit den Klassikern zu beschäftigen. Ein Zufall brachte mir einmal Lessings »Der junge Gelehrte« in die Hand, und wenn ich auch die Gedankengänge dieses bedeutenden Mannes noch nicht restlos begriff, so wurde ich dennoch stark gefesselt, und ich habe mich von der Zeit an immer stärker mit den Klassikern beschäftigt. Gegen Schiller habe ich von Anfang an eine nicht zu überwindende Abneigung gehabt. So sehr mich das Feuer seiner Jugendarbeiten packte, so sehr verdroß mich sein Pathos. Die Amalia in seinen Räubern erschien mir von jeher als ein hysterisches Frauenzimmer und sie ist mir noch heute nicht genießbar.

In der Hauptsache aber beschäftigte ich mich mit Werken der Weltgeschichte. Die dickleibigsten Bände schleppte ich aus der Bibliothek nach Hause und machte mich daran, sie zu bewältigen. [...]

Zum Beschluß will ich noch zwei Knaben kurz erwähnen. Fritz Mückel, mit dem mich die Leidenschaft für das Theater verband. Sonntags nachmittags saßen wir immer auf der Galerie des Stadttheaters und lauschten den Vorführungen. Mückel hatte eine nicht geringe schauspielerische Ader und er träumte lebhaft davon, später einmal

Schauspieler zu werden. Das Leben und seine sehr nüchtern denkende Mutter meinten es aber anders und so wurde nur ein Kellner aus ihm.

Dann war da noch der kleine Simon Bachler. Gewandt und geschmeidig, wußte er sich namentlich bei den Vorgesetzten in ein gutes Licht zu setzen. Ein Gesicht war listig, nahm sogar häufig einen verschlagenen Ausdruck an. Er war voll Falschheit, die er aber meisterhaft zu verbergen verstand. Er war häufig der heimliche Angeber und hat manchen Knaben oft böse reingerissen. Ihn habe ich auch in Verdacht, daß er meine in Verse geschmiedeten Scherze stahl und sie an Wegener auslieferte. In einem Falle weiß ich das bestimmt. Wir hatten einst mit verschiedenen Realschülern ein kleines Renkontre, das zur Folge hatte, daß uns von diesen offene Fehde angesagt wurde. Wir nahmen die Herausforderung an und es wurde in aller Ruhe der Tag festgelegt, an dem die Schlacht ausgetragen werden sollte. Jede Partei konnte soviel Mann an die Schlachtfront werfen, wie aufzubringen ihr möglich war. Diephaus und ich organisierten auf unserer Seite die Sache. Alle Milchausbringer wurden verpflichtet und hatten dafür zu sorgen, daß sie mit Waffen versehen waren.

Die Schlacht fand eines abends in der Nähe der damaligen Radrennbahn statt. Zuerst verlief sie recht heiter, denn auf beiden Seiten rissen die Mehrzahl der Streiter aus, als es zum ersten erbitterten Zusammenstoß kam. Der Rest dagegen focht zäh und erbittert und es gab auf beiden Seiten böse Blessuren. Wir mußten schließlich von Straßenpassanten getrennt werden.

Die Sache wurde bald ruchbar. Einige Realschüler waren böse zugerichtet und Lehrer und Eltern führten bei Wegener Beschwerde. Der Wutausbruch dieses wackeren Mannes braucht nicht weiter beschrieben zu werden. Alle Kämpfer erhielten vier Wochen Arrest. Es waren etwa fünfundzwanzig Knaben, und wir haben uns die Zeit der Arreststrafe nicht lang werden lassen. Ich benutzte diese unfreiwillige Muße dazu, um die »Schlacht am Rennplatz« in einem Epos zu besingen. Ich hatte es kaum fein säuberlich in Reinschrift gebracht, als es mir von Bachler entwendet wurde, der es dann Wegener in die Hände lancierte. Ich ärgerte mich nur über den niederträchtigen Streich Bachlers. Die Tiraden Wegeners ließen mich wie immer kalt.

Bachler ging nach dem Verlassen der Anstalt auf die Unteroffiziersschule und wurde später Unteroffizier; als solcher ist er, wie ich wiederholt hörte und wie das bei dem Charakter Bachlers erklärlich war, ein böser Leuteschinder geworden.

Quelle:

Wilhelm Maßolle: Eine freudlose und erbärmliche Jugend, in: Beiträge zur Sozialgeschichte Bremens, Heft 1: Kindheiten, Teil 1: Anstaltserziehung, S. 8 ff. (Das Heft ist z.Z. vergriffen, wird aber in Kürze im Verlag Temmen neu aufgelegt.)

Nach dem Aufenthalt im St. Petri-Waisenhaus trat Wilhelm Maßolle eine Lehre bei der Bremer Spiegelglasversicherung an. In der Folgezeit arbeitete er sich bis zur Funktion eines Direktors dieser Gesellschaft (heute: Gothaer Versicherung) hoch. Zwischen 1922 und 1930 war Maßolle Mitglied der Bremer Bürgerschaft.

Grützmacherstraße vor dem Abbruch,
Postkarte 1934.

ERNST MORITZ GORSEMANN
(* 1886 Bremen † 1960 Bremen)

Gekauftes Spielzeug habe ich nicht gekannt

Ich empfing mein Leben in einem kleinen Hause am westlichen Rande der alten Hansestadt Bremen. Meinen Vater verlor ich so früh, daß ich keine Erinnerung an ihn habe. Meine Mutter geriet mit ihren vier Kindern – ich hatte noch drei ältere Brüder – in große Not. Sie hätte sich vom Armenwesen eine Unterstützung erbitten können, aber sie war scheu und stolz zugleich. Sie ging zu den Leuten, bei denen sie in ihrer Jungmädchenzeit tätig gewesen, und erbat von ihnen Arbeit. Jede Arbeit nahm sie auf sich, um für uns alle das tägliche Brot zu schaffen.

In den ersten Monaten meines Lebens zeigte sich bei mir ein Augenleiden. Ein junger Arzt stellte ägyptische Augenkrankheit fest und ordnete an, daß die Augen stündlich mit einem Medikament ausgewischt werden sollten. Da meine Mutter ihrer Arbeit nachgehen mußte, erbot sich eine alte Frau, diese Aufgabe zu erfüllen. Aber sie hat wohl versagt, denn der Doktor soll bei seinem nächsten Besuch sehr energisch geworden sein: seine Anweisung müsse von einer absolut verläßlichen Person ausgeführt werden; er wolle nicht die Verantwortung tragen, daß ein Menschenkind blind durchs Leben gehen müsse! Ich weiß nicht, wer dann die Sorge übernommen hat, jedenfalls hat dieser Arzt mir viel Zeit gewidmet, stete und strenge Aufsicht geführt, bis nach Wochen die Gefahr behoben war. Ich habe seinen Namen nie erfahren können. Zeitlebens habe ich durch meine Augen gelebt und viel Schönes sehen dürfen. Gern hätte ich meinem frühen Wohltäter Dankbarkeit gezeigt. Aber hier, wie später noch oft, habe ich eine Wohltat empfangen, die ich bei ganz anderen Menschen gutzumachen hatte.

Die schmale, sackähnliche Gasse, in der wir wohnten, ist mir in späteren Jahren traurig wie eine leere Tasche erschienen. Aber damals waren mir selbst die zwei Zimmerchen unserer kleinen Souterrainwohnung eine Welt, in der es immer etwas zu entdecken gab. Gekauftes Spielzeug habe ich nicht gekannt. Eine Fußbank war mein Wagen, und mit Bindfäden band ich sie an die Tischbeine. Ich hatte Not, die Pferde zu bändigen, und fuhr der Mutter nach oder ihr entgegen. Dabei durfte ich nicht vergessen, Torf auf das Herdfeuer zu legen, sobald der Uhrzeiger auf 11 gerückt war. Dann kochte die Suppe, wenn die Mutter heimkam.

Es gab in der kleinen Straße wenig Kinder in meinem Alter. Ein etwas älterer Junge spielte manchmal mit mir auf einer verlassenen Baustelle. Eines Nachmittags rutschte ein Erdhaufen über ihm zusammen. Beim hastigen Wühlen im Sande kam ich auf Haare und hatte dann gleich den Kopf in den Händen. Als Männer kamen und den Körper freilegten, war der Tod bereits eingetreten. Die Mutter des Jungen war gerade in die Stadt gegangen, um für ihn die ersten Schulbücher zu kaufen, und sie kehrte in dem Augenblick zurück, als man die kleine Leiche ins Haus brachte. Vor Aufregung zitternd sah ich dies alles und konnte doch nicht fassen, was geschehen war.

Aber noch trauriger ist in meiner Erinnerung diese Begebenheit: In der Nachbarschaft wohnte ein kleines Mädchen. Es hatte große blaue Augen und war von mehreren Geschwister das jüngste. Eines

Tages war seine Mutter nicht mehr da. Wie ein Lauffeuer ging es durch die Gegend, daß sie im Gefängnis sei. Sie hatte in der Sorge für ihre Kinder Lebensmittel gestohlen. Nun begann das Schreckliche für meine kleine Freundin: In den ersten Tagen war sie noch auf die Straße gekommen, um mit mir zu spielen, aber dann kauerte sie sich in eine Ecke und sah meinem Spiele traurig zu. Plötzlich weinte sie und schrie laut nach der Mutter. Danach kam sie nicht mehr aus dem Hause heraus, und nach Wochen, noch bevor die Mutter aus dem Gefängnis entlassen war, trug man sie in einem kleinen Sarge zum Friedhof. In späteren Jahren habe ich die Mutter noch einige Male gesehen, und immer glaubte ich, in ihrem Gesicht zu lesen, daß sie nicht wieder froh werden könne.

Ich weiß nicht, ob mit diesen Erlebnissen in Zusammenhang zu bringen ist, daß fortan meine große Zuneigung den Tieren galt. Wo Tiere zu sehen waren, versuchte ich, an sie heranzukommen. Bei einem alten Ehepaar in der Nachbarschaft war ein großer zottiger Hund, der sich in der Mittagssonne vor die Haustür legte. Stundenlang konnte ich bei ihm sitzen. Er galt als bissig, aber von mir ließ er sich alles gefallen. Wir hatten ein stilles Einvernehmen, und er duldete sogar, daß ich mich auf ihn legte. Zwischen uns bestand noch kein Entfremdetsein, wie es so oft den Erwachsenen den Zugang zum Tier verwehrt. In mir lebte der Glaube, daß die Tiere nach meinem Zuspruch verlangten. Bei anderen Nachbarn waren Katzen, die ich in meiner kleinen Schürze umhertrug. Stand der alte Fuhrmann mit seinem Wagen vor den Häusern, so versuchte ich, an seinem Pferde auf irgendeine Weise hinaufzuklettern. Ich kannte keine Furcht, sondern sah in allen Tieren meine Freunde, und sicher hat mich in jenen Jahren ein guter Engel vor dem Unberechenbaren im Tiere bewahrt.

Als ich ungefähr fünf Jahre alt war, heiratete meine Mutter wieder, wohl nur, um einen Helfer zu haben und einen Beschützer ihrer Knaben. Aber sie wurde bitter enttäuscht. Der Stiefvater, ein großer, starker Mann, war dem Alkohol ergeben und vertrank den größten Teil seines Verdienstes. Ich habe ihn damals nur gefürchtet und auch in späteren Jahren kein nahes Verhältnis zu ihm gewonnen. [...]

Als ich mit sechs Jahren zur Schule kam, waren die Schulverhältnisse in meiner Vaterstadt für die arme Bevölkerung durchaus mangelhaft. Ein altes Gebäude an der Reeperbahn, das ganz anderen Zwecken gedient hatte, war als Schulhaus hergerichtet worden. Ich hatte dreiviertel Stunden zu gehen, und damals war noch vor- und nachmittags Unterricht. Die unterste Klasse zählte 86 Kinder, darunter viele, die vom Armenwesen zu Pflegeeltern gegeben waren. Gegen ein geringes Entgelt mußten die Kinder beherbergt und ernährt werden; den Anzug, an dem sie zu erkennen waren, gab die Stadt. Es waren begabte Jungen darunter, die ihren Pflegeeltern manche Arbeit abnahmen.

Sehr viel mußten die Kinder in jener Zeit mitarbeiten. Meine Brüder waren nach der Schulzeit bei Kaufleuten tätig oder trugen Lesemappen aus. Als ich etwa acht Jahre alt war, ergab es sich, daß ein Bauer mich brauchen konnte, Milch in die Häuser zu tragen. Sommer und Winter mußte ich jeden Morgen um sechs Uhr an einer bestimmten Straßenecke sein, um bis kurz vor acht Uhr zu helfen. Dann war es höchste Zeit, um noch rechtzeitig in die Schule zu kommen. Fast drei Jahre habe ich hier geholfen. Im Winter hatte ich oft große Frostbeulen an den Händen. Mein Lohn betrug drei Mark im Monat, und zu Weihnachten bekam ich ein Paar derbe Schuhe geschenkt. Am Sonntag trug ich den ganzen Vormittag Milch aus, dafür durfte ich dann beim Bauern zu Mittag essen. Das war etwas Besonderes, da die Mutter mir ein solches Essen nicht geben konnte. Wir haben auch keine Brotauflage gekannt, nur am Sonnabend wurde abends ein kleines Stück Wurst geholt und uns allen damit das Brot gestrichen. Wir kauften nur altes Brot; einmal war es billiger, das war sehr wesentlich, und dann wurde es nicht so schnell aufgegessen. Ich bin in meinem Leben dabeigeblieben, mit Vorliebe hartes Brot zu essen, und meine Zähne haben den Segen davon gehabt.

Meinen Lohn brachte ich jeden Monat zur Sparkasse. Am Ende des Jahres nahm ich das Buch zur Hand und staunte immer wieder: »36 Mark«. Welch ein Vermögen! Wieviel Fleiß und Unverdrossenheit, wieviel frühes Aufstehen trotz großer Müdigkeit, wieviel Durchnäßtsein und Frieren – aber auch wieviel Träume und Wünsche waren hier eingegangen und beschlossen! Da tritt Unerhörtes ein: der Stiefvater hat eines Tages das ganze Geld abgehoben, um Trinkschulden zu bezahlen. Ich weinte; die Mutter, die ihren Schmerz sonst allzeit verbirgt, weint mit mir, drückt mich an sich und flüstert mir liebevolle Worte ins Ohr. Am Abend sitzt sie noch lange schweigend an meinem Bette, und ich schlafe in ihren Armen ein. Nach diesem bitteren Erlebnis ist das Band zwischen uns noch fester und inniger geschlungen.

In jungen Jahren bin ich leicht über Ungerechtigkeiten hinweggekommen. Später ist es mir oft unsagbar schwer geworden, Bitternisse und Demütigungen zu verwinden.

Neue Eindrücke in der Schule überbrücken die Tage. Ein Lehrer mit einem roten Vollbart weiß fesselnd zu unterrichen. Ich bin einer er ersten und bleibe die ganze Schulzeit über an der Spitze der Klasse. Die Religions- und Geschichtsstunden interessieren mich brennend, erwächst mir doch daraus ein erstes Ahnen von der Fülle der Welt. Denn was der späteren Jugend so reichlich zur Verfügung stand, Bücher, wie hätte ich darangelangen sollen? Ein Mitschüler hatte ein ganz zerlesenes Märchenbuch, und wie mußte ich ihn bitten, um einmal eine Stunde darin lesen zu dürfen! Ich zeichnete gut und mit Begeisterung. Das Singen wurde so sehr meine Freude, daß der Lehrer mich mit fünf anderen Jungen in die Gottesdienste der altehrwürdigen Ansgarii-Kirche mitnahm. Er war dort Vorsänger, und wir Knaben mußten mit ihm vorsingen, das hieß, den Gemeindegesang kräftig beginnen und durchhalten. Ich bin bis zur Konfirmation Vorsänger in der St. Ansgariikirche geblieben. [...]

Unser häuslichen Verhältnisse besserten sich, als meine Brüder die Schule verließen und mitverdienten. Einer von ihnen hatte Verständnis für meine Liebe zu den Tieren. Er nahm mich auch in Schutz und half mir, aus einer alten Kiste einen Stall zu zimmern, als ich eines Tages mit einem Ziegenlamm ins Haus kam. Die Ziege ist die »Kuh des kleinen Mannes«, und da die Milch so schnell wie möglich in den Haushalt soll, werden die Lämmer gleich in den ersten Tagen verkauft. So kam es, daß ich für zehn Pfennige einen kleinen Ziegenbock erstehen konnte, der mir zur Quelle kindlichen Glücks wurde. In den ersten Wochen mußte er mit Milch getränkt werden. Das gab einen harten Kampf mit den Brüdern, da diese Milch unserm kleinen Haushalt entzogen wurde. Ich hängte mein Herz an das Tier. Es lief mir nach, wo ich auch ging, in die Stube, auf die Straße. Als es einmal krank war, lag ich neben ihm im Ställchen auf dem Hofe und streichelte es unermüdlich. In unserem ganzen Stadtviertel hieß ich »der Junge mit dem Ziegenbock«. Als das Böckchen einige Wochen alt war, brachte ich es morgens auf den abgeschlossenen Lagerplatz eines Zimmermanns. Dort wuchsen zwischen den Hölzern genug Gräser. Wenn ich abends von dem Krämer zurückkam, für den ich nachmittags Waren austrug, holte ich es wieder ab. Ich entsinne mich, daß es einmal recht spät geworden war. Ich wollte gerade Petroleumflaschen in ein Haus tragen. Mein Ziegenbock mußte auf irgendeine Weise aus dem Zimmerplatz ausgeschlüpft sein. Unversehens sprang er mir in dem fremden Hause auf der Treppe nach, und um ein Haar hätte ich die ganzen Petroleumflaschen hingeworfen.

Es machte mir richtig Spaß, mit dem Tier Kunststücke zu machen. Man kann nicht sagen, daß Ziegen gelehrig sind, aber mit Geduld und Liebe kann man bei ihrer großen Gewandtheit schon einiges erreichen. Auf eine leere Zementtonne stellte ich mein Böckchen, und langsam lernte es, beim Balancieren die Tonne in Bewegung zu setzen. Die kleinen Hufe nahmen nur wenig Raum ein, und wenn das Tier wirklich einmal das Gleichgewicht verlor, so bäumte es vor Vergnügen hoch und sprang wieder hinauf. Das war eine große Belustigung für alle, die es sahen. Von der Straße konnte man in unseren Hof sehen; eines Abends wurde es eine richtige kleine Versammlung von Menschen, die meinem Treiben zuschauten. Nach einer Weile trat ein redseliger Maurergeselle aus dem Kreise der Zuschauer vor und sprach diese also an: »Meine Herrschaften! Wir haben eine interessante Dressur gesehen. Sie werden zugeben, daß der Junge seine Sache sehr gut gemacht hat! So was muß unterstützt werden. Geben Sie eine Kleinigkeit in meinen Hut!« Als er nach der Kollekte das Geld vor mir auschüttete, waren es eine Mark und fünfundsechzig Pfennige. Wenn man bedenkt, daß damals ein Dutzend Eier 40 Pfennige kostete, hat man einen Maßstab für die Summe, die mir in den Schoß gefallen war.

Nach diesem Erfolge kam mir ein Gedanke: Meine Mutter hatte mir klargemacht, daß es unmöglich sei, das Tier den Winter über in dem dürftigen Holzstall zu halten. Ich ging im Oktober, als es Freimarkt war, in den kleinen Zirkus und bot mein Tier zum Verkauf an. Man verwies mich an einen Clown, der mit einem Esel seine Kunststücke trieb. Der Clown machte ein kritisches Gesicht. Mein Bock war schwarz und hatte nur einige weiße Stellen. Mit einem solchen Tiere könne man keine Erfolge haben; hell müßten die Tiere sein, um recht zur Geltung zu kommen. Auch könne der Bock sich von den wenigen Übungen nicht ernähren. Doch wolle er ihn nehmen, wenn ich mit fünf Mark zufrieden sei. Wohl oder übel mußte ich in den Handel einwilligen, denn ich dachte an den Winter und an die Worte meiner Mutter.

Vielleicht ist für dieses Geld ein Kleidungsstück gekauft worden. Ich weiß es nicht mehr. Sonst mußte ich nämlich alles auftragen, was die Älteren abgelegt hatten. Die Änderungen machte die Mutter selber. Später wurden die Hosen zu einem alten kriegsinvaliden Schneider gebracht, der in einer kleinen Dachstube am anderen Ende der Stadt wohnte. Für eine Mark fünfzig wendete er eine alte Hose und machte daraus eine für mich passende. War die Arbeit fertig und ich brachte das Geld, so nahm er fünf Pfennige davon, und ich mußte ihm zu seiner eigenen Belohnung ein Glas Braunbier holen. Als ich einmal in seiner Flickenkiste kramte, fand ich seine Kriegsorden. Auf meine Bitte erzählte er vom Kriege 1870/71, und mir ging zum ersten Male etwas vom Grauen des Krieges auf.

»Reichtum ist die geringste Gabe, die Gott zu vergeben hat«, sagte Luther. Und bei Paracelsus heißt es: »Selig und mehr denn selig ist der Mann, dem Gott die Gnad' gibt der Armut.« Ich bin allzeit dankbar gewesen, daß mein Weg in Armut begann. Die Mutter hat immer gesagt, wir sollten dahin blicken, wo noch weniger sei. So haben wir die Armut als eine Tatsache hingenommen und nie Groll gegen den empfunden, der mehr hatte. Viel später ist mir erst bewußt geworden, was für ein Segen es ist, ohne Neid durchs Leben gehen zu dürfen. Auch unter meinen Schulkameraden habe ich keinen Neid kennengelernt. Alle trugen wir die Last der Armut, sahen das Gespenst der Not und wußten um die harte Mühe der arbeitenden Hände. Zwar blieben uns frühe Erfahrungen menschlicher Schlechtigkeit und Roheit nicht erspart, doch kleine Freuden wirkten um so nachhaltiger, und kleine Geschenke waren unsagbare Wohltaten.

Eine alte Lehrerin, Metta Meinken, gab mir einmal einen Zirkel, ein ganz einfaches Ding. Als ich von Überraschung und Freude überwältigt ausrief: »Oh, wie soll ich das wieder gutmachen?« entgegnete sie, ich würde in meinem Leben noch oft Gelegenheit haben, den Dank an andere weiterzugeben. Mir ist, als hätten wir armen Jungen diese unausgesprochene Verpflichtung gegenseitig geübt. Oftmals haben wir einander auf eine Möglichkeit, Geld zu verdienen, aufmerksam gemacht. So brachte mich ein Waisenknabe auf den Gedanken, auf den Löschplätzen des Freihafens Getreidekörner zu sammeln, die beim Löschen verschüttet waren. Wir sammelten, wenn wir aus der Schule kamen, die Körner zuerst in Mützen und Taschen, später in Beuteln und verkauften sie an Leute, die Hühner hatten.

Für eine alte Nachbarin verhökerte ich auf dem Wochenmarkte Kürbisse, die in großer Zahl und in unglaublichen Ausmaßen auf ihrem Äckerchen gewachsen waren. Ich legte die Kürbisse auf den Boden und stellte mich daneben. Die Frauen hatten ihren Spaß an dem kleinen Mann mit den dicken Früchten, und lange vor Schluß des Marktes konnte ich mit meinem leeren Schubkarren nach Hause fahren. Den Erlös habe ich sorgfältig in mein Taschentuch verknotet. Er war so groß, daß die alte Frau davon die Pacht für ihr Stück Land bezahlen konnte. Sie ist zeitlebens nicht müde geworden, mich dafür zu loben, und hat mir prophezeit, daß ich noch einmal zu Wohlstand kommen werde.

Unter den wenigen Menschen, die uns in unserer kleinen Wohnung besuchten, war ein alter mürrischer Junggeselle. [...] Mir war dieser wunderliche Mann zugetan und schenkte mir einmal 10 Pfennige zum Schützenfest, das sommers auf dem Schützenhofe in der Neustadt stattfand. Vor all den vielen Kauf- und Schaubuden überlegte ich mir, wie ich wohl meinen Groschen am besten ausgeben könne. Schließlich stand ich gebannt vor einer Lotteriebude. Ein Los kostete 10 Pfennige, und man konnte nützliche Sachen gewinnen. So kaufte ich schnell entschlossen ein Los. Viele andere versuchten gleich mir ihr Glück. Der Mann drehte das große Rad und rief den Hauptgewinn aus – meine Nummer! Es war ein in Rohr geflochtener Lehnstuhl. So stand ich kleiner Kerl mit dem großen Stuhle da und drängte mich mit meiner kostbaren Last durch die Menge. Alle Augenblicke mußte ich verschnaufen und den Stuhl hinsetzen. Die Vorübergehenden lachten. Ein mitleidiger Mann wollte ihn mir abkaufen, aber ich ließ mich auf keinen Handel ein und zottelte immer einige Schritte weiter. Gegen Abend erbarmte sich ein alter Fuhrmann und nahm mich ein Stück Weges mit. Zu Hause war mein Hauptgewinn noch lange der Mittelpunkt aller Gespräche, und meine Mutter hat zeitlebens gern auf diesem Stuhl gesessen. [...]

Am Ende der achtjährigen Volksschulzeit stand die Konfirmation. Von meinen Ersparnissen konnte die Mutter das Nötige anschaffen. Es mußte alles nach alter Sitte sein: schwarzer Anzug, Schuhe, Hut und Schirm. Zum ersten Male bekam ich ein steifgeplättetes Hemd, was mir sehr wenig zusagte und zunächst auch beim Knöpfen Schwierigkeiten machte. Die Abneigung gegen gestärkte Wäsche habe ich nie überwunden.

Quelle:

Ernst Gorsemann: Vom Morgen zum Mittag, Jugenderinnerungen eines Bildhauers, Stollhamm – Berlin 1949, S. 9 ff.

Nach dem Erlernen des Maurerhandwerks und einer längeren Tätigkeit als Bauführer nahm Ernst Moritz Gorsemann ein Studium auf der Kunstakademie in Kassel auf. Später bahnte ihm sein Förderer, der Bremer Bürgermeister Hildebrand, den Weg in die Meisterateliers von Louis Tuallion. Nach dem Ersten Weltkrieg profilierte sich Gorsemann als Bildhauer (er schuf u.a. den »Wisent« im Rhododendronpark, mit dem er die Goldmedaille der Pariser Weltausstellung von 1937 gewann). 1934 wurde er Professor für Bildhauerei an der Bremer Kunsthochschule.

Zeichnung von Oskar Kokoschka.

ERNST ROWOHLT
(* 1887 Bremen † 1960 Hamburg)

Als ich 17 war

Mein Vater war Fonds- und Effektenmakler und telephonierte jeden Mittag beim Mittagessen mit der Berliner Börse, und es passierte mehr als einmal, daß er heute reich und morgen arm war. Ich selber war in einem Bankgeschäft und hatte von früh bis spät mit Wechseln zu tun. Mein Großvater war getürmt aus dem Familienschoß und zur See gefahren, und meine Schwester heiratete einen Marineoffizier, was in Bremen auch etwas Außergewöhnliches war.

Was um Himmels willen sollte ich später anderes werden als Verleger?

Als ich 17 war – das war im Jahre 1904 – in einer Zeit, die man die Goldene nannte, hatte ich für die Bankfirma, bei der ich Lehrling war, ein Jahr lang bei Fälligkeit Wechsel bei den Akzeptanten einzulösen. Es waren sehr viele kleine Beträge, und vor allem kam ich zu den kleinen Handwerkern und Ladenbesitzern und wurde manchmal schwer beschimpft, wenn ich diese Wechsel einkassieren wollte. (Sie glauben nicht, wie ich diesen Ärger heute verstehen kann.) Ich mußte um 7 Uhr morgens im Bankgeschäft erscheinen und saß meistens bis 10 oder 11 Uhr abends dort. Wenn ich das heute von meinen Angestellten verlange, nennen sie mich einen kapitalistischen Ausbeuter. Ich mußte auf meinen Chef warten, der nach Geschäftsschluß die Zeitung las und häufig dabei einschlief – so langweilig waren die Zeitungen schon damals! – Ich mußte ihn dann durch Umschmeißen einer Riesenstehpultbank mehrmals am Abend wecken.

Aber in dieser Zeit legte ich den Grundstein zu meiner heute mit Recht so berühmten literarischen Bildung, denn ich hatte, während ich mit der Straßenbahn fuhr und bei den Großbanken, bei denen ich auf Abfertigung warten mußte, viel Zeit zum Lesen. Ja, Altersgenossen von mir behaupten, daß ich häufig auf der Straße im Gehen ein Reclam-Bändchen lesend, getroffen wurde und manchmal sogar Laternenpfähle angerannt hätte. (Jede Behauptung, daß das schon damals im Suff geschehen sei, bestreite ich energisch.) Ich war Stammgast in der »Literarischen Gesellschaft« des Bremer Künstlervereins und vergesse nie den Abend, als ich zum erstenmal im »Kaufmännischen Verein« Frank Wedekind aus seinen Gedichten lesen hörte und wie das Bremer Publikum fluchtartig den Saal verließ, als er in einem seiner Gedichte die Zeile »wie einer Jungfrau dicker Bauch« las. Damals hat Wedekinds Person einen bis jetzt andauernden Eindruck auf mich gemacht. Er war der erste Dichter, den ich kennenlernte, der nach meinem Geschmack war. Später hörte ich dann auch Vorträge von Liliencron und Richard Dehmel, alles entweder im »Kaufmännischen Verein« oder in der »Literarischen Gesellschaft«.

Immer mehr bekam ich damals Lust und Interesse an der Literatur und am Theater. Ich hatte einen Abonnementsplatz – einmal im Monat – am Bremer Stadttheater. Den größten Eindruck hatte ich von Gertrud Eysoldt als Elektra und als Lulu in Wedekinds »Erdgeist«. [...]

Mein Vater hatte – denn in unserem Hause wurde sehr viel gelesen – eine sehr große Bibliothek, in der Hauptsache aus Hempels Klassikern und der Meyerschen Volksbücherei, einem Parallelunternehmen zu Reclams Universalbibliothek, bestehend. Ich kaufte meine Bücher in Bremen meist in den Buchhandlungen der Außenbezirke. Ich war ein sehr schüchterner Mensch und traute mich nicht in die eleganten Buchhandlungen. Als ich dann aber feststellte, daß die eleganten Buchhandlungen Kredit gaben, richtete ich mir bei den beiden größten Buchhandlungen in Bremen ein Konto ein und gewann damit einen Lebensstil, der mich bis heute nicht verlassen hat. Noch heute denke ich an die beiden Buchhändler Franz Leuwer und Johannes Storm, die mich, als sie merkten, daß ich für schöne Bücher zugänglich war, in der hervorragendsten Weise beraten haben. Ich sammelte damals, auch auf Kredit, schöne Drucke und schulte so meinen Blick für das gut ausgestattete Buch. Als ich aber nun meinen Buchhändlerfreunden in Bremen verriet, daß ich am liebsten den Kaufmannsberuf an den Nagel hängen würde und gern Buchhändler werden wollte, waren sie natürlich noch begeisterter und gaben mir noch mehr Kredit.

Dann offenbarte ich mich meiner Mutter, denn mein Vater wollte natürlich gern, daß ich seine Firma als einziger Sohn übernahm. Meine Mutter war für geistige Dinge sehr interessiert, da meine Großmutter mütterlicherseits eine der bekanntesten Mädchenschulen in Bremen leitete. Nebenbei gesagt, wenn ich mich frage, welcher Beruf für mich noch in Frage gekommen wäre, so muß ich auch heute noch antworten, daß es der Beruf des Schulmeisters wäre. Die Leser mögen lachen, aber es ist mein heiliger Ernst. Meine Mutter erzählte mir dann, daß sie Nachbarskind der Familie Anton Kippenbergs (Insel-Verlag) gewesen sei und gab mir eine Empfehlung an Anton Kippenberg mit. Ich fuhr an einem Sonnabend/Sonntag nach Leipzig und suchte ihn auf. Der stellte sofort fest, daß ich überhaupt der geborene Verleger sei und verschaffte mir eine Volontärstelle in der Druckerei Breitkopf & Härtel in Leipzig, die ich nach Beendigung meiner kaufmännischen Lehre im Bankgeschäft antrat.

Nur die Nachricht vom Tode S. Fischers hat mich in gleicher Weise erschüttert wie nun die Nachricht vom Tode Anton Kippenbergs. Wenn ich S. Fischer den letzten Schliff meiner verlegerischen Ausbildung verdanke, so hat Anton Kippenberg lange Zeit wie ein Vater meinen verlegerischen Beginn betreut und gefördert, und das kam so:

Die bekannte Kippenbergsche Mädchenschule lag in der Nordstraße in Bremen. Mein Großvater, der alte Wasserschaut von Hunteln, hielt mit Anton Kippenbergs Vater gemeinsam die »Weserzeitung«. Damals wurde in gutbürgerlichen Häusern gespart und wieder gespart, außerdem waren die Geschehnisse noch nicht von so drängender Wichtigkeit, daß man die Zeitungen den Zeitungsboten aus der Hand riß. Es war in Kippenbergs und meinem großelterlichen Hause daher vereinbart worden, daß an einem Tag der Zeitungsbote die Zeitung bei Kippenbergs abgab, am nächsten Tag bei von Huntelns. Infolgedessen brachte einmal Anton Kippenberg und einmal meine Mutter Anna die Zeitung zum Mitabonnenten.

Als ich nun meine Lehre in einer Bremer Privatbank beendet hatte, aber schon ein eifriger Bücherkäufer und -leser war, vertraute ich meiner Mutter – es war, glaube ich, im Jahre 1904 – an, daß ich keine große Meinung hätte, das Geschäft meines Vaters, der Fonds- und Effektenmakler war, zu übernehmen, sondern viel lieber Buchhändler und am liebsten Verlagsbuchhändler werden würde. Ich wußte aber nicht, wen ich da außer meinen Bremer Buchhändlerfreunden, deren täglicher Gast ich war, befragen könne. Ich war erfreut und überrascht, als meine Mutter nach einigem Nachdenken erklärte, da wisse sie den Richtigen, und zwar ihren alten Jugendfreund Anton Kippenberg, der Verleger geworden sei. Mir war natürlich damals bereits genau bekannt, daß Anton Kippenberg vor wenigen Jahren, nachdem er seine Tätigkeit als führender Mann im wissenschaftlichen Verlag von Robert Engelmann in Leipzig aufgegeben hatte, Geschäftsführer und Gesellschafter des von mir glühend verehrten Insel-Verlages geworden war.

Ich besaß damals schon die meisten Veröffentlichungen des Insel-Verlages noch aus der Vor-Kippenbergschen Zeit und war begeisterter Leser der »Insel«, der Gedichte von Otto Julius Bierbaum (»Irrgarten der Liebe«) und verehrte die beiden Bremer Dichter und Sammler Alfred Walther von Heymel und Rudolf Alexander Schröder, die beiden eigentlichen Begründer des Insel-Verlages. Ich kannte die Heymelsche Sammlung, vor allen Dingen seine berühmte Toulouse-

Lautrec-Sammlung und seine großartige Bibliothek aus Ausstellungen in der Bremer Kunsthalle, deren damaligen Leiter, Gustav Pauli, ich gewissermaßen aus der Ferne vergötterte.

Ich hatte meine Lehre im Bankgeschäft noch nicht ganz beendet, mußte also irgendeinen Grund finden, nun mit dem Empfehlungsbrief meiner Mutter nach Leipzig, der Residenz von Kippenberg, fahren zu können. Ich erzählte also meinem Vater ein Märchen, daß ich über Samstag/Sonntag nach Leipzig fahren wollte, um dort eine Graphikausstellung und die Klinger-Ausstellung zu besuchen, auf der in Leipzig zum erstenmal als große Sensation das berühmte Beethoven-Denkmal Max Klingers gezeigt wurde. Leicht mißtrauisch rückte mein Vater das Reisegeld heraus, und ich fuhr nach Leipzig und betrat mit heiligem Respekt die damaligen Räume des Insel-Verlages in der Kurzen Straße. Zum erstenmal spürte ich die Atmosphäre eines Verlagsbüros. Der Brief meiner Mutter wurde abgegeben und sofort kam Kippenberg aus seinem Privatkontor und empfing mich auf die liebenswürdigste Weise mit der Frage: »Was macht denn meine alte Freundin Anna von Hunteln?« Er stellte sogleich fest, daß ich ihr gleiche, wie aus dem Gesicht geschnitten.

Er examinierte mich dann eine Stunde lang und stellte fest, daß ich auf das genaueste über alle Veröffentlichungen des Insel-Verlages im Bilde war und fast bei jedem Buch ohne weiteres den Drucker und den Buchausstatter – meistens war es Rudolf Alexander Schröder oder Karl Walser – kannte. Er war erstaunt, wie gut ich auch über die anderen damaligen Pioniere der neuen deutschen Buchkunst wie Eugen Diederichs, S. Fischer, Piper u.a. Bescheid wußte und erklärte rundheraus, was mich vor Ehrfurcht und Freude erschauern ließ, daß ich unbedingt Verleger werden müßte.

Quelle

Ernst Rowohlt zum Gedächtnis. 1.12.1961. Rowohlt-Verlag 1961, S. 7 ff.

Nachdem Ernst Rowohlt in Bremen seine Banklehre abgeschlossen hatte, lernte er in Leipzig den Beruf des Schriftsetzers. Unter dem Einfluß seines

Bremer Mentors Anton Kippenberg entschloß er sich, Verleger zu werden. In den Zwanzigerjahren gelang Rowohlt der Durchbruch als Verleger – er war es auch, der die großen amerikanischen Autoren in Deutschland bekannt machte (Hemingway, Wolfe, Lewis, Faulkner, Miller, Greene u.a.). Die Nazis setzten 1938 seiner verlegerischen Arbeit ein Ende – sie erteilten ihm Berufsverbot. 1946 revolutionierten Ernst Rowohlt und sein Sohn dann die deutsche Buchherstellung. Sie starteten die Rowohlt-Rotations-Romane, kurz: rororo, und legten damit den Grundstein für die moderne (Massen-)Taschenbuchproduktion.

Die »D 264 Storch«, das sogenannte Gründungsflugzeug der Firma Focke-Wulf 1922.

HENRICH FOCKE
(* 1888 Bremen † 1979 Bremen)

Wie ich dazu kam, Flugzeuge zu bauen

Sie wollen wissen, wie ich dazu kam, Flugzeuge zu bauen? Nun, unser guter Vater hatte selbst Schuld, daß es so kam. Warum brachte er uns Kindern sonntags die hübschen Papierschmetterlinge mit, die vorn einen Propeller hatten, dessen Gummischnur man aufziehen konnte und die dann minutenlang an der Zimmerdecke umherhuschten. Fast siebzig Jahre sind es jetzt her, und seitdem hat mich das Problem des menschlichen Fluges ebensowenig losgelassen wie das des Fluges der Naturwesen, der auch heute noch keineswegs in allen seinen Einzelheiten aufgeklärt ist.

Die Versuche, die japanischen Papierschmetterlinge nachzubauen, begannen im Bett, während ich Masern hatte, und trotz der völlig mit Kleister verschmierten Bettdecke holte meine gute Mutter sie immer wieder aus den Zimmerecken, wohin sie gesaust waren, an mein Bett zurück.

Im Laufe der Jahre wurde daraus ein regelrechter Modellflugzeugbau, wie wir heute sagen würden, und mein Bruder Wilhelm entdeckte dabei 1907, als ich noch Primaner war, die »Enten«-Form. Das Entenflugzeug sieht aus, als flöge es rückwärts. Steuer und Stabilisierungsorgane, das »Leitwerk«, wie der Ingenieur sagt, liegen bei ihr vorn, so daß sie in der Flugsilhouette der wirklichen Ente ähnelt.

Der Vergleich hinkt freilich sehr, denn das Tier hat bekanntlich seine Steuerorgane hinten, keineswegs vorn. Wohl aber hatten manche Flugsaurier der Vorzeit sie am Kopf. Würden wir etliche Millionen Jahre früher gelebt haben, so hätten wir uns vielleicht nicht die Vögel, sondern solche Saurier zum Vorbild für unsere Flugzeuge gewählt. Die Entenform hat nämlich mancherlei technische Vorteile, und allerneueste Höchstgeschwindigkeitsflugzeuge sind auf einmal wieder Enten, aber durchaus keine Zeitungsenten.

Meinem Bruder gelang es 1908, nachdem er das Grundpatent der Ente erhalten hatte, in Dr. Alberti einen Finanzmann für den Bau im großen zu gewinnen, nachdem die ersten Flüge gezeigt hatten, daß das Problem des Fliegens entgegen mittelalterlichen Vorstellungen prinzipiell durchaus lösbar war.

Auch unsere Überzeugung war immer fester geworden. Schließlich hatten wir Modelle gebaut, die im parkettbelegten großen Saal im Hause meines Schulkameraden Stürenberg-Jung in der Rembertistraße anliefen, flogen und wieder glatt landeten.

In der Schule, im Reformgymnasium Am Barkhof, durften wir von der Galerie der Turnhalle die Gleitmodelle fliegen lassen, dank des Interesses des Turn-, Mathematik- und Physiklehrers Prof. Knothe, dem ich noch 35 Jahre später, als im zweiten Weltkrieg mein Konstruktionsbüro und die theoretischen Abteilungen völlig überlastet waren, die Lösung einer wichtigen und schwierigen Aufgabe der Blattbewegung des Hubschraubers zu verdanken hatte.

1908 aber waren trotz dieses Interesses einzelner weitdenkender Männer Unglaube und Spott, zumal in einer so konservativen Stadt wie Bremen, über die Maßen groß. Unser Wille wurde davon nur härter. Im September 1909 war die Ente in Berlin fertig. Das Autogenschweißwerk Rumpler, damals noch gänzlich unbekannt, hatte sie gebaut. Den späteren Schlager »Flieg, du kleine Rumpler-Taube« gab es noch nicht.

Inzwischen hatte ich in Bremen zunächst ein Mittelding zwischen Modell- und Großausführung eines Flugzeuges gebaut, das zehn Kilogramm trug und wegen seiner gelben Ölpapierbespannung und seiner Langsamkeit den Spitznamen »Die gelbe Tante« erhielt. Von den aufgeschütteten Sandhügeln an der Weser bei der damaligen Wagenbrettschen Badeanstalt abgeworfen, glitt es ganz schön sanft auf die Wiesen hinunter. Das machte uns Mut, es bei Wind auch als Drachen steigen und nach Loslassen der Schnur herabgleiten zu lassen. Da es frei natürlich nicht steuerbar war, machte es manchmal Angriffe auf uns, so daß wir vor den immerhin zehn Kilo flüchten mußten.

Theoretisch machte ich schon, nur mit Schulkenntnissen in Mathematik und Mechanik bewaffnet, eine einfache Stabilitätsrechnung der Ente.

Das Resultat, später durch die mit viel weitergehenden Methoden durchgeführten Untersuchungen von Prof. Wieselsberger von der TH Aachen bestätigt, machte uns noch mehr Mut, zumal ich inzwischen das Buch von Max Eyth, »Der Schneider von Ulm« gelesen hatte, in dem es bekanntlich auch ums Fliegen geht, vor allem aber das gar nicht romanhafte Werk Lilienthals von 1889, »Der Vogelflug und die Fliegekunst«, das ganz nüchterne, sachliche, technisch begründete Auskünfte, auch mit Modellversuchen im natürlichen Wind, gab. So bauten wir noch 1909 einen manntragenden Entengleiter, mit dem wir auch von den Sandbergen hinuntersprangen, was ganz kurzes Gleiten von 10-15 Meter Länge ergab. Den besten Flug machte mein Schulfreund, der spätere Architekt und Baudirektor Hermann Gildemeister mit wohl 20 Metern. Aber dann mußte ich ins Abitur. Als ich morgens aus dem Hause ging, traf ich im Windfang mit dem Telegrammboten zusammen. Mein Bruder gab Nachricht, daß die ersten Sprünge der Ente gelungen seien.

Trotz der Aufregung bestand ich das Examen. Vater erlaubte, daß ich nach Berlin fuhr, aber mit dem strengen Zusatz: »Berufe werden mir nicht daraus!«

Der Deutsche Automobilclub hatte für die Ente ein großes Zelt leihweise zur Verfügung gestellt, das auf dem Bornstedter Felde bei Potsdam aufgebaut wurde, wo wenig später auch Orville Wright erschien, der dort seinen ersten deutschen Flugschüler, Kapitän Engelhardt, ausbildete.

Kurz nach meiner Ankunft hatte Dr. Alberti mit der Ente 40 Meter in 3 Meter Höhe geflogen. Aber die ganzen vierzehn Tage lang, die ich dort sein konnte, weil ich im Oktober mein praktisches Arbeitsjahr vor dem Ingenieurstudium beginnen mußte, habe ich nur ein paar Hopser gesehen. Die unsäglichen Schwierigkeiten, von denen die persönlichen oft noch größer waren als die technischen, kann sich nur der vorstellen, der die damalige Zeit tätig miterlebt hat. Es war ein besonderer Glücksfall, wenn nach wochenlangen Mühen der Motor eine halbe Minute mit allen acht Zylindern lief.

Einmal kam Orville Wright in unser Zelt herüber, sagte lange gar nichts, wie es seine Art war, und sprach dann langsam *einen* Satz: »Less wires but stronger.« Weniger Drähte, aber stärkere sollten wir also nach seiner Ansicht anwenden, und er rührte damit schon an das spätere wichtige Problem, den großen Luftwiderstand der vielen Drähte herabzusetzen, was erst zehn Jahre später durch Junkers und Fokker mit dem freitragenden Flügel radikal verwirklicht wurde. Damit erst bekamen Flugzeuge, bis dahin meist häßliche Gestelle, schöne organische Formen, Stromlinienformen.

Solche fernen Ideale halfen uns aber damals nicht weiter. Die großen Schwierigkeiten, das langsame mühselige Fortschreiten in ganz kleinen Etappen machten zusammen mit den finanziellen Unzulänglichkeiten meinen Bruder so mürbe, daß er zu seinen künstlerischen Idealen und Arbeiten zurückkehrte. Auch in München, wohin man auf Betreiben Dr. Albertis mit der Ente zu der erst im Entstehen begriffenen Firma Otto umzog, konnten keine Erfolge erzielt werden.

Bei mir wirken Schwierigkeiten immer umgekehrt: Ich sagte mir, nun erst recht. Es war doch offensichtlich, daß die Flugtechnik im Aufstieg begriffen war. Im November 1906 war der Brasilianer Santos Dumont auf dem Rasen vor dem Schloß Bagatelle im Bois de Boulogne bei Paris 220 Meter weit in ein Meter Höhe vor Sportzeugen geflogen. Die Flüge der Brüder Wright ab 1901 in den Vereinigten

Staaten hatte man zwar in Europa einfach nicht geglaubt. Aber im Januar 1908 war Henry Farman mit einem von den Ingenieur-Brüdern Voisin gebauten Doppeldecker einen Kilometer im Kreise geflogen, ebenfalls vor Sportzeugen in Paris.

Unabhängig von meinem Bruder hatte ich mit meinen Freunden Kirchhoff und Tiemann schon 1909 einen normalen Gleiter, also mit hintenliegenden Steuerorganen, gebaut und am Osterdeich, später in Lesum kurze Gleitflüge damit gemacht. Das mußte alles von meinem Taschengeld bestritten werden, und an einen Motor war also vorerst nicht zu denken. Immerhin bescherten mir diese kurzen Flüge manche technischen Erfahrungen. Einmal sogar ein kleines persönliches Flugerlebnis. Ich lief mit dem Gleiter auf der Deichkrone an. An der Kante angekommen, kam gerade eine freundliche Bö. Anstatt gleich herabzugleiten, hob sie mich vielleicht zwei Meter hoch, und so glitt ich, als sie nachließ, viel weiter als bisher, zum ersten Mal so richtig das Getragenwerden durch die Luft spürend. Einmal verstauchte ich mir bei der Landung durch Vornüberfallen so den Daumen, daß ich für den Tag ausfiel und im Grase sitzend nur den kleinen Flügen meiner Freunde zusehen konnte. Das war im Osten des Osterdeichs in der Nähe des Jakobsberges, nachdem wir vom Altenwall weggegangen waren, weil dort der hohe Bau des Wasserwerks bei Südwestwind unangenehm schralende Böen über die Weser schickte, die mich einmal ganz auf den Rücken warfen.

1910 hatte der wohlhabende Bremer Wollkaufmann Oskar Müller in Straßburg fliegen gelernt und brachte zwei Aviatik-Doppeldecker mit, baute für sie Schuppen auf dem Bremer Exerzierplatz an der Ochtum und wollte eine Flugschule hier beginnen. Er interessierte sich so für unsere Arbeiten, daß er uns einen 9-PS-Neckarsulm-Rennradmotor stiftete, mit dem Tiemann und ich eine kleine, einsitzige Ente bauten, während ich mein praktisches Jahr machte. Irgendein Erfolg konnte mit dem schwachen Motor nicht erzielt werden, und im Herbst 1910 hatte ich die Technische Hochschule in Hannover zu beziehen.

Quelle:

Henrich Focke: Wie ich Flugzeugbauer wurde, in: Radio Bremen Hausbuch, Bremen 1965, S. 124 ff.

Henrich Focke gründete 1923 die Focke-Wulf-Flugzeugbau A.G. in Bremen. Später schied er aus dem Unternehmen aus, um sich ungestört seinen Forschungen und Konstruktionsplänen widmen zu können. In den Dreißigerjahren gewann er mit seiner Hubschrauberkonstruktion viele Weltrekorde und erhielt 1938 für seine Leistungen im Flugzeugbau die Lilienthal-Gedenkmünze.

ILSE LAURA DRESEL-KOENENKAMP
(* 1889 Bremen † 1982 Sehringen)

Nehmt mich von der Affenschule runter

Es war alles ganz einfach, die Wandlung vollzog sich folgerichtig und ziemlich schnell. Ich fuhr, 13jährig, mit meiner Mutter nach Berlin, die dort einen Vetter besuchte. Bei unserem Besuch sagte er: »Ihr müßt aber zuerst das Pergamon-Museum sehen«. Es war noch das düstere alte Gebäude, das später durch das helle geräumige ersetzt wurde. Die Friese des berühmten Tempels waren in einem Raum untergebracht, mit wenig Licht, ringsum verteilt an den Wänden entlang auf der Erde. Man mußte knien, um die Einzelheiten sehen zu können. Die primitive Unterbringung und das Halbdunkel gaben allem etwas Geheimnisvolles; ich sah zum erstenmal griechische Originale. Zuhause hatte meine Mutter in mehreren Räumen Nachbildungen von Köpfen, Statuen und Reliefs, von denen mich die Büste des Antinous und die kleine Statue des Narciss besonders fesselten. Antinous stand auf einem großen alten dunklen Schrank. Ich blickte zu ihm auf und sprach mit ihm und er hörte mir zu, mit geneigtem Haupt, und manchmal schien er mit den leicht geöffneten Lippen zu antworten. Er war ein stummer und doch beredter Freund. Narciss war ein Anziehungspunkt geheimnisvoller Schwärmerei, ein Träumender, der auch in mir Träume weckte. An diese beiden dachte ich und fragte nach anderen großen Skulpturen, die ich in weiteren Räumen des Museums vermutete. Uns wurde eine Saaltür geöffnet, und gleich beim Eintritt empfing eine Ansammlung von Gestalten in ihrer stummen Größe mich wie einen Gast des Olymp.

Ich war so ergriffen, daß ich kein Wort sagen konnte, dann hörte ich mich selber ausrufen: »Das sind alles meine Verwandten! – Ich möchte wissen, wie sie gelebt und welche Sprache und Gedanken sie gehabt haben, bitte laß mich ihre Sprache lernen, und was sie taten, was sie dachten!« Ich bat meine Mutter so eindringlich und wiederholte meine Bitte auf der Heimreise, mich beschäftigte kaum etwas anderes noch. Sie ging bald, als wir wieder zuhause waren, zu einem ihr bekannten Professor, der am alten Gymnasium Latein und Griechisch lehrte, und bat ihn, mir Unterricht zu geben. Latein bedeutete Fortsetzung von Studien, die ich mit einer Freundin mehr oder weniger heimlich unternommen hatte. Wir hatten den Ostermann schon bis zur Quinta durchgearbeitet und erhielten Hinweise und Korrekturen von der Schwester meiner Freundin, wenn sie in den Semesterferien zuhause war. Sie war die erste deutsche Mathematik-Studentin. Dies alles begab sich im Jahre 1903.

Der bekannte Professor Wagener nahm mich als Schülerin an. Er hatte noch nie einen weiblichen Schüler unterrichtet. Ich ging jeden Tag zu ihm, stieg hinauf in sein Studierzimmer, das ringsum bis an die Decke mit Büchern gefüllt war, und noch sein Schreibtisch hatte einen Aufbau mit Büchern, die nicht nur an der Stirnseite, sondern weniger hoch auch an den beiden Seiten untergebracht waren, und zwar auf der rechten Seite weniger, sodaß er aus seinem Bücherwall hervorschaute wie der Petrus von Goya, sein Haupt leicht wiegend wie auf einem geistigen Meer. Ich saß an einem kleinen Tisch, der unmittelbar an seinen Schreibtisch angrenzte und sah das große

Haupt im Profil, das etwas geneigt auf einem kurzen Hals saß. Sahen mich seine geisterfüllten gütigen Augen schräg an, dann hoffte ich auf alle Weisheiten und Kenntnisse früherer Zeiten, die ich in größter Spannung erwartete. Ich habe im Laufe von drei Jahren nüchterne Grammatik, Syntax und Phraseologie gelernt in einem strengen Exercitium. Die Verklärung jeder Stunde kam zum Schluß. Vom 3. Jahr an las er mit mir jeden Tag 200 Verse Homer, und ich durchlebte mit ihm die Ilias und die Odyssee.

Diese großen Möglichkeiten konnten nur wahr werden, weil ich meine Mutter in Berlin nach dem Besuch im Pergamon-Museum bei ihrem Vetter, der uns einlud, erfüllt von dem was ich gesehen und erlebt hatte, unvermittelt bat: »Bitte, nimm mich von der Affenschule runter!« Ich sehe noch heute die beiden erstaunten Gesichter und höre das belustigte Gelächter meiner Mutter. Sie antwortete gar nicht, doch sie muß, als wir wieder zuhause waren, sehr schnell gehandelt haben. Denn eines Tages hieß es: »Du brauchst nicht mehr in die ›höhere Töchterschule‹ zu gehen. Dein Vater ist einverstanden, Du wirst von jetzt an in Privatstunden zum Abitur vorbereitet.«

Außer den Stunden in lateinischer und griechischer Sprache bekam ich Unterricht in Mathematik und Geschichte. Die neuen Sprachen Französisch und Englisch sowie Kultur- und Kunstgeschichte wurden höchst lebhaft und intensiv mit Freunden und Freundinnen, unter ihnen auch eine meiner früheren Lehrerinnen, betrieben. Besonders in den Semesterferien, wenn die Söhne von Bekannten und Freunden nach Hause kamen, waren sie die besten Lehrer. Alles wurde mit Ernst und Fröhlichkeit verhandelt. Nur die Mathematik war eine schlimme Sache. Am Alten Gymnasium, das humanistisch ausgerichtet war, stand für mich das Griechische an erster Stelle. Diese Sprache war für mich Musik wie alle Erscheinungsformen der griechischen Welt.

Der Professor für Mathematik war ein passionierter Lehrer seines Fachs. Er erteilte mir Unterricht an drei Nachmittagen in der Woche. Er versuchte seine Wissenschaft an einem mathematisch völlig unbegabten Kopf. Sehr bald ließen seine Bemühungen merklich nach. Er stand plötzlich auf, rückte ein minimal schief hängendes Bild an der Wand zurecht, seufzte, setzte sich wieder hin und schaute mich wie ein in die Hilfsschule gehörendes Wesen an. Diese Stunden wurden für ihn und für mich zu einem Alptraum. Doch so geschah plötzlich etwas Merkwürdiges. Von einer Stunde zur anderen sah er mich freundlich an, und mit einer heiteren Geduld erklärte er mir die entsetzlichen Logarithmen. Von da an war der Bann gebrochen, und ich arbeitete mit Eifer zuhause und bei ihm, nicht aus Begeisterung für die Mathematik, sondern aus Dankbarkeit für seine völlig verwandelte Einstellung mir gegenüber. So ging es fort bis zum Abitur. Erst nachdem dies bestanden war, erfuhr ich in einer kleinen fröhlichen Feier den Grund seiner damaligen plötzlichen Veränderung, und zwar erzählte mein verehrter Professor der griechischen Sprache zu fortgeschrittener Stunde die lustige Geschichte, als Begebenheiten aus den Lehrjahren in gesprochenem und gesungenem Text glossiert wurden. Mein griechischer Erzieher schaute mich an, und seinem listig funkelnden Auge sah man an, daß er etwas zum Besten geben wollte. Ich war die Zielscheibe: »Ja – Koenenkämpchen, das war so: Eines Tages kam Kollege F. mit ernster Miene zu mir und sagte: ›Also lieber Kollege, das Geld von dem Vater kann ich nicht mehr annehmen; das Mädchen ist gänzlich unbegabt, ich gebe die Stunden auf‹ – Da habe ich ihm gesagt: ›Bei mir ist sie gar nicht unbegabt für die alten Sprachen, insbesondere im Griechischen ist sie vorzüglich. Die will ich Ihnen mal vorreiten im homerischen Gang. Das ist mein bestes Zirkuspferd! Also, Kollege F., geben Sie sich etwas Mühe mit ihr.‹ So geschah die Wandlung des Kollegen F. in Mathematik seiner unbegabten Schülerin gegenüber.«

Dem Kenner und Lehrer der alten Sprachen verdanke ich eine Lebensregel, die in dem Satz bestand: »Laß dich nicht verblüffen!« Ehe die Unterrichtsstunde begann, fragte er mich mit prüfendem Blick: »Wie heißt das 11. Gebot?« Er selber brauchte diese Regel wohl nicht, denn er war allen seinen Schülern Wate, »der Seher«. Entstanden war diese Bezeichnung, weil jeder Schüler, der mit ihm zusammen kam, sein großes Wissen, seine Weisheit und menschliche Güte spüren mußte und sie würdigte. Wann dieser Name entstanden war, wußte niemand. Er hing ihm durch die Jahrzehnte an, die er als Professor für Latein und Griechisch am Alten Gymnasium lehrte, und blieb ihm auch nach seinem Tode. [...]

Über die Zeit der Vorbereitung zum Abitur wäre noch zu erwähnen, daß mir auf Antrag bei der Schulbehörde der Hansestadt erlaubt wurde, in der Prima des neuen Gymnasiums zu hospitieren.

Meine Absicht war, eine Vergleichsmöglichkeit mit meinen erworbenen Kenntnissen zu erhalten. Die Erlaubnis des Schulsenators kam.

Um in die besagte Prima zu gelangen, hatte sich der Direktor des neuen Gymnasiums ein kleines Zeremoniell ausgedacht: 10 Minuten vor Beginn der Stunde mußte ich in seinem Direktorzimmer mich melden. Bis das Pausenzeichnen erklang unterhielt er sich (meistens sehr) freundlich mit mir und bat mich, Hut und Handschuhe in seinem Zimmer zu lassen. Wenn das zweite Glockenzeichen ertönte, das die Pause beendete, blieben wir noch einige Minuten in seinem Zimmer, dann schritt er mit mir über die leeren Korridore in das Klassenzimmer der Prima. So wurde vermieden, daß ich überhaupt Schülern begegnete; nur die Primaner bekamen mich zu Gesicht. Für mein Verhalten in der Klasse machte mir Direktor Achelis folgende Verhaltensvorschriften in einem wohlwollenden belustigten Ton: »Folgen Sie mir in die Klasse und setzen Sie sich gleich in die erste freie Bank bei der Tür. Schauen Sie nicht zur Seite, und drehen Sie sich nicht um. Am besten halten Sie Ihre Blicke auf mich gerichtet. Beim Glockenzeichen am Ende der Stunde bleiben wir beide noch kurz im Klassenzimmer und gehen dann zurück in mein Arbeitszimmer.«

Über die Monate lief alles glatt und gut; nur die kleinen geschriebenen Mitteilungen, die im Pultfach lagen in Brief- oder Zettelform mußte ich geheimhalten, unbemerkt in meine Tasche stecken und sie mit Vergnügen zu Hause lesen. Ich bin sicher, daß auch dies den guten Achelis belustigt hätte, wenn er es gewußt oder ich es ihm später erzählt hätte. Leider habe ich ihn nie wiedergesehen.

Nach der Hospitanten-Zeit reichte ich vor Beginn der Sommerferien 1907 bei der Schulbehörde des Senats der Freien Hansestadt und Republik Bremen mein Gesuch ein zur Ablegung der Prüfung an einem humanistischen Gymnasium. Überschrift: Zur Erlangung der Reife. Diese Reife sollte mir noch zu schaffen machen. Nach ungefähr zwei Wochen Wartens hörte ich an einem frühen Sonntagmorgen Schritte auf der Treppe zu meinem Giebelstübchen, das oben im Haus unter dem Dach von meiner Mutter mir als Schlaf-, Wohn- und

Studierstube eingerichtet war, um ungestört arbeiten zu können in diesem »Olymp« einen Stock höher als meine Eltern und vier Geschwister. Vorher hatte ich mit meinen beiden viel jüngeren Schwestern einen großen Raum geteilt, sie aber oft mit Arbeiten nach dem Abendbrot stören müssen. Als ich die Schritte hörte, wußte ich sofort, es war mein Vater, der noch nie hier oben erschienen war. Er schaute herein, hatte einen grünen Brief in der Hand, den er mir fast feierlich in die Hand gab an diesem Sonntagmorgen. Damals waren die Briefträger auch früh sonntags unterwegs, an den gewöhnlichen Tagen sogar vormittags und nachmittags. In dem grünen Brief wurde mir die Zulassung zur Reife-Prüfung mitgeteilt, und zwar sollte das Examen am alten Gymnasium in der 1. Juliwoche, d.h. die schriftlichen Prüfungen, stattfinden. Das Mündliche vier Wochen danach. Der »Monte Papato«, wie ich meinen Vater oft nannte, und ich waren über den baldigen Termin erfreut und stiegen sonntäglich heiter in die unteren Regionen des Hauses, wo der grüne Brief mit seinen Folgen ein Drehpunkt der Mutmaßungen wurde.

Mutter und die vier Geschwister malten aus, wie alles werden könnte. Besonders aufregend würden die Klausuren für die fünf Sprachen und Mathematik, sechs Tage lang jeden Tag von 2 Uhr mittags bis 7 Uhr abends. Doch mit Leibnizkeks, Bananen und Pfirsichen sah ich mich schon in das alte Gebäude nahe dem Dom ziehen. Und abends wurde ich von meinem Bruder, der Schüler auf dem alten Gymnasium war, und unserem gemeinsamen Freund Lothar abgeholt, womöglich in einem Papendieker! (Ein Einspänner benannt nach Senator Papendiek, der diese hübschen Droschken eingeführt hatte.) Das Ganze wurde ein Vergnügen. Weit entfernt von der Anwandlung »Ernst des Lebens«.

Ich machte auch gleich den Plan für die vier Wochen Zwischenzeit zwischen schriftlicher und mündlicher Prüfung. Eine Kiste mit Büchern wurde gepackt und als Fracht in ein idyllisches Pastorenhaus in Emsland geschickt, wo eine Schwester meiner Mutter mit ihrem Ehe-Pastoren lebte. Zwischen Schriftlichem und Mündlichem sollten die Kenntnisse gründlich aufgebügelt werden, denn hier kamen noch mehr Fächer als im Schriftlichen zur Sprache. Außer den fünf Sprachen und Mathematik: Geschichte, Literatur der fünf Nationen, Physik und Geographie, die allerdings erst am Ende eines langen Tages abends spät um 1/2 10 Uhr für die Extraneer aufs Tapet kam.

Ich beschloß von den vier Wochen nur zwei ins Pfarrhaus und die restlichen nach Norderney zu gehen. Meine Bücherkiste schickte ich nach der Büffelzeit gleich nach Hause, um dann auf der Insel nur noch fröhlich zu leben; Schwimmen, Segeln, Ausflüge und Tanzen waren das Programm mit Verwandten und Freunden. In diese Sorglosigkeit platzte allerdings eine alarmierende Nachricht. Die hohe Behörde des Senats der Hansestadt hatte anhand des Lebenslaufes befunden, daß mir das Zeugnis der Reife nicht erteilt resp. wieder entzogen werden müsse, da ich erst siebzehn Jahre alt war während der schriftlichen Prüfung. Die Reife begann aber erst mit achtzehn! Ein liebenswürdiger Retter eilte zur Hilfe. Meine Mutter klagte dies Leid einem befreundeten Professor für französische Sprache, und dieser fand sofort das Argument, daß zwischen Schriftlichem und Mündlichem genau in der Mitte der vier Wochen mein Geburtstag fiel, sodaß am Ende der mündlichen Prüfung das Zeugnis der Reife einer Achtzehnjährigen erteilt werden würde. Senat, Prüfer und Prüfling waren's zufrieden; die Gefahr war gebannt, und vorüber der Alptraum, daß alles um Monate verschoben werden könnte. So aber wurde ich an einem lauen Sommerabend im Triumph von meinen beiden Getreuen im Papendieker eingeholt und in den festlich strahlenden »Wintergarten« geführt vor einen Gabentisch rings um die große Bowle. Die »Mula« wurde gefeiert. Sie selber hatte gar kein Bewußtsein ihres neuen Status und konnte nur vom bestandenen Examen hören als sei es nicht von ihr. Das Schönste war ein Bild von Byron, ihrem Idol. Und ein silbernes Eßbesteck mit ihrem Namen, und ein entzückender 3-teiliger Spiegel auf den Toilettentisch zu stellen. Das Allerbeste war die schwebende Freude, die Seligkeit mit Eltern, Geschwistern und dem Freund; später sagte man Jugendfreund; in Wahrheit blieb er ›der‹ Freund, bis er mit 80 Jahren starb. Briefe gingen verloren durch Kriege, nur seine handgeschriebene »Jugendliebe – Ein Märchen« ist erhalten geblieben – über 70 Jahre.

Die Bilder, die Erlebnisse vor und in der Zeit des Examens verblaßten nur wenig, doch sie wurden bewegungslose Vergangenheit.

Die Bücher standen in den Regalen wie Zeugen noch, doch nicht beteiligt am Leben jeden Tag. Historie – Erinnerung.

Und zugleich stieg mehr und mehr in das Bewußtsein, wieviel Macht das Errungene auf das Zukünftige haben könnte.

Das Pergamon-Museum ... öffnete sich zu einer Vision: Universität.

Ein Wunder für ein Mädchen im Jahr 1907!

Quelle:

Ila Dresel: Lebende Bilder, Müllheim/Baden 1980, S. 13 ff.

Da Mädchen Anfang des 20. Jahrhunderts am Alten Gymnasium nicht zugelassen waren, mußte Ilse Laura (gen. Ila) sich durch Privatlehrer unterrichten lassen. 1909 nahm die Tochter des Bremer Kaufmanns F.H. Koenenkamp in Freiburg das Studium alter Sprachen und anderer Fächer auf; also zu einer Zeit, da an den deutschen Universitäten Frauen noch eine Ausnahmeerscheinung darstellten. 1911 heiratete sie den Freiburger Professor E. G. Dresel. Nach dem Zweiten Weltkrieg wurde sie Redakteurin am Weser-Kurier sowie »Head of Editors and Publishers Room« der US. Headquarters.

JOSEF KASTEIN
(* 1890 Bremen † 1946 Haifa)

Mit den Jahren wird die Phantasie komplizierter

Es ist kein Zweifel, daß der Durchschnittsmensch unserer Tage ein größeres Wissen besitzt als die Generationen vor ihm. Dabei soll man nicht prüfen, ob er von diesem Wissen immer einen weisen oder auch nur verständigen Gebrauch macht. Aber ihm kommt dabei zugute, daß die Technik ihn mit ungewöhnlich vielen Hilfsmitteln versieht, um sein Wissen jederzeit aufzufrischen und damit sogar ein verstärktes Erinnerungsvermögen zu erzeugen. Ob es die Grammophon-Platte ist, auf der wir schnell noch einmal Benjamin Gigli kontrollieren können, oder ob es die Momentaufnahme ist, die genau beweist, daß Jonny im Jahre 1904 nicht bei dem Ausflug nach Wolfratshausen zugegen war.

Ich unterliege von Zeit zu Zeit erfolgreich der Versuchung, unter alten Papieren und Photos zu kramen; aber das Resultat ist bemerkenswert. Von Mal zu Mal nehme ich einige der Photos heraus, sehe sie an, erinnere vielleicht auch genau die Umstände, unter denen sie gemacht wurden ... und zerreiße sie. Das Motiv? Sie sind unnötig geworden, sowohl als Objekt der Betrachtung wie als Gegenstand der Erinnerung. Unnötig? In welchem Sinne? Sie sind wie die tausend und ein Gegenstände, die früher unseren Hausrat belebten, und wenn wir älter und einfacher und schlichter und anspruchsloser werden, brauchen wir sie nicht mehr. Nicht nur daß wir ohne sie sehr gut auskommen können; sie haben auch für den inneren Hausrat keine Bedeutung mehr und haben sie wohl nie gehabt. Wenn wir aufmerksam die vielen Mosaik-Steinchen prüfen, aus denen unsere innere Gestalt sich aufbaut, dann gewahren wir, daß viele von ihnen ihre ursprüngliche, ihre originale Farbe aufgegeben haben. Sie sind mit anderen, die ihnen ähnlich oder gleich sind zu einem einheitlichen Hintergrund der Farbe zusammengelaufen. Viele winzige Steinchen sind zu einem neuen Stein im Mosaik zusammengeschmolzen. Freilich: in diesem Mosaik der Seele gibt es keine ganz einfachen und ganz eindeutigen Farben. Es sind alles Mischungen und selbst noch die Fläche, die ungebrochen eins erscheint, hat kleine Stellen, von denen das einfallende Licht wie von keiner anderen Stelle sonst irisierend (und oft auch irritierend) zurückgeworfen wird.

Um es an einem Beispiel zu belegen: da existierte ein altes Schulbild, schon stark vergilbt und leicht verknittert. Am deutlichsten war der Hintergrund: die Kirche, an die unsere Schule angelehnt war. Es war von der Kirche jener Ausschnitt, der auch ohne photographische Krücke als Detail in meinem Gedächtnis geblieben ist: eine Pforte, über der ein roher Stein-Relief angebracht war. Er stellte den heiligen Martin dar. Ich hatte bald herausgefunden, daß er Linkshänder war, weil er das Schwert in der linken Hand hielt. Und der drohend erhobene rechte Vorderhuf des Pferdes ließ es mir verständlich erscheinen, daß der nackte Arme ganz klein, kaum erkennbar, vorsichtig unten am Rande des Reliefs kauerte.

Vor diesem Relief also hatten an die hundert Kinder – die zwei untersten Klassen der Schule – Aufstellung genommen, Buben und Mädel bunt gemischt. Es war eine Ansammlung ausdrucksloser undifferenzierter Gesichter und kurz geschorener Schädel. Nicht ein Gesicht mehr ist mir vertraut oder bekannt, und ich kann nicht einmal mehr sagen, ob dieser oder jener von ihnen sich später unter den wenigen Menschen befand, mit denen ich wirklich in Freundschaft verbunden war. Dagegen weiß ich – ohne sie identifizieren zu können, – daß zwei von ihnen nur als komische Lichtreflexe auf einer uniformen Farbfläche wieder in meine Erinnerung reflektiert worden sind. Der eine war ein kleiner zarter Bursche, der immer mit besonderer Vorsicht die Stiegen hinunterging, wenn wir in den Pausen auf den freien Platz vor der Kirche stürmten. (Einen Schulhof gab es da nicht.) Ich fragte ihn einmal, warum er so langsam gehe. Er antwortete mit ernster Stimme und unerhört deutlicher Aussprache: »Ich habe Rheumatismus«. Das hat mir damals ungeheuer imponiert und ich glaube, daß von diesem ersten tiefen Eindruck meine Vorliebe für wohlklingende Fremdwörter stammt.

Der andere Lichtreflex schoß viele Jahre später mit einer spontanen Komik auf. Ich hatte in amtlicher Eigenschaft im Zuchthaus zu Wilhelmshaven mit einem Strafgefangenen zu sprechen. Als die Unterredung beendet war und ich in Begleitung des Inspektors die Haupttreppe hinunterging, kam gerade ein Trupp von Insassen von ihrem morgendlichen Spaziergang im Hof zurück. Plötzlich sehe ich vor mir ein Gesicht, das ich kenne, und das zu den hundert dummen Kinderköpfen gehörte, die auf jener Photographie starren. Aber jener war noch schneller im Erkennen als ich. Er legte mir überwältigt beide Hände auf die Schultern und rief erfreut: »Mensch! Daß Du auch hier bist! Das habe ich garnicht gewußt!« Ich brachte nicht den Mut auf, ihn zu enttäuschen und sagte ihm: »Ich werde heute schon entlassen«. Er nickte sympathisch mit dem Kopfe. »Ich habe noch achtzehn Monate. Also laß es Dir draußen gut gehen!« – Ich habe es versucht, obgleich es mir sehr oft nicht gelungen ist.

So gab es noch sehr viele Photographien, die ebenfalls ihr Ende in jenem metaphysischen Gerät fanden, das ich für eine unerläßliche Voraussetzung jeder schriftstellerischen Tätigkeit halte: im Papierkorb. Sie waren mit keiner Jugenderinnerung verknüpft, weder einer wesentlichen noch einer gelegentlichen: sie trugen eindeutig den Stempel des Überflüssigen, des Unnötigen. Da war ein Bild, unter

Mißachtung aller photographischen Regeln aufgenommen, das Möven im Flug über ein Schiff im Mittelmeer zeigte. Es war an den Schattenumrissen ganz deutlich zu sehen, daß es Möven sein sollten. Aber welches Schiff und welche Reise es war, weiß ich nicht mehr. Und warum habe ich überhaupt die Aufnahme gemacht? Ich glaube, das ganze war – nicht nur photographisch – einfach eine Fehlleistung. Denn imgrunde hasse ich Möven, die hinter Passagierdampfern daherfliegen und den Küchenabfall vom Wasser auflesen. Ich liebe die Möven, wie ich sie zum ersten Mal zur Kenntnis genommen habe, irgendwo an der Küste der Nordsee, wenn die Flut abläuft und wenn man sich mit der Gebärde des Abenteurers, und doch von einer verstohlenen Angst heimlich angeweht, auf das Watt hinausbegibt, um Krebse zu fangen, oder eine seltene Muschel zu finden, oder mit dem dreieckigen Netz in den stehengebliebenen Wasserlachen Krabben zu fangen. Das sind auch die Stunden, auf die die Möven warten, um auf Jagd zu gehen und die unlautere Konkurrenz des Menschen laut zu beschreien. Da gehören sie in das Gesamtbild hinein, in das große Bild des Meeres, das mir so tief im Blute steckt – oder sollte ich sagen: in der Seele? – daß ich noch heute nirgends produktiv arbeiten kann, wo ich nicht das Meer sehe. In welcher Weltgegend ich auch gehaust habe: das Meer war immer vom Fenster aus zu sehen.

So war also die Möven-Photographie offenbar ein untauglicher und deplazierter Versuch, eine Jugenderinnerung zu repetieren oder zu duplizieren. Man soll eben nie versuchen, Duplikate zu schaffen, nicht einmal in den Dingen, die uns so unerhört schmackhaft schienen, als wir noch Kinder waren. Wie oft bin ich solchen Erinnerungen des Gaumens in meinen späteren Jahren nachgegangen, besonders in den Zeiten, in denen ich die Kochkunst als ein eminentes Gegengewicht gegen allzu viel abstraktes Tun entdeckt hatte. Aber es waren immer Enttäuschungen. Geschmacks-Sensationen sind eben einseitig wie die erste Liebe. Auf jeder weiteren ruht unweigerlich der Schatten des Grabsteins, über dem man die erste eingesargt hat. –

Aber solche Weisheit der Erkenntnis hat man nur wenn man älter wird, oder aber wenn man noch nicht einmal angefangen hat, den Begriff des Alters zu verstehen; das heißt also: in der Kindheit. Kindheit ist weise nicht aus Wissen, sondern aus dem Instinkt, aus der unbewußten Notwehr gegen Schmerz und Enttäuschung. Erst später, wenn wir unsere seelische Tragkraft zu überschätzen beginnen, werden wir bedenkenlos und nennen es fälschlich wagemütig. Aber der größere Mut liegt nicht in der Repetition sondern im Verzicht. Ich will auch das an einem Beispiel klarstellen.

Kinder, die an einem Fluß und dazu noch in der Nähe des Meeres aufwachsen, haben eine ganz natürliche Beziehung zu allem was auf dem Wasser treibt oder gleitet.

Das erste Spielzeug, das sie sich selber anfertigen, ist mit großer Wahrscheinlichkeit ein Schiff, und zwar ein Segelschiff. Es besteht in den Anfängen zumeist aus einem an den Enden abgestumpften Brett, in dessen Mitte man einen kleinen Holzstab einbohrt und an dem man ein dreieckiges Stück Papier als Segel anbringt. In einer ruhigen Bucht, im Schutz von Weidensträuchern, kann man es mit einem langen Stock dirigieren und auf weite Reisen schicken. Aber mit den Jahren wird die Phantasie komplizierter, der Ehrgeiz größer und die technische Begabung bedeutender. In den ruhigen Wohnvierteln der Neustadt (die eigentlich eine unmoderne alte Stadt war) leben viele ehemalige Seefahrer, von denen man die Kunst lernen kann, kleine Schiffsmodelle in höchster Vollendung zu bauen, vor allem alte Karavellen, an denen Forscher der Kulturgeschichte sich erbauen können. Aber ich hatte damals für Kulturgeschichte noch kein Interesse. Ich verstand noch nicht – wie ich es heute verstehe – daß Kulturgeschichte – ehrlich gesehen, ehrlich geschrieben – der einzige Weg ist, das große, beklemmende Drama zu beschwören, das den ewigen Aufschwung und den ewigen Niedersturz des Menschen darstellt. Mein Interesse und meine staunende Bewunderung galt jenen bunt bemalten Zweimastern, die im vollen Schmuck ihrer entfalteten Segel daherfahren und zwar – und da war das große Wunder – in einer Flasche! Ich habe eines Tages den Trick gelernt, wie man das Schiff in die Flasche hineinpraktiziert. Aber ich gebe ihn nicht weiter. Es hat keinen Sinn, einer Jugend, die den tiefen romantischen Reiz des Spielens verlernt hat, Dinge zu vermitteln, für die sie in ihrer technischen Überzeugung wohl kaum Verwendung hat.

Aber – um nicht nur sentimental sondern auch ehrlich zu sein – ich verspürte selbst eine große Neigung zur Technik, und als ich es für an der Zeit hielt, mir selber ein Schiff zu bauen, war ich sofort entschlossen, nicht ein Segelschiff, sondern einen Dampfer zu bauen. Wie immer, wenn man sich auf etwas neues konzentriert, die Winke und Andeutungen plötzlich von allen Seiten angestürmt kommen, so wurde auch hier meiner noch ungeformten Absicht der Weg gewiesen durch einen Fund. In dem Schuppen, der einem alten Steuermann gehörte, fand ich ein dunkles Stück Holz von irgend einem tropischen Baume. Es hatte sichtbar die Form eines großen Passagierdampfers. Alles, was zu tun blieb, war, das Innere auszuhöhlen und eine Maschine hineinzusetzen, es mit den richtigen Deckaufbauten zu versehen – und es auf Reisen zu schicken.

Das Aushöhlen des Rumpfes machte mich für mehrere Wochen zu einem braven, seßhaften Knaben und ich vermute sogar, daß ich in jener Zeit verhältnismäßig selten wegen ungebührlichen Betragens in das Klassenbuch eingetragen wurde. Die Deckaufbauten waren ziemlich einfach wenn man den simplen Linien der modernen Dampfer folgte. Das große Problem begann bei der Maschine. Der erste Impuls war natürlich, die kleine Dampfmaschine zu benutzen, die jeder respektable Knabe damals hatte. Aber die meinige hatte einen stehenden Kessel, und das Schwungrad lag folglich viel zu hoch. Auch war die Feuersgefahr nicht zu unterschätzen, die eine Spiritus-Flamme mit sich brachte. Aber der Mann, auf den ich mich in technischen Dingen blindlings verließ, der ehemalige Matrose Claus, wußte eine Lösung: das Werk einer alten Weckuhr mit starker Sprungfeder einbauen. Ein genialer Gedanke! Aber woher eine alte Weckuhr nehmen, deren Feder stark und nicht vor Alter gebrochen war? Claus zuckte die Achseln. Aber zugleich lenkte er meine Aufmerksamkeit auf eine betagte Weckuhr, die in der Küche neben der großen braunen Kaffeebüchse stand. »Aber sie wird ja noch benutzt!« wandte ich ein. Er zuckte nochmals die Achseln und sagte mit fast prophetischer Stimme: »Sie kann ja mal runterfallen ...« Damit lastete auf mir für lange Tage ein dunkles Problem: wie veranlaßt man eine noch im Gebrauch befindliche Weckuhr »mal runterzufallen«? Kindliche Gebete erwiesen sich als vollkommen wirkungslos. Unversehens mit der Schulter gegen die Borte zu stoßen wäre schön gewesen, wäre ich nicht damals ein kleiner rundlicher Bursche gewesen, der noch nicht einmal auf Zehenspitzen stehend mit dem Kopf hätte daran stoßen können. Aber wie gesagt: um einen tiefenseelischen Wunsch sammeln sich, von der himmlischen Vorsehung geleitet, die Möglichkeiten. Man muß nur jung genug sein, ihnen ohne Hemmung nachzugehen. Eines nachmittags war ich im Begriff, das Haus zu verlassen, mit einem langen Bambusrohr bewaffnet. Ich wollte nicht etwa angeln gehen. Es war lediglich für diesen Nachmittag auf dem Wagenplatz neben der Mühle die große Entscheidungsschlacht zwischen unserer Straße und der Meyer Straße angesetzt worden. Diese Schlacht sollte endgültig darüber entscheiden, wer das Recht auf Benutzung des Wagenplatzes und der alten Festungswälle hatte, die dahinter lagen. Als Waffe hatte man sich auf Angelstöcke geeinigt. (Notabene: daß wir siegten beruhte auf der Kriegslist, unsere Schulkappen dick mit Zeitungspapier auszustopfen und sie mit Bindfäden unter dem Kinn zu befestigen.)

Aber ehe ich zu dieser wirklich erhebenden Schlacht auszog, schlug der Blitz des genialen Einfalls mit voller Stärke in mein Gehirn. Ich stürmte in die Küche. Meine Mutter stand neben dem großen weißlackierten Schrank. »Kann ich ein Butterbrot bekommen?« rief ich und in der gleichen Sekunde stieß das lange Bambusrohr gegen den Wecker. Glas und Metall schepperte auf den großen Steinplatten. »Wie ein Wilder!« schrie meine Mutter auf. Mein Herz jubelte. Unter gemurmelten Entschuldigungen holte ich die Schaufel und den Handbesen und kehrte die Trümmer zusammen. Aber auf dem Wege zum Hof riß ich schnell das Uhrwerk heraus, versteckte es in meinem Zimmer und entfernte mich durch die rückwärtige Tür. Tagelang lebte ich in der Unruhe, es könne jemand auf die Idee kommen, den Wecker reparieren zu lassen. Aber er sank in Vergessenheit. Ich holte ihn aus dem Versteck und brachte ihn zu Claus in den Stall. Der zwinkerte mit den Augen, aber sagte nichts. Noch am gleichen Abend war das Gehwerk eingebaut. Wenn man die Feder abschnurren ließ, drehte sich der Propeller mit rasender Geschwindigkeit. In einem alten Wassertank wurden die ersten Versuche gemacht. Sie gelangen überraschend gut. Die Kunst der Navigation bestand darin, das Steuerruder so zu stellen, daß das Schiff einen Kreis beschrieb und somit an den Ausgangspunkt zurückkehrte.

Ich war mir bewußt, ein Kunstwerk vollbracht zu haben. Schon die Prozession von Spielgefährten, die mich zum Flußufer hinunter begleitete, gab mir ein unendliches Gefühl von Stolz und Befriedigung. Aber es war noch mehr dabei: ich liebte diesen Dampfer wirklich. Er war nicht nur mein Eigentum; er war ganz aufgefüllt und angefüllt mit Phantasien von Reisen in unbekannte Teile der Erde. Ich hatte oft genug im Hafen gestanden und Schiffe ankommen sehen und wenn auch die stolzen großen Viermaster immer seltener wurden, und wenn auch die Dampfer sich bis auf die Größe wenig voneinander unterschieden, verrieten sie doch das Geheimnis und die Romantik ihres Herkommens durch die Besatzung, die auf dem Verdeck auftauchte: Kulis, Malayen, Chinesen, Japaner, Mulatten, Neger, Inder. Ein erregender Anblick! Aber die Erregung erreichte erst ihren Zenith, wenn sie an Land gegangen waren und ihre Heuer bis auf den letzten Pfennig vertrunken hatten. Denn dann rückten sie mit ihrer Reserve heraus, mit den Schätzen, die sie aus ihrer Heimat zum Verkauf mitgebracht hatten: – Papageien, kleine Affen, einen bunten Sarong, eine geschnitzte Kugel aus Elfenbein, eine Schlangenhaut, einen chinesischen Holzschnitt, und zuweilen auch nur eine Kokosnuß oder eine Banane. Ach, eine Stunde so auf Schiffstauen an der Pier sitzen und zuschauen war mehr als hundert Märchenbücher zu lesen!

Ich hatte in meinen Dampfer mehr Reisen in diese Länder des Wunderbaren hineingeträumt als mein Leben mir bis heute gegönnt hat. Die kleine Bucht oberhalb der neuen Brücke war der Hafen, von dem aus ich mein Schiff zur Reise auf den Ozean sandte. Meine Kameraden hatten Zweifel, ob es fahren würde. Wie kann auch ein Schiff fahren, das so viel schöner ist als alle anderen, die bislang die Meere dieser kleinen Bucht befahren hatten! Aber es fuhr, allen Zweifeln zum Trotz. Es beschrieb einen großen Bogen und kam zu mir zurück. Ich zog das Uhrwerk wieder auf und es fuhr die zweite Reise und kam wieder heim. Es ging fast eine Stunde so. Ich wurde kühner und verstellte das Ruder, sodaß mein Schiff einen größeren Bogen beschrieb, fast mitten in den Fluß hinein. Es war ein Spiel mit dem Schicksal. Aber das Schicksal meinte es gut mit mir. Das Schiff kam zurück, wenn auch mit letzter Kraft. Ich schickte es noch einmal auf die Reise. Aber da ... in der Mitte des Kreises, fast in der Mitte des Flusses, trieb ein Stück Holz daher. Es stieß gegen das Ruder und bog es zur Seite. Und mit der letzten Kraft die in ihm war, und gehorsam der neuen Richtung, die das Ruder ihm gegeben hatte, fuhr es mit der Strömung den Fluß hinunter, stolz und mit wehenden Fahnen, den Fluß hinunter, dem Meere zu ... und verschwand. Ich glaube, daß das Mitleid meiner Kameraden echt war. Sie versuchten, mich zu trösten. Aber ich zuckte nur gelassen die Achseln und sagte: »Ich werde mir ein neues machen. Das da war nur ein Versuch«.

Es war eine Lüge. Ich habe mir nie wieder ein Schiff gebaut. Aber lieber hätte ich mir die Zunge abgebissen als meine Kameraden auch nur ahnen zu lassen, wie hier eine Welt von Träumen unter dem Schmerz eines unendlichen Verlustes zusammenbrach. Es gibt keinen Verlust der so groß ist wie der, den man zum ersten Mal in seinem Leben als einen Verlust wirklich erlebt. Nachher, als ich wieder zuhause war, habe ich lange geweint. Claus wollte mir ein neues Schiff bauen. Aber ich war damals weiser als später, als ich ohne Not Abfall fressende Möven photographierte. Ich habe sein Angebot abgelehnt. Ich hatte den Mut zum Verzicht.

Solche Geschehnisse, die die Lebensjahre überdauern, und von keiner Schicht neuer Eindrücke und von keiner Last neuer Erinnerungen überdeckt und ausgelöscht werden können, brauchen natürlich keine photographische Krücke. Der optische Eindruck ist in der Seele eingebrannt. Aber es gibt andere Vorgänge aus unseren abgelaufenen Tagen, bei denen uns ein Photo sehr gute Dienste leistet. Die Örtlichkeit ist eindeutig bezeichnet, die Gesichter, selbst die Kleidung, nicht zu leugnen und alles legt treues Zeugnis ab dafür, was da einmal war und wie es war. Und doch sind es gerade diese Photos unter denen meine unrastigen Finger die größte Verheerung angerichtet haben. Damit geschah etwas, was viele Menschen jeden Tag tun, nur daß sie zumeist nicht den Mut aufbringen, es sich einzugestehen, oder vielleicht nicht die Fähigkeit haben, den Vorgang als das zu erkennen, was er ist. Ich meine damit natürlich nicht, daß sie in natura Photos zerreißen, sondern daß sie photographische Aufnahmen, die ihre Seele einmal gemacht hat, zerstören. Wie viele Dinge geschehen uns im Leben – sei es, daß wir sie selber uns und anderen antun, sei es, daß wir ihr Geschehen zulassen, – von denen wir später brennend gern möchten, sie seien nicht geschehen, oder wir hätten sie nicht getan, oder sie wären anders verlaufen. Zuweilen sind es ganz kleine Geschehnisse, so wie wenn man sich von einem Kaktus einen winzig kleinen Stachel in den Finger sticht. Man stirbt nicht daran. Aber solche Stacheln setzen sich mit einer fast satanischen Bewußtheit immer an die Stelle des Fingers, die man hundertmal am Tage berührt. Und jedesmal tut es weh. Wir versuchen, den Stachel mit dem Daumennagel herauszudrücken, ihn mit den Vorderzähnen herauszubeißen, mit einer nicht zu rostigen Stecknadel herauszupolken. Wir könnten es auch der Natur überlassen, ihn allmählich unschädlich zu machen. Aber die Seele hat eine andere Natur als der Körper. Die Stiche gehen tiefer und sie tun jedesmal weh wenn unsere Erinnerung sie berührt. Da helfen keine Stecknadeln. Da gibt es nur eine Hilfe: die Dinge wegdenken, und wenn sie sich nicht wegdenken lassen – was meistens nur sehr unaufmerksame Menschen können – dann muß man sie umdenken.

Es läßt sich drüber streiten, ob das einfach eine innere Lüge ist oder ein corrigez la fortune, oder aber ob es ein Akt der seelischen Notwehr ist. Denn wenn man diese kleinen Stacheln einmal genau unter der Lupe betrachtet, sind sie sich im Wesen fast alle gleich: es sind die kleinen Situationen, in denen wir versagt haben, denen wir uns nicht gewachsen zeigten, in denen wir eine Niederlage erlitten haben, in denen wir nicht unseren Mann gestanden haben. Ja, wären es große, entscheidende Dinge, dann könnten sie einen wichtigen Platz im seelischen Haushalt einnehmen: große Warnungstafeln auf der Landstraße von gestern zu sein, eine mahnende Stimme, die uns zur rechten Zeit anruft. Aber so sind es nur kleine, peinliche Wertminderungen. Und wer mag mit ihnen ständig leben? Und indem wir diese peinliche Momentaufnahme in den Papierkorb werfen, machen wir alle Erinnerung – die Grundlage der Autobiographie – zu dem, was sie in Wirklichkeit ist: ein Mosaik, in dem wir Steinchen auswechseln und gegen eine andere Farbe vertauschen, bis wir vor unserem eigenen Bilde einigermaßen bestehen können. [...]

Das ominöse Wort »Autobiographie« steht da – ich gebe es zu – wie eine Drohung. Aber hier ist nicht einmal die Absicht einer

Drohung vorhanden. Für eine Autobiographie braucht es die große, nie aussetzende Liebe zum Detail des eigenen Alltags, eine Art der Eigenliebe, die viele Formen annehmen kann. Aber noch die bescheidenste Form ist im Grunde eine unerträgliche Indiskretion. Sie erfordert einen Mangel an Hemmungen, zuweilen eine Abwesenheit von Schamgefühl, die nicht jeder aufbringen kann. Ich habe es daher nach Möglichkeit immer vermieden, Autobiographien zu lesen. Es schien mir immer zu indiskret.

Aber in einem Leben, das einem viel Gelegenheit gibt, alleine zu sein, stellt sich doch immer wieder eine Versuchung ein, die bedrohlich an die Grenze einer Autobiographie heranführt: das Tagebuch. Ich weiß nicht, wie es die Jugend von heute damit hält. Ich vermute, sie ist zu heftig nach außen gerichtet, um an dieser intensiven Wendung nach innen besonders interessiert zu sein. In meiner Jugend hatte ich wenige Freunde, die nicht etwas dachten oder erlebten, was so eminent wichtig war, daß es unter allen Umständen zu Papier gebracht werden mußte. Und je heimlicher die Umstände waren, unter denen es geschah, desto größer waren der Reiz und der seelische Gewinn. In unserem Kreise gab es sogar wenige, ausgesprochene Prosaisten, die sich mit der normalen Schrift begnügten. Es mußten unter allen Umständen Geheimschriften sein, in Verkürzungen, oder der Umstellung von Buchstaben, oder in frei erfundenen Symbolen, von denen eine ganze Welt von Schatzgräbern hätte ihren Nutzen ziehen können.

Es ist selbstverständlich, daß ich schon in den Gymnasialjahren ein solches Tagebuch in Chiffre besessen habe. Aber es muß doch nicht genial genug gewesen sein, um nicht einem Menschen von mittlerer Intelligenz manche Aufschlüsse über den Inhalt zu geben, wenn er es darauf ablegte. Das ist nur einmal geschehen, und ich kann beim besten Willen nichts von der Tatsache abstreichen, daß ich in eine äußerst dumme und peinliche Lage geriet, zumal die chiffrierten Aufzeichnungen zumeist brave, harmlose Menschen betrafen, bei denen ich Ferien verbrachte. Durch die Erfahrung belehrt, gab ich das Tagebuch auf. Aber dieses Mal hielt die Erfahrung nicht vor. Trotz aller Abneigung gegen Repetitionen habe ich im Laufe der Jahre noch mehrmals ein Tagebuch begonnen. Das stellt schon klar, daß ich es immer nach geraumer Zeit wieder vernichtet habe. Aber warum dann die Hartnäckigkeit, immer wieder zu beginnen? Nun, das geschah immer zu Zeiten, die sehr schwer zu ertragen waren, so schwer, daß es nur einen Weg gab, sie erträglich zu machen: einen Ausdruck dafür zu suchen. Aber diese schweren Zeiten bedeuten nicht die Situationen, in denen die Güter dieser Welt mir ängstlich auswichen, sodaß jeder kommende Tag gewissermaßen aus sich selber sich finanzieren mußte, was er übrigens durchaus nicht immer tat. Sondern die Zeiten waren schwer weil ich – meist ohne es klar zu erkennen – vor Entscheidungen stand, vor dem Andringen von etwas Neuem, das ich weder kannte noch ahnte. Und doch war es da und stürmte und bedrängte und brachte eine Verwirrung zustande, die sich nur im Wort, im Aussprechen lösen ließ. Standen die Dinge einmal schwarz auf weiß da, hatten sie einmal die geheimnisvolle Wirklichkeit angenommen, die in jedem gesprochenen oder geschriebenen Wort liegt, – dann hatten sie ihren Zweck getan. Sie hatten die Entscheidung aufgedeckt und notwendig gemacht. Und indem ich die Entscheidung traf, konnte ich das technische Instrument, eben das Tagebuch, mit ruhigem Gewissen zerreißen und in den Papierkorb werfen. Es hat mich nie gereut. Ich verspüre nicht einmal so etwas wie Neugierde nach dem, was ich da je und je aufgezeichnet habe.

Freunde, die es gut mit mir meinen und die die Wichtigkeit des persönlichen Geschehens offenbar überschätzen, haben mich oft zu überreden versucht, solchen Anfällen von Zerstörungswahn, wie sie es nannten, nicht nachzugeben. Es wäre doch mindestens interessant, an solchen Aufzeichnungen den eigenen Weg der Entwicklung nachzulesen und zu kontrollieren. Aber wir haben wohl nicht die gleiche Vorstellung von dem, was man Entwicklung nennt. Für mich ist Entwicklung nichts anderes als ein Prozeß der Auslese, des ständigen Versuches, eine gewisse Ordnung zu schaffen in der Unsumme von Dingen, Eindrücken und Erlebnissen, die wir in den frühsten Jahren unserer seelischen und geistigen Aufnahmefähigkeit in uns angesammelt haben.

Sobald wir eine gewisse Stabilität in unserem geistigen und seelischen Habitus erreicht haben, verbringen wir den Rest unseres Lebens damit, das damals Empfangene zu ordnen und zu gestalten. Dabei muß manches über Bord gehen, das nur Ballast und nicht wesentlich ist. Dafür kann das, was bleibt, [mehr?] Raum beanspruchen. Die Menschen, die mit den breiten, behaglichen Frachtkähnen durch das Leben fahren und vorsichtig am seichten Wasser der Küste entlangsteuern, dürfen ihren Kahn ruhig mit allem möglichen Ballast beladen. Aber wem es bestimmt ist, über Meere zu fahren, auf denen der Wind der Entscheidungen mehr als einmal den Kurs wechselt, und den Kiel zu unbekannten Zielen wendet, – der muß vieles über Bord werfen, wenn es anfängt, zu stürmen. Es ist schon einmal ein lebendiger Prophet über Bord geworfen worden.

Dieses Über-Bord-werfen ist eines der erregendsten Spiele das ich kenne. Denn es hat keine von vornherein bestimmten Regeln und ist voll von reizvollsten Überraschungen. Es gibt Menschen, die das nie kennen lernen. Es sind geordnete, zuweilen sogar sehr starke Naturen. Kaum verstehen sie, ein Schiff zu handhaben, da setzen sie auch schon ihren Kurs fest, laden ein, was sie für die Reise brauchen und stoßen vom Ufer ab. Und siehe da: sie kommen wirklich in dem Hafen an, den sie sich vorgenommen haben! Und sie haben auch nie daran gezweifelt, die Glücklichen!

Aber es gibt auch ungeordnete Naturen, Miniatur-Columbusse und kleine Marco Polos, die den Hafen von übermorgen nur in einem Zwielicht von Phantasie und Logik sehen. Ihre Unrast setzt den Kurs und ihre Hartnäckigkeit führt das Steuer. Die Reise scheint oft durch die Unendlichkeit des leeren Raumes, durch die Gewaltigkeit des Nichts zu führen. Aber dann taucht doch eines Tages an verschleierten Horizonten Land auf. Solche Seefahrer in das halb Traumhafte müssen für eine längere Reise Vorsorge treffen. Sie müssen quasi für ein heißes und für ein warmes Klima ausgerüstet sein. Und nicht nur das. Sie laufen zuweilen Häfen an, deren Silhouette ihnen aus der Ferne unendlich verführerisch erschien. Sie fahren hinein und finden das Gut dieses Landes schön und des Besitzes wert. Sie kaufen davon ein, so weit ihre Mittel reichen ... und kaum sind sie wieder auf der offenen See, ist der Glanz von den neuen Gütern gewichen. Sie sind nicht so farbig wie es im fremden Hafen den Schein hatte. Ihr Besitz ist nicht mehr so begehrenswert und bei dem ersten unruhigen Wetter gehen sie über Bord.

Vom Bilde auf die Praxis eines unruhigen Lebens übertragen, sehen die Dinge dann so aus: auf der Suche nach dem, was ausfüllen und erfüllen kann, begegnet man vielen Erscheinungen und hört man viele Stimmen. Manches ist eine Fata Morgana, von der eigenen seelischen Temperatur zum flüchtigen Erscheinen heraufbeschworen. Manches ist ein Ruf, der garnicht für uns bestimmt war; und manches ist nur zu erringen durch eine Kraft, die wir nicht besitzen. Und da wir uns unserer eigentlichen Kraft erst dann bewußt werden, wenn wir schon einen großen Teil davon in rührend erfolglosen Versuchen vergeudet haben, packen wir manche Last an, die uns wieder entgleitet. Wir müssen sie liegen lassen; zuweilen resigniert, zuweilen mit dem melancholischen Seufzer dessen, der von einer unglücklichen Liebe, von einer durchaus unerwiderten Liebe Abschied nimmt.

Ich habe mehrfach solchen Abschied von unglücklichen Lieben genommen, die mich nicht erhören wollten. Der erste Abschied war der von der Poesie. Ein normaler junger Mensch schreibt Gedichte. Das ist ein Axiom. Und ein normaler junger Mensch hört eines Tages auf, Gedichte zu schreiben. Das ist eine Erfahrungstatsache. [...]

Die Poesie ist nicht die einzige unglückliche Liebe, die ich gehabt habe. Aber es ist gut, daß ich sie gehabt habe, denn so wird mir einmal verziehen werden, was sich vielleicht einmal, vor den Pforten des Jenseits, als sehr notwendig erweisen wird. Zu diesen unglücklichen Lieben gehört das Drama, bzw. das Schreiben von Dramen. Über Hannibal und Savonarola habe ich allerdings nie geschrieben. Die Neigung zum Drama ist überhaupt erst ziemlich später aufgetaucht, zu einer Zeit, als ich eigentlich schon als erwachsen hätte gelten müssen. Vielleicht ist das der Grund, daß diese Liebe zwar begraben ist, daß ich ihr aber bis heute ehrlich nachtrauere, und daß zuweilen noch in mir die finstere Entschließung lauert, mich der Mutter zu nähern, nachdem mir die Tochter den Rücken gekehrt hat. [...]

Der große Irrtum, den ich beging, bestand wahrscheinlich darin, daß ich dachte: so einer imstande ist, die Tragik des Lebens zu begreifen, und zu erleben, dann muß er auch imstande sein, die Tragik der Lebenden zu gestalten. Das aber setzt voraus, daß er sich mit den Gestalten seiner Erfindung so tief identifizieren kann, daß er Phase um Phase ihr Leben erleidet, und daß er – wie Balzac es bei seinem

Pere Goriot tat – weinend vor dem Tod seiner eigenen Geschöpfe steht. Kann er das nicht – und ich kenne keinen lebenden Dramatiker, der es könnte – dann hat er zwar viele Möglichkeiten der psychologischen oder aktuellen Gestaltung, aber keine Möglichkeit, ein Drama zu schreiben. Die Shakespeares in der Welt sind sehr dünn gesät.

Aber solche Erwägungen fochten mich damals nicht an. Das Leben war erregend, Gedanken waren erregend, selbst das gesprochene Wort war erregend, und das Theater ... nein, es lag mir nicht im Blute. Es war einfach ein integraler Bestandteil der Erziehung, die nicht etwa das Elternhaus, sondern die mehr oder minder zufälligen Konstellationen der Umgebung mir vermittelten. Hätten meine Eltern nicht eines Tages die Wohnung gewechselt, wäre alles das wahrscheinlich nicht geschehen, was dann doch geschehen ist. So aber fügte es sich, daß wir eines Tages im gleichen Haus mit dem Inspizienten des Städtischen Theaters wohnten. Das hatte zunächst nur zur Folge, daß sein Sohn, und ich als sein Spielkamerad, freien Zugang zu der Waffenkammer des Theaters hatten und in den parkartigen Anlagen hinter dem Theater Schlachten von erheblicher historischer Treue ausfechten konnten. Aber in das Theater drangen wir nur von rückwärts ein, bis zum Arsenal der Kulissen, und zuweilen auch bis zum Schnürboden. Um das Theater durch den vorderen Eingang zu betreten, brauchte man – das wußten wir – Eintrittskarten. Auf einem Tischchen im Korridor der Inspizienten-Wohnung lagen zwar jeden Tag zwei Karten, und wer von den Bekannten und Freunden sie nehmen wollte, mochte es ohne zu fragen tun. Aber daß wir sie nehmen könnten, kam uns nie in den Sinn. Wir, das bedeutet mein Freund Karl, nach dem örtlichen Dialekt »Kalli« genannt, und ich. Er war damals acht Jahre alt und ich neun.

Aber dann kam ein Tag an dem es keinen anderen Weg gab, als sich der Karten zu bemächtigen. Wir hatten am Vormittag lange, grau gestrichene Speere mit blanker, stumpfer Blechspitze hinter dem Theater auf ihre Stoßkraft erprobt. Plötzlich wurde ein Apfelschimmel an uns vorbei und eine schräge Rampe hinauf in das Theater hineingeführt. Wir standen sprachlos und verzaubert da. Was tat ein lebendiger Schimmel im Theater? Wir warteten bis Mittag, ob er wieder heraus kommen würde. Er kam nicht. Wir fragten einen Kulissenarbeiter: »Was macht der Schimmel da drinnen?« Der Mann sagte ernsthaft. »Er ist auf der Bühne und probt für heute Abend«.

Nun wußten wir es, und sofort hielten wir Kriegsrat. Denn das stand unter allen Umständen von der ersten Sekunde fest, daß wir den Schimmel spielen sehen mußten. Zu dem Zweck mußten wir ins Theater, und zwar durch den vorderen Eingang. Und dafür mußten wir uns der beiden Karten bemächtigen, das heißt, sofern nicht vorher ein Erwachsener kam und sich ihrer bemächtigte. Das hing vom lieben Gott ab. Den ganzen Nachmittag hockten wir als brave Kinder im Korridor und beschäftigten uns mit einem Buche. Das heißt, wir starrten nur hinein. Wir horchten auf, wenn die Glocke unten an der Haustüre mit ihrem Dreiklang anschlug. Wir zitterten wenn Schritte auf den Treppen hörbar wurden. Aber niemand holte die Billets. Es mußte sich wohl um ein Stück handeln, das die Erwachsenen nicht interessierte, oder das sie gar schon kannten.

Es wurde dunkel. Wir wurden zum Abendessen gerufen. Mir fiel zum ersten Mal auf, wie ungewöhnlich lange eine solche Mahlzeit dauert. Aber sie ging auch zuende. Ich stürzte mit einem passenden Vorwand zu Kalli hinunter. Er wartete schon. Die Karten lagen noch da. Wir nahmen sie und rannten fort. Bis zum Theater war es nur ein Weg von zwei Minuten. Wir sahen keine Menschen mehr hineingehen. Die Vorstellung hatte sicher schon lange begonnen. Ich sandte ein Stoßgebet zum Himmel: »Lieber Gott, laß den Schimmel nicht im ersten Akt auftreten!«

Er tat es nicht. Wir gingen auf den Zehenspitzen durch das leere Foyer, und wußten nicht, durch welche Türe wir gehen sollten. Eine Garderoben-Frau erbarmte sich unser und schickte uns drei Treppen hinauf. Da packte uns ein Schließer und prüfte uns samt unseren Karten. Alles das nahm Zeit in Anspruch, und es wurde später und später. Aber dann endlich schob er uns durch eine Türe, und brachte uns auf unsere Plätze. Sie waren vor einer Brüstung mit hohem Plüsch, und darunter war eine gähnende, geheimnisvolle Tiefe. Ich schrak davor zurück. Der Schließer schien es zu merken. Mit einer väterlichen Gebärde drückte er uns in die beiden Sessel. Er selbst machte es sich hinter uns bequem, und dann sah ich zum ersten Male bewußt ein Theater, und wenn ich die Augen schließe, sehe ich es heute noch wie damals ... Es war vielleicht der stärkste optische Eindruck den ich je empfangen habe. Aber er fiel wohl, wie alle starken Eindrücke der Frühzeit, mit einem solchen Anprall in die seelische Tiefe hinein, daß er sofort von ihr verschlungen wurde, und erst später unvermindert, ja verstärkt, je und je wieder auftauchte. Für den Moment störte er mich garnicht. Meine Aufmerksamkeit war völlig auf den hellen Ausschnitt der farbigen Landschaft da unten an der Schmalseite des Theaters gerichtet. Ein Wald war da, und rechts zwischen hohen Felsen ein Weg und ganz rechts am Wege eine Bank aus Stein. Darauf saß ein Mann mit langem Haupthaar, der etwas vor sich hin sprach. Es interessierte weder mich noch Kalli, denn wir hatten beide entdeckt, daß er eine Armbrust in der Hand hatte. Nein, es war die Armbrust. Wir hatten oft damit spielen dürfen, denn sie war ungefährlich und man konnte garnicht damit schießen. Wir flüsterten aufgeregt. Der Mann hatte inzwischen zuende gesprochen und ging in eine Kulisse. Während wir noch überlegten, was er wohl dort wollte, erschien auf dem engen Wege plötzlich ein Reiter, ein Reiter auf unserem Schimmel: Da war kein Halten mehr. Triumphierend schrien wir beide wie aus einer Kehle: »Da ist er ja!« In der nächsten Sekunde hatte uns der Schließer am Kragen gepackt und uns hinausgeworfen. Aber es machte nichts. Wir hatten jedenfalls unseren Schimmel auf der Bühne gesehen und das Eis war gebrochen.

Das bedeutet, daß wir von da an des öfteren durch den vorderen Eingang in das Theater gingen. Ich verstand sehr wenig von dem, was auf der Bühne vor sich ging, und blieb zumeist nur dann wenn das Bild auf der Bühne sehr farbig war, oder wenn dort gekämpft wurde, oder aber wenn sie dort »Musik machten«, wie wir es nannten. Auch das Singen fiel für uns unter den Begriff »Musik machen«. Dann konnte ich aufmerksam bis zum Ende sitzen, und spät heimkommen und ganz allein Prügel bekommen, denn Kalli versagte mir da die Gefolgschaft. Er war nicht musikalisch. Er sang wie die Raben, die im Winter auf dem flachen Land neben dem Fluß schrien.

So kam es im Laufe der Jahre zustande, daß das Theater für mich nicht nur ein vertrautes Milieu wurde, sondern eine ganz besondere Denkform. Es gab Vorgänge und Ereignisse, besonders auf dem

Gebiete der Historie, die ich mir garnicht anders denn als Vorgänge auf einer Bühne plastisch vorstellen konnte. Sie spielten sich im wahren Sinne des Wortes vor mir ab. Ist es da ein Wunder, daß ich später, wenn ich mir Klarheit über manche Dinge verschaffen wollte, das Pro und Contra in Gestalten aufteilte, und sie gegen einander agieren ließ? Und daß ich eines Tages im Drama eine adäquate Form sah, mich selber und meine Gedanken auszudrücken?

Ich tat es; mit viel Hingabe und mit noch viel größerer Hartnäkkigkeit. Aus dem Rückblick langer Jahre weiß ich um die Belanglosigkeit all dieser Versuche. Ich glaube, ich habe immer einen entscheidenden Punkt verfehlt: die Tragik des Geschehens aus der Handlung selbst mit schicksalhafter Notwendigkeit und organischer Folgerichtigkeit entstehen zu lassen. Und mir ist klar, daß ich etwas anderes für mich selber derartig vorweg nahm, daß – genau besehen – eigentlich gar keine Notwendigkeit mehr bestand, das Drama zu schreiben. Nämlich: die Katharsis, die reinigende Erschütterung der Seele, war schon verlebt, während der Stoff am inneren Auge vorüberzog. Zur Gestaltung und zur Darstellung für den Zuschauer blieb keine Kraft mehr. [...]

Ich habe Claus Lindemann schon zu Anfang gedacht, aber zu kurz. Claus war gedrungen, dick, kugelrund, feuerrot und angemessen gekrönt mit einem roten Haarschopf. Seine Karriere als Matrose auf einem Segelschiff hatte er beenden müssen als er einmal vom Mast gefallen war. Wie das geschehen konnte, habe ich nie verstanden, da seine O-Beine mir für das Umklammern von selbst sehr starken Masten sehr geeignet schienen. Aber seiner stets guten Laune hat das keinen Abbruch getan, und für Jahre hinaus hat er meine Sprachbegriffe dadurch verwirrt, daß er mir mit ernstem Gesicht erzählte, er sei so beleibt, weil er damals die »Mast-Kur« gemacht habe. Claus konnte schlechthin alles. Er striegelte Pferde, er baute Mauern und Zäune, er legte im Hause die Röhren als der Gebrauch von Gas aufkam (ich meine Leuchtgas, denn Gas nannten die ostfriesischen Bauern das Petroleum), er tischlerte und schlosserte und setzte Fensterscheiben ein. Daß er kleine Schiffe und große Schiffsmodelle machen konnte, war selbstverständlich. Er war auch – die Wahrheit muß an den Tag, trotz Professor Fleming – schon zu Anfang dieses

Jahrhunderts der Mann, der das Penicillin anwandte. Wenn wir irgendwelche Wunden hatten – und wann hätten wir sie nicht gehabt – nahm er von einem Stück Weißbrot oder Weißkäse ..., das er immer auf einem Fenster im Pferdestall liegen hatte, den Schimmel herunter und breitete ihn über die Wunde aus. Um ihn dort festzuhalten, klebte er die Haut von der Innenseite einer Eischale darüber. Sie zog sich alsbald fest zusammen und der Verband wirkte Wunder. In besonders schwierigen Fällen suchte er im Gebälk des Packhauses nach einem heftig verstaubten Spinngewebe, das er dann applizierte. Für die Beseitigung von Warzen auf den Händen – der Himmel mag wissen, woher wir Jungen uns immer die Warzen geholt haben! – verfügte er über ein Mittel, das man als heroisch bezeichnen muß. Er nahm ein Stück Zündschwamm, legte es über die Warze, brannte es mit einem Streichholz an, und ließ uns dann auf einen Tisch oder auf die hohe Futterkiste steigen. Als er es mir das erste Mal befahl, fragte ich nach dem Grunde. Er sagte bedeutsam: »Wenn es erst richtig brennt, tut es so weh, daß Du springen mußt. Und so kannst Du gleich runterspringen«. Natürlich hatte er recht und selbstverständlich verschwanden die Warzen.

Aber er war nicht nur ein großer Arzt für den Körper, sondern auch für die Seele. Er gab mir in mehrfacher Richtung die Sicherheit, die mir fehlte: Da war zunächst eines: ich habe schon als Kind eine unwiderstehliche Abscheu gegen die Berührung mit einer Masse von Menschen gehabt. Geriet ich einmal irgendwo in ein Gedränge, hätte ich vor Ekel und Widerstand am liebsten weinen mögen. Aber die etwas rauhe Umgebung in der Schulzeit machte solche Berührungen zuweilen unvermeidlich. Simpel ausgedrückt: sobald die Jungen der Umgebung diese Neigung zum körperlichen Abstandnehmen herausgefunden hatten, deuteten sie das als ein Zeichen von Feigheit und erkoren sich den Feigling als bequemes Opfer von konzentrierten Massen-Angriffen. Claus sah sich einmal eine solche Prügelei (sie war etwas einseitig, da ich das Opfer überlegener Kräfte war) aus gelassener Entfernung an. Es war sein Prinzip, nie persönlich zu intervenieren. Als ich dann später ziemlich verbeult und farbig bei ihm im Stall saß, sprach er die weisen Worte: »Wenn man das nicht will, dann muß man sich eben Luft machen!« Ich fragte ihn: »Wie macht man

Luft?« Aus diesem Gespräch entstand der »Luftmacher«. Er bestand aus einem mit Schrotkörnern gefüllten Gummischlauch, den man, mit einer Lederschlaufe um das Handgelenk befestigt, im Ärmel trug. Ließ man ihn zur rechten Zeit »erscheinen«, so hatte man sehr schnell »Luft«, ohne jemanden mit der Hand betasten zu müssen. Es war eine große Erleichterung für mich, zumal der Luftmacher mir den Respekt der ganzen Umgebung einbrachte.

Auch auf einem anderen Gebiet war Claus ein großer Psychologe. Die eigentümliche Meeresnähe und die Nähe weiter Moor-Strecken und dunkler, geheimnisvoller Seen in dichten Eichenwäldern belebte alles mit zahllosen Geistern und Dämonen und unheimlichen Erscheinungen. Und alle waren Wirklichkeit, an die wir fest glaubten. Die Existenz des Klabautermanns, der unten im Schiff rumort, war eine oft verbürgte Tatsache. Sie stand in vielen Büchern geschrieben, genauso wie das Elmsfeuer, das an der Spitze des Mastes aufflackert und Böses verkündet. Ihm gleich stand das Irrlicht, eine wandernde Seele, die dich tief und tiefer in das Moor hineinlockt. Und unten im Waldsee hockt der Nöck, der sich eine große Kirchenglocke aus einer versunkenen Stadt gestohlen hat und den Fischern läutet, die zu ihm kommen werden, ob sie wollen oder nicht. Und wehe dem Schiff, das dem Fliegenden Holländer begegnet, dem unheimlichen Segler ohne Mannschaft! Auch die alten Tabakspeicher, und die hohen gewölbten Keller haben natürlich ihre lokalen Geister.

Es waren besonders die letzteren, mit denen wir persönlich befaßt waren, denn sie waren unserem Alltag sehr verdächtig nahe. Es gab darunter harmlose, etwas schreckhafte Geister. Sie wichen schon nervös zurück, wenn man laut pfeifend durch das Dunkel ging. Wir taten es, und es hat immer geholfen. Aber es gab andere Geister, weniger schreckhafte, recht rüpelhafte und hinterlistige. Sie machen plötzlich in der großen Stille ein knackendes Geräusch, daß du zusammenfährst und mit dem Kopf gegen den Treppenpfosten stößt, oder mit dem Knie gegen die große Tonne. Und das ist es, was sie wollen. Und wenn man nicht gleich Reißaus nimmt: wer weiß, was sie sonst noch anstellen!

Claus glaubte natürlich auch an solche Unholde. Aber sozusagen mit einer skeptischen Einschränkung. Das kam an meinem zwölften

Geburtstag deutlich zum Ausdruck. Er schenkte mir ein schönes Taschenmesser mit Perlmutter-Einlage, dessen große Klinge, einmal geöffnet, nur durch den Druck auf eine Feder wieder zu schließen war. Seine Ansprache bei der Überreichung des Messers ist mir ewig unvergeßlich. Er sagte: »Wenn Du jetzt durch den Keller gehst oder über den Hof, und da kommt Dir ein Geist entgegen, dann nimmst Du das Messer und stichst ihn. Wenn er dann ›Au‹ sagt, dann ist das gar kein Geist. Aber wenn er nicht ›Au‹ sagt« – und er zuckte die Achseln mit tiefer und resignierter Weisheit, »wenn er nicht ›Au‹ sagt, dann kannst Du eben nichts machen«.

Dieses Nebeneinander von Gewißheit und Unabwendbarkeit gab mir für später viel Sicherheit, obgleich ich nie in die Situation kam, von meinem Taschenmesser gegen Geister Gebrauch zu machen. Ich hätte es wahrscheinlich auch garnicht können, denn schon der Begriff »Stechen« war mir furchtbar und widerwärtig. Und er war es nicht erst von der Zeit an, da ich betrunkene Matrosen vor den Hafenkneipen im Kampf sah. Das Entsetzen vor der Grausamkeit wurde schon sehr früh in mir geweckt, und zwar aus einer Richtung her, die an sich unverfänglich erscheint: vom deutschen Volksmärchen her. Ich habe in späteren Jahren, als ich mich dem Studium der Kulturgeschichte zuwandte, viele Märchen der Völker gelesen, der primitiven Völker. Das enthält keine Abgrenzung, denn sofern es sich nicht um Kunst-Märchen wie die von Andersen handelt, sind alle Märchen das Produkt früher, primitiver Stadien eines Volkes und seiner primitiven seelischen und geistigen Verfassung. Es geht dort zuweilen sehr rauh und rüpelhaft, und auch blutig zu. Aber ich glaube, was Grausamkeit anbetrifft, können die deutschen Volksmärchen ihren Platz sehr gut behaupten; es wimmelt da von abgeschnittenen Köpfen, Nasen, Ohren, von Torturen und Quälereien jeder Art, von vergifteten Äpfeln und glühenden Pantoffeln. Sie sind eine Orgie von Hassenswertem und unmenschlichen Dingen. Es ist nicht zu verstehen, warum Mütter und Erzieher ihren Kindern solche Greuel erzählen. Ob das Grausame dem Kinder-Stadium so nahe liegt? Oder ob die seelische Undifferenziertheit des Kindes (bei Individuen wie bei Völkern) für den Begriff der Grausamkeit eigentlich gar keinen Raum läßt? Und wird vielleicht der Begriff der Grausamkeit erst aktuell, wenn schon eine gewisse Verweichlichung, eine Art Degeneration der Seele eingetreten ist? Zeiten und Völker, die sich als »stark« ausgeben, die von Erneuerung und Revolution reden, die das Morsche und Dekadente aus ihrer Mitte auszumerzen versprechen, weisen jedenfalls einen so spontanen und kompletten Rückfall in eine längst überwunden geglaubte Grausamkeit auf, daß diese Frage berechtigt erscheint. Als historische Belege dafür dienen die französische Revolution, die russische Revolution, der Nazismus Deutschlands und der Shintoismus des modernen Japan. Damals ging ich mit meinen Sorgen und meinem Entsetzen zu Claus Lindemann. Ich hatte den berühmten »Struwwelpeter« geschenkt bekommen, dieses grauenhafte, pädagogisch gemeinte Elaborat, wo einem Kinde die Daumen abgeschnitten werden, wo ein anderes lebendigen Leibes verbrennt, wo ein anderes in behaglicher Darstellung als langsam und trotzig verhungernd gezeigt wird, und so fort. Es verursachte mir Alpdrücken. Ich mußte das Buch auf jeden Fall wieder loswerden, und ich hatte niemanden, mit dem ich über meine Angst vor dem Buch sprechen konnte, als eben mit Claus. Er nahm das Buch in seine breiten roten Hände und sagte: »Gib mich das Buch mal mit nachhause. Ich will mich das am Sonntag mal durchlesen«.

Ich bin mir erst später darüber klar geworden, daß Claus ein großer Pädagoge war. Ich wußte, daß er niemals ein Buch las. Also wird er auch den »Struwwelpeter« nie gelesen haben. Er löste das Problem stillschweigend. Er gab mir das Buch nie zurück und hat auch nie mit mir darüber gesprochen. Und da er es mir aus den Augen brachte, brachte er es mir auch aus dem Sinn. Führwahr, ein großer Mann. Schade, daß ich ihm kein dauerndes Denkmal setzen kann, sondern nur dieses hier. Aber es würde auch an gewissen, nicht vorhandenen ästhetischen Voraussetzungen scheitern. Er selbst pflegte mit edler Resignation zu sagen: »Ich kann keine Kaninchen fangen. Sie laufen mir zwischen den Beinen durch«. Am meisten hat Claus zu unserer Befreiung von der Geisterfurcht wohl dadurch beigetragen, daß er uns aus der Tiefe seines gesunden Skeptizismus beibrachte, wie man solche Geisterfurcht bei Anderen willkürlich und künstlich, ja ich möchte beinahe sagen: künstlerisch, erzeugt. Darin lag eine unendliche Weisheit, denn wer den Zauber weiß, ist nicht mehr sein Opfer, so wie der, der den Namen des Geistes kennt, ihn sich dienstbar machen kann. Wobei der Bescheidenheit wegen angemerkt sei, daß wir es in der Praxis meist mit der Beschwörung fiktiver Geister zu tun hatten. Zum Nutzen und Frommen kommender Geschlechter mag ein realistisches Rezept – Copyright Claus – übermittelt werden. Man nehme eine Rolle Nähgarn. An das eine Ende des Fadens befestige man eine Stecknadel, und im Abstand von 5 bis 6 cm davon einen dunkelfarbigen Knopf. Wenn es Abend geworden ist, suche man das Haus dessen auf, dem man die Sensation einer Geister-Erscheinung zugedacht hat. Man befestige die Stecknadel im Mittelteil des Fensterrahmens, was voraussetzt, daß die Wohnung ebenerdig direkt an der Straße liegt. (Was in unserem Stadtviertel die Regel war.) Dann begebe man sich zwei oder drei Häuser weiter, stelle sich dort in den Schatten des Hauseingangs, indem man immer sorgfältig die Rolle Nähgarn sich abspulen läßt, und beginne, den Faden in drillende Bewegung zu setzen. Schon nach ganz kurzer Zeit hat der Drill den ganzen Faden ergriffen, sogar die Stelle, an der der Knopf befestigt ist. Er gerät in Drehung und Schwingung und rasselt gegen die Fensterscheibe. Der Betroffene fährt auf, vermutet einen Bubenstreich und öffnet stürmisch das Fenster. Das Geräusch hört auf und draußen ist kein Bube zu sehen. Das Fenster wird unwillig staunend geschlossen. Aber nach zwei Minuten klopft der Geist wieder sein finsteres Memento – bis es den Geister-Erzeugern zu dumm wird und sie den Standort und das Thema wechseln.

Es ist mir später mehr als einmal zweifelhaft geworden, ob solche realistische Erziehung, wenn sie auch Geister bannen kann, damit zugleich auch das Empfängnisvermögen für das Unheimliche beseitigen und beschwichtigen kann. Es gibt Dinge, die unheimlich sind, weil sie so ganz und gar unentrinnbar sind und so gewaltig und unstörbar in ihrem Andringen. Dahin gehört ein Erdbeben. Man wacht plötzlich im Morgengrauen auf, weil eine merkwürdige Erschütterung den ganzen Körper bewegt. Irgendeine Gigantenfaust schüttelt das Haus. Vom Nebenzimmer her hört man die alten Gläser in der Vitrine zart gegeneinander klingen. Und jetzt beginnt das Bett auf seinen dünnen eisernen Stelzen sich langsam von der Wand fortzubewegen in das Zimmer hinein. Man zittert nicht, sondern es zittert dich von den Stößen des Giganten unten der Erde. Vielleicht dauert das Ganze nur drei oder vier Sekunden, aber sie sind doch jene Ewigkeit, in der man hilflos und ausgeliefert da liegt, klein und winzig, und ein gebrechliches Nichts in noch nicht zupackendem Griff der großen Gewalten. Es ist unheimlich. Es ist viel unheimlicher als der Augenblick, da man zum ersten Male am Kraterrande des Vesuv steht. Da war ich eigentlich nur von einer Sehenswürdigkeit beeindruckt. Das Spontane war zu sehr abgeschwächt von der bequemen Auffahrt, der wachsamen seismographischen Station und den konzessionierten Führern und Aufsehern, die imgrunde genommen nichts tun, als ein etwas unbändiges und noch nicht ganz unter Kontrolle gebrachtes Museum dem zahlenden Beschauer fachmännisch vorzuführen. [...]

Noch zweier Gestalten aus meiner Kindheit will ich gedenken, eben weil sie nicht unheimlich waren, obgleich die Menschen jener Umgebung so überaus bereit waren, das Unheimliche gerade in jene Vernachlässigten der körperlichen Gestalt zu verlegen, in die Verwachsenen. Man hatte vieles versucht, mich zum Glauben an ihre Gefährlichkeit zu überreden. Es gelang nicht, weil die beiden Verwachsenen, die ich kannte, das Urbild von Offenheit und Güte und Lebensfröhlichkeit waren.

Da ist zunächst Charlotte Bolte, von Alter unbestimmt, von Statur winzig, von Stimme hell und melodisch, von Beruf Retoucheuse, und vom Wesen ein amüsanter Philosoph. Sie wohnte oben im Erker und saß zumeist vor einem großen Guck-Kasten, in dem eine photographische Platte stak.

Mit einem feinen Pinsel malte sie mit kaum sichtbarer Farbe kaum sichtbare Linien auf die Gesichter. So aufmerksam ich auch zuschaute, ich bemerkte keine Veränderung. Also schien mir die Arbeit zwecklos. »Aber es geschieht doch da garnichts« sagte ich ihr. Und daraus entstand ein frühes, philosophisches Gespräch, das unvergessen geblieben ist. »Es geschieht doch etwas« antwortete sie. »Die Menschen sehen dann auf dem Bilde schöner aus und das freut sie«. – »Aber wenn es doch garnicht wahr ist!« – »Dann ist die Freude doppelt groß« sagte sie, und es hat mir tiefen Eindruck gemacht.

Sie sang bei ihrer Arbeit unaufhörlich, und ich habe viele Lieder von ihr gelernt. Ich fragte einmal: »Warum singst Du immer?« – »Weil ich so vergnügt bin«. – »Und warum bist Du so vergnügt?« – »Weil ich immer singe«. Ach, Charlotte Bolte! Es ist schade, daß Du gestorben bist, ohne das Rezept deines vergnügten Lebens für eine innerlich verwachsene Nachwelt aufzuschreiben.

Der zweite dieser Vernachläßigten, die so reich bedacht waren, war der Kantor der Gemeinde. Er hatte eine sehr schöne Tenor-Stimme, und von ihm weiß ich die vielen synagogalen Melodien, die mich noch heute begleiten. Er war auch einer der wenigen guten Pädagogen, die es auf dem sonst beklagenswert schlecht ausgestatteten Gebiet des jüdischen Religions-Unterrichts gab. Und nicht nur das: er hatte das, was wir ein lockeres Handgelenk nannten, und wir fügten uns ihm. Viel später habe ich eingesehen, daß er bei mir etwas zuwege gebracht hat, was ich für ein wichtiges Problem im Leben eines Kindes halte. Der Widerstand, den Kinder so oft den Dingen und Menschen und Befehlen entgegensetzen, ist eine natürliche Ich-Entfaltung, aber doch eine, die geleitet werden muß, weil sie in sich selbst keine Möglichkeit der Regulierung und Kontrolle hat. Und es gibt viele Fälle, in denen das Kind sich bei seinem Widerstand nicht einmal wohlfühlt. Insgeheim wartet es darauf, daß dieser Widerstand gebrochen werde. Nun, das hat er ein einziges Mal bei mir besorgt, durch eine einzige, sehr zielbewußte Ohrfeige. Ich habe es ihm nie nachgetragen; wir waren von da an bis weit in die Zeit hinein, da ich ihm entwachsen war, gute Freunde. [...]

Über die Entstehung der Sprache sind viele Theorien aufgestellt worden, die sich alle bemühen – eine jede von irgend einem dem Rationalen zugänglichen äußeren Grunde aus – einleuchtend zu machen, warum der Mensch eines Tages sprechen mußte. Aber so weit ich es übersehen kann, vernachlässigen sie alle ein Element, das unmittelbar mit der Hervorbringung der ersten artikulierten und differenzierten Lautfolgen verbunden gewesen sein muß: die auf den Sprechenden selbst rückwirkende Sensation, daß seine Folge von Lauten von dem, den er anspricht, so verstanden wird, daß diejenige Reaktion zustande kommt, die er mit seiner Wortfolge erzeugen wollte. Denn der Sinn alles bewußten Sprechens ist nicht darauf beschränkt, daß der Sprechende sich ausdrückt: der Sinn geht weit darüber hinaus auf das Ansprechen eines Objektes, sei es auch kein reales, sondern nur ein vorgestelltes, und der Sinn der Ansprache ist Wirkung auf das Objekt, sei es nun die beschwörende Anrufung magischer Gewalten (zu denen auch die menschliche Seele gehört) oder jene so überaus geheimnisvolle Wechselwirkung, die wir Gespräch oder Dialog nennen. [...]

Die Wirkung des Wortes ist meinem Bewußtsein zum ersten Mal nahe gebracht worden durch einen Brauch, der vielleicht nur lokal war und der sicher heute ganz in Vergessenheit geraten ist. Zu unserem Neujahrstag, dem Rosh-ha-shannah, pflegten wir unseren Eltern einen Brief zu schreiben, in dem wir unsere Wünsche und Glückwünsche für das kommende Jahr darbrachten, und das Versprechen abgaben, dankbare und folgsame Kinder zu sein. Den Text gab uns jeweils unser Religionslehrer, und er wurde auf schönen, linierten Briefbögen geschrieben, deren Kopf mit Blumen oder sonstigen farbigen Symbolen geschmückt war. Auf tadellose Kalligraphie wurde äußerster Wert gelegt, und Fehler mußten durchaus vermieden werden, weil das die Anschaffung eines neuen Briefbogens bedeutet hätte, und sie waren teuer. Die ganze Zeremonie wurde in großer Heimlichkeit und mit verhaltener Aufregung vollzogen. Diese Aufregung galt natürlich nicht dem Briefe selbst, sondern der Situation in der dieser Brief übergeben wurde. Es war in sich ein feierlicher Augenblick, aber das Entscheidende war die Wirkung der Worte auf die Eltern. Sie waren jedesmal – so wenigstens schien es uns – sehr gerührt, und da sie es waren, waren wir es natürlich auch. Ich nehme heute an, daß diese beiden Arten der Rührung durchaus verschieden gewesen sind. Aber das Wesentliche blieb doch die seltsame Entdeckung, daß von einem Worte, wenn es auch nur gelesen wird, so weitreichende Wirkung ausgehen kann. Es hätte nun vielleicht nahegelegen, die Wirkung des Wortes, nachdem sie einmal bekannt war, auch entsprechend auszunutzen, denn in jedem Kinde liegt eine gesunde Portion von Utilitarismus und Egoismus. Aber ich habe eines Tages aufgehört, solche an die Rührung appelierenden Neujahrswünsche zu schreiben. Es war kurz vor meinem zwölften Geburtstag. Wir erhielten unseren Religions-Unterricht schon nicht mehr von unserem Kantor, sondern vom Rabbiner der Gemeinde ..., der uns die Texte für unsere Briefe gab. Entsprechend dem »höheren« Niveau der jüdischen Bildung, die wir – jedenfalls in der Theorie – von ihm empfingen, stand auch der Text der Briefe auf einem höheren Niveau. Es war, wenn ich es heute erinnere, das Niveau der Predigten, die in den Synagogen West-Europas das eigentliche Kernstück des Gottesdienstes darstellten. Der Inhalt war der Gelegenheit angepaßt; und gab für das kommende Jahr mit hochtrabenden Worten eine Unsumme von ganz und gar phantastischen Versprechungen ab. Wir befanden uns alle in dem Stadium, das man die »Flegeljahre« nennt, und unsere Unbändigkeit und Wildheit ließ nichts zu wünschen übrig. Es wurden geringschätzige Bemerkungen über den Inhalt der Briefe ausgetauscht. Bei den meisten machte sich der Trotz geltend, der solche Erklärungen nicht abgeben wollte. Ich wollte es auch nicht, aber aus einem anderen Grunde. Wenn ich die Leistungen des vergangenen Jahres überblickte, so war darin nur ein Plus: die Schulzeugnisse, obgleich auch darin die Rubrik »Betragen« meistens mit sehr wenig schmeichelhaften Bemerkungen und mit einer peinlichen Strafliste wegen Aufsäßigkeit und Verprügeln von Mitschülern gespickt war. Aber alle die Tugenden, die ich im letzten Neujahrsbrief meinen Eltern angelobt hatte, waren nicht zur Realisation gekommen. Sie jetzt noch einmal zu wiederholen, schien mir nicht nur aussichtslos, sondern auch unfair. Die Reaktion der Rührung, die zu erwarten stand, erschien mir jetzt peinlich, wie ein mit Bewußtsein geübter Betrug.

Ich beschloß also, den Brief nicht zu schreiben. Als der Neujahrstag herankam, war die Stimmung merkbar gespannt. Ich fühlte, daß ich meine Eltern um eine erwartete Situation gebracht hatte, auf die sie offenbar gewohnheitsmäßigen Anspruch erhoben. Ich wußte damals nicht, was mich so tief daran störte. Ich wußte es erst später: es war der Widerwille gegen die sozusagen programmgemäße Bereitschaft, sich zu ganz bestimmten Gelegenheiten in Rührung versetzen zu lassen. Sehr viel später habe ich in dieser sentimentalen Bereitschaft eine Ghetto- und Galuth-Erbschaft erkannt, jene unproduktive Haltung der seelischen Unfreiheit, die selbst dadurch nicht erträglich wird, daß man als ihre letzte Quelle die Leiden der Galuth-Zeit erkennt. Aber wenn man in dem berühmten, in Millionen Exemplaren unter den Frauen des jüdischen Osteuropa verbreiteten Andachtsbuch vor einem Gebet die Anweisung liest: »Hier weint man«, dann weiß man, was Mißbrauch des Wortes ist, und was der Wert eines Gefühls sein muß, das durch Anweisung und überkommenen Brauch einfach kommandiert wird. [...]

Bald nach jenem Neujahrs-Brief, der nicht geschrieben wurde, war ich gezwungen, etwas zu tun, was in der deutschen Sprache so unübersetzbar komisch »das Wort ergreifen« genannt wird. Ich mußte es »ergreifen« aus Anlaß der traditionellen Feier der »Bar Mizwah«, an jenem Tage, an dem der junge Jude ein »Sohn der Pflicht« wird. [...] Diese Feier stellte uns für einen ganzen Tag in den Mittelpunkt des Interesses und legte nebenher den Grundstock zu der Bibliothek von später. Allerdings hatten wir Gegenleistungen zu geben, darunter auch die, bei dem Festmahl nach dem Gottesdienst eine Ansprache zu halten. Sie war im Prinzip ein verlängerter, gesprochener Neujahrs-Brief. Der Verfasser war der Rabbiner, was jeder wußte und jeder bewußt ignorierte, weil das Entscheidende nicht die literarische Leistung war, sondern die Bereitschaft, sich rühren zu lassen. Obgleich mir das damals nicht so klar war, hatte ich doch aus eigener Initiative den Zensor gespielt, und verschiedene Stellen der Ansprache etwas von ihrem Pathos befreit und sie durch eigene Wendungen ersetzt, die mir unverfänglicher schienen und die sich im Rahmen dessen hielten, was wir in Schulaufsätzen zu sagen pflegten. Mein Gewissen war dabei nicht ganz sauber, denn schließlich hatte ich doch an einem unter geistlicher Autorität verfaßten Schriftstück Verfälschungen vorgenommen. Aber es gab kein Zurück mehr, und ich trug mein Misch-Produkt vor.

Ich kann nicht beurteilen, ob die Rührung stärker war als sie bei solchen Anlässen als üblich galt; aber sie war jedenfalls stark genug, um mich zu erstaunen ... und ein klein wenig zu enttäuschen. In welchem Sinne? Das war mir nicht klar. Ich wunderte mich nur, daß Menschen, die erwachsen waren und so viel mehr wußten als ich, sich von einer Ansprache bewegen ließen, die mir ausgesprochen öde und leer erschien. Und das verübelte ich ihnen.

Daß es sich hier – neben manchem anderen – um einen der typischen Fälle handelte, in denen dem Worte eine ganz inadäquate Wirkung verliehen wird, wurde mir erst Jahre später bewußt; da allerdings war es ein boshaftes Vergnügen, diese Wirkung bewußt zu erzielen. Wir waren in den oberen Klassen des Gymnasiums eine kleine aber geistig sehr regsame Gruppe von jungen Menschen, die gut zusammenhielten und zusammen paßten. Wir arbeiteten weit mehr als der sehr ausgedehnte Schulplan von uns verlangte. Dafür leisteten wir uns den Luxus, gegen alle in ständiger Opposition zu stehen und mit Ideen und Gefühlen wie Jongleure im Zirkus zu spielen. Unsere Lehrer aus der Fassung zu bringen, war ein beliebter Sport. Es gelang uns bei allen, nur bei einem nicht, einem ungemein begabten jungen Lehrer, der uns in Physik unterrichtete. An seiner formidablen Sachlichkeit prallten alle Störungsversuche ab. Zudem drohte er uns dadurch zu entschlüpfen, daß er – eben seiner Begabtheit wegen – für das Ende des Semesters an eine andere Schule verpflichtet war. Also war es hohe Zeit, daß wir ihn wenigstens einmal aus der Fassung brachten. Wir berieten uns und kamen zu dem Entschluß, daß wir ihn in corpere am letzten Schultag in seinem Zimmer aufsuchen und so lange auf ihn einreden wollten, bis er aus der Fassung kam. Mir fiel die Rolle des Hauptredners zu. Ich habe sie mit allem Ehrgeiz und aller Skrupellosigkeit erfüllt, und habe so lange Abschied-nehmend und hochtrabend auf den sachlichen, unstörbaren Wissenschaftler eingeredet, bis ihm die Tränen in den Augen standen. Unsere Befriedigung war grenzenlos, und draußen auf dem Korridor schüttelten wir uns strahlend und überwältigt die Hände.

Meine Rolle als Hauptredner bei diesem erhebenden Vorgang erwuchs aus einer Tatsache, die meinen nicht-jüdischen Mitschülern bekannt war und die sie ganz sachlich respektierten. Eine so kleine Gemeinde wie meine Geburtsstadt sie aufwies, kultiviert natürlich ihre »begabten« Kinder ganz besonders, und nachdem es mir einmal gelungen war, bei einer Schulfeier zum besten Schüler der Anstalt erklärt zu werden, hatte ich gewonnenes Spiel. Bald darauf wurde ich aufgefordert, im Verein der zionistischen Jugend einen Vortrag zu halten. Vom Zionismus wußte ich noch wenig, dagegen hatte ich gerade Heinrich Heine entdeckt, und ich bestand darauf, dem Publikum von dieser Entdeckung zu berichten. Es war ein sehr gutwilliges und sehr dankbares Publikum, und mir selbst machte die Sache auch großes Vergnügen. Aber noch ehe der Abend zuende war, verlor ich den Geschmack an der Sache. Ein Mitglied der Gemeinde kam auf eine wahnwitzige Idee: Er bat das Publikum, sich zu Ehren meiner Eltern, die natürlich unter den Zuhörern waren, von den Plätzen zu erheben. Tableau – Aufstand – große Rührung. Ich hatte einen leicht ranzigen Geschmack im Munde und beschloß sofort, derartige Vorträge nicht wieder zu halten.

Aber es scheint doch, als hätte ich Blut geleckt, und Gefallen an der Handhabung des Wortes gefunden, zumal sich mir jetzt ein Material darbot, das mich spontan mit Beschlag belegte: die Problematik des Judentums. Ich glaube nicht, daß ich da irgendeine Entwicklung durchgemacht habe. Eine Wahl zwischen einer Orthodoxie, die national leidenschaftlich assimiliert war, und einem jüdischen Liberalismus, dessen Wesen darin bestand, nichts ganz und alles halb zu sein, kam für mich irgendwie garnicht in Betracht. Die zionistische Idee war für mich ebenso einfach wie überzeugend. Daß sie sich in einem Milieu der Assimilation nur durch Aggressivität und Unerschrockenheit durchsetzen ließ, machte sie nur noch anziehender. Und so zog ich denn, wenn ich am Ende der Woche meine Schularbeiten erledigt hatte feierlich mit einem Gehrock bekleidet, in die weitere Umgebung, um dort in den Städten und Dörfern die Botschaft des Zionismus zu verkünden. Die Vorträge waren inhaltlich wahrscheinlich unerhört simpel. Ich vermute, daß ich zumeist nur den Inhalt der neuesten Kampfbroschüren vorgetragen habe, leicht abgewandelt und gespickt mit dem, was ich mir gegen die demütige Assimilation von der Seele zu reden hatte. Es ist nur zweifelhaft, ob ich damals viele Menschen bekehrt habe. Ganz gewiß ist aber, daß ich viele zur Weißglut der Opposition getrieben habe. Aber schon das betrachtete man damals in zionistischen Kreisen als einen Erfolg, und wenn ich am Montagmorgen direkt von der Bahn und noch mit dem feierlichen Gehrock bekleidet, in der Schule auftauchte, kam ich mir jedesmal als ein großer, wenn auch etwas müder Sieger vor.

Quelle:

Josef Kastein: Mosaiken. Autobiographisches Fragment, Haifa 1945 (HS und MS), 63 Seiten, Leo Baeck Institut, New York; Kopie im Staatsarchiv Bremen.

Josef Kastein (d.i. Julius Katzenstein) wuchs in jüdischer Glaubenstradition in der Neustadt auf. Nach dem Studium der Rechtswissenschaften und der Nationalökonomie promovierte er zum Dr. jur. und ließ sich 1919 in Bremen als Rechtsanwalt nieder. Gleichzeitig trat er mit schriftstellerischen Werken an die Öffentlichkeit. 1927 verließ Josef Kastein seine Geburtsstadt und lebte von da an als freier Schriftsteller bis 1935 in Ascona (Schweiz) und in der Folgezeit in Palästina. In den Dreißigerjahren profilierte sich der überzeugte Zionist als (Sachbuch-)Autor von internationalem Rang (z.B. mit »Eine Geschichte der Juden«, 1931). In der Nazizeit waren seine Bücher verboten.

Käthe Popall und Bürgermeister Wilhelm Kaisen.

KÄTHE POPALL
(* 1907 Bremen † 1984 Bremen)

Die ersten Denkanstöße

Mein Vater war Österreicher. Er kam nach seiner Gesellenprüfung als Tippelbruder nach Deutschland. Für uns Kinder hatte er allerdings wenig Zeit. Damals war die Arbeitszeit noch ziemlich lang. Aber meine Tante, Schwester meiner Mutter und SPD-Funktionärin, befaßte sich viel mit uns Kindern. Besonders mich, als Jüngste in unserer Familie, nahm sie oft mit zu Veranstaltungen. Dadurch bekam ich die ersten Denkanstöße. Entscheidend für meinen Weg in die Politik war jedoch der Eintritt in den Kinderchor des Arbeitergesangvereins. Ich war damals neun Jahre alt. Hermann Böse, der bedeutende Pädagoge, war unser Dirigent. Er nahm uns mit zu den großen Kundgebungen der Arbeiterbewegung und sprach später mit uns darüber. Auch die Naturfreunde kamen zum Gesangverein und machten mit uns Kindern große Ausflüge in die Ferien. Da war zum

Beispiel Heini Buchholz, den wir sehr verehrten, der viel mit uns sprach und uns das, was wir schon verstehen konnten, verständlich machte.

Nach der Schulentlassung kam ich zum Konsum als Lehrling. Damals war es bei der Einstellung Pflicht, sich politisch und gewerkschaftlich zu organisieren. Und da meine Eltern in der SPD waren, trat ich in die Sozialistische Arbeiterjugend (SAJ) ein und schloß mich dem Zentralverband der Angestellten (ZdA) an. Im Konsum hatte ich später Karl Klawitter als Kollegen, der viel mit mir diskutierte, mir aus seiner großen Bibliothek Broschüren schenkte und mich über manches aufklärte. Auch Didi Helmers war damals im Konsum. Er hatte großes Verständnis für uns Jugendliche. Wir nannten ihn Onkel Didi, und wenn wir irgendwelchen Kummer hatten, gingen wir immer zu ihm. Er leitete das Arbeiterbildungswerk. Und durch ihn kamen wir schon in ganz jungen Jahren zu Theaterbesuchen und auch zum Arbeiterstenografenbund. Eine Kollegin war Louise Dannat ... Als ich einmal laut auf die Juden schimpfte, nahm sie mich beiseite und fragte: »Kennst Du den Unterschied zwischen dem Klassenkampf und dem Rassenkampf?« »Nein«, sagte ich; und sie hat mir das dann sehr gut erklärt.

Weil ich schon immer gern wanderte, kam ich zur ZdA-Jugendgruppe, wurde Funktionärin, Delegierte im Jugendkartell und Jugendvertreterin im Vorstand des ZdA. Dort wurde vor allem gewandert, getanzt und geturnt. Einmal machten wir aber auch einen Schulungskurs im ›Bunten Haus‹ in Senne bei Bielefeld. Ich habe dort das Wort ergriffen und mich über die mangelnde Berufsausbildung im Konsum beschwert. Wir hatten nämlich nur eine zweijährige Lehrzeit im Büro statt der üblichen drei Jahre; und wir mußten das ganze erste Jahr noch Botenwege in die Stadt machen. Außerdem gingen wir nicht wie alle anderen kaufmännischen Lehrlinge in die Berufsschule. Wir sollten diese Ausbildung im Konsum haben, aber davon konnte nicht die Rede sein. Ich sah damals schon manche Dinge viel kritischer, so auch das Problem der Doppelverdiener. Mit Doppelverdiener meinte man immer die verheirateten Frauen, deren Männer ebenfalls im Arbeitsprozeß standen. Wir sprachen auch über das Recht der Frauen auf Arbeit, über gleichen Lohn für gleiche Arbeit – alles gewerkschaftliche Forderungen, die weder in der Gewerkschaft noch im Konsum verwirklicht wurden. [...]

Die Sportabteilung der ZdA-Jugend schloß sich dem Arbeiter-Turn- und Sportbund an und wurde dadurch mehr und mehr ein Teil der Sportbewegung. So ging ein wenig die alte Wandervogelromatik verloren, für die ich so sehr schwärmte. Wir trugen zwar Reichsbannerjacken mit dem schwarz-rot-goldenen Band, aber das genügte einem Teil unserer Gruppe nicht. Wir wollten gewerkschaftliche Schulung und politische Aufklärung. Und auf Gautreffen der ZdA-Jugend trafen wir Jugendkollegen, die auch so dachten und in anderen Städten tätig waren. Wir nahmen Verbindung zu ihnen auf und korrespondierten miteinander. Dummerweise gelangte so ein Brief in die Hände unseres Jugendleiters Heini Behrens. Da wir schon häufiger Differenzen mit ihm hatten, weil er anfing, nach den Gruppenabenden in Gastwirtschaften zu verkehren, was wir ja damals entschieden ablehnten, sah er nun einen Anlaß, uns Fraktionsarbeit anzuhängen, um uns dadurch loszuwerden. Der eigentliche Grund aber war, daß er Angst hatte, wir könnten ihm nachspionieren. Denn unsere Befürchtungen, daß irgendwas in seinem Lebenswandel nicht in Ordnung war, wurden später bestätigt ..., er wurde wegen Unterschlagung entlassen. Bevor es aber soweit war, rief er kurzerhand eine Versammlung ein, beschuldigte uns und forderte die Anwesenden auf, uns auszuschließen. [...] Und wir wurden später benachrichtigt, daß wir ausgeschlossen seien und die Jugendtagungsstätte nicht mehr betreten dürften ... Wir waren also draußen. Das war für mich ein ganz schwerer Schlag, denn wir hatten zu Hause kein Familienleben wie in anderen Arbeiterfamilien. Und so war das Gewerkschaftshaus mein Zuhause geworden. Wir trafen uns dort fast täglich. Und ich verlebte dort eine herrliche Zeit. Das alles sollte nun vorbei sein. Wir waren doch immer bereit, Aufgaben zu übernehmen und gehörten zum aktivsten Kern der Gruppe. Ich konnte das überhaupt nicht verstehen.

Quelle:

Käthe Popall – Ein schwieriges politisches Leben. Erzählte Geschichte bearbeitet von Peter Alheit und Jörg Wollenberg, Fischerhude 1985, S. 23ff.

Über die SAJ kam Käthe Popall zur SPD, später trat sie in die KPD ein. Als Widerstandskämpferin 1935 verhaftet, wurde sie 1937 vom Volksgerichtshof zu 12 Jahren Zuchthaus verurteilt. Erst bei Kriegsende wurde sie aus dem KZ Jauer befreit. Wieder in Bremen, stellte sich Käthe Popall sofort der KPD zur Verfügung und wurde von der – zunächst ernannten – Bremer Bürgerschaft zur Vizepräsidentin gewählt. 1946 wurde sie zur Senatorin (für das Gesundheitswesen) berufen. Die allseits hochgeachtete und integere Politikerin war damit die erste Frau in der Geschichte der Bremer Landesregierungen.

GERDA LÖNING
(* 1915 Bremen)

Zur Strafe in den Bodenverschlag

Nach sieben Jahren, wie ich glaube, glücklicher Ehe meiner Eltern kam ich endlich 1915 zur Welt. Zwar hätte ich vielleicht lieber ein Junge sein sollen, aber das statt dessen erschienene Mädchen machte manches Mal wohl einem solchen Ehre, versicherte man mir oft später. Und da ich mich noch hoch oben, etwa in Höhe der 1. Etage unseres Hauses auf einem der zwei Birnbäume im Garten sitzen sehe, stimmt das wahrscheinlich auch. Daß ich kaum mit Puppen spielte, aber trotzdem natürlich eine Puppenstube hatte, lieber aber mit meinem Krämerladen spielte oder Zirkus mit einem großen Schaukelpferd, das ich mit einer Spielkameradin auf dem Dachboden in Bewegung setzte, gehörte wohl ins Bild.

Ich war also ein Kriegskind und wuchs im Hause meiner Großeltern, den Eltern meiner Mutter, auf. Es war ein Zweifamilien-Reihenhaus mit einer Veranda und einem Vorgarten an der Straßenseite in der Doventorsvorstadt; nach hinten hinaus ein Garten, in dem – wie in fast jedem Bremer Garten – zwei Birnbäume standen. Mein Großvater pflanzte sie, als das Haus in den 90er Jahren des vorigen Jahrhunderts gebaut wurde. Inzwischen hatten sie ihre Jahresringe vervielfacht, und von Baum zu Baum hing bei gutem Wetter eine Hängematte. Meine Höhenflüge auch darin hatten für meine Mutter, wenn sie sie zufällig sah, nichts Belustigendes.

Die Bäume selbst lieferten Jahr für Jahr so gute Ernten, daß ich mich an Waschkörbe und -wannen voller Birnen in der Waschküche erinnere. Heute weiß ich, wieviel Arbeit es machte, all das Obst zu verarbeiten. Aber auch Freunde meiner Eltern und Verwandte profitierten von diesem Segen. Damals schon gehörte das Gericht »Birnen, Bohnen und Speck« zu meinen Lieblingsessen. Man nahm dazu die kleine Birnensorte und kochte sie ungeschält. Der andere Baum trug die Sorte »Gute Luise«.

Wir wohnten also in einem typischen Bremer Dreifenster-Haus, wie es in jeder Straße zu finden war. Dazu gehörte noch zum Garten hin ein Wintergarten im Erdgeschoß, der mit Korbmöbeln und einer großen Zimmerlinde ausgestattet war. Darüber befand sich ein gemauerter Balkon, der zu der von uns bewohnten Wohnung gehörte. Im Dachgeschoß hatte mein Vater sich ein Atelier eingerichtet. Daneben war mein Zimmer, nachdem ich aus dem elterlichen Schlafzimmer ausgezogen war.

Wenn ich vom Atelier meines Vaters spreche, muß ich erzählen, daß er von Beruf Grafiker war, sein Studium in Erfurt, wo er ein Stipendium hatte, aber abbrach, als er vom Bremer Senat auf seine Bewerbung hin eine zusagende Antwort bekam. Er und seine zukünftige Frau hielten eine sichere Beamtenlaufbahn wohl für aussichtsreicher als die eines Gewerbelehrers weit fort von Bremen. Sie kannten sich schon von ihrer gemeinsamen Tanzstunde her – sie 15, er 17 Jahre alt – und wollten nun endlich heiraten.

Das »Hobby« meines Vaters blieb also das Zeichnen und Malen. Da er auch sehr gute Portraits in Rötel oder Kohle machte, baten Bekannte ihn eines Tages, nach einer Fotografie ein Bild ihres im Kriege gefallenen Bruders zu malen. Die Augen in so einem Bildnis gelangen ihm immer besonders gut, was ich aber damals »augenscheinlich« wohl noch nicht beurteilen konnte, denn ich setzte mich vor die Staffelei, als meine Eltern nicht zuhause waren, nahm einen Filzstift und malte fein säuberlich diese schönen Augen aus. Diesen Vorgang habe ich noch in Erinnerung. Daß man mich anschließend zur Strafe in einen kleinen Bodenverschlag sperrte, dessen Tür ich wutentbrannt einzutreten versuchte, bis man mich schließlich befreite, weiß ich nur vom späteren Erzählen.

Es muß noch vor meinem 6. Lebensjahr gewesen sein, als ich noch kein eigenes Zimmer hatte. Mein Vater spielte regelmäßig mit zwei Freunden im Trio Zither. Wenn die Herren sich bei uns abends im Eßzimmer am großen Eßzimmertisch betätigten, durfte ich bei offener Schlafzimmertür zuhören, bis ich einschlief. Manchmal sonst machte ich mir eigene Musik, indem ich selbsterfundene Melodien mit irgendwelchen kindlichen Texten vor mich hinsang. Natürlich erwartete ich Lob von meinen Eltern, die lesend und handarbeitend im Wohnzimmer saßen.

Ab und zu erzählte mir mein Vater selbsterdachte Gute-Nacht-Geschichten, die manchmal so rührend waren, daß ich eigentlich weinen mußte, was ich aber beileibe nicht zeigen mochte. All dies sind Dinge, die mir tatsächlich noch in Erinnerung sind, und die mir später nicht etwa erzählt wurden.

Wenn meine Eltern ins Theater gingen oder eingeladen waren, auch im Ratskeller mit den Großeltern oder Freunden ein Glas Wein tranken, also niemand zuhause war, wurde mir sehr eindringlich gesagt, daß ich keine Angst haben dürfte, da niemand außer mir im Hause sein könnte, der nicht dorthin gehörte. Um mir selbst Mut zu beweisen, wanderte ich dann im Nachtkleid durch das ganze Haus, machte überall Licht und überzeugte mich davon, bevor ich mich wieder schlafen legte. Ich weiß nicht, wie alt ich damals war, wahrscheinlich etwa 10 Jahre. Viel vergnüglicher war es natürlich, wenn wir Freundinnen, also die Kinder von Freunden, beieinander schlafen durften, wenn die Eltern zusammen etwas unternahmen. Das fand dann abwechselnd statt.

Als ich 8 Jahre alt war, bekam ich ein Fahrrad und Klavierunterricht. Die jüngste Schwester meiner Mutter, die bis dahin bei den

Großeltern lebte, heiratete und nahm ihr Klavier, das sie sehr talentiert spielte, mit in ihre junge Ehe. Für mich wurde ein neues angeschafft, und ein Kollege meines Vaters fand sich bereit, mich zu unterrichten. Damit begann also die Zeit des Übens, was ich äußerst ungern tat. Die ersten einfachen, vierhändigen Stücke konnte ich sogar mit Vater üben, der auch ein wenig Klavier spielte. Später, als ich mehr gelernt hatte, hieß es, wenn Gäste da waren: »Spiele uns doch etwas vor.« Da ich ein schüchternes Kind war, kostete mich dieses Zurschaustellen viel Überwindung. Aber vielleicht war das eine gute Maßnahme, um derartige Gefühle abzubauen, obgleich meine Eltern sicher nicht darüber nachdachten. Der Beifall nach dem Spielen machte mich gewiß auch stolz und stärkte mein Selbstvertrauen.

Kurz vor meinem 12. Lebensjahre wurde ich sehr krank, mußte den Unterricht abbrechen und spielte für mich weiter, bis ich sehr viel später noch einmal von kompetenter Seite unterrichtet wurde.

Von meinem 6.-10. Lebensjahr besuchte ich die Michaelis-Schule, die in 10-15 Minuten für mich zu erreichen war. Ich brachte sehr gute Zeugnisse nach Hause, hatte aber in Aufmerksamkeit manchmal keine zufriedenstellenden Noten. Von Herrn Bergmann, unserem Klassenlehrer, bekam ich sogar einmal mit dem Rohrstock Schläge auf die Handfläche, weil ich mit meiner Nachbarin gekichert und nicht aufgepaßt hatte.

Nach einer Aufnahmeprüfung wechselte ich ins Lyzeum »Kleine Helle« hinüber. Damals lag es durchaus im Ermessen der Eltern, in welche Schule sie ihre Kinder schicken wollten. Leider wurde mir später die Entscheidung überlassen, ob ich bis zum Abitur weitergehen wollte, statt mir zuzureden, es zu tun. Ich habe es nachher oft bereut, es nicht getan zu haben.

Während der Wintermonate las ich schon in jungen Jahren sehr gerne. Meine Eltern schenkten mir zu den Weihnachtsfesten und Geburtstagen die damals bekannten Kinder- und Jugendbücher. Sie abonnierten für mich auch eine Jugendzeitschrift. Ich glaube, sie hieß »Der lustige Benjamin«, und ich kenne noch heute daraus eine lange Wortfolge, die ich damals mit Begeisterung auswendig lernte, weil sie so komisch war. Später hatte ich übrigens u.a. eine Vorliebe für Karl May, bis man mein Interesse auf andere Lektüre lenkte.

Sehr gerne erinnere ich mich an die Radfahrten mit meinem Vater während der Sommermonate, die anfangs in den Bürgerpark gingen, später ausgedehnt wurden nach Kuhsiel oder weiter ins Blockland. Irgendwo unterwegs tranken wir ein Glas Milch oder Apfelsaft. Ich durfte es mir aussuchen.

Da zu der Zeit kaum Autos die Straßen befuhren, höchstens einmal ein Pferdefuhrwerk, konnte man auch herrlich auf der Straße spielen. Da gab es »Gegenball«, »Ball-an-Dach«, »Hinkepinke«, »Räuber und Nonne«, bei dem auch die Nebenstraßen einbezogen wurden. Wir spielen »Schule« auf den Verandastufen irgendeines der Häuser, wo es die Eltern erlaubten, oder saßen auch auf unserer efeubewachsenen Veranda und spielten z.B. Städteraten. Es wurde ein Buchstabe ausgelost, und wer die meisten Städte mit diesem Anfangsbuchstaben aufschreiben konnte, hatte gewonnen. Jedes Spiel hatte eigentlich seine bestimmte Zeit. Rollschuhlaufen, mit Murmeln spielen, Reifen- oder Kreiseltreiben gehörten dazu. Wahrscheinlich dauerte jede Periode so lange, bis es langweilig wurde, und das nächste Spiel begann. Sicher war das auch jahreszeitlich bedingt.

Irgendwann gab es eine Einladung von einem Spielkameraden zu einem Kindernachmittag für uns alle. Es wurden u.a. Schattenspiele vorgeführt, und von daher kenne ich noch das Lied: »Schmetterling, kleines Ding, sag, wovon Du lebst«. Nicht zu vergessen sind auch die Geburtstage, zu denen man eingeladen wurde und selber einlud, wie es heute noch ist.

Die Veranda befand sich nur vor der Haustür, um das daneben liegende Zimmer nicht zu verdunkeln. Unser Nachbar hatte sich die gleichen Gedanken gemacht im Gegensatz zu allen anderen, deren Veranden zwar größer waren, die Zimmer dahinter aber nicht so hell. So liefen die Stufen in unsere Vorgärten also seitlich aufeinander zu, und als Sichtschutz hatten wir einen aus einem weißlackierten Holzgestell mit grünem Leinenstoff bespannten Paravent. Hier saßen auch manchmal Eltern und Großeltern an warmen Sommerabenden. Ich denke daran, daß ich einmal in die nächstliegende Gastwirtschaft geschickt wurde, um in einem Majolika-Krug mit Zinndeckel Bier zu holen. Ich erinnere mich wahrscheinlich so gut daran, weil ich diesen Krug, der von meinem zitherspielenden Großvater stammt, noch heute besitze. Er wurde mit einigen anderen wertvollen Dingen »ausgelagert« und überstand so ein dreimaliges Ausbomben.

Zu den Unternehmungen meiner Eltern gehörten auch ein Kegelklub, in dem mein Vater sich betätigte, und ein Kränzchen mit den Ehefrauen seiner Kegelbrüder, dem meine Mutter angehörte. Wenn sich die Damen bei uns trafen, hatte ich natürlich meine Knickse zu machen. Man handarbeitete, aß selbstgebackenen Kuchen und trank als Abschluß ein Gläschen Likor.

Einmal im Jahr wurde gemeinsam ein Ausflug in die Umgebung Bremens gemacht. Höpkens Ruh eignete sich besonders für uns Kinder, da im Park die schon damals z.T. alten Bäume standen, in deren niedrigen Ästen man sich herrlich verstecken konnte.

Meinem Vater fiel im Klub gewöhnlich die Aufgabe zu, Jubiläums- und Geburtstagswünsche zu zeichnen und zu dichten, da er zahlreiche Kunstschriften beherrschte. Sie alle wurden in einer mit bemaltem Holzdeckel versehenen Mappe aufbewahrt. Ich habe jetzt alles – nach Verteilung an noch aufgefundene Nachkommen seiner Freunde – zum Focke-Museum gegeben. Da es sich um Dokumente aus den 20er bis 30er Jahren handelte, war man sehr erfreut. Auch Vater würde sich darüber freuen, da er mich während des Winters manchmal mit ins alte Museum in der Großen Straße nahm. Ich erinnere mich nur daran, daß ich es ziemlich düster fand, und an ein riesiges Kirchen-Uhrwerk, das mir wohl großen Eindruck machte.

Aber auch ins Übersee-Museum gingen wir hin und wieder und natürlich in die Kunsthalle. Gewiß versuchte mein Vater, mir schon früh Malerei nahe zu bringen, aber ich bin sicher, daß ich Kunst damals noch mit sehr kindlichen Augen sah, wenn auch zweifellos in der Zeit der Grundstock zu späteren Vorlieben gelegt wurde. Allerdings habe ich selbst es auf diesem Gebiet nie zu besonderen Leistungen gebracht, wenn ich auch stets in der Schule eine »Eins« im Zeichnen hatte.

Zu meinen kleinen Pflichten gehörte es u.a., daß ich Brot bei unserem einige Straßen weiter wohnenden Bäcker holte. Wenn ich nach 1/4 Stunde nicht wieder zuhause war, wußte meine Mutter, daß die Katze, namens Miele, wieder einmal Junge hatte. Ich durfte sie, sobald sie sehen konnten, aus dem Pferdestall holen, wo sie mit ihrer

Mutter einen Korb hatten, und ließ sie hinter einem Stöckchen herlaufen oder sie damit spielen. Das war mein größtes Entzücken.

Wenn wir sonnabens/sonntags zuhause waren, hatte ich mittags still zu sein, weil meine Eltern ruhten. Ich erinnere mich, daß ich »wilde Hummel« mich auch wirklich danach richtete und las oder für mich spielte.

Meine Schulferien und die Urlaubszeit meines Vaters im Sommer wurden dazu ausgenutzt, eine Reise in eines unserer Mittelgebirge zu machen. Auch meine im Hause mit uns lebenden Großeltern verreisten jedes Jahr.

Im Oktober gingen wir natürlich einmal zum Freimarkt und, welch Wunder, ich war fasziniert von Haberjahn mit seinen Pferden und durfte immer mehrere Runden reiten. Wahrscheinlich träumte ich immer noch meinen Schaukelpferd-Traum von der Zirkusprinzessin. Auch im Ring-Karussel saß ich immer auf einem Pferd. Man griff von dort aus im Vorüberfahren nach einem Ring und hatte, soviel ich noch weiß, wenn man ihn erreichte, eine Freifahrt. Sehr traurig war ich über ein »blondes« (womit ich blind meinte) Pferd, das im Innenkreis eines Kinderkarussels immer rund herum laufen mußte.

Wenn ich all diese Dinge mit meinem Vater machte, so lag das sicher daran, daß er mehr Zeit hatte als meine Mutter. Sie sorgte für unser leibliches Wohl, hatte damals wie alle Hausfrauen doch ungleich mehr zu tun als es heute mit all den maschinellen Unterstützungen der Fall ist. Als wir vor meiner Konfirmation in das geräumige Unterhaus zogen und die Großeltern nach oben, bekam sie eine Hilfe. Sie liebte mich sehr, »erzog« mich auch wohl mehr oder weniger, wobei sich das weniger darauf bezieht, daß ich manchmal bockig war und vieles nicht einsah. Es ergab sich aber, daß es zu gegebener Zeit doch Früchte trug. Da war ich wohl kein Einzelfall und wäre es auch jetzt nicht.

Erkältungskrankheiten wurden von ihr grundsätzlich nach der Priesnitz-Methode, nämlich mit feuchten Umschlägen behandelt. Für mich ein Horror! Nässe ja, aber nicht Feuchte, noch heute nicht. Die Eltern meines Vaters waren im Priesnitz-Verein und verbreiteten die Segnungen seiner Grundsätze in der Familie. Wenn man die Erfolge betrachtet, zu Recht.

Erfolg hatte es auch, als ich nach einem Keuchhusten im ersten

Schuljahr von meiner Tante, der Schwester meiner Mutter, wegen der »Luftveränderung« nach Hamburg geholt wurde. Sie hatte keine Kinder und kümmerte sich eigentlich Zeit ihres Lebens um die Nachkommen ihrer Familie. Da sie in ihrer Langmut nichts dagegen hatte, wenn ich Eicheln oder Kastanien bei Spaziergängen in ein Reisetäschchen sammelte, die ich natürlich mit nach Bremen nahm, fanden sich noch Jahre später diese Zeugnisse kindlicher Sammelwut auf dem Boden wieder.

Ich liebte Tante und meinen Lieblingsonkel sehr, die beide mit Kindern gut umgehen konnten und mich natürlich verwöhnten. Wenn wir in der »Traube«, einem sehr guten Speiselokal, essen gingen, durfte ich mir Pfifferlinge wünschen. Irgendwann bekam ich von meinem Onkel zwei wunderschöne Laternen gekauft, die ich vorher noch nie beim herbstlichen Laternelaufen gesehen hatte. Als er später aus dem Leben meiner Tante und damit auch aus unserem verschwand, beschloß ich, niemals zu heiraten. Ich war damals 14 Jahre alt.

In der Neustadt wohnte die Schwester meines Vaters mit ihrer Familie. Der Garten ihres Hauses in der Biebricher Straße ging bis zur Illerstraße durch. Im Sommer lief ich manchmal über die Eisenbahnbrücke, die an beiden Seiten für Fußgänger begehbar war, in die Neustadt und besuchte meine Kusinen. Die Johannis- und Stachelbeerbüsche waren ein besonderer Anziehungspunkt, und von den Früchten gab meine Tante mir immer etwas mit für die Mutter. Das Haus hatte einen großen Dachboden, und ich erinnere mich, daß meine Kusinen und ich dort Reigen tanzten nach Melodien, die sie kannten wie »Mutter Witsch, Kiek mi mal an« und andere.

Inzwischen hatte sich in der Schule mit der Zeit ein engerer Kreis heraus gebildet. Wir Freundinnen unternahmen sonntags Radtouren in die Umgebung, bevorzugt Fahrenhorst oder Harpstedt, gingen miteinander schwimmen, besuchten uns gegenseitig oder machten Schularbeiten zusammen. Jeder von uns hatte aber auch noch andere freundschaftliche Bindungen, sei es durch Nachbarschaft oder Kinder der Elternfreunde. Sie bestehen heute noch, und eine dieser Freundinnen sprach später einmal sehr treffend von »Ziehschwestern«, was in dem Augenblick große Heiterkeit auslöste, aber fast der Wahrheit entsprach.

Während des letzten Schuljahres hatten einige Freundinnen und ich unsere ersten Tanzkurse in der Tanzschule »Schipfer-Hausa« und übten schwierige Schritte oftmals in der Pause im Klassenzimmer. Erwischen lassen durften wir uns dabei allerdings nicht.

Quelle:
Originalbeitrag (MS).

Nach der Schulzeit besuchte Gerda Löning (Pseudonym) die Höhere Handelsschule. Sie blickt auf ein langes Berufsleben als Chefsekretärin eines Bremer Industrieunternehmens zurück.

PETER WEISS
(* 1916 Nowawes † 1982 Stockholm)

Das war ja noch eine Welt

(Rede des Preisträgers des Bremer Literaturpreises 1982)

Sehr verehrter Herr Senator, liebe Mitglieder der Jury, lieber Christoph Meckel, ich möchte Ihnen danken für die große Ehrung, die Sie mir zukommen ließen in dieser Stadt. Sie können sich denken, daß dieser Preis für mich eine ganz besondere Bedeutung hat, bin ich doch ein verlorener Sohn dieser Stadt. Vor mehr als einem halben Jahrhundert stand ich dort unten und schaute zu diesen Fenstern des ehrwürdigen Hauses hinauf, zu Füßen des Rolands, sah da diesen merkwürdigen Zwerg zwischen den Füßen des Riesen – ich weiß nicht, ob er heut' noch dieselbe Form hat. Ich erinnere mich an den Zwerg eher als eine Art von plattgetretener merkwürdiger Figur, die schon kaum mehr menschliche Formen hatte, sondern eher einer Schildkröte glich oder einer Wanze, die zertreten wurde. Ich sah darin den kleinen zertretenen, gekuschten Menschen und diesen bedrohlichen Ritter, der ja ein Bild verkörpert, das ganz – also eigentlich – dem Sinnbild entgegengerichtet ist, aber ich erlebte es so als ganz kleines Kind, das da spazierenging, daß das nicht eine Gestalt des Schutzes war, sondern es war damals eine Drohung, und ich sah etwas Hilfloses, das da zwischen den Füßen des Riesen kauerte. Erst viel später wurde mir klar, daß man auch ein ganz anderes Sinnbild daraus ablesen konnte, aber dieser Surrealismus der Erlebnisse ist so wichtig, und diese Stadt hat ja den Grund gelegt zu meiner ganzen Arbeit.

Ich habe meine ganzen Kinderjahre hier in Bremen erlebt, ich kam hierher, noch ehe ich gehen konnte. Ich habe hier Gehen gelernt, Denken gelernt, Sprechen gelernt, Schreiben gelernt, hab' hier meine ersten Freunde gehabt; mein allererster Freund hieß Berthold Merz, das war unser Nachbar aus der Grünenstraße. Ich habe hier die ersten menschlichen Kontakte gehabt. Ich habe erlebt, was Beziehungen zwischen Menschen sind, und ich hab' auch damals noch ganz unbewußt erlebt, was in einer Stadt enthalten ist an Klassenkräften. Natürlich hatte ich überhaupt keine Ahnung von diesen Begriffen gehabt, aber ich hab' doch gemerkt, daß in dem Stadtteil, in dem wir zuerst lebten – nämlich in der Neustadt da in der Grünenstraße –, ganz andere Menschen lebten, wirkten, eine ganz andere Atmosphäre herrschte als dort, wo wir später hinkamen, als es meinem Vater finanziell gut ging, in die Marcusallee, am Rickmerspark, an der Vahr, wo eine völlig andere Atmosphäre herrschte, wo die großen Villen lagen, die schönen Gärten und dabei ein Park. Heute ist der Park ja ganz gekünstelt, da stehen so Rhododendronbüsche – wir haben darin gespielt, das war eine Wildnis: da gab es kleine Seen und ganz verwucherte Bäume und Büsche, es war für uns eine ganz große Waldgegend, was heute überhaupt nicht mehr wiederzuerkennen ist. Aber diese Gegend, die dann in späteren Jahren die Gegend in der Neustadt ersetzte, bezeichnet eben etwas von diesen Erlebnissen, die dann dazu führen, daß man versucht, sie zu artikulieren: warum war es anders in der einen Gegend und anders in der anderen Gegend?

Was ich in der Neustadt erlebt habe als Kind, das war im Grunde genommen das Lebendige, das Expansive, da war genau an der nächsten Straßenecke in jedem Herbst der Freimarkt, das war das große Erlebnis. Wir Kinder lebten doch Wochen und Monate in dieser Erwartung, und sicher gibt es viele unter Ihnen von der Generation, die das selbst noch kennen, wie damals die Stadt sich verwandelte und wie plötzlich ein wildes Leben in den Straßen entstand. Diese ganze Gegend hatte ja schon die Atmosphäre vom Hafen. Sie prägte das, was später in meinen Bildern immer wieder vorkam, diese Fabrikgebäude, Werften, Hafenanlagen – ganz grundlegende Bilder, die sich eingeätzt haben ins Gehirn und die manchmal im Träumen ganz deutlich wieder herauskommen. Wenn ich durch Bremen gehe, gehe ich manchmal ein bißchen wie ein Traumwandler, der sucht nach anderen Formen, die unter den Architekturen liegen. Ich versuche zu vergleichen, wie mein ursprüngliches Bild dieser Stadt war und wie es sich hier und da noch herausfinden läßt an bestimmten Straßenecken, an bestimmten Häuserzeilen. Hier um die Ecke gleich an der Sögestraße hatte mein Vater sein Kontor, und da war unten in dem Eingang des heutigen Kontors ein kleines Theater mit einem stereoskopischen Guckkasten. Man saß an Gläsern und sah Landschaften, die automatisch kreisten, und da waren sie zu sehen: Indianer und Trapper im wüsten Kampfe, Entdeckung von fremden Erdteilen, Eroberung des Nordpols und alle solche Dinge, Abenteuer, die mich als 5-6jährigen ungeheuer anregten, und ich glaube sagen zu können, daß die Wurzeln zu all' diesen Dingen liegen in diesen Bildern, daß das Kind, das zuerst diese Eindrücke von Bildern, wenn sie so ganz banal und plastisch ganz einfache Vorgänge schildern, stark von ihnen geprägt wird. Das ist natürlich die Voraussetzung für das spätere Schreiben von Dramatik. Man sieht bestimmte Situationen in diesem Guckkasten schon ganz genau körperlich vor sich, ich könnte sie heute noch in jeder Einzelheit aufzeichnen. Ich sage das nicht aus irgendeiner Nostalgie heraus, sondern nur, weil ich darauf aufmerksam machen möchte, wie ungeheuer wichtig die inneren Traditionen sind, wie sehr man mit seinen Wurzeln zusammenhängt und wie furchtbar es ist, wenn man von seinen Wurzeln abgeschnitten wird und wie wichtig es ist, daß man diese Dinge, die den Grund zur ganzen Existenz legen, erkennen kann und, hoffentlich, sich auch erklären kann – aber jedenfalls, daß man den Kontakt dazu hält.

Es ist ja auch nicht nur mit den Bildern so gewesen, die mein Sehen geprägt haben in dieser Stadt – ich kann das überall wiedererkennen –, sondern auch in bezug auf die Sprache und das Schreiben.

Meine ersten Schreibversuche machte ich auch auf einem Fabrikhof in der Neustadt mit Berthold Merz in einem Schuppen; da lagen Schiefertafeln, und da haben wir mit Nägeln noch vor der Schulzeit unsere Namen hineingekratzt. Das Schreiben war ein körperhafter, zielbarer Vorgang, es war nicht das gewohnte Schreiben, sondern man kratzte, wie man so diese Runen kratzte oder wie man in Höhlen irgendwelche ganz wichtigen Erkenntnisse und Bilder in Steinwände direkt einkratzt. Das war die Entdeckung des jungen, sogenannten primitiven, aber im Grunde noch mit der Natur verbundenen Menschen, der seine ersten Zeichen setzt für sein eigenes Ich.

So ist auch die Sprache natürlich hier entstanden und auch – wie da unten an dem Roland zum Beispiel – die Poesie zu diesen ganz einfachen Gedichten, die man als Kind so herleierte: »Roland der Riese vorm Rathaus zu Bremen« bis »Heini, Fiedi von der Gasanstalt, de het 'ne Büx, wo de Wind dorgeiht«. Das sind Dinge, die ich dann später schon sagen kann, da sind die Wurzeln zu einem Stück wie »Marat«, das ist der Rhythmus der Sprache, und diese einfachen Moritaten sind mir jedes Jahr, wenn der Freimarkt kam, im Zirkus, in den Buden, in den Schaubuden, bei den Moritatensängern wieder begegnet; das war ja noch eine Welt, die überhaupt nicht kommerzialisiert war wie heute, sondern die hatte noch ganz klare eindeutige Bilder, die sehr fruchtbar waren für uns als Kinder.

Ich kam hierher, noch ehe ich gehen konnte

Ich ahne einen Raum, der ist grün, der Fußboden grün, die Tapeten grün, die Gardinen grün, und ich sitze auf einem erhöhten Porzellangefäß von der Form einer Gitarre, und meine Mutter steht hinter mir und drückt ihren Zeigefinger tief in meinen Steiß oberhalb des Afters, und ich drücke, und sie drückt, und alles ist grün, und die Straße draußen ist grün, und die Straße heißt Grünenstraße. Die Straße im grünen Abendlicht war voll vom Rollen der hoch mit Fässern beladenen Wagen, die Hufe der schweren, zottigen Pferde schlugen Funken aus den Pflastersteinen, die Kutscher schnalzten mit der Zunge, und ließen die Peitsche knallen, und von den Brauereien her schwelten die Wogen eines schweren, süßen Geruchs. Schmal und eingeklemmt zwischen Packhäusern und der Mauer eines Fabrikhofs lag unser hochgiebliges Haus, auf dessen Dachfirst ich mit dem Mond um die Wette ritt, und von dessen Schornstein ich mit einem Satz in den Himmel sprang. Einmal kam ein Mann über unser Dach geklettert, es waren Unruhen in den Straßen, und Schüsse krachten, und meine Brüder stürmten durch das Haus und riefen, jemand sei auf unser Dach geflohen, und von der Straße her warfen sich Männer in unser Haus, und die Männer hielten Gewehre in den Händen, und alle liefen in den Garten und ließen Taschenlampen aufflammen und schossen hinauf zum Dach, und vom Dach fiel der Getroffene zu den Männern im Garten hinab. Das Haus bleibt mir fremd, in seinem Innern finde ich mich nicht zurecht, doch den Garten nehme ich an mich, ich liege auf der Erde ausgestreckt unter den Büschen, fühle die trockene Erde unter den Händen, nehme die Erde in den Mund, lasse die Erde zwischen den Zähnen knirschen, befühle die weißen, runden Kieselsteine, nehme die Kieselsteine in den Mund, fühle ihre Rundheit und Sonnenwärme an der Zunge. Im Haus herrschte das Dumpfe, das Eingeschlossene, und meine Sinne waren gefangen. Hier draußen öffneten sich meine Sinne, und als ich in die Laube trat, trat ich ein in ein Reich das nur mir gehörte, mein selbstgewähltes Exil. Im schmalen Sonnenstreifen, der schräg durch das hochgelegene, von Efeu umspielte Fenster fiel, lenkte ich, zwischen aufgestapelten Gartenstühlen, Körben und Geräten mein Fahrzeug, den Leiterwagen, an der hochgestellten Deichsel, ich fuhr damit, schwamm damit, flog damit, vor mich hinsummend, vor mich hinmurmelnd.

Dies ist wie ein Bild aus einem alten Märchenbuch, etwas Versunkenes steigt aus dem Bild auf, und etwas Erwartungsvolles. Das Abgeschiedene und Geheimnisvolle, das Versterktsein mit mir selbst, mit meinen Spielen, das ist noch vorhanden und regt sich in dieser Stunde, es ist zu verspüren jedesmal wenn ich in meine Arbeit eindringe. Ich war mein eigener Herr, ich schuf mir selbst die Welt. Doch irgendwo lag die Vorahnung des Rufs, des Rufs der gleich erklingen, der über den Garten hin auf mich zurollen würde. Irgendwo lag immer die Erwartung dieses Rufs, bis in den heutigen Tag dringt die Erwartung des Rufs vor, bis in den heutigen Tag dringt die Furcht, daß alles gleich zuende sein könne. Wenn es zum ersten Mal nach mir rief stellte ich mich taub, ich hielt den Ruf von mir ab, in meinem Alleinsein hatte ich meinen Namen vergessen, ich tat, als gälte der Ruf nicht mir. Doch dann wurde der Name wieder und wieder in mich hineingeworfen, bis er mich ganz ausfüllte, bis ich fast von ihm zerplatzte, und ich mußte antworten, mußte bekennen, daß der Name mich gefunden hatte. Ich versuchte oft, mich anders zu nennen, doch wenn der Ruf meines einzigen Namens auf mich zuflog, schreckte ich zusammen, wie eine Harpune schlug er in mich ein, ich konnte ihm nicht entgehen. Flüsternd rufe ich mich an mit meinem eigenen Namen, und erschrecke mich damit, es ist als käme der Name weit von außen her auf mich zu, aus der Zeit in der ich noch formlos war. Und dann fühle ich die rasende, ohnmächtige Wut, das Antoben gegen etwas Unangreifbares, gegen etwas unendlich Überlegenes, und dann wird mein Gestammel von einer unsichtbaren Hand erstickt. Da ist das Gesicht meiner Mutter. Ich flog zu diesem Gesicht empor, gehoben von ihren Armen, die alle Räume durchmessen konnten. Das Gesicht nahm mich auf und stieß mich von sich. Aus der großen, warmen Masse des Gesichts, mit den dunklen Augen, wurde plötzlich eine Wolfsfratze mit drohenden Zähnen.

Aus den heißen, weißen Brüsten züngelten, wo eben noch tropfende Milchdrüsen waren, Schlangenköpfchen hervor. Früher als das Gesicht waren die Hände da. Sie packten mich, rissen mich in die

Höhe, schüttelten mich, sprangen mir an die Ohren und ins Haar. Alles dröhnte und wogte um die Gestalt meiner Mutter. Ich versuchte, ihrer Gewalt zu entgehen, indem ich die Augen schloß und die Lippen über meiner Stimme zusammenpreßte. Doch dann konnte ich es nicht länger ertragen, mußte die Augen aufreißen, mußte nach dem Gesicht der Mutter schreien, mußte bestätigt sehen, daß es noch da war. Um die Mutter war alles unbeständig, kochend, wirbelnd. Doch neben ihr stand Auguste, fest umrissen, mild und bleibend. Auguste war von Anfang an alt, uralt. In ihrem schwarzen, eng geschnürten Kleid, ihren von Spülwasser aufgeweichten, rötlich verschwollenen Händen, stand Auguste deutlich im Raum, und alle Dinge in ihrer Nähe gewannen an Leuchtkraft. In der Mutter herrschte das Wilde und Unbändige, in Auguste das Duldende, Demütige. Wenn die Mutter auf sie einschrie beugte Auguste sich tief über die weiße Kartoffelschüssel mit dem blauen Rand, und die Kartoffelschalen ringelten sich über ihre Hände. Wenn die Mutter genug gewütet hatte, schlug Auguste sich selbst zur Strafe ins Gesicht, oder hieb mit einem Kleiderbügel auf ihren eigenen Kopf ein. Die Mutter verschwand, aber Auguste blieb da, mit Tränen in den Augen blickte sie mich an, sie streichelte meine Hände, als sei ich es, der getröstet werden müsse, und aus der Schublade des Küchentischs nahm sie einen Teller der Nachspeise, den sie von der Mahlzeit her für mich aufbewahrt hatte. An Augustes Hand ging ich hinaus auf die Straße. Die Entdeckung der Stadt ist verbunden mit dem Druck von Augustes Hand. Vor mir steigen die Straßen auf, mit ihren knirschenden, eisenbeschlagenen Rädern, mit ihrem Dunst von Teer und Malz und feuchtem Staub, mit ihren Packhäusern, an deren Fassaden die Ketten der Hebebäume rasseln, und in deren Lasträumen zwischen Kisten und Säcken Gestalten sich im ungewissen Licht bewegen. Immer tiefer drangen wir ein in die Gassen, Arkaden und verborgenen Plätze, vorbei an rußgeschwärzten, zerschorften, bekritzelten Mauerwänden, bis wir durch Torgewölbe und hinab über ausgetretene Treppen an die Deichanlagen und in den Hafen gerieten, wo die Maste der Schiffe vor dem rauchigen Himmel standen, wo die Wasserreflexe auf den Bordwänden flimmerten, wo schwarze und gelbe Gesichter sich aus den runden Luken streckten und fremdartige Worte riefen, wo die Wimpel an den straffen Takelagen flatterten und die Lastkräne kreischend ihre langen Hälse drehten. In meinen Träumen tauchen zuweilen Bilder aus diesen Wanderungen auf, erstmalige Eindrücke, die ihre gläserne Durchsichtigkeit und Schärfe bewahrt haben, sie zeigen Standorte, oft ohne erkennbares Ereignis, reglos und verschwiegen, an denen ich plötzlich meine eigene Existenz empfunden hatte. [...]

Und da war ich schon verstrickt ins Dasein, war schon mitten drinnen in der Masse des Lebens und trieb auf das Dudeln und Brausen des Jahrmarkts zu, in wachsendem Gedränge, der Boden war weich von Konfetti und Papierschlangen, in Buden wurden heiße Würstchen, Brezeln und gesponnener Honig ausgeboten, Trompetenstöße, Schüsse und Orgelläufe wurden immer greller, Ellbogen stießen mich, Füße streiften mich, und dann war alles eine einzige kreiselnde Bewegung von Leibern, ein einziges Johlen und Brodeln von Stimmen, und ich gehörte dazu, trieb umher zwischen den Gesichtern, Hüten und Armen, zwischen den schwankenden Trauben bunter Ballons, zwischen den großen, knatternden Fahnen, zwischen den wunderbar bemalten schnurrenden Karussellen, und auf die heisere Frage aus dem Kaspertheater, Seid ihr alle da, antwortete ich Ja im Chor unzähliger Stimmen, und als Kasper mit seiner Keule auf den Polizisten einhieb, schrie ich mit im kollektiven Gelächter, und ich sah die Schlangenbeschwörerin auf der Estrade, in ihrem Trikot aus schwarzen schillernden Schuppen, und den größten Mann der Welt, und den Zauberkünstler, dem Tauben aus dem Frack flogen, und alles war flüchtig, und alles kam wieder in veränderter Form, und die Zeltbahnen wogten und flüsterten geheimnisvoll im Wind, und die Masken in den Schießbuden rissen die Mäuler auf, und auf schwarzen Samtkissen lagen goldene Orden, und über dem rotierenden Karussel hingen klappernde Ringe, die man während der Fahrt zu durchstechen suchte, und in einem Miniaturbergwerk hackten ruckhaft kleine Gestalten gegen Stollenwände, und Karren, von steifbeinigen Pferden gezogen, rückten auf Schienen heran, und Schaufeln hoben sich über die Karren, und weiter rückten die Karren, und Körbe senkten sich durch Schächte hinab, und Karren neigten sich über die Körbe, und auf stiegen die Körbe und schwenkten sich über vorrückende Züge, und alles rüttelte und ruckte, bis das Werk plötzlich verstummte, und alles hielt inne mitten in einer Bewegung, Arme verharrten in der Luft mit hocherhobener Hacke, Pferde erstarrten, Körbe blieben hängen im Schacht, bis mit einem Ruck alles weiterging, alles weiterruckte, alles weiterzuckte, alles weiterhoppelte, alles weiterzottelte, alles weiterhackte, alles weiterknackte.

Und auf einem Feldstuhl daneben saß ein Alter mit weißem Bart und breitrandigem Schlapphut, starr und versunken lehnte er an seinem mechanischen Kasten, taub für alle Fragen die man an ihn richtete. Im Gewirr von Balkengerüsten stieg ich in einem kleinen Wagen auf, und die bunte Brandung des Lebens schlug hinter mir zurück, immer mehr entfernte ich mich von dem Gedröhne und Getriebe, bis nur noch das Rollen der kleinen, stämmigen Räder auf den Schienen zu hören war, und höher und höher geriet ich, bis die Kuppel erreicht war, von der aus ich den ganzen Jahrmarkt und die Stadt weithin überblicken konnte. Nur einen kurzen Augenblick hielt sich der Wagen in der Schwebe, ehe er in die Tiefe kippte, doch dieser Augenblick genügte, um mich ein ekstatisches Gefühl von Freiheit erleben zu lassen. Da lag das Meer der Dächer mit den rauchenden Schornsteinen, da lagen die Schiffe im Hafen, die Frachtboote und die großen Passagierdampfer, da lagen die Docks und die Werften, da wölbten sich die Brücken mit den dampfenden Zügen, und auf den Türmen leuchtete das hellgrüne Kupfer und blitzten die goldenen Wetterfahnen. Dann kam der Sturz, durch immer neue Gefälle, durch atemraubende Kurven, bis zur letzten Kluft mit dem Becken, dessen Wasser um den hineinschießenden Wagen aufsprühte. Wenn es Abend wurde trieb ich im Festzug durch die Straßen mit, schwamm langsam mit im Strom der Menge die Allee hinab, sah über mir das Laubwerk der Bäume herbstgelb zurückgleiten, fühlte den Wind auf der schweißfeuchten Stirn, hielt vor mir in der erhobenen Hand den Stab mit dem Lampion in dem die Kerze brannte, und sang das Lied mit, das immer wieder in Wogen vor mir und hinter mir aufstieg, Laterne Laterne Sonne Mond und Sterne. [...]

Ich stöberte in der Bibliothek meiner Eltern. Das Lesen dieser Bücher war mir verboten, ich mußte die Bücher heimlich entwenden und die Lücken sorgsam ausgleichen, meine Lektüre fand unter der Bettdecke statt, beim Schein der Taschenlampe, oder im Klosett, oder unter der Tarnung von Schulbüchern. Das Chaos in mir von unausgegorenen Sehnsüchten, von romantischen Verstiegenheiten, von Ängsten und wilden Abenteuerräumen wurde aus unzähligen Spiegeln auf mich zurückgeworfen, ich bevorzugte das Anrüchige, Zweideutige, Düstere, suchte nach Schilderungen des Geschlechtlichen, verschlang die Geschichten von Kurtisanen und Hellsehern, von Vampiren, Verbrechern und Wüstlingen, und wie ein Medium fand ich zu den Verführern und Fantasten und lauschte ihnen in meiner Zerrissenheit und Melancholie. Doch je mehr ich meiner selbst bewußt wurde, und je weniger ich vor mir selbst zurückschreckte, desto stärker wurde meine Forderung, daß die Stimme des Buches unverstellt zur mir spräche und nichts vor mir verbarg. Bald zeigten mir schon die ersten Worte eines Buches die Wesensart des Sprechenden. Ich wollte gleich von ihm angerührt werden, wollte gleich seine Glut und innere Überzeugung erfahren. Lange Umschreibungen machten mich ungeduldig. Ich wollte gleich mitten in das Erlebnis hineingerissen werden, wollte gleich wissen, um was es ging. Nur selten befaßte ich mich mit Gedichten, hier war mir alles zu sehr bearbeitet, zu sehr einem Gerüst von Formen unterworfen. Ich mißtraute dem Abgerundeten und Vollendeten und es fiel mir schwer, unter dem Kunstvollen und Geschliffenen nach dem verborgenen Sinn zu forschen. Oft ließ mich das Durchdachte kalt, während das Rohe, Ungestaltete mich ergriff.

Mein logisches Denken war unentwickelt. Wenn ich versuchte, diesem Mangel mit dem Lesen von naturwissenschaftlichen oder filosofischen Werken entgegenzuwirken, so zerflossen mir die Buchstaben vor den Augen, ich konnte sie nicht zu lebenden Worten zusammenfügen, ich spürte keinen Atem in ihnen. Was ich behielt lag weniger auf dem Gebiet der allgemeinen Bildung als auf dem Gebiet der Empfindungen, mein Wissen setzte sich zusammen aus bildmässigen Erfahrungen, aus Erinnerungen an Laute, Stimmen, Geräusche, Bewegungen, Gesten, Rhythmen, aus Abgetastetem und Gerochenem, aus Einblicken in Räume, Straßen, Höfe, Gärten, Häfen, Arbeitsplätze, aus Schwingungen in der Luft, aus Spielen des Lichts und des Schattens, aus Regungen von Augen, Mündern und Händen. Ich lernte, daß es unter der Logik eine andere Folgerichtigkeit gab, eine

Folgerichtigkeit von undurchschaubaren Impulsen, hier fand ich mein eigenes Wesen, hier im scheinbar Unorganisierten, in einer Welt, die den Gesetzen der äußeren Ordnung nicht entsprach. Mein Denken ließ kein bestimmtes Ziel zu, trieb mich von einem zum andern, duldete keine auferlegten Richtlinien, warf mich oft in Fallgruben und Abgründe, aus denen keine Erklärungen, sondern nur heimliche, unerwartet gefundene Pfade mich herausführen konnten. Im Lauf der Jahre wurde die Zwiesprache, die ich in den Büchern suchte, immer bestimmter und eindringlicher, richtete sich immer tiefer ins Persönliche, und so wurde sie auch immer seltener, denn nur wenige konnten etwas von den Dingen ausdrücken, in denen die Wurzeln des Daseins angerührt wurden. Alle Stadien meiner Entwicklung hatten ihre Bücher. In der Grünenstraße gab es einen großen gelben Pappband mit zerfledderten Kanten, und darinnen wurde von den Abenteuern des kleinen Mucki berichtet. Der Mucki ist ein großer Held, so hieß es, er köpft die Disteln auf dem Feld. Ich sehe ihn vor mir, den Mucki, in seinen ausgebuchteten Cowboyhosen mit Lederfransen, mit dem breitrandigen Sombrero und dem Lasso, von Kakteen und Klapperschlangen umstellt.

Mucki war mein frühstes Abbild, in seinem bösartigen Gesichtsausdruck zeigte sich, was in meiner eigenen Erscheinung so wohlgebändigt war, in ihm tobte sich meine erstickte Angriffswut aus, Mucki der Abenteurer und Gewalttäter, das war ich viel mehr, als der sorgfältig gekämmte Knabe in der Spitzenbluse beim Sonntagsspaziergang. Der Struwwelpeter, mit seinem buschigen Haarwald und den langen Fingernägeln, führte mir, zusammen mit seinen Genossen, alle meine eigenen Gebrechen, Schrecken und Gelüste vor. Die naiven, farbstarken Bilder waren wie Szenerien aus meinen eigenen Träumen, da waren die abgeschnittenen, blutigen Daumen und die riesige aufklaffende Schere, die noch anderes abschneiden wollte, da war der Suppenkasper mit dem strengen, hageren Vater und der rundlichen Mutter, und seine Worte, meine Suppe eß ich nicht, nein meine Suppe eß ich nicht, waren meine eigenen Worte, ich selbst war es, der auf dem Stuhl hin und herschaukelte und beim Sturz das Tischtuch mit den Tellern und Gerichten in die Tiefe riß. Das war die Rache. Da hatten sie es für all ihr Zetern und Mahnen. Und dann das Wunschbild des Sterbens. Das Hungern war meine Vergeltung, mit dem Hungern strafte ich sie, den hageren Mann, die dicke Frau, süß war die Rache, in der ich selbst mit drauf ging. Dies alles im Bild zu sehen erleichterte mich, ein Teil des inneren Druckes war nach außen gezaubert worden. Und auch andere konnten durch die Luft fliegen, sieh nur den Jungen unterm Schirm. Meine Kindheit ist eingeätzt in die gläserne Klarheit dieses Bildes, hoch in der Luft der Fliegende am kleinen roten Schirm, fortgeweht über die Bäume und das grüne Feld und die weiße Kirche, und hinter ihm die schwarze Wolke mit dem schräg hervorbrechenden Regenguß. Der Struwwelpeter, und dann die bösen, traurigen Märchen, das waren Bestandteile der Welt in der ich aufwuchs, in ihnen war eine bedrängende, erstickende Wahrheit ausgedrückt. Besser als die Ungewißheit waren diese klar vorgezeigten Schrecklichkeiten und Grausamkeiten. Es war besser, ganz nah vor der Gefahr zu stehen und ihr in die Augen zu blicken, es war besser, zu sehen, daß es sie wirklich gab, als qualvoll allein im Dunkeln zu liegen und sie nur zu ahnen. Auch die Empfindung der Verlassenheit milderte sich, als ich sah, daß andere ähnlichen Erlebnissen unterworfen waren, so war ich nicht mehr ganz so verloren, ich gehörte zu einer Gemeinschaft von Verzauberten, denen alles wunderlich und gespenstisch war, ich gehörte zu einer Gruppe von Wanderern, die in das Land des Gruselns gezogen waren. Das Grauenhafte war mein Bereich.

Das Umhegte und Versöhnliche stieß mich ab, mir war beklommen zumute, wenn ich von den Lieben Kindern hörte, von den Gütigen Eltern, den Reichen Belohnungen. Schilderungen von Beschütztheit, von Wärme und Zufriedenheit weckten einen bohrenden Schmerz in mir. Vielleicht gab es irgendwo diese Geborgenheit, diese Zimmer, in denen es nach frischgebackenen Brezeln roch und in denen eine freundliche Großmutter im Schaukelstuhl saß und eine Katze mit dem Garnknäuel spielte, doch für mich war die Muhme Lenelies da, drinnen in den wogenden, betäubend duftenden Feldern, die Kornmuhme, die plötzlich zum Wegrand vorschnellte und das Kind mit sich riß, für mich gab es das Verirrtsein im Wald, den Morast mit den Irrlichtern, die Hexenhäuschen. Ich wußte wie es war, im Käfig zu hocken und der Hexe den Knochen anstelle des Fingers durch das Gitter zu strecken, ich kannte die furchtbare Spannung, als sie dicht vor mir den Knochen befühlte, und als ich sie meckern hörte, daß sie hübsche, fette Kinderchen haben wollte, hübsche Leckerhappen zum Schlachten. Der Parkwald um unser Haus nahm alle Märchen in sich auf, er war verwunschen, in seinen Moosen, seinem dichten Gebüsch, seinem knorpeligen Wurzelwerk lebten die sprechenden Tiere, die Gnomen, die Räuber und Feen. Hier sah ich Rumpelstilzchen tanzen, den rotbärtigen Zwerg, sah, wie er sich selbst mitten entzwei riß, und hier, in einem verfallenen Gehöft am Waldrand war der Kopf des Pferdes Falada an die Wand genagelt, und ich hörte, wie es mit hohler Stimme aus ihm rief, wenn das deine Mutter wüßte, wenn das deine Mutter wüßte, das Herz im Leib würde ihr zerspringen. In irgendeinem Buch gab es ein Bild, auf dem zwei Kinder zu sehen waren, ein Knabe und ein Mädchen, die hoch oben im Geäst eines großen Baumes saßen. Sie hatten sich im Wald verlaufen und waren auf den Baum geklettert, um Ausschau zu halten. Doch ringsum war nichts anderes zu sehen gewesen als die grüne Undurchdringlichkeit, und so waren sie eingeschlafen, dicht aneinandergeschmiegt.

Das Bild drückte aus, daß es keinen Weg zurück mehr gab, die Verlorenheit der beiden Kinder war so endgültig, daß sich auf eine sonderliche Weise aller Schrecken daraus verlor. Ihre Kleider waren von der langen Wanderung zerrissen, ihre Gesichter waren von Entbehrungen gezeichnet, doch jetzt waren sie ganz dem Schlaf hingegeben, völlig der Welt entrückt. In diesem Bild fand ich etwas, das jenseits von Hexen, Geistern und Untieren lag, eine vollkommene Stille und Einsamkeit, einen Trost und eine Stärke. Ich erinnere mich an ein anderes Buch, in einem biegsamen, graugrünen Einband, eine Kinderbibel, versehen mit Illustrationen in altmeisterlicher Manier. Ich sehe ein Bild vor mir, auf dem geschildert wird, wie die Prinzessin am Strand des Nils das Kästchen findet, in dem Moses liegt. Die Prinzessin ist in Schleier gekleidet, unter deren Durchsichtigkeit die Formen ihres Körpers zu ahnen sind, eine Sklavin hält einen beschirmenden Fächer aus Palmwedeln über sie. In meinem Block zeichnete ich die Prinzessin ab, anfangs in ihrer ganzen Gestalt, mit stark hervorgehobenen Geschlechtsmerkmalen, später nur noch ihr Gesicht, ein Gesicht das immer mächtiger wurde, bis es das ganze Blatt mit seinem dunklen Profil und dem riesenhaft spähenden Auge ausfüllte. Neben dem ersten Blatt, aus dem hervorgeht, daß ich mich eingehend mit dem Bau des weiblichen Körpers beschäftigt hatte, war eine Schere zu sehen, weit zum Schnitt aufgeklappt, und wie um die Furcht vor der Bedrohung zu mildern, hatte ich der Schere einen Hampelmannkopf zwischen die aufgereckten Arme gemalt, und den gespreizten Schenkeln Stiefel angezogen. Es war, als schreckte ich vor meinem eigenen Wissen zurück, und da begann das Gesicht der Prinzessin meiner Mutter zu ähneln, das herrschsüchtige dunkle Auge, das war das Auge meiner Mutter, das Auge das alles sah.

Quellen:

Peter Weiss: Das war ja noch eine Welt. Rede anläßlich der Vergabe des Bremer Literaturpreises am 25.1.1982, in: Wolfgang Emmerich (Hrsg.): Der Bremer Literaturpreis 1954 – 1987. Eine Dokumentation, Bremerhaven 1988, S. 281 ff.
Peter Weiss: Abschied von den Eltern, Frankfurt/M. 1964, S. 15 ff.

Peter Weiss lebte zwischen 1918 und 1929 in Bremen. Er war der Sohn eines Textilfabrikanten und einer Schauspielerin und zwei Jahre alt, als seine Eltern nach Bremen zogen. 1934 emigrierte er mit seinen Eltern und Geschwistern über London nach Prag, wo er die Kunstakademie besuchte. 1939 emigrierte er nach Schweden. Dort betätigte er sich zunächst in der Fabrik seines Vaters. 1945 nahm Peter Weiss die schwedische Staatsbürgerschaft an und arbeitete in der Folgezeit als Filmregisseur, Maler und Schriftsteller. 1960 begann dann seine Karriere als deutschsprachiger Schriftsteller mit der Veröffentlichung »Der Schatten des Körpers des Kutschers«. Mit seinem »Marat/Sade«-Stück erlangte er wenig später Weltruhm. Peter Weiss' mit dem Bremer Literaturpreis ausgezeichneter dreibändiger Roman »Die Ästhetik des Widerstands« spielt teilweise auch in Bremen. Der Schriftsteller erhielt viele bedeutende Literaturpreise.

Bänkelsänger an der Grünenstraße 1913.

ALEXANDER WEISS
(* 1924 Bremen † 1987 Stockholm)

Aufbruch gehört zu meinen frühesten Erinnerungen

Mein Vater wurde 1885 in dem kleinen Dorf Nagy Emöke bei der Stadt Nitra geboren, die 100 km östlich von Bratislava liegt. Der Fluß Nitra entspringt in den Nitrakarpaten und fließt parallel zur Vah, bevor beide sich mit der Donau vereinen. Ebenso wie Trencins Geschichte ist die Geschichte Nitras mit seiner Burg verknüpft, und wie die Umgegend von Trencin, so war auch die von Nitra schon in vorhistorischer Zeit bewohnt. Die Burg von Nitra stand schon im 9. Jahrhundert. 1025 wurde Nitra Sitz der ungarischen Thronfolger.

Mein Großvater, der Getreidehändler war, zog in der Mitte der neunziger Jahre nach Wien, wo er Vertreter an der Getreidebörse wurde. Wien war der Sammelpunkt für viele Juden aus den ländlichen Gebieten.

Vergeblich habe ich nach meinen Ahnen geforscht. Die meisten jüdischen Matrikel wurden während der deutschen Besetzung der Slowakei zerstört. [...]

Meine Mutter wurde in Basel geboren, sehr streng erzogen, besuchte ein katholisches Mädchenpensionat in der Schweiz – wo sie Französisch lernte – und lebte dann viele Jahre in Straßburg im Elsaß, wo ihre Eltern starben. Im Jahrzehnt des Ersten Weltkriegs war sie verheiratet und wohnte in Berlin, wo sie einige Jahre dem Schauspielensemble an Max Reinhardts Deutschem Theater angehörte. Sie war mit einem Deutschen verheiratet und hatte in dieser ihrer ersten Ehe zwei Söhne. Während wir im Exil in Schweden lebten, tat der eine bei der Wehrmacht Dienst, der andere war SS-Mann und diente in Görings Luftfahrtministerium. Einer meiner Vettern aus der Familie meiner Mutter war während des Krieges Gestapo-Agent in Jugoslawien und wurde dort von den Partisanen erschossen.

Mein Vater besuchte die Export-Akademie in Wien und arbeitete dann in der Exportabteilung einer Spinnerei und Weberei in Nordböhmen, wurde im Alter von 25 Jahren Verkaufschef in Wien, fuhr nach Südamerika und kam zurück, als der Erste Weltkrieg ausbrach. Er war über viele Jahre mit einer Jüdin befreundet, und meine Großmutter hoffte, es käme zur Heirat. Statt dessen traf er meine Mutter, die damals noch nicht lange geschieden war und mit ihren beiden Söhnen in Berlin lebte. Meine Mutter war sehr schön: dunkel und groß. Noch in späten Jahren erzählte mein Vater, wie er, als er meiner Mutter auf einer Einladung zum erstenmal begegnete, bei sich beschloß, daß sie seine Frau werden solle. Sie verlobten sich in Bratislava. Kurz nach dem Tod meines Großvaters heirateten sie in der ungarischen Garnisonsstadt Przemysl, wo mein Vater Hauptmann bei einem Bataillon der Feldjäger war. Sie zogen nach Berlin, wo mein älterer Bruder geboren wurde, und kurz vor Kriegsende ließ mein Vater sich taufen. Im Gegensatz zu seinen Geschwistern und seiner Mutter, die in Wien ansässig blieben und nach Kriegsende die österreichische Staatsbürgerschaft annahmen, entschloß er sich, Bürger der neugegründeten Tschechoslowakei zu werden. Meine Großmutter führte allein, zusammen mit einem jüngeren Bruder meines Vaters, die Agentur meines Großvaters. Mein Vater sprach vor seinen Kindern niemals über seine Herkunft und brach so gut wie jeden Kontakt mit seiner Familie in Wien ab. Seine Assimilation in Deutschland, als Anhänger des evangelisch-lutherischen Glaubensbekenntnisses, trieb er sehr weit. Nur ein leichter österreichischer Akzent ließ ahnen, daß er kein »Reichsdeutscher« war. Auch meine Mutter sprach kein reines Hochdeutsch. In ihrem Wortschatz gab es viele süddeutsche Ausdrücke und Wendungen, auch wenn ihre Theaterausbildung jede Spur eines Akzents getilgt hatte.

Ich wurde in der Hansestadt Bremen geboren, wo mein Vater gemeinsam mit einem Kompagnon eine Firma betrieb. Während meiner ersten sechs Lebensjahre, der Zeit in Bremen, zogen wir dreimal um. Aufbruch gehört zu meinen frühesten Erinnerungen und ist mir durch die Jahre gefolgt. Die erste Wohnung war eine Villa am Rhododendronpark in Horn, einem Vorort Bremens, an einer langen Allee mit Kastanienbäumen. Der Duft dieser blühenden Bäume zählt zu meinen frühesten Erinnerungen, und als ich 35 Jahre später diese heimatliche Gegend besuchte, wurde diese Geruchserinnerung wiederbelebt. Zu dem Hause gehörte ein großer Garten. Im Park, in der Allee und im Garten machte ich meine ersten Entdeckungsreisen. Damals spielte ich mit dem Gedanken, Forschungsreisender zu werden. Nach etwas mehr als zwei Jahren zogen wir in die Stadt, in eine Wohnung hoch oben in einem Mietshaus. Hier erlebte ich die Stadt zum erstenmal. Ich erinnere mich, daß ich über die Straße ging, auf der starker Verkehr herrschte, und wieder zurück und daß ich meiner Mutter erzählte, wenn ich das täte, hielten die Autos an. Nach knapp zwei Jahren zogen wir in die dritte Wohnung, ein zweistöckiges Reihenhaus. Von dort aus ging ich in meine erste »Schule«, die Spielschule. Als jemand mich und die anderen Kinder zur Spielschule bringen sollte, schrie und weinte ich und flehte, zuhause bleiben zu dürfen. Aber es half nichts. Ich glaubte, ich solle weggebracht werden. Ich nahm Rotkäppchen, eine Figur aus Holz, als Trost mit. Meine Mutter drückte sie mir in die Hand.

Auf dem Rathausplatz stand die Figur des Roland, fünfeinhalb Meter hoch, mit einem riesigen Schwert an der einen Schulter und einem Schild mit dem Reichswappen, dem Doppeladler.

In der Volksschule quälte ich mich mit dem Griffel auf der Tafel bei meiner Zwei ab, der einzigen Zahl, mit der ich nicht zu Rande kam. Ich war das jüngste von vier Kindern, umgeben von Kindermädchen und Köchinnen. Hörte den Märchen der Gebrüder Grimm zu, die meine Mutter vorlas, buk Kuchen aus Sand im Garten mit meinen Geschwistern. An den Sonntagen besuchten wir den Bürgerpark. Im Matrosenanzug ging ich mit Eltern und Geschwistern, um Saft zu trinken und Torte zu essen, während die Musikkapelle spielte. Einen Sommer verbrachten wir an der Ostsee, wo ich mich zum erstenmal in ein Mädchen verliebte.

Viele der Jungen in der Schule flößten mir Furcht ein. Sie erschienen mir groß, stark, selbstsicher und tüchtig. Ich fühlte mich unterlegen. Jetzt galt es, sich zu behaupten, und ich fürchtete zu verlieren, der weniger Begabte, der weniger Mutige und weniger Beliebte zu sein.

Meine Unsicherheit kam in kurzen Krankheitsperioden zum Ausdruck. Kam ich dann wieder in die Schule, mit dem Attest meiner Mutter im Ranzen, daß ich krank gewesen sei und sie mein Fehlen bedaure, hatte ich das Gefühl, in Gnaden wieder angenommen zu sein. Mein Klassenlehrer, Herr Brüssel, und meine Mutter waren meine Beschützer.

Nach dem Sommer am Meer zogen wir nach Berlin.

Quelle:

Alexander Weiss: Bericht aus der Klinik und andere Fragmente. Übersetzt aus dem Schwedischen von W. Butt und L. Fischer. Frankfurt/M. 1978, S. 8 ff.

Alexander Weiss, der Bruder des Bremer Literaturpreisträgers Peter Weiss, emigrierte 1934 mit seinen Eltern und Geschwistern nach England, 1936 in die Tschechoslowakei und 1938 nach Schweden. Alexander Weiss studierte Germanistik und Anglistik. Ab 1964 publizierte der in Stockholm lebende Schriftsteller Prosa und Lyrik.

Herbert Schwarzwälder
(* 1919 Bremen)

Kindheit im Ostertorsviertel

Schaut man auf seine eigene Kindheit zurück, so ist sie zu einem Teil durch die allgemeinen Verhältnisse, vor allem aber durch die besondere Lage der Familie und die Persönlichkeit des Kindes bestimmt. Versucht man, diese frühen Jahre des eigenen Lebens zu beschreiben, so erinnert man sich zwar an viele Einzelheiten, doch lassen diese wie die Steine eines zerstörten antiken Mosaiks manche Lücken; man kann aber versuchen, einem Gesamtbild nahe zu kommen. Beschreibungen der eigenen Kindheit sind Memoirenwerke besonderer Art: Sie sind ehrlicher, weil im allgemeinen – Wunderkinder ausgenommen – keine Rechtfertigungs- und Profilierungsbedürfnisse befriedigt werden müssen. Streiche und Charakterschwächen können ungeniert dargestellt werden; der Leser wird augenzwinkernd sagen: »Es ist doch ein Wunder, daß aus diesem Früchtchen noch etwas Vernünftiges geworden ist!« Meine Darstellung ist aber ohnehin nicht so sehr darauf angelegt, m e i n e Kindheit, sondern e i n e Kindheit in sehr bescheidenen Verhältnissen zu beschreiben.

Die folgenden Aufzeichnungen beruhen zum größten Teil auf Erinnerungen, die in Einzelfällen bis 1923 zurückreichen. Hinzu kommen Erzählungen meiner Eltern und einer Großmutter, die ich etwa 1938 niederschrieb, Schulzeugnisse usw. Es gibt aus der Kindheit auch einige Fotos. Fügt man alles zusammen, so ergibt sich das geschlossene Bild einer Kindheit im Rahmen einer »normalen« und soliden Familie der Unterschicht; doch auch das Normale, das freilich bei einem Vergleich mit heutigen Lebensformen der Kinder durchaus ungewöhnlich erscheinen mag, ist Bestandteil der Geschichte.

Jeder fragt sich, ob er seine Kindheit noch einmal durchleben möchte. In meiner Kindheit gab es manche Härten und bitteren Erlebnisse – auch das ist normal; doch im ganzen war sie sehr glücklich. Daß ich sie dennoch nicht noch einmal durchmachen möchte, hängt damit zusammen, daß ich mich dann auch nicht der 1938 beginnenden deprimierenden Lebensperiode entziehen könnte.

Ich wurde am 14. Oktober 1919 in Bremen geboren. Das war eine Zeit großer politischer Unruhe und wirtschaftlicher Not, die vor allem Mittelstand und Unterschicht schwer traf. Meine Eltern stammten aus »kleinen Verhältnissen«. Mein Vater, Andreas Schwarzwälder, 1887 geboren, war eins von 13 Kindern einer sehr armen Familie in einem kleinen Schwarzwalddorf. Schon mit 10 Jahren wurde er als Hütejunge zu einem Bauern gegeben, da die Eltern die Kinder nicht ernähren konnten. Der Besuch einer einklassigen Dorfschule vermittelte nur lückenhafte Kenntnisse. Mit 14 Jahren wurde mein Vater zu einem Dorfschneider in die Lehre gegeben, wo er im wesentlichen nur Flickschneiderei lernte. Mit 18 Jahren ging er auf die Wanderschaft, die ihn u.a. nach Einsiedeln in der Schweiz führte, wo er nun in solider Weise sein Handwerk lernte. Nach einem Jahr kehrte er, da er wehrpflichtig wurde, schweren Herzens nach Deutschland zurück. Blieb aber nicht in seinem Schwarzwalddorf, sondern wanderte nach Bremen, wo bereits ein älterer Bruder, der Tischler war, wohnte. Hier fand er Arbeit und lebte sich schnell in die fremden Verhältnisse ein.

1907 bis 1910 diente mein Vater bei der Kaiserlichen Marine auf dem Linienschiff »Elsaß«. Mit diesem Schiff war er u.a. bei den Kanarischen Inseln sowie an der nordspanischen und norwegischen Küste. Nach dem Ende der Dienstzeit war er als Schneidergeselle in Bremen tätig und lernte in dieser Zeit meine Mutter kennen. Zur beruflichen Weiterbildung besuchte er 1913 eine Zuschneiderschule in Berlin.

Meine Mutter, Henriette geb. Köster, wurde 1892 geboren und stammte aus der Familie eines Hafenarbeiters und Häuslings auf dem Hasenbürener Deich bei Bremen, der fünf Töchter hatte. Hier herrschten bescheidene und geordnete ländliche Verhältnisse. Die Dorfschule für Hasenbüren und Seehausen lag weit entfernt in der Nähe der Kirche und war wohl zwei- oder dreiklassig, hatte aber gute Qualität: Die meisten Lehrer waren junge und begeisterte Pädagogen. Zu den Lehrern meiner Mutter gehörten u.a. Carsten Karkmeyer, der später in Bremen in der Deutschen Volkspartei aktiv war und Verwaltungsdirektor der Großen Krankenanstalten wurde, Wilhelm Scharrelmann, der dann als Schriftsteller in Worpswede lebte, und Heinrich Böse, der später in der niederdeutschen Bewegung eine Rolle spielte. (Er war ein Bruder des Kommunisten, Musiklehrers und Chorleiters Hermann Böse.) Heinrich Böse war es dann auch, bei dem meine Mutter nach dem Ende der Schulzeit 1907 bei seinem Umzug nach Bremen in »Stellung« ging. Sie diente dann in mehreren Häusern; wichtig war für sie die Zeit im großbürgerlichen Haushalt des »Dispacheurs« Ludwig Groninger, Sielwall 38, dann Osterdeich 12, wo sie bis zu einem gewissen Grade »Umgangsformen« und Haushaltsführung lernte, die dann später im eigenen Lebenskreis zwar nicht direkt kopiert werden konnten, aber doch einen beträchtlichen Einfluß ausübten. Meine Mutter besuchte zur Weiterbildung auch eine private Nähschule. Als sie bei Groningers tätig war, lernte sie meinen Vater kennen, der in der Nähe im Ostertorsviertel bei seinem Bruder wohnte.

Eine Heirat wurde aber durch den Kriegsausbruch zunächst verhindert: Mein Vater wurde zur Kaiserlichen Marine eingezogen und diente auf dem Linienschiff »Braunschweig«, seit 1916 bei einer Bergungseinheit, die den Hafen von Windau/Lettland von Wracks zu räumen hatte. Die Kriegstrauung fand 1916 statt. Meine Mutter mietete nun eine kleine Dachgeschoßwohnung im Ostertorsviertel.

Im Dezember 1918 kam mein Vater nach Bremen zurück und fand Arbeit beim Schneidermeister Gerd Flathmann in der Braunschweiger Straße. Ich kann mich noch an den kleinen Betrieb und die Regale, auf denen Stoffe und Zutaten lagen, erinnern.

Am 14. Oktober 1919 wurde ich geboren und wuchs in der Dachgeschoßwohnung Berliner Straße 20 auf. Mein Vater war durch seine berufliche Tätigkeit viel abwesend, auch war er ein geselliger Mensch, der u.a. gern Skat spielte. Mutter beklagte sich oft darüber, daß er zu wenig »häuslich« sei und brachte ihn dazu, daß er auf das Pfeifenrauchen und den Alkoholgenuß verzichtete. (Es gab in der Familie einige Fälle, in denen Alkoholismus zum menschlichen Ruin geführt hatte.) Meine Erziehung lag weitgehend in der Hand meiner Mutter. Sie war eine Hausfrau alten Schlages, kochte und putzte, nähte, strickte und stickte den ganzen Tag, war aber auch sehr kontaktfreudig.

Das Haus Berliner Straße 20, in dem wir wohnten, war ein typisches »Bremer Haus«. Es wurde um 1893 als eins der letzten in der Straße gebaut. Da es ein durchgehendes Treppenhaus hatte, waren die Etagen nicht »abgeschlossen«, so daß sich die Lebenskreise der Bewohner immer wieder berührten. Eigentümer war seit 1900 der Schuhmachermeister K.; der gleich hinter dem Windfang rechts eine kleine Werkstatt hatte. Sein tragisches »Ende« habe ich noch deutlich in Erinnerung: Er wurde das Opfer seiner Naivität in Wirtschaftsfragen. 1923, also in der Inflationszeit, verkaufte er sein Haus an einen Bremer Kaufmann, der Sachwerte kumulierte. K. triumphierte: »Nun habe ich mein Milliönchen in der Tasche!« Er glaubte, daß ein Lebensabend ohne Arbeit gesichert sei; doch nach kurzer Zeit war das Geld zerronnen, und K. mußte nun die Werkstatt mieten und weiterarbeiten. Ich hörte ihn auf die Schuhsohlen hämmern und dabei »Verdammte Sch....!« fluchen. Er verfiel dem Alkohol, und ich entsinne mich, daß man ihn bisweilen in seiner Werkstatt einschloß und daß er eines Tages die Türfüllung herausschlug, um sich zu befreien. Er war ein wohlhabender Mann gewesen, jetzt war er am Ende, verließ sein ehemaliges Haus und starb kurz darauf.

Das Haus wurde an den Polsterer und Dekorateur A. verkauft, der K.s Wohnung im Erdgeschoß bezog und im Keller eine Werkstatt einrichtete. Zunächst kamen meine Eltern mit ihm und seiner Familie gut aus, dann gab es politische Differenzen: A. und sein Sohn entwickelten sich um 1930 zu typischen SA-Rabauken, was eigentlich gegen ihre solide und rechtschaffene Handwerkernatur war. Im Windfang hing eine Tafel mit dem Spruch »Juda verrecke!« Hier müssen einige Begebenheiten eingefügt werden, die für den SA-Geist der A.s bezeichnend waren. Eine Tochter des Mitbewohners Husmann, von dem noch die Rede sein wird, war Hausdame bei einem schwerreichen amerikanischen Juden Gumpert; dieser kam hin und wieder nach Deutschland und besuchte auch Husmanns. Er bestellte bei dieser Gelegenheit bei A. Polsterarbeiten und wurde dadurch zu einem wichtigen Kunden. Bevor Gumpert kam, wurde das »Juda-Schild« entfernt, nachdem er gegangen war, hing es am alten Platz. Mit meinem Vater gab es immer wieder politischen Streit: So hätte dieser gern eine Fahne mit den drei Pfeilen der »Eisernen Front« aus dem Dachfenster gehißt. A., der seine Hakenkreuzfahne flattern ließ, untersagte ihm das. 1932, als die »Machtergreifung« noch nicht abzusehen und ein offener Bürgerkrieg zu befürchten war, erklärte A. meinem Vater: »Wenn's losgeht, stell ich Sie als Schießscheibe in den Wintergarten!«.

Im ersten Stock des Hauses Berliner Straße 20 befand sich eine Mietwohnung; hier lebte ein älteres umgängliches Ehepaar namens Husmann. »Opa« Bernhard Husmann, ein Mann mit großem grauen Vollbart, war Hafenarbeiter gewesen; »Oma« Husmann war eine gütige alte Frau. Bei ihnen wohnte eine Tochter Leni, deren Berufswunsch einst Lehrerin gewesen war; da die Eltern jedoch arm waren, mußte sie, trotz einer durch ungeschickte Chirurgen verstümmelten Hand, Schneiderin werden. Eine Tochter aus »Oma« Husmanns erster Ehe, Mimi Klusmann, hatte in der schlechten Zeit nach dem Kriege Deutschland verlassen und – wie bereits angedeutet – bei einem jüdischen Lebensmittelgroßhändler in den USA eine Anstellung als Hausdame gefunden. Sie versorgte ihre Eltern und Stiefschwester in der Inflationszeit mit wertvollen Dollardevisen. Die Wohnung der Husmanns war altertümlich, aber doch gediegen eingerichtet. Zur Familie gehörte auch ein fetter schwarzer Kurzhaardackel namens »Seppel«, der nur noch mühsam die Treppen heraufsteigen konnte. Nachdem er gestorben war, erbte meine Mutter den Freßnapf, den sie – sparsam wie sie war – für die Aufbewahrung von Griebenschmalz verwandte.

Im Dachgeschoß des Hauses Berliner Straße 20 war unsere Wohnung; sie bestand aus Stube, Kammer und Küche sowie einem Balkon, von dem aus man auf die kleinen Häuser in der Brunnenstraße und über die Dächer der Östlichen Vorstadt sehen konnte. Auf dem Balkon befand sich ein Abort, der bei Frost nicht zu benutzen war, zumal sich das Abflußrohr außen an der Hauswand befand. In der Tür dieses Aborts hatte ich eine Schaukel, die aus ein paar Stricken und einem Brett bestand. Wir wohnten durchweg in der Küche mit einem »Kanonenofen«, einem Topfschrank mit einem zweiflammigen Gasherd darauf, einem Küchenschrank für das Geschirr, einem Tisch mit Stühlen und einem Hocker sowie einer Kochkiste, einem Gossenstein und einem »Leckbrett«. Von der Küche aus führte eine Tür auf den bereits erwähnten Balkon. Die Stube wurde selten benutzt; sie enthielt alte Möbel, die meine Mutter teils von der »Herrschaft« geschenkt bekommen, teils auch für alt gekauft hatte. Dazu gehörten ein schöner geschnitzter Wohnzimmerschrank mit gedrechselten Säulen für Geschirr und Bestecke, ein ausziehbarer Tisch sowie ein mit rotem Plüsch bezogenes und mit Troddeln behängtes Sofa, zwei ebensolche Sessel und Stühle mit Rohrgeflecht. Meine Mutter hatte eine glückliche Hand für Blumen, doch gab es kaum Fensterbänke in der »schrägen« Wohnung. In der Stube stand ein hübscher gußeiserner Blumenständer mit einem Blattgewächs. Einige Sommerblumen wurden in Kästen auf dem Balkon gehalten. Mit meiner eigenen Blumenhaltung verbindet sich ein Dummejungenstreich: Ich wollte auf dem Balkon in Apfelsinenkisten Blumen ziehen und holte mit einem Freund von den Weiden auf dem Peterswerder frischen Kuhdünger. Was davon übrigblieb, warfen wir auf die Häuser in der Brunnenstraße herab und gingen dann zum Fußballspiel beim Weserstadion. Als ich zurückkam, bezog ich eine tüchtige Tracht Prügel, denn meine Mutter hatte die vom Kuhdung verschmutzten Fenster der kleinen Häuser an der Brunnenstraße reinigen müssen. Ich glaube, daß ich zu Recht bestraft wurde, was keine Beurteilung der Art der Strafe sein soll.

Zurück zu unserer Wohnung: Das Schlafzimmer hatte neue Möbel:

Einen Kleiderschrank, eine Kommode, eine Waschkommode mit dem Waschgeschirr und einem Spiegel, zwei Betten mit Nachtschränkchen daneben sowie zwei berohrte Stühle. Als kleines Kind lag ich zunächst in einem Wäschekorb aus Weidengeflecht, dann in einem eisernen Kinderbett mit aufklappbaren und feststellbaren Seitenwänden. Ein Badezimmer gab es nicht. In großen Zinkwannen wurde gebadet und Wäsche gewaschen. Natürlich gab es auch keine Waschmaschine; es wurde ein »Rubbelbrett« verwandt, die Wäsche mußte mit der Hand ausgewrungen werden. Sie wurde dann auf dem Balkon getrocknet, anschließend mit Kohle-, Gas- oder Setzeisen (wir hatten alle diese Arten von Bügeleisen) geplättet.

Die Wohnung war sehr klein, vollgestellt mit Möbeln und Hausgerät; die Wände waren in Wohn- und Schlafzimmer schräg; hier fiel das Licht durch Dachfenster in den Raum. Es gab zunächst nur Gaslicht, an dessen Glühstrümpfe ich mich noch gut erinnere; für den Notfall hatten wir eine Petroleumlampe. Dann erhielt das ganze Haus zusätzlich elektrisches Licht.

Wichtig war für mich noch ein romantischer Dachboden. Das Haus hatte durch alle Stockwerke einen Schacht, der durch ein Geländer mit glatten Handläufern und gedrechselten Stäben begrenzt war. Er endete oben in einem Oberlicht, durch das aus einem Dachfenster auf dem Boden etwas Licht fiel. Im übrigen war das Treppenhaus sehr dunkel. Den Dachboden konnte man durch eine Luke über eine Leiter erreichen. Hier hatten die Bewohner allerhand Gerümpel abgelegt. Ich kann mich noch an ein Grammophon mit Trichter erinnern, auf dem ich Schellackplatten abspielte. Drei Melodien klingen mir noch im Ohr: »Immer an der Wand lang ...«, »Im Grunewald, im Grunewald ist Holzauktion ...« und »Es war einmal ein treuer Husar ...«. Das waren in jener Zeit beliebte Schlager. Durch ein Dachfenster hatte man einen herrlichen Ausblick. Das Dach war mit Schieferplatten gedeckt. Von einem großen Telefonmast führte eine Stange durch das Dach auf den Boden.

Das war nun das Haus mit seinen Bewohnern; von außen machte es wie die ganze Straße einen recht vornehmen Eindruck: Es hatte einen kleinen Vorgarten mit Steinpfosten und einem hohen Eisenstakett, eine Steintreppe, die ins Haus führte, einen Wintergarten auf der

Straßenseite und Zementstuck als Fensterumrahmung. Die Hinterseite war ausgesprochen häßlich: Der kleine Hof war von einer Bretterwand umgeben; hier gab es Stangen, an denen Wäscheleinen befestigt und Teppiche geklopft werden konnten. Die hohe Hauswand war gegen durchschlagende Feuchtigkeit schwarz geteert.

Eine große Rolle spielte für mich ein Teil des Ostertorsviertels; dazu gehörte der mittlere Teil der Berliner Straße, die Bremer Straße, der vordere Teil der Prangenstraße, die Eschen-, Brunnen- und Grundstraße sowie Auf den Kuhlen bis hin zur Schule an der Schmidtstrasse. Alle Häuser waren von Angehörigen des Mittelstandes und der Unterschicht bewohnt. Nur Ecke Berlinerstraße/Osterdeich befanden sich Villen: die des Brauereibesitzers Bernhard Dressler und die des Mühlenbesitzers Carl Erling. Es handelte sich um ruhige Wohnstrassen mit soliden, fleißigen und strebsamen Menschen.

Dennoch gab es Unterschiede: Die Häuser in der Berliner und Bremer Straße hatten Vorgärten und Wintergärten, die in der Prangenstraße zwar Vorgärten, aber keine Wintergärten; in der Eschenstraße standen sehr kleine Häuser mit Vorgärten, in der Brunnenstraße fehlten diese. Die kleinen Häuser waren durchweg allein von der Eigentümerfamilie bewohnt, in den größeren waren die Etagen vermietet. Es gab zahlreiche Untermieter; das waren durchweg junge unverheiratete Männer und Frauen. Der Wohnkomfort war allgemein sehr bescheiden.

Die Straßen dienten uns Kindern für mancherlei Spiele wie Fußball, Handball, Völkerball, Weitwurf mit dem Lederball, Spiel mit Kreisel, Reifen und Springtau, Ballwerfen an Hauswänden, Dritten abschlagen, Marmelspiel, Rollerfahren, »Hinkepinke« (Springspiel auf Gehwegplatten), Laternenlaufen und im Winter Schlittenfahren. Das alles war wegen des geringen Straßenverkehrs durchaus möglich. Unfälle waren selten; ich wurde freilich 1929 beim »Dritten abschlagen« von einem Lastwagen angefahren und erlitt eine Platzwunde am Kopf, die genäht werden mußte. Viele der phantasieanregenden Regel- und Bewegungsspiele sind den Kindern heute fremd. Rüpeleien und Sachbeschädigungen waren sehr selten; man achtete das Eigentum des andern, wenn man einmal von gelegentlichem »Äppelklauen« und von kindlichen Prügeleien, die sich zu »Straßenschlachten« ausweiten konnten, absieht.

Eine große Bedeutung hatte für uns der Osterdeich, der noch keine Rennbahn für Autos und auch noch nicht als breite Straße ausgebaut war, und das Weserufer. Hier konnte man im Winter rodeln und im Herbst den Drachen steigen lassen. Drachen bastelten wir uns selbst: In der Prangenstraße gab es zwei Tischlereien, in denen wir uns die nötigen Leisten besorgten. Einen Badestrand mit Kasperletheater gab es bei der Lüneburger Straße; zudem befand sich die Badeanstalt von Wagenbrett neben der Kiesbaggerei Röhrs hinter dem Weserstadion. Das Stadionbad war für uns wegen des hohen Eintrittsgeldes zu teuer. Das Weserwasser war zwar auch nicht mehr ganz sauber, man konnte aber in ihm gefahrlos baden. Der Fluß war noch fischreich, hin und wieder erschienen ganze Schwärme von Stinten, die mit »Ketschern« gefangen wurden; unter den Steinen am Ufer fand man Glasaale. Angler zogen manchen Fisch aus der Weser.

Die Lebensverhältnisse meiner Eltern sind aus der Rückschau kaum zutreffend zu beschreiben. Mein Vater hatte als Schneider nur einen sehr geringen Stundenlohn, doch arbeitete er auch nach Feierabend für Freunde und Bekannte. Die Schneiderutensilien, wozu eine Nähmaschine, die er 1919 vom Kriegsschiff mitgebracht hatte, Bügeleisen, -brett und -kissen, Schere, Schneiderkreide usw. gehörten, haben sich größtenteils erhalten. Vor und nach der Inflation betrug der Wochenlohn etwa 30 bis 35 Mark, also etwa 140 Mark im Monat, wovon 25 Mark für die Miete abgingen. Meine Mutter war sehr sparsam und konnte das wenige Geld gut einteilen; dazu gehörte, daß Strümpfe und Unterwäsche gestopft, Hosen geflickt und Anzüge gewendet wurden; wenn es einmal Bonbons gab, wurden sie täglich stückweise zugeteilt; das Licht wurde aus den schwächsten Glühbirnen gespendet, auch im Winter durfte erst um 19 Uhr Licht angezündet werden. Als Essen gab es oft Eintopf für mehrere Tage, Braten war für den Sonn- und Feiertag reserviert; wir tranken vor allem Milch und Malzkaffee, nur bei besonderen Gelegenheiten »Bohnenkaffee«. In schlechten Zeiten gab es Margarine als Brotaufstrich, die wir zeitweilig sogar aus Pflanzenfett selbst anfertigten. Bisweilen gab es auf der Margarine etwas Zucker, oft aber Gelee und Marmelade, die Mutter aus selbstgepflückten Früchten (besonders Brombeeren, die wir bei Bassum »ernteten«) und Fallobst anfertigte.

Es gelang Mutter mit viel Geschick, immer etwas Geld zu sparen. Sie kaufte fast alle Nahrungsmittel in einer Filiale der Konsumgenossenschaft »Vorwärts« (Friesenstraße 33), obwohl es in der engeren Nachbarschaft viele kleine Läden gab. Die Quittungen für die Einkäufe wurden gesammelt, am Jahresende zusammengerechnet und gebündelt; denn es gab einen Rabatt, der freilich sehr gering war. In der Berliner Straße 14/Ecke Mecklenburger Straße war im Keller das Milchgeschäft Gustav Bünzel, in dem man aus großen Aluminiumgefäßen mit Maßkellen Milch ausschenkte; Milch wurde aber auch in Glasflaschen mit Pappdeckeln durch die Straßen gefahren. Gegenüber von Bünzel (Berliner Straße 41) war die Bäckerei Hermann Böger, Ecke Bremer Straße ein Schlachter und ein kleiner Kolonialwarenladen mit einer Glocke über der Tür, der von zwei ältlichen wunderlichen Schwestern, Hermine und Anna Beneke, geführt wurde; ein ähnlicher Laden und eine Bäckerei befanden sich Ecke Grundstraße. Hier war auch das Fuhrgeschäft Lehmkuhl, auf dessen Hof immer Pferdewagen standen, auf deren Deichsel man gut »wippen« konnte. Viele Läden gab es an der Straße Vor dem Steintor; darunter befand sich das Textilgeschäft des Juden Benno Schustermann, bei dem meine Mutter auch nach 1933 noch kaufte, weil der Inhaber ein »reeller« Kaufmann war. Schustermann wurde während des Krieges nach Theresienstadt deportiert, wohin ihn seine (christliche) Frau begleitete. Er wurde krank und arbeitsunfähig, nach Auschwitz gebracht und dort ermordet. Seine Frau kehrte nach Bremen zurück. Ich habe diese Läden mit ihrem vielfältigen Angebot und ihren redseligen Inhabern noch deutlich vor Augen. Durchweg hatten sie nur einen sehr geringen Umsatz. Es gab in dieser Zeit auch schon Warenhäuser wie Karstadt in der Obernstrasse und dann Bamberger am Doventor, weiterhin Einheitspreisgeschäfte wie Epa und Woolworth, wo meine Mutter manchen billigen Einkauf tätigte.

Eier und Butter brachte wöchentlich ein Bauer Lehmkuhl aus Varrel im Oldenburgischen in zwei Holzkoffern und einem Rucksack; das Ei kostete 5 Pfennige, das Pfund Butter 1,05 Mark. Mit Kartoffeln versorgte uns der Bauer Apmann aus Oytermühle, der einen kleinen Hof hatte und die Kartoffeln mit seinem Pferdefuhrwerk nach Bremen brachte. Apmann war ein freundlicher und intelligenter Mann, der eine große Familie hatte und in sehr ärmlichen Verhältnissen lebte. Im Sommer und Herbst wurden Früchte »eingemacht«, Gelee und Marmelade, auch Pflaumenmus zubereitet. Hin und wieder fuhren meine Eltern mit mir und einigen Freunden »in die Bickbeeren« in der Gegend von Bassum und Syke, wo auch Pfifferlinge gesucht wurden. Als ich noch sehr klein war, trugen meine Eltern mich in einem selbstgebastelten Segeltuchsitz mit zwei Handgriffen. Meine Mutter, die an sich so sehr an ihren Haushalt gebunden war, empfand diese Ausflüge als sehr glückliche Erlebnisse, als eine kurze Befreiung vom sonst so harten Alltag. Die Bickbeeren wurden gekocht und in Flaschen gefüllt; es wurde etwas Öl darauf gegossen und dann wurden die Flaschen mit Korken verschlossen. Eingemachtes und Flaschen standen auf dem Schlafzimmerschrank, denn im Keller hatten wir nur einen Verschlag für Kohlen, Holz und Kartoffeln, weil sich in den größeren Kellerräumen die Küche und die Polsterwerkstatt des Eigentümers befanden. Eingemacht wurden noch: Eier im Wasserglas, Salz-(Schnibbel-)Bohnen in großen Kruken, Bohnen und Erbsen in Weckgläsern. Auf dem Boden wurden Apfelringe getrocknet.

1923 gingen die geringen Ersparnisse verloren; das war für meine Mutter ein schwerer Schlag. Mein Vater war einige Zeit arbeitslos, da Meister Flathmann nicht genügend Aufträge bekam. In dieser Zeit herrschte Not in der Familie; das Arbeitslosengeld zerrann zwischen den Fingern. Meine sparsame Mutter mußte alles Geld sofort ausgeben, das war ganz gegen ihre Gewohnheit. Ich kann mich an Begebenheiten erinnern, die zeittypisch sind: Wenn Vater mit dem Arbeitslohn nach Hause kam oder das Arbeitslosengeld abgeholt war, lief meine Mutter los, um irgendetwas zu kaufen; einmal bekam sie für die Einkünfte einer ganzen Woche nur zwei Rollen Knopflochseide. Mein Vater fuhr damals für einige Wochen in seine Schwarzwaldheimat; die Eltern waren zwar tot, doch fand er Unterkunft und Hilfe bei einer Schwester in Villingen. Als ich in der Inflationszeit eines Tages mit meinen Eltern auf der Straße Vor dem Steintor spazierenging, gab mir ein freundlicher Bekannter 10 000 Mark, um beim Bäcker Cimiotti Ecke Schmidtstraße zwei Brötchen zu kaufen. Ich sehe die alte weißhaarige Frau hinter dem Tresen noch vor mir; sie packte die Brötchen ein, sah die 10 000 Mark und sagte: »Dafür bekommst du heute keine Brötchen mehr!« Sie hatte sicher recht, ich aber schämte mich und lief weinend zu meinen Eltern zurück. Über die Tragödie unseres Hauseigentümers K. habe ich schon berichtet, will aber noch eine Tatsache, die mich betrifft, hinzufügen: Nachdem ich geboren worden war, legten meine Eltern ein Sparbuch für mich an, auf dem sie etwas Geld einzahlten. 1923 betrug das Guthaben etwa 10 000 Mark; da es sich bereits um Inflationsgeld handelte, wurde die Summe später nur mit 25 Rentenpfennigen »aufgewertet«. Das kleine, durch Jahre mühsam angesparte Guthaben meiner Eltern – ich weiß den Betrag nicht mehr – bestand z.T. aus guten »Goldmark« der Zeit vor 1914; bei der Aufwertung erhielten sie ein paar Rentenmark. Die Inflation war für die Generation meiner Eltern ein schwerer finanzieller und moralischer Schock, von dem auch ich als Kind nicht ganz verschont blieb. Jede Inflation ist ein Verbrechen des Staates gegenüber allen fleißigen und sparsamen Bürgern.

Die Nachkriegserlebnisse politisierten auch meinen Vater. Er war bereits seit 1906 Mitglied des Deutschen Bekleidungs-Arbeiter-Verbandes und trat nun 1924 dem Reichsbanner Schwarz-Rot-Gold sowie 1925 der SPD bei; er hielt zudem die »Bremer Volkszeitung«, wurde Mitglied der »Konsumgenossenschaft Vorwärts«, der »Volksfürsorge« und des »Gemeinnützigen Bestattungsinstituts« (Geßeln). Ich will und kann seine Entscheidung nicht bewerten. Er ging die SPD-Richtung, weil er meinte, er könne damit die Interessen jener fleißigen und sparsamen Arbeiter, Handwerker und Angestellten fördern, die im Kriege und nachher die Betrogenen waren; natürlich war er auch absoluter Pazifist; zudem trat er aus der Kirche aus. Ich glaube, daß er mit fast allem einverstanden war, was Partei und Gewerkschaft beschlossen und taten. Er ließ in den folgenden Jahren fast keinen Propaganda-Umzug aus, klebte Plakate, verteilte Flugblätter, las die »Bremer Volkszeitung« und betätigte sich als Kassierer des Bekleidungs-Arbeiter-Verbandes. Dabei habe ich ihn oft begleitet, und ich erinnere mich noch sehr gut an manchen armseligen Handwerkerhaushalt. Mein Vater brachte dann die eingesammelten Beiträge zum Büro seiner Gewerkschaft im Volkshaus an der Nordstraße. Dort gab es einen für Kinder sehr attraktiven Paternosteraufzug und eine Leihbibliothek; aus der ich gelegentlich Bücher holte. Das erste entliehene Buch war eine Darstellung über das Leben der Eskimos. Aus der Rückerinnerung überrascht es mich, daß es in unserem Haushalt keine politische Literatur gab. Ein sozialistischer Theoretiker war mein Vater nicht; er schöpfte sein politisches Wissen aus den Reden von Politikern, aus der Zeitung und aus Flugblättern.

1924, nach der Inflation stabilisierte sich auch die wirtschaftliche Lage unseres Haushalts, wenn auch auf einem sehr niedrigen Niveau. Nach kurzer Arbeitslosigkeit kehrte mein Vater nicht zum Meister Flathmann zurück, sondern fand eine Anstellung in der größeren Schneiderei von Karl Hüsener Beim Steinernen Kreuz 10. In einem großen Kellerraum hinter dem Vasmer-Kreuz saßen etwa 8 bis 10 Schneider auf ihren Tischen; dort wurde auch zugeschnitten und gebügelt. Mein Vater war ein fleißiger Arbeiter, der als friedlicher, unkomplizierter Mensch keine Kontaktprobleme hatte. Der »Chef«, Karl Hüsener, stammte vom Lande und war völlig »ungebildet«, aber freundlich und ein geschickter Geschäftsmann; er saß nur noch selten selbst auf dem Schneidertisch.

Zunächst war ich Einzelkind der Familie; meine Mutter wünschte sich eine Tochter, weil sie sich von einer solchen Hilfe im Haushalt und Stütze im Alter versprach. 1926 wurde die ersehnte Tochter geboren, doch starb sie schon nach drei Tagen an Gelbsucht. Meine Mutter war darüber lange Jahre sehr betrübt. Ein Jahr später, 1927, wurde wieder ein Kind geboren – aber ein Knabe; auch er starb nach drei Tagen. Schließlich folgte 1929 das vierte Kind, wiederum ein Knabe, der aber gesund war und überlebte; ihm galt die ganze Zuwendung meiner Mutter, während ich nun etwas mehr Freiheit zum Spielen auf der Straße, am Osterdeich und an der Weser hatte.

Im übrigen waren wir eine sehr normale und gesunde Kleinfamilie. Schwere Krankheiten gab es nicht, hin und wieder hatten wir Kinder Masern, Windpocken, Keuchhusten usw.; dann wurde der freundliche »Hausarzt« Dr. Heinrich Reinecke, Horner Straße 53, geholt, der Pillen und Medizin verschrieb. Manche Unpäßlichkeit wurde mit Hausmitteln wie Kräutertee und Umschlägen kuriert.

Wir waren eine Kleinfamilie in der Großstadt; die väterliche Verwandtschaft lebte zum größten Teil weit entfernt; nur ein Bruder wohnte mit seiner Familie in Bremen. Mit ihm gab es zeitweilig enge Kontakte, doch fehlte es nicht an Spannungen. Mit den vier Schwestern meiner Mutter in Rotenburg, Bremen, Seehausen und Hasenbüren wurden lockere Beziehungen unterhalten. Die Großmutter mütterlicherseits war eine starke Persönlichkeit, die die Familie in ihrer bestimmenden Art zusammenhielt. Sie war sehr belesen, wenn auch nur durch die Lektüre illustrierter Familienzeitschriften wie die »Gartenlaube« und »Daheim«. Mein Großvater war ein gutmütiger, geselliger Mensch; er war zudem ein sehr geschickter Korbflechter, auch spielte er Geige und Tuba. Er arbeitete bei der Lagerhausgesellschaft im Bremer Freihafen.

Wie kam man damals von Bremen nach Hasenbüren? Oft fuhren mein Vater und ich mit dem Fahrrad dorthin. Meine Mutter aber besaß kein Fahrrad. Wenn wir einen Familienbesuch machten, mußten wir entweder mit der Straßenbahnlinie 7 nach Rablinghausen fahren und dann zu Fuß gehen oder aber mit der Straßenbahnlinie 11 bis zur Hüttenstraße fahren; von dort ging es an der Norddeutschen Hütte entlang zur Weser, wo Arend Wessels eine Fähre betrieb. Am Ufer hing ein Eisenstück, das als eine Art Glocke diente. Wessels kam dann – zunächst mit dem Ruder-, später mit dem Motorboot – und holte uns ab zur »Sandsiet« in Hasenbüren; dann war es nicht mehr weit auf dem Hasenbürener Deich bis zu den Großeltern. An der Weser konnte man baden und das Vorbeiziehen großer Schiffe beobachten. Zwei bedeutende Ereignisse erlebte ich am Hasenbürener Ufer: Die Fahrt des Lloyddampfers »Bremen« von der AG »Weser«-Werft nach Bremerhaven am 24. Juni 1929 und das Landen des großen Wasserflugzeugs Do X am 8. August 1932.

Mein Vater konnte aus finanziellen Gründen nicht zu seinen Geschwistern in den Schwarzwald reisen. Es stellt sich die Frage, welche Reisen meine Eltern und ich als Kind überhaupt unternahmen. Hin und wieder besuchten wir die Schwester meiner Mutter in Rotenburg/Hannover, auch fuhren wir gelegentlich nach Bassum und Syke, um Bickbeeren und Brombeeren zu pflücken; das wurde bereits erwähnt. Mein Vater besaß ein Fahrrad, mit dem er Touren in der Bremer Umgebung unternahm: Zum Weyher Berg, auf dem Blocklander Deich, nach Syke, Bassum, zur Dreyer Brücke usw. Als ich klein war, saß ich auf einem Ledersitz vor meinem Vater. Schon 1928 bekam ich ein Kinderfahrrad, mit dem ich in Begleitung des Vaters, dann auch allein kleine Fahrten in der Bremer Umgebung unternahm. Das förderte die Freude an der Natur, die auch bei meinem Vater stark entwickelt war. 1926 machte mein Vater mit mir eine Eisenbahnreise nach Hamburg, wo wir Hagenbecks Tierpark besuchten, durch den Elbtunnel gingen und mit der Hoch- und Untergrundbahn fuhren. Ich habe auch an Ausflügen – etwa zur Porta Westfalica – teilgenommen, die von der SPD organisiert wurden. Mein Vater aber war kein Freund des organisierten Massentourismus; er hat später auch nie an einer KdF-Reise oder an einer im Reisebüro gebuchten Reise teilgenommen. Dabei spielte eine Rolle, daß meine Mutter ohnehin zu Hause geblieben wäre und daß auch organisierte Reisen Geld kosteten.

Zwei Begebenheiten sollten noch erwähnt werden: der jährliche Freimarkt und der Empfang der Ozeanflieger Köhl, von Hünefeld und Fitzmaurice in Bremen. Der Freimarkt fand bis 1933 in der Neustadt auf dem Hohentorsplatz, dem Grünenkamp und mehreren Straßen statt. Ich besuchte ihn, so oft ich konnte, gab aber jeweils nur wenige Pfennige aus. Mir genügte das, was sich vor den Schaubuden und an den Verkaufs- und Schießbuden abspielte. Zwar gab es bereits viel Technik; doch überwogen noch die kleinen Attraktionen: Floh-, Affen- und Hundezirkus, Liliputanertheater, die dicke Bertha, Entfesselungskünstler usw. Es gab den »billigen Jakob« und die Stände mit Novitäten, die wortreich angepriesen wurden. Viele Karussels waren mit ihren Holzpferden und plüschbeschlagenen Sitzen sowie der Musik aus mechanischen Orgeln recht gemütlich. Und überall ertönte die Musik von Drehorgeln. Oft gab ich auf dem Freimarkt nur 10 Pfennige für eine Zuckerstange aus.

Die Ozeanflieger kamen am 19. Juni 1928 nach Bremen. Ich war bei dem Empfang im Weserstadion dabei; es war ein großes Ereignis, an dem Tausende teilnahmen. Im November 1928 stand das Junkersflugzeug »Bremen« dann einige Tage im Weserstadion; ich erinnere mich noch recht gut, daß ich staunend vor diesem technischen »Wunderwerk« stand, obwohl mir Flugzeuge und Zeppeline nicht fremd waren. Ich war mit meinem Vater oft im Neuenlander Feld, um das Starten und Landen von Flugzeugen zu beobachten.

1926 begann die Schulpflicht; ich besuchte zunächst die Volksschule an der Schmidtstraße, die vor 1918 eine Freischule für Kinder armer Familien gewesen war. Ich sah dem ersten Schulgang keineswegs mit freudiger Erwartung entgegen, denn ich befürchtete eine Beschränkung des Spielens auf der Straße. Eine große Zuckertüte bekam ich nicht, denn meine Mutter war gegen jedes »Verwöhnen«. Sehr bald gewöhnte ich mich an die Lehrerin, die Mitschüler und den Unterricht. Vor mehr als 50 Jahren schrieb ich: »Ich erinnere mich noch an die ersten Schulaufgaben: Wir sollten eine Schiefertafel vollschreiben. Es war mir ein Vergnügen, die Tafel reihenweise dicht mit senkrechten Strichen zu bemalen, während ein Freund von mir danach trachtete, möglichst wenige Buchstaben zu schreiben«. Damals gab es nur reine Jungen- und Mädchenklassen, selbst auf dem Schulhof waren die Geschlechter durch eine Bretterwand getrennt. Meine Lehrerin, Franziska (Fränzi) Erdemann, war jung und tüchtig und hatte konservative Unterrichts- und Erziehungsmethoden, bei denen auch der Rohrstock nicht fehlte. Das Lernen fiel mir leicht, doch ich war nicht immer aufmerksam und keineswegs ein »artiger« Schüler. Ich erinnere mich noch sehr deutlich an den kleinen Klassenraum mit den engen Holzbänken, dem großen Ofen und dem Kübel mit Torf. Zuerst hatten wir eine Bremer Fibel mit deutscher Schrift, die wir auf einer Schiefertafel übten, dann kam das Kastenrechnen nach einem Rechenbuch hinzu. Zu unseren Schulutensilien gehörten ein Schulranzen, eine Schiefertafel, später Hefte, ein Griffelkasten und ein Schwamm in einer Schwammdose. Meine Mutter überwachte die Hausaufgaben mit großer Strenge; ich durfte erst spielen, wenn ich sie zur Zufriedenheit erledigt hatte.

Jeder Note für Klassenarbeiten und im Zeugnis folgten Lohn (ein paar Pfennige für eine Eins oder Zwei) und Strafe (Ermahnungen und Prügel). Ob diese Maßnahmen zum schulischen Erfolg beigetragen haben, weiß ich nicht; doch wurde mir Pflichterfüllung auch dort zur Gewohnheit, wo die Freude an der Sache bereits aufgehört hatte.

Dann kam die Vorbereitung auf die Aufnahmeprüfung zur »Höheren Schule«, wozu Fertigkeiten in der Rechtschreibung, in der deutschen Grammatik, im Lesen und Rechnen gehörten. Fräulein Erdemann war eine ehrgeizige Lehrerin: Sie wollte, daß möglichst viele Zöglinge ihrer Klasse die Prüfung bestanden, was ihr auch gelang.

Es stellt sich natürlich die Frage nach dem »Bildungsrückhalt« in der Familie als Ergänzung zum Schulunterricht. Vater und Mutter waren durchaus intelligent und strebsam; doch hatten sie nur eine Dorfschulausbildung genossen, die sich auf die Vermittlung von Grundkenntnissen beschränkte, die aber bei meiner Mutter sehr viel solider gewesen war als bei meinem Vater. Mein Vater war aber in jungen Jahren auf der Wanderschaft und bei der Marine »herumgekommen«. Es gab in unserem Haushalt keine »Bibliothek«. Wir hatten ein Neues Testament, ein Gesangbuch und das bekannte Kochbuch von Henriette Davidis, das meine Mutter von ihrer »Herrschaft« geschenkt bekommen hatte. Über das Kochbuch sagte meine Mutter: »Es heißt da immer ›Man nehme‹, aber nicht, woher ich es nehmen soll«. Es gab zudem einige Kinderbücher, aus denen meine Mutter gelegentlich vorlas: Grimms Märchen, ein Buch von Sophie Reinheimer (»Aus des Tannenwalds Kinderstube«), den Struwwelpeter, über dessen pädagogische Problematik wir uns keine Gedanken machten, und vor allem Beecher-Stowes »Onkel Toms Hütte« – ein Buch, das meine Mutter und mich immer wieder zu Tränen rührte. Eine gewisse Rolle spielten »Groschenhefte« mit Indianer- und Kriminalgeschichten sowie die Reklamezeitschrift der Margarine »Rama im Blauband«.

Mutters eigentliche Sprache war Plattdeutsch; sie sprach es, wo immer sie konnte, auch mit uns Kindern, die wir durchaus Plattdeutsch sprechen konnten. Vater hatte einen alemannischen (badischen) Dialekt, der sich aber im Laufe der Jahre verlor. Er sprach selbst nicht Plattdeutsch, konnte es aber verstehen; später hörte er im Radio gerne plattdeutsche Hörspiele; doch hatten wir erst seit den 50er Jahren ein Radio im Haushalt. Ich selbst kannte das Radio zunächst nur von Detektorapparaten, die sich Freunde gebastelt hatten, und dann auch von Radiosendungen, die ich im Haushalt befreundeter Familien hörte.

Ein Musikinstrument spielte ich nicht; meine Eltern hätten einen Privatunterricht nicht bezahlen können. Nur auf einer alten Mundharmonika konnte ich einige einfache Lieder spielen. Meine Mutter sang mit mir Volkslieder, die sie in der Schule gelernt hatte.

Über Spiele auf der Straße habe ich schon gesprochen; doch gab es auch zu Hause manche anregende Betätigung: Bis zum Schulbeginn hatte ich eine große und eine kleine Puppe, für die ich auch

Kleider nähte, einen ziemlich abgewetzten Teddybär, der beim Druck auf den Bauch einen quäkenden Laut von sich gab. Lange Jahre besaß ich eine Eisenbahn; dazu gehörten eine Lokomotive, die aufgezogen werden mußte, Personen- und Güterwagen und ein kompliziertes System von Schienen und Weichen, die auf unterschiedliche Weise zusammengesteckt werden konnten. Wichtig waren auch Matador-Baukästen, die hölzerne Variante zu den Stabil-Baukästen. Mit den einzelnen Teilen ließen sich Häuser, Brücken, Maschinen usw. bauen, die in gewisser Weise funktionstüchtig waren. Mir gelang dabei nicht alles nach Wunsch, und ich verlor leicht die Geduld. Mein im Basteln sehr geschickter Vater half mir dann. Auch fertigte ich Laubsägearbeiten an, wobei ich es aber nicht zu künstlerischer Fertigkeit brachte. Eine große Rolle spielte das Sammeln von Briefmarken und Reklamebildern verschiedener Firmen, die dann in Alben geklebt wurden.

Das größte Fest des Jahres war Weihnachten, wobei kleine Geschenke eine Rolle spielten; da gab es dann hin und wieder ein Buch, einen Zusatzkasten zum Matador, einen Zauberkasten und eine Laterna Magica sowie Zubehör zur Eisenbahn. Wir hatten immer einen Weihnachtsbaum, der nicht nur mit Kugeln, sondern auch mit Zucker- und Schokoladenkringeln behängt war, von denen ich täglich einen oder zwei naschen durfte. Am Heiligen Abend mußte ich Gedichte aufsagen, und es wurden Lieder gesungen. Nach Neujahr wurde der Baum dann »geplündert«.

Wichtig war für meinen Bildungshorizont, daß Vater seit etwa 1928 die Zeitschrift »Kosmos« hielt, die seinen und auch meinen naturwissenschaftlichen Interessen entgegenkam. Mein Vater war es auch, der mit mir oft das Überseemuseum am Bahnhofsplatz und gelegentlich auch das Focke-Museum an der Großenstraße besuchte. Beide Museen waren damals mit viel pädagogischem Geschick eingerichtet. Meine Mutter hatte keine »Bildungsinteressen«, was aber nicht ausschloß, daß sie meine Schulleistungen streng überwachte.

Der Entschluß, mich in die »Höhere Schule« zu schicken, beruhte vor allem auf einem sozialen Aufstiegsehrgeiz meiner Mutter, dem mein Vater zustimmte; wichtig aber waren wohl auch meine Fortschritte in der Schule. Die Wahl der Schulart, auf die sich meine Eltern durch die Lektüre von Broschüren vorbereiteten, ergab sich aus sachlichen Erwägungen: Die Oberrealschule schien am meisten auf »praktische« Bedürfnisse zurechtgeschnitten, zumal sie in der Oberstufe eine Wahl zwischen einem mathematisch-naturwissenschaftlichen und einem sprachlichen Zweig zuließ. Bei einem Wochenlohn meines Vaters von 35 bis 40 Mark gab es natürlich finanzielle Probleme. Da mein Vater unter 2000 Mark im Jahr verdiente, war das Schulgeld gering: Es betrug 35 Mark im Jahr. Schwieriger war die Beschaffung der Schulbücher, die durchweg am Ende des Schuljahres von älteren Schülern gegen einen geringen Preis abgekauft wurden.

Ostern 1930 trat ich in diese Schule ein. Der Geist der Anstalt wurde durch den patriarchalischen und ungemein tüchtigen Direktor Professor Dr. Carl Dietz bestimmt. Ich kann mich noch sehr gut an ihn erinnern, denn er trug jedes Jahr im Dezember in der Aula die Weihnachtsgeschichte aus der Bibel vor. Einmal bekam ich von ihm wegen einer Disziplinwidrigkeit eine Ohrfeige. Prof. Dietz war Fraktionsvorsitzender der Deutschen Volkspartei in der Bremischen Bürgerschaft und einer der wenigen Abgeordneten, deren kluge und dennoch temperamentvolle Reden man heute noch mit Genuß lesen kann, auch wenn man der politischen Richtung nicht zustimmen mag. Prof. Dietz legte sich immer wieder mit der NSDAP an, deren emotionale Rüpelhaftigkeit und Intoleranz er wiederholt anprangerte. Er war dann der einzige Lehrer der Schule, der nach der »Machtergreifung« der NSDAP 1933 entlassen wurde.

Pädagogisch gesehen handelte es sich um eine Lernschule, an der die Wissensvermittlung und die Lehrerautorität eine große Rolle spielten – oder zumindest spielen sollten. Das schloß nicht aus, daß es einige Lehrer gab, die pädagogisch völlig unfähig waren.

NS-Geist entwickelte sich zunächst eher bei vielen Schülern als bei den Lehrern. Jene Lehrer, die dann seit 1933 besonders eifrige Parteivertreter waren und »Karriere« machten, gaben sich vorher konservativ. Zu ihnen gehörten Dr. Richard von Hoff, der spätere Senator für das Bildungswesen, Ernst Castens, der spätere Schulrat und Vorsitzende des Bremer Kunstvereins, Prof. Dr. Carl-Friedrich Roewer, ein Fachmann für Spinnen, der Direktor des »Deutschen Kolonial- und Überseemuseums« am Bahnhofsplatz wurde, Dr. Friedrich Hackenberg, der 1933 Prof. Dietz als Direktor ablöste, und der Turnlehrer

Heinrich (Piko) Lange, der Ortsgruppenleiter der NSDAP von Borgfeld war. Eigentlich war nur Dr. von Hoff durch sein unermüdliches Eintreten für die »Rassenkunde« zum strammen Nationalsozialisten prädestiniert. Nach 1933 gab es dann eine ganze Reihe von Lehrern, die in der Partei, in der SA und im NS-Lehrerbund aktiv wurden; andere blieben konservativ oder liberal, ohne daß einer von ihnen den Schuldienst quittieren mußte.

Es sind noch einige besondere Einrichtungen der Schule zu erwähnen: Es gab eine Schülerbibliothek, die von Heinrich Tidemann, einem tüchtigen Bremen-Historiker, verwaltet wurde und den Zweck hatte, schöne Literatur direkt in den Klassen an den Leser zu bringen. Tidemann kam in bestimmten Zeitabständen mit einer Bücherkiste in den Deutschunterricht, und es fand dann ein Austausch bzw. eine Verteilung der Bücher statt. Eine Hilfsbücherei vermittelte kostenlos Schulbücher an besonders bedürftige Schüler; ich war einige Zeit mit dem Verteilen der Bücher beauftragt. Eine andere soziale Maßnahme wurde von meinem Deutsch- und Englischlehrer Dr. Albert Probst, organisiert: Er veranlaßte unsere Klasse, zu Weihnachten einen Baum zu schmücken und kleine Geschenke mitzubringen, mit denen dann eine besonders arme Familie überrascht wurde. Dr. Probst ließ sich die Anschriften von Pastor Großcurth an der Liebfrauenkirche geben. Ich erinnere mich, daß ich in einem Jahr der Überbringer bei einer armselig lebenden Familie in der Osterfeuerbergstraße (Walle) war.

Im ganzen wird man sagen dürfen, daß man die »Höhere Schule« in der Zeit der Weimarer Republik zu Unrecht als eine »Klassenschule« bezeichnet; bei meinen Klassenkameraden überwog die Unter- und Mittelschicht. Es hatte sich durchaus eine Art »Schulpatriotismus« entwickelt: Man hielt die eigene Schule für die beste Bremens, man hatte blaue Schülermützen, es gab große Schulfeste und man hatte einen Direktor, auf den man stolz war. Der Klassenzusammenhalt, den wir »Kameradschaft« nannten, war sehr fest und wurde durch den eigenen Klassenraum sowie durch gemeinsame Ausflüge gefördert. Die sozialen Unterschiede spielten kaum eine Rolle, eher das Ansehen oder Neidgefühle, die durch herausragende Leistungen bewirkt wurden, etwa durch sportliche Rekorde oder durch gute schulische Leistungen, die bisweilen als Strebertum abqualifiziert wurden.

Unbestreitbar hatte die Oberrealschule großen Einfluß auf mich; Sie weckte manchen Widerspruch, sie ließ aber in einem bestimmten Rahmen auch eigenes Denken zu, vermittelte zudem viel Sachwissen. Mein Lieblingsfach war zunächst einmal Biologie; ich legte ein Herbarium an und beschäftigte mich mit Käfern und Schmetterlingen. Dann kam das Interesse für Geschichte, das zunächst durch Prof. Dr. Anton Maatz, einem alten Herrn mit weißem Schnauzbart, mit seinem Unterricht über die Antike geweckt, dann aber durch die Schule nur wenig gefördert und eher in eine falsche Richtung gedrängt wurde.

Problematisch war die politische Lage unserer Familie. Vater war bis 1933 aktiv in der SPD, im Reichsbanner und in den Gewerkschaften tätig. Er nahm mich zu manchen politischen Veranstaltungen, Feiern, Propagandafahrten auf Lastwagen usw. mit, veranlaßte mich aber nicht, einer politischen Jugendorganisation beizutreten. Vermutlich sah er, daß das zu Schwierigkeiten in der bürgerlich-konservativen Schule führen konnte; denn sozialistische politische Aktivität mußte dort zur Isolation führen. Die politischen Probleme meines Vaters steigerten sich vor allem durch das aggressive Verhalten des Hauseigentümers in der Berliner Straße 20, wovon bereits die Rede war. So verstärkte sich der Drang meiner Eltern, trotz geringer Mittel, ein Eigenheim zu erwerben. Auf Anregung eines Bekannten interessierten sie sich 1932 für die von der Firma Heinrich Bötemann im Findorffviertel errichteten Häuser. Sie kosteten etwa 10 000 Mark; meine Eltern hatten trotz gelegentlicher Arbeitslosigkeit meines Vaters Ersparnisse von etwa 4000 Mark; etwa 6000 Mark mußten als Hypothek zu 7 % Zinsen aufgenommen werden. Das ergab zusammen mit der Amortisation eine Monatsbelastung von über 40 Mark, bei einem Monatslohn von 150 Mark eine erhebliche Belastung. In der Berliner Straße hatte die Miete nur 25 Mark betragen.

Das kleine Haus Tölzer Straße 1 B wurde im März 1933 bezogen, also in einer Zeit, als die NS-Herrschaft in Bremen sich voll durchsetzte. Meine Eltern haben den Kauf trotz finanzieller Risiken nie bereut. Ohne Zweifel war auch bei ihnen der in der Unterschicht, vor allem bei Angestellten und Handwerkern, stark entwickelte Hausbesitzerinstinkt durchaus vorhanden. Die Wohnungseinrichtung wurde aus der

Berliner Straße übernommen. Es gab eine kleine Küche und zwei ebenfalls kleine, durch eine Tür verbundene Stuben im Erdgeschoß, ein Elternschlafzimmer, einen vermieteten Raum und ein ganz kleines Kinderschlafzimmer im Obergeschoß. Auf dem Boden wurde in einem Verschlag ein weiterer Raum hergerichtet, in dem ich schlief. Das Haus hatte im Keller eine Toilette und drei kleine Räume: Im vorderen wurden Koks und Brennholz gelagert (das Haus hatte Ofenheizung), von den beiden hinteren diente einer als Vorratsraum für Kartoffeln, Äpfel, Wurzeln, Steckrüben und Eingemachtes, der andere war mit Waschkessel und Badewanne versehen; er diente als Waschküche und Badezimmer. Der Vorgarten war klein; in ihm standen ein kleiner, später viel zu großer Tannenbaum, ein paar Sträucher und Blumen, bisweilen auch Tomatenpflanzen. Der Garten hinter dem Haus war mehr ein Hof, der zur Hälfte mit Kies bedeckt war; er diente zum Wäschetrocknen und Teppichklopfen, hatte aber auch einige Obstbäume, von denen ein Apfelbaum Jahr für Jahr viele Früchte lieferte.

Nach dem Umzug im März 1933 blieb mein Vater zwar Mitglied der SPD, des Reichsbanners und der Gewerkschaft; er mußte aber erst Anschluß an die neue Stadtteilorganisation finden, was nicht so recht gelang, weil sie sich bereits in der Auflösung befand. Ich erinnere mich aber doch recht deutlich, daß zunächst noch Zusammenkünfte stattfanden und illegale Schriften kursierten.

Es ist schwer zu sagen, wann für mich die »Kindheit« endete. Ich glaube es war etwa 1933, als ich durch den Umzug die alten Spielkameraden und das vertraute Umfeld verlor. Auch der plötzlich in der Schule ausbrechende NS-Fanatismus war etwas Neues, mit dem ich mich abfinden mußte, zumal ich bis 1936 nicht in die Hitler-Jugend eintrat, obwohl der größte Teil meiner Mitschüler eifrige Mitglieder geworden waren. Zu dieser Zeit traten die Schule, das Lesen, die Beschäftigung mit Pflanzen und Insekten sowie das Erteilen von Nachhilfestunden so sehr in den Vordergrund, daß dadurch die Kinderwelt stark in den Hintergrund trat, schließlich auch ein eigener Lebensraum neben dem meiner Eltern entstand, wobei mein Vater in seinem Beruf, meine Mutter im Haushalt und in der Betreuung meines zehn Jahre jüngeren Bruders aufgingen. Eine innere Trennung vom Elternhaus ist jedoch nie erfolgt; die Bindung wurde durch die lange

Abwesenheit und die schweren Jahre seit 1938 (Arbeitsdienst, Wehrmacht, Kriegsgefangenschaft, Studium) eher gestärkt als geschwächt. Ich verdanke meinen Eltern eine materiell bescheidene, menschlich aber sehr glückliche Kindheit, zu der freilich auch treue und beständige Freunde, wohlwollende Nachbarn und eine im ganzen doch recht gute Schule beigetragen haben, was nicht ausschließt, daß es immer und überall manche Schatten gab.

Quelle:
Originalbeitrag (us).

Nach dem Abitur wurde Herbert Schwarzwälder Soldat. Ende des Krieges geriet er in Gefangenschaft. 1947 kam er frei und nahm das Studium der Geschichte, Anglistik und politischer Wissenschaften auf. Von 1955 an unterrichtete er an einem Gymnasium; 1960 wurde er Professor an der Pädagogischen Hochschule Bremen. Seit 1971 ist er ordentlicher Professor für Geschichte an der Universität Bremen. Herbert Schwarzwälder ist u.a. durch seine vierbändige »Geschichte der Freien Hansestadt Bremen« bekannt geworden.

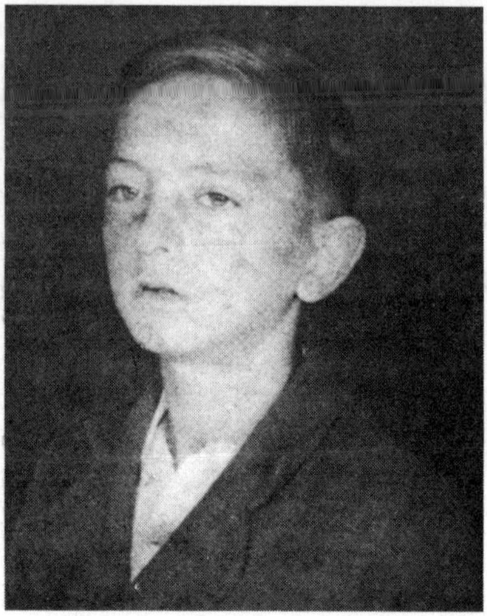

JULIAN OLEG NOWAK
(* 1927 Posen)

Erinnerungen an die Zwangsarbeit bei der Bremer Wollkämmerei

Als der Krieg ausbrach, war ich noch ein Kind: zwölf Jahre alt. Früh am Morgen jenes 1. September 1939 heulten alle Sirenen in der Stadt: Fliegeralarm. Ich hatte tief geschlafen – so tief, wie ein zwölfjähriger Junge eben schläft. Mein Vater schaltete das Radio ein, und wir hörten, daß tatsächlich Krieg war. Wir wohnten damals noch in Posen, und mein Vater meldete sich gleich bei seiner Dienststelle, wo er die Anweisung erhielt, sofort die Stadt zu verlassen und alle Unterlagen und Dokumente seiner Behörde in Sicherheit zu bringen. Der Rest unserer Familie, insgesamt vier Personen, machte sich wenige Tage später auf den Weg – so begann unsere Flucht. [...]

Im Dezember 1939 haben die Besatzungsbehörden die Arbeitspflicht auch für vierzehnjährige Kinder verkündet. Es ging bald das

Gerücht, daß alle Jugendlichen, die keine Arbeit vorweisen könnten, zwangsweise nach Deutschland verschickt würden. Als ich daher vierzehn Jahre alt wurde, beschloß meine Familie, Arbeit für mich zu suchen und mich beim Arbeitsamt anzumelden. So habe ich eine Lehrstelle in einer Klempnerwerkstatt in der Jozefa-Straße gefunden. Der Meister hat mir eine Bescheinigung ausgestellt, aus der sich ergab, daß ich in seinem Betrieb beschäftigt war. Mit diesem Schreiben bin ich am 13. November 1941 ins Arbeitsamt gegangen. Dort auf den Gängen irrten viele Menschen umher: Mädchen und Frauen, Jungen und Männer. Schließlich fand ich meinen Schalter und stellte mich in der Warteschlange an, um mich registrieren zu lassen. Während des Wartens wurden wir ständig herumgestoßen und von irgendwelchen Beamten angebrüllt – immer auf deutsch, eine Sprache, die die meisten überhaupt nicht verstanden. Kurz vor Mittag war ich endlich an der Reihe.

Ich mußte meinen Ausweis und die Bestätigung meiner Klempnerwerkstatt abgeben; der Beamte sagte zu mir, ich solle warten, den Ausweis würde ich dann schon zusammen mit der Arbeitszuweisung zurückbekommen. So mußte ich wieder einige Stunden warten. Schließlich erfuhren wir am Nachmittag, daß keiner von uns ohne schriftliche Erlaubnis das Arbeitsamt verlassen dürfe.

Sofort breitete sich eine hektische Unruhe aus. Jeder versuchte irgendwie aus dem Arbeitsamt herauszukommen. Als die deutschen Beamten das merkten, haben sie uns alle in einen Korridor zusammengedrängt und bewacht; niemand konnte sich entfernen. Schließlich kam ein Volksdeutscher als Dolmetscher; der erklärte uns, wir müßten alle warten, bis auch der letzte abgefertigt sei. Er kündigte auch gleich an, daß ein Teil von uns bereits für den Arbeitseinsatz im »Reich« vorgesehen sei; entweder würden wir als Hilfskräfte in der Landwirtschaft oder in Industriebetrieben eingesetzt. Wer für den Transport ins »Großdeutsche Reich« ausgewählt war, hat seinen Ausweis nicht zurückbekommen. Statt dessen erhielt er eine Überweisung zur ärztlichen Untersuchung. Mit dem Untersuchungsbefund sollte man sich nach zwei Tagen wieder beim Arbeitsamt melden. Der Dolmetscher erinnerte uns zum Abschied noch einmal daran, daß die Beamten unsere Ausweise in der Hand hätten. Wer sich also nicht freiwillig melde, müsse damit rechnen, daß seine Angehörigen in Haft genommen würden. Zum Abschluß schilderte er uns das Leben im »Reich« in rosaroten Farben. Danach durfte ich aber immer noch nicht gehen; ich mußte noch zu einer anderen Abteilung. Der Beamte dort musterte mich mit sachverständigem Blick und stellte mir Fragen über meine Familie und meinen Vater. Schließlich eröffnete er mir, ich sei für eine Faserverwertungsfabrik in Bremen vorgesehen. Er händigte mir die Überweisung für die ärztliche Untersuchung aus und einen Passierschein, mit dem ich jetzt endlich das Arbeitsamt verlassen durfte. [...]

Als ich jetzt nach Hause kam, war der Schrecken groß, denn niemand von uns hatte damit gerechnet, daß mein Besuch auf dem Arbeitsamt mit dem Abtransport ins »Reich« enden würde. Wir berieten uns, und ich ging mit meiner Mutter sofort zu Verwandten und Bekannten, um zu fragen, ob es nicht doch irgendeine Möglichkeit zur Freistellung gäbe. Natürlich war schnell klar, daß überhaupt nichts zu machen war. So kamen wir kurz vor der Sperrstunde wieder nach Hause, erschöpft und niedergeschlagen.

Später, nach der ärztlichen Untersuchung, erhielt ich einen verschlossenen Briefumschlag, der für das Arbeitsamt bestimmt war. Ich gab ihn dort ab, und der Beamte sagte mir, ich sei gesund und »arbeitseinsatzfähig«. Dann gab er mir noch eine Reisebescheinigung für die Fahrt und ein paar Erklärungen, auf welchem Bahnsteig und wann ich mich einzufinden hätte. Das war alles.

Ziel unserer Reise war die »Bremer Wollkämmerei« in Bremen-Blumenthal. Vom Bahnhof wurden wir direkt in die Fabrik geführt. Dort nahm jeder ein Bad. Am nächsten Tag haben wir unsere Arbeitskarten bekommen. Auf meiner Karte stand zu lesen: »Arbeitskarte polnischer Arbeitskräfte« – Nr. VI/105/15847. Die Karte war am 15. November 1941 ausgestellt. Vierzehn Jahre war ich alt und hatte nun meinen ersten Beruf: »Spinnereiarbeiter« in der Bremer Wollkämmerei.

Unser Transport wurde in ein kasernenähnliches Gebäude in Blumenthal in der Albrechtstraße 5 einquartiert.

Wir waren 98 Jungen und alle mit dem Transport aus Posen gekommen. In der Fabrik haben auch andere Polen, Erwachsene, Frauen und Männer, gearbeitet. Sie wohnten aber von uns getrennt.

Im Lager Albrechtstraße wurden uns Stuben zugeteilt, unterschiedlich groß, in denen jeweils zwischen 6 und 28 Jungen untergebracht waren. Eine Besonderheit dieses Quartiers bestand darin, daß es keine ausreichenden Waschgelegenheiten gab. So begann schon nach kurzer Zeit für uns eine ständige Läuseplage.

Im Frühjahr 1941 wurden wir in ein kleineres, einstöckiges Haus verlegt, das wir »Betlejemka«, das Bethlehemshäuschen, getauft haben. Jemand hatte uns erzählt, daß es früher ein Stall gewesen war für die Reitpferde von den Direktoren der Kämmerei. Die Heimleiterin dort hieß Femi Ciagwa; sie war freundlich, hat uns gut behandelt und geholfen, wenn sie nur konnte. Später schrieb sie mir eine traurige Widmung in mein Notizbuch. Die »Betlejemka« lag bei der Langenstraße, und es ging uns dort besser, weil wir jetzt eine richtige Waschküche hatten, die wir auch benutzen durften. Hier haben wir uns immer gewaschen – zwei bis vier Jungen gleichzeitig. Nach dem Waschen haben wir dann Jagd auf die Wanzen in den Kleidern gemacht, aber es war hoffnungslos. Zwar waren die Doppelstockbetten nicht aus Holz, sondern aus Eisen, trotzdem: Im Bettzeug saßen solche Massen von Ungeziefer, daß wir nicht schlafen konnten. Es war unmöglich, dieser Plage Herr zu werden. Einmal kam ein Entwesungskommando, um das ganze Haus zu begasen; alle Fenster, Türen und Öffnungen wurden abgedichtet und verklebt. Erst am nächsten Tag ist das Haus wieder geöffnet und gelüftet worden. Wir verbrachten die Nacht in der Lagerküche, wo wir auf Tischen und Stühlen geschlafen haben. Auch das hat nicht viel genützt, denn das Ungeziefer saß tief in den Mauerritzen, und schon in den nächsten Nächten kam es wieder vorgekrochen. Trotz unserer Erschöpfung und trotz der allmählichen Gewöhnung an die Wanzenstiche konnten wir manchmal überhaupt nicht schlafen. [...]

Die Arbeit in der Wollkämmerei war schwer und anstrengend. Am Tag nach unserer Ankunft hatten wir unsere Arbeitsbelehrung erhalten. Das ging so vor sich, daß ein Vertreter der Fabrikdirektion gemeinsam mit dem Lagerführer einen Vortrag über unsere Pflichten hielt und uns vor allem das Strafsystem für Arbeitspflichtverletzungen erläuterte. Wir erhielten dann unsere »P«-Zeichen mit der Anweisung, sie stets sichtbar an der Kleidung zu tragen. Obwohl viele von uns noch Kinder waren, wurde uns auch mitgeteilt, daß es bei Strafe verboten sei, mit Polinnen »Geschlechtsbeziehungen aufzunehmen«. Daß Kontakte zu deutschen Frauen und Mädchen mit dem Tode bestraft würden, wurde auch gesagt. Wie ernst diese Drohung war, haben wir erst drei Jahre später verstanden, als ein junger Pole in Blumenthal aufgehängt wurde und wir alle zur Hinrichtung antreten mußten. Warum selbst die Beziehungen zu Polinnen verboten waren, haben wir erst später begriffen: Wenn ein polnisches Mädchen schwanger wurde, fiel sie als Arbeitskraft aus und wurde zur Entbindung nach Hause zurückgeschickt. Solche Verluste im Arbeitseinsatz waren für die deutsche Wirtschaft untragbar.

Noch andere Strafdrohungen hat man uns bekanntgegeben: Von der Geldstrafe für Bagatellen wie z.B. für das Nichttragen des »P«-Zeichens – bis hin zum Arbeitserziehungs- oder Konzentrationslager für »Arbeitsvertragsbruch« und »Sabotage«. Daß auch sämtliche Vergnügungen und Zerstreuungen wie Kino, Theater und Sport für Polen verboten waren, haben wir dann ebenfalls bald gemerkt. Sogar die Benutzung öffentlicher Verkehrsmittel war »nicht gestattet«. Für uns blieb nur eines übrig: Arbeit und nochmals Arbeit.

Ich selbst mußte einmal zehn Mark Strafe zahlen, weil ich mein »P«-Zeichen nicht getragen und versucht hatte, ins Kino zu gehen. Die Quittung für diese Strafe habe ich mir aufgehoben: Zehn Reichsmark und acht Reichspfennige an die Staatliche Polizeikasse in Bremen.

Nach dieser Einführung in die Grundsätze unseres »Arbeitseinsatzes für Groß-Deutschland« sind wir gleich in die Fabrik gebracht worden. Dort wurden wir registriert und erhielten eine Nummer. Ich trug zuerst die Nummer 6499 und habe nach einiger Zeit die Nummer 2020 erhalten. Ich wurde der Abteilung mit den Krempelmaschinen zugewiesen.

Der deutsche Meister – er hieß Hitla – steckte mich in die Gruppe 24, die an zehn Krempelmaschinen arbeitete. Mit diesen Maschinen werden Faserflocken in Einzelfasern aufgelöst und parallelisiert, um ein gleichmäßiges Vlies zu bilden, das dann versponnen werden kann. Ich wurde einer älteren deutschen Frau als Gehilfe zugeteilt und mußte mit ihr ein Förderband bedienen. Die Frau sprach polnisch, und sie hat mir geduldig die Maschine erklärt und genau gesagt, was ich zu tun habe. Sie war freundlich und zeigte mir, daß sie Mitleid hatte, weil ich kleiner Kerl so schwer arbeiten mußte, so jung und so weit weg von der Familie. Ihre Worte haben mich traurig gemacht und auch meine Wachsamkeit ein wenig eingeschläfert. Das böse Erwachen folgte noch am selben Tag. Ich hatte mich nach einigen Stunden auf eine Kiste gesetzt, um eine kleine Weile auszuruhen; in dem Moment kam ein schmächtiges Männchen in Arbeitskleidung herein und guckte herum. Später habe ich erfahren, daß das der Obermeister Wulf war. Wulf merkte gleich, daß sich an meiner Krempelmaschine die Fasern verheddert hatten, so daß das Band schief auf die Rolle lief. Sofort fing er an zu brüllen und zu fuchteln. Ich verstand damals noch kein Deutsch, begriff aber, was er wollte. So bin ich aufgestanden und zur Maschine gegangen, um den Fehler zu beheben. Ich hatte noch keine drei Schritte gemacht, als ich plötzlich schwere Schläge auf den Kopf und Fußtritte bekam. Von dem Geschrei des tobenden Obermeisters habe ich nur verstanden: »Schneller, schneller!« Ich wußte nicht, wie mir geschah und wußte nicht, was ich machen sollte: wegrennen oder das Faserband in Ordnung bringen? Ich bin an die Maschine gelaufen und habe den Fehler behoben. Der Obermeister kam später noch einmal zurück, um zu kontrollieren; da hatte ich mich aber schon versteckt. Er suchte noch einige Zeit nach mir und verschwand wieder, um andere Arbeitsplätze zu überprüfen. Als ich zur Maschine zurück kam, erklärte mir meine Vorarbeiterin, warum mich der Meister geschlagen hatte: Ich sei nicht schnell genug hingelaufen, um die Maschine in Ordnung zu bringen. Von da an habe ich alles getan, um dem Obermeister aus den Augen zu gehen.

Wir haben immer in drei Schichten gearbeitet. Am schlimmsten war die Nachtschicht. Wenn ich Glück hatte und meine Nachtschicht mit der meiner Vorarbeiterin zusammenfiel, dann erlaubte sie mir, ein paar Stunden zu schlafen. Ich mußte dann nur ein Plätzchen finden, wo man mich nicht entdecken konnte. Meistens habe ich mir einen Winkel in der Garderobe gesucht oder auch im Magazin, wo die angelieferten Rohfasern gelagert waren. Das war ein gefährlicher Schlaf. Einmal ist einer von uns, ein Pole, im Schlaf von stürzenden Fasern verschüttet worden und erstickt. Aber was war damals nicht gefährlich? [...]

Gogol, der Lagerführer, hatte im Keller des Lagers in der Albrechtstraße eine Art »Strafkammer« eingerichtet. Dort wurden die Prügelstrafen vollstreckt, die uns wegen jeder »Pflichtverletzung« zudiktiert worden waren. Ausgeführt wurden die Strafen in der Regel von Poradczik, wobei ein genaues Strafsystem mit unterschiedlichen Härtegraden ausgeklügelt war. Die Zahl der Hiebe mit der Reitpeitsche wurde nach der Schwere der »Verfehlung« bemessen. Wenn Gogol gute Laune hatte, erlaubte er dem Delinquenten, sich selber die Peitsche auszusuchen, mit der er geschlagen werden wollte – davon hing eine reiche Kollektion an der Wand. Bevor die Prügelei begann, fand zunächst ein »Strafverfahren« in Gogols Büro statt. Er verkündete anschließend das Urteil und bestimmte die Zahl der Schläge. Manchmal ließ er auch den »Verbrecher« auf dem Weg vom Büro in die Strafkammer alle Ecken zählen. Dann gab es Schläge, soviel Ecken vorhanden waren. Wenn der Sträfling eine Ecke vergessen hatte, erhöhte sich das Pensum um jede vergessene Ecke um zehn weitere Schläge. Bis sich das herumsprach, hatten einige von uns in ihrer Naivität vorsorglich ein paar Ecken ausgelassen, weil sie hofften, sich auf diese Weise ein paar Schläge ersparen zu können.

Wir sind für alle möglichen Nichtigkeiten bestraft worden. Vor allem die Sekretärin des Lagerführers hat immer wieder dafür gesorgt, daß wir verprügelt wurden. Es genügte schon, wenn man nicht schnell genug die Mütze vom Kopf riß oder nicht laut und deutlich auf deutsch »Guten Morgen« zu ihr sagte – das waren bereits »Pflichtverletzungen«. Eines Tages war ich gerade aus dem Eßsaal in der Albrechtstraße zurück in die »Betlejemka« gekommen, als mir gesagt wurde, es sei gerade eben antelefoniert worden; ich solle mich sofort bei Gogol im Büro in der Albrechtstraße melden. Der Weg von der Albrechtstraße zur »Betlejemka« führte genau unter den Fenstern von Gogol und seiner Sekretärin vorbei. Als ich beim Lagerführer ankam, rief er die Sekretärin und fragte: »War es dieser?« Nachdem sie das bejaht hatte, fing er an zu schlagen. Er prügelte mit seinen Fäusten auf mich ein und gab mir Fußtritte. Sie stand daneben und grinste. Er hat erst aufgehört zu schlagen, als ich keine Kraft mehr hatte stehenzubleiben. Als Grund für meine Strafe habe ich dann gehört, ich sei am Fenster der Sekretärin vorbeigegangen, sie habe gerufen, ich solle ihr Bier bringen, sei aber weitergegangen. Als ich erklärte, daß ich überhaupt nichts gehört hatte, antwortete sie mir mit einem feinen Lächeln: »Dafür wirst du in Zukunft hören, wenn ich nach dir rufe!«

Obwohl sie keine guten Augen hatte, kannte die Sekretärin alle Lagerinsassen in der Albrechtstraße und auch alle Jungen in der »Betlejemka«, meistens sogar nicht nur mit Nachnamen, sondern auch mit Vornamen. Nach dem Krieg ist sie für ihren Sadismus nicht einmal bestraft worden. Als Bremen von den Engländern besetzt wurde, war sie nicht geflohen. Vielleicht hatte sie zu lange gewartet, oder aber sie wußte nicht wohin. Sie ist an diesem Tag in die große Schlafstube der Polinnen gelaufen und hat dort geheult und gestöhnt und auf den Knien gewinselt, daß wir sie verschonen sollen. Die Polinnen haben ihr daraufhin zugesichert, ihr werde nichts passieren. Als wir an diesem Tag nach Hause kamen und davon hörten, haben wir diese Entscheidung nur widerwillig akzeptiert. Trotzdem haben wir den Beschluß der Frauen respektiert und sie nicht den Engländern gemeldet. Unsere Frauen haben gesagt, sie hätten trotz allem mit ihr Mitleid gehabt. Mancher von uns war aber mit dieser Entscheidung nicht einverstanden, weil sie zu voreilig gefaßt worden war.

In der neuen Abteilung bei Meister Barciski bekam ich gleich schwerere Arbeit.

Ich mußte jetzt die Rohfasern für die Beschickung der Krempelmaschinen beladen. Für meine knabenhaften Kräfte war das viel zu schwer. Die neue Arbeit hatte aber auch eine gute Seite, denn meist mußte die Rohfaser während einer Schicht nur dreimal aufgeladen werden. Dadurch gewann man freie Zeit, um auszuruhen oder auch in der Fabrik herumzulaufen. So habe ich mit der Zeit nicht nur viele andere Polen kennengelernt, sondern auch die gesamte Fabrikanlage mit ihren Lagerräumen, Werkhallen und Maschinen.

Ein großer Teil von uns, die wir zwangsweise hierher nach Bremen deportiert worden waren, hat bei der Arbeit heimlich Sabotage betrieben, auch wenn darüber kein Wort in unseren Gesprächen gefallen ist. Man konnte es nur an den ständigen Schadensfällen ablesen. So brachen öfter Zahnräder oder Transmissionsriemen rissen; manchmal konnten die Rohfasern nicht verarbeitet werden, weil sie mit schmutzigem Öl oder Dreck verunreinigt waren. Die Betriebsleitung hat entweder nicht bemerkt, daß diese Schadensfälle bewußt provoziert worden sind, oder sie war nicht in der Lage, die Schuldigen zu finden. Auch ich hatte mein eigenes System. Jedesmal wenn der Meister die Belastung des Förderbandes an der Krempelmaschine reguliert hatte, habe ich, sobald ich allein war, die Einstellung heimlich wieder zurückgestellt, so daß die Bandbelastung leichter wurde. Der Meister hat mich nie erwischen können. Das ging so weiter, bis ich in eine andere Abteilung versetzt wurde und wieder »umziehen« mußte.

Die neue Abteilung hieß »Hochbau«. Dort wurden Leinen verarbeitet. Es gab zwei Schichten, jede zwölf Stunden lang. Ich mußte wieder als Auflader arbeiten, das heißt, erst die Krempelmaschinen mit Rohfasern beladen und dann das fertige Band von den Maschinen nehmen. Es war schwere Arbeit: zwölf Stunden in der völlig verstaubten und stickigen Luft – Entlüftungs- und Entstaubungsanlagen gab es keine –, das war für meinen jungen Körper eine mörderische Quälerei. Die Staubmassen standen so dick in der Luft, daß man auf drei bis vier Meter Entfernung eine Gestalt nur noch in Umrissen erkennen konnte. Während der Arbeit mußte ich mich ständig bewegen und Material schleppen. Wir hatten auch keinen Atemschutz. Man konnte höchstens ein Stück Leinwand bekommen, das man sich dann vor Mund und Nase band. Aber auch diese Leinwand erfüllte keineswegs ihren Zweck, denn der feine Staub drang selbst durch das Leinen. Außerdem fiel mit dem Tuch das Atmen immer schwerer. Der eingeatmete Staub setzte sich in solchen Mengen in Rachen und Nase ab, daß beim Reinigen der Atemwege große Klumpen abgesondert wurden.

Der Meister hat sich während der Arbeitszeit nie in diesen Staubhallen aufgehalten. Auch kein anderer Deutscher hat dort gearbeitet. Nur ab und zu ist jemand zur Kontrolle gekommen. Der Meister sprach gut polnisch und verhielt sich uns gegenüber korrekt; er hieß Sobota und verlangte solide Arbeit, schikanierte uns aber nicht. Weil mir die Arbeit zu anstrengend war, habe ich ihn gebeten, mich umzusetzen. Das war zunächst erfolglos, und erst nach einiger Zeit habe ich leichtere Arbeit bekommen. Ich arbeitete zusammen mit Frau Kazia, einer Polin, an einem Förderband. Nach einer Woche, als die Nachtschicht beginnen sollte, erklärte Frau Kazia dem Meister, sie habe Angst, mit mir auf Nachtschicht zu arbeiten, und sie wolle lieber mit einer Frau arbeiten. Sie hat diesen Vorwand benutzt, um mir die Nachtschicht zu ersparen. Meister Sobota hat den Kopf geschüttelt und mich angeschaut. So wurde ich schließlich zum drittenmal versetzt.

Ich kam einen Stock höher in die Abteilung Kämmerei. Der Meister dort hieß Furken. Wir alle kannten Furken schon, denn er haßte die Polen. Bei jeder Kleinigkeit hat er geschlagen, manchmal ohne jeden Grund oder weil man ihn »schief angeglotzt« hatte. Medaillons oder Kreuze, die einige Jungen am Hals trugen, waren ihm besonders zuwider. Wenn er bei einem von uns ein Medaillon am Hals sah, dann riß er es ihm herunter. Zum Prügeln war jeder Anlaß gut. Wenn wir vor ihm wegrannten, dann warf er mit Schrauben, mit Werkzeug und Zahnrädern hinter uns her. Wenn er den Verdacht hatte, daß sich einer zum Schlafen im Wollager versteckt haben könnte, ging er mit einer Heugabel herum und stocherte in den Wollballen. Oft hat er uns auch bei Herdzin, dem Lagerführer, angezeigt; Herdzin wurde unterstützt von einem großen breitschultrigen Deutschen mit riesigen Händen. Der hat mit einem Ochsenziemer geschlagen. Einer meiner Kameraden, der versucht hatte, eine Glühbirne aus der Fabrik zu schmuggeln, hat solche Schläge bekommen, daß er eine Woche lang nicht sitzen konnte.

Von Meister Furken bekamen wir Arbeiten zugeteilt, die viel zu anstrengend waren. Dabei hat er uns ständig überwacht, damit wir auch ja arbeiteten. Er war cholerisch, und wenn er wütend herumschrie, dann trat ihm Schaum vor den Mund. Er verstand kein Wort Polnisch und wurde deshalb besonders wild, wenn wir so taten, als verstünden wir kein Deutsch. Bei jeder polnischen Antwort dachte er wohl, daß wir ihn verspotteten. Mich hat er wieder an eine Krempelmaschine geschickt, wo ich die Wolle aufladen mußte. Obwohl ich mich bemühte, war ich dafür zu schwach. Bei den ersten Partien habe ich es mit Mühe und Not geschafft, die Maschine zu beladen; später bin ich nicht mehr nachgekommen und die Maschine lief leer. Dieselbe Arbeit hatte vor mir ein erwachsener und kräftiger Mann ausgeführt.

So ging die Zeit hin, und wir hatten uns an vieles gewöhnt. Aber eines Tages – es muß 1943 gewesen sein – geschah etwas, was wir bis dahin noch nicht gesehen hatten: Im Krempelsaal wurden Menschenhaare verarbeitet. Über den Maschinen hingen schwarze Schiefertafeln, auf denen jeweils mit Kreide notiert stand, welche Partie gerade verarbeitet wurde. Z.B.: »australische aa/a« oder »Merino-aa« – das war Wolle; oder »Kamelhaar«, »Ziegenhaar« usw. Dort stand jetzt »Menschenhaar«. In große Ballen gepreßt, eingenäht in Jutesäcke, waren die Haare in die Fabrik geliefert worden. Es waren erhebliche Mengen. Ich erinnere mich an zwei Partien, die im Sommer 1943 im Abstand von zwei bis drei Monaten verarbeitet worden sind. In dem Krempelsaal, wo ich arbeiten mußte – er lag im letzten Stock der Abteilung »Hochbau« –, standen zehn Krempelmaschinen. Jede Maschine konnte etwa 600 kg pro Tag verarbeiten. Zwei oder drei Tage lang liefen die Haare jeweils über die Maschinen. Es können also vielleicht zwanzig Tonnen gewesen sein.

Die Haare hatten verschiedene Farben; es waren auch Zöpfe dabei: manche dick geflochten, aber auch dünne Mädchenzöpfe. In manchen Zöpfen waren kleine Metallmünzen eingeknüpft mit griechischen Schriftzeichen oder einem kleinen Loch in der Mitte. Teilweise hingen an den Haaren noch Fetzen der Kopfhaut.

Wir haben untereinander über die Haare gesprochen, denn wir konnten uns denken, woher sie kamen – aus den Zuchthäusern und Konzentrationslagern. Wir wußten damals in der »Betlejemka« schon was in den KZ passierte, denn einige von uns hörten von Zeit zu Zeit heimlich den Londoner Sender.

So ahnten wir, was es wohl mit den Haaren auf sich hatte. Wenn man diese Mengen sah, dann konnte man sich ausrechnen, von wie vielen Menschen die Haare stammen mußten. Die Deutschen, die Meister und Vorarbeiter, die Kastenpacker und Aufpasser, haben natürlich auch gesehen, was da über die Maschinen lief. Ich habe aber nie beobachtet, daß einer von ihnen irgendeine Regung zeigte. Im Gegenteil, ich erinnere mich an einen Vorarbeiter, der mir sogar gedroht hat: »Du, paß mal auf, wenn du draußen was von den Haaren erzählst, dann fährst du ab ins KZ!« [...]

Im Oktober 1944 hieß es plötzlich, daß eine größere Gruppe aus der »Betlejemka« verlegt werden solle. Wohin war unbekannt. Schon wenig später wurden wir ausgewählt und mit einem Transport nach Nordhorn, Kreis Bentheim an der holländischen Grenze, gefahren. Dort kamen wir in ein DAF-Lager, d.h. ein Lager der Deutschen Arbeitsfront. [...]

Nach sieben Wochen in Nordhorn wurden wir wieder auf die Bahn verladen und zu unseren früheren Arbeitsplätzen geschickt. Einige – auch ich – kehrten damals in die »Betlejemka« zurück. Dort haben wir aber nicht mehr alle Zurückgebliebenen angetroffen. Sie waren inzwischen abtransportiert worden.

Wieder die gleiche Fabrikarbeit in der Kämmerei. Ein großer Teil der Anlagen stand allerdings wegen Rohstoffmangel still. Ich kam zu den Krempelmaschinen in der Abteilung »Nobel«. Dort wurden Kunstfasern verarbeitet. Ich mußte die Fasern auf die Krempelmaschinen packen, in acht Stunden nur zweimal. Der Rest der Zeit war Nichtstun, Kollegen besuchen oder in der Nachtschicht schlafen. Die Arbeit lief in drei Schichten. Der Meister, etwa 40 Jahre alt, war freundlich. Wenn er mich nachts in einer Ecke schlafen sah, dann hat er mich mit Fasern zugedeckt, damit es mir nicht kalt wurde. Manchmal hat er mich zum Beladen der Maschine auch gar nicht erst geweckt und es selbst erledigt.

Trotzdem war die Gefahr nicht vorbei. Ich brauchte Schuhe und dafür Leder für die Sohlen und Riemen. Das dünne Leder konnte man sich leicht von einem Förderband abreißen; schwieriger war es dagegen mit dem festen Leder für die Sohlen. Ich habe einen günstigen Moment abgepaßt, als niemand in der Halle war, und habe mir ein Stück aus dem Gurt der Krempelmaschine herausgeschnitten. Obwohl ich sehr vorsichtig zu Werke gegangen war, hat der Meister es doch gemerkt. Er sagte aber nur, daß so etwas im Konzentrationslager enden könnte. Das war alles.

Ich habe in dieser Abteilung bis März 1945 gearbeitet. Dann wurden wir nochmals in ein anderes Lager am südlichen Stadtrand in der Nähe des Flughafens verlegt. Es war ein kleines Lager, zwei Unterkunftsbaracken, eine Wirtschaftsbaracke und eine Baracke, in der das Büro des Lagerführers und der Eßsaal untergebracht waren. Bewacht wurde das Lager von der Wehrmacht. Die Soldaten hatten uns auch jeden Tag zur Arbeit geführt. Wir mußten an der Weser Schützengräben ausheben.

Auch diese Soldaten waren schon ältere Jahrgänge, und sie behandelten uns gut. Wir haben uns nicht mehr überarbeitet.

Eine deutsche Luftabwehr hat es in dieser Zeit kaum noch gegeben, und die alliierten Bomber flogen ständig über die Stadt. Bei jedem Luftalarm hatten wir Arbeitspause, und beim Angriff gingen alle – auch die Wachsoldaten – in Deckung. Bis wir nach der Entwarnung wieder alle zusammengetrommelt waren, ist immer viel Zeit vergangen.

Ungefähr drei bis vier Wochen bin ich in diesem Lager gewesen. Die Verpflegung wurde immer schlechter. Wir bekamen drei, wenn es hoch kam, fünf Kartoffeln; dazu einen Liter Wassersuppe, in der ein paar Kohlblätter und einige Stückchen Steckrüben herumschwammen. Dazu 200 Gramm Schwarzbrot, Marmelade und zu besonderen Gelegenheiten etwas Margarine. So hatten wir ständig Hunger. Zusammen mit Jurek Maslinski aus der »Betlejemka« habe ich aus dem Pferdestall Dörrgemüse gestohlen; es war für die Pferde des Lagerführers bestimmt. Das kochten wir uns dann. Ein anderes Mal haben wir mit einem langen Draht durch das Kellerfenster der Wirtschaftsbaracke einzeln Kartoffeln aufgespießt und ans Licht gezogen. Einen großen Blecheimer voll konnten wir mit dieser Methode angeln.

Die Kartoffeln versteckten wir und haben sie später bei einer günstigen Gelegenheit auf freiem Feld gekocht: zwei Ziegelsteine als Feuerstelle, darauf den Kartoffeleimer, den wir aus dem Schweinestall des Lagerführers »entliehen« hatten. Eigentlich sollten die Kartoffeln für zwei Tage reichen: Es war immerhin ein zehn-Liter-Eimer. Als wir mit der ersten Hälfte fertig waren, hat mich Jurek fragend angegrinst. Wortlos wurde auch noch die zweite Hälfte vertilgt. Auf diese Weise versuchten wir jeden Abend zu kochen, wenn es nur gelang, irgend etwas Eßbares zu organisieren.

Man merkte, daß die Front nicht mehr weit war. Aufklärungsflugzeuge hatten anscheinend unser Feuer entdeckt, und so gerieten wir einmal unter Artilleriebeschuß. Wir haben deshalb zwei Stücke Wellblech wie ein Zelt über das Feuer gestellt, damit man den Feuerschein nicht mehr sehen konnte. Auch das Lager lag mehrmals unter Artilleriebeschuß, wahrscheinlich deshalb, weil in der Nähe, etwa 300 Meter entfernt, ein deutsches Feldgeschütz postiert war. Glücklicherweise wurde aber niemand getroffen.

Der Salzmangel in dieser Zeit war schlimm. Das Essen aus der Lagerküche war völlig ungesalzen. Wir sind deshalb heimlich in die Stadt gegangen, um das lebenswichtige Salz zu besorgen. Zwar durften wir das Lager eigentlich nicht verlassen, aber es gab einen geheimen Weg durch ein Loch im Zaun, über einen Wassergraben und Wiesen und Weiden. Auch in der Stadt war kein Salz aufzutreiben. Wir haben in den Lebensmittelgeschäften gefragt; man bekam nur noch kleine Päckchen mit Gewürzen: Pfeffer, Lorbeer, Nelken und etwas Salz. Also haben wir solche Päckchen genommen. Auf dem Rückweg ins Lager trafen wir deutsche Zivilisten, die große Schüsseln voll Butter mit sich trugen. Wahrscheinlich waren das Vorratszuteilungen aus den Lagerhäusern im Hafen. Die Belagerung von Bremen stand anscheinend unmittelbar bevor.

Mitte April 1945 kam der Befehl, das Lager zu räumen. Wohin wir verlegt werden sollten, war unbekannt. Nur soviel war klar, daß die Engländer schon direkt vor Bremen standen. Wir haben also unsere Koffer gepackt und alles hineingestopft, was wir nur hatten, auch Kartoffeln und Mohrrüben aus dem Lagermagazin. Wir waren voller Unruhe, denn niemand wußte, wohin wir jetzt gejagt werden sollten. Was würden sie mit uns anfangen?

Aufgestellt in Dreierkolonnen, marschierten wir los, einige Kilometer in nördlicher Richtung bis nach Grambke, einem Vorort von Bremen. Dort war wieder ein Lager; es hieß »Grambker Mühle«; es lag neben der Chaussee vor einer Bahnunterführung; hinter dem Lager waren mehrere Bahngleise, ein großer Spitzbunker und zwei hölzerne Flaktürme. Wir wurden in diesem Lager in eine der Baracken gesteckt. Es war ein großes Lager und außer den Polen mit Franzosen belegt; ringsum war es wieder mit Stacheldraht eingezäunt und im Innern nochmals mit einem Drahtzaun unterteilt. Am Eingang lagen Beton-Unterstände mit Schießscharten für die Wachmannschaften.

Gearbeitet haben wir bei der Enttrümmerung der Atlas-Werke. Aus dem, was nach den Fliegerangriffen übriggeblieben war, konnte man entnehmen, daß dort früher Schiffsschrauben, Anker und Ketten hergestellt worden waren. Unsere Arbeit war leicht. Meistens haben wir von den Trümmerziegeln den Mörtel abgeschlagen. Die geputzten Steine wurden beiseite gelegt. Der Trümmerschutt kam dann auf Pferdewagen und wurde für das Verfüllen von Bombentrichtern benutzt.

Wir haben damals zum erstenmal die Wirkung der großen Luftangriffe auf Bremen kennengelernt. Während der Arbeit saßen wir mehr in den Luftschutzräumen oder irgendwo am Boden, als daß wir arbeiteten. Bremen wurde fast pausenlos angegriffen. Einmal sind wir bei einem Angriff so schnell auseinandergelaufen, daß wir später unsere Kolonne nicht mehr wiederfinden konnten. Als der Angriff endlich vorüber war, bin ich mit Jurek Maslinski, meinem Kameraden aus der Betlejemka, zurück in Richtung Lager gelaufen. Wo wir gingen, lagen nur noch Trümmer. Früher waren hier doch Straßen gewesen. Schornsteine und Fassadenmauern ragten aus dem Schutt. An manchen Stellen waren die Trümmer so oft von den Bomben umgepflügt worden, daß sie wie fein gemahlener Kies erschienen.

Neben uns plötzlich Detonationen: Spätzünderbomben. Die Luft dunkel vor Staub und Rauch. Wir halten uns dicht beinander, um uns nicht zu verlieren. In dem Rauch kann man kaum noch etwas sehen. Es ist wie ein Wunder, daß wir unverletzt bleiben.

Aus den Staubwolken taucht plötzlich mitten zwischen den Trümmern einer zerbombten Straße ein Sperrposten auf: Polizisten und Deutsche in Uniform. Wen wollen sie noch kontrollieren? Wen bewachen? Wir warten und schließen uns dann einer Kolonne an, die eskortiert von Wachmännern, auch in unser Lager zurückmarschiert.

Die Angriffe nehmen kein Ende. Fast jedesmal, wenn wir zur Arbeit gehen, kommt wieder Alarm. Wir verstecken uns in den verschiedensten Schlupfwinkeln und sind auch nach der Entwarnung nicht wieder herausgekommen – trotz der Wachsoldaten. Im Hafen und bei der Enttrümmerung der Atlas-Werke haben wir die gleiche Methode angewendet: Wir kommen nach der Entwarnung einfach nicht mehr aus unseren Verstecken heraus. Die Luftschutzbunker dürfen wir ohnehin nicht betreten; dort sind Hinweisschilder angebracht: »Zutritt nur für Deutsche«. So verstecken wir uns während der Angriffe irgendwo in Ruinen oder Kellern. Der ständige Bombenhagel führt dazu, daß wir praktisch nicht mehr arbeiten. Erst beim Rückmarsch ins Lager haben wir es eilig, denn erst dort bekommen wir zu essen – ein erbärmliches Essen zwar, aber immerhin besser als gar nichts. [...]

Am 22. April 1945 haben sich der Lagerführer und ein Teil der SS-Wachmannschaften noch aus dem Staub gemacht. Bevor sie sich absetzen, haben sie uns noch bedroht. Einer von ihnen sagt, wir sollten es nicht wagen, an das Lagertor oder an die Umzäunung zu gehen. Die Wachsoldaten, die an den Ecken des Lagers in ihren Betonunterständen postiert sind, hätten Anweisung, ohne Anruf sofort scharf zu schießen. So werden wir in Schach gehalten. Aus den Schießscharten der Unterstände drohen die Maschinengewehre.

Von diesem Tag an haben wir auch nichts mehr zu essen bekommen. Wir hatten aber gehört, daß die Engländer sich schon in der Stadt befänden und daß in einigen Straßen gekämpft werde. Die Engländer, die aus der Richtung von Hannover her vorrücken, haben zuerst die südliche Neustadt von Bremen besetzt und kommen nun weiter nach Norden, um auch die Stadtteile auf dem rechten Weserufer einzunehmen, wo wir in unserem Lager festsitzen. In der Stadt, so hören wir, sollen noch SS-Einheiten gekämpft haben – teilweise mit fanatischer Verbissenheit. Die Mehrzahl der deutschen Soldaten scheint aber demoralisiert zu sein. Wir sehen später diese Soldaten: verdreckt, unrasiert, abgemagert und erschöpft. Das ist nicht mehr der deutsche Soldat, den ich als Kind in meiner Heimat hatte einrücken sehen.

Trotzdem: einige scheinen immer noch nicht genug zu haben. Wir hören, daß SS-Leute auch in der Nähe unseres Lagers noch bis zum Schluß gekämpft haben. Die Engländer müssen später die gefangenen SS-Leute wiederholt vor der Wut der Ausländer, der Zwangsarbeiter und Kriegsgefangenen in Schutz nehmen, denn manchmal haben die Gefangenen einen ihrer früheren Wachmänner wiedererkannt. Nach der Befreiung sind überall Kontrollposten der Engländer aufgezogen. Wir Polen können jetzt frei passieren; wir tragen kein »P«-Zeichen mehr, sondern ein rot-weißes Abzeichen in den Nationalfarben mit unserem Adler. Die deutschen Männer müssen ihre Kleidung öffnen und werden kontrolliert, ob sie eine SS-Nummer unter dem Arm eintätowiert haben.

Später ist es für uns ein unvergeßlicher Eindruck, als wir sehen, wie die Engländer die erbeuteten Feindwaffen zerstören, denn mit den gleichen Waffen sind wir ja bis dahin in Schach gehalten worden. Sie legen die Gewehre, Karabiner, MGs und Pistolen auf die Straße, mit dem Kolben auf den Rinnstein. Dann fährt ein Panzer mit knirschenden Ketten darüber: Die Waffen splittern und brechen.

Trotzdem – die Tage bis zur Befreiung dehnten sich unendlich. Noch am 26. April lag schweres Granatfeuer auf der Stadt. Auch auf den Bahngleisen neben dem Lager schlugen ständig die Granaten ein. Es wurde immer gefährlicher, dort zu bleiben. Ich bin mit Jurek aus unserer Baracke gerannt. Wir haben angreifende Tiefflieger gesehen. Sie schießen aus ihren Bordwaffen und feuern Granaten ab. Drei Maschinen fliegen direkt auf unser Lager zu. Wir werfen uns auf die Erde. Über uns das Heulen der Motoren, ringsum das Krachen der explodierenden Granaten. Es kommen immer wieder Flugzeuge, die die Bahnkörper angreifen. Diese Hölle hat vielleicht 20 Minuten gedauert, vielleicht eine halbe Stunde. Endlich können wir uns aufrichten und um uns schauen. Die drohenden Maschinengewehre in den Betonunterständen sind verschwunden, der Stacheldraht an vielen Stellen aufgerissen. Ist das die Freiheit?

Auf dem Appellplatz liegen Blindgänger. Eine Baracke ist getroffen und halb zerstört. Drinnen liegen Tote und Verwundete. Man hört Schreien und Hilferufe. Ich renne mit einer Blechschüssel los, um Wasser zu holen. Auch aus einem Deckungsgraben hört man Hilferufe. Dort sind einige von uns verschüttet. Wir haben angefangen zu graben, um sie herauszuholen. Solche Gräben bieten kaum einen Schutz. Sie liegen zu dicht unter der Erdoberfläche und sind nur mit Holzbohlen und Sand abgedeckt. Schon bei leichter Erschütterung brechen sie ein. Einigen Kameraden ist es gelungen, sich durch ein Loch zu zwängen und zu den Verschütteten vorzudringen. Ich habe neben dem Eingang eine Hand aus dem Sand ragen sehen. Fieberhaft fange ich an zu graben, um das Gesicht des Verschütteten frei zu bekommen. Ich grabe mit bloßen Händen und greife plötzlich in etwas Weiches, Feuchtes. Es ist nur noch der Hals. Der Kopf ist abgerissen. Mir wird schlecht. Ich habe einen Schock und muß weggehen. Meine Kameraden tragen die Toten und Verletzten alleine aus dem Graben ans Licht.

Später hören wir, daß in der Lagerküche noch Verpflegung sein soll. Wir rennen hin. Jurek ist schon da. Wir haben uns auf die Kochkessel gestürzt und mit Schüsseln die Steckrübensuppe geschöpft. Auch Kartoffeln sind noch da. Jurek nimmt seine Jacke herunter und macht daraus einen Sack für die Kartoffeln. Als wir weitersuchen, entdecken wir in einem Nebenraum vom Boden bis zur Decke gestapelt Brot: das schwarze, das immer liebe Brot.

Schließlich habe ich mit Jurek beschlossen, aus dem Lager herauszugehen. Wir hatten uns schon seit einiger Zeit ein kleines zerbombtes Haus in der Nähe ausgesucht; dort wollen wir uns bis zur endgültigen Befreiung im Keller verstecken. Wir hatten darin eine richtige Couch und eingemachte Früchte entdeckt. Bepackt mit unseren Lebensmittelvorräten aus dem Lager sind wir losgegangen.

Von der Stadt her hört man immer noch Detonationen. Wir kommen bis zu einem Friedhof. Auch dort wird noch geschossen. Um unser Kellerquartier zu erreichen, müssen wir aber den Friedhof überqueren. Das ist gefährlich, denn wenn wir mit soviel Proviant in eine Kontrolle geraten, kann das schlimm enden. Wir suchen uns deshalb ein Grabmal aus, merken uns den Namen des Toten genau und verstecken dann den ganzen Proviant hinter dem Grabstein und zwei Lebensbäumen. Als wir gerade fertig sind, fragt plötzlich eine scharfe Stimme hinter uns, was wir hier machen. Es ist ein deutscher Soldat, mit dem Gewehr im Anschlag. Hat er uns schon länger beobachtet? Ich bemühe mich, ruhig zu bleiben: »Ja, wir gehen gerade nach Hause.« Ich nenne ihm noch einen Straßennamen. Der Name fällt mir glücklicherweise ein, weil wir gerade erst durch diese Straße gekommen sind. Der Soldat herrscht uns an, wir sollen verschwinden und daß wir hier nichts verloren haben.

Was ist jetzt zu tun? Wir beschließen, ins Lager zurückzugehen. Als wir dort ankommen, erzählen uns die Kameraden, daß bei dem Granateinschlag vierundzwanzig von uns umgekommen sind: vierundzwanzig – sie haben die Befreiung nicht mehr erlebt und waren ihr doch so nahe.

Obwohl wir nicht wissen, was jetzt weiter werden soll, haben wir uns schlafen gelegt. Am nächsten Morgen weckt uns eine Schießerei in der Nähe des Lagers. Dann hört man plötzlich das knirschende Rasseln von Panzerketten. Es kommt näher. Es sind englische Panzer. Sie fahren in unser Lager hinein. Wir rennen alle aus den Baracken. Es ist ein großes Schreien und Durcheinander. Wir sagen den Panzersoldaten, daß hier nur Polen liegen. Sie stellen sofort eine Funkverbindung her. Krankenwagen, Sanitäter, Ärzte und ein Feldlazarett werden herbeikommandiert. Die Schwerverwundeten werden in die Krankenwagen gelegt. Wer von uns noch Kraft hat, hilft dabei. Als wir unseren Kameraden Petrzak, der schwer verwundet ist, auf den transportablen Operationstisch legen, stirbt er, noch bevor ihm der Arzt helfen kann. Auch für ihn ist die Befreiung zu spät gekommen.

Viele von uns sind krank und können sich kaum noch auf den Beinen halten. Die meisten sind schrecklich abgemagert. Die englischen Sanitäter von der Feldambulanz haben meinen Freund Jurek Maslinski auf die Waage gestellt. Er ist jetzt achtzehn Jahre alt und ein großer Kerl. Er wiegt noch 38 Kilo.

Auf dem Grab haben wir zwei Holzkreuze aufgestellt und einen Lattenzaun darum gezogen. Dazu eine Tafel mit der Inschrift:

HIER RUHEN TRAGISCH VERSTORBENE IM MOMENT DER AUFERSTEHUNG!
WEIL DREI STUNDEN VOR DER BEFREIUNG AM 26.4.1945
POLEN DEPORTIERT ZUR ZWANGSARBEIT NACH DEUTSCHLAND

Es folgen die Namen und die Heimatstadt der Umgekommenen.

Vor die Tafel haben wir Kränze gelegt mit rot-weißen Schleifen in unseren Nationalfarben und dazu noch ein Bild mit unserem polnischen Adler.

Das war unsere Befreiung.

Nachbemerkung (August 1989)

In meinen Erinnerungen habe ich zwei gute und gerechte Deutsche nicht erwähnt, Herrn und Frau Staffa. In den Jahren 1941-42 wurden in Blumenthal bestimmte Früchte wie Zitronen, Orangen und Feigen verkauft – natürlich nur an Deutsche. Wir 12-16jährigen Jungen (mit einem »P« an der Kleidung) durften keine Früchte kaufen, waren aber immer hungrig auf Früchte. Herr Staffa und seine Frau jedoch verkauften uns jungen Polen Obst – obwohl es streng verboten war. Wenn Deutsche im Laden waren, riefen sie uns zu, wir sollten uns ans Ende der Schlange stellen, Deutsche kämen vor. Wir haben dann natürlich still in der Ecke gewartet. Nachdem der letzte deutsche Käufer den Laden verlassen hatte, fragten uns die Staffas in polnischer Sprache nach unseren Wünschen und packten schnell ein Kilo Obst für uns ein. (Dafür hätten sie ins KZ kommen können!) An dieser Stelle möchte ich der Familie Staffa Dank sagen für ihre stille Heldentat.

Quelle:
Julian Oleg Nowak: Von Lager zu Lager. Erinnerungen an die Zwangsarbeit bei der Bremer Wollkämmerei in Blumenthal, in: Christoph U. Schminck-Gustavus (Hrsg.): Hungern für Hitler. Erinnerungen polnischer Zwangsarbeiter im Deutschen Reich 1940 – 45, Reinbek 1984, S. 32 ff.

Julian Oleg Nowak wurde 1941 nach Deutschland verschleppt. Nach der Befreiung erhielt er eine Verwaltungsausbildung in Posen. Heute ist er in der Wirtschaftsabteilung eines polnischen Staatsbetriebes tätig.

Helmut Ostermeyer (Mitte) mit Geschwister

HELMUT OSTERMEYER
(* 1928 Bremen † 1984 Bielefeld)

Die Splitter tauschten wir wie Briefmarken

Auf dem dreieckigen Platz vor unserem Haus, zu dem sich die Kreuzung verbreitert, standen Linden. Mein Vater verordnete Lindenblütentee, wenn wir Schnupfen oder Grippe hatten, und meine Mutter bereitete ihn. Im Sommer zog die Sonne ihren Weg über die Wipfel, bis sie darin versank, hinter dem Blattwerk eine Feuersbrunst vorspiegelnd, die mich nicht schreckte. Im Winter blieb sie hinter den Bäumen und schien als geäderter Lichtball durch Zweige und Äste.

Zwischen den Linden stand der Brunnen, in dessen Becken eine Schlange einen Zentauren umringelte. In seiner Not hatte der Zentaur den Hals der Schlange gepackt und hielt ihn hoch, damit sie ihn nicht beißen konnte: aus dem Maul, das die Schlange aufsperrte, weil ihr der Zentaur die Luft abdrückte, schoß das Wasser empor, als wolle es den Himmel spülen. Doch fiel es, ohne ihn zu erreichen, zurück und stob glitzernd über den Pferdeleib und die Ringe, die die Schlange darum schlug, ins runde Becken. [...]

Um den Brunnen herum, im Winter auch im leeren Becken, spielten wir Kriegen und Stehfest. An der Brunnenwand war Mal. Wir zählten ab: ababu, ab bist du; ab bist du noch lange nicht, sag mir erst wie alt du bist. Das war umständlich, deshalb wurde es schick abzuzählen: wir machen keinen langen Mist und du bist. Oder: Kaiser König Prinz Major – Edelmann Bauer Bettler Pastor. Der Pastor war es dann.

Im Frühsommer zogen Frauen mit Handwagen durch die Straßen und riefen Beeckbeern! Beeckbeern! Sie boten Bickbeeren feil, die sie gepflückt hatten. Wir liefen nebenher und halfen rufen. Oder ich lief zu meiner Mutter und sagte ihr Bescheid, meistens wollte sie nichts kaufen. Die Frauen schöpften die Bickbeeren mit einer Tasse in die Waage, alles war blaurot vom ausgelaufenen Saft.

Zur Freimarktzeit fuhren alte Männer oder junge mit Krückstock oder gelber Armbinde mit schwarzen Punkten Drehorgeln aus, drehten den Schwengel und nudelten ihre Stücke ab. Puppchen, du bist mein Augenstern! Kleine Möwe, flieg nach Helgoland! Auf der Orgel stand eine Blechdose. Die Männer warteten, daß ihnen aus den Häusern Geld gebracht wurde. Meine Eltern gaben nichts.

Das ganze Jahr über kamen Männer mit Handwagen. Sie riefen Knorken und Plünnen, Knorken und Plünnen! Sie wollten nichts verkaufen, sondern sammelten Knochen und Lumpen. Auch sie kriegten nichts von uns. Die Knochen fraß der Hund. Wo die Plünnen blieben, weiß ich nicht. Oder wir hatten keine. [...]

Im Krieg hoben sie neben dem Springbrunnen einen Schachtbrunnen aus für die Feuerwehr. Als es richtig brannte, kam sie nicht. Nach dem Krieg wurde die Straße verbreitert, die meisten Linden fielen. Der Zentaurenbrunnen wurde ab- und in der Neustadt wieder aufgebaut.

Vom Eßzimmer sahen wir den Brunnen und die Kreuzung von oben. Wir saßen stundenlang und guckten raus. Wenn die Bäume kahl waren, ging der Blick bis gegenüber zur Apotheke, die noch heute Zentaurenapotheke heißt – bald wissen nur noch Heimatforscher warum. Die Apotheke, ein glatter Klinkerbau aus den zwanziger Jahren, hebt sich selbstsicher von den hellen Häusern aus der Gründerzeit mit ihren Simsen und Säulen aus Stuck ab, in denen Ärzte wohnten und Patienten behandelten. In der Apotheke holten die Patienten meines Vaters, was er ihnen verschrieben hatte. Der Apotheker schickte zu jedem Weihnachsfest ein Geschenkpaket – ich glaube Wein. Mein Vater tat so, als wolle er das nicht haben.

Bei Regen floß eine breite Pfütze auf der Fahrbahn zusammen. Die meisten Autofahrer wichen ihr aus, die Feiglinge. Die Mutigen fuhren durch und spritzten. Das beste waren Unfälle. Leider geschahen sie oft, wenn wir nicht am Fenster saßen, aber einiges habe ich gesehen. Ein Lastwagen drehte eine Straßenbahn aus den Schienen und stellte sie quer; ein hellblauer Opel fuhr zu schnell um die Kurve und kippte um; ein Auto fuhr den Bäckerjungen auf dem Fahrrad um, und die Brötchen kullerten auf die Straße. Einmal wurde mein Vater aus der Sprechstunde geholt: einem Droschkenfahrer war die Lenksäule in die Brust gedrungen.

Unser Häuserblock hieß der Pudding. Wir machten Wettfahrten: einer links rum und einer rechts rum – die Stelle, wo wir uns begegneten, verriet, wer Vorsprung hatte. Ich hatte einen Laufroller, Wilfried, mein großer Bruder, einen Wipproller. Damit ließ er mich nicht fahren. Mein Vater schenkte mir einen Holländer, damit die Arme stark wurden.

Unser bestes Stück war der Bullerwagen, außen gelb und innen rot. Wir nahmen Vorder- und Rückwand heraus; ich saß hinten und stieß mit den Beinen, Wilfried saß vorn und steuerte, die Deichsel zwischen den Füßen. Wenn jemand schimpfte, weil wir ihn beinahe umfuhren, zeigten wir scheinheilig mit Fingern aufeinander; Wilfried sagte, ich hätte zu schnell geschubbst, und ich, er hätte falsch gesteuert. Hinterher grinsten wir uns an. Einmal grinsten wir zu früh und hätten beinah Prügel bezogen.

Ich war geschwindigkeitsbesessen. Als Kleinkind peeste ich mit dem Sportwagen durch die Gegend. Später fuhr ich Roller und Fahrrad. Ich wurde ein guter Kurzstreckenläufer. Mein Vater im Auto fuhr mir stets zu langsam. Meine Schwester Marhild, genannt Muschi, hatte einen Puppenwagen. Damit spielte niemand, er vertrug kein Tempo.

Hinter den Häusern waren Gärten. In unseren fiel so wenig Licht, daß kein Gras wuchs: der schwarze Boden lag nackt, Regenwürmer hatten darin ihre Gänge. Wir zogen sie aus den Löchern und schnitten sie in Hälften, von denen jede weiterkrabbelte.

Wenn es regnete, wurde die Wäsche schmutzig, die dort zum Trocknen hing. Die Waschküche war in einem Anbau, der in den Garten ragte. Die Wäsche wurde zwei oder drei Wochen eingeweicht, am Tag vorm Waschen gekocht und am Waschtag von der Waschfrau mit einem Holzstaken aus dem Kessel geangelt, in eine Balge geworfen und auf einem Rubbelbrett gerieben. Es war alles voll Dampf, das Wasser lief von den Scheiben und Wänden und die Hand verschwand vor Augen. Ich fürchtete, wenn meine Mutter mich in die Waschküche schickte, von der Waschfrau umgerannt oder gar in den Kessel gesteckt zu werden. Die Waschfrau war ausgemergelt wie eine Hexe, sie spannte ein dunkelgrünes Kopftuch über ihr spärliches Haar, ihre Hakennase gab die Richtung an, in die sie guckte. Sie hieß Frau Wilkens und wohnte in der Neustadt. Für einen Waschtag erhielt sie fünf Mark und Essen. Im Haus war eine zweite Waschküche, die kleine genannt. Hier drehte ich die Wäschemangel. Ich sah es gern, wie die Walzen die Bettlaken und -bezüge in die Mangel nahmen und wie die Wäsche plattgedrückt in weißen Vierecken hervorquoll. Im Traum erschien mir in der kleinen Waschküche ein grauer Riese; er grinste mich an, ich ergriff schreiend die Flucht.

Zwischen den Waschküchen war ein ungeheiztes Klo. Das Familienklo stand zwei Treppen höher im Badezimmer. Die Dienst- und Kindermädchen wohnten drei Treppen hoch. Sie mußten hier unten aufs Klo gehen, sie durften unseres nicht benutzen.

Drei alte Birnbäume, wovon einer zwei Sorten trug, zwei Eierpflaumenbäume, Holunderbüsche und Johannisbeersträucher hatten wir. Ein Birnbaum war zu erklettern; Wilfried kam am höchsten, ich hatte Angst abzustürzen, wenn ich zu hoch kletterte. Wir pflückten Birnen, lange bevor sie reif waren. Die, an die wir nicht heran kamen, pflückte ein Gärtner; er schob eine Leiter durchs Haus. Wenn die Ernte gut war, gab es eine Wanne voll oder mehr zum Einmachen. Beim Nachbarn wuchsen Apfel- und Kirschbäume. Eine Tüte geklauter Kirschen trug mir eine Tracht Prügel ein. Ich ließ mir die Tüte geben, um damit im Sand zu spielen. Diese Lüge war – so hieß es – schlimmer als das Klauen.

Zum Verprügeln wurden wir ins Schlafzimmer bestellt. Dort stand mein Vater mit erhobenem Rohrstock und finsterem Gesicht. Er schlug los, ohne ein Wort zu sagen. Wenn ich die Hände vor den Po hielt, schlug er auf sie, das tat noch weher. Mein Vater hörte erst auf, wenn ich laut heulte. Wilfried heulte vorher los und bekam dadurch weniger ab. Meine Eltern hielten den Rohrstock versteckt, aber einmal habe ich ihn gefunden und zerbrochen. Marhild kriegte keine Schläge mit dem Stock.

Der Nachbar zur anderen Seite hatte Flieder und Goldregen. Fliederblüten durften wir klauen. Meine Mutter gab dazu sogar Auftrag, um beim Kaffeekränzchen Blumen auf dem Tisch zu haben. [...]

In der Küche stand ein ungefüger Tisch. Die Küche war so groß, daß ich um den Tisch radfahren konnte. Ich fuhr hinten an der Gartentür (wir sagten: »sag mal Gartentür« und wer das tat, bekam einen »Backs dafür«) los durch den Kellerflur, rechts ab durch die Küche, um den Tisch und zurück. Die Kurven waren schwierig, aber mit der Zeit lernte ich sie sicher zu nehmen.

Meine Eltern sagten statt Keller Souterrain, das Geschoß darüber nannten sie Parterre. Mein Vater sagte auch statt Selbstmord Suizid. Im Krieg hieß das Souterrain dann doch Keller. Wir brauchten einen Luftschutzkeller, ein Luftschutzsouterrain bot keinen Schutz.

Ich half in der Küche gern den Frauen. Ich puhlte Erbsen oder Granat aus, schrappte Wurzeln, zog Fäden aus Bohnen, drehte Büchsenfleisch durch den Wolf, schlug Eierschnee und rührte Kuchenteig, nur zum Abtrocknen hatte ich keine Lust. Der Eierschnee schwamm auf dem Teig wie Eisberge auf dem Nordmeer, doch unbarmherzig zerstörte der Holzlöffel die schönen Gebilde.

Hatte ich Teig gerührt, durfte ich die Schüssel auslecken. Wenn meine Mutter den Teig in die Backform gab, stand ich mit Stielaugen daneben und versuchte, ihr die Schüssel zu entreißen, bevor alles raus war. Aber sie hielt sie fest und ließ nie viel drin. Ich fühlte mich betrogen. [...]

Weil ich dünn und schmächtig war, erhielt ich in der Küche ein Sonderfrühstück: einen Viertelliter Sahne. Ich trank sie gern, doch wurde sie abgesetzt wegen meiner Eiterpickel. Die Sahne hatte mich glücklich gemacht: daß ich meinen Eltern das wert war und Wilfried keine kriegte. [...]

Im Krieg wurde das Plättzimmer zum Luftschutzkeller umgebaut. Die Decke wurde durch Rundhölzer abgestützt wie ein Bergwerksstollen; vor das Fenster kam eine Planke, zwischen Fenster und Planke wurde Sand geschüttet. In den ersten Jahren war nur nachts Alarm. Wir schliefen dann im Keller in Holzbetten. Die Sirene war ein paar Häuser weiter auf dem Dach. Wenn sie ein- und ausgeschaltet wurde, flackerte das Licht und knackte das Radio. Flackern und Knacken waren vor dem Heulen da. Du wußtest; gleich gibt es Alarm, so wie beim Blitz: gleich donnert es.

Ich glaubte, daß nicht ausgerechnet auf unser Haus eine Bombe fallen würde, und wollte im Bett bleiben. Ich erwartete, daß meine Mutter meinen Mut bewunderte. Doch sie hielt mich nur für unbelehrbar. Sie ging mit mir zu Dr. Widmann. Er hatte eine Glatze wie mein Vater und war noch älter. Er war Chirurg und vertrat ihn. Er nahm mir das Versprechen ab, bei Alarm in den Keller zu gehen.

Einmal untersuchte er mich. Ich mußte mich nackt ausziehen und auf den Rücken legen. Es war mir peinlich, aber mit Todesverachtung ließ ich die Hosen runter. Dr. Widmann und meine Mutter taten so, als sei an mir nichts Besonderes zu sehen.

Später wurden Bunker gebaut. Die Menschen strömten, wenn nachts die Sirenen heulten, in Scharen durchs Dunkel zu den Bunkern. Am Eingang stauten sie sich zu Schlangen. Wir mußten unter der sechsspurigen Eisenbahnbrücke hindurchgehen, die wir den Tunnel nannten. Hier war in den Bahnkörper ein Raum gebohrt, in dem sich ein Pissoir befand (dieses hatte eigentlich in ein Rondell auf die Kreuzung kommen sollen; das haben jedoch die damaligen Besitzer unseres Nachbarhauses, Gildemeisters, die reich waren und denen die Fliederbüsche gehörten, verhindert, indem sie den Brunnen stifteten). Im Pissoir brannte Tag und Nacht eine Birne. Es roch stechend nach Urin; Wände, Boden und Decken waren schwarz und schmierig. Mein Vater hatte uns verboten hineinzugehen. Dort seien üble Leute, sagte er. Ich habe aber nie jemand darin getroffen.

Im Bunker hatten wir unsren Platz in einem Abteil im dritten Stock, zusammen mit Fräulein Else, der Verkäuferin im Gemüsegeschäft gegenüber, und ihrem Chef, dem weißhaarigen Herrn Faldorf. Dieser trug eine Schirmmütze wie die Hafenarbeiter; er mochte mich und sagte zur Begrüßung: na Helmut? Fräulein Else legte uns den schönsten Blumenkohlkopf zurück, so daß meine Mutter für Obst und Gemüse nicht anzustehen brauchte.

Wir saßen stundenlang im Bunker. Wenn die Bomberverbände nach Berlin flogen, mußten wir warten, bis sie zurückkamen. Wenn Bomben neben den Bunker fielen, schlingerte er wie ein Schiff. Die Verbände der Viermotorigen flogen zwischen den Städten, um die Flak zu umgehen. Die einzeln fliegenden zweimotorigen Moskitos flogen über die Städte, um die Flak zum Schießen zu reizen. Sie waren nicht zu treffen. Die Flak schoß nicht auf sie, die Scheinwerfer fingen sie ein in Lichtspinnen, die über den Himmel wanderten. Von Zeit zu Zeit verschwand ein Lichtstrahl, und ein anderer leuchtete auf; es war, als wechselte die Spinne die Beine, auf denen sie fortglitt.

Das Flakfeuer war prächtig, vor allem die Leuchtspurgeschosse der leichten Geschütze, die auf den Dächern standen, eins nebenan auf dem Gildemeisterschen Haus und eins auf der Apotheke. Weihnachten brachten wir den Kanonieren, die in Baracken auf dem Dach wohnten, Wein und Kuchen. Sie kamen bald fort, die Flugzeuge griffen aus zu großen Höhen an. Zuallererst gab es Sperrballone, in deren Drahtseile die feindlichen Flugzeuge fliegen sollten, aber sie flogen drüber weg. Eine Zeitlang wurde künstlicher Nebel verblasen.

Es nutzte alles nichts. Die bunten Tannenbäume, die die Flugzeuge nachts über die Ziele setzten, und die Feuersbrünste übertrumpften das Feuerwerk der Flak ebenso wie tags die weißen Rauchzeichen und die schwarzen Rauchpilze der Sprengbomben den künstlichen Nebel. Als die Stadt in Schutt und Asche sank, stand ich als Richtkanonier an einer 12,8 cm Flak und war 15 Jahre alt.

Die ersten Bombeneinschläge wurden zu Wallfahrtsorten. Die Leute pilgerten hin, um Trümmer zu sehen. Solang das meiste heil war, war das Kaputte das Besondere. Eine Bombe fiel neben das Polizeipräsidium. Die Splitter schlugen Löcher in die Wände, konnten jedoch das Mauerwerk nicht durchdringen. Die Löcher wurden zugeschmiert und das Präsidium mit Tarnfarbe übersprüht. Wie durch ein Wunder überstand es den Krieg, ebenso wie das Gerichtsgebäude daneben, das mit ihm durch einen Gang verbunden ist, der die Straße wie eine Brücke überquert, was mich annehmen ließ, daß Polizei und Gericht unter einer Decke stecken.

Wie ich vorhergesehen hatte, fiel auf unser Haus keine Sprengbombe. Die nächste ging auf die Kreuzung nieder, sie zerbrach die Fenster vorn und überzog alles mit einer Schicht Backsteinstaub. Wir fegten ihn weg und flickten die Fenster mit Maschenglas und Sperrholz. Brandbomben bekamen wir öfter ab. Die erste schlug vor der Garagentür auf. Die zweite fiel ins Herrenzimmer, die dritte, eine Phosphorbombe, traf die Balkonbrüstung und die vierte landete auf der Kellertreppe. Die Stabbomben hatten einen Eisenfuß, der Dach und Decken durchschlug. Unten brannte die Treppe weg, sonst wurde alles gelöscht. Während Frauen und Kinder im Bunker waren, hielten Männer Luftschutzwache. Herr Walte, der im Gildemeisterschen Haus wohnte, löschte dreimal den Brand bei uns, aber sein eigenes Haus brannte weg. Eine Phosphorbombe fiel ins Treppenhaus. Morgens nach den Angriffen stieg ich aufs Dach und sammelte die Flaksplitter ein. Die Dächer waren mit Schieferplatten belegt, ich konnte die ganze Häuserzeile absuchen bis hin zur Sirene. Wenn ich ihr nahe war, hatte ich Angst, sie könne losheulen. Einmal war das Dach bereift und glatt, ich fiel hin und rutschte dem Abgrund zu, bis ein Dachfenster Halt bot. Das erzählte ich niemand.

Die Splitter tauschten wir wie Briefmarken. Hoch im Kurs standen Zünderteile und Stücke mit Kupfer vom Führungsring. Die Splitter der schweren Geschosse waren aus Eisen, außen gelb gestrichen, die Kanten schartig wie eine Felsküste. Die Splitter der leichten Flak waren aus dünnem silbrigen Metall.

Neben Plättzimmer und Luftschutzkeller waren Vorratszimmer, es waren eher eingebaute Schränke als richtige Räume. Hier stand das Eingemachte: Gläserreihen mit rötlichen Birnen, braunen Rhabarberstücken, purpurroten Kirschen und Pflaumen, schwarzblauen Bickbeeren und leuchtendgelben Eierpflaumen. Alles glänzte und prangte in blanken Gläsern. Marmeladengläser und Saftflaschen waren beschildert mit Sorte und Jahreszahl wie Zeitschriftenjahrgänge.

Ich konnte im Anblick dieser Herrlichkeiten versunken. Ich hatte den Geschmack auf der Zunge, wenn ich auf die Früchte starrte. Wir waren reiche Leute und brauchten nicht zu hungern. Meine Eltern schüttelten den Kopf und taten, als seien wir die ärmsten der armen. Das habe ich nie geglaubt. [...]

Die Müllwagen wurden von schweren Kaltblütern gezogen. Mein Vater sagte, am schönsten seien Brauereipferde, weil sie Bierabfälle zu fressen kriegten. Die Müllmänner trugen Arbeitermützen, dunkelblaue Hosen und hellblaue Blusen. Sie nahmen die Eimer, klappten den Deckel hoch und kippten den Müll in den Wagen, wobei es staubte. Die leeren Eimer schmissen sie aufs Pflaster, daß es knallte und sie verbeulten.

Im Krieg wurden den Müllwagen Behälter angehängt für Küchenabfälle. Mit den Abfällen wurden Schweine gemästet. Jeder Haushalt erhielt ein Pappschwein mit Aufdruck, was es fraß und was nicht. Zum Beispiel fraß es keine Apfelsinenschalen, die es auch schon lange nicht mehr gab.

Unter der Decke im Heizungskeller war ein zylinderförmiger Warmwasserspeicher groß wie eine Badewanne. Von hier stieg die Wärme durch verborgene Leitungen in die Heizkörper. Im Winter war das Haus wohlig warm. Die Wärme umfing mich, wenn ich vom Schlittschuhlaufen oder Rodeln heimkehrte, und zerschmolz die Kälte, die mir im Gesicht brannte und unter die Kleidung gekrochen war.

Rodeln gingen wir am Osterdeich, sonst war alles flach. Schlittschuh lief ich auf dem Stadtgraben oder dem Holler See. Ich fuhr auf Holländern und knallte die Kufen angeberhaft aufs Eis. Manchmal liefen wir Kette mit den Händen auf der Schulter des Vordermanns. Wenn es auf das Ufer zuging, bremste er und stellte sich quer; die nächsten wurden zur Seite geschleudert, und die letzten flogen nur so durch die Gegend. Wenn ich hintendran hing, ließ ich vorher los. Dann sagten die andern, ich sei eine Flasche.

Bevor ich aufs Eis ging, trat ich, um die Festigkeit zu prüfen, mit einem Bein kräftig drauf, während das andere noch an Land stand, auch wenn schon hundert Leute auf dem Eis herumliefen. Erst nach einigen Schritten legte sich meine Angst, ich werde einbrechen. [...]

Die Patienten setzten sich ins Wartezimmer. Mein Vater holte sie ins Sprechzimmer. Wir durften nicht ins Wartezimmer gehen und die Zeitschriften anfassen, damit wir uns nicht ansteckten. Mein Vater trug einen weißen Kittel, er kam mir vor, als schwebe er hoch oben. Ich ging ihm aus dem Weg. Sah er mich herumlaufen, sagte er ärgerlich: was läufst du denn herum? Ganz schlimm war es, wenn er mich zur Sprechstunde singen hörte. Dann schimpfte er. [...]

Mit meinen ewigen Eiterpickeln war ich sein bester Patient. Er zwackte die gelben Blasen mit einer Schere auf, drückte den Eiter raus und tupfte die Wunde sauber. Er schmierte Salbe oder streute Puder, legte Verbandmull auf und wickelte eine Mullbinde drum. Der Verband verrutschte und verdreckte in zwei Tagen. Wurde er erneuert, klebte der Mull, und das Losreißen machte es erst richtig schlimm; zuweilen waren die Hände eine Wunde. Ich litt Höllenqualen und weinte bitterlich. Mein Vater schimpfte: Nimm dich zusammen! oder: Beiß die Zähne zusammen! Er war wohl mit seinen Heilkünsten unzufrieden. Er probierte alle möglichen Salben, aber keine half. [...]

Das Sprechzimmer ging ins Herrenzimmer über, die Schiebetür stand in der Sprechstunde offen, denn im Herrenzimmer waren Schreibtisch und Karteikästen, worin jeder Patient seine Karte hatte. Die Karten trugen bunte Aufstecker, jede Kasse hatte ihre Farbe.

Mein Vater ließ die Patienten durch das Sprechzimmer in das Herrenzimmer treten, sie setzten sich auf einen Stuhl vor dem Schreibtisch, mein Vater dahinter. Wenn alles besprochen und aufgeschrieben war, ging es ins Sprechzimmer und dann vielleicht nochmal zurück zum Rezeptschreiben.

Mein Vater wurde nicht gern gestört, und doch ließ er jeden Morgen meine Mutter an die Tür klopfen, um Haushaltsgeld zu holen. Sie kriegte neun Mark pro Tag. Wenn wir um Geld baten für Schulhefte, runzelte er die Stirn, zog gequält sein Portemonnaie heraus, knöpfte es auf, faltete es auseinander, angelte eine Münze heraus und gab sie uns mit einem vernichtenden Blick – alles langsam, wie wenn er gegen starke Widerstände kämpfte. Wir mußten danke sagen, er pfiff aus dem letzten Loch, und wir beuteten ihn aus. Er arbeitete schwer, und wir taten nichts.

War Freimarkt, gab er mir 50 Pfennig. Damit ließ sich allerhand machen. Karussellfahren kostete fünf oder zehn Pfennig, Lutschstangen je nach Länge ebenfalls. Köstlich war türkischer Honig. Eis habe ich nie probiert; mein Vater sagte, es sei nicht gut. Am liebsten fuhr ich mit der Raupe. Einmal ging meine Oma mit mir auf den Freimarkt. Für sie war die Raupe zu schnell, wir nahmen die Berg- und Talbahn. Am schnellsten war die Mondrakete, sie kam kurz vorm Krieg auf. Im Krieg gab es keinen Freimarkt mehr.

Fußball wurde weiter gespielt. Werder war meistens Tabellenführer im Gau Weser/Ems; sie hatten einen Nationalspieler, Thomas Münzenberg von Alemannia Aachen. Der einzige Konkurrent war Wilhelmshaven 05. Die setzten Spieler aus ganz Deutschland ein, die dort bei der Marine waren. Einmal verlor Werder gegen sie zuhause 4:5. Die Wilhelmshavener hatten einen quirligen Stürmer. Er hieß Ebeling und schoß vier Tore. Damit hatte niemand gerechnet.

Es war aufregend, im Weserstadion zu stehen. Die grünweißen Farben ließen mein Herz höher schlagen, aber meine Trauer über Werders Niederlagen übertraf die Freude über die Siege. Meine Knie zitterten, wenn der Ball in die Nähe von Werders Tor kam. Bei Elfmetern hielt ich die Hände vor die Augen. Wenn ein Spieler von Werder gefoult wurde, war ich empört über diese Schufte – wurde ein Gegner gefoult, sagte ich: das war doch nicht so schlimm.

Im Herrenzimmer sahen die Patienten – wenn sie wollten – die herrschaftliche Einrichtung. Zu Füßen lag ein europäischer Teppich mit orientalischem Muster, ringsum standen Unionzeißbücherregale mit medizinischen Büchern, Pferdebüchern, Kriegsbüchern, Klassikern und Velhagen & Klasings Monatsheften. Mein Vater las Pferdebücher und Karl May, meine Mutter las das Buch von San Michele, Besonnte Vergangenheit und Und ewig singen die Wälder. Sonst las sie dasselbe wie ihre Eltern, die holten sich Bücher aus einer Leihbücherei und folgten den Empfehlungen der Verleiherin, einer aufgeblondeten Dame, für die mein Opa eine Schwäche hatte.

Die Kriegsbücher waren Bildbände über den Weltkrieg (damals hieß es nicht der erste Weltkrieg, weil der zweite noch nicht gewesen war). Ich durfte sie nur anfassen, wenn ich mir die Hände wusch. Auf den Bildern waren die Städte in Trümmer- und das Land in Trichterfelder mit zerspellten Baumstümpfen verwandelt; Kolonnen und

Gespanne mit Kanonen zogen hindurch. Mein Vater hatte selbst Fotos gemacht; darauf war aber nicht soviel zu erkennen wie in den Büchern. Als der Krieg ausbrach, freute ich mich, weil eine heldische Zeit kommen würde. Mein Vater zog Uniform an; er sah aus wie ein Krieger, obwohl er nur Militärarzt war. Kam er auf Urlaub, brachte er Schinken oder Butter mit.

Ich fand es toll, ihm zu sagen, ich wünschte mir, als Soldat zu kämpfen für das Vaterland. Aber wenn du stirbst! entgegnete er. Das macht nichts, prahlte ich. Ich dachte, er werde mich bewundern. Zu meiner Überraschung war er bestürzt. Er warf mir vor, nicht an die Eltern zu denken. Anscheinend sah er in meinem Tod einen Verlust. [...]

Als die Brandbombe das Herrenzimmer verwüstete, konnten wir Teppich und Sessel wegwerfen. Die Regale blieben mit angekohltem Holz und verätzten Glasscheiben stehen.

Abends wenn ich im Bett lag, saßen meine Eltern im Herrenzimmer. Meist lief das Radio, ein Empfangsgerät wie ein Schaltpult mit einem Lautsprecher, der auf dem Schrank stand. Er klang so breiig, daß ich mir nicht vorstellte, Musik werde von mehreren Instrumenten erzeugt; ich glaubte, Musik habe zwar ihren eigenen Klang, dieser sei aber nicht vielfältiger als eine Stimme.

Wenn das Radio spielte, brummte in der Besenkammer ein Umformer, der Gleichstrom in Wechselstrom verwandelte. Das Brummen dröhnte durchs Haus. Wurde das Radio eingeschaltet, dauerte es ein paar Minuten, bis der Ton kam. Ich glaubte, ein Strahl wandere vom Gerät zum Funkturm und zurück. [...]

Ans Herrenzimmer schloß sich der Wintergarten. Hier gab es keine Pflanzen, aber ein Grammophon. Die Musik kam aus einem eingebauten Trichter. Am Sonntagmorgen hörte ich Platten: Dorfschwalben in Österreich, die Donkeyserenade und Schnulzen. Blutrote Rosen sollen dich umkosen sollen dir sagen ich hab dich immer geliebt. Oder: hörst du mein heimliches Rufen öffne dein Herzkämmerlein hast du heute Nacht auch lieb an mich gedacht dann darfst du im Traum bei mir sein. Vor dem Kamin, dessen Schornstein verstopft war, stand ein Ständer mit Feuerhaken und Zange. Damit fummelte ich herum, wenn die Platten liefen, oder schlug den Takt. Nach jeder Platte zog ich das Grammophon auf und wechselte die Nadel. Die Geschwindigkeit war verstellbar, ich drehte rauf und runter. Das Grammophon jaulte wie ein getretener Hund oder heulte wie die Sirene. [...]

Ich bekam Klavierstunde, ich mußte nach Noten spielen, den Takt zählen und das Handgelenk hochhalten. Es sollte mit den hochgezogenen Fingergelenken auf einer Höhe sein. Meine Klavierlehrerin, Fräulein Heinkens, war eine ältere ledige Frau; sie trug Glacéhandschuhe und bezeichnete sich als Künstlerin – wir machten uns darüber lustig. Sie verlangte, ich solle täglich eine Stunde üben, aber ich hatte keine Lust, ich machte es wie bei den Schularbeiten: ich fing erst, wenn sie kam, zu üben an. Sie rang die Hände und gab mich schließlich als Schüler auf, obwohl sie vom Stundengeben lebte. Das wußte ich nicht, sonst hätte ich mich vielleicht aus Mitleid angestrengt. Ich war eine mitleidige Seele; wer geärgert wurde, tat mir leid, sogar Lehrer oder Putze. [...]

Fünf Tage vor Weihnachten hatte ich Geburtstag. Auf einem roten Reifen steckten soviel Kerzen, wie ich Jahre zählte. In der Mitte brannte eine dicke Kerze, das Lebenslicht. Drumrum lagen die Geschenke. Eine schlechte Zeit für Geburtstage, es hieß: soviel kriegst du jetzt nicht, denn bald ist Weihnachten! und Weihnachten: du hast grad Geburtstag gehabt. Ein Trost waren fünf Mark, die mir Onkel Paul alljährlich schickte. Marhild ging es nicht besser: sie hat zwei Tage nach mir Geburtstag. Sie brachte riesige Geburtstagsgesellschaften zusammen mit 35 Freundinnen, ich kam nur auf sechs oder sieben. Ich genierte mich, wenn meine Freunde aus der Schule mich in meiner Bravheit zuhause sahen unter der Fuchtel von Mutter und Kindermädchen. Unter uns spielten wir den großen Mann, hier waren wir klein.

Wenn meine Großeltern kamen, stürzten wir nach unten und warteten, bis mein Vater die Kerzen angezündet hatte. Er hatte einen Eimer mit Wasser dabei, darin der Rohrstock mit einem nassen Schwamm zum Löschen von Bränden. Es brannte aber nie. Wenn mein Vater die Tür öffnete, leuchteten die Kerzenflammen still und spiegelten sich in den Silberkugeln. Vom Wintergarten her erscholl durch das Herrenzimmer das Grammophon mit der Weihnachtsplatte. Wir waren ergriffen.

Wir setzten uns in die schwellenden Polster. War die Platte abgelaufen, sangen wir. Ich sang: Oh du fröhliche, oh du selige knabenbringende Weihnachtszeit, und: Es ist ein Roß entsprungen. Als wir Ludendorffer wurden, sangen wir kein Lied mehr, in dem Jesus, Joseph oder Maria vorkamen. Es gab Ludendorffsche Texte auf die alten Melodien, aber die wollten meine Mutter und Großeltern nicht singen. So blieb nur oh Tannenbaum. Einmal hatten Wilfried und ich geschworen zu singen: Oh Tannenbaum oh Tannenbaum, wie grün sind deine Eierpflaum. Er ließ mich hängen, und ich kam mir unwürdig vor. Alle taten, als hätten sie es nicht gehört.

Zwischen den Liedern mußten wir uns vor den Tannenbaum stellen, einen Diener machen, ein Gedicht aufsagen und noch einen Diener machen. Auch die Gedichte wurden knapp, als das Christkind abgeschafft war, das ich für ein Mädchen hielt. Sowas Liebes konnte kein Junge sein.

Während der Feierei schielten wir auf die Geschenke, und mein Opa dachte ans Skatspiel. Alles war in Weihnachtspapier eingewikkelt und mit Bändern und Schleifen verschnürt. Ich strich das Papier glatt und hob es fürs nächste Jahr auf. Wir beschenkten Eltern und Großeltern. Unsere Geschenke mußten selbstgemacht sein, gebastelt oder gemalt. Gekauftes durften wir nicht schenken, weil das nichts von uns war. Wilfried und ich sägten mit der Laubsäge eine vorgedruckte oder selbst entworfene Gestalt aus, malten sie an und hängten einen Kalender dran. Meine Eltern mußten jeden Tag ein Blatt abreissen; wir taten beleidigt, wenn sie es vergaßen. Beim Sägen rissen die Sägeblätter oder die Figur brach ab oder ich sägte mir in den Finger oder in die Unterlage. Ich wurde wütend und heulte, und oft war die Vorweihnachtsfreude dahin.

Leichter war es, eine Figur aus Buntpapier zu kleben oder ein Bild zu malen; das wurde auch als Geschenk anerkannt, doch hatte ich ein schlechtes Gewissen, ich mache es mir zu einfach und es sei zu wenig, zumal meine Bilder nicht so schön wurden wie die von Wilfried. Einmal hatte ich für meinen Vater ein Bild auf die Rückseite eines Malbuchblatts gemalt; mein Vater besah zuerst die bedruckte Vorderseite, die mehr ins Auge stach, und schaute mich mit stillem Vorwurf an, denn das war doch nichts von mir; ich zeigte ihm die Rückseite, damit war ich der Form nach im Recht, aber mein Vater hatte doch was Besseres verdient, wenn ich verglich, was ich bekommen hatte.

Während wir mit den Geschenken spielten und Kringel in uns stopften, droschen die Großen den Weihnachtsskat. Zum Abendbrot gab es Milchreis mit Aprikosen und Brot mit Lachsschinken. [...]

Im Badezimmer stand eine Kommode, sie hieß Wickelkommode; darauf sind wir wohl gewickelt worden. Das Bad hatte kein Fenster, dafür ein Glasdach. Darin hoben sich zwei Klappen, wenn man an einem Drahtseil zog; weiterführende Seile öffneten ein Stockwerk höher zwei Klappen am Oberlicht auf dem Dach. Mit einem Zug öffneten sich also vier Klappen in zwei Etagen; wir mußten vorsichtig ziehen, damit nichts riß.

Gestank zog nur langsam ab, wir sollten sofort ziehen, wenn wir was gemacht hatten. Ich saß gern auf dem Klo. Ich zählte die Fliesen auf dem Fußboden oder die Kacheln an der Wand. Ich genoß es zu fühlen, wie der Sitz warm wurde. Das warme Holz am Po schenkte Zuhause und Sicherheit wie das Eingemachte im Keller. Da reichte kein fremdes Klo heran, und wenn ich nach einer Reise auf dem Klo saß, hatte die Heimat mich wieder. Meistens klopfte jemand, damit ich mich beeile, aber Wilfried saß noch länger drauf als ich.

Angenehm war nur eigene Wärme, fremde war mir zuwider, vor allem die meines Vaters. Ich wartete, bis der Sitz sich abgekühlt hatte. Nur wenn es eilig war, setzte ich mich auf den angewärmten. Einmal raste ich mit praller Blase die Treppe rauf und hielt die Hände vor den Bauch; Marhild kam gerade mit Freundinnen herunter; die Mädchen schüttelten sich vor Lachen, mir war alles egal.

Mein Vater lehrte mich Abputzen. Ich sollte zwei Blatt nehmen, damit die Finger sauber blieben. Er verschwendete Papier, wo er sonst so geizig war. Manchmal war der Scheißhaufen so mächtig, daß die Spülung ihn nicht wegbrachte oder nur bis zur Kante. Ich mußte ihn mit einem Stück Papier schieben, dabei verlor er die Form. Es war nicht schön, diese Wärme war zu weich, um angenehm zu sein. Beim Pissen machte ich gegen die Brille. Der Anfang des Strahls geht ins Ungewisse. Das Holz war davon schwarz geworden.

Als wir klein waren, badete meine Mutter uns zu dritt. Wir saßen nebeneinander, sie wusch uns. Beim Haarwaschen weinte ich, wenn mir Shampoo in die Augen lief. Jeder von uns hatte zwei Handtücher: Wilfried grün, Marhild rot und ich blau. Nach dem Bad machte meine Mutter mir die Ohren sauber. Ich legte den Kopf an ihre Brust, das war schön. Sie prokelte mit einem watteumwickelten Streichholz, das war nicht schön. Ich schrie schon, bevor es wehtat, damit sie nicht zu tief ging. Als wir größer wurden, badeten wir einzeln. Es gab Streit, wer zuerst durfte und wer in das schmutzige Wasser mußte. Ich rutschte hin und her, daß das Wasser in Wallung kam. Kurz vorm Überschwappen stemmte ich mich gegen den Schwall. Ich drückte unter Wasser die Luft aus dem Schwamm und ließ mich von den Blasen kitzeln. Wenn ich einen Pups machte, hielt ich die Beine zusammen, dann lief der Pups zur Kniekehle. Von da ließ ich ihn aufsteigen.

Wilfried und ich pupsten um die Wette, wer lauter konnte. Waren die Eltern da, machten wir es leise. Stank es und fragten sie, wer es gewesen sei, leugneten wir. Ich bekam einen roten Kopf. Wilfried wurde nie rot. Salomon, der Weise spricht, laute Pupse stinken nicht; aber die leisen, die auf Socken kriechen, die tun furchtbar riechen.

In der Badewanne wurde mein Pidel steif. Ich wußte nicht warum, aber es machte Spaß, in die angegebene Richtung zu stoßen. Als meine Mutter das sah, sagte sie pfui und schlug mit der Hand drauf. Als Wilfried mich fragte, ob ich schon verdorben sei, sagte ich ja, um mich nicht zu blamieren: Ich glaubte, die Frau müsse den Pidel in den Mund nehmen wenn sie Kinder haben wollte. [...]

Im Badezimmer wurde ich nicht nur gebadet, sondern auch eingesperrt. Das war ein Ersatz für Prügel. Ich heulte vor Wut, einmal kriegte ich einen Koller und keilte gegen die Tür, daß sie Flecken und Dellen bekam. Ich klappte den Klodeckel rauf und runter, schlürte den Badeteppich hin und her, durchwühlte die Schubladen oder stieg auf die Kommode und spielte mit den Flaschen Kaufladen. Während die Prügel endeten, wenn ich schrie, kam ich aus dem Bad nur heraus, wenn ich still war.

Die dritte Strafe war in-die-Ecke-stellen. Ich mußte mit dem Gesicht zur Wand stehen und sollte mich schämen. Ich wußte nicht, wie man das macht, doch es genügte zu sagen, daß ich es täte. Dann kam ich schneller aus der Ecke heraus. Manchmal ließ ich es drauf ankommen und sagte, ich schämte mich nicht.

Mein Vater benetzte die Reste seines Haares – einen schmalen Kranz, der von Schläfe zu Schläfe den Hinterkopf wie ein Hufeisen umschloß – mit gelbem Birkenhaarwasser. Meine Mutter sagte, je weniger Haare er hätte, desto mehr Theater mache er. Er fuhr in die Stadt zum teuersten Frisiersalon und zahlte den vollen Preis für Haareschneiden; die Friseure schnippelten in der Luft herum und machten sich lustig.

Wir nahmen das Haarwasser auch. Wilfried frisierte sich kunstvoll und schlief mit Frisierhaube, was ich affig fand. Meine Haare waren widerspenstig, sie wuchsen nach vorn und ließen sich nicht bändigen; mir hing eine Tolle in die Stirn, die ich beständig nach hinten warf oder strich. »Wie ein Jaul, der Cayennepfeffer im Hintern hat«, sagte Anton Viezke, unser berlinernder Chemielehrer. Mein Opa schenkte mir Pomade, damit batschte ich das Haar fest. Später nahm ich Fixativ, das war fettfrei.

Die Zähne putzten wir, wenn es Bickbeeren gab, nach dem Essen, sonst morgens. Meine Zähne verfaulten, und die Zahnärzte konnten nicht mehr viel machen. Wir nahmen Nivea-Zahnpasta. Das war die beste. Wenn andere Odol oder Chlorodont nahmen, lächelte ich wie ein Rechtgläubiger über den Verirrten. Manchmal kloppten wir uns, welche Zahnpasta besser wäre.

Wilfried und ich schliefen im Kinderschlafzimmer, später auch Egon. Marhild schlief im Spielzimmer. Mein Bett stand frei im Raum, so daß ich an beiden Seiten rausfallen konnte. Wilfrieds Bett stand an der Wand. Er schmierte die Buhmänner, die er aus der Nase holte, an die Tapete. Sie wurde speckig. Meine Mutter hängte was drüber, damit der Besuch das nicht sah.

In einer Kommode lag die Wäsche. Jeder hatte eine Schublade, Wilfried die obere, Marhild die mittlere und ich die untere. Wir trugen Hemdhosen, sie reichten über die Schultern. Vorn war eine Knopfreihe. Wir stiegen nach hinten in die Hosenbeine, zogen die Hose hoch, steckten die Arme in die Ärmel, zerrten das Oberteil vor und knöpften zu. Zum Pinkeln und Scheißen war vorn ein kleiner und hinten ein großer Schlitz. Marhild trug Schlüpfer. Wilfried sagte, sie hätte keinen Pidel.

In der Kommode lag auch das Turnzeug, weißes Hemd und

schwarze Hose. An Turntagen zog ich das anstatt der Hemdhose an, die ich nicht liebte. Sie war was für Kleinkinder. Wir gingen in den Allgemeinen Bremer Turnverein, die Turnhalle war neben dem Buttergeschäft. Es gab ein Vereinsabzeichen mit den Anfangsbuchstaben ABTV; es kostete 60 Pfennig, mein Vater gab mir das Geld nicht, er sagte, turnen genügt. Der Turnlehrer hieß Herr Bourdailler. Er konnte auf den Händen die Treppe rauf und runter gehen. Wenn die Turnstunde zuende war, sangen wir: Jung Siegfried war ein stolzer Knab', zog von des Vaters Burg herab, zog von des Vaters Burg herab. Dann riefen wir Sieg Heil! und stürmten in die Umkleideräume.

Schwimmen lernte ich im Hallenbad am Breitenweg. Es hatte Becken für Männer und Frauen, ich ging in das für Männer. Unter der Dusche seiften sie sich ab, nackt mit Haaren um den Pidel, manchmal auch auf der Brust. Ich tat, als ob ich nicht hinguckte. [...]

Auf der Kommode saß eine Reihe Teddybären. Das Fell verschliß, aber die Glasaugen blieben blank. Ich liebte sie wie Heidi. Ich guckte ihnen in die Augen, sie guckten zurück. Ich fühlte mich geliebt und verstanden. Ich drückte sie an die Brust und ans Gesicht und streichelte sie. Ich wußte, sie hatten viel erlebt; ein Kindermädchen las uns vor: »Was drei kleine Bären im Walde erlebten«. Die armen Teddys hatten Furchtbares durchgemacht; einmal hatte die Kreuzspinne ein Netz vor den Ausgang der Hütte gesponnen, in der sie schliefen, aber sie fanden Gott sei Dank ein Schlupfloch.

Manchmal boxte ich die Bären, riß sie an Armen und Beinen, knallte sie vor die Wand und pfriemelte die Holzwolle aus dem Bauch. Ich machte es wie der Neger in dem Lied: der Neger hat sein Kind gebissen oh mona, und hat es an die Wand geschmissen oh mona. Wenn wir das sangen, sprangen wir hoch, zogen Grimassen und boxten in die Luft. Wir sangen auch: Zwei Juden gingen durch einen Tunnel, der eine fand nen Zigarrenstummel, der andere fand keinen, da lutschten sie beide an einem, oder: Zwei Juden saßen auf einer Bank, der eine roch, der andere stank, das sprach der, der roch, zu dem, der stank, ich setze mich gleich auf ne andere Bank.

Der Kehrreim hieß: Freut euch des Lebens, Großmutter wird mit der Sense rasiert, alles vergebens, sie war nicht eingeschmiert. Oder wir sangen: Mein Hut der hat drei Ecken, drei Ecken hat mein Hut, und hätt er nicht drei Ecken, so wärs auch nicht mein Hut.

Die Bettgestelle waren aus weißem Metallrohr. Einmal steckte ich den Kopf zwischen zwei Stangen und kriegte ihn nicht zurück. Im Sommer hatten wir Steppdecken, ich drehte mich in sie ein, dann war rundum alles weich und mollig. Das war unvorstellbar schön, ich war gewärmt und aufgehoben, von allen Seiten sanft umfangen. Im Winter hatten wir Federbetten, weil die wärmer sein sollten, aber die Federn rutschten zur Seite, und von oben wurde es kalt.

Das Fenster stand nachts offen, es ging zum Garten, der Blick fällt auf die Birnbäume. War es hell, wenn wir schlafen sollten – wir mußten um sieben ins Bett – wurde ein Rollo heruntergezogen. Im Krieg sorgte es nicht nur dafür, daß kein Licht reinkam, sondern auch, daß keins rausfiel. Rolloandrücker hielten die Schlitze zu. Das war wichtig, nicht wegen der Flieger, sondern wegen der Luftschutzwarte und der Leute. Die regten sich um den kleinsten Lichtschein auf. Wenn irgendwo eine Bombe fiel, waren nicht die Flieger schuld, sondern die, die schlecht verdunkelt hatten.

Meine Mutter kam zum Gutenachtsagen ans Bett. Sie setzte sich auf die Bettkante, ich betete: Lieber Gott, mach mich fromm, daß ich in den Himmel komm – bis wir aus der Kirche austraten. Statt Amen sagte ich abend. Dann küßten wir uns auf die Backe. Ich sagte: Gute Nacht, liebe Mami.

Waren wir artig, kriegten wir »was Schönes«, ein Stück Schokolade oder einen Bonbon. Wenn meine Mutter es vergessen hatte, fragte ich: Mami, gibt es nichts Schönes? Wenn es nichts gab, war das eine Strafe, meist eine zusätzliche, denn ich kriegte keine Schokolade, wenn ich Prügel gekriegt hatte. Am liebsten aßen wir Milchschokolade, mein Vater aß lieber bittere. Deshalb kriegten wir meistens die. Seine Schokoladensorte war immer im Haus. Sonst war Milch gesünder, aber nicht bei Schokolade. Mein Vater kam nicht zum Gutenachtsagen, wir gingen zu ihm. Wir mußten ihm auch morgens, wenn wir zur Schule gingen und er noch im Bett lag, auf Wiedersehen sagen. »Auf Wiedersehen lieber Papi!« Er drückte seine stachelige Backe an mein zartes Gesicht; ich fühlte seine Haut und dachte, meine sanfte müsse seiner rauhen wohltun. Sonst gab es keine Zärtlichkeiten. Nur

Egon wurde von uns allen gestreichelt und geküßt. Als er zur Welt kam, war ich vier Jahre. Alle fanden ihn süß und niedlich, und er strahlte in die Welt.

War das Gutenachtsagen beendet, rollten wir die Decken auf und türmten die Rollen als Schutzmauer auf den Bettrand. Wir legten uns in Deckung und schmissen mit Kissen, Wäsche und Teddybären. Manchmal wagten wir einen Ausfall und versuchten, die Mauer einzureißen oder das Bettuch herauszuzerren. Das durften die Großen nicht hören. Bei Besuch hörten sie am wenigsten.

Wir jagten über die Betten oder krabbelten drunter durch, wir spielten Kriegen oder Kissenfußball. Wir zogen die Hosen runter, streckten den Bauch vor und zielten mit den Pideln aufeinander. Wilfried erzählte, wie weit er beim Wettpissen käme, und ich glaubte ihm.

Wir erzählten Witze: einer kauft zehn Lose. Als er nachzählt, sind es nur neun. Er geht zurück und fragt: Hab ich hier wohl ein Los gelassen? Die Verkäuferin: Nein, es riecht nicht danach. Oder: Ein kleiner Junge steht auf der Brücke und weint. Fragt ein Mann: Was hast du denn? Der Junge schluchzend: Der da hat mir mein Butterbrot in die Weser geschmissen. Der Mann: Mit Absicht? Der Junge schluchzend: Nein mit Käse! Oder: Ein Franzose, ein Engländer und ein Deutscher streiten sich, wer das größte Schiff hat. Der Franzose: Bei uns fährt auf dem Schiff eine Straßenbahn. Der Engländer: Bei uns eine Eisenbahn. Der Deutsche: Bei uns muß der Koch mit dem U-Boot in die Suppe tauchen, wenn er wissen will, ob sie gar ist.

Wir stellten Scherzfragen: der Unterschied zwischen Fisch und Baby? Der Fisch hat sein Bett im See, das Baby seinen See im Bett. Der Unterschied zwischen Wanderer und Besen: der Wanderer nimmt Abschied, der Besen nimmt Schiet ab. [...]

Als wir in Geschichte die Völkerwanderung durchnahmen, wollte ich nicht glauben, daß sie nicht so großartig war, wie Felix Dahn sie darstellte. Zwar wurde sie auch im Unterricht verherrlicht – Germanen herrschten über Europa – aber mit dem Kampf um Rom kam das nicht mit.

Ach wie gern wäre ich ein Held gewesen oder wenigstens so tapfer wie Peterchen, der keine Angst hatte, im Nachthemd auf den Mond zu fliegen. Das würde ich nie, ich war feige und lief weg, wenn ich verprügelt werden sollte, außer wenn ich in blinder Wut auf Wilfried losging. Dann stürzte ich mit Todesverachtung auf ihn und konnte ein paar Schläge landen, bevor er mich hohnlachend zusammenschlug. Von ihm bezog ich mehr Prügel als von den Eltern. Mein Vater war noch stolz darauf. Gegen Wilfried kommt er natürlich nicht an, schrieb er an Onkel Justus in Afrika. Erziehung zum Mut verpuffte. Beim Jungvolk sollten wir die kommenden Helden der Nation sein. Bei Geländespielen teilten wir uns in zwei Parteien, die zum Schlußkampf aufeinander losgingen. Wir schlugen uns nicht, wir taten als ob. Nur einmal war es ernst, ein Nachbarfähnlein hatte unsere Fahne geklaut. Das war ein Ehrenpunkt. Wir mußten uns in die Schlacht stürzen, um unsere Ehre zu retten. Die Klauer waren stämmige Bauernburschen aus Oberneuland, für die wir Stadtkinder nur ein Klacks waren. Wir hatten die Aussicht hingemetzelt zu werden wie unsere Väter vor Langemark. Ein paar stürmten gegen die Bauernjungs und ließen sich verkloppen. Ich sah aus der hinteren Reihe zu und mischte mich unter die fliehenden. Ich bin doch nicht blöd und laß mich um die Fahne verhauen!

Nur notgedrungen kloppte ich mich. Oft war ich stärker, als ich glaubte. Einmal griff mich Klaus J. an. Er war zwei Jahre älter als ich, und ich dachte, ich komme nicht gegen ihn an. Aber ich kriegte ihn unter. Seitdem war ich äußerst zuvorkommend zu ihm; er tat mir leid, daß er sich blamiert hatte, weil er mit mir nicht fertig wurde.

Mir taten alle leid, die geprügelt oder geärgert wurden. Ich prügelte und ärgerte niemanden. Wenn andere einen Lehrer ärgerten, war ich nur mit halbem Herzen dabei. [...]

Ich ging in die Volksschule für Jungen an der Schillerstraße. Sie hatte grüne Fensterrahmen und wurde im Krieg zerstört. Als meine Mutter mich anmeldete, weinte ich. Ich weinte auch, als mein Vater mich fragte, was ich werden wolle. Der Gedanke, ich könne nicht mehr den ganzen Tag zuhause sein, machte mir Angst. Ich sah mich verloren in der Welt herumgestoßen.

Herr Wellmann, der Rektor, hatte einen Vollbart. Ich hatte noch nie einen Mann mit Bart gesehen. Der Vollbart war weiß mit gelben Flecken von Soße oder Tabak. Wellmann wurde mein Klassenlehrer und brachte uns Stillsitzen bei. Ging die Stunde zuende und wußte er nichts mehr, mußten wir stumm mit gefalteten Händen sitzen, bis es klingelte. Er stellte das Stillsitzen als Sieg über Zappeln und Schwatzen dar. Wir sollten nicht schwatzen. Reden war erlaubt, doch wenn wir zur Unzeit redeten, schwatzten wir. Zappeln war auch nicht gut; der Turnlehrer wollte, daß wir beim Gehen die Arme durchschlugen wie Grenadiere beim Marschieren. Ich stockerte hilflos mit den Armen herum.

In der Fibel war auf der ersten Seite ein Bild von Hitler. Auf der zweiten Seite spritzte ein Junge Kinder naß. Darunter stand i. Auf der dritten Seite biß ein Kind in einen Apfel. Darunter stand a. Es folgten o und u, die Bilder weiß ich nicht mehr.

Im ersten Jahr schrieben wir mit Griffeln auf Tafeln, im zweiten mit Bleistift in Hefte und vom dritten an mit Tinte. Zur Tafel gehörte eine Schwammdose; ich legte Erbsen oder Bohnen hinein, die keimten in der Feuchtigkeit. Die Keimlinge pflanzte ich in den Garten, wo sie eingingen. Zum Federhalter gehörte ein Tintenwischer zum Abputzen der Federn. Meine Finger und Verbände waren blau.

Herr Wellmann machte Schwamm- und Lappenappelle wie ein Korporal. Einmal hatte ich keinen Tafellappen und zeigte einen geliehenen. Ich fühlte mich als Betrüger und wunderte mich, daß Herr Wellmann nichts merkte.

In Heimatkunde erzählte er von dem Seeräuber Klaus Störtebekker. Der Name bedeutet Stürz-den-Becher. Nach der Enthauptung schritt er die Reihe seiner Getreuen ab, bis ihm der Henker einen Knüppel zwischen die Beine warf.

Herr Wellmann schanzte mir zuweilen eine Flasche Milch oder Kakao zu, die beim Schulfrühstück übrigblieb. Meistens bedachte er die armen Kinder und manchmal mich, obwohl ich nicht arm war. Ich fühlte mich beglückt und geliebt. Auf einem Ausflug an die Weser machte ich ihm vor, wie gut ich Kalabums schießen konnte. Er lobte mich, aber er staunte nicht. Ich war enttäuscht. Als ein Junge hinfiel und blutete, sagte er: Hauptsache das Zeug ist heil, eine Hose muß gestopft werden, die Haut heilt von alleine.

Nach drei Jahren kam ich aufs Gymnasium nach einer Sonderprüfung. Die andern mußten vier Jahre auf der Volksschule bleiben, um das große Einmaleins zu lernen. Das kann ich deshalb nicht.

Der halbe Schulweg war derselbe: durch die Schleifmühle, wo die Ärzte wohnen. An ihrem Ende ging ich statt nach links in die Rembertistraße nach rechts durch die zwei Tunnel, mit denen die Parkallee die Bahn unterquert. Wenn es mittags heiß war, schlich ich müde daher und freute mich auf das kühle Haus und das Fenster mit der Puddingschüssel. [...]

In den Pausen spielten wir Kriegen oder stehfest wie am Brunnen. Wenn zwei sich kloppten und auf der Erde wälzten, standen wir im Kreis und riefen: gib ihm Saures! Dann kam der Lehrer und trennte die Kämpfer. Wer stark war, der war was, oder auch, wer beim Völkerball als erster gewählt wurde. Die Note im Turnen war die wichtigste.

Wir warfen uns auch Worte an die Köpfe: Du kannst doch einem nackten Seemann nicht in die Tasche fassen! Oder: Deine Mutter priemt ja. Am schlimmsten war die Frage: Kannst du denn überhaupt schon stramm pissen? Sie wurde mit unsäglicher Verachtung vorgebracht und war schlechthin vernichtend. Danach konntest du nicht mal mehr sagen: Dich laß ich am ausgestreckten Arm verhungern! was sonst oft half.

Für mich hatten sie besondere Sprüche. Schon auf der Volksschule riefen sie mir nach: Ostermeyer legt drei Eier. Auf dem Gymnasium wurde der Spruch erweitert: Ostermeyer legt drei Eier übers Bett ins Klosett, kommt der Geier, frißt die Eier, oh wie schreit der Ostermeyer.

War die Pause zuende, mußten wir klassenweise in Zweierreihen antreten und so ins Gebäude einrücken. Die Schüler der Oberstufe durften frei gehen. Sie kamen mir vor wie Männer von Welt, unerreichbar wie die Helden in den Sagen.

Vor und nach den Ferien war Flaggenehrung. Die Klassen traten in Dreierreihen an, die Lehrer standen gegenüber und der Direx hielt eine Rede. Wir sangen Deutschland Deutschland über alles und die Fahne hoch die Reihen fest geschlossen. Beim Singen mußten wir den rechten Arm mit flacher Hand schräg nach oben bis Augenhöhe vorstrecken. Das strengte an, einige legten den Arm dem Vordermann auf die Schulter, wenn er es sich gefallen ließ. Nach dem Gesang stieg oder sank die Fahne. Der Direx drehte sich zum Mast und streckte nochmal den rechten Arm vor, bis sie oben oder unten angekommen war.

Ich kam in die Sexta b. Es gab drei Sexten. Die a und b hielten sich für vornehm; in der c waren die Jungen aus Findorf, also Torfköpfe und Proleten. Findorf ist das Viertel hinter dem Freimarkt, wo der Torfkanal endet. Wir, die wir diesseits in Schwachhausen wohnten, verachteten und verspotteten die Findorfer, etwa so wie es fünfzig Jahre früher den Kaffern und Hottentotten geschah. Nach den Findorfern kamen nur noch die Pustorfer. Der Name sagt alles, sie wohnten in Woltmershausen in der Neustadt. Auf unsere Schule trauten sie sich nicht.

Die Sitze in den Bänken klappten nach hinten, wenn wir aufstanden. Wir konnten in der Bank stehen. Wir mußten aufstehen, wenn ein Lehrer in die Klasse kam oder uns ansprach. Vor jeder Stunde sagte der Lehrer Heil Hitler und wir antworteten im Chor. Auch dabei streckten wir den rechten Arm in die Luft. (In Ämtern und Geschäften hingen Pappschilder mit dem Aufruf: Deutscher dein Gruß sei Heil Hitler. Ein Wortspiel dazu hieß: Jetzt gibt es kein(en) guten Tag mehr. Eine Frau soll statt Heil Hitler drei Liter gesagt haben.) [...]

Ich gehörte zum Fähnlein sechzehn. Ein Fähnlein hatte vier Jungzüge, im vierten waren die Zehnjährigen, im dritten die Elfjährigen und so weiter. Fünf Fähnlein bildeten einen Stamm und die Stämme den Bann. Mein Fähnlein gehörte zum vierten Stamm und dieser zum Bann 75. Diese Zahl trugen wir auf der Schulterklappe. Jedes Fähnlein hatte eine Fahne und jeder Zug einen Wimpel. Die Fahne war vier- und der Wimpel dreieckig. Beide zeigten eine weiße Siegrune auf schwarzem Grund. Manchmal trug ich den Wimpel vor dem Zug her, stolz und einsam.

Der Zug hatte drei Jungenschaften, die Jungenschaftsführer trugen eine weißrote Schnur, die Zugführer eine grüne, der Fähnleinführer eine grünweiße und der Stammführer eine weiße. Der Fähnleinführer war ein hohes Tier, der Stammführer ein Halbgott. Einmal hatten wir einen Schleifer als Fähnleinführer, er schnauzte wie ein Feldwebel und ließ die Jungens Arm- und Kniebeugen machen, bis sie nicht mehr konnten. Die meisten Führer waren manierlich. Sie stammten aus unserer Mitte. Jugend sollte von Jugend geführt werden.

Dienst war mittwochs und sonnabends Nachmittag. Wir marschierten im Gleichschritt (links zwo drei vier) und sangen: Unsere Fahne flattert uns voran. Es zittern die morschen Knochen. Lied und Bewegung, Rhythmus und Gleichschritt wurden eins und verbanden uns. Wir werden weiter marschieren, wenn alles in Scherben fällt.

Wenn wir an Erwachsenen vorbeischritten, kam ich mir halb großartig und halb albern vor. Wir traten am Stern an und zogen die Parkallee entlang und durch den Bürgerpark. Wir durchschritten Baumgewölbe wie eine Prozession den Dom. Bei Geländespielen krochen wir durch Gras und Gestrüpp; Halme stachen in der Nase, und Dornen zerkratzten Arme und Beine. Der Atem ging schnell, und das Herz schlug hoch. [...]

Die Herrlichkeit unserer Spielsachen lag durcheinander in einem Spielschrank, der über die ganze Zimmerbreite ging, und einer Truhe. Wir sollten Ordnung halten, doch wir warfen die Sachen in Schrank und Truhe und knallten Türen und Deckel zu. Dann sah es ordentlich aus. [...]

Ich spielte auf dem Fußboden mit Eisenbahn, Bauklötzen, Soldaten und Holztieren. Ich hatte eine Märklinlokomotive zum Aufziehen. Wenn sie entgleiste, drehten sich die Räder in der Luft. Ich hielt sie fest, denn das Aufziehen war so lästig wie beim Grammophon. Mit einer Stange, die ich aus dem Führerstand zog, konnte ich die Räder blockieren. Wenn ich die Stange hineindrückte, ging die Fahrt los. Mit einer anderen Stange ließen sich Vor- und Rückwärtsgang einschalten. Die Lokomotive sah wie eine Dampflok aus, sie hatte Schornstein, Tender und Zylinder mit Schubstangen. Allerdings schoben die nicht, sondern liefen nur mit. Die Lok war vorn schwarz und sonst blau. Das Blau ärgerte mich, weil richtige Lokomotiven schwarz waren. Wilfrieds Lok war rot, sie fuhr schneller als meine, aber nicht so lange.

Von vorn sah ich nur schwarz; ich legte mich vor die Strecke und ließ die Lok auf mich zurasen. Sie kam drohend auf mich zu und bog erst im letzten Moment ab. Ich machte mir Angst, als wäre sie der D-Zug von der Munte. Manchmal ließ ich den Zug entgleisen, manchmal entgleiste er, ohne zu sollen. Aus Bauklötzen baute ich Brücken und Tunnels; wenn was einstürzte, prasselten die Klötze auf die Schienen, und ich heulte vor Wut. Ließ ich die Lok ohne Schienen laufen, schlidderte sie über das Linoleum wie ein verirrtes Schaf und rammte die Tischbeine.

Ich baute Wolkenkratzer so hoch, bis sie schwankten und umfielen. Oder Wilfried warf sie um. Ich umzäunte Gärten und stellte Tiere hinein. Mit dem Stabilbaukasten baute ich Windmühlen. Wir schubsten Modellautos durchs Zimmer und ließen sie vor die Wand prallen. Ich hatte einen roten Alfa Romeo, Wilfried hatte den blauen Vogel. Ich spielte Kaufladen und verkaufte an mich selbst; dabei aß ich die Rosinen, die ich in der Küche zum Spielen holte.

Unsere Soldaten marschierten, stürmten oder schossen stehend, knieend oder liegend. Sie trugen feldgraue Uniformen und Stahlhelme – feindliche Soldaten hatten wir nicht, nur deutsche. Wir bauten Schlachtlandschaften und mitten hinein eine mittelalterliche Burg mit Zugbrücke, die besser zu Rittern gepaßt hätte. Die Soldaten erstürmten die Burg, doch brachen im Lauf der Zeit die Bajonette ab. Ein Panzer zum Aufziehen fuhr auf Gummiketten voran, feuerspeiend, solange der Stein reichte. Dazu knallten wir mit Zündplättchen.

Am Tisch spielten wir Mensch ärgere dich nicht und Halma. Wilfried nahm die grünen Figuren und Marhild die roten – dieselben Farben wie bei den Handtüchern. Für mich blieb gelb oder schwarz. Schwarz verlor und grün gewann. Wir wollten auch grün haben, aber Wilfried sagte, es sei seine Farbe. Beim Halma kam es mehr auf Können als auf die Farbe an. Es war nicht so schlimm, hierbei zu verlieren wie bei Mensch ärgere dich nicht rausgeworfen zu werden. Wir schmissen das Brett um und gingen aufeinander los. Trotzdem spielten wir immer wieder. Die Hoffnung, zu gewinnen und es den anderen zu zeigen, war unwiderstehlich. Je mehr wir hofften, desto weniger dachten wir ans Verlieren und desto größer die Wut, wenn es uns erwischte.

Nur Monopoly spielte ich noch besessener. Ich lernte es bei Heinz Werner. Es war der Gipfel des Glücks, Hotels zu besitzen, aber ich kam fast nie so weit. Heinz Werner gewann, weil er besser schacherte. Einmal schaffte er es, Hotels auf die gelben Straßen zu bauen. Rot auf gelb sah prachtvoll aus, wir gingen elendig zugrunde.

Er hatte eine elektrische Eisenbahn mit einer naturgetreuen D-Zug-Lokomotive, die hundert Mark kostete. Seitdem hatte ich an meiner Lok nicht mehr die rechte Freude. Ich wälzte die Märklinkataloge und löcherte meine Eltern; zu teuer sagten sie. [...]

Wilfried verbummelte seine Schularbeiten, er poussierte lieber. Für mich war Poussieren lächerlich, und wenn ich sah, wie er, wenn er eine Freundin traf – die erste hieß Toddy – den Hut zog wie ein Kavalier, fand ich das lachhaft. Er bekam blaue Briefe, ich nicht. Ich hatte nie eine Fünf im Zeugnis. Einmal schrieb ich in Englisch eine Sechs, da lernte ich und schrieb eine Zwei. So mußte mir der Lehrer im Zeugnis eine Vier geben, ausreichend. Er hieß Maaß, war fett und stank nach schwarzen Zigarren. Die USA nannte er die verunreinigten Staaten. [...]

Das was in der Untertertia 1942. Im Jahr davor waren wir mit Freeden in der Kinderlandverschickung gewesen in einem Priesterseminar bei Nördlingen. Nonnen sorgten für uns. Die dickste hieß Quemboria – kurz Quem – und war Küchenfee. Nudeln mit Backobst waren ihr bestes, Schnecken mit Soße ihr schlimmstes, schleimig und glitschig. Im Speisesaal wurden die Kruzifixe abgenommen; mir taten die Nonnen leid. Die Lehrer aßen an einem Extratisch. Hatte jemand Geburtstag, sang der ganze Saal: wir kommen all und gratulieren zum Geburtstag unserm lieben Freund.

Der Dachboden wurde Schlafsaal. Ich machte manchmal mein Bett naß und verbarg das, so gut es ging. Ich legte mich zu Friedel ins Bett und schmuste mit ihm; wir lagen eng zusammen, er hatte einen hellgrünen Schlafanzug, wir schmiegten die Backen aneinander, streichelten und küßten uns. Er war kleiner als ich und hatte schwarze Haare. [...]

Morgens war Unterricht und nachmittags Dienst. Wir spielten Handball, und ich stand im Tor; ich hielt gut, nur Aufsetzer nicht. Wir ließen Papierschwalben fliegen und sammelten zwei Zentner Maikäfer; sie kamen in Säcke und stanken. Oben auf dem Berg war ein Steinbruch, wo die Schnecken lebten, die so scheußlich schmeckten. Manche knallten die Schneckenhäuser gegen die Steine, daß sie zerplatzten und spritzten. Ich fand das gemein.

Im Garten wuchsen Beeren und Kräuter. Die Kräuter wurden gehäckselt und zu Tee gemischt. Der kam in verschiedene Packungen; auf jeder stand, wozu er gut war.

Im Dorf war nichts los, auf der Post waren die Briefmarken ausverkauft. Die Einheimischen gingen andauernd in die Kirche, ihre Sprache verstanden wir nicht. Nach Nördlingen war eine Stunde Wegs über eine staubig weiße Straße, an der Apfelbäume standen. Die Äpfel waren unreif. Wir liefen in den Gassen und auf der Stadtmauer herum und stiegen auf den Kirchturm. Oben wohnte ein Türmer mit einem Jungen. Wir stritten uns, ob es schön sei, auf dem Turm zu wohnen, und schrieben uns im Turmbuch ein. Wir kauften Brausepulver und sogen es mit Strohhalmen auf, bis der Mund voll gefärbtem Schaum stand, als hätten wir Wutanfälle.

Einmal die Woche schrieb mir meine Mutter und legte einen Zweimarkschein bei. Der Lagerführer verteilte die Post bei angetretener Mannschaft. Wir mußten hier! rufen und schnell den Brief holen. Genauso wurde die Wäsche verteilt, wenn die Nonnen sie gewaschen hatten. Es gab einen Riesenwirrwarr. [...]

Als wir nach Bremen zurückkehrten, standen die Mütter in langer Reihe vor dem Bahnhof. Ich stürzte in die Arme meiner Mutter; so heftig haben wir uns sonst nicht umarmt.

Sie nannte mich einen Sonderling. Das war nichts Gutes in ihren Augen. Gab sie mir eine Backpfeife, durfte ich mich nicht wehren. Wer seine Mutter schlägt, dem wächst die Hand aus dem Grab. Ich stellte mir mein Grab im Garten unter den Johannisbeersträuchern vor, und meine Hand wuchs schnell aus der schwarzen Erde. Das wollte ich nicht. Ich glaubte auch, wenn man schielt und die Uhr stehenbleibt (manche sagten, wenn sie schlägt), daß dann die Augen schräg stehenblieben.

Wenn ich meiner Mutter widersprach, sagte sie: eine Mutter hat immer recht. Das sagte sie aber nur zu uns Kindern und nicht zu meinem Vater. Der hatte noch öfter recht als immer. Wenn ich ihm was erklären wollte, sagte er: gib nicht noch Widerworte! Das machte eine Verfehlung erst schlimm.

Nach dem Essen hielt meine Mutter ihren Mittagsschlaf, und wir saßen an den Schreibschränken. Wenn Wilfried sich langweilte, suchte er Streit und ärgerte uns. Manchmal ließ ich mich reizen und stürzte mich auf ihn, um verprügelt zu werden. Manchmal prallte alles an mir ab, und er suchte Vorwände mich zu schlagen. [...]

Der Zank störte meine Mutter im Mittagsschlaf. Sie rannte mit dem Rohrstock durch die Schiebetür, wir flohen, und sie jagte im Unterrock mit erhobenem Stock rund um den Tisch hinter uns her. Meistens holte sie uns nicht ein, wir kriegten nicht viel ab und lachten uns halb tot. Jedenfalls Wilfried, mir tat meine Mutter manchmal leid, vor allem wenn das Essen gut gewesen war. Einmal hatte es köstlichen Gurkensalat gegeben – als Gurken schon selten waren –, und ich schämte mich, daß wir eine Mutter ärgerten, die so schöne Speisen beschaffte und bereitete; ich kam mir undankbar vor und hätte mir gewünscht, daß wir ihr Liebe und Freude, die sie uns mit dem Essen schenkte, besser vergolten hätten.

Aber sie schlug auch blindlings auf uns ein ohne zu fragen, wer angefangen hätte. Als Egon einen Apfel geklaut hatte, verdächtigte sie ihn und mich. Egon leugnete, und sie sagte, sie wisse nicht, wer es getan habe. Ich verstand nicht, warum sie mir nicht glaubte. Sie mußte doch wissen, daß ich nicht log! [...]

Zu den Mahlzeiten lag eine weiße Decke auf, die sonntags erneuert wurde. Zwischendurch legte meine Mutter eine bunte Decke drüber. Als ich klein war, wurde ich im Kinderzimmer abgefüttert. Ich fühlte mich ausgeschlossen und platzte vor Stolz, als ich endlich meinen Sitz bekam. Alle hatten ihren Platz: mein Vater saß der Tafel vor unter dem General oder der Generalin, je nachdem, wer gerade dort hing. Wir anderen verteilten uns auf die restlichen Plätze; das Kindermädchen saß am Tisch, das Dienstmädchen aß in der Küche.

Es trug Schüsseln und Platten auf einem Tablett die zwei Treppen von der Küche zum Eßzimmer nach oben. Die Bratenplatte wurde meinem Vater hingestellt. Er wetzte mit schrillem Kreischen, das mir eine Gänsehaut machte, zwei spitze Bratenmesser, legte, wenn er genug gewetzt hatte, ein Messer weg und ergriff eine zweizinkige Gabel. Diese stieß er in das Fleisch und hielt es fest, während er die Scheiben absäbelte. Dabei schnaufte er wie die Kohlenträger, wenn sie Säcke schleppten. Beim Zerlegen von Hühnern, Gänsen und Hasen kam ihm sein chirurgisches Können zugute.

Wir schwiegen andächtig. Das Zerteilen des Fleisches wurde durch die Feierlichkeit, mit der mein Vater es betrieb und die der seiner Haar- und Körperpflege nicht nachstand, über das Fleischliche erhöht zu einer Bedeutung, wie sie für Heiden das Opfern eines Tieres oder für Christen das Sprechen des Tischgebets haben mögen. Wenn er alles säuberlich zerschnitten hatte, übergab er stolz die Platte meiner Mutter: es ist vollbracht. Sie verteilte die Scheiben auf die Teller. Erst dann nahmen oder bekamen wir Gemüse, Kartoffeln und Soße. Meine Mutter schnitt mir das Fleisch klein und muste die Kartoffeln, bis ich es selber konnte.

Wir bekamen Lätzchen umgebunden und später Servietten. Jeder hatte seinen Serviettenring; meiner war außen silbern und innen Gold, er war so eng, daß ich aus der Serviette eine lange Wurst machen mußte, wollte ich sie hindurchziehen. Ohne Serviette essen war ähnlich schlimm wie ohne Schlips auf die Straße gehen. Wenn wir mit ungewaschenen Fingern zu Tisch kamen, wurden wir zum Waschen geschickt. Wir mußten die Hände waschen, auch wenn sie sauber waren; wir hielten sie einfach unter den Kran, damit sie naß aussahen.

Wir durften nicht schmatzen, nicht mit offenem Mund kauen und nicht mit vollem Mund sprechen, nicht singen und nicht trällern. Wir durften nicht über den Tisch langen. Wenn wir was haben wollten, was nicht vor uns stand, mußten wir darum bitten. Gibst du mir bitte die Erbsen? noch besser: Würdest du mir bitte die Erbsen reichen? Wenn wir gesagt hätten: Ich will Erbsen! hätten meine Eltern gesagt: Kinder mit 'nem Willen kriegen was auf die Pupillen.

Quelle:
Helmut Ostermeyer: Sitz gerade! Kindheitsbilder, Frankfurt 1985, S. 5 ff.

In den Fünfzigerjahren nahm Helmut Ostermeyer das Studium der Rechtswissenschaften auf und wurde in der Folgezeit Familienrichter in Bielefeld. Er trat auch als Verfasser diverser Publikationen an die Öffentlichkeit (z.B. »Die Revolution der Vernunft«). 1975 verlieh ihm die Humanistische Union für seine Kritik der westdeutschen Justiz den Fritz-Bauer-Preis.

Als Sechzehnjähriger bei der Motor-HJ
(ganz oben auf der Treppe)

und als fünfzehnjähriger Lehrling
auf dem Bremer Vulkan.

WERNER SCHRADER
(* 1928 Bremen-Aumund)

Lehrling auf dem Bremer Vulkan

Nach Beendigung meiner achtjährigen Volksschulzeit in Bremen-Aumund wurde ich Lehrling auf dem Bremer Vulkan. Elektriker wollte ich werden und später vielleicht einmal Ingenieur.

Auf dem Lehrlingsboden dieser großen Schiffswerft bekamen alle Lehrlinge eine Grundausbildung. Mochten sie den Beruf eines Schlossers, Tischlers, Schiffbauers oder Elektrikers anstreben: hier wurde ihnen gezeigt, wie man einen Hammer hält, einen Meißel ansetzt und mit einer Bohrmaschine umgeht.

Mit dem Feilen fing es an. Das war das Langweiligste, weil man beim Bearbeiten eines dicken Eisenstückes kein rechtes Fortkommen sah. Das anschließende Meißeln war weitaus angenehmer, jedenfalls solange, bis man zum erstenmal mit dem schweren Hammer statt des Meißels den Daumen oder den Handrücken traf. Und wenn es zum zweiten-, dritten- oder gar viertenmal geschah, die Hand, die den Meißel hielt, immer unbeweglicher wurde und blutete, sehnte sich mancher nach dem ungefährlicheren Feilen zurück.

Nachdem man seine Fertigkeit an den verschiedensten Werkstükken erprobt und trainiert hatte, eine Eisensäge, eine Bohrmaschine, eine Knickbank handhaben konnte, durfte man Sinnvolles machen, große Blechkästen herstellen nämlich, die als Ersatzteilbehälter für U-Boote dienen sollten.

Auf dem Bremer Vulkan wurden ja U-Boote gebaut, herrlich schlanke Boote, die am Ausrüstungskai lagen und von uns Lehrlingen bestaunt und bewundert wurden. Als das fünfzigste Boot an die Marine übergeben worden war, wurde der Bremer Vulkan zum Musterbetrieb erklärt. Das war eine hohe Auszeichnung. Aber eine gefährliche, wie sich zeigen sollte.

Am nächsten Tag nämlich, dem 18. März 1943, wurde der Vulkan bombardiert. Wie immer bei Fliegeralarm mußten wir Lehrlinge in den Luftschutzkeller unter dem Magazin 2. Und wie immer bei Fliegeralarm nutzten viele der erwachsenen Arbeiter den Alarm als willkommene Unterbrechung ihrer Arbeit und standen rauchend und schwatzend in den Toiletten. Als dann die Bomben fielen, im Westteil der Werft, dem Schiffbau, zuerst, versuchten die meisten in den Luftschutzkeller unter dem Magazin 1 zu flüchten. Aber als sie sich auf der Treppe drängten, wurden sie von einer Bombe getroffen, so daß über hundert Männer getötet wurden.

Wir Lehrlinge hörten die Einschläge der Bomben immer näherkommen und hofften mit bangem Herzen, daß keine unsern Keller treffen möge, denn daß sie die dünne Betondecke über unsern Köpfen durchschlagen würde, war uns klar. Aber wir wurden verschont. Die letzte Bombe schlug wenige Meter hinter dem Magazin 2 ein und verwüstete die Dreherei. Als Entwarnung gegeben wurde und wir den Keller verlassen durften, sahen wir, was sie angerichtet hatte. Das gläserne Dach war völlig zerstört, die Halle lag in gleißender Helligkeit, zerbrochene Maschinen versperrten den Weg, und Staub, Staub, Staub überall!

Unser alter Meister humpelte uns entgegen und schickte uns nach Hause. Ich ging aber nicht nach Hause, sondern stolperte mit einer wahnsinnigen Angst im Herzen in den Schiffbau hinüber, in dem mein Vater arbeitete. Vor der Tischlerei hatte man die Toten und Verletzten hingelegt, einfach so auf den Steinboden, damit sie von den Angehörigen identifiziert werden konnten.

Ich stapfte an der langen, langen Reihe vorbei und hoffte und betete, daß mein Vater nicht dabei sein möge. Auch er, das wußte ich, pflegte bei Fliegeralarm nicht in den Luftschutzkeller zu gehen.

Aber er lebte! Er kam mir entgegen, denn die Angst, die ich um ihn hatte, hatte er auch um mich. Ohne ein Wort zu sagen fielen wir uns in die Arme.

Von dem Tage an änderten die Vulkanesen ihr Verhalten.

Sowie die Sirene ertönte, verließen sie fluchtartig die Werft und fuhren auf ihren Fahrrädern weit hinaus nach Löhnhorst und Leuchtenburg.

Aber ein zweitesmal wurde der Vulkan nicht mehr bombardiert.

Ich war in der Motor-HJ, machte dort schon mit fünfzehn Jahren meinen Führerschein für Motorräder und hatte gegen Kriegsende zeitweilig eine braune zweihunderter DKW-Maschine bei mir zu Hause stehen.

Nach meiner vorgezogenen Gesellenprüfung wurde ich Kriegseinsatzführer, wurde an der Panzerfaust ausgebildet, kampierte mit anderen Jungen meines Alters zusammen auf der Banngeschäftsstelle in der Colmarer Straße, in der Schönebecker Schule und auf einem Bauernhof in Wollah. Was wir eigentlich sollten und was man von uns erwartete, war keinem recht klar. Ich mußte, als ich in der Colmarer Straße wohnte, hin und wieder eine Nazigröße mit einem Motorrad in einen anderen Stadtteil fahren und manchmal auch den Bannführer. Da wir in der Geschäftsstelle natürlich auch aßen und das aus Gründen der Sicherheit immer im Keller stattfand, in dem es wegen der vernagelten Fenster stets dunkel war, brauchten wir künstliches Licht. Das gab es meistens jedoch nicht, weil der Strom gesperrt war. Wir behalfen uns, indem wir ein Fahrrad aufbockten, den Dynamo am Hinterrad befestigten, von dort ein Kabel an eine Fahrradglühbirne unter der Kellerdecke führten und einen von uns zum Treten abkommandierten, während die andern aßen.

Einmal mußte ich etwas in der Innenstadt erledigen.

Ganz allein wanderte ich den Wall entlang und durch die menschenleeren Straßen. Da fiel mir erschreckend auf, wie zerstört unsere Stadt war.

Als in den letzten Kriegswochen keine Züge mehr fuhren, mußte ich mit zwei anderen Jungen zu Fuß von der Stadt nach Vegesack marschieren. Dabei gerieten wir in Walle in einen Bombenangriff. Anfangs wollten wir uns dadurch nicht aufhalten lassen, zu oft hatten wir die Bomber über die Stadt fliegen und die Bomben fallen sehen, kleinere allerdings, die die Bevölkerung in dauernder Anspannung halten sollten: aber diesmal waren wir mittendrin in dem Bombardement. Neben uns auf der Straße stand ein Bauer zwischen seinen beiden schweren Pferden, die er ausgespannt hatte. Kommen Sie mit uns in den Bunker! riefen wir ihm zu. Aber er wollte seine Pferde nicht allein lassen, zwang sie, sich niederzulegen und legte sich zwischen sie, wobei er sie am Kinnriemen festhielt. Wir liefen zum Bunker hinüber, kamen aber nicht mehr hinein, denn die Eisentür war längst von innen verschlossen. Im Eingang, der nach zwei Seiten hin offen war, standen wir zitternd und erlebten den Weltuntergang, dabei auch an den Mann denkend, der völlig ungeschützt auf der Straße zwischen seinen Pferden lag.

Als endlich die letzte Bombe gefallen war, stürzten wir hinaus. Überall Bombentrichter, Dreck, Staub, Schweinehälften aus einer Schlachterei, Möbelstücke, zerbrochenes Geschirr. Und der Bauer? Er lag immer noch zwischen seinen Pferden. Er lebte und die Tiere auch. Unmittelbar vor ihnen hatte eine Bombe einen tiefen Trichter gerissen, die Pferde schauten in den Trichter hinein, aber der gesamte Explosionsdruck war steil aufgefahren, ohne sie zu verletzen. Es war ein Wunder.

Es muß im April 1945 gewesen sein, da mußte ich, wieder mit zwei anderen Jungen, einen riesengroßen Handwagen voller Marketenderware von der Colmarer Straße nach Leuchtenburg befördern. Der Wagen war beladen mit vielen Blöcken von Rohschokolade, jeder einzelne so groß wie eine Aktentasche, außerdem mit einer Unmenge von Dosenmilch sowie mit unzähligen Päckchen von Notverpflegung, die ursprünglich den Soldaten zugedacht war, die da kämpften, wo sie mit normaler Verpflegung nicht versorgt werden konnten.

Die ersten feindlichen Panzer wurden bereits in der Kurfürsten Allee gesichtet, die Stadt lag pausenlos unter Beschuß, und alle Viertelstunden stiegen amerikanische Bombenflugzeuge vom Flugplatz in Ahlhorn auf, überflogen die Stadt und warfen einige Bomben ab.

Wir zogen und schoben los, legten uns in der Schwachhauser Heerstraße vor dem St.-Josefstift auf den Boden, weil die drei Bomber sich wieder ihrer Last entledigten, gingen noch einmal in der Holler Allee in Deckung und auch unter dem Eingang des Hochbunkers am Ende des Torfkanals. Und dann stapften wir neben dem Torfkanal her auf die Autobahn zu. Als wir uns mit dem schweren Wagen die Stufen zu einer der hölzernen Brücken hinaufquälten, weil wir auf der anderen Kanalseite weitergehen mußten, waren die Flugzeuge wieder da und warfen ihre Bomben ab. Der Wagen befand sich noch auf der Treppe, da fielen die ersten Bomben und diesmal gefährlich nahe. Ich stand hinter dem Wagen, mußte ihn anheben und schieben, während die beiden anderen Junge an der Deichsel zogen. Los, zieht! schrie ich. Ich kann nicht mehr! Doch die beiden verloren den Kopf. Einer lief über die Brücke und warf sich dort neben dem Kanal auf den Boden, während der andere in den Wagen sprang und sich lang auf die Schokolade, die Milchdosen und die Marketenderware legte.

Bist du verrückt! schrie ich. Der Wagen reißt mich um! Mit aller Kraft stemmte ich mich dagegen, preßte den Kopf an das hintere Schott und mußte das Bombardement so ungeschützt überstehen. Daß keinem von uns etwas passierte, konnten wir hinterher kaum fassen.

Endlich erreichten wir die Autobahn. Da kamen uns Soldaten zu Fuß und mit dem Fahrrad entgegen und fragten uns, was in der Stadt los sei und ob schon gekämpft würde. Sie sollten nämlich mitkämpfen. Einer hatte nur einen italienischen Karabiner mit drei Schuß Munition. Was er damit gegen die Panzer ausrichten sollte, wußten weder er noch wir.

Einmal noch mußten wir vor einem Tieffliegerangriff in Deckung gehen, dann standen wir vor der Autobahnbrücke über die Lesum. Sie war schon zur Sprengung vorbereitet, und die Soldaten winkten uns zu, daß wir uns beeilen möchten, wenn wir noch hinüber wollten.

In Leuchtenburg angekommen, warfen wir uns müde auf den Fußboden der neben der Chaussee liegenden Führerschule und ruhten uns aus. Die Waren wurden irgendwo untergebracht und einiges auch an alle verteilt.

Am nächsten Tag mußten wir einen Unterstand im Wald nur wenige Meter seitwärts der Chaussee graben und dort mehrere Panzerfäuste unterbringen. Mit denen wollten wir die Panzer abschießen, wenn sie die Straße entlangrollen sollten. Eine Gruppe von Jungen, vierzehn, fünfzehn Jahre alt, Volkssturmsoldaten wie wir alle, fuhr mit Fahrrädern nach Lesum, um dort über den Fluß hinweg die feindlichen Panzer zu beschießen. Jeder hatte eine Panzerfaust quer über dem Lenker liegen. Bringt uns einen süßen kleinen Neger mit! riefen einige Mädchen ihnen nach, denn Mädchen in Uniform waren natürlich auch unter uns.

Aber sie kamen zurück, ohne eine Panzerfaust abgeschossen zu haben, wahrscheinlich hatten erwachsene Soldaten sie zum Umkehren gezwungen. Unser Unterstand, mit viel Schweiß in den wurzelreichen Waldboden gegraben, brach am folgenden Tag von selbst ein, ganz ohne Feindeinwirkung, so gut hatten wir ihn angelegt.

Am siebten Mai sagte der Oberleutnant, der unseren wilden Haufen befehligte: Leute, es ist aus. Der Krieg ist verloren. Ihr kriegt jetzt alle ein Schreiben, aus dem hervorgeht, daß ihr in einem Jugendlager wart, und macht, daß ihr nach Hause kommt. Vorher marschieren wir aber noch gemeinsam nach Meyenburg und graben sämtliche Waffen und eure Ausweise ein.

Unerhört, was der Mann da sagte! Der Krieg sollte vorbei sein und wir sollten ihn verloren haben? Das war doch wohl nicht möglich!

Ich besaß einen nagelneuen Karabiner, einen Hermann-Göring-Stutzen, und dazu viel Munition, mindestens hundert Schuß. Den wollte ich nicht abgeben. Ein anderer Junge hatte einen gleichen Stutzen und ebensoviel Munition. Und auch er wollte sich nicht davon trennen. So stellten wir denn unsere Waffen in Schwanewede bei einem Bäcker unter und nahmen sie, als wir aus dem Meyenburger Wald zurückkamen, wieder an uns.

Mein Vater machte mir Vorhaltungen, als ich so schwer bewaffnet zu Hause eintraf, und vergrub alles im Garten.

Am nächsten Tag wurde der Waffenstillstand verkündet und die Bevölkerung unter Androhung der Todesstrafe aufgefordert, sämtliche Waffen abzugeben. Meinen Karabiner sollten die Amis nicht haben, das stand für mich fest. Was ich allerdings damit wollte, war mir nicht klar, nur behalten wollte ich ihn, er war schließlich ein nagelneues Stück.

Wenige Tage nach Kriegsende, als längst die siegreichen Amerikaner die Stadt besetzt hatten und hier und da für Randale sorgten, kam der zehnjährige Junge unseres Nachbarn an den Zaun und behauptete, gesehen zu haben, wie mein Vater ein Gewehr im Garten vergraben hätte. Da mußte ich mich von dem gefährlichen Souvenir trennen. Mein Vater grub den Karabiner wieder aus, sägte den Lauf ab, steckte Lauf und Kolben in eine Aktentasche, legte die Munition dazu und versenkte alles bei Nacht und Nebel in dem tiefen Baggerloch einer Ziegelei.

Wir atmeten auf, nun brauchten wir nichts mehr zu befürchten und konnten den erhofften Frieden in Ruhe erwarten.

Quelle:
Originalbeitrag (MS).

Der Bremer Kinder- und Jugendbuchautor legte 1949 sein Abitur ab und nahm in Oldenburg ein Studium an der pädagogischen Hochschule auf. 1951 wurde er in den Bremer Schuldienst übernommen. Geschrieben hat Werner Schrader z.B. die Bücher »Knasterbax und Siebenschütz«, »Jan Tabak geht aufs Ganze« und »Die Kinder vom Teufelsmoor«.

ULLA PETERS
(* 1945 Bremen-Nord)

Überall wollte ich mithelfen

Ich erinnere mich noch sehr gut daran, wie liebevoll ich von meiner Mutter umsorgt und gehegt wurde und wie frei und offen ich erzogen wurde. Das ist sicherlich ein ganz entscheidender Punkt in meinem Leben: Frei leben als Kind – in einer Zeit, wo die Autorität der Eltern noch sehr massiv war. Wenn ich mir das heute mit meinen fast 44 Jahren alles überlege, stelle ich fest, daß meine Mutter für die damalige Zeit, wo auch noch die vielen Tabus herrschten, doch schon der Zeit voraus war und mir sehr viel an Freiheiten entgegenbrachte. War es nur meine Mutter? Oder war es auch mein Vater? Nein, mein Vater kann es nicht gewesen sein, denn er war ja die wenigste Zeit da.

Ich habe nicht sehr viele Erinnerungen an meinen Vater, da die Ehe meiner Eltern nur 10 Jahre dauerte und dann durch meine Mutter die Scheidung eingereicht wurde. Warum? Warum? Diese Frage tauchte in meinem späteren Leben immer wieder auf. Warum können sich zwei Menschen nicht verstehen? Warum mußte diese Scheidung sein?

Mein Vater war Auslandsjournalist und deshalb selten zu Hause. Aber das war nicht das Problem. Das Problem war der Erfolg und der Alkohol!

Wenn ich das Leben meiner Mutter betrachte, hat sie, als Älteste von 4 Geschwistern, in ihren jungen Jahren schon viel Verantwortung in der Familie mit übernommen. Sie arbeitete bei anderen Leuten im Haushalt, um sich das Geld für die Handelsschule zu verdienen. Nach einem erfolgreichen Abschluß in der Schule fing sie als kaufmännische Angestellte an zu arbeiten. Dann kamen die Kriegsjahre und sie wurde zur Hauptverwaltung nach Berlin versetzt mit dem Versprechen, sie könne zu jeder Zeit nach Hause (Bremen) fahren. Aber in solchen Zeiten werden Versprechen wohl nicht eingehalten. Sie mußte vorerst in Berlin bleiben. Es gab kein Zurück!

In Berlin lernte sie meinen Vater kennen. Fünf oder sechs Jahre waren beide befreundet, und im Februar 1945 wurde geheiratet. Kurz vor Kriegsende verließ meine Mutter Berlin, da ich mich angekündigt hatte, und kam wieder zurück nach Bremen. Mein Vater blieb noch wegen seines Berufes für ein Jahr in Berlin. Im November des Jahres 1945 wurde ich dann geboren. Sehr junge Eltern hatte ich übrigens nicht, denn meine Mutter war zu dem Zeitpunkt 30 Jahre und mein Vater 41 Jahre alt.

Geboren wurde ich in Bremen-Nord. Zuerst, für ca. zwei Jahre, wohnten Mutti und ich bei Oma und Opa in Rönnebeck. Dann bekam meine Mutter eine eigene Wohnung, und irgendwann tauchte mein Vater auch wieder auf.

In der Anfangszeit sorgte und kümmerte sich mein Vater sehr um uns. Er hatte beruflichen Erfolg und verdiente sehr viel Geld. Er arbeitete als freier Journalist für die Schweizer Presse. Das hatte er auch schon während der Kriegszeit getan, und zwar in der Metropole Berlin. Aus den Erzählungen meiner Mutter weiß ich, daß er ein Kämpfer für Freiheit, für Demokratie und für die freie Berichterstattung der Presse war. Er hatte unheimlich gute Kontakte, die ihm nach dem Kriege dienlich sein sollten. Seine Einstellungen haben ihm auch oftmals in der Kriegszeit Schwierigkeiten bereitet, aber er ist immer mit einem »blauen Auge« davongekommen, da er die freie Schweizer Presse vertrat. Auf einer großen Pressekonferenz legte er sich mit Dr. Göbbels an. Er ließ sich die freie Meinungsäußerung nicht verbieten. Ganz schön mutig der Mann!

Den Mut, den mein Vater in seinem Beruf zeigte, hatte er für die Familie nicht. Mit dem Erfolg nach dem Kriege konnte er wohl nicht richtig umgehen. Vielleicht war dieser Erfolgsmensch auch gar nicht für eine Ehe geschaffen und auch nicht bereit, für diesen Bereich ein Stück Verantwortung zu tragen. Der berufliche Erfolg wurde immer mit Alkohol gekrönt, was zur Folge hatte, daß Stück für Stück das Gefühl für die Realität verschwand und stattdessen Euphorie herrschte. Mein Vater veränderte sich total. Ich erinnere mich noch sehr gut, daß er nachts sturzbetrunken nach Hause kam und uns terrorisierte. Er schrie herum.

Er versuchte, meine Mutter zu demütigen, zu provozieren. Meine Mutter ließ sich aber nicht aus der Ruhe bringen und provozieren, was meinen Vater noch wütender machte. Manch eine Nacht schnappte meine Mutter mich unter den Arm und ging mit mir zu Oma und Opa. Mutti hatte Angst, daß mein Vater völlig durchdrehen würde und zog es vor, ganz schnell zu verschwinden. Einmal passierte es im Winter; es war bitterkalt und der Wind war ganz eisig. Wir gingen den kürzesten Weg über die Felder. Mutti hatte mich ganz warm eingepackt und mir einen dicken Wollschal um Hals, Mund und Nase gebunden, um mich vor dem kalten Wind zu schützen. Bei Oma und Opa angekommen, klopfte Mutti ganz zaghaft an das Schlafzimmerfenster.

Oma hörte sofort das Klopfen, und ich habe noch genau im Ohr, wie Oma zu Opa sagte: »Oh, Opa, rutsch mal weiter rüber ins Bett, die Deern kommt all wedder«. Oma zog mich dann aus und packte mich in ihr Bett, das ganz kuschelig warm war. Mutti, die sich noch mit Oma etwas unterhielt, kam dann später zu mir ins Bett und nahm mich ganz liebevoll in den Arm. Oma schlief bei Opa. Alles war in Ordnung. Es ist ein wunderbares Gefühl, zu wissen, daß es ein Haus gibt, wo die Tür immer offen ist.

Begreifen konnte ich nicht, warum mein Vater solche schlimmen Verhaltensweisen an den Tag legte. Ich wußte nur eines, daß irgendwo Gefahr drohte. Eine Gefahr, die mich sehr ängstlich machte. Ich hatte Angst, daß er meiner Mutti etwas tun würde. Es waren einfach nur Gefühle.

Ich erinnere mich noch sehr gut an den Tag der Einschulung. Ich bekam eine wunderschöne Zuckertüte. Meine Mutti war bei mir, ganz nahe, und hielt meine Hand. Für mich sah meine Mutti an dem Tag wunderschön aus. Sie war sowieso eine sehr schöne Frau. Dunkle Haare, eine immer gebräunte Haut, sehr schlank und zierlich. Sie kleidete sich immer sehr dezent. Die schlichte sportliche Eleganz liebte sie.

Dann begann für mich der »ERNST DES LEBENS«. Die Pflichten der Schule holten mich ein. Bis dahin hatte ich ja ein ganz tolles Leben. Meine Mutter hatte immer Zeit für mich gehabt. Ob es das Spielen mit Puppen war oder wir gemeinsam im Garten Blumen pflanzten – ich hatte natürlich meinen eigenen kleinen Blumengarten – oder ob ich beim Backen helfen durfte, immer hat sie mich einbezogen. Einmal wollte ich beim Feudeln helfen. Ich bekam meinen kleinen Eimer mit Wasser und meinen Schrubber. Dann ging es los. Es wurde eifrig gearbeitet. Für meine Mutti muß es wohl ein Riesenaufwand gewesen sein, denn ich arbeitete wohl mit etwas zu viel Wasser. Na ja, Mutter brachte alles wieder in Ordnung. So lernte ich als kleines Kind eigentlich auf eine spielerische Art die alltäglichen Dinge des Lebens. Überall wollte ich mithelfen, dabeisein. Für mich war es nie eine Pflicht; es machte einfach alles Spaß.

Meiner Mutter müssen oftmals die Haare zu Berge gestanden haben. Ich kam abends wie ein kleines Schweinchen an die Burg. Morgens picobello aus dem Haus – abends, na ja! Die Hosen oder Kleider waren meistens mit einem Dreiangel verziert, die Strümpfe hatten in Richtung Knie oftmals große Löcher. An den Schuhen klebten die Potten (Dreck), und ohne Badewanne ging nichts. Es ist wohl ein kleiner Junge an mir verlorengegangen. Nie wurde ich ausgeschimpft, im Gegensatz zu meinen Freundinnen. Die beklagten sich oftmals, was sie alles zu Hause tun müssen. Ich mußte nie! Das ist auch bestimmt das Stückchen Freiheit, welches mir meine Mutter einräumte. Pflichten in angemessener Form: die eigenen Spielsachen ordnen, ja; aber Druck – nein! Ich habe auch das Gefühl, daß sie mich als Persönlichkeit anerkannte, als ein kleines Wesen, welches auch ein Anrecht auf Entfaltung hat und vor allen Dingen akzeptiert und anerkannt werden muß.

Mein Vater machte es hingegen ganz anders. Er war immer für Masse. Masse – große Geschenke, um die Herzen zu gewinnen. Zeit war nicht so vorhanden. Damit will ich nicht sagen, daß er sich überhaupt nicht um mich gekümmert hat. Er konnte mir wohl nicht anders zeigen, daß er mich lieb hatte.

Eines Tages holte er mich vor die Haustür und wollte mich überraschen. Das ist ihm auch gelungen. Es stand ein nagelneues Fahrrad vor der Tür. Was für ein Traum. Mutti und Vati halfen mir aufzusteigen. Es mußte aber noch der Sattel um ein erhebliches Stück niedriger gestellt werden. Und dann ging es los. Von allen wurde ich um dieses schöne Fahrrad beneidet. Es hat mich auch viele Jahre begleitet, da es »auf Zuwachs« gekauft worden war.

Es gibt auch andere Erinnerungen. Oftmals, wenn mein Vater wieder angetrunken nach Hause kam, kam er an mein Bettchen und überschüttete mich mit wunderschönen Tauschbildern. Möglichst noch mit Silberauflage. Toll war das. Aber alles so wenig liebevoll. Was wollte er damit erreichen?

Er hatte eine hervorragende Bibliothek. Zwei Bücher interessierten mich sehr. Zum einen war es das Buch mit den Pflanzen und Blumen und zum anderen das Buch über Tiere. (Ich liebte Pferde.) Einmal hatte ich, ohne zu fragen, in die Bücher gesehen. Eine fürchterliche Tracht Prügel ereilte mich, und zwar mit einem Blechlinial, welches in der Mitte Löschpapier hatte, so daß ich einen blutunterlaufenen Popo bekam und Mutti ihn kühlen mußte. Eine zweite Tracht Prügel bekam ich von meinem Vater dafür, daß ich, mit Erlaubnis von meiner Mutti, die Rommé-Karten genommen hatte. Es wurden keine Fragen gestellt, es wurde gleich geprügelt. Für mich damals völlig unverständlich. Ich hatte doch die Genehmigung von Mutti gehabt. Solche Situationen entstehen, glaube ich, nur dann, wenn sich zwei Menschen nicht mehr verstehen, nämlich Mutter und Vater.

Ich ging schon ein Jahr zur Schule, als meine Mutter anfing, die

Konsequenzen zu ziehen. Sie fing wieder an zu arbeiten, allerdings war es zu dem Zeitpunkt nur möglich, in einer Fabrik, an Maschinen, Arbeit zu bekommen. Es war ihr aber egal, die Hauptsache war, daß sie ihr eigenes Geld verdiente, um uns zu ernähren. Inzwischen sorgte mein Vater nicht mehr für uns. Nach außen war alles bestens in Ordnung – für die Leute. Meine Mutter hatte maßgeschneiderte Kostüme, der Mercedes stand vor der Tür und ein Hausmädchen war auch da. Aber meine Mutter hatte keine Mark in der Tasche. So ein Leben wollte und konnte sie nicht führen. Ich kam vorübergehend zu Oma und Opa – und Mutti versuchte, ein neues Leben aufzubauen.

Die Scheidung lief. Eine bedrückende Stimmung herrschte. Obwohl meine Mutter versuchte, von mir alles fernzuhalten, bekam ich doch so einiges am Rande mit. Mein Vater kreuzte betrunken bei Oma auf und wollte seine Frau und sein Kind wieder nach Hause holen. Meine Mutter konnte die gemeinsame Wohnung ja nicht verlassen, da damals das Scheidungsgesetz eine Passage »Böswilliges Verlassen« enthielt. Ob es die Scheidung selbst war, das Sorgerecht oder die Haushaltsteilung, es wurde sich durch alle Instanzen gequält bis zum Oberlandesgericht. Mein Vater bereitete Schwierigkeiten in allen Situationen. Ein hochintelligenter Mann, der wußte, wie die Gesetze waren und wo man noch quälen konnte.

Ich erinnere mich noch an die folgende Geschichte. Mutti und ich pflückten im Garten Stachelbeeren. Diese nahm sie in einem Wassereimer mit zu Oma, damit Oma sie für uns einwecken konnte. Das hätte Mutti lieber nicht tun sollen. Das Mitnehmen des Wassereimers bedeutete Diebstahl in der eigenen Wohnung und hatte zur Folge, daß sie verurteilt wurde für einen Tag Gefängnis oder DM 50,-- Geldstrafe. Ich habe es deshalb noch in Erinnerung, weil Mutti so fürchterlich weinte, als der Brief kam. 50,-- DM waren damals viel Geld, nämlich nahezu ein Wochenlohn.

Fast drei Jahre dauerte es, bis Mutti geschieden war. In der Zwischenzeit wurden unsere schönen Möbel versteigert, da mein Vater nur noch Schulden machte. Meine Mutti hatte nichts mehr, außer zwei Betten. Die Wohnung wurde uns zugesprochen, und nun begann auch für Mutti und mich ein neues Leben.

Inzwischen war ich 9 Jahre alt. Ich mußte morgens alleine nach der Uhr aufstehen und zur Schule gehen. Mutti verließ morgens schon um 5.00 Uhr die Wohnung, da in der Fabrik um 6.00 Uhr Arbeitsbeginn war. Sie fuhr die 10 km mit dem Fahrrad nach Bremen-Vegesack, weil sie nicht das Geld für den Bus hatte. Es war alles schlichter und einfacher bei uns. Ich hatte kein eigenes Kinderzimmer mehr mit weißen Schleiflackmöbeln. Ich hatte zwar noch mein Spielzeug, aber das war auch alles. Aber viel wichtiger war: Mutti und ich hatten uns, hatten uns lieb und hatten unsere Ruhe.

Kein betrunkener Vater, kein Krach und Geschreie, kein Weglaufen mehr in der tiefen Nacht zu Oma und Opa! Wir hatten unser eigenes kleines Zuhause.

Mutti sollte trotz allem viel Glück haben. Da sie eine kaufmännische Ausbildung hatte, holte man sie von der Maschine weg und bot ihr eine Arbeit im Büro an. Sie war glücklich. Nicht nur sie, ich auch. Sie ließ mich an ihrer Freude teilhaben. Sie besprach auch viele Dinge mit mir, obwohl ich ja noch relativ klein war. Es war plötzlich alles anders. Wir lachten wieder und waren fröhlich. So, wie wir es schon einmal waren. Sehr viel war ich natürlich bei meiner Oma. In der ersten Zeit nach der Scheidung holte Oma mich von der Schule ab, weil mein Vater Rache geschworen hatte. Er wollte – wie man heute sagt – ein Kidnapping veranstalten, um mich in ein schweizer Internat zu stecken. Ich sollte eine gute Ausbildung bekommen. Wie er das bezahlen wollte, nachdem er gar kein Geld mehr hatte, weiß ich nicht. Aber allein diese Drohung versetzte Mutti und Oma in Angst. Somit wurde ich für eine gewisse Zeit morgens von einer Tante zur Schule gebracht und von Oma wieder abgeholt. Immer wenn ein Mercedes oder ein anderes Auto in die Straße einbog, schaute Oma sofort nach mir. Irgendwo spielte ich ja mit Freundinnen – in der Nachbarschaft, im eigenen Garten oder auf der Straße. Es hätte schließlich mein Vater sein können!

Wenn ich ganz ehrlich sein soll, so war die kommende Zeit nicht einfach. Ganz mühsam fing Mutti an, unsere kleine Wohnung einzurichten. Stück für Stück wurde angeschafft. Wir hatten bald wieder ein Wohnzimmer mit Couch, Sesseln, Wohnzimmerschrank. Mein Großvater hatte alles wunderschön tapeziert.

Inzwischen war ich wieder ganz bei meiner Mutter. Am Tage war ich zwar allein, aber am Abend war sie da. Ich holte sie vom Bus ab, oftmals mit Rollschuhen unter den Füßen, oder mit dem Fahrrad. Es war schön, wenn Mutti aus dem Bus stieg. Endlich war sie da! Die Unterhaltungen auf dem Weg nach Hause werde ich nie vergessen. Alles Wichtige und Unwichtige wurde besprochen. Meistens kauften wir dann noch zusammen ein. Zu Hause angekommen, machte Mutti sofort das Abendessen fertig. Es gab warmes Essen. Sie bereitete auch schon das Essen für mich für den nächsten Tag vor. Es kam in einen kleinen Tiegel, damit ich es mir nur noch warm zu machen brauchte. Und dann, nach dem Essen, kamen unsere Schmuseminuten an die Reihe. Ich kroch auf Muttis Schoß, sie nahm mich in den Arm und wiegte mich etwas hin und her. Das entschädigte mich für den ganzen Tag. Vergessen waren die großen und kleinen Probleme, die sich am Tage aufgestaut hatten. Die paar Minuten gönnten wir uns immer, bis der Tag kam, an dem ich zu groß wurde und nicht mehr auf ihrem Schoß sitzen konnte.

Ich bin sehr früh selbständig geworden. Nach der Schule machte ich meine Schularbeiten und half danach im Haushalt aus. Meine Mutter verlangte es nie von mir, freute sich aber sehr, wenn die Betten gemacht waren, Kartoffeln schon geschält im Topf standen, oder wenn ich schon mal den Staubsauger zur Hand genommen hatte. Immer bekam ich ein großes Lob. Irgendwann fing ich dann an zu kochen. Es sollte am nächsten Tag Sauerkraut geben. Naja, ich kochte Sauerkraut. Aber wie ... Mit lieben Worten wurde mir dann erklärt, daß das Essen – Kartoffeln und Sauerkraut – getrennt gekocht wird. Ich hatte Sauerkrautsuppe gemacht. Auch konnte ich wohl nicht richtig mit Bohnerwachs umgehen. Ich war der Meinung, je dicker, desto besser. Was hatte Mutti für Mühe, das Wachs wieder vom Fußboden herunterzubekommen. Ich wunderte mich natürlich, daß alles nicht so blank wurde. Bei Mutti wurde alles blank. Das waren die kleinen Erfahrungen am Rande.

Ich hatte zwei Freundeskreise. In Blumenthal, wo ich zur Schule ging und wohnte, und bei meiner Oma in Rönnebeck. Sie wohnte nicht weit entfernt. Es waren mit dem Fahrrad vielleicht 15 Minuten. Im Grunde war ich nie allein. Und doch fühlte ich mich hin und wieder allein. Zum Beispiel dann, wenn mich Kinder auf der Straße hänselten. »Ätsch, Du hast man keinen Papa. Wir haben aber einen Papa. Wo ist denn Dein Papa?«. Das tat ganz schön weh. Ich konnte doch nichts dafür, daß mein Papa nicht mehr da war.

Dann schmiß ich mich auf mein Fahrrad, Tränen in den Augen, und fuhr durch die Wiesen und Kornfelder an der Eisenbahn entlang zu Oma. Die Welt war wieder in Ordnung, wenn ich Oma sah. Sie war eine Frau, die sofort merkte, wenn etwas nicht stimmte. Ganz vorsichtig versuchte sie, mich ins Gespräch zu ziehen, um zu erfahren, was eigentlich los war. Einfühlungsvermögen, ein liebes Wort, und schon war die kleine Seele wieder beruhigt. Manche Träne wurde von Oma abgetupft. Ob es das zerrissene Kleid war oder die kaputten Knie – Oma wußte immer Rat und gab Trost. Selbst wenn das Zeugnis in der Schule nicht so gut ausgefallen war – Oma ebnete den Weg zu Mutti. Auch Opa spielte immer mit. Wenn Oma etwas in Ordnung befand, war es für Opa auch in Ordnung.

Wieder gab es dunkle Wolken am Himmel. Meine Mutter bekam eine riesige Lohnpfändung wegen Schulden, die mein Vater noch während der Ehe gemacht hatte. Da keine Gütertrennung vorlag, mußte Mutti alles bezahlen. Die Konsequenz daraus war, daß meine Mutter neben ihrem Beruf am Wochenende noch Arbeit annahm. Sie arbeitete in einem Lokal, wo immer die großen Bälle der Vereine abgehalten wurden. Viele Leute kannten sie und waren erstaunt, meine Mutti hinter der Theke zu sehen. Alte Bekannte gaben ihr ein gutes Trinkgeld. Ich bekam dann jeden Sonnabend für's »Alleinsein« ein Micky-Maus Heft als kleine Entschädigung.

Meine Mutti hatte einige Freundinnen, die auch Kinder hatten. Die abgelegte aber noch gut erhaltene Kleidung dieser Kinder bekam Mutti dann für mich. Jahrelang trug ich sie. Ich sah immer sauber und ordentlich aus. Damals wurde ja so unheimlich viel Wert darauf gelegt. Aber wenn ich dann zum Geburtstag oder zu Weihnachten brandneue Kleidung bekam, war wirklich Weihnachten für mich.

Weihnachten – das ist auch eine Erinnerung. Das erste Weihnachtsfest nur mit Mutti. Es war ganz komisch. Mutti stand vor dem Kleiderschrank, um sich umzuziehen. Ich bat sie, doch ihr wunderschönes schwarzes Kleid mit dem großen weißen Kragen anzuziehen. Sie tat es. Und sie sah wieder wunderschön aus. Als dann aber der Weihnachtsmann kam und Mutti die Kerzen am Tannenbaum anzündete, weinten wir beide. Es war eben doch eine andere Situation. Sie hatte alles so schön gemacht. Der Tannenbaum war herrlich bunt geschmückt, Süßigkeiten und Nüsse lagen unter dem Baum, und ganz versteckt lagen meine Geschenke. Ich bekam meistens etwas zum Anziehen. Aber an diesem Weihnachtsfest bekam ich etwas ganz Besonderes – meine eigenen Rommé-Karten. Das war eine Freude.

Verrückt vor Freude war ich auch, als mein langersehnter Wunsch nach einem »Hula-Hopp-Reifen« in Erfüllung ging. Viele meiner Klassenkameradinnen hatten diesen Reifen schon. Er kostete damals 5 Mark. Sehr viel Geld. Mutti konnte in einer Woche nicht einfach 5 Mark von ihrem Geld abzweigen, um mir diesen Reifen zu kaufen. Aber dann, eines Tages, als ich sie wieder vom Bus abholte, machte sie einen kleinen Umweg mit mir. Wir gingen in Richtung Spielzeugladen. Mein Herz schlug bis zum Halse, als wir in dieses Geschäft hineingingen. Was wollte sie denn da? Das war die große Überraschung. Sie bat mich, doch nun meinen Wunsch zu sagen. Da zögerte ich nicht lange und suchte einen stahlblauen Hula-Hopp-Reifen aus. Als wir das Geschäft verließen, hing ich bei Mutti am Arm und drückte sie. Wir freuten uns beide. Und zu Hause ging es dann los. Der Küchentisch wurde an die Seite geräumt, und Mutti und ich versuchten uns in Sachen »Hula-Hopp«. Es war ein Riesenspaß. Mutti wirbelte gekonnt den Reifen um ihre Taille. Das hätte ich ihr nicht zugetraut.

Rönnebeck liegt bekanntlich dicht an der Weser. In den 50er Jahren war dort noch ein wunderschöner Strand. Weißer Sand, klares Wasser. Für meine Freundin Birgit und mich gab es in den Ferien natürlich nichts Schöneres, als morgens schon zum Strand zu gehen. Aber erst einmal mußte der Haushalt von Oma herhalten. Da wurden von Besen und Schrubber der Stiel abgeschraubt, die Wolldecken eingepackt und aus Opas Werkstatt mußte das gute Band herhalten. Wir wollten uns doch ein Zelt bauen. Na ja, die Omas sagten nichts bis zu dem Zeitpunkt, als im Haushalt Schrubber und Besen benötigt wurden. Sie packten uns auch Stullen ein und etwas Obst aus dem Garten. Mittags brauchten wir nicht nach Hause zu gehen, um das Mittagessen einzunehmen. Es wurde uns von den Omas gebracht.

Am Nachmittag war dann der Rollentausch mit unseren Müttern. Sie brachten Sprudel und Kuchen und blieben bei uns. Dann ging das gemeinsame Schwimmen und Ballspielen los. Wir haben immer sehr viel Spaß gehabt. Jeden Abend gab es einen kleinen Kampf, wenn es darum ging, den Heimweg anzutreten. Wir mußten immer noch die »Weserstolz« oder »Oceana« abwarten, weil die so schöne große Wellen machten. Wir waren immer begeistert, wenn ein großer »Pott« (Dampfer) kam, und wenn er dann auch noch schnell fuhr, gab das riesige Wellen. Es konnte aber auch ins Gegenteil umschlagen, nämlich dann, wenn der Sog zu groß war. Dann wurden die ganzen Sachen, die am Strand auf der Wolldecke lagen, schnell mit weggespült. Von unseren Eltern bekamen wir immer Verhaltensregeln mit auf den Weg, daß wir nicht so weit hinausschwimmen sollen, wenn ein Dampfer kommt, daß wir uns nicht mit in den Sog hineinziehen lassen sollen usw. Außerdem waren die »Großen Jungs« da, die von unseren Eltern geimpft wurden. Die großen Jungs waren Nachbarskinder, mein Cousin und seine Freunde. Die hatten uns kleinen Mädchen immer voll im Griff. Von meinem Vater hatte ich damals einen Autoreifen bekommen. Es war einfach toll, damit auf der Weser herumzupaddeln.

Wenn das Wetter nicht ganz so gut war haben meine Mutter und ich immer Radtouren oder Spaziergänge unternommen. Früher gab es noch den Wifo-Wald in seinen Ursprüngen. Heute ist dieser Wald zum Hauptteil Bundeswehrgelände geworden. Aber damals war es dort sehr schön. Hin und wieder konnte man dort noch Rehe beobachten. Oftmals sind wir auch zum Bickbeerenpflücken gefahren. Ein kleiner Picknickkorb war auch dabei. Irgendwo, mitten im Wald, wurde dann Pause gemacht. Ab und zu sind wir auch in Richtung Lehnstedt in den Düngel gefahren. Da meine Mutter eine Freundin hatte, die auch sehr naturverbunden war, ging es am Wochenende dann gemeinsam immer irgendwo hinaus ins Grüne. Mein kleiner Hintern litt manchmal kräftig. Ich glaube, die Erwachsenen machen sich überhaupt keine Gedanken, wie oft die kleinen Beinchen eines Kindes in die Pedalen treten müssen, um mit den Erwachsenen beim Fahrradfahren mithalten zu können ...

Im Winter, wenn das Wetter es zuließ, zog ich mich jeden Sonnabend und Sonntag, gleich nach dem Mittagessen, warm an und ging mit Mutti Schlittenfahren. In dieser Hinsicht war Mutter beispielhaft. Schlechtes und kaltes Wetter gab es nicht. Gegen eine Schneeballschlacht hatte sie auch nichts einzuwenden. Eigentlich hatte sie immer den »Schalk im Nacken«, wie man so sagt. Der Rönnebecker-Strand hatte eben nicht nur im Sommer Vorteile, sondern auch im Winter.

Da gibt es den Dillener-Park in Bremen-Rönnebeck. Es ist eine Anhöhe mit Wegen, die genau hinunter zum Strand führt. Diese am Berg liegenden Wege waren im Winter unsere Rodelstrecke. Wenn man richtig viel Fahrt drauf hatte, sauste man bis auf die Eisschollen. Natürlich konnte es passieren, daß man plötzlich nasse Füße bekam. Das passierte aber nur, wenn man zuviel Schwung hatte. Also mußte man üben und üben, um die richtige Fahrgeschwindigkeit herauszubekommen. Wir haben manchmal stundenlang am Strand zwischen den Eisschollen herumgetobt. Verfroren und naß kamen wir dann abends wieder an die Burg.

Im übrigen gab es in Bremen-Blumenthal eine prima Einrichtung der Bremer Woll-Kämmerei.

Die Bremer Woll-Kämmerei hatte eine eigene Feuerwehr, weil in so einem Betrieb die Feuergefahr sehr groß ist. Somit besaß die Bremer Woll-Kämmerei auch einen eigenen Löschteich. Dieser wurde im Winter, wenn die Minusgrade entsprechend waren, zum Schlittschuhlaufen freigegeben. Das wurde in der Zeitung bekanntgegeben. Wenn man das BWK-Gelände betreten wollte, mußte man beim Pförtner vorbei, die Schlittschuhe vorzeigen, und erst dann konnte man passieren. Außerdem waren werkseigene Feuerwehrleute als Aufsicht am Teich, damit kein Unfug getrieben wurde – für unsere Eltern eine große Beruhigung und Sicherheit.

Mit meiner Mutter bin ich oft von Blumenthal bis nach Farge an der Weser spazierengegangen.

Wenn man heute das Weserufer betrachtet, so ist nichts mehr von dem wunderschönen Strand zu sehen. Der Strand mußte den Uferbefestigungen weichen. Die Weser ist tiefer ausgebaggert worden, damit noch größere Schiffe den Hafen von Bremen anlaufen können. Das Wasser ist inzwischen trübe und schmutzig geworden – nicht mehr so glasklar wie früher. Ja früher, da konnten wir mit bloßem

Auge die Fische schwimmen sehen. Wir machten uns immer einen Spaß daraus, die kleinen Fische (wir nannten sie Stinker) mit den blanken Händen oder mit einem weißen Taschentuch zu fangen. Das ist heute nicht mehr möglich ...

Ein beliebter Spielplatz war für uns Kinder auch der Rönnebecker Bahnhof. Es fuhr dort nicht nur ein Personenzug – die Farge-Vegesacker-Eisenbahn –, sondern auch der Güterverkehr passierte den Bahnhof. Das war das Interessanteste. Eigentlich war es verboten, sich auf dem Gelände aufzuhalten, aber die Bediensteten kannten uns alle und drückten ein Auge zu, wenn wir auf der Bahnhofsrampe herumtollten. Die Rampe war auch ideal, um mit dem Roller da herunterzusausen. Wenn wir dann auch noch mal in einen Güterwaggon, der auf ein Abstellgleis rangiert wurde, hineinsteigen durften, war es einfach ein Erlebnis. Dem Be- und Entladen zuzuschauen, war faszinierend. Große Kisten, Eisen von der Maschinenfabrik Dewers und vieles mehr wurde verladen.

Es gab damals – im Gegensatz zu heute – keine »richtigen« Kinderspielplätze. Ich glaube aber, daß gerade die von uns ausgesuchten Spielmöglichkeiten uns mehr gegeben haben als die heute üblichen vorgefertigten Klettergerüste und Rutschen auf den Spielplätzen. Das Herumtoben in den Gärten zu Hause, auf den Wiesen und am Strand war auch ein Stückchen Freiheit. Mit Freiheit meine ich, daß ich den Spielort frei wählen konnte.

Dabei fällt mir ein, daß es in Bremen-Blumenthal auch einen zauberhaften Landschaftsstrich gab, und zwar sagt der Nordbremer dazu »Blumenthaler-Gehölz«, sprich Burgwall. Dort steht heute das bekannte »Haus Blomendal«. Früher war es das Landratsamt, und gleich daneben war ein Kindergarten untergebracht. Außerdem gab es damals noch das Schloß Burgwall, das dann später abgebrannt ist. In diesem Gebiet war auch ein großer Sportplatz angelegt, wo ich später, während der Schulzeit, im Sommer den sogenannten Turnunterricht absolvieren mußte.

Ja – der Kindergarten in Burgwall. Den besuchte ich auch mal. Meine Mutter war der Meinung, daß mir der Kindergarten recht gut tun würde, da ich ein Einzelkind war und das Spielen mit Kindern lernen sollte. Da ich als Kleinkind die meiste Zeit nur mit Erwachsenen zusammen war, fiel es mir wohl sehr schwer, mit anderen Kindern umzugehen. An diese Zeit habe ich gute Erinnerungen. Meine Mutter hingegen berichtete mir, daß es in der ersten Zeit, wenn sie mich morgens in den Kindergarten brachte, von meiner Seite immer ein riesen Geschrei gab, weil ich dort partout nicht hin wollte. Aber nach einer Woche war wohl alles überstanden.

Auf meine Schulzeit will ich nur kurz eingehen. Ich habe nämlich keine gravierenden Erinnerungen.

Für mich war es immer unangenehm, wenn der Schularzt kam. Da ich ein kleines zartes Geschöpf war, wurde ich immer besonders unter die Lupe genommen. Wenn dann auch noch die Frage gestellt wurde, ob mein Vater im Krieg gefallen wäre oder ob ich überhaupt einen Vater hätte, kam von mir immer die Antwort, daß meine Eltern geschieden seien. Ganz eigenartig wurde ich dann vom Amtsarzt oder von der Amtsärztin angesehen. Ich sehe noch den einen Arzt vor mir, der die Brille abnahm und mich mit einem durchdringenden Blick musterte. Sicherlich war ich ein zartes Geschöpf – aber nicht mager und unterernährt. Mitleidige Blicke kamen mir entgegen. Heute weiß ich, daß es damals ungewöhnlich war, daß eine Frau sich scheiden ließ. Und dann in so einem Dorf wie Bremen-Blumenthal, wo jeder jeden kannte; da ließ man sich nicht scheiden.

Das Ende vom Lied war, daß ich zur Erholung verschickt wurde. Nach Wangerooge sollte es gehen, und zwar für 6 Wochen. Meine Mutter verstand es sehr gut, mir behutsam klar zu machen, daß das doch eine wunderbare Sache sei. Durch das Vertrauen, welches ich zu meiner Mutter hatte, kam ich überhaupt nicht auf die Idee, daß so eine Verschickung vielleicht auch negativ sein könnte. Ich freute mich also riesig und ging fröhlich an die ganze Sache heran. Als ich dann auf Wangerooge war, sah doch alles etwas anders aus. Geordnet in Reih und Glied mußte alles vonstatten gehen. Da ich aber von zu Hause viel Freiheit gewöhnt war, war es für mich eine mächtige Umstellung. Sicherlich hatten die Kindergärtnerinnen auch ihre Last mit mir. Trotz allem war es für mein späteres Leben ganz lehrreich, Erfahrungen in und mit einer Gemeinschaft zu machen. Weit fort von zu Hause, ohne Mutter, Oma und Freundinnen.

Einige Jahre später wurde ich noch einmal verschickt und zwar nach Boffzen. Da sah die ganze Sache schon etwas anders aus. Ich war einige Jahre älter (ich glaube ich war 14 Jahre alt), hatte schon andere Einstellungen gefunden und ja auch die Erfahrungen von Wangerooge. Besonders erinnere ich mich daran, daß ich von meiner Oma den ersten richtigen Stöckelschuh bekam. Ich hatte damals meine Oma solange genervt, bis sie sich bereiterklärte, mir diesen Schuh zu kaufen. Meine Mutti durfte das nicht wissen, denn von Stöckelschuhen für eine Vierzehnjährige hielt sie nichts. Obwohl ich inzwischen schon konfirmiert war, und alle Mädchen zur Konfirmation schon solche Schuhe bekommen hatten, war Mutti der Meinung, ein kleinerer Absatz täte es auch. Inzwischen kam ich in ein Alter, wo doch hin und wieder Meinungsverschiedenheiten zwischen Eltern und Kindern auftauchen. Heimlich wurden die Stöckelschuhe im Koffer versteckt. Doch als ich von dieser Verschickung zurückkam – ich hatte ein hübsches Sommerkleid an und natürlich den weißen Stöckelschuh – entgleisten meiner Mutter alle Gesichtszüge, als sie mich vom Bahnhof abholte. Ich hatte in den vier Wochen doch nicht mehr daran gedacht, daß Mutti nichts von den Schuhen wußte. Nun platzte die Bombe. Mutti machte mir keine Szene, aber das letzte Wort war darüber noch nicht gesprochen. Dann trat meine Oma wieder in Aktion und meinte, daß die jungen Mädchen so etwas brauchen, um hübsch auszusehen. Was sollte Mutti darauf noch erwidern?

Quelle:
Originalbeitrag (MS).

Ulla Peters (Pseudonym) arbeitet in einer Wohnungsbaugesellschaft als kaufmännische Angestellte.

Uwe Herkt (2. von links)
im Kreis seiner Spielkameraden.

UWE HERKT
(* 1953 Bremen)

Meine Mutter hatte keine Zeit für mich

Die verrufene »Küstenstraße« lag längs des Bahndamms zum Hafen hin. Der Bahndamm mit seinen Gleisen, auf denen die leeren Waggons standen, war der Spielplatz der Kinder. Hier stießen sie in Banden aufeinander und lieferten sich erbitterte Schlachten. Es ging immer um das Bahndammgebiet. Sie waren nicht zimperlich, und manch einer verließ mit Blutergüssen, zerfetzten Klamotten und Angst vor dem Elternhaus den Kampfplatz. Und wenn die Eltern ihren Helden beim zweiten Hinsehen erkannten, war die Begeisterung nicht allzu groß, und es setzte Hiebe.

Die Sieger einer Schlacht waren die Herrscher des Bahndamms. Der Sieg wurde in einem leeren Waggon gefeiert. Zwei hielten Wache. Um es richtig gemütlich zu machen, entzündeten sie ein kleines Feuer. Feuer liebten sie alle. Zwei schnelle Pfiffe und ängstliche Rufe waren das Zeichen höchster Gefahr. Die Kinder flohen in sämtliche Richtungen. Die Bahnarbeiter kamen, und wehe! sie kriegten einen von ihnen zu fassen. Den hängten sie an den nächsten Baum. Das stimmte nicht, aber es war sicher genauso schlimm. Und sie mußten damit rechnen, der Polizei übergeben zu werden.

Die älteren Kinder trieben sich häufig in der »Küstenstraße« herum und beobachteten die Nutten bei ihrer Arbeit. Das heißt, sie sahen, wenn die in die Autos stiegen und wegfuhren. Anfangs rannten sie hinter den Wagen her, doch die parkten nie in der Nähe. Einen Fick hatte noch keiner gesehen, aber sie brannten darauf. Wenn sie sich über die Nutten lustig machten, gab's Ärger. Nach ein paar unangenehmen Erfahrungen ließen sie das. Die Zuhälter nahmen keine Rücksicht. Und die Kinder sahen oft genug, wie ein Freier oder sonstwer zusammengeschlagen wurde. Selbst die Nutten wurden handgreiflich. Sie wehrten sich. Ihr Gewerbe war hart und erbarmungslos genug. Die Eltern der Kinder mahnten sie, sich dort nicht herumzutreiben.

Meine Eltern steckten mich mit drei Jahren in einen Kindergarten der Katholischen Kirche. Sie waren evangelisch. Aber meine Mutter konnte keinen anderen Platz finden, außerdem nahmen meine Eltern es nicht so genau. Kirche war Gewohnheit oder Pflicht, keine Glaubenssache. Es ging um die Beerdigung, um einen guten Platz auf dem Friedhof und um den Pfarrer, der für gutes Geld ein paar passende Worte sprechen sollte, damit man wenigstens im Tode einmal gewürdigt wurde.

Meine Mutter hatte keine Zeit für mich. Sie bediente den ganzen Tag unten im Laden ihrer Eltern. Die waren schon alt und konnten es alleine nicht mehr schaffen. Und als brave Tochter rackerte sie sich ab und kriegte keinen Pfennig dafür.

Das Haus mit dem Laden gehörte meinen Großeltern. Wir wohnten in der dritten Etage, und als Lohn für die Schufterei meiner Mutter zahlten wir einen niedrigen Mietpreis. Mein Vater arbeitete als Schlosser auf der AG Weser. Ständiger Schichtwechsel, Früh-, Spät- und Nachtschicht. Er konnte sich auch nicht viel um uns kümmern. Ab und zu erzählte er meinem Bruder und mir spannende Geschichten, die er sich ausdachte. Im Winter, wenn im Hintergrund der Ofen knackte, hatte er die richtige Atmosphäre für seine Fantasien. Manchmal schlief er dabei ein.

Paul, mein älterer Bruder, ging schon zur Schule. Er interessierte sich nicht für mich. Ich war ihm zu klein. Es blieb eben niemand übrig, der auf mich aufpassen konnte, und tagsüber allein nach draußen, kam gar nicht in Frage.

Vor dem Haus verlief eine breite, stark befahrene Straße, auf der sehr viele LKW brackerten. Nach hinten raus lag eine Barackensiedlung, da sollte ich auch nicht rumstromern. Die Baracken waren nach dem zweiten Weltkrieg aufgebaut worden, und die meisten Bewohner lebten seit dieser Zeit dort. Sie kamen da nicht mehr weg. Ein schlechter Ruf eilte ihnen voraus. Sie mußten sich daran gewöhnen. In ihrer Siedlung kannten sie sich aus und fühlten so etwas wie Sicherheit. Die Enge, die feuchten Zimmer und gelegentlich ein paar Ratten machten ihnen aber immer wieder ihre Lage bewußt. Für Gas und Strom brauchten sie Gasmünzen, die in einen Zähler kamen. Oft fehlte das Geld für diese Münzen. Dann pumpten sie sich welche. Auf Pump, was leihen, darauf mußten sie häufig zurückgreifen. Natürlich kriegten sie nicht immer etwas, wann wollten sie es je zurückzahlen? Nur die Gerissensten unter ihnen kamen ganz gut durch. Aber was bedeutete schon »gut« – ewig zum Sozialamt rennen, vor den Beamten buckeln oder Leute im Viertel anhauen. Reich war hier keiner. Alles Arbeiterfamilien.

Alkohol war der Lebenssprit der Hüttenbewohner. Fehlte auch das Geld, er fehlte nie. Und im Rausch wurde mancher gewalttätig; dann tobten zermürbte Männer ihre Hoffnungslosigkeit an ihren Frauen und Kindern aus; deren Schreie konnte man durch die dünnen Holzwände hören. Oder es prügelten sich gleich mehrere Familien. Die Siedlung wurde zur Kampfarena, wo es an Zuschauern und gelegentlichen kleineren Polizeieinsätzen zur Vermeidung größerer Schäden nicht fehlte. Nüchtern waren die »Asozialen« wieder gut Freund. »Pack schlägt sich, Pack verträgt sich«: das war die gültige Formel. Nach Meinung der »anständigen« Menschen waren sie fast alle arbeitsfaul und lebten von den Steuern der anderen. Vielleicht waren einige arbeitsfaul (was immer das heißen mag), aber was wußte man schon von ihnen. Wer wollte sich nicht lieber über sie aufregen? Tauschen wollte jedenfalls keiner mit ihnen.

Die Kinder der Siedlung brauchten in keinen Kindergarten. Sie tobten den ganzen Tag draußen. Wie konnte meine Mutter mich bloß in diesen Kindergarten geben? Eine furchtbare Zeit. Ich sah das überhaupt nicht ein. Eine Menge Kinder, und alles machte man gemeinsam. Man mußte gehorchen. Wer nicht gehorchte, wurde bestraft. Es lief alles nach Plan. Und jeden Tag Mittagsschlaf, auch wenn man nicht müde war.

Ich hatte meinen Teller nicht leergegessen. Bohnen. Es schmeckte mir nicht, ich kriegte die Dinger einfach nicht durch den Hals. Da lagen sie nun im Teller. Alle Kinder waren fertig und verließen ihren Platz. Ich sollte sitzenbleiben, bis ich die blöden Bohnen in mir drin hatte. »Der Teller wird leergegessen!« sagte eine scharfe Stimme. Wuttränen stiegen mir in die Augen. Ich blieb stur und rührte keinen Bissen mehr an. Am Nachmittag holte mein Vater mich ab. Kein Wort der Klage kam über meine Lippen.

Meine Mutter beachtete ich mit keiner Miene, wenn sie mich morgens früh dort hinbrachte. Zufrieden war ich nur, wenn ich zu Hause bleiben konnte und nicht in diese Aufbewahrungsanstalt mußte. Das kam schon mal vor, wenn sie nicht ins Geschäft ging.

Einmal sah ich eine Lutschstange; sie ragte aus der Tasche eines kleines Mantels, der auf dem Flur am Kleiderhaken hin. Die Lutschstange lockte mich mit ihrem Gold, das aus der Tasche leuchtete. Schnell war ich heran, griff zu, riß das Papier ab und leckte an ihr herum. Herrlich! Dann hörte ich einen entsetzlichen Schrei und sah ein brüllendes Kind auf mich zukommen. Dahinter, aufgeregt, eine Erzieherin; das Kind, das schrie: »Mein Lutscher, er hat meinen Lutscher!«, die Erzieherin, die mich packte, mich schüttelte, mir die Stange wegnahm, mich ausschimpfte und zur Strafe in eine Ecke stellte. Alle kamen und waren böse mit mir. Ich war ein Dieb, ein hundsgemeiner Dieb. Es war, als wenn die ganze Welt auf mich herabblickte, auf mich, den kleinen Verbrecher. Und meine Eltern, was würden sie sagen? Diese Enttäuschung, diese Scham, ihr Sohn ein Dieb. Ich weinte, heulte, ich war gezeichnet. Meine Eltern blieben ruhig. »Mein Gott, wegen einer Lutschstange.« Ich hatte Glück. Bei einem anderen Kind wäre vielleicht eine große kräftige Hand aufs Gesicht geknallt. Ich hatte gesehen, wie andere Eltern ihre Kinder schlugen.

Als ich zur Schule kam, war ich sechs Jahre alt. Und gleich zu

Beginn mußten wir einen Hampelmann machen. Ich spürte, wie mir heiß und kalt wurde, wie alles verschwamm, wie ich dasaß und die anderen sah, angestrengt über ihre Hampelmänner gebeugt, die Zungen rausgestreckt, und dann war alles wie ein Traum, und die Erinnerung zerrann. Mein Kopf glühte, mein kleiner Körper schwitzte, und vor mir lag das Stück Pappe, das Band, die Schere. Ich konnte nichts damit anfangen. Als alle fertig waren, starrte ich vor mich hin. Die Stimme des Lehrers, oder war es eine Lehrerin, weckte mich aus meinen Träumen. Nun, es war klar, ich war noch zu verspielt, noch nicht reif genug für die Schule. Ich durfte noch ein sorgenfreies Jahr im Schulkindergarten verbringen. Mir war das egal. Ich war froh. Ich brauchte nicht mehr in die Tagesstätte, in Räume gesperrt, bewacht von Nonnen, die uns die Nächstenliebe nahebringen wollten. Nach dem Unterricht im Schulkindergarten lief ich sofort auf die Straße. Mich kratzte es nicht, ob es regnete oder kalt war. Wenn die Sonne schien, wars natürlich am besten.

Meine ersten Freundschaften schloß ich mit den Barackenkindern. Sie waren erst mißtrauisch. Für sie war ich schon was Besseres. Doch ich setzte mich durch. Ich hatte keine Angst vor ihnen und wußte mich zu verteidigen. Die Verbote meiner Eltern kümmerten mich nicht. Ich trieb mich den ganzen Nachmittag mit ihnen herum.

Mein bester Freund wurde Kurt. Wir waren unzertrennlich und machten alles gemeinsam. Wir hatten zwar häufig Streit und kämpften gegeneinander, manchmal bis irgendeine Nase blutete, aber es schadete unserer Freundschaft nicht. Kurt wurde sehr schnell wütend, und dann war er nicht mehr zu halten. Seine Mutter war eine Hure. Er kriegte das wahrscheinlich nicht mit. Sie arbeitete nicht zu Hause. Er lebte mit ihr bei den Großeltern. Seinen Vater hatte Kurt nie gesehen. Der war die erste Liebe seiner Mutter gewesen. Sie wurde sehr jung schwanger, und er verschwand. Sie ging auf den Strich. Geld mußte her.

Kurts Großvater war Musiker. Er spielte die Drehorgel, für ein paar Groschen. Der Verdienst reichte nicht hin und nicht her. Sie lebten vom Geld der Tochter. Nach einem langen Arbeitstag saß Großvater Greves vor der Baracke auf einer Bank und kurbelte sich Zigaretten, die er langsam inhalierte, bis sie aufgeraucht waren, und dann legte er sich schlafen. Gelegentlich faßte er eine Ratte; er schlug sie mit dem Feuerhaken tot. Morgens zeigte er sie gutgelaunt uns Kindern. Dann orgelte er los in Richtung Innenstadt.

Ich mochte Kurts Mutter sehr gern. Sie war nett und für mich die schönste Frau, die ich kannte. Zu Hause hatte mein Vater einmal gesagt:

»Sie ist eine Hure.«

Ich hatte es zufällig mitbekommen.

»Was ist eine Hure?« fragte ich.

»Nichts«, war die Antwort, »das verstehst du noch nicht.«

Ich erfuhr damals nie genau, was eine Hure war. Sie stiegen irgendwie in fremde Autos. Ich wußte aber, wo man sie sehen konnte. Wenn ich zur Volksschule ging, die in der Nähe der Küstenstraße lag, dann sah ich ab und zu welche dort stehen. Es war was Geheimnisvolles um sie herum, obwohl sie sehr müde wirkten. Manche sahen hart und brutal aus. Ich fürchtete mich vor ihnen.

Später hatte Kurts Mutter Glück. Es war wie in einem kitschigen Film. Ein amerikanischer Ingenieur, angestellt auf einem Tanker, der im Hafen festmachte, stieg von Bord. Er hatte wochenlang keine Frau gesehen, und sein Trieb drängte ihn an Land, um schnell eine Nummer zu machen. Er traf auf Kurts Mutter, verliebte sich und kam wieder. »Ich will dich heiraten«, sagte er zu ihr. Anfangs wollte sie nichts davon wissen. Er bedeutete ihr nichts. Amerika war weit weg, und meinte er es ehrlich? Aber er gab nicht auf, haute sich mit ihrem Macker, war einfach nicht davon abzubringen; außerdem war er verdammt nett. Also, trotz aller Schwierigkeiten, er schaffte es. Sie ging mit ihm nach Amerika, und Kurt nahmen sie mit.

Sie kam dann noch zwei-, dreimal nach Deutschland, um ihre Eltern zu besuchen, die sie weiterhin mit Geld unterstützte. Es ging ihr wirklich gut. Sie hatten ein großes Haus, und allmählich begann sie, ihren Mann gernzuhaben. Später hatten sie noch zwei Kinder. Bei einem der Besuche brachte sie mir echte Cowboystiefel mit und zwei Colts mit Halfter. Ich sah aus wie ein Texaner. Mit den Dingern machte ich eine Menge her. Ich ballerte rund um mich herum und schoß alles, was mir in den Weg kam, übern Haufen, wie im Fernsehen. Alle Kinder hätten auch gern welche gehabt. Und ich war stolz wie ein Pfau. Nur, ich vermißte Kurt.

Kurts Großeltern waren gestorben. Ein paar Baracken hatte man abgerissen. Die ersten Grundpfeiler für eine Shell-Tankstelle standen schon. Allmählich sollten alle Baracken verschwinden. Man wollte dort Garagen bauen. Der Wohlstand breitete sich aus. Die ersten vom Abriß betroffenen Familien waren in andere Stadtteile in Neubauten umquartiert worden.

Mein Bruder ging schon in die Lehre. Ich kam einfach nicht mit ihm klar. Ich war elf Jahre alt. Unser gemeinsames kleines Zimmer reichte nicht aus. Wir waren wie Hund und Katze, und ich mußte hin und wieder Schläge einstecken. Dafür hätte ich ihm am liebsten seine Modell-Eisenbahnschienen verbogen. Manchmal hatte ich schon eine in der Hand. – Dann baute mein Vater auf dem Dachboden ein Zimmer für meinen Bruder aus.

Nach der Schule liefen Doris und ich auf das Feld hinter den Baracken, wo das Unkraut wie wild in die Höhe schoß. Es war ein warmer Tag, der den Sommer ankündigte. Wir hatten uns während des Unterrichts verabredet. Die Schule war lästig, jede Stunde eine Qual. Die Lehrer bemühten sich, uns mit Dingen zu piesacken, die uns scheißegal waren. Unser Desinteresse konnten sie nicht ab, sie reagierten rabiat, und es hagelte Strafen.

Doris zog ihr Kleid hoch und zeigte mir ihr »Loch«; wir Kinder nannten es so. Und den Hintern. Ich holte meinen kleinen »Piepmatz« hervor; so nannten ihn die Erwachsenen. Wir berührten uns mit klopfenden Herzen. Wir machten herum, legten uns aufeinander, versuchten was und fingen an zu kichern.

Meinen ersten zarten Kontakt mit Mädchen hatte ich schon einige Zeit vorher gehabt. Da war ein älteres Barackenmädchen gewesen, die häßlich im Gesicht aussah und uns zu ihren Spielen verführte. Sie, ein paar andere Kinder und ich hatten uns aus alten Decken eine Höhle gebaut und im dämmerigen Schutz dieser Höhle alles gezeigt. Wir befummelten nach ihren Anweisungen unsere Körper und drückten unsere Kinderärsche aneinander. Das nannten wir »Popoficken«. Alles war sehr geheimnisvoll und durfte unter keinen Umständen zu Hause erzählt werden. Regelmäßig spielten wir unsere Doktorspiele, bei denen es oft rauh zuging. Wir führten harmlose Operationen durch und bohrten mit kleinen Ästen in kleine Arschlöcher, und wenn keine dünnen Äste da waren, nahm man die Finger.

Nach dem Mittagessen stürmte ich sofort nach draußen und suchte nach Spielgefährten. Hinter den Baracken war niemand. Ich hatte keine Lust, zum Bahndamm zu latschen. Ich lief nach vorn, zur Straße. Ich paßte einen günstigen Moment ab und rannte dann blitzschnell rüber. Die Autos fuhren dicht auf dicht, eine lange Kette. Hoffentlich sah mein Großvater mich nicht. Er hatte sicherlich wieder einen Auftrag für mich. Es genügte schließlich, wenn ich jeden Abend nach sechs Uhr die Bestellungen zu den einzelnen Lieferanten brachte. Manchmal tönte seine Stimme über die Straße, wenn ich mitten in einem Fußballspiel war. Und da half kein Fluchen.

Unser Bolzplatz lag wie eine Insel zwischen zwei Autostraßen, genau da, wo die breite Straße, die vor unserem Haus verlief, sich kurz dahinter in zwei schmalere gabelte. Es spielten eine Menge Jungs Fußball. Ich stieg sofort mit ein. Fußball war große Klasse. Ich dribbelte, schoß, wehrte ab und war voll drin. Einem von uns gelang ein Prachttor, scharf am linken Innenpfosten, das von der gegnerischen Mannschaft nicht anerkannt wurde. Nun ging das Geschrei los. Niemand gab nach. Schimpfworte brachen aus allen Mündern, ließen die alten Leute auf den Bänken ihre Schwerhörigkeit vergessen. Und dann stürzten vier Fäuste aufeinander los, prallten ab, wirbelten vor, trafen. Unser Torschütze hatte die Kritik nicht mehr ertragen können, war wahllos auf einen losgegangen und hatte ihn jetzt ordentlich in der Mangel. Wir feuerten ihn heftig an. Das Tor zählte, er hatte gesiegt. Das Faustrecht der Straße war schlecht für die Schwächeren.

Es war Abend. Ich streifte auf dem Baugelände herum, wo die Tankstelle schon fast fertig war. Da sah ich, wie ein paar Barackenkinder hinter einem Jungen her waren, den ich nicht kannte. Rita führte die Bande an. Mit wildem Geschrei verfolgten sie ihn. Ritas Bruder warf mit Steinen: ein Idiot, als Baby zweimal vom Tisch gefallen und zweimal mit Heißwasser verbrüht worden. Einmal hatten Ratten an ihm herumgeknabbert, hieß es. Er war unberechenbar, hatte keine Kontrolle über sich und war deshalb gefährlich. Ewig liefen ihm die Schnotten aus der Nase. Ich war ihm gegenüber immer vorsichtig.

Der Junge floh, als wenn es um sein Leben ging. Bald hatten sie ihn, zerrten ihn nieder und waren über ihm. Der schmächtige Junge wehrte sich verzweifelt. Er kratzte, trat mit den Füßen, spuckte und wand sich wie ein Aal. Es half nichts. Sie waren stärker. Er spuckte Blut, die Lippen waren aufgesprungen. Überall landeten Schläge, gegen die Rippen, gegen den Kopf. Ich beobachtete das Gewühl, was ging es mich an? Aber sie waren so viele, und er war ihnen nicht gewachsen. Sie hatten ihm ernsthaft wehgetan, er schrie auf.

»Laßt ihn los, ihr feigen Schweine!« rief ich. »Alle auf einen, laßt ihn zufrieden, oder ihr kriegt es mit mir zu tun!«

Ich war herangekommen, stemmte meine Beine gegen den Boden und spannte meine Fäuste. Die Bande ließ von dem Jungen ab. Ich meinte es ernst. Natürlich hätten sie mich geschafft. Aber sie versuchten es nicht.

»Was willst du?« fragte mich Rita. »Er hat uns Zigeuner genannt.«

Ihr Gesicht war schmutzig, sie hatte dünne blonde Haare und irre blaue Augen, die wie Katzenaugen leuchteten. Ich sah sie an.

»Laßt ihn zufrieden.«

Der schmächtige Junge lag auf der Erde im Dreck. Er spuckte immer noch Blut, und ein paar Tränen liefen an seinen Wangen herunter. Er stand auf. Die anderen verzogen sich, aber nicht ohne mir verächtliche Blicke zuzuwerfen und einige unmißverständliche Drohungen auszustoßen.

»Verräter, du, das wirst du uns büßen, du Arschloch, du Hosenscheißer, Krummpidel, doofes Dreckschwein« usw., bis nur noch die Umrisse ihrer Gestalten zu sehen waren. Ich hatte ihnen den Spaß verdorben.

»Wo kommst du her?« fragte ich den Jungen.

Er wischte sich mit dem rechten Ärmel seiner zerrissenen Jacke über die Lippen. Er blickte sich um. Die Baracken waren dunkel, vor einer Tür saßen zwei Frauen und unterhielten sich.

»Von da.«

Er zeigte auf eine anliegende Häuserreihe.

»Wir sind neu hierhergezogen. Mir tut alles weh«, sagte er und wischte die restlichen Tränen aus seinem Gesicht.

»Willst du mit zum Bahndamm?« fragte ich.

Er sah auf die Erde.

»Nein, ich muß nach Hause, ist schon spät. Ich krieg sonst Prügel, aber die krieg ich sowieso, weil meine Jacke kaputt ist.«

»Wollen wir uns morgen hier treffen?«

»Wann?«

»Nach der Schule.«

Er nickte.

»In welcher Schule bist du?« fragte ich ihn.

»Elisabeth-Schule.«

»Ach da, schade, ich geh' Nordstraße. Wie heißt du überhaupt?«

»Rolf.«

»Ich bin Michael, tschüß!«

Ich reichte ihm die rechte Hand. Rolf nahm sie, und dann trennten wir uns.

Ich mußte eigentlich auch nach Hause. Aber ich wollte nochmal zu den anderen. Als ich zur Bande kam, sie hatten sich auf dem Feld hinter den Baracken versammelt, wurde ich von keinem beachtet. Ich griff Benno an, der verdutzt war, und warf ihn zu Boden. Dann schnappte ich Rita, und in dem Augenblick stürzten sich alle auf mich. Ich versuchte, gegen sie anzukommen, aber sie waren stärker. Ihre Fäuste trafen hart gegen meinen Körper. Dann ließen sie von mir ab. Es war genug. Ich war ja eigentlich nicht ihr Feind. Sie verspotteten mich, und damit war die Sache erledigt.

Am nächsten Tag, nach der Schule, traf ich mich mit Rolf. Wir hatten beide blaue Flecken und spürten beide noch die Prügel, die wir bekommen hatten. Rolfs Alter hatte ihm noch zusätzlich welche verpaßt, wegen der Jacke. Er hatte ihn mit den Füßen getreten. Seine Mutter steckte ihm zum Trost eine Mark in die Tasche. Bei mir war es nicht so wild. Meine Mutter schimpfte, daß ich überhaupt nicht nach Hause käme, wo ich mich wieder rumgetrieben hätte und wie dreckig mein Zeug wieder wäre. Erst sollte ich Stubenarrest haben, aber ich machte mein demütigstes Gesicht und versprach, mich zu bessern. Ich durfte lediglich nicht mehr so lange draußen bleiben. Und das würde sie schon bald vergessen.

Rolf spendierte mir ein Eis. Er hatte immer Geld. Seinen Eltern gehörte ein großer Imbiß, der gut lief. Sie kümmerten sich wenig um ihn.

Wir zogen los. Zuerst zum Bahndamm. Es war warm. Einige Kinder saßen herum und schienen zu Tode gelangweilt. Ich erzählte Rolf von unseren großen Schlachten. Es interessierte ihn nicht sonderlich. Wir kletterten in den anliegenden Kleingärten herum und suchten nach etwas Eßbarem. Wir fanden nichts, außer einem kläffenden Köter, der uns, nicht freundlich gesinnt, entgegensprang. Wir hechteten über den Zaun, spürten dabei alle Knochen einzeln und ließen ihn zurück. Die meisten Gärten waren verwildert.

»Laß uns eine rauchen«, sagte Rolf.

»Hast du denn Zigaretten?«

»Klar, hab' ich meinem Alten geklaut.«

Wir kehrten zum Bahndamm zurück und setzten uns in einen Waggon. Es roch nach verbranntem Holz, Asche lag überall verstreut. Rolf steckte sich eine Zigarette an und inhalierte. Er hustete nicht. Er reichte sie mir. Ich zögerte und nahm dann einen schwachen Zug. Ich keuchte und spuckte. Rolf griente.

»Du hast wohl noch nie geraucht?«

»Nein«, sagte ich und spuckte nochmal.

»Du wirst dich daran gewöhnen«, sagte Rolf. Er sprach es wie ein Mann. Ich wollte mich gar nicht daran gewöhnen, aber ich sagte nichts. Ich litt noch unter ein paar Zügen, dann latschten wir in die Küstenstraße. Rolf wollte unbedingt hin. Es standen nur wenige Nutten da. Rolf zeigte auf eine Bar.

»In dem Schuppen hab' ich mal, gleich als wir in dieses Viertel zogen, ein paar Flaschen Bier für meinen Alten geholt. Es war schon ziemlich spät. Ich wußte ja nicht, was das hier für 'ne Gegend ist. Ich ging rein, und 'ne dicke Frau, hinter so 'nem Tresen, guckte mich ganz komisch an. Dann fragte sie mich, was ich haben wollte, gab mir das Bier und sagte, ich sollte ganz schnell verschwinden, und wollte sich halb totlachen. Hey, seht mal den Knirps! brüllte sie, und dann rief sie noch, ich sollte in ein paar Jahren wiederkommen. Und alles lachte laut los. Im Eingang war ein riesiger Vorhang, da versteckte ich mich. Und jetzt kommt das Tollste.« Er wurde richtig aufgeregt. »Es saßen 'ne Menge Männer in dem Schuppen. Auf einmal ging das Licht aus, und es wurde Musik gemacht, dann öffnete sich ein roter Vorhang, und eine große Frau fing an zu tanzen, und immer warf sie ein Stück von ihrem Kleid weg, bis sie ganz nackt war, und alle Männer haben geklatscht. Das mußt du sehen.«

Das hätte ich wirklich gern mal gesehen.

»Und haben sie dich nicht erwischt?« fragt ich ihn.

»Nö.«

Wir liefen die Straße rauf. Penner saßen herum und nuckelten an ihren Flaschen. Einer von ihnen rief uns zu.

»Eey, Jungs«, er ließ dabei den Mund fast geschlossen, »kommt mal her.«

Ich wollte nicht, aber Rolf marschierte schon auf ihn los. Der Penner hatte ein vernarbtes, mit Bartstoppeln bedecktes Gesicht. Seine Hände waren aufgequollen, die Finger dick und kurz. Seine Hose war bepißt, aber schon trocken, man konnte nur noch die Ränder sehen, und er stank nach Fusel. Er sah uns an und sein Gesicht verzog sich zu einem schwachen Lächeln.

»Hat einer 'ne Zigarette für mich?«

Rolf hatte noch eine und gab sie ihm. Der Penner nahm sie zwischen seine dicken, vom Nikotin vergilbten Finger.

»Danke, mein Junge.«

Er steckte sie sich an und ließ den Rauch in seinem Schädel verdampfen. Er würde nichts von ihr übrig lassen.

»Wollt ihr 'nen Schluck?« fragte er uns.

»Nein, danke« – aber da hatte Rolf schon »klar« gesagt. Der alte Penner öffnete seinen Mantel, den er im Sommer wie im Winter trug, und zog eine Flasche hervor.

»Hier.«

Rolf setzte an und nahm einen Schluck.

»Gib deinem Kumpel auch.«

»Ich möchte nicht.«

Der Penner nahm die Buddel zwischen seine aufgedunsenen, gesprungenen Lippen, Speichel lief ihm seitwärts am linken Mundwinkel herunter, und ließ den Stoff durch die verfaulten Zähne in seinen Hals hineinlaufen. Dann verschwand die Flasche wieder in seinem Mantel. Er erzählte seine Geschichte. Alle Penner hatten eine Geschichte, und sie erzählten sie jedem, der sie hören wollte, für 'ne Fluppe oder 'n Buddel Trost. Auch so, ohne was dafür zu kriegen.

Oft war es eine Frau gewesen, die ihnen das Leben zur Hölle gemacht hatte, oder sie war gestorben. Es gab auch andere Schicksalsschläge; der eine hatte mal 'nen Laden gehabt, schlecht gewirtschaftet, war Pleite gegangen und fing an zu trinken, ein anderer war in jungen Jahren wegen schwerer Körperverletzung ins Gefängnis gekommen, als er wieder draußen war, fand er sich nicht mehr zurecht, niemand wollte ihn, also ..., oder einer kam auf der Arbeit nicht klar, eckte an, konnte sich nicht einfügen, flog überall raus, usw. Ab und zu verschwamm die Wirklichkeit in Fantasie.

Bei Franz, so hieß er, war die Frau gestorben. Er war angeblich Arzt gewesen; der Kummer trieb ihn zum Suff. Er suchte darin Vergessen. Morgens fegte er vor den Bars und bekam Schnaps dafür. Dann saß er irgendwo und brütete stumpfsinnig vor sich hin. Wenn ich ihm manchmal begegnete, machte ich einen Bogen um ihn. Aber seine Geschichte vergaß ich nie. Eine traurige Geschichte.

»Tschüß, Franz!«

Es wurde langsam dunkel. Ich mußte nach Hause. Rolf auch.

»Wir sehen uns morgen!« rief ich. »Ja«.

Ich hatte einen neuen Freund, der Zigaretten rauchte, Fusel trank und was weiß ich noch alles tat.

Quelle:

Uwe Herkt: Straßenkinder, in: Werkkreis Literatur der Arbeitswelt, (Hrsg.) Tore von Arb u.a.: Geschichten aus der Kindheit, Frankfurt/M. 1978, S. 113 ff.

Uwe Herkt absolvierte nach dem Hauptschulabschluß eine kaufmännische Lehre. Seit längerem veröffentlicht er Kurzprosa. 1984 erschien sein Buch »... sehen wie das ist, leben«. Der Bremer Schriftsteller erhielt 1983 das Autoren-Stipendium des Bremer Senators für Bildung, Wissenschaft und Kunst.

INGE BACKHAUS
(* 1950 Bremen)

Am Küchenfenster roch es nach Essen

Zuerst war das Haus.
Das war ein kleines Haus,
aber aus Stein.
Es hatte drei Zimmer.
Irgendwann war es verputzt.

Ein Hühnerstall aus zusammengestückelten Brettern.
Ein Stückchen Land.

Es war ein königliches Haus.
Es hatte Nachbarn.

Das war der Schneider und seine Familie.
Das war eine Bude,
in der meine Großmutter lebte.
Das waren Baracken,
irgendwelche Gesichter,
das war der Fluß.

Zuallererst war es der Fluß.

Der grenzte ans Grundstück,
war moddrig und voll

von Fischen, die beißen ...,
von bösen Geschichten.

Der Vater schmiß mich hinein,
damit ich Bescheid weiß.

Er ließ mich zappeln,
hob mich auf seinen Armen
wieder herauf.

Es war kein Geld da für ein Gatter.
Die Ratten liefen an der Böschung entlang.
Meine Brüder schlugen mit Knüppeln nach ihnen.
Vom Gesundheitsamt kamen Leute
und legten Gift.

Aber die Ratten gewöhnten sich mit der Zeit.
Und mit der Zeit gewöhnten sich auch
meine Eltern daran,
daß ich an der Böschung saß,
ihnen zusah.

Den Kräuseln zusah,
wenn die Mücken aufs Wasser aufsetzten.
Ich warf Steine hinein,
bis es mullte.
Ein schlammiger Grund quoll herauf.
Grünliche Stengel,
verrottete Dosen,
irgendein Zeug.

Das gefiel mir.

Da zu sitzen

und auf den Schotterweg
längsseits des Flüßchens zu schaun.
In der Ferne war der Hof
vom Gartelmann, dem Bauern, zu sehen.
Ein Acker. Die Wiesen!
Die Kuhweiden waren ein riesiger, saftiger Fleck.
Schwarzbunte darauf.

Fladengeruch.
Das gefiel mir.

Und wenn meine Brüder ...,

wenn meine Brüder
mich mitnahmen im Kahn,
mich die Böschung hochzogen,
durch das Gestrüpp ...,

flog das Küchenfenster auf,
der Fensterhaken schlug an die Hauswand.
»Paßt auf das Kind auf!«
rief meine Mutter zum Wasser.
Ihre Stimme
überschlug sich im Wind.

Und im Winter

stand sie an der Böschung,
ein Wolltuch über den Schultern.
»Paßt auf das Kind auf«,
rief sie übers Wasser,
das nun keines war,
sondern Eis.
Rauhes, welliges Eis,
das sich wölbte, das krachte
bei den Reisigbündeln,
der Uferbefestigung,
bei den brüchigen Pfählen.

Da bin ich rübergeschliddert auf die andere Seite
und wieder zurückgeglitscht,
bis mir heiß war.

Bis der Schal nicht mehr kratzte,

die Ribbelwolle, das Leibchen,

und ich, außer Atem,
den Brüdern zusah, wie sie Schlittschuh anschnallten.
Rostige Eisen.
Von irgendwoher hatte der Vater
das Paar aufgetrieben,
im Schuppen den Rost abgeklopft,
die Kufen geglättet.

In Kreisen fuhrn sie, in Bögen.
Abwechselnd fuhrn sie.
Einer stand immer da, frierend,
kickte Büchsen über das Eis,
rief: »Jetzt bin ich dran!«

»Ja. Gleich.«

Und wenn Sonntag war ...

und es hatte geschneit!
Und wenn der Schnee backig war,
mit Tauwetter nicht zu rechnen,
und wenn es für den Vater im Haus nichts zu tun gab,
und er hatte Lust, hatte Zeit,
ging er mit den Brüdern aufs Eis.
Sie schoben den Schnee zu Haufen zusammen,
formten Blöcke, schichteten sie auf,
bauten ein Iglu.
Die Wände wurden gestaucht und beklopft,
bis sie glatt waren,
eine Eishaube, Wölbung;
wenn die Sonne drauf schien:
eine schimmernde Glocke.

Der Vater trat von einem Bein auf das andre.

»Ist euch nicht kalt?«
Meine Brüder steckten die Köpfe aus der Schneehütte raus:

»Nein.« Warm war es da drinnen;
und sie sahen dem Vater nach,
er ging ins Haus.
Und sie sahen mich,
riefen: »Zisch ab!«

Es roch.
Und während ich mich erinnere,
rieche ich, sehe ich,
steht auf dem mit Scheuerpulver
stumpfgeriebenen Tisch,
steht ein Fischkumb.
Nach Essig riecht es,
nach Zwiebel.
Im Sud schwimmt Wacholder.
Die Beeren
hab ich im Mund.
Ich ging ein Stück auf dem Fluß entlang,
auf dem Eis,
und ich wußte,
daß man aufpassen mußte an so einem Tag.

Die dünnen Stellen warn unterm Schnee
nicht zu sehen.
War nicht zu hören
das Knacken.

Da behielt ich lieber das Haus in den Augen.
Da bin ich zurückgelaufen
an den Uferbirken vorbei,
den rutschigen Anleger hoch,
durch den Garten.
Am Küchenfenster roch es nach Essen. [...]

Das war.

Und ein Weg.
Andere Sätze.

Ich ging vom Fluß ab, aber ungern,
durchs Gelände mit seinen mannshohen Hecken.
Hunde belferten, kläfften.
Ich beeilte mich, ich war froh,
wenn ich den Bahndamm erreichte,
an dem ich entlanggehen mußte,
zur Schule hin
und zurück.

Die Disteln wucherten in den Weg.
Unterm Trümmerkraut, zwischen Lupinen
verrostete Büchsen, Kartons, vergammelte Schuhe,
ausrangierte, stinkende Roßhaarmatratzen.

Die Taubnesseln leuchteten gelb, süß;
ich suckelte an den Blüten.
Den Honiggeschmack auf der Zunge
noch am Bahnübergang,
wo ich oft
warten mußte an der heruntergekurbelten Schranke.
Der Zug war zu hören,
es rauschte.
Ich zählte Waggons,
zählte,
ob sie Glück bringen, Pech.

Und ich hab an die Schule gedacht,
die auf der anderen Seite der Geleise war,
eine andere Gegend:
Steinhäuser, Haus an Haus,
Gärten, Parks

und keine Regentonnen darin,
aber Kieswege, weiß,
beschnittene Bäume.

Wo vordem eine Baumschule war,
stand die Schule.
Mein Vater sagte: »Auch dort
wachsen Bäumchen,
werden gestutzt.
Die schlechtesten
fällt man aus.«

Meine Mutter

ließ mich nicht laufen
ohne Barchenthose, Röckchen darüber,
abgetragene Joppe.

Da hat man schon von weitem gesehen:
Da kommt das komische Kind.

»Aber warm!«
hat meine Mutter gesagt
und mir in den Hals gezwickt
beim Knöpfezumachen.
»Aber warm.«
Und mir einen Kuß aufgedrückt.

Der war schnell verflogen.
Die anderen Kinder trugen nichts auf.

Hatten ein Geldstück dabei
für den Pausenkakao.
Ich kaute Möhren ab,
die mir schmeckten.

Schmeckten mir nicht.
Ein Mädchen zeigte auf mich,
als die Schule vorbei war:
»Das ist die Wurzelliesel
von der anderen Seite der Bahn,
wo die am Wasser wohnen
und haben kein Klo.«
Damals hab ich mich oft
am Fluß rumgetrieben, hab die Fische verscheucht,
mit Steinen nach Enten, Wasserhühnern geworfen,
gezielt
auf die Frösche getreten.

Und dann!

Auf die Baumhütte rauf,
die meine Brüder
in einem Birnbaum ...,

wo mich keiner sah.

Quelle:
Inge Backhaus: Ein Wasser, ein Haus, Bremen 1985, S. 10 ff.

Inge Backhaus studierte in Bremen Sozialpädagogik. Sie arbeitet als Sozialarbeiterin und Schriftstellerin. 1985 erhielt sie den Hamburger Autorenpreis für Kurzprosa und 1987 das Bremer Förderstipendium des Senators für Bildung, Wissenschaft und Kunst.

Für die freundliche Erteilung von Abdruckgenehmigungen danken wir:

Verlag Atelier im Bauernhaus, Fischerhude, für: »Käthe Popall, Die ersten Denkanstöße aus: »Käthe Popall, Ein schwieriges Leben«.

Inge Backhaus, Bremen, für: »Inge Backhaus, Am Küchenfenster roch es nach Essen«, aus: »Inge Backhaus, Ein Wasser, ein Haus«, Zeichen und Spuren, Bremen

Leo Baeck Institute, New York, für: »Josef Kastein, Mit den Jahren wird die Phantasie komplizierter«, aus: »Josef Kastein, Mosaiken. Autobiographisches Fragment«, Haifa 1945

Bremer Landesmuseum für Kunst- und Kulturgeschichte, Focke-Museum, Bremen, für: »Meta Henriette Sattler, Unsere Kleidung folgte nicht der üblichen Mode«, aus: »Lebenserinnerungen von Meta Henriette Sattler« (Originalmanuskript)

Eva Bücking, Bremen, für: »Theodor Spitta, Fast täglich lieferten wir uns nach Schulschluß Schlachten« aus: »Theodor Spitta, Aus meinem Leben«, München, 1969

S. Fischer Verlag, Frankfurt/Main, für: »Uwe Herkt, Meine Mutter hatte keine Zeit für mich«, aus: »Werkkreis Literatur der Arbeitswelt, Geschichten aus der Kindheit«, Fischer Taschenbuch-Verlag 1978 (Uwe Herkt, Straßenkinder)

Prof. Dr. Heide Gerstenberger, Bremen, für: »Wilhelm Maßolle, Als die schwere Haustür des Waisenhauses hinter mir zufiel«, aus: »Wilhelm Massolle, Eine freudlose und erbärmliche Jugend«, in: »Beiträge zur Sozialgeschichte Bremens, Heft 1: Kindheiten, Teil 1: Anstaltserziehung«, Bremen

Historische Gesellschaft Bremen e.V., für: »Ludwig Quidde, Vita, Abituraufsatz und Rückblick«, aus: »Karl Holl, Ludwig Quidde vor 100 Jahren« in: »Bremisches Jahrbuch Band 54«, 1976

Insel-Verlag, Frankfurt am Main, für: »Anton Kippenberg, Anton wird Buchhändler!«, aus: »Anton Kippenberg, Reden und Schriften«, Frankfurt am Main 1952

Julian Oleg Nowak, Poznań, VR Polen, für: »Julian Oleg Nowak, Erinnerungen an die Zwangsarbeit bei der Bremer Wollkämmerei«, aus: »Julian Oleg Nowak, Von Lager zu Lager. Erinnerungen an die Zwangsarbeit bei der Bremer Wollkämmerei in Blumenthal«, in: »Christoph U. Schminck-Gustavus (Hrsg.): »Hungern für Hitler. Erinnerungen polnischer Zwangsarbeiter im Deutschen Reich 1940«, Reinbek 1984.

Freya Pauli, Hamburg, für: »Gustav Pauli, Der Vater redete wohlgesetzt und ernst«, aus: »Gustav Pauli, Erinnerungen aus 7 Jahrzehnten«, Bremen 1936

Radio Bremen, Bremen, für: »Heinrich Focke, Wie ich dazu kam, Flugzeuge zu bauen«, aus: »Radio Bremen Hausbuch«, Bremen 1965

Rowohlt Verlag GmbH, Reinbek, für: »Ernst Rowohlt, Als ich siebzehn war«, aus: »Ernst Rowohlt zum Gedächtnis«, Hamburg 1961

Karl H. Schwebel, Bremen, für: »Franz Johann Böving, Ich soll viel wilde Streiche gemacht haben«, aus: »Aus dem Tagebuch des Bremer Kaufmanns Franz Böving«, in: »Bremische Weihnachtsblätter«, Heft 15, Bremen

Suhrkamp-Verlag, Frankfurt am Main, für: »Alexander Weiss, Aufbruch gehört zu meinen frühesten Erinnerungen«, aus: »Bericht aus der Klinik und andere Fragmente«, Frankfurt am Main 1978.

dsgl. für: »Rudolf Alexander Schröder, »Es hieß, ich sei ein ungezogener Bengel«, aus: »Gesammelte Werke. Unser altes Haus«, Frankfurt am Main 1952

dsgl. für: »Peter Weiss, Das war ja noch eine Welt« und »Ich kam hierher, noch ehe ich gehen konnte«, aus: »Abschied von den Eltern«, Frankfurt am Main 1961

August Schmidt Verlag, Müllheim/Baden, für: »Ilse Laura Dresel-Koenenkamp, Nehmt mich von der Affenschule runter«, aus: »Ila Dresel, Lebende Bilder«, Müllheim/Baden 1980.

Werner Schrader, Bremen, für: »Lehrling auf dem Bremer Vulkan«, (Originalmanuskript)

Prof. Herbert Schwarzwälder, Bremen, für: »Kindheit im Ostertorsviertel«, (Originalmanuskript)

VG Bild-Kunst, Bonn, für: »Heinrich Vogeler, Weit ins Leben hinein verfolgten mich schreckliche Schulträume«, aus: »Heinrich Vogeler, Erinnerungen«, Berlin 1952.

dsgl. für: »Heinrich Vogeler, Die Lerche (Abbildung)

M.H. Wilkens & Söhne GmbH, Bremen, für: »Martin Heinrich Wilkens, Was uns eigentlich erzog«, aus: »Martin Heinrich Wilkens, Erinnerungen«, Bremen 1982.

Leider war es nicht in allen Fällen möglich, Rechtsinhaber festzustellen oder zu erreichen. Der Verlag verpflichtet sich, rechtmäßige Ansprüche nach den üblichen Honorarsätzen zu vergüten.